Atlantis

www.uitgeverij-m.nl

De website van Uitgeverij M bevat nieuwtjes, achtergronden bij
auteurs en boeken, voorpublicaties en vele extra's.

David Gibbins

Atlantis

UITGEVERIJ **M**

Oorspronkelijke titel: Atlantis (Headline Book Publishing)
Vertaling: Gerrit-Jan van den Berg
Omslagbeeld: © Lee Gibbons
Omslagontwerp: Studio Wondergem

ISBN 10: 90-225-4407-9 / ISBN 13: 978-90-225-4407-5 / NUR 332

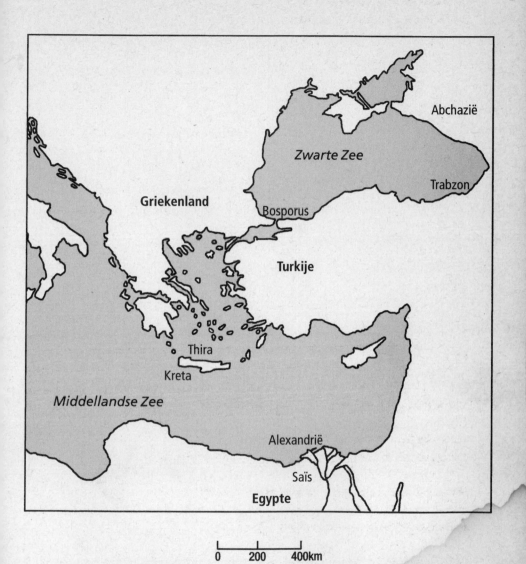

Abchazië

Zwarte Zee

Trabzon

Griekenland

Bosporus

Turkije

Thira

Kreta

Middellandse Zee

Alexandrië

Saïs

Egypte

0   200   400km

'Ooit regeerde een machtig rijk over een groot deel van de wereld. De heersers woonden in een reusachtige citadel, die aan zee gelegen was en van een uitgestrekt gangenstelsel was voorzien dat daarna nooit meer geëvenaard is. De bewoners waren zeer bedreven in het bewerken van goud en ivoor, en onbevreesde stierenvechters. Maar toen, omdat ze Poseidon, de God van de Zee, hadden getrotseerd, werd de citadel door één machtige vloedgolf verzwolgen en verdween ze onder de golven, en van de bewoners is niemand ooit nog teruggezien.'

Proloog

De oude man kwam schuifelend tot staan en bracht zijn hoofd omhoog, met evenveel ontzag vervuld als toen hij voor het eerst voor de tempel had gestaan. In zijn woonplaats Athene was iets dergelijks nog nooit gebouwd. Hoog boven hem leek de monumentale doorgang al het gewicht van de hemel te dragen, en de kolossale pilaren wierpen door het maanlicht veroorzaakte schaduwen tot ver buiten het tempelterrein, tot in de glinsterende uitgestrektheid van de woestijn. Recht voor hem doemden zware zuilenrijen op, hoog oprijzend in het spelonkachtige voorvertrek, waarvan het glimmende oppervlak bedekt was met hiërogliefachtige inscripties, en hoog boven alles uittorenende menselijke vormen, die in het onregelmatige flakkeren van de toortsen nauwelijks zichtbaar waren. De enige aanwijzing van wat erachter lag bestond uit een lispelende, kille bries die de muskusachtige geur van wierook met zich meevoerde, alsof iemand net de deuren van een grafkamer die lange tijd verzegeld was geweest had geopend. De oude man kon een huivering niet onderdrukken, en zijn nuchtere instelling maakte een ogenblik lang plaats voor een irrationele angst voor het onbekende, een angst voor de macht van goden die hij niet tot bedaren kon brengen, en die geen belangstelling hadden voor het welzijn van zijn volk.

'Kom, Griek.' De woorden werden hem vanuit het duister toegesist, en de begeleider hield zijn fakkel in een van de vuurkorven naast de doorgang, en in het schijnsel van de omhoogschietende vlammen was een lenige, pezige gestalte te zien die slechts in een lendendoek was gekleed. Tijdens het lopen kon alleen uit de op en neer gaande vlam worden opgemaakt in hoeverre er voortgang werd geboekt. Zoals gewoonlijk bleef hij bij de entree van het heilige der heiligen staan en wachtte ongeduldig op de gebogen gestalte van de oude man die door het voorvertrek achter hem aan kwam. De begeleider voelde alleen maar minachting voor deze *hellenos*, voor deze Griek, met zijn kale hoofd en onverzorgde baard, met zijn eindeloze gevraag, die er elke avond opnieuw de oorzaak van was dat hij tot ver na het afgesproken tijdstip in de tempel moest wachten. Door zijn tekstrollen te beschrijven, bracht de Griek iets ten uitvoer dat in feite alleen maar door de priesters mocht worden gedaan.

De verachting bij de begeleider had nu plaatsgemaakt voor weerzin. Die ochtend was zijn broer Seth uit Naucratis teruggekeerd, de vlak in de buurt gelegen drukke havenstad waar het bruine vloedwater van de Nijl zich uitstortte in de Grote Middenzee. Seth was erg terneergeslagen en verslagen geweest. Ze hadden een zending stof uit de winkel van hun vader in de Fayum aan een Griekse handelaar toevertrouwd, die nu beweerde dat de stof tijdens een scheepsramp verloren was gegaan. Ze waren nu een en al wantrouwen, bang dat de sluwe Grieken misbruik zouden maken van hun gebrek aan handelsgeest. Nu had hun voorgevoel zich verhard tot haat. Het was hun laatste hoop geweest op een ontsnapping uit een leven dat alleen uit eentonig werk in de tempel bestond, veroordeeld tot een bestaan dat slechts marginaal beter was dan dat van de bavianen en katten die zich in de duistere nissen achter de zuilen schuilhielden.

De begeleider keek de naderende oude man venijnig aan. Wetgever, noemden ze hem. 'Ik zal je eens laten zien,' fluisterde hij nauwelijks hoorbaar, 'wat mijn goden van jouw wetten denken, waarde Griek.'

Een groter contrast tussen het interieur van het heiligdom en de onheilspellende grandeur van het voorvertrek was nauwelijks mogelijk. Duizenden speldenpunten licht sprongen als vuurvliegjes in de nacht van de aardewerken olielampen op die in een cirkel stonden opgesteld in een vertrek dat uit de rots was gehouwen. Aan het plafond hingen rijkelijk bewerkte bronzen wierookbranders, terwijl iele rookslierten een nevelige laag in het vertrek vormden. In de wand waren uitsparingen aangebracht die wel iets weg hadden van de grafnissen in een necropolis; alleen werden deze niet gevuld met in gewaden gehulde lijken en urnen met as, maar met hoge, van boven geopende kruiken met daarin een veelheid aan papyrusrollen. Toen de twee mannen de paar traptreden bestegen, werd de geur van de wierook steeds nadrukkelijker en werd de stilte verbroken door een gemompel dat steeds duidelijker te onderscheiden was. Recht voor hen uit stonden twee pilaren die aan de bovenkant van een adelaarskop waren voorzien, en die dienden als stijlen voor de twee hoge bronzen deuren die naar buiten toe geopend stonden.

Aan de andere kant van de entree werden ze aangekeken door in ordelijke rijen zittende mannen, waarvan sommigen met gekruiste benen en slechts in een lendendoek gekleed op een rieten matje zaten, maar iedereen zat over een laag schrijftafeltje gebogen. Sommigen waren perkamentrollen aan het kopiëren die naast hen lagen; anderen waren dictaten aan het uitschrijven van in zwarte gewaden geklede priesters, en hun zacht uitgesproken teksten vormden de gedempt op en neer golvende dreun die ze toen ze aan kwamen lopen al hadden gehoord. Dit was het scriptorium, de zaal der wijsheid, een omvangrijke bewaarplaats van geschreven en in het hoofd opgeslagen kennis, die al sinds de aanvang der geschiedenis van de ene priester op de andere werd overgedragen, al sinds de periode van vóór de piramidebouwers.

De begeleider trok zich terug in de schaduw van het trappenhuis. Het was hem verboden het vertrek te betreden, en nu begon voor hem het lange wachten tot het tijdstip dat hij de Griek weer terug moest escorteren. Maar vanavond, in plaats van de tijd te verdrijven met wrokkig voor zich uit te kijken, putte hij een grimmig soort voldoening uit de gebeurtenissen die hij voor vannacht gepland had.

De oude man haastte zich voort, zo groot was zijn verlangen. Dit was zijn laatste avond in de tempel, zijn laatste kans om het mysterie dat hem sinds zijn vorige bezoek had geobsedeerd te doorgronden. Morgen begon het Thotfeest, dat een maand zou duren, en dan zouden nieuwkomers geen toegang meer tot de tempel hebben. Hij wist dat een buitenstaander daarna nooit meer een audiëntie bij de hogepriester zou krijgen.

In zijn haast struikelde de Griek bijna toen hij het vertrek betrad, en vielen zijn perkamentrollen en pennen met veel gekletter op de vloer, waardoor de scriba's een ogenblik lang in hun werkzaamheden gestoord werden. Geërgerd mompelde hij iets, keek verontschuldigend om zich heen, griste zijn spullen van de grond en schuifelde vervolgens tussen de mannen door naar een aanbouw die zich aan het einde van het vertrek bevond. Hij bukte zich, glipte een lage opening binnen en ging op een rieten mat zitten, en alleen door zijn vorige bezoeken hier wist hij dat er nog iemand anders in het donker voor hem moest zitten.

'Solon de Wetgever, ik ben Amenhotep de hogepriester.'

De stem was nauwelijks hoorbaar, niet meer dan een zwak gefluister, en klonk even oud als de goden zelf. Opnieuw sprak de stem.

'U komt naar mijn tempel in Saïs, en ik ontvang u. U bent op zoek naar kennis, en ik zal datgene geven wat de goden me doorgeven.'

Nu de formele begroeting achter de rug was, trok de Griek snel zijn witte gewaad wat strakker over zijn knieën en legde zijn perkamentrol erop klaar. Vanuit het duister boog Amenhotep zich iets naar voren, net voldoende om zijn gelaat in het flakkerende lichtschijnsel zichtbaar te doen worden. Solon had het al vele malen eerder aanschouwd, maar steeds weer zorgde de aanblik van dat gezicht ervoor dat er een siddering door zijn ziel ging. Het leek wel of er van een lichaam helemaal geen sprake was, maar slechts van een lichtgevende bol die in de duisternis zweefde, als een geestverschijning die hem van de rand van de onderwereld kwaadaardig aankeek. Het was het gezicht van een jongeman, opgehangen in de tijd; de huid was strak en doorschijnend, had wel iets weg van perkament, en de ogen hadden de glazige, melkachtige blik van een blinde.

Amenhotep was al vóór de geboorte van Solon oud geweest. Er werd gezegd dat hij in de tijd van Solons grootvader bezoek had gekregen van Homerus, en dat hij het was die over het beleg van Troje, over Agamemnon en Hector en Helen, en over de zwerftocht van Odysseus had verteld. Solon zou maar al te graag naar hen en andere zaken willen informeren, maar als hij dat zou doen, zou hij zich niet aan de afspraak met de oude priester houden – hij had namelijk beloofd dat hij verder geen vragen zou stellen.

Solon leunde vol aandacht wat verder naar voren, vastbesloten tijdens zijn laatste bezoek niets te missen. Na een tijdje nam Amenhotep opnieuw het woord, maar zijn stem was weinig meer dan een spookachtig uitademen.

'Wetgever, vertel me eens waarover ik gisteren heb gesproken.'

Solon rolde snel het perkament uit en liet zijn blik over de dicht opeen geschreven regels glijden. Na enkele ogenblikken begon hij te lezen, het Griekse schrift vertalend in het Egyptisch dat ze nu spraken.

'Ooit regeerde een machtig rijk over een groot deel van de wereld.' Hij moest in het halfduister zijn uiterste best doen om de karakters te kunnen onderscheiden. 'De heersers woonden in een reusachtige citadel, die aan zee gelegen was en van een uitgestrekt gangenstelsel was voorzien dat daarna nooit meer geëvenaard is. De bewoners waren zeer bedreven in het bewerken van goud en ivoor, en onbevreesde stierenvechters. Maar toen, omdat ze Poseidon, de God van de Zee, hadden getrotseerd, werd de citadel door één machtige vloedgolf verzwolgen en verdween ze onder de golven, en van de bewoners is niemand ooit nog teruggezien.' Solon hield op met lezen en keek verwachtingsvol omhoog. 'Daar waren we vorige keer gebleven.'

Na een stilte waar geen eind aan leek te komen, sprak de priester opnieuw, terwijl zijn lippen nauwelijks bewogen en zijn stem een zacht gemompel voortbrachten.

'Vanavond, Wetgever, zal ik u van heel wat zaken op de hoogte brengen. Maar laat mij eerst van deze verdwenen wereld spreken, deze stad vol overmoed die door de goden is weggevaagd, deze stad die Atlantis werd genoemd.'

Vele uren later legde de Griek zijn pen neer, terwijl zijn hand pijn deed van het onafgebroken schrijven, en rolde het vel perkament op. Amenhotep was klaar met vertellen. Het was vanavond volle maan, het begin van het Thotfeest, en de priesters moesten de tempel nog gereedmaken vóór bij het eerste ochtendgloren de smekelingen zouden arriveren.

'Wat ik u heb verteld, Wetgever, zit hier, en nergens anders,' had Amenhotep gefluisterd, terwijl hij met een kromme vinger langzaam tegen zijn hoofd had getikt. 'Door een eeuwenoud decreet kunnen we deze tempel niet verlaten; wij, hogepriesters, dienen deze kennis als onze grootste schat te beschouwen. U kunt hier alleen maar zijn omdat de *astrologos*, de tempelprofeet, daartoe opdracht heeft gegeven, omdat het de wil is van de goddelijke Osiris.' De oude priester boog zich iets naar voren, een flauwe glimlach rond zijn lippen. 'En, Wetgever, vergeet dit nooit: ik spreek niet in raadselen, zoals uw Griekse orakels, maar er kúnnen raadselen verborgen zitten in datgene wat ik zeg. Ik spreek een waarheid die van generatie op generatie is doorgegeven, geen waarheid die ik zelf heb bedacht. U bent voor de laatste keer naar mij toe gekomen. Ga nu.' En terwijl het lijkbleke gelaat zich in de duisternis terugtrok kwam Solon langzaam overeind, aarzelde even en keek toen nog een laatste keer om, om daarna voorovergebogen het nu lege scriptorium binnen te gaan en vervolgens door te lopen naar de door toortsen verlichte entree.

Roze strepen verschenen aan de oostelijke hemel, terwijl de zwakke gloed het maanlicht kleurde dat nog over het water van de Nijl danste. De oude Griek was alleen, nadat de begeleider hem zoals gewoonlijk vlak buiten het tempelterrein had achtergelaten. Hij had een zucht van voldoening geslaakt toen hij de tempelpilaren was gepasseerd, waarvan de kapitelen met hun palmbladmotieven zo volkomen anders waren dan de eenvoudige vormen die de Grieken hanteerden, en hij wierp voor de laatste keer een blik op het Heilige Meer, met haar spookachtige falanx van obelisken, van mensenhoofden voorziene sfinxen en kolossale beelden van de farao's. Hij was blij geweest dit alles achter te kunnen laten, en liep tevreden over de stoffige weg die naar het uit lemen hutten bestaande dorpje leidde waar hij tijdelijk een onderkomen had gevonden. Met zijn handen omklemde hij de kostbare perkamentrol, en over zijn schouder hing een zak die zwaar aanvoelde door de beurs die er in zat. Morgen zou hij, voor hij vertrok, goud offeren aan de godin Neith, zoals hij met Amenhotep tijdens hun eerste gesprek had afgesproken.

Hij was de verbazing over wat hij had gehoord nog steeds niet te boven. Een Gouden Eeuw, een periode van pracht en luister die zelfs de farao's zich niet hadden kunnen voorstellen. Een volk dat elke kunstuiting meester was, zowel in vuur, steen als metaal. En toch waren het mensen, geen reuzen, niet te vergelijken met de Cyclopen die de oude muren op de Akropolis hadden gebouwd. Ze hadden de goddelijke vruchten gevonden en die geplukt. Hun citadel glom als de berg Olympus. Ze hadden het lef gehad de goden te trotseren, en de goden hadden hen weggevaagd.

En toch hadden ze voortgeleefd.

Verzonken in zijn gemijmer zag hij de twee donkere gestaltes niet die geluidloos van achter een muur vandaan kwamen toen hij het dorpje binnenging. De klap op zijn hoofd kwam dan ook volkomen onverwacht. Toen hij op de grond in elkaar zakte en de duisternis over hem neerdaalde, was hij zich slechts heel even bewust van handen die hem van zijn schoudertas ontdeden. Een van de gestalten griste de perkamentrol uit zijn vingers en verscheurde die tot kleine snippers, die hij vervolgens, uit het zicht, verstrooide in een vol afval liggend steegje. De twee gedaanten verdwenen even stilletjes als ze gekomen waren, en lieten de Griek bloedend en bewusteloos op de grond achter.

Toen hij bijkwam kon hij zich niets meer herinneren van die laatste avond in de tempel. In zijn resterende jaren zou hij het nauwelijks nog over zijn tijd in Saïs hebben en zette hij nooit meer een pen op papier. De kennis van Amenhotep zou de gewijdheid van de tempel nooit meer verlaten, en zou voor altijd verloren zijn nadat de laatste priester was overleden. Het slib van de Nijl zou de tempel bedekken, en daarmee ook de sleutel tot een van de grootste mysteriën uit het verleden.

1

'Zoiets heb ik nog nooit gezien!'
De woorden werden uitgesproken door een in drysuit gestoken duiker die ter hoogte van de achtersteven van het onderzoeksvaartuig aan de oppervlakte was gekomen, zijn stem ademloos van opwinding. Nadat hij naar de ladder was gezwommen, deed hij zijn zwemvliezen en masker af en reikte die aan de wachtende voorman aan. Hij trok zich moeizaam uit het water omhoog, waarbij de zware zuurstofcilinders ervoor zorgden dat hij bijna zijn evenwicht verloor, maar een reddende hand van boven maakte dat hij even later veilig aan dek stond. Zijn druipende gestalte werd snel omringd door andere leden van het team die op het duikplatform op hem hadden staan wachten.

Jack Howard daalde van de brug naar het achterdek af en keek zijn vriend glimlachend aan. Hij vond het nog steeds verbazingwekkend dat iemand met zo'n omvangrijke gestalte onder water zo wendbaar kon zijn. Terwijl hij zich een weg zocht tussen de duikuitrusting door, riep hij, zijn spottende toon al sinds jaren een vast onderdeel van hun wederzijds dollen: 'We dachten dat je naar Athene terug was gezwommen voor een gin-tonic aan het zwembad van je vader. Wat heb je gevonden, de verloren schatten van de koningin van Sheba?'

Costas Kazantzakis, die langs de reling naar Jack schuifelde, schudde ongeduldig met zijn hoofd. Hij was te geagiteerd om de moeite te nemen zich van zijn uitrusting te ontdoen. 'Nee,' hijgde hij. 'Ik meen het. Moet je dít eens zien.'

Jack bad in stilte dat het nieuws goed zou zijn. Het was een soloduik geweest om een dichtgeslibde laag boven op de onderzeese vulkaan aan een nader onderzoek te onderwerpen, en de twee duikers die Costas waren gevolgd zouden na hun decompressiestop nu ook wel snel aan de oppervlakte komen. En dat seizoen zouden er geen andere afdalingen meer plaatsvinden.

Costas klikte een carabiner open en overhandigde een onderwatervideorecorder, terwijl hij tegelijkertijd de REPLAY indrukte. De andere leden van het team dromden achter de lange Engelsman samen toen hij het kleine lcd-scherm openklapte en de video activeerde. Binnen enkele momenten had Jacks sceptische grijns plaatsgemaakt voor een verbijsterde blik.

Het onderwatertafereel werd verlicht door krachtige schijnwerpers die kleur gaven aan het halfduister op bijna honderd meter diepte. Twee duikers zaten geknield op de zeebodem en maakten gebruik van een *airlift*, een groot soort stofzuigersslang waarmee via onderdruk het slib waarmee de vindplaats was afgedekt omhoog gezogen werd. De ene duiker deed alle mogelijke moeite de airlift op zijn plaats te houden, terwijl de andere behoedzaam het sediment naar de opening van de slang waaierde, en met elke beweging kwamen er artefacten aan de oppervlakte zoals ze aan land door een archeoloog met behulp van een kleine troffel zouden worden blootgelegd.

Terwijl de camera inzoomde, werd het voorwerp waarop alle aandacht van beide duikers was gericht op dramatische wijze zichtbaar. De donkere vorm die schuin omhoogliep, was geen rots, maar bleek uit metalen platen te bestaan die in de loop der tijd tot een keiharde massa waren geworden, platen die over elkaar heen waren gelegd, net als de houten planken van een dak.

'Gietstukken in de vorm van ossenhuid,' zei Jack opgewonden. 'Hónderden. En er is ook een dempende laag van rijshout te zien, precies zoals Homerus heeft beschreven bij het schip van Odysseus.'

Elke plaat was ongeveer een meter lang, met naar buiten stekende hoeken, zodat hun vorm enigszins deed denken aan de gevelde en opgespannen huid van een rund. Het waren de karakteristieke koperen gietstukken uit de bronstijd, ze dateerden van meer dan drieëneenhalfduizend jaar geleden.

'Ze zien eruit als het vroege type,' waagde een van de studenten van het team. 'Zestiende eeuw voor Christus?'

'Ongetwijfeld,' zei Jack. 'En nog steeds keurig op een rij liggend, precies zoals ze aan boord zijn gebracht, waaruit we misschien zouden kunnen opmaken dat de romp er nog onder ligt, een romp die wellicht bewaard is gebleven. Het zou weleens zo kunnen zijn dat we het oudste schip ter wereld hebben ontdekt.'

Jacks opwinding werd nog groter toen de camera langzaam de helling aftaste. Tussen de koperen platen en de duikers doemden drie reusachtige aardewerken kruiken op, elk zo hoog als een volwassen man en met een omtrek van ruim één meter. Ze waren identiek aan de kruiken die Jack in de voorraadkamers van Knossos op Kreta had gezien. In die kruiken zagen ze stapels kommen, beschilderd met prachtige, levensechte octopussen en andere zeemotieven, waarvan de kronkelende vormen één leken te zijn met de golvende zeebodem.

Er was geen vergissing mogelijk, dit was het aardewerk dat de inwoners van het Minoïsche Kreta hadden voortgebracht, de opmerkelijke eilandbeschaving die een grote bloei had doorgemaakt tijdens het Egyptische Midden- en Nieuwe Rijk, maar toen plotseling verdween, zo rond 1400 voor Christus. Knossos, het legendarische labyrint van de Minotaurus, was een van de sensationeelste ontdekkingen van de vorige eeuw geweest. Vlak na Heinrich Schliemann, de man die Troje had blootgelegd, was de Engelse archeoloog Arthur Evans op pad gegaan om te bewijzen dat de legende van de Atheense prins Theseus en zijn minnares Ariadne wel degelijk verband hield met ware gebeurtenissen zoals de Trojaanse oorlog. Het uitgestrekte paleis iets ten zuiden van Heraklion vormde de sleutel tot een verdwenen beschaving die hij Minoïsch noemde, naar hun legendarische koning Minos. De wirwar van gangen en vertrekken maakte Theseus' gevecht met de Minotaurus buitengewoon geloofwaardig en liet zien dat de Griekse mythen van eeuwen daarna dichter bij de echte geschiedenis stonden dan ook maar iemand voor mogelijk had gehouden.

'Ja!' Jack stak enthousiast zijn arm omhoog, en zijn gebruikelijke terughoudendheid maakte plaats voor de emotie van een waarlijk monumentale ontdekking. Het was de culminatie van vastberaden passie, de vervulling van een droom die hem al sinds zijn jeugd had voortgedreven. Het was een vondst die de grafkelder van Toetanchamon naar de kroon zou steken, een ontdekking die zijn team een belangrijke plaats in de annalen van de archeologie zou geven.

Voor Jack waren deze beelden voldoende. En toch was er meer, veel meer, en hij staarde als aan de grond genageld naar het scherm. De camera draaide nu in de richting van de duikers, die zich op een plateau bevonden dat iets lager lag dan de aan elkaar zittende gietstukken.

'Mogelijk is dit het achterschip.' Costas wees naar het scherm. 'Vlak achter deze richel bevindt zich een rij stenen ankers en een houten helmstok.'

Recht voor hen lag een glinsterend geel veld dat eruitzag als de weerspiegeling van de schijnwerpers op het in het water aanwezige sediment. Toen de camera inzoomde klonk er een collectieve kreet van verbijstering.

'Dat is geen zand,' fluisterde de student. 'Dat is goud!'

Nu ze wisten waar ze naar keken, werd het een beeld van ongeëvenaarde pracht. In het midden bevond zich een schitterende gouden kelk die zonder meer voor koning Minos zélf geschikt zou kunnen zijn. Hij was voorzien van een overvloedige, in reliëf aangebrachte sierrand die tot in de kleinste details een stierengevecht liet zien. Ernaast lag een levensgroot beeld van een vrouw, die haar armen smekend omhoog had gebracht en wier hoofdtooi omkranst was door slangen. Haar ontblote borsten waren uit ivoor gesneden, en een glinsterende kleurenboog gaf aan waar haar hals door juwelen werd gesierd. Daar vlak voor lag een stel bijeengebonden bronzen zwaarden met een gouden gevest, terwijl de kling verfraaid was met strijdtaferelen, gemaakt van ingelegd zilver en blauw glazuur.

De schitterendste weerkaatsingen waren rechts van de duikers te zien. Elke veegbeweging leek een nieuw glimmend voorwerp te onthullen. Jack kon goudstaven onderscheiden, koninklijke zegels, sierraden en delicate diademen in de vorm van in elkaar verstrengelde bladen, allemaal door elkaar liggend, alsof ze ooit bij elkaar in een schatkist hadden gelegen.

Het beeld zwiepte plotseling omhoog, in de richting van de reddingslijn, en het scherm ging abrupt op zwart. In de verbazingwekkende stilte die volgde liet Jack de camera zakken en keek Costas eens aan.

'Volgens mij is het deze keer raak,' zei hij kalm.

Jake had zijn reputatie op het spel gezet op basis van een nogal vergezocht idee. In het decennium na het halen van zijn doctoraal was hij geobsedeerd geraakt door het denkbeeld dat hij een wrak uit de tijd van koning Minos moest vinden, een vondst die zijn theorie over de maritieme hegemonie van de onderdanen van deze koning tijdens de bronstijd moest bevestigen. Hij was ervan overtuigd geraakt dat de meest voor de hand liggende plek daarvoor een groepje rotsen en eilandjes moest zijn die zo'n zeventig zeemijl ten noordoosten van Knossos lagen.

Desalniettemin was hij wekenlang vergeefs op zoek daarnaar geweest. Een paar dagen geleden was hun hoop weer wat toegenomen nadat ze een Romeins scheepswrak hadden ontdekt, een afdaling waarvan Jack had gedacht dat die weleens een van de laatste van het seizoen zou kunnen zijn. Vandaag was het eigenlijk hun bedoeling geweest om nieuwe apparatuur te testen ten behoeve van hun volgende project. Opnieuw had Jack geluk gehad.

'Zou je me een hand willen geven.'

Costas was uitgeput tegen de reling op het achterschip van de *Seaquest* gaan zitten, zijn uitrusting nog steeds om, en bij het water op zijn gezicht voegde zich nu ook nog transpiratie. De late namiddagzon van de Egeïsche Zee overspoelde zijn gestalte met licht. Hij keek omhoog naar het pezige lichaam dat boven hem uittorende. Jack was een onwaarschijnlijke telg uit een van de oudste families die Engeland kende, en zijn soepele manier van bewegen was wellicht het enige dat op zijn geprivilegieerde afkomst wees. Zijn vader was een avonturier geweest die zich van die afkomst had gedistantieerd en zijn rijkdom had gebruikt om samen met zijn gezin naar de meest afgelegen plaatsen ter wereld te trekken. Zijn weinig conventionele opvoeding hadden van Jack een outsider gemaakt, een man die zich het meest op zijn gemak voelde als hij in z'n eentje was en aan niemand verantwoording hoefde af te leggen. Hij was een geboren leider en iemand die zowel van zijn officieren als van zijn manschappen respect afdwong.

'Wat zou je zonder mij moeten?' vroeg Jack grijnzend terwijl hij de tanks van Costas' rug loshaakte.

Als zoon van een Griekse scheepsmagnaat had Costas opzettelijk niet gekozen voor een leven als playboy, een levensstijl die hij zich zonder meer had kunnen permitteren, maar had in plaats daarvan geopteerd voor een tien jaar durend verblijf in Stanford en het Massachusetts Institute of Technologie, om te voorschijn te komen als een expert in onderwatertechnologie. Omringd door een uitgebreid allegaartje aan gereedschap en onderdelen waarin slechts hij alleen de weg wist, stelde Costas als een moderne Caractacus Pott de wonderlijkste uitvindingen samen. Zijn passie voor uitdagingen werd slechts geëvenaard door zijn behoefte aan veel mensen om zich heen, een uiterst belangrijke eigenschap in een professie waar teamwork van het grootste belang was.

De twee mannen waren elkaar voor het eerst tegen het lijf gelopen op de NAVO-basis in Izmir, aan de Turkse westkust, toen Jack gedetacheerd was geweest bij de Naval Intelligence School, en Costas als burgeradviseur was opgetreden voor UNANTSUB, de United Nations Anti-Submarine Warfare Research Establishment, de onderzoeksinstantie van de VN die zich met onderzeebootbestrijding bezighield. Een paar jaar later vroeg Jack aan Costas of hij zin had met hem samen te werken bij de International Maritime University, het researchinstituut dat nu al ruim tien jaar hun thuisbasis vormde. In die periode had Jack zijn werkterrein als directeur operaties bij de IMU zien uitgroeien tot vier schepen en meer dan tweehonderd personeelsleden, en ondanks het feit dat Costas' rol binnen de technische afdeling steeds meer van zijn tijd eiste, lukte het hem op de een of andere manier steeds weer om bij Jack in de buurt te zijn als het echt spannend werd.

'Bedankt, Jack.' Costas kwam langzaam overeind, te vermoeid om verder nog iets te zeggen. Hij reikte slechts tot Jacks schouders, maar had het stevige lichaam en de onderarmen geërfd van generaties Griekse sponsvissers en zeelieden vóór hem, terwijl zijn persoonlijkheid daar volkomen bij aansloot. Ook dit project was hem zeer aan het hart gelegen, en na alle opwinding rond de ontdekking voelde hij zich plotseling bekaf. Hij was het geweest die de expeditie in gang had gezet, waarbij hij gebruik had gemaakt van zijn vaders connecties met de Griekse overheid. Hoewel ze zich nu in internationale wateren bevonden, was de hulp van de Griekse marine van onschatbare waarde geweest, al was het alleen maar omdat die voor nieuwe aanvoer van de cilinders met de drie verschillende gassen zorgde die voor het trimix-duiken nu eenmaal van vitaal belang zijn.

'O, dat vergat ik bijna nog.' Costas stak een hand in zijn stabilisatiejack en er verscheen tegelijkertijd een brede grijns op zijn ronde, gebruinde gezicht. 'Voor het geval je mocht denken dat ik het hele gebeuren in scène had gezet.'

Hij haalde een pakje te voorschijn dat hij in beschermend neopreen had gewikkeld en gaf dat met een triomfantelijke blik aan zijn vriend. Jack was niet voorbereid op het gewicht ervan en zijn hand werd heel even naar beneden gedrukt. Hij haalde de verpakking eraf en zijn ademhaling stokte van verbijstering.

Het was een massieve metalen schijf met ongeveer dezelfde diameter als zijn hand breed was, en het oppervlak glom zodanig dat hij splinternieuw leek. Er was geen vergissing mogelijk: het had de diepe kleurschakering van zuiver, onbewerkt goud.

In tegenstelling met veel van zijn academische collega's probeerde Jack nooit te doen alsof hij níet onder de indruk was van een nieuwe vondst, en een ogenblik lang liet hij de ongelooflijke sensatie, het besef dat hij enkele kilo's goud in zijn hand hield, over zich heen komen. Toen hij hem optilde en hem in de richting van de zon draaide, weerkaatste de schijf heel even een oogverblindende lichtflits, alsof er een enorme hoeveelheid energie vrijkwam, energie die de afgelopen millennia niet weg had gekund.

Hij raakte nóg opgewondener toen hij, terwijl het zonlicht eroverheen streek, tekens in het oppervlak ontdekte. Hij liet de schijf zakken tot Costas' schaduw eroverheen viel en gleed met zijn vingertoppen langs de inkervingen, die uiterst delicaat op een van de bolle kanten waren aangebracht.

In het midden stond een curieus rechtlijnig embleem, een soort hoofdletter H, met een kort lijntje die van de dwarsbalk naar beneden liep, terwijl aan beide kanten vier lijnen – als ware het een kam – naar buiten staken. De rand van de schijf was voorzien van drie concentrische banden, die elk in twintig compartimenten waren onderverdeeld. Elk compartiment bevatte weer een ander in het goud gestempeld symbool. Jack vond die buitenste band eruitzien als een serie pictogrammen, symbolen die voor een bepaald woord of een bepaalde zin stonden. In eerste instantie meende hij een mannenhoofd te herkennen, en een lopend iemand, een peddel, een boot en een korenschoof. De binnenste compartimenten sloten aan op de buitenste, maar hierin waren alleen maar lineaire tekens te zien. Ze waren allemaal verschillend, maar leken meer op letters dan op pictogrammen.

Costas keek toe hoe Jack de schijf onderzocht en daar geheel in leek op te gaan. Zijn ogen glommen op een manier die Costas al eens eerder had gezien. Jack stond oog in oog met het Tijdperk der Helden, een periode die in mythen en legenden was gehuld, maar ook een tijd die zich op spectaculaire wijze in grote paleizen en citadellen, in ongelooflijke kunstwerken en in uiterst doeltreffende wapens had geopenbaard. Hij leek te communiceren met de antieke wereld op een manier zoals dat alleen maar mogelijk was met een scheepswrak, met een onbetaalbaar artefact dat niet was weggeworpen, maar tot aan het moment van de catastrofe was gekoesterd. Maar toch was het een artefact dat in mysteriën was gehuld, en hij wist dat hij niet eerder zou rusten voor hij alle geheimen ervan had blootgelegd.

Jack draaide de schijf een paar keer om en om, keek opnieuw naar de inscripties en moest onmiddellijk aan de cursus 'de geschiedenis van het schrift' denken die hij op de universiteit ooit eens had gevolgd. Hij had dit soort tekens wel eens eerder gezien. Hij nam zich voor zo snel mogelijk een afbeelding van deze inscripties naar professor James Dillen te e-mailen, zijn oude mentor aan de universiteit van Cambridge, en de belangrijkste autoriteit op het gebied van antieke Griekse karakters.

Jack gaf de schijf terug aan Costas. Enkele ogenblikken lang keken de twee mannen elkaar aan, hun ogen fonkelend van opwinding. Jack haastte zich naar het team dat bij de ladder op het achterschip druk bezig was hun uitrusting om te gorden. De aanblik van al dat goud had zijn hartstocht alleen maar verdubbeld. De grootste bedreiging voor de archeologie lag in internationale wateren, een gebied waar iedereen zijn gang kon gaan en waarover geen enkel land jurisdictie had. Elke poging om tot een wereldomvattende maritieme wetgeving te komen was op een mislukking uitgelopen. De problemen van het toezicht uitoefenen over zo'n enorm gebied leken onoverkomelijk. Maar de steeds voortschrijdende technologie had er nu wel voor gezorgd dat er op afstand bedienbare onderwatervaartuigen bestonden – van het type waarmee de *Titanic* was opgespoord bijvoorbeeld – die weinig meer kostten dan een nieuwe auto. Het zeebodemonderzoek dat vroeger het domein van een paar instituten was geweest, lag nu open voor iedereen, en had geleid tot grootschalige vernietiging van historische vindplaatsen. Georganiseerde plunderaars die van de modernste apparatuur gebruikmaakten stroopten de zeebodem af, zonder daarbij voor het nageslacht bijzonderheden vast te leggen, terwijl de gevonden artefacten steevast in handen van privéverzamelaars vielen en voor eeuwig uit het zicht raakten. En de IMU-teams moesten het niet alleen opnemen tegen legitieme duikers. Geroofde antiquiteiten waren in de criminele onderwereld een belangrijk betaalmiddel geworden.

Jack wierp een blik omhoog, in de richting van het platform van de tijdwaarnemer, en voelde de bekende adrenalinestoot toen hij te kennen gaf te willen duiken. Vervolgens begon hij zorgvuldig zijn uitrusting om zich heen te verzamelen, stelde zijn duikcomputer in en controleerde de druk van zijn tanks. Hij deed dat allemaal methodisch en professioneel, alsof vandaag een doodnormale dag was.

In werkelijkheid kon hij zijn opwinding nauwelijks onderdrukken.

2

Maurice Hiebermeyer stond op en veegde zijn voorhoofd af, op die manier het zweet dat langs zijn gezicht liep heel even tegenhoudend. Hij keek op zijn horloge. Het was bijna twaalf uur 's middags, kort voor het einde van hun werkdag, en de woestijnhitte werd dan ook snel ondraaglijk. Hij rechtte zijn rug en huiverde even toen hij plotseling besefte hoe slopend het was om ruim vijf uur lang over een stoffige gleuf gebogen te staan. Langzaam begaf hij zich naar het middelste gedeelte van de vindplaats voor zijn gebruikelijke eindedagsinspectie. Met zijn breedgerande hoed, kleine ronde brilletje en korte broek tot vlak boven de knieën, had hij wel iets weg van een stripfiguur, een of andere antieke machtswellusteling, een beeld dat volkomen in strijd was met zijn status als een van de meest vooraanstaande Egyptologen ter wereld.

Zwijgend nam hij de opgraving in zich op, terwijl zijn gedachten begeleid werden door het vertrouwde metaalachtige geluid van houwelen en het af en toe kraken van een kruiwagen. Dit mag dan niet de glamour hebben van het Dal der Koningen, overdacht hij, maar er waren hier veel meer artefacten te vinden. Vóór de vondst van het graf van Toetanchamon was men er jarenlang vruchteloos naar op zoek geweest; hier stond men letterlijk tot de knieën tussen de mummies, waarvan er al honderden waren uitgegraven, terwijl er dagelijks nog nieuwe werden ontdekt wanneer een nieuwe gang van zijn zandlaag werd ontdaan.

Hiebermeyer liep naar de diepe kuil waar alles was begonnen. Hij tuurde over de rand in het ondergrondse labyrint, een wirwar van in de rots uitgehakte tunnels met nissen waarin de doden eeuwenlang ongestoord hadden gelegen, ontsnapt aan de aandacht van de grafrovers die zoveel koningsgraven hadden vernietigd. Eén nukkige kameel had de catacomben blootgelegd: het ongelukkige dier was van zijn route afgeweken en voor de ogen van de eigenaar in het zand verdwenen. De drijver was naar de plek des onheils geholpen, maar was daar geschrokken achteruitgedeinsd toen hij diep beneden zich de rijen lichamen zag, waarvan de gezichten naar hem opkeken, vol verwijt omdat hun gewijde laatste rustplaats zo ruw werd verstoord.

'Deze mensen zijn naar alle waarschijnlijkheid jouw voorvaderen,' had Hiebermeyer tegen de kameeldrijver gezegd nadat hij van het Archeologisch Instituut in Alexandrië naar de tweehonderd kilometer zuidelijker gelegen woestijnoase was geroepen. De opgravingen hadden hem in het gelijk gesteld. De gezichten waarvan de drijver zo was geschrokken waren in feite zeer gedetailleerde schilderingen. Sommige daarvan waren van een kwaliteit die pas tijdens de Italiaanse renaissance werd geëvenaard. Toch waren die het werk van handwerkslieden geweest, en niet van de een of andere meester uit de oudheid, terwijl de mummies geen edelen waren, maar mensen die tot het gewone volk behoorden. De meesten daarvan hadden niet in de tijd van de farao's geleefd, maar in de eeuwen toen Egypte onder Griekse en Romeinse heerschappij had verkeerd. Het was een periode van steeds toenemende welvaart, toen de introductie van munten de spreiding van rijkdom mogelijk maakte en de nieuwe middenklasse zich vergulde mummiekisten en uitgebreide uitvaartrituelen kon veroorloven. Ze woonden in de Fajoem, de vruchtbare oase die zich vanaf de necropolis tot aan de Nijl uitstrekte, zo'n zestig kilometer verderop.

Deze teraardebestellingen vertegenwoordigden een veel grotere dwarsdoorsnede van het leven dan een koninklijke necropolis, vond Hiebermeyer, en ze vertelden verhalen die minstens even fascinerend waren als een gemummificeerde Ramses of Toetanchamon. Vanmorgen nog had hij een familie van kleermakers opgegraven, een man die Seth heette, plus zijn vader en broer. Kleurrijke taferelen betreffende het tempelleven sierden de *cartonnage*, het in gips gedrenkte linnen dat, eenmaal hard geworden, de bovenkant van de kist vormde. Volgens de hiërogliefen waren de twee broers onbetekenende bezoekers van de tempel van Neith in Saïs geweest, maar het geluk was hen goedgezind geweest en ze hadden samen met hun vader, die stoffen verkocht aan de Grieken, een bedrijfje opgezet. Aan de kostbare offergaven die in de mummiewindsels waren aangetroffen en de met bladgoud afgedekte maskers die hun gezichten bedekten te zien, hadden ze goed geboerd.

'Doctor Hiebermeyer, ik heb zo'n idee dat u dit wel even wilt zien.'

De stem was afkomstig van een van zijn meest ervaren opzichters, een Egyptische jonge vrouw die bijna was afgestudeerd en de hoop koesterde hem ooit een keertje te mogen opvolgen als directeur van het instituut. Aysha Farouk keek vanaf de zijkant van de kuil naar hem op; haar knappe, donkere gelaat had wel iets van een beeld uit het verleden, alsof een van de mummieportretten plotseling tot leven was gekomen.

'U zult naar beneden moeten komen.'

Hiebermeyer verwisselde zijn hoed voor een veiligheidshelm van geel plastic en daalde behoedzaam de ladder af, daarin bijgestaan door een van de plaatselijke *fellahin* die als arbeiders op de vindplaats werkzaam waren. Aysha stond over een mummie gebogen die zich slechts enkele treden onder het oppervlak in een zandstenen nis bevond. Het was een van de graven die door de weggezakte kameel beschadigd was en Hiebermeyer kon duidelijk zien waar de terracotta grafkist was gebarsten en dat de mummie die erin lag gedeeltelijk was opengescheurd.

Ze bevonden zich in het oudste gedeelte van de opgraving, een ondiepe groep gangen die het middelpunt van de necropolis vormden. Hiebermeyer hoopte van harte dat zijn studente iets had gevonden dat zijn theorie zou bewijzen dat het gravencomplex al in de zesde eeuw voor Christus was gesticht, meer dan twee eeuwen vóór Alexander de Grote Egypte had veroverd.

'Goed. Waar ben je op gestoten?' Het Duitse accent gaf zijn stem iets afgemetens.

Hij stapte de ladder af en wurmde zich naast zijn assistente, waarbij hij er zorgvuldig op lette de mummie niet verder te beschadigen. Ze hadden beiden lichtgewicht mondmaskers voorgedaan als bescherming tegen virussen en bacteriën die zich weleens tussen de windsels konden bevinden en door de hitte en het vocht in hun longen geactiveerd zouden kunnen worden. Hij sloot zijn ogen en boog heel even het hoofd, iets dat hij altijd deed wanneer hij een grafkelder opende, puur uit piëteit. Nadat de doden hun verhaal hadden verteld, zorgde hij er elke keer weer voor dat ze opnieuw ter aarde werden besteld, zodat ze hun reis door het hiernamaals konden vervolgen.

Toen hij daarmee klaar was, stelde Aysha de lamp wat bij en boog zich over de kist, om het volgende moment de grillig gevormde barst, die als een zware verwonding over de buik van de mummie liep, behoedzaam verder uit elkaar te trekken.

'Ik zal het eerst even schoonmaken.'

Ze werkte met de precisie van een chirurg, en maakte behendig gebruik van de borsteltjes en tandartshaakjes die keurig naast elkaar op een dienblaadje voor haar klaarlagen. Nadat ze een paar minuten lang de resten van haar eerdere arbeid had verwijderd, legde ze haar gereedschap weg en schoof voorzichtig wat naar voren, in de richting van het hoofdeinde van de kist, op die manier ruimte makend voor Hiebermeyer, zodat hij het wat beter kon bekijken.

Hij wierp een deskundig oog op de voorwerpen die ze uit het met hars geïmpregneerde gaas van de mummie had gehaald, waarvan het aroma na al die eeuwen nog steeds nadrukkelijk aanwezig was. Hij merkte al snel een gouden *ba* op, het gevleugelde symbool van de ziel, pal naast beschermende amuletten die de vorm van een cobra hadden. Midden op het schaaltje lag een amulet van Qebeh-sennuef, bewaker van de ingewanden. Ernaast lag een prachtige, zeer verfijnde broche van faience – geglazuurd aardewerk – in de vorm van een adelaarsgod die zijn vleugels had gespreid, terwijl het silicaat het geheel een glanzende, groenachtige uitstraling gaf.

Hij verplaatste zijn omvangrijke lichaam langs de rand totdat hij zich recht boven de breuk in de afdekplaat bevond. Het lichaam lag met het hoofd naar het oosten teneinde, als in een symbolische wedergeboorte, de opgaande zon te begroeten, een traditie die tot ver in de prehistorie terugging. Onder de losgetrokken windsels zag hij het roestkleurige torso van de mummie zelf, waarvan de huid strak en perkamentachtig over de ribbenkast was getrokken. De mummies in de necropolis waren niet op dezelfde wijze geprepareerd als de lichamen van de farao's, want daar waren de ingewanden weggehaald en vervolgens gevuld met balsemingzouten; hier hadden de droge woestijnomstandigheden het werk grotendeels gedaan, en de balsemers hadden alleen de darmen weggehaald. Toen de Romeinse periode aanbrak werd zelfs die procedure achterwege gelaten. De conserveringseigenschappen van de woestijn waren voor de archeologen een godsgeschenk, even merkwaardig als de vindplaatsen in moerassen, en Hiebermeyer stond nog steeds te kijken van het delicate organische materiaal dat na duizenden jaren vaak nog in nagenoeg perfecte conditie verkeerde.

'Ziet u het al?' Aysha kon haar opwinding nauwelijks bedwingen. 'Daar, pal onder uw rechterhand.'

'Ach, ja.' Hiebermeyers blik viel op een losse flap in de windsels rond de mummie, waarvan de gerafelde rand op het bekken rustte.

Het materiaal was bedekt met een keurig geïnterlinieerd handschrift. Dat was op zich niets nieuws; de oude Egyptenaren waren onvermoeibare vastleggers van allerhande informatie, en ze stelden dan ook voortdurend uitgebreide lijsten op, die vervolgens op papyrusrollen werden genoteerd. Overbodige papyrusrollen waren ook uitstekend geschikt om mummies mee in te wikkelen, en werden dan ook door de werklieden die voor de begrafenissen verantwoordelijk waren verzameld en hergebruikt. Deze stukken papyrus behoorden tot de kostbaarste vondsten binnen de necropolis, en vormden een van de hoofdredenen waarom Hiebermeyer zo'n grootschalige opgraving had voorgesteld.

Op dit moment was hij minder geïnteresseerd in de tekst zelf, dan in de mogelijkheid om aan de hand van de stijl en de taal van het schrift vast te kunnen stellen van wanneer deze dummie dateerde. Hij begreep Aysha's opwinding maar al te goed. De opengescheurde mummie bood een zeldzame gelegenheid tot datering ter plekke. Gewoonlijk moesten ze weken wachten tot de conservators in Alexandrië de windsels nauwgezet hadden verwijderd.

'Het is Grieks schrift,' zei Aysha, terwijl haar enthousiasme het steeds meer won van haar eerbied jegens de mummie. Ze zat nu op haar hurken naast hem, en haar haren streken langs zijn schouder toen ze naar het papyrus wees.

Hiebermeyer knikte. Ze had gelijk. Vergissen was onmogelijk: het vloeiende schrift van het oude Grieks léék niet op het hiëratische schrift uit de tijd van de farao's en het Koptisch dat ten tijde van de Grieken en de Romeinen in de Fajoem-regio werd gebruikt.

Hij stond voor een raadsel. Hoe kon een mummie uit Fajoem uit de zesde of vijfde eeuw voor Christus nou omwikkeld zijn met een stuk papyrus met Griekse tekst? De Grieken hadden in de zevende eeuw voor Christus toestemming gekregen voor het stichten van een handelspost bij Naucratis, aan de Kanopus-vertakking van de Nijl, maar hun contacten richting binnenland hadden onder strenge controle gestaan. Ze waren pas een belangrijke rol gaan spelen nadat Alexander de Grote het land in 332 voor Christus had veroverd, en het was ondenkbaar dat Egyptische gegevens van vóór die datum in het Grieks zouden zijn opgeschreven.

Hiebermeyer had plotseling het gevoel dat alle grond onder hem wegviel. Een Grieks document in de Fajoem dateerde naar alle waarschijnlijkheid uit de tijd van de Ptolemeeën, de Macedonische dynastie die begon met Alexanders generaal Ptolemaeus I Lagus en eindigde met de zelfmoord van Cleopatra en de Romeinse machtsovername in 30 voor Christus Had hij het zó bij het verkeerde eind gehad toen hij dit deel van de necropolis zo vroeg had gedateerd? Hij draaide zich naar Aysha om, waarbij zijn uitdrukkingsloze gezicht een steeds groter wordende teleurstelling maskeerde.

'Ik weet niet zeker of ik hiermee blij moet zijn. Ik ga het eens wat beter bekijken.'

Hij trok de lamp dichter naar de mummie toe. Met een van Aysha's dienblaadje afkomstig borsteltje veegde hij behoedzaam het stof van een hoek van het papyrus, waardoor een schrift zichtbaar werd dat er zó fris uitzag, dat je haast zou denken dat het diezelfde dag pas was geschreven. Hij haalde zijn vergrootglas te voorschijn en hield zijn adem in terwijl hij het schrift aan een nader onderzoek onderwierp. De letters waren klein en liepen achter elkaar door, niet onderbroken door interpunctie. Hij wist dat er heel wat tijd en geduld nodig waren voor er van deze tekst een volledige vertaling beschikbaar zou zijn.

Wat nu van belang was, was de stijl. Hiebermeyer had het geluk gehad onder professor James Dillen te hebben gestudeerd, een befaamde linguïst wiens manier van lesgeven zo'n onuitwisbare indruk op hem had gemaakt, dat Hiebermeyer na ruim twintig jaar nog steeds in staat was zich alle details te herinneren betreffende de antieke Griekse kalligrafie die hij toen had bestudeerd.

Enkele ogenblikken later verscheen er een grijns op zijn gezicht en draaide hij zich naar Aysha om.

'We hoeven ons geen zorgen te maken. Het is een vroege mummie. Ik weet het zeker. Vijfde, misschien wel zesde eeuw voor Christus.'

Hij sloot opgelucht zijn ogen en Aysha omhelsde hem vluchtig, de afstandelijkheid tussen studente en professor heel even vergeten. Ze had die datering al vermoed; het proefschrift van haar mentor had als onderwerp de archaïsche Griekse inscripties in Athene, en ze was op dit gebied deskundiger dan Hiebermeyer, maar ze wilde dat hem de triomf van de ontdekking toe zou vallen, de voldoening van het bewijs van zijn hypothese dat de necropolis aanzienlijk ouder was dan oorspronkelijk was aangenomen.

Hiebermeyer tuurde opnieuw naar het papyrus en pijnigde zijn hersenen. Uit het dicht op elkaar staande, ononderbroken schrift kon worden opgemaakt dat het hier niet om een administratief register ging, dat het niet zomaar een lijst van namen en hoeveelheden was. Dit was niet het soort document dat door kooplieden uit Naucratis was opgesteld. Waren er tijdens die periode nog andere Grieken in Egypte geweest? Hiebermeyer wist alleen maar van geleerden die af en toe op bezoek waren geweest en aan wie toestemming was verleend om de tempelarchieven te betreden, iets wat maar zelden gebeurde. Herodotus uit Halicarnassus, de vader van de geschiedschrijvers, had in de vijfde eeuw voor Christus de priesters bezocht, die hem vele wonderlijke verhalen hadden verteld, met name over de wereld van vóór het conflict tussen de Grieken en de Perzen, wat dan ook het hoofdthema vormde van zijn geschriften. Oude Grieken waren ook op bezoek geweest, staatslieden uit Athene, en schrijvers, maar hun bezoeken werden maar half onthouden en geen van hun verslagen uit de eerste hand waren bewaard gebleven.

Hiebermeyer durfde tegenover Aysha niet hardop te zeggen wat hij dacht, zich maar al te bewust van de problemen die een voortijdige bekendmaking met zich mee zou kunnen brengen, want het nieuws zou zich als een lopend vuurtje over de wachtende journalisten verspreiden. Maar hij kon zich nauwelijks beheersen. Hadden ze inderdaad een of andere lang verloren gewaande hoeksteen uit het antieke verleden gevonden?

Nagenoeg alle uit de oudheid daterende schrifturen bestonden in feite uit middeleeuwse kopieën, die na de val van het Romeinse Rijk door monniken in het westen in kloosters nauwgezet werden overgeschreven. De meeste van deze oude manuscripten waren door de tand des tijds ernstig aangetast of werden door binnenvallende vijandelijke strijdkrachten en religieuze fanatiekeling vernietigd. Jarenlang hadden wetenschappers tegen beter weten in gehoopt dat de Egyptische woestijn verloren gewaande teksten zou vrijgeven, teksten die het noodzakelijk zouden maken om de geschiedenis van de oudheid te herschrijven. Maar boven alles droomden ze van iets dat de wijsheid van de Egyptische priesters, die ook vaak wetenschapper waren, voor de eeuwigheid zou kunnen behouden. In de tempelscriptoria die door Herodotus en zijn voorgangers waren bezocht, werd een ongebroken traditie op het gebied van kennis in stand gehouden die terugging tot duizenden jaren geleden, tot de begintijd van de geboekstaafde geschiedenis.

Hiebermeyer liet opgewonden alle mogelijkheden de revue passeren. Was dit een verslag uit de eerste hand over de omzwervingen van de joden, een document dat naast het Oude Testament gelezen diende te worden? Of een overzicht betreffende het einde van de bronstijd, over de werkelijkheid achter de Trojaanse oorlog? Misschien had het wel betrekking op een nóg oudere geschiedenis, een verhaal dat aantoonde dat de Egyptenaren meer deden dan alleen maar handel drijven met het Kreta uit de bronstijd, en ook verantwoordelijk waren voor de grote paleizen daar. Een Egyptische koning Minos? Hiebermeyer vond dat idee bijzonder aanlokkelijk.

Hij werd met beide benen weer op de wereld teruggezet door Aysha, die verder was gegaan met het schoonmaken van het papyrus, en nu gebaarde dat hij wat dichterbij moest komen.

'Bekijkt u dit eens.'

Aysha was met de rand van het papyrus in de weer geweest, waar het uit de onbeschadigde windsels te voorschijn stak. Ze tilde voorzichtig een stukje linnen op en wees met haar borsteltje.

'Het is een soort symbool,' zei ze.

De tekst werd gebroken door een vreemd rechthoekig symbooltje, dat nog gedeeltelijk schuilging onder de windsels. Het zag eruit als het uiteinde van een hark die van vier uitstekende armen was voorzien.

'Wat denkt ú dat het is?'

'Ik weet het niet.' Hiebermeyer zweeg even, want hij voelde er weinig voor om in het gezelschap van een studente toe te moeten geven dat hij geen flauw idee had. 'Misschien heeft het iets met cijfers te maken, een afgeleide van het spijkerschrift.' Hij moest weer denken aan de wigvormige symbolen die door de vroege schrijvers uit het Midden-Oosten in kleitabletten werden gedrukt.

'Hier. Misschien dat dit ons een aanwijzing kan geven.' Hij boog zich nog verder naar voren tot zijn gezicht nog maar enkele centimeters van de mummie verwijderd was, en blies toen behoedzaam de zandkorrels van de tekst die onder het symbool te zien was. Tussen het symbool en de tekst stond één enkel woord, terwijl de Griekse letters groter waren dan het doorlopende handschrift op de rest van het papyrus.

'Ik denk dat ik het kan lezen,' mompelde hij. 'Haal het aantekenboekje uit mijn achterzak en noteer de letters die ik je zal dicteren.'

Ze deed wat hij haar vroeg en ging op haar hurken naast de grafkist zitten, het potlood in de aanslag, gevleid door het feit dat Hiebermeyer ervan uit ging dat ze in staat was de transcriptie te maken.

'Oké, daar gaat-ie.' Hij zweeg even en bracht zijn vergrootglas omhoog. 'De eerste letter is een alfa.' Hij ging even verzitten zodat het licht er wat beter bij kon. 'Daarna een tau. Dan opnieuw een alfa. Nee, streep die maar door, het is een lambda. En dan nog een alfa.'

Ondanks de schaduw van de nis verschenen er steeds meer zweetdruppeltjes op zijn voorhoofd. Hij schoof iets naar achteren om te voorkomen dat het op het papyrus terecht zou komen.

'Nu. Daarna weer een tau. En dan een iota, geloof ik. Ja, onmiskenbaar een iota. En dan nu de laatste letter.' Zonder zijn blik ook maar één keer van het papyrus los te maken, tastte hij naar een klein pincet dat op het schaaltje lag en gebruikte dat om een deel van het windsel dat het uiteinde van het woord bedekte op te tillen. Behoedzaam blies hij opnieuw over de tekst.

'Een sigma. Ja, een sigma. En dat is het dan.' Hiebermeyer kwam overeind. 'Goed. Wat hebben we?'

In feite had hij, vanaf het moment dat hij het woord had gezien, precies geweten welk woord het was, maar zijn hersenen weigerden datgene wat hem recht in het gezicht staarde te registreren. Het ging zijn meest woeste dromen huizenhoog te boven, een mogelijkheid die zó door fantasie was omringd dat de meeste wetenschappers zich er zondermeer van zouden distantiëren.

Beiden staarden ze met stomheid geslagen naar het aantekenboekje, terwijl het woord hen als bij toverslag aan de grond leek vast te nagelen; al het andere werd buitengesloten en leek van het ene op het andere moment geen enkele betekenis meer te hebben.

'Atlantis.' Hiebermeyers stem was nauwelijks meer dan een schor gefluister.

Hij wendde zich af, knipperde een paar keer nadrukkelijk met zijn ogen en draaide zich toen weer om. Het woord was er nog steeds. Op dat moment gingen zijn hersenen met hem aan de haal en begon hij verwoed te speculeren, waarbij hij alle informatie waarvan hij op de hoogte was te voorschijn haalde en probeerde een logische plek te geven.

Zijn jarenlange ervaring als wetenschapper zei hem dat hij moest beginnen met datgene wat het minst controversieel was, dat hij moest proberen zijn ontdekking eerst een plaatsje te geven binnen het algemeen aanvaarde kader.

Atlantis. Hij staarde in de verte. Voor de antieke mensheid zou het verhaal het laatste deel van hun scheppingsmythe gevormd kunnen hebben, toen het tijdperk der reuzen had plaatsgemaakt voor het eerste tijdperk der mensheid. Misschien was het papyrus wel een beschrijving van dit legendarische gouden tijdperk, een Atlantis dat niet zozeer zijn oorsprong had in de geschiedenis, maar in mythes.

Hiebermeyer keek in de grafkist en schudde zwijgend zijn hoofd. Dat kon nooit kloppen. De plaats, de datering. Het was te veel om toeval te kunnen zijn. Zijn instinct had hem nog nooit in de steek gelaten, en nu was zijn gevoel sterker dan ooit.

De vertrouwde, voorspelbare wereld van mummies en farao's, priesters en tempels leek voor zijn ogen uiteen te vallen. Het enige waaraan hij kon denken waren de enorme kosten, zowel qua arbeid als voorstellingsvermogen, die nodig waren geweest om het antieke verleden te reconstrueren, een bouwsel dat plotseling zo broos en precair leek.

Het was eigenlijk grappig, mijmerde hij, maar die kameel zou weleens verantwoordelijk kunnen zijn voor de grootste archeologische ontdekking die ooit was gedaan.

'Aysha, ik wil dat je deze grafkist onmiddellijk weg laat halen. Vul die nis op met piepschuim en laat hem dichtmaken.' Hij was nu weer de leidinggevende archeoloog, en de enorme verantwoordelijkheid van hun ontdekking won het van zijn jongensachtige opwinding van de afgelopen minuten. 'Ik wil dat hij vandaag nog met een vrachtwagen naar Alexandrië wordt overgebracht, en ik wil dat jij met die zending meegaat. Regel het gebruikelijke gewapende escorte, maar niet te nadrukkelijk, want ik wil niet dat er onnodig aandacht wordt getrokken.'

Ze hielden altijd rekening met moderne grafschenners, onbetrouwbare opkopers en struikrovers, die zich ook vandaag nog in de zandduinen rond de vindplaatsen ophielden, en steeds roekelozer werden in hun pogingen om ook maar het kleinste antieke voorwerp in handen te krijgen.

'En Aysha,' zei hij, zijn gezicht een en al ernst. 'Ik weet dat ik op je kan vertrouwen – geen woord hierover tegenover wie dan ook, ook niet tegen onze collega's en vrienden binnen het team.'

Hiebermeyer liet Aysha verder met rust, zodat ze aan het werk kon, en beklom moeizaam de ladder, want de buitengewone dramatiek van de ontdekking had ervoor gezorgd dat hij zich van het ene op het andere moment bekaf voelde. Hij stak de vindplaats over, enigszins wankelend onder de alles verzengende zon, zich niet langer bewust van het feit dat de mensen die vandaag aan het graven waren geweest nog steeds stonden te wachten tot hij hen zou komen inspecteren. Hij stapte de hut van de leidinggevende archeoloog binnen en liet zich naast de satelliettelefoon op een stoel zakken. Nadat hij zijn gezicht had afgeveegd en een ogenblik lang zijn ogen sloot, slaagde hij erin zich weer onder controle te krijgen en zette hij het apparaat aan. Hij toetste een nummer in en al snel hoorde hij een stem in zijn koptelefoon, aanvankelijk wat krakend, maar nadat hij wat aan de antenne had gedraaid een stuk duidelijker.

'Goedemiddag, u spreekt met de International Maritime University. Waarmee kan ik u helpen?'

Hiebermeyer antwoordde haastig, zijn stem schor van opwinding. 'Hallo, u spreekt met Maurice Hiebermeyer in Egypte. Ik heb een boodschap met de hoogste prioriteit. Verbindt u me alstublieft ogenblikkelijk met Jack Howard door.'

3

Het water van de oude haven klotste zachtjes tegen de kade, waarbij de golven strepen van zwevend zeewier trokken die zich uitstrekten zover het oog reikte. Aan de overkant van het havenbassin dobberden rijen vissersboten die glommen in de middagzon. Jack Howard stond op en liep naar de balustrade, terwijl zijn donkere haar door de bries in de war werd geblazen en zijn gebronsde gelaatstrekken de maanden op zee weerspiegelden waarin hij op zoek was geweest naar een scheepswrak uit de bronstijd. Hij leunde op de bovenzijde van de borstwering en staarde naar het flonkerende water. In de oudheid was dit de haven van Alexandrië geweest, dat zich qua glorie moeiteloos kon meten met Carthago en zelfs met Rome. Van hieruit waren de schepen met graan vertrokken, brede koopvaarders die de opbrengst van Egypte naar de miljoenenbevolking van Rome vervoerden. Van hieruit ook hadden rijke kooplieden kisten met goud en zilver dwars door de woestijn naar de Rode Zee en nog verder laten transporteren; in ruil daarvoor waren de rijkdommen van het oosten hun kant uit gekomen, wierook en mirre, lapis lazuli en saffieren en schildpad, zijde en opium, aangevoerd door stoutmoedige zeelieden die het lef hadden vanuit Arabië en het nog verder gelegen India de moessonroute te bevaren.

Jack keek neer op de massieve, tien meter lager gelegen vestingwerken. Tweeduizend jaar geleden was dit een van de wereldwonderen geweest, de legendarische Pharos van Alexandrië. Hij was in 285 voor Christus in dienst gesteld door Ptolemaeus II Philadelphus, nog maar nauwelijks vijftig jaar nadat Alexander de Grote de stad had gesticht. Met zijn honderd meter was hij hoger dan de Grote Piramide van Giza. Zelfs tegenwoordig nog, meer dan zes eeuwen nadat de vuurtoren bij een aardbeving was ingestort, vormden de fundamenten ervan nog steeds een van de wonderen van de oudheid. De muren werden tijdens de middeleeuwen tot onderdeel van een vesting gemaakt, waarin tegenwoordig het hoofdkwartier van het Archeologisch Instituut was gevestigd, het belangrijkste onderzoekscentrum met betrekking tot het Egypte in de Grieks-Romeinse periode.

Resten van de vuurtoren lagen nog steeds op de bodem van de haven. Pal onder het wateroppervlak was nog goed te zien hoe blokken steen en stukken zuil schots en scheef door elkaar lagen, met daartussendoor nog verspreid liggende beelden van koningen en koninginnen, goden en sfinxen. Jack zelf had een van de indrukwekkendste ontdekt, een kolossale vorm die in stukken gebroken op de zeebodem lag, net als Ozymandias, koning der koningen, de omgevallen beeltenis van Ramses II, door Shelley zo levensecht opgeroepen. Jack had er met klem op aangedrongen de beelden zo goed mogelijk te determineren en ze verder met rust te laten, net als hun poëtische tegenhanger in de woestijn.

Hij was blij toen hij zag dat er zich voor het onderzeese themapark een rij had gevormd, het bewijs dat het park een succes was. Aan de overkant van de haven werd de skyline gedomineerd door de futuristische Bibliotheca Alexandrina, de gereconstrueerde bibliotheek uit de oudheid die eveneens een verbinding met het glorieuze verleden vormde.

'Jack!' De deur van de vergaderruimte zwaaide open en een ietwat corpulente gestalte stapte het balkon op.

'*Herr professor doktor* Hiebermeyer!' Jack stak grinnikend zijn hand naar hem uit. 'Ik kan me niet voorstellen dat u me helemaal hiernaartoe hebt laten komen om me naar een stuk mummiewindsel te laten kijken.'

'Ik wist dat je uiteindelijk helemaal aan het oude Egypte verslingerd zou raken.'

De twee mannen waren in Cambridge jaargenoten geweest, en hun rivaliteit had hun wederzijde passie ten opzichte van de oudheid alleen maar verder aangewakkerd. Jack wist dat de formaliteit die Hiebermeyer af en toe aan de dag legde in feite een buitengewoon ontvankelijke geest maskeerde, terwijl Hiebermeyer op zijn beurt precies wist hoe hij door Jacks gereserveerdheid heen moest breken. Na talrijke projecten in andere delen van de wereld, zag Jack er met graagte naar uit om met zijn oude studiegenoot opnieuw de degens te kruisen. Hiebermeyer was sinds hun studentendagen maar weinig veranderd, en hun meningsverschillen betreffende de Egyptische invloed op de Griekse beschaving vormden een integraal onderdeel van hun vriendschap.

Een eindje achter Hiebermeyer stond een al wat oudere man, onberispelijk gekleed in een wit zomerkostuum en een vlinderdas, terwijl vanonder een stevige grijze haardos twee ogen verrassend helder de wereld inkeken. Jack liep direct naar hem toe en schudde de hand van zijn mentor, professor James Dillen.

Dillen deed een stapje opzij, en het volgende moment kwamen er nog twee mensen naar buiten.

'Jack, als ik me niet vergis heb je dr. Svetlanova nog niet eerder ontmoet.'

Haar doordringende groene ogen bevonden zich nagenoeg op dezelfde hoogte als die van hem, en ze drukte hem glimlachend de hand. 'Noemt u me alstublieft Katya.' Haar Engels had een accent, maar ze sprak de taal onberispelijk, een resultaat van tien jaar studie in Amerika en Engeland nadat ze eindelijk toestemming had gekregen om buiten de Sovjet-Unie te reizen. Jack kende Katya's reputatie, maar hij had nooit verwacht dat hij zich onmiddellijk in zo'n hoge mate tot haar aangetrokken zou voelen. Gewoonlijk was Jack in staat zich volledig op de opwinding van een nieuwe ontdekking te richten, maar dit was iets heel anders. Hij kon zijn ogen niet van haar afhouden.

'Jack Howard,' antwoordde hij, ietwat geïrriteerd omdat hij zich had laten verrassen en haar koele en geamuseerde blik nu dwars door hem heen leek te gaan.

Haar lange zwarte haar golfde opzij toen ze zich omdraaide om haar collega voor te stellen. 'En dit is mijn assistente, Olga Ivanova Bortsev, van het Paleografisch Instituut van Moskou.'

In schrille tegenstelling met de smaakvolle verschijning van Katya Svetlanova, leek Olga in alles op de bekende Russische plattelandsvrouw. Ze zag eruit als een van de propagandaheldinnen uit de Grote Patriotische Oorlog, bedacht Jack, zonder enige opsmuk en onverschrokken, iemand die zich qua kracht met menig man kon meten. Ze wankelde onder een enorme lading boeken, maar keek hem recht aan toen hij zijn hand naar haar uitstak.

Nadat de beleefdheden achter de rug waren, ging Dillen hen voor naar binnen, naar de vergaderruimte. Hij zou de bijeenkomst leiden, want Hiebermeyer, die als directeur van het instituut die rol gewoonlijk op zich nam, had uit respect voor de status van Dillen de voorzittershamer deze keer aan hém overgedragen.

Ze gingen rond de tafel zitten. Olga zette de door haar meegebracht boeken keurig in twee stapeltjes bij Katya neer en trok zich vervolgens terug naar het rijtje stoelen dat achter in het vertrek langs de wand stond.

Hiebermeyer nam het woord, ondertussen aan het eind van het vertrek heen en weer lopend en zijn relaas illustrerend met dia's. Hij beschreef in korte bewoordingen de omstandigheden waaronder de ontdekking was gedaan en vertelde dat de grafkist nog maar twee dagen geleden naar Alexandrië was overgebracht. Daarna waren de conservators onafgebroken bezig geweest met de mummie van zijn papyruswindsels te ontdoen. Hij bevestigde dat er verder geen beschreven stukken windsel meer waren aangetroffen, en dat het stukje papyrus maar een paar centimeter langer was dan tijdens de opgraving zelf te zien was geweest.

Het resultaat lag onder een glasplaat voor hen op tafel, een grillig gevormd stuk van pakweg dertig centimeter lang en hoogstens vijftien centimeter breed, dat uitermate dicht beschreven was, op het gat in het midden na.

'Het is buitengewoon toevallig dat die kameel zijn poot er recht midden in heeft gezet,' merkte Katya op.

'Het is niet te geloven hoe vaak dat in de archeologie voorkomt.' Jack knipoogde nadat hij had gesproken, en beiden moesten ze even glimlachen.

'De belangrijkste vondsten zijn het gevolg van toeval,' vervolgde Hiebermeyer, zich onbewust van de twee anderen. 'En vergeet niet, er zijn nog honderden mummies die geopend moeten worden. Dit was precies het soort ontdekking waarop ik heb gehoopt, en er zouden er nog weleens heel wat meer kunnen zijn.'

'Dat is een grandioos vooruitzicht,' was Katya het met hem eens.

Dillen boog zich wat naar voren en pakte de afstandsbediening van de projector. Vervolgens stootte hij, terwijl Hiebermeyer nog steeds aan het woord was, een stapeltje papieren recht dat hij uit zijn aktetas had gehaald.

'Vrienden en collega's,' zei hij, en liet zijn blik langzaam langs de verwachtingsvolle gezichten glijden. 'We weten allemaal waarom we hier zijn.'

Ze verlegden hun aandacht naar het scherm achter in het vertrek. Het beeld van de woestijnnecropolis maakte plaats voor een close-up van het stuk papyrus. Het woord dat Hiebermeyer in de woestijn zo verbijsterd had doen staan, vulde nu het scherm.

'Atlantis,' fluisterde Jack.

'Ik moet u allen vragen geduld te oefenen.' Dillen keek iedereen even aan, zich bewust van het feit dat ze stuk voor stuk zaten te popelen tot hij en Katya met hun vertaling van de tekst zouden komen. 'Voor ik verderga, stel ik voor dat dr. Svetlanova ons in het kort op de hoogte brengt van het fenomeen Atlantis zoals wij dat kennen. Katya, als je zo vriendelijk zou willen zijn.'

'Graag, professor.'

Katya en Dillen waren met elkaar bevriend geraakt toen zij tijdens een sabbatical onder zijn leiding in Cambridge doctoraalassistent was geweest. Meer recentelijk waren ze samen in Athene geweest, nadat die stad door een zware aardbeving was getroffen, waarbij de Akropolis was opengespleten, waardoor er een uitgebreid in de rotsen uitgehouwen gangenstelsel zichtbaar was geworden waarin het verloren gewaande archief van de antieke stad was aangetroffen. Katya en Dillen hadden de verantwoordelijkheid op zich genomen de teksten met betrekking tot de Griekse ontdekkingstochten verder naar het oosten te publiceren. Nog maar een paar weken geleden hadden hun foto's op de voorpagina van zo'n beetje alle kranten ter wereld gestaan naar aanleiding van een persconferentie waarin ze uit de doeken hadden gedaan hoe een uit Griekse en Egyptische avonturiers bestaande expeditie de Indische Oceaan was overgestoken en zelfs de Zuid-Chinese Zee had weten te bereiken.

Katya was tevens een van de belangrijkste deskundigen op het gebied van de Atlantis-legende, en ze had kopieën bij zich van alle relevante antieke teksten. Ze pakte twee boeken en sloeg ze open op pagina's waar ze een papiertje tussen had gelegd.

'Heren, mag ik beginnen met te zeggen hoeveel plezier het me doet dat ik voor dit symposium ben uitgenodigd. Dat is voor het Moskouse Paleografisch Instituut een hele eer. Dat deze sfeer van internationale samenwerking nog lang mag voortduren.'

Van rond de tafel klonk instemmend gemompel.

'Ik zal het kort houden. Om te beginnen kunt u vanaf nu nagenoeg alles vergeten wat u ooit over Atlantis hebt gehoord.'

Ze was nu weer de ernstige wetenschapper, de twinkeling in haar ogen was verdwenen, en Jack concentreerde zich uitsluitend op datgene wat ze te zeggen had.

'U denkt misschien dat Atlantis een wereldwijde legende was, een of andere verre episode uit de geschiedenis die door heel wat culturen nog half herinnerd wordt, en over de hele wereld voortleeft in mythen en legenden.'

'Zoals de verhalen over de Zondvloed,' merkte Jack op.

'Precies.' Ze keek hem heel even half ironisch, half geamuseerd aan. 'Maar u zou het best eens bij het verkeerde eind kunnen hebben. Er is maar één enkele bron.' Terwijl ze sprak pakte ze de twee boeken op. 'De Griekse filosoof Plato.'

De anderen leunden achterover in hun stoel en luisterden aandachtig toe.

'Plato leefde in Athene, en wel van 427 tot 347 voor Christus, een generatie na Herodotus,' zei ze. 'Als jongeman zou Plato de orator Pericles gekend kunnen hebben, zou hij de toneelstukken van Euripides en Aeschylus en Aristophanes gezien kunnen hebben, zou hij getuige geweest kunnen zijn van de bouw van de grote tempels op de Akropolis. Dat was de glorietijd van het klassieke Griekenland, de belangrijkste beschavingsperiode die de mensheid ooit heeft gekend.'

Katya legde de boeken weer neer en wreef eroverheen om ervoor te zorgen dat ze open zouden blijven liggen. 'Deze twee werken staan bekend als de *Timaeus* en de *Critias*. Het zijn denkbeeldige dialogen tussen mannen met die naam en Socrates, Plato's mentor wiens wijsheid alleen maar bewaard is gebleven via de teksten van zijn leerling.

Hier, in een fictief gesprek, verhaalt Critias tegenover Socrates over een machtige beschaving, een beschaving die negenduizend jaar eerder uit de Atlantische Oceaan te voorschijn is gekomen. De bewoners van Atlantis stamden af van Poseidon, de god van de zee. Critias vertelt Socrates:

> *Vóór de Zeestraat, in de buurt van iets dat door u de Zuilen van Hercules wordt genoemd, lag ooit een eiland; dit eiland was groter dan Libië en Azië samen. Op dit Atlantis was een uitgestrekt en verbazingwekkend rijk gevestigd dat niet alleen over het hele eiland en nog verschillende andere heerste, maar ook over delen van het vasteland, terwijl de bewoners van Atlantis ook nog eens delen van Libië binnen de Zuilen van Hercules – tot in Egypte en Europa, en zelfs helemaal tot in Tyrrheni, aan zich hadden onderworpen. Deze enorme macht, gebundeld tot één natie, streefde ernaar om ons land en dat van u, plus het hele gebied binnen de Zeestraat onverhoeds aan zich te onderwerpen.'*

Katya pakte het andere boekje en keek heel even op. 'Libië is de oude naam voor Afrika. Tyrrheni staat voor Midden-Italië, en met de Zuilen van Hercules wordt de Straat van Gibraltar bedoeld. Maar Plato was én geen geograaf, én geen historicus. Zijn thema was een monumentale oorlog tussen de Atheners en de Atlantiërs, een strijd die de Atheners natuurlijk wonnen, maar alleen nadat ze aan de meest afgrijselijke gevaren hadden blootgestaan.'

Ze keek weer in het boek.

'En nu de climax, de essentie van de legende. Deze laatste paar regels kwellen de wetenschappers nu al langer dan tweeduizend jaar, en hebben al tot meer doodlopende sporen geleid dan ik kan tellen.

> *'Maar daarna deden zich hevige aardbevingen en vloedgolven voor; en in één enkele dag en één enkele nacht vol tegenspoed werden al uw krijgshaftige mannen tegelijkertijd door de aarde verzwolgen, terwijl het eiland Atlantis op een gelijksoortige manier in de diepte van de zee verdween.'*

Katya sloeg het boek dicht en keek Jack vragend aan. 'Wat dacht u in Atlantis te zullen vinden?'

Jack aarzelde, wat niets voor hem was, en hij was zich bewust van het feit dat ze probeerde zijn wetenschappelijke kennis en inzicht te peilen. 'Atlantis heeft altijd veel meer dan alleen een verdwenen beschaving betekend,' antwoordde hij. 'Voor de mensen in de oudheid was het een fascinatie met de gevallenen, waarin grandeur door arrogantie en overmoed ten ondergang gedoemd was. Elk tijdperk heeft zijn eigen Atlantis-fantasieën gekend, waarbij altijd weer werd gerefereerd aan een wereld met onvoorstelbare pracht en praal, die de gehele geschiedenis overschaduwde. Voor de nazi's was het de geboorteplaats van de *Übermann*, het oorspronkelijke Arische thuisland, wat weer aanleiding gaf tot een krankzinnige zoektocht rond de wereld naar rassentechnisch gezien zuivere afstammelingen. Voor anderen was het de Hof van Eden, een verloren gegaan paradijs.'

Katya knikte en ging kalm verder: 'Als er enige waarheid in dit verhaal zit, als het papyrus ons nog wat meer aanwijzingen geeft, zijn we misschien in staat om een van de grootste mysteriën uit de oudheid op te lossen.'

Er viel een pauze, en de aanwezigen keken elkaar eens aan, hun gezichten vol verwachting en nauwelijks onderdrukt verlangen.

'Dank je, Katya.' Dillen stond op. Hij voelde zich duidelijk een stuk plezieriger als hij staande zijn zegje kon doen. Hij was een ervaren spreker, die eraan gewend was de onverdeelde aanacht van zijn toehoorders te krijgen.

'Ik zou willen voorstellen het Atlantis-verhaal niet als geschiedenis te beschouwen, maar als een soort allegorie. Het was Plato's bedoeling om hieruit een serie morele lessen te trekken. In de *Timaeus* was dat de orde, die bij de vorming van de kosmos de chaos overwon. In de *Critias* triomfeerden mannen met zelfdiscipline, mannen die zich matigden en die de wet respecteerden, over trotse, arrogante mannen. Het conflict met Atlantis was bedacht om te laten zien dat de Atheners altijd al mensen waren geweest die vastbesloten waren om uit elke oorlog als overwinnaars te voorschijn te komen.' Dillen legde zijn handen op tafel en leunde iets naar voren.

'Ik zou willen stellen dat Atlantis een politieke fabel is. Plato's verslag over hoe hij aan dat verhaal is gekomen is een uiterst eigenaardig relaas, net als Swifts inleiding bij zijn *Gullivers reizen*, waar hij weliswaar met een bron op de proppen komt die plausibel genoemd zou kunnen worden, maar nooit kon worden nagetrokken.'

Dillen speelde de advocaat van de duivel, besefte Jack. Hij genoot altijd enorm van de retorische vaardigheden van zijn oude professor, een duidelijk gevolg van de vele jaren die hij aan de belangrijkste universiteiten ter wereld had doorgebracht.

'Het zou handig zijn als je Plato's bron zou kunnen natrekken,' zei Hiebermeyer.

'Inderdaad.' Dillen keek naar zijn aantekeningen. 'Critias was Plato's overgrootvader. Critias beweert dat zijn eigen overgrootvader het verhaal over Atlantis van Solon heeft gehoord, de beroemde Atheense wetgever. Op zijn beurt had Solon het in Saïs, in de Nijldelta van een oude Egyptische priester gehoord.'

Jack deed snel wat hoofdrekenwerk. 'Solon leefde ongeveer van 640 tot 560 voor Christus. Hij zou waarschijnlijk alleen toegang tot de tempel hebben gehad als zeer gewaardeerd wetenschapper. Als we op basis daarvan aannemen dat hij Egypte pas heeft bezocht toen hij al behoorlijk op leeftijd was, maar nog niet oud genoeg om niet meer te kunnen reizen, zouden we die ontmoeting ergens aan het begin van de zesde eeuw voor Christus moeten plaatsen, zo rond 590 of 580 voor Christus.'

'Als dat zo is, hebben we met feiten te maken, en niet langer meer met fictie. Ik zou een vraag willen opperen. Hoe is het nou mogelijk dat zo'n opmerkelijk verhaal niet in veel breder kring bekend is? Herodotus bezocht Egypte in het midden van de vijfde eeuw voor Christus, ongeveer een halve eeuw vóór het tijdperk waarin Plato leefde. Hij was een onvermoeibaar onderzoeker, een verzamelaar die elk stukje trivia bijeengaarde, en zijn werk bestaat tot aan de dag van vandaag voort – in zijn geheel. En toch komt Atlantis daarin geen enkele keer ter sprake. Waarom niet?'

Dillen liet zijn blik door het vertrek glijden en keek elk van de aanwezigen heel even aan. Toen ging hij zitten. Na een korte pauze stond Hiebermeyer op en begon achter zijn stoel heen en weer te benen.

'Ik geloof dat ik misschien een antwoord op uw vraag kan geven.' Hij zweeg een ogenblik lang. 'In onze wereld hebben we de neiging om historische kennis als een universeel bezit te beschouwen. Er zijn natuurlijk uitzonderingen, en we weten allemaal dat de geschiedenis kan worden gemanipuleerd, maar in z'n algemeenheid kunnen we stellen dat er maar weinig van belang is dat langere tijd verborgen kan worden gehouden. Nou, in het oude Egypte ging het er heel anders aan toe.'

De anderen luisterden aandachtig.

'In tegenstelling tot Griekenland en het Nabije Oosten, waarvan de cultuur door binnenvallende volken werd weggevaagd, kende Egypte een onafgebroken traditie die teruggaat tot aan de vroege bronstijd, tot de vroegste dynastie van rond 3100 voor Christus. Sommige mensen zijn van mening dat hij zelfs nog veel verder teruggaat, namelijk tot de komst van de eerste landbouwers, bijna vierduizend jaar eerder.'

De anderen lieten een belangstellend gemompel horen.

'Maar toch was het in de tijd van Solon heel erg moeilijk om toegang tot deze oude kennis te krijgen. Het leek wel of die kennis was opgesplitst in elkaar overlappende segmenten, als bij een legpuzzel, om vervolgens ingepakt en opgeborgen te worden.' Hij zweeg even, niet ontevreden met deze metafoor. 'Die brokken kennis vonden onderdak in talloze tempels, die aan talloze goden waren gewijd. Die pakjes met kennis werden door de priesters bewaakt alsof het om hun eigen kostbaarheden ging. Buitenstaanders konden alleen maar door goddelijke interventie van die kennis op de hoogte worden gebracht, door een of ander signaal van de goden. Vreemd genoeg,' voegde hij er met een fonkeling in zijn ogen aan toe, 'manifesteerden deze signalen zich over het algemeen vrij snel nadat de aanvrager een offerande had geschonken, meestal in de vorm van goud.'

'Dus je kon kennis kópen?' vroeg Jack.

'Ja, maar alleen als de omstandigheden gunstig waren, op de juiste dag van de maand, op data die buiten de talrijke religieuze festivals vielen, en dan moest ook nog een groot aantal tekens en voortekens kloppen. Als niet álles maar dan ook álles klopte, werd een aanvrager weggezonden, ook al had hij een hele scheepslading goud bij zich.'

'Dus het is mogelijk dat het verhaal over Atlantis slechts bij één tempel bekend was, en slechts aan één Griek is doorverteld.'

'Precies.' Hiebermeyer knikte Jack ernstig toe. 'Slechts een handvol Grieken is erin geslaagd tot de scriptoria van de tempels door te dringen. De priesters wantrouwden mannen als Herodotus, want die vonden ze veel te nieuwsgierig en ongenuanceerd, en die lui trokken ook nog eens van tempel naar tempel. Herodotus kreeg soms verkeerde informatie toegespeeld, verhalen die overdreven waren of gewoon niet klopten. Hij werd in die gevallen, zoals dat tegenwoordig wel wordt genoemd, het bos in gestuurd.

De kostbaarste kennis was té heilig om aan het papier te worden toevertrouwd. Die werd door de ene hogepriester op de andere hogepriester overgedragen, woord voor woord. Het overgrote gedeelte daarvan verdween met de laatste priesters toen de Grieken de tempels sloten. Het weinige dat op papier was gezet ging verloren onder de Romeinen, toen in 48 voor Christus tijdens de burgeroorlog de koninklijke bibliotheek van Alexandrië afbrandde, terwijl de dochterbibliotheek eenzelfde lot onderging in 391 na Christus, toen keizer Theodosius opdracht gaf tot het vernietigen van alle resterende heidense tempels. We weten iets van datgene wat verloren is gegaan door de nog bestaande antieke teksten. De *Periodos* van Pytheas de Zeevaarder. De *Geschiedenis van de Wereld* door keizer Claudius. De verdwenen geschriften van Galenus en Celsus. Belangrijke werken op het gebied van geschiedenis en wetenschap, compendia met farmaceutische informatie die de medische kennis op een onmetelijk hoger plan had kunnen brengen. We kunnen ons nauwelijks voorstellen hoeveel geheime kennis van de Egyptenaren diezelfde weg is gegaan.'

Hiebermeyer ging zitten en Katya nam het woord over.

'Ik zou een alternatieve stelling willen poneren. Ik ga ervan uit dat Plato over zijn bron de waarheid heeft verteld. Maar om de een of andere reden heeft Solon dat in zijn verslag van zijn bezoek niet genoteerd. Zouden de priesters hem dat verboden hebben?'

Ze pakte de boeken weer op en vervolgde: 'Ik denk dat Plato de naakte feiten zoals hij ze kende tot zich heeft genomen, om ze vervolgens zodanig te verfraaien dat ze aan zijn eigen doeleinden voldeden. Ik ben het hier gedeeltelijk met professor Dillen eens. Plato overdreef, om zo van Atlantis een nog fantastischer, afgelegener oord te maken, dat paste bij een nóg verder verleden. Hij tilde het verhaal nog verder terug in het verleden, maakte van Atlantis het grootste continent dat hij zich kon voorstellen, en situeerde het in de westelijke oceaan, een heel eind buiten de dan bekende grenzen van de oude wereld.' Ze keek Jack aan. 'Er bestaat een theorie rond Atlantis, een die vooral wordt aangehangen door archeologen. We hebben het geluk dat een van de belangrijkste voorstanders van die theorie zich vandaag onder ons bevindt. Dr. Howard?'

Jack klikte al op de afstandsbediening voor een kaart van de Egeïsche Zee, met Kreta prominent midden in beeld.

'Het wordt alleen maar aannemelijk als we de schaal van een en ander wat verkleinen,' zei hij. 'Als we het negenhónderd jaar eerder situeren in plaats van de negendúizend jaar vóór Solon, dan komen we ergens in de buurt van 1600 voor Christus uit. Dat was de periode van de belangrijke bronstijdbeschavingen, het Nieuwe Rijk in Egypte, de Kanaänieten uit Syrië-Palestina, de Hettieten uit Anatolië, de Myceners uit Griekenland, de Minoërs van Kreta. Dit is de enig mogelijke context voor het Atlantis-verhaal.'

Hij richtte zijn op een potlood lijkende aanwijslampje op de kaart. 'En ik denk dat Kreta de enig mogelijk locatie daarvoor is.' Hij keek naar Hiebermeyer. 'Voor de meeste Egyptenaren uit de tijd van de farao's vormde Kreta de noordelijke begrenzing van hun belevingswereld. Vanuit het zuiden gezien is het een imponerend land, een lange kustlijn met daarachter bergen, maar toch moeten de Egyptenaren hebben geweten dat het een eiland was, want ze hebben expedities uitgevoerd naar het paleis van Knossos, en dat ligt aan de noordkust.'

'Hoe zit het met de Atlantische Oceaan,' vroeg Hiebermeyer.

'Dat kunnen we vergeten,' zei Jack. 'In Plato's tijd was de zee ten westen van Gibraltar onbekend terrein, een uitgestrekte oceaan die naar de brandende rand van de wereld leidde. Dus heeft Plato Atlantis dáár naartoe overgebracht. Zijn lezers zouden van een eiland in de Middellandse Zee nauwelijks onder de indruk zijn.'

'En het woord *Atlantis*?'

'Poseidon, de god van de zee, had een zoon die Atlas heette, de gespierde

42

reus die de hemel op zijn schouders torste. De Atlantische Oceaan was de Oceaan van *Atlas*, niet van Atlantis. De term *Atlantisch* werd voor het eerst door Herodotus gehanteerd, dus bestaat de kans dat die benaming toen Plato ging schrijven algemeen gebruikt werd.' Jack zweeg even en keek de anderen aan.

'Voordat ik het papyrus had gezien, zou ik hebben beweerd dat Plato het woord Atlantis had verzonnen, een aannemelijke naam voor een verloren continent in de Oceaan van Atlas. Aan de hand van inscripties weten we dat de Minoërs en Myceners door de Egyptenaren "de mensen uit Keftiu" werden genoemd, de mensen die met hun schepen vanuit het noorden kwamen en huldeblijken meebrachten. Ik zou het voor de hand liggend hebben gevonden dat in het oorspronkelijke relaas Keftiu, en niet Atlantis, de naam van het verdwenen continent was geweest. Nu ben ik daar niet meer zo zeker van. Als dit stuk papyrus inderdaad dateert van vóór Plato, dan staat vast dat híj dit woord nooit kan hebben uitgevonden.'

Katya wipte haar lange zwarte haar naar achteren en keek Jack strak aan. 'Was de oorlog tussen de Atheners en de Atlantiërs in werkelijkheid een oorlog tussen de Myceners en de Minoërs?'

'Ik denk van wel,' antwoordde Jack, en beantwoordde haar blik al even doordringend. 'De Akropolis in Athene zou weleens de indrukwekkendste van alle Myceense bolwerken geweest kunnen zijn, om vervolgens te worden gesloopt om ruimte te maken voor de gebouwen uit de klassieke periode. Kort na 1500 voor Christus veroverden Myceense krijgers Knossos op Kreta, en heersten ze daarover tot het paleis honderd jaar later door brand en plunderingen werd verwoest. De traditionele zienswijze is dat Myceners een oorlogszuchtig volk waren, terwijl de Minoërs als vredelievend werden beschouwd. De overname vond plaats nadat de Minoërs door een natuurramp waren vernietigd.'

'Misschien dat een aanwijzing daarvoor te vinden is in de legende van Theseus en de Minotaurus,' zei Katya. 'Theseus de Athener maakte Ariadne, de dochter van koning Minos van Knossos het hof, maar voor hij haar de zijne mocht noemen diende hij eerst de strijd aan te gaan met de Minotaurus in het Labyrint. De Minotaurus was half stier, half man, een duidelijke verwijzing naar de Minoïsche slagkracht.'

Nu mengde Hiebermeyer zich in het gesprek. 'De Griekse bronstijd werd herontdekt door mannen die ervan overtuigd waren dat de legende een kern van waarheid bevatte. Sir Arthur Evans in Knossos, Heinrich Schliemann in Troje en Mycene. Beiden waren van mening dat de Trojaanse oorlogen uit de *Ilias* en de *Odyssee*, geschreven in de achtste eeuw voor Christus, herinneringen bevatten aan de tumultueuze gebeurtenissen die leidden tot de ineenstorting van de bronstijdbeschaving.'

'Dat brengt me bij mijn laatste punt,' zei Jack. 'Plato kan van het Kreta ten tijde van de bronstijd niets geweten hebben, want die informatie was in de donkere eeuw die aan de klassieke periode voorafging geheel in vergetelheid geraakt. En toch doet veel in het verhaal aan de Minoërs denken, details die Plato nooit geweten kan hebben. Katya, mag ik even?' Jack boog zich naar voren en pakte de twee boeken die ze zijn kant uit had geschoven, en keek haar daarbij heel even aan. Hij bladerde er eentje door en legde dat bijna aan het eind open.

'Hier. Atlantis *lag op weg naar andere eilanden, en van daaruit zou u weleens het gehele tegenoverliggende continent kunnen passeren.* Dat is precies zoals Kreta eruitziet vanuit Egypte, en dan zijn de andere eilanden die van de Dodekanesos en de Cycladen, twee archipels in de Egeïsche Zee, en daarachter het vasteland van Griekenland en Klein-Azië. En er is nog meer.' Hij sloeg het andere boek open en las nog een passage voor.

'*Atlantis was aan de kant van de zee erg geaccidenteerd en zat daar vol ravijnen, en omvatte een uitgestrekte door bergen omringde vlakte.*' Jack liep naar het scherm, waarop nu een gedetailleerde kaart van Kreta te zien was. 'Dat is een exacte beschrijving van Kreta's zuidkust en de grote vlakte van Mesara.'

Hij liep terug naar de tafel, waar de twee boeken nog steeds lagen.

'En uiteindelijk de Atlantiërs zelf. *Ze waren onderverdeeld in tien relatief onafhankelijke administratieve districten onder het primaat van de koninklijke metropool.*' Hij draaide zich met een ruk om en wees naar de kaart. 'Archeologen zijn van mening dat het Minoïsche Kreta was opgesplitst in pakweg een dozijn semi-autonome rijkjes, met aan het hoofd een leenheer, waarvan Knossos de belangrijkste was.'

Hij klikte opnieuw op de afstandsbediening en het volgende moment was er een spectaculaire opname te zien van het blootgelegde paleis van Knossos met zijn gerenoveerde troonzaal. 'Dit móet de *schitterende hoofdstad halverwege de kust* zijn.' Hij liet snel enkele andere foto's langskomen, totdat hij uitkwam bij een close-up van het drainagesysteem van het paleis. 'En zoals de Minoërs uitstekend op de hoogte waren van hydraulische systemen, waren de Atlantiërs in staat om *cisternes te maken, waarvan sommige richting hemel open waren, terwijl andere van een afdak waren voorzien, zodat ze 's winters als warm bad gebruikt konden worden; er waren baden voor de koningen en voor particulieren en voor paarden en voor vee.* En dan de stier.' Jack drukte op het knopje en een volgende opname van Knossos werd zichtbaar, deze keer een foto van een prachtige sculptuur van een hoorn van een stier, pal naast de binnenplaats. Hij las opnieuw voor. '*Er waren stieren die het gehele grondgebied van de Poseidontempel tot hun beschikking hadden, en de koningen, die alleen in de tempel waren achtergebleven nadat ze hun gebeden aan de goden hadden gericht, gebeden waarin ze verzochten het slachtoffer dat voor hen acceptabel was gevangen te mogen nemen, gingen vervolgens op jacht naar de stieren, zonder wapens maar met stokken en stroppen.'*

Jack draaide zich naar het scherm om en liet de resterende foto's zien. 'Een muurschildering in Knossos van een stier met een springende acrobaat. Een stenen offervaas in de vorm van een stierenkop. Een gouden beker met daarop in reliëf een stier waarop jacht wordt gemaakt. Een blootgelegde kuil die honderden stierenhoorns bleek te bevatten, pas kortgeleden ontdekt onder de grote binnenplaats van het paleis.' Jack ging zitten en keek de anderen eens aan. 'En er is nog een laatste element met betrekking tot dit verhaal.'

Het volgende beeld was een luchtfoto van het eiland Thira, een opname die Jack nog maar een paar dagen geleden vanuit de aan boord van de *Seaquest* gestationeerde helikopter had gemaakt. De grillige contouren van de caldera konden duidelijk worden onderscheiden, terwijl de uitgestrekte baai werd omringd door spectaculaire rotsen, waarop de witgekalkte huizen van de dorpjes van het huidige Santorini te zien waren.

'De enige actieve vulkaan in de Egeïsche Zee en een van de grootste ter wereld. Ergens in het tweede millennium voor Christus kwam het tot een uitbarsting. Achttien kubieke kilometer rots en as werden tachtig kilometer de lucht in geslingerd en kwamen tot honderden kilometers zuidelijker op Kreta en het oostelijke Middellandse-Zeegebied terecht, waar ze de lucht dagenlang verduisterden. De uitbarsting deed gebouwen tot in Egypte op hun grondvesten trillen.'

Hiebermeyer citeerde uit het hoofd een tekst uit het Oude Testament: '"En de Heer zei tegen Mozes, strek je hand uit naar de hemel, dan komt er duisternis over het land van Egypte, een duisternis zo dicht dat ze tastbaar is; en er heerste drie dagen lang een diepe duisternis over Egypte."'

'Die as is waarschijnlijk over heel Kreta neergedaald, waardoor er een hele generatie lang geen landbouw meer mogelijk was,' vervolgde Jack. 'Enorme vloedgolven, tsunami's, beukten op de noordkust, waarbij de paleizen werden verwoest. Er vonden enorm zware aardbevingen plaats. De resterende bevolking was dan ook geen partij toen de Myceners arriveerden, die op zoek waren naar de nog aanwezige schatten.'

Katya bracht haar handen naar haar kin en nam het woord.

'Goed. Dus de Egyptenaren horen een enorm gerommel. De lucht verduistert helemaal. Enkele overlevenden weten Egypte te bereiken, met angstaanjagende verhalen over een zondvloed. De mannen van Keftiu komen niet langer met hun offergaven. Atlantis verdwijnt niet zozeer onder de golven, het verdwijnt uit de Egyptische belevingswereld.' Ze bracht haar hoofd omhoog en keek Jack aan, die naar haar glimlachte.

'Ik hou het hierbij,' zei hij.

Dillen had tijdens de hele discussie zijn mond gehouden. Hij wist dat de anderen zich maar al te goed van zijn aanwezigheid bewust waren en zeer wel beseften dat de vertaling van het stuk papyrus weleens geheimen zou kunnen prijsgeven die alles omverwierpen waarin ze tot nu toe hadden geloofd. Terwijl Jack de digitale projector weer naar de eerste opname liet terugkeren, keken ze hem verwachtingsvol aan. Het beeld werd voor een tweede keer gevuld met het dicht op elkaar geschreven script van de oude Griek.

'Bent u er allen klaar voor?' vroeg Dillen aan de groep.

Er klonk instemmend gemompel. De sfeer in het vertrek werd van het ene op het andere moment een stuk meer gespannen. Dillen boog zich iets naar voren en deed zijn diplomatenkoffertje open, haalde er een grote rol uit en ontrolde die voor zich op tafel. Jack draaide de verlichting iets lager en deed een spot aan die pal boven het midden van de tafel hing, recht boven het afgescheurde stuk eeuwenoude papyrus.

4

Het onderwerp van hun belangstelling was tot in elk detail te zien, en het leek wel of het eeuwenoude beschreven vel onder de beschermende glasplaat lichtgevend was. De anderen trokken hun stoelen wat dichterbij, hun gezichten doemden uit de schaduw op en bevonden zich nu in de lichtcirkel.

'Om te beginnen het materiaal.'

Dillen liet een klein plastic monsterdoosje rondgaan waarin zich een stukje papyrus bevond dat was weggehaald toen de mummie voor nadere analyse van zijn windsels werd ontdaan.

'Onmiskenbaar papyrus, *Cyperus papyrus*. Jullie zien het volkomen willekeurige patroon waarin de rietvezels zijn geplet en vervolgens met elkaar zijn verlijmd.'

'In de tweede eeuw na Christus was papyrus al grotendeels uit Egypte verdwenen,' zei Hiebermeyer. 'Het verdween vanwege de Egyptische obsessie om alles vast te willen leggen. Op het gebied van irrigatiewerken en landbouw waren ze erg goed, maar op de een of andere manier waren ze niet in staat de rietvelden langs de Nijl in stand te houden.' Tijdens het spreken verscheen er op zijn wangen een blos van opwinding. 'En ik kan nu wel onthullen dat het vroegst bekende papyrus van rond 4000 voor Christus dateert, bijna duizend jaar eerder dan aanvankelijk gedacht. Dat heb ik ontdekt tijdens mijn opgravingen eerder dit jaar in de tempel van Neith in Saïs, in de Nijldelta.'

Rond de tafel klonk opgewonden geroezemoes. Katya boog zich wat verder naar voren.

'Goed. En dan nu het manuscript. We beschikken over een medium dat in feite al zeer oud is, maar dat in wezen tot elke willekeurige periode tot aan de tweede eeuw na Christus te herleiden is. Kunnen we wat preciezer zijn?'

Hiebermeyer schudde zijn hoofd. 'Niet alleen op basis van het materiaal. We zouden er een datering op basis van radioactief koolstof op los kunnen laten, maar de isotopenverhouding zou weleens door ander organisch materiaal in de mummiewindsels gecontamineerd kunnen zijn. En voor een monster dat groot genoeg is, zou een groot gedeelte van de papyrus vernietigd moeten worden.'

'En het lijkt me duidelijk dat zoiets onacceptabel is.' Dillen trok de discussie weer naar zich toe. 'Maar we beschikken nog over het bewijsmateriaal van het script zelf. Als Maurice dat niet herkend had, zouden we vandaag niet bij elkaar zijn.'

'De eerste aanwijzingen werden ontdekt door mijn studente Aysha Farouk.' Hiebermeyer keek de tafel rond. 'Ik ben van mening dat de begrafenis en de papyrus uit dezelfde tijd stammen. Het papyrus was niet zomaar een stuk gebruikt materiaal, maar een recentelijk geschreven document. De scherpte van de letters toont dat duidelijk aan.'

Dillen plakte de vier hoeken van de rol aan het tafelblad vast, zodat de anderen konden zien dat het vel vol stond met van het papyrus gekopieerde symbolen. Identieke letters, letterparen en woorden had hij bijeengegroepeerd. Het was een manier om stilistische regelmaat te analyseren, en bij de aanwezigen die onder hem hadden gestudeerd een vertrouwde werkwijze.

Hij wees naar acht regels ononderbroken script onder aan het document. 'Maurice had gelijk toen hij dit als een vroege vorm van het Griekse schrift herkende, dat op z'n minst uit de wel zeer klassieke periode van de vijfde eeuw voor Christus moet dateren.' Hij keek op en zweeg even. 'Hij had gelijk, maar ik kan een stuk preciezer zijn.'

Zijn hand gleed naar een groep letters bovenaan. 'De Grieken stapten in het eerste millennium voor Christus over op het Fenicische alfabet. Sommige Fenicische letters werden onveranderd overgenomen, anderen veranderden in de loop van de tijd qua vorm. Het Griekse alfabet kreeg zijn uiteindelijk vorm pas aan het eind van de zesde eeuw voor Christus.' Hij pakte de aanwijsstok met het lichtje en wees op de rechterbovenhoek van de rol. 'Bekijk dit nu eens.'

Bij een aantal woorden die van de papyrus waren gekopieerd, waren een paar identieke letters onderstreept. Die zagen eruit als een letter A die iets naar links was gekanteld, terwijl de dwarsbalk aan beide kanten naar buiten doorliep, als de armen van een getekend harkmannetje.

Jack zei opgewonden: 'De Fenicische letter A.'

'Correct.' Dillen trok zijn stoel wat dichter naar de tafel. 'De Fenicische vorm verdwijnt rond het midden van de zesde eeuw voor Christus. Om die reden, en vanwege de woordenschat en de stijl, zou ik de datering willen vaststellen op het begin van de eeuw. Misschien 600, in elk geval niet later dan 580 voor Christus.'

Bij iedereen stokte de adem.

'In hoeverre bent u hier zeker van?' wilde Jack weten.

'Zo zeker als ik altijd al ben geweest.'

'En ik kan nu ook het belangrijkste bewijs bij het dateren van de mummie onthullen,' kondigde Hiebermeyer triomfantelijk aan. 'Een gouden amulet in de vorm van een hart, *ib*, met eronder een zonneschijf, *re*, die samen een symbolische weergave van de geboortenaam van farao Apries vormen, *Wah-Ib-Re*. De amulet zou een persoonlijk geschenk aan de man in de grafkist geweest kunnen zijn, een zeer gekoesterde bezitting die men naar het hiernamaals mee wilden nemen. Apries was een farao van de zesentwintigste dynastie, en heerste van 595 tot 568 voor Christus.'

'Het is fantastisch,' riep Katya uit. 'Afgezien van een paar fragmenten beschikken we niet over originele Griekse manuscripten van vóór de vijfde eeuw voor Christus. Dit dateert van slechts één eeuw na Homerus, een paar generaties nadat de Grieken het nieuwe alfabet gingen gebruiken. Dit is de belangrijkste epigrafische vondst van de laatste dertig jaar.' Ze zweeg even om haar gedachten op een rijtje te zetten. 'Mijn vraag is de volgende. Wat doet papyrus met Grieks schrift in de zesde eeuw voor Christus in Egypte, meer dan tweehonderd jaar vóór de komst van Alexander de Grote?'

Dillen liet zijn blik langs de aan tafel zittende mensen glijden. 'Ik zal jullie niet langer in spanning laten zitten. Ik denk dat we hier te maken hebben met een fragment van het verloren gewaande werk van Solon de Wetgever, zijn verslag van zijn bezoek aan de hogepriester van Saïs. We hebben de bron van Plato's relaas omtrent Atlantis gevonden.'

Een halfuur later stonden ze in een groep op het balkon met uitzicht over de haven. Dillen rookte zijn pijp en keek tevreden toe hoe Jack, iets afgezonderd van de anderen, in druk gesprek met Katya gewikkeld was. Het was niet de eerste keer dat hij dit zag, maar misschien dat Jack uiteindelijk dan toch nog een serieus iemand had gevonden. Jaren geleden al had Dillen gezien hoeveel potentie deze tegendraadse student had, een knaap die alleen de referenties van een conventionele opleiding miste; híj was het geweest die Jack zover had gekregen dat hij een tijdje bij de militaire inlichtingendienst had gewerkt, op voorwaarde dat hij daarna verder zou gaan in de archeologie. Een andere voormalige student, Efram Jacobovitsj, had voor een toelage gezorgd, afkomstig van zijn met sofware vergaarde fortuin waaruit alle research van de IMU werd bekostigd, en Dillen genoot in stilte van de kans die hij op deze manier had om bij Jacks avonturen betrokken te zijn.

Jack verontschuldigde zich om – via de satelliet – met de *Seaquest* te bellen, legde heel even zijn hand op de arm van Katya, en beende toen met grote passen richting deur. Zijn opwinding betreffende de ontdekking van de papyrus was nagenoeg gelijk aan zijn behoefte op de hoogte te blijven van de vorderingen rond de berging van het wrak. Nog maar twee dagen geleden had Costas de gouden schijf ontdekt, en nu al werden er op die plek rijkdommen gevonden die zelfs díe vondst dreigden te overschaduwen.

Toen hij weg was, richtte de aandacht van de anderen zich tijdens een korte pauze in de conversatie op een tv-toestel dat in een nis in het vertrek stond. Het was een CNN-verslag over een nieuwe terroristische aanslag in de voormalige Sovjet-Unie, deze keer een vernietigende autobom in de hoofdstad van de republiek Georgië. Net als de meeste andere recente gewelddadigheden, was het niet het werk van fanatiekelingen, maar was het een berekenende daad die op persoonlijke wraak was gebaseerd, de zoveelste grimmige episode in een wereld waar een extremistische ideologie als belangrijkste reden voor wereldwijde instabiliteit plaats had gemaakt voor hebzucht en bloedwraak. Het was een situatie waar de mensen die op dat balkon stonden zich speciaal zorgen over maakten, omdat geroofde antiquiteiten werden gebruikt om deals rond te krijgen, terwijl zwarthandelaren steeds brutaler werden in hun pogingen de belangwekkendste oudheidkundige schatten in hun bezit te krijgen.

Nadat hij zijn telefoongesprek met de *Seaquest* had afgerond, hervatte Jack zijn gesprek met Katya. Ze had maar weinig over haar achtergrond prijsgegeven, maar had bekend dat ze graag wat meer betrokken wilde zijn bij de strijd tegen de roof van antiquiteiten dan haar huidige functie toestond. Jack ontdekte dat haar in het verleden heel wat banen bij prestigieuze universiteiten in het westen waren aangeboden, maar dat ze er de voorkeur aan had gegeven in Rusland te blijven, waar ze vaak met dit soort problemen werd geconfronteerd, ondanks de corrupte bureaucratie en de altijd aanwezige dreiging van chantage en represailles.

Hiebermeyer en Dillen voegden zich bij hen en het gesprek kwam weer op papyrus.

'Het heeft mij altijd al verbijsterd dat Solon geen verslag van zijn bezoek aan Egypte heeft nagelaten,' zei Katya. 'Hij was zo'n prominent geletterd man, de meest erudiete Athener uit zijn dagen.'

'Zou zo'n verslag binnen het tempelterrein zelf gemaakt kunnen zijn?'

Jack keek Hiebermeyer onderzoekend aan, die druk bezig was zijn bril schoon te maken en hevig transpireerde.

'Mogelijk, hoewel dat soort gelegenheden vrij zeldzaam geweest moeten zijn.' Hiebermeyer zette zijn bril weer op en veegde zijn voorhoofd af. 'Voor de Egyptenaren was de kunst van het schrijven een door Thoth, de schriftgeleerde onder de goden, verleende goddelijke gave. Door het tot iets heiligs te maken waren de priesters in staat om over die kennis te blijven heersen. En als een buitenlander in een tempel aantekeningen maakte, zou dat ongetwijfeld als heiligschennis zijn beschouwd.'

'Die man zal zich niet erg populair hebben gemaakt,' merkte Jack op.

Hiebermeyer schudde zijn hoofd. 'Hij zou door de mensen die het niet eens waren met het besluit van de hogepriester om die kennis te onthullen met argwaan zijn bekeken. De tempelbewaarders zouden zijn aanwezigheid – een buitenlander die ook nog eens de goden leek te willen trotseren – weinig op prijs hebben gesteld.' Hiebermeyer slaagde er moeizaam in zijn jasje uit te trekken en rolde vervolgens zijn mouwen op. 'En de Grieken vormden een sowieso niet bepaald graag geziene groep. De farao's hadden hun recentelijk toestemming gegeven een handelspost te vestigen bij Naucratis, in de delta. Het waren geslepen kooplui, die ervaring hadden opgedaan in het handeldrijven met de Feniciërs, aangezien Egypte jarenlang van de buitenwereld afgesloten was geweest. De Egyptenaren die hun goederen toevertrouwden aan Griekse kooplui hadden geen flauw benul van de harde realiteit rond de handel. Degenen die niet onmiddellijk winst maakten, hadden het gevoel dat ze beduveld en verraden waren. Er bestond erg veel weerzin jegens hen.'

'Wil je soms zeggen,' onderbrak Jack hem, 'dat Solon er wel degelijk verslag van heeft gemaakt, maar dat hem dat later afhandig werd gemaakt en vernietigd is?'

Hiebermeyer knikte. 'Dat is mogelijk. Je ziet waarschijnlijk duidelijk voor je wat voor soort wetenschapper hij was. Vastberaden tot op het obsessieve af, nauwelijks rekening houdend met de mensen om hem heen. En vrij naïef wat betreft de echte wereld. Hij moet een zware beurs vol goud bij zich hebben gehad, en het tempelpersoneel moet dat geweten hebben. Hij moet tijdens zo'n nachtelijke tocht van het tempelterrein naar de stad waar hij logeerde, een tocht dwars door de woestijn, een gemakkelijke prooi zijn geweest.'

'Dus je denkt dat Solon in de woestijn is overvallen en beroofd? De papyrusrol wordt verscheurd en de snippers weggegooid. Kort daarna worden een paar stukken opgeraapt, die vervolgens als mummiewindsels worden gebruikt. De overval vindt kort na Solons laatste bezoek aan de tempel plaats, dus hij is al zijn aantekeningen kwijt.'

'En wat dacht je hiervan?' ging Hiebermeyer verder. 'Hij wordt zó stevig toegetakeld, dat hij zich van zijn verhaal alleen nog maar kleine gedeelten kan herinneren, en van dat laatste bezoek helemaal niets meer. Hij is dan al een oude man en zijn geheugen is toch al niet zo best meer. Eenmaal terug in Griekenland heeft hij nooit meer een pen op papier gezet, en hij schaamt zich te erg om toe te geven hoeveel hij door zijn eigen stommiteit is kwijtgeraakt. Hij vertelt alleen nog maar een verminkte versie van datgene wat hij zich kan herinneren, en dan alleen nog maar aan een paar goede vrienden.'

Dillen hoorde met zichtbare tevredenheid aan hoe zijn twee voormalige studenten de discussie voortzetten. Een bijeenkomst als deze was méér dan de som der delen; deze confrontatie van geesten bracht nieuwe ideeën en nieuwe gevolgtrekkingen voort.

'Na het lezen van de teksten ben ik zelf tot min of meer dezelfde conclusie gekomen,' zei hij, 'door het verhaal van Plato met het papyrus te vergelijken. Jullie zullen straks zien wat ik bedoel. Laten we de bijeenkomst voortzetten.'

Ze gingen terug naar de vergaderruimte, waarvan de koele vochtigheid van de eeuwenoude muren na de verzengende hitte van buiten verfrissend aanvoelde. De anderen keken verwachtingsvol toe terwijl Dillen zich bij het papyrusfragment opstelde.

'Ik denk dat dit een transcriptie is van een dictaat. De tekst is nogal haastig geschreven en de samenstelling kan niet bepaald gepolijst worden genoemd. Het is slechts een flard van de oorspronkelijke rol, die weleens duizenden regels lang geweest zou kunnen zijn. Wat resteert is het equivalent van twee korte paragrafen, die gescheiden zijn door een opening van circa zes regels breed. In het midden staat dit symbool, gevolgd door het woord Atlantis.'

'Ik heb dat ergens eerder gezien.' Jack boog zich wat verder naar voren en tuurde naar het vreemde symbool midden op het stuk papyrus.

'Ja, dat klopt.' Dillen keek heel even van zijn aantekeningen op. 'Maar daar kom ik straks op terug, als jullie dat goedvinden. Ik ben ervan overtuigd dat dit door Solon is opgeschreven, in het tempelscriptorium in Saïs, terwijl hij daar voor de hoge priester zat.'

'Zijn naam was Amenhotep.' Hiebermeyer bloosde weer van opwinding. 'Tijdens onze opgraving van vorige maand bij de tempel van Neith vonden we een fragmentarische lijst van priesters uit de zesentwintigste dynastie. Volgens die chronologie moet Amenhotep meer dan honderd jaar oud zijn geweest toen Solon bij hem op bezoek ging. Er bestaat zelfs een standbeeld van hem. Dat is te vinden in het British Museum.'

Hiebermeyer boog zich naar voren en klikte op de multimediaprojector, waarna er een gestalte in een klassieke Egyptische houding zichtbaar werd die een model van een *naos* vasthield, een godenschrijn. Het gelaat maakte tegelijkertijd een jeugdige en tijdloze indruk, en leek meer te verbergen dan het liet zien, met de bedroefde uitdrukking van een oude man die alles heeft doorgegeven wat hij maar te geven heeft, voor hij door de dood zal worden omsloten.

'Zou het kunnen zijn,' onderbrak Katya hem, 'dat die onderbreking in de tekst een onderbreking in het dictaat is, dat het bovenste stuk van de geschreven tekst het einde van een bepaalde geschiedenis is, dat op dat moment de audiëntie bij de priester beëindigd werd, en dat het onderste stuk tekst het begin vormt van een nieuw relaas?'

'Precies.' Dillen straalde. 'Het woord Atlantis is een tussenkop, het begin van een nieuw hoofdstuk.' Zijn vingers vlogen over het toetsenbord dat hij aan de multimediaprojector had gekoppeld. Het volgende moment werden de aanwezigen geconfronteerd met een digitaal verbeterde versie van de Griekse tekst, met daarnaast de Engelse bewoordingen. Hij begon de vertaling voor te lezen waaraan hij en Katya al sinds hun aankomst gisteren druk bezig waren geweest.

'En in hun citadels bevonden zich stieren, en wel zoveel dat ze de binnenhoven en de smalle gangen vulden, en mannen dansten om hen heen. Maar toen, in de tijd van farao Thoetmozes, straften de goden de aarde met een machtige klap, waarna er duisternis over het land viel, terwijl Poseidon een enorme vloedgolf opwierp die alles wegspoelde wat op haar pad kwam. Zo kwam er een eind aan het eilandkoninkrijk Keftiu. En de volgende keer zullen we horen over een ander machtig koninkrijk, van de verzonken citadel die Atlantis werd genoemd.'

'En dan nu het tweede gedeelte,' vervolgde Dillen. Hij drukte op een toets en het beeld scrolde naar beneden, tot onder de onderbreking. 'Vergeet niet dat deze tekst nauwelijks bewerkt is. Solon vertaalde het Egyptisch nagenoeg simultaan in het Grieks. Dus voor ons is het verhoudingsgewijs allemaal vrij eenvoudig, met slechts een paar complexe zinnen en obscure woorden. Maar er ís een probleem.'

Hun ogen draaiden naar het scherm. De tekst was helemaal tot het einde gescrold, waar de woorden, op de plaats waar de papyrus was losgescheurd, abrupt ophielden. Terwijl de eerste alinea goed bewaard was gebleven, werd de tweede ruw afgebroken en eindigde met een grillig gevormde V. Op de laatste paar regels waren alleen maar delen van woorden te zien.

Nu begon Katya te lezen.

'Atlantis.' Haar accent gaf de lettergrepen een toegevoegde nadruk, die de aanwezigen op de een of andere manier hielp de werkelijkheid van datgene wat ze voor zich zagen te beseffen.

'De eerste zin is nauwelijks voor een andere uitleg vatbaar.' Ze tuurde naar het scherm en sprak zachtjes.

'Dia tõn nēson mechri hou hē stenoutai.' Toen ze de juiste cadans van de oeroude taal te pakken had, deden de klinkers bijna Chinees aan.

'Tussen de eilanden door tot de zee smaller wordt. Langs de Cataract van Bos.'

Op Hiebermeyers voorhoofd verscheen een onzekere frons. 'Mijn beheersing van het Grieks is van dien aard dat ik weet dat *katarraktēs* een stortvloed of een waterval betekent,' zei hij. 'Het woord wordt ook gebruikt voor de stroomversnellingen in de bovenloop van de Nijl. Hoe kan dat nou betrekking hebben op de zee?'

Dillen liep naar het scherm. 'Bij deze naad beginnen we hele woorden van de lopende tekst te missen.'

Katya las verder. *'En dan twintig dromoi verderop langs de zuidelijke oever.'*

'Een *dromos* was ongeveer zestig *stades*,' deelde Dillen mee. 'Ongeveer vijftig zeemijl.'

'In feite kon dat nogal verschillen,' zei Jack. *'Dromos* betekent "vaart", de afstand die een schip zeilend in één dag bij daglicht kon afleggen.'

'Vermoedelijk varieerde dat van plaats tot plaats,' zei Hiebermeyer zacht. 'Afhankelijk van de wind en de stroming en de tijd van het jaar, waarbij ook nog eens rekening moet worden gehouden met de seizoenswisselingen in klimaat en uren daglicht.'

'Precies. Een vaart was een aanwijzing hoelang het zou kunnen duren om je onder gunstige omstandigheden van A naar B te brengen.'

'Onder de hoge bucranion, het teken van de stier,' vervolgde Katya.

'Of stierenhoorns,' suggereerde Dillen.

'Fascinerend.' Hiebermeyer leek hardop na te denken. 'Een van de meest tot de verbeelding sprekende symbolen uit de prehistorie. We hebben ze al gezien op de foto's die Jack op Knossos heeft gemaakt. Ze zijn ook te zien op neolithische heiligdommen, en verder op de bronstijdpaleizen in het Nabije Oosten. Binnen de monumentale kunst is de *bucranium* zelfs tot in de Romeinse periode nog overal te zien.'

Katya knikte. 'De tekst wordt nu fragmentarisch, maar de professor en ik zijn het wat de waarschijnlijke betekenis betreft geheel met elkaar eens. U zult dat gemakkelijker begrijpen als u ziet waar de scheuren precies zitten.'

Ze zette de projector in de overhead-stand, terwijl ze direct daarna een doorzichtige film op de glasplaat legde. Op het scherm verschenen onder de V-vormige afscheiding van het onderste gedeelte van het papyrus haar keurig geschreven woorden.

'Dan bereikt u de citadel. En aan de voet daarvan ligt een uitgestrekte gouden vlakte, de diepe bassins, de zoutmeren, zover het oog reikt. En tweehonderd mensenlevens geleden nam Poseidon wraak op de Atlantiërs voor het feit dat ze hadden geleefd als de goden. De cataract viel, waarbij de grote gouden deur voor altijd dichtsloeg, en Atlantis werd door de golven verzwolgen.' Ze zweeg even. 'We denken dat deze laatste twee regels een manier zijn om het verhaal te koppelen aan het einde van het land van Keftiu. Misschien dat het thema van de hogepriester inderdaad de wraak van de zeegod is geweest, de wraak van Poseidon op deze veel te overmoedige mannen.'

Ze richtte het aanwijsstokje op het scherm. 'Het volgende gedeelte was mogelijk het begin van een gedetailleerde beschrijving van Atlantis. Helaas beschikken we over slechts enkele woorden die verder geen betekenis met elkaar lijken te hebben. Hier, denken we, staat *gouden huis*, of *van gouden muren voorzien*. En hier ziet u duidelijk de Griekse karakters voor *piramide*. De hele uitdrukking laat zich vertalen als *immense stenen piramiden*.' Ze keek Hiebermeyer vragend aan, die echter té verbijsterd was om iets te kunnen zeggen en nu met open mond naar het scherm staarde.

'En dan deze laatste woorden.' Ze wees naar het slordig afgescheurde uiteinde van het document. '*Huis van de goden*, misschien *hal van de goden*, waar dan weer *kata boukerõs* bij staat, wat *onder het teken van de stier* betekent. En daar eindigt de tekst mee.'

Hiebermeyer was de eerste die sprak, met een stem die trilde van opwinding. 'Dat is het dan zo'n beetje. De reis tussen de eilanden door, naar een plaats waar de zee zich versmalt. Dat kan alleen maar betekenen vanuit Egypte naar het westen, langs Sicilië naar de Straat van Gibraltar.' Hij sloeg hard met zijn hand op tafel, alsof hij zijn woorden nog eens wilde onderstrepen. 'Atlantis bevond zich dus tóch in de Atlantische Oceaan!'

'Hoe zit het dan met die cataract?' vroeg Jack. 'De Straat van Gibraltar mogen we toch nauwelijks een woeste stroomversnelling noemen.'

'En de uitgestrekte gouden vlakte, en de zoutmeren,' voegde Katya eraan toe. 'In de Atlantische Oceaan heb je overal alleen maar zee aan de ene, en hoge bergen of woestijnen aan de andere kant.'

'Die zuidelijke oever maakt een en ander ook erg ingewikkeld,' zei Jack. 'Aangezien de Atlantische Oceaan zoals we allemaal weten geen zuidelijke oever hééft, zou dat eigenlijk betekenen dat Atlantis in de Middellandse Zee moet hebben gelegen, en ik kan me nauwelijks een citadel op de dorre kust van de westelijke Sahara voorstellen.'

Dillen ontkoppelde de overhead en zette de projector op de diastand, en stuurde er nieuwe digitale beelden naartoe. Een reeks met sneeuw bedekte bergtoppen vulde het scherm, met op de groene terrassen op de voorgrond een heel ruïnecomplex.

'Jack had gelijk toen hij het Atlantis van Plato met Kreta in de bronstijd in verband bracht. Het eerste deel van de tekst refereert duidelijk aan de Minoërs en de uitbarsting op Thira. Het probleem is alleen dat Kreta geen Atlantis was.'

Katya knikte langzaam. 'Het relaas van Plato is een samenvoeging.'

'Precies.' Dillen ging weer achter zijn stoel staan en sprak hevig gesticulerend verder. 'We hebben fragmenten van twee verschillende verhalen. Het ene beschrijft het einde van het Kreta uit de bronstijd, het land van Keftiu. Het andere gaat over een veel oudere beschaving, namelijk die van Atlantis.'

'Het verschil in datering mag ondubbelzinnig worden genoemd.' Hiebermeyer depte na deze opmerking zijn gezicht af. 'De eerste alinea op het papyrus koppelt de verwoesting van Keftiu aan de regeringsperiode van Thoetmozes. Hij was een van de farao's uit de achttiende dynastie, aan het eind van de zestiende eeuw voor Christus, precies de tijd waarin op Thira die vulkaanuitbarsting plaatsvond. En voor Atlantis zijn de "tweehonderd mensenlevens" uit de tweede alinea in feite een redelijk precieze berekening, want de Egyptische chroniqueurs hielden als mensenleven een periode van vijfentwintig jaar aan.' Hij maakte snel een berekening uit het hoofd. 'Vijfduizend jaar voor Solon, dus rond 5600 voor Christus.'

'Ongelooflijk.' Jack schudde zijn hoofd. 'Een heel tijdperk vóór de eerste stadstaten. In het zesde millennium voor Christus zat men nog in het neolithicum, een tijd waarin in Europa landbouw nog iets geheel nieuws was.'

'Alleen verbaas ik me over één detail,' zei Katya. 'Als deze verhalen zo verschillend zijn, hoe kan het stierensymbool dan in beide zo prominent aanwezig zijn?'

'Dat hoeft geen probleem te zijn,' zei Jack. 'De stier was niet alleen een Minoïsch symbool. Al vanaf het begin van het neolithicum stond dat voor kracht, vruchtbaarheid, heerschappij over het land. Ossen om de ploeg voort te trekken waren voor de vroege boeren van het grootste belang. In de vroege landbouwgemeenschappen van dit gebied kom je het stierensymbool overal tegen.'

Dillen keek peinzend naar het papyrus. 'Ik denk dat we de basis hebben ontdekt van tweeënhalfduizend jaar misleidende speculatie. Aan het eind van zijn relaas over Keftiu maakte de hogepriester, Amenhotep, duidelijk dat hij bereid was tot een tweede sessie, en gaf al een beetje aan wat er dan zou komen. Hij wilde dat Solons verwachtingen hoog gespannen zouden zijn, om er zeker van te zijn dat hij dag na dag terug zou komen, tot en met de laatste datum die de tempelkalender hem toestond. Misschien had hij zijn blik op die beurs met goud gericht, of op nog genereuzer giften. Ik denk dat we hier, in de laatste zin van het relaas betreffende Keftiu, een voorpoefje hebben van het verhaal rond Atlantis.'

Jack had de strekking van de woorden van zijn mentor onmiddellijk door. 'Bedoelt u te zeggen dat Solon, toen hij het verhaal over het einde van de Minoërs vertelde, in de verwarring het woord Atlantis door Keftiu heeft vervangen?'

'Je zegt het.' Dillen knikte. 'Nergens in Plato's relaas staat iets waaruit we zouden kunnen opmaken dat Solon zich iets van het tweede gedeelte van de tekst herinnerde. Geen cataract, geen uitgestrekte vlakte. En geen piramiden, die je toch moeilijk zou kunnen vergeten. Iemand moet hem die laatste avond toch een behoorlijke klap op zijn hoofd hebben gegeven.'

De zon ging onder en de stralen wierpen op het water van de Grote Haven beneden hen een roze gloed. Ze waren na een wat langere pauze aan het eind van de middag voor een laatste sessie naar de vergaderruimte teruggekeerd. Ondanks de lange uren die ze gebogen over de tafel met de kostbare documenten hadden gezeten, vertoonde geen van hen tekenen van uitputting. Door de vreugde over de ontdekking voelden ze zich met elkaar verbonden, en ze waren opgetogen over het feit dat ze een sleutel tot het verleden hadden gevonden, een sleutel die weleens het hele beeld van de opkomst van de beschaving zou kunnen veranderen.

Dillen leunde achterover en nam het woord. 'En dan nu, Jack, dat symbool waarvan je zei dat je het eerder had gezien.'

Op dat moment werd er hard op de deur geklopt en een jongeman stak zijn hoofd naar binnen.

'Sorry, professor, maar dit is heel dringend. Dr. Howard.'

Jack liep met grote passen naar hem toe en nam het mobieltje aan dat hem werd aangereikt, om het volgende moment naar buiten te lopen, naar de balustrade vlak bij zee, buiten gehoorsafstand van de anderen.

'Howard hier.'

'Jack, je spreekt met Costas. We verkeren momenteel in de hoogste staat van paraatheid. Je moet onmiddellijk naar de *Seaquest* terugkeren.'

5

Jack haalde de stick iets naar zich toe en de Lynx helikopter hing bewegingloos in de lucht, terwijl het gebruikelijke kloppende geluid van de rotorbladen gereduceerd werd tot een vibrerend gesnor. Hij zette het geluid van zijn koptelefoon wat harder en drukte zijn linkerpedaal iets in, zodat het volgende moment de staartrotor wat sneller ging draaien om het toestel dwars op het spectaculaire uitzicht beneden te manoeuvreren. Hij draaide zich naar Costas om en beiden keken ze door de geopende bakboorddeur naar buiten.

Duizend meter onder hen lag het smeulende hart van Thira. Ze hingen boven de onder water gelopen restanten van een gigantische caldera, een uitgestrekt, uitgediept omhulsel waarvan alleen de grillig gevormde randen nog boven water uitstaken. Overal om hen heen staken de rotsen steil omhoog. Pal onder hen lag Néa Kaméni, 'het Nieuw Verbrande Eiland', met zijn verschroeide en levenloze oppervlak. In het midden waren veelbetekenende rookpluimpjes te zien, een teken dat de vulkaan opnieuw grote druk op de aardkorst uitoefende. Het was een waarschuwing, bedacht Jack, een voorbode van onheil, als een stier die snuift en met zijn voorpoot over de grond schraapt, vlak voor hij tot de aanval zal overgaan.

Een onzichtbare stem klonk over de intercom, een stem waaraan Jack de laatste tijd steeds moeilijker weerstand kon bieden.

'Ongelooflijk,' zei Katya. 'De Afrikaanse en Euraziatische platen schuiven hier tegen elkaar en veroorzaken meer aardbevingen dan waar ook ter wereld. Geen wonder dat de Griekse goden zo'n woest stelletje waren. Het stichten van een beschaving hier is net zoiets als het bouwen van een stad op de San Andreas-breuk.'

'Zo is het,' reageerde Costas. 'Maar zonder plaattektoniek was het kalksteen nooit in marmer veranderd. Geen tempels, geen beelden.' Hij gebaarde naar de steil oprijzende rotswanden. 'En wat dacht je van de vulkanische as? Ongelooflijk spul. De Romeinen ontdekten dat als je er kalkspecie aan toevoegde, je een soort beton kreeg dat zich onder water zette.'

'Dat klopt,' was Katya het met hem eens. 'Vulkanische stofdeeltjes zorgen ook voor een ongelooflijk vruchtbare bodem. De vlakten rond de Etna en de Vesuvius waren de broodmanden van de oude wereld.'

Jack moest onwillekeurig glimlachen. Costas was een charmeur, en hij en Katya hadden een gemeenschappelijke passie voor geologie ontdekt, en dat onderwerp had dan ook vanaf Alexandrië zo'n beetje het hele gesprek overheerst.

De Lynx was met de terugvlucht naar het maritiem museum in Carthago bezig geweest toen Costas een noodoproep van Tom York had ontvangen, de kapitein van de *Seaquest*. Costas had de boodschap onmiddellijk aan Jack doorgegeven, en was in zuidelijke richting naar Egypte uitgeweken. Die middag was hij er bij de haven getuige van geweest hoe Jack gehaast afscheid had genomen van Dillen en Hiebermeyer, en de eventuele teleurstelling van beide mannen werd gemaskeerd door de bezorgdheid die op hun gezicht was geëtst.

Jack had gehoord dat Katya een ervaren duikster was, en toen ze hem op het balkon had gevraagd of ze met hem mee mocht, had hij geen reden gehad om dat verzoek niet in te willigen.

'Het is voor mij een mooie kans om eens een kijkje aan het front te nemen,' had ze gezegd, 'om uit de eerste hand te ervaren met welke problemen moderne archeologen te maken krijgen.'

Haar assistente Olga zou ondertussen naar Moskou terugkeren om daar enkele dringende zaken af te handelen.

'Daar heb je d'r.'

De iets naar voren hangende helikopter zorgde ervoor dat hun blik naar de oostelijke horizon was gericht. Ze konden Thira niet meer zien, maar konden in de nevelige verte nu wel de *Seaquest* onderscheiden. Naarmate ze het schip naderden werd het donkerblauw van de Middellandse Zee donkerder, alsof ze onder een passerende wolk door vlogen. Costas legde uit dat het een onder water liggende vulkaan was, waarvan de top als een gigantisch atol vanuit de diepte omhoog rees.

Jack schakelde de intercom in. 'Hier had ik helemaal geen vindplaats verwacht,' zei hij. 'De top van de vulkaan ligt dertig meter onder het wateroppervlak, te diep om ooit een rif geweest te kunnen zijn. Ons Minoïsch schip moet door iets anders zijn gezonken.'

Ze bevonden zich nu pal boven de *Seaquest*, en de heli begon aan zijn daalvlucht in de richting van het vliegdek op het achterschip. De oranje cirkel op het helidek werd duidelijk zichtbaar toen de hoogtemeter onder de vijfhonderd voet door dook.

'Maar we hebben reusachtig geluk dat het schip op déze plaats ten onder is gegaan, en op een diepte ligt waar onze duikers bij kunnen. Dit is de enige plaats in de wijde omgeving waar de zee minder diep is dan vijfhonderd meter.'

De stem van Katya klonk door de intercom. 'Je zegt dat het schip gezonken is in de zestiende eeuw voor Christus. Misschien is het te ver gezocht, maar zou het iets met de uitbarsting op Thira te maken kunnen hebben?'

'Absoluut,' viel Jack haar enthousiast bij. 'En vreemd genoeg zou dat ook een verklaring kunnen zijn voor de uitstekende staat waarin het schip verkeert. Het schip werd door een plotselinge vloedgolf overspoeld om zeventig meter onder de top rechtstandig neer te komen.'

Costas nam het woord weer. 'Mogelijk was het een aardbeving die een paar dagen voor de vulkaan tot uitbarsting kwam. We weten dat de bewoners van Thira van tevoren gewaarschuwd waren en kans hebben gezien met het overgrote deel van hun bezittingen het eiland te verlaten.'

Jake knikte. 'De explosieve kracht moet tot kilometers in de omtrek alles hebben verwoest,' vervolgde Costas. 'Maar dat was nog maar het begin. Het water dat met veel geraas de caldera binnenkolkte, moet een tsunami van wel honderd meter hebben veroorzaakt. We zitten vlak bij Thira, en de golven moeten maar weinig van hun kracht hebben verloren. Ze hadden elk schip in hun pad verpulverd, en van zo'n vaartuig zouden er alleen nog maar wat verwrongen resten over zijn. Ons wrak is op de zeebodem intact gebleven omdat het in een spleet vastzat, benéden de diepte waar de golfoscillaties schade konden aanrichten.'

De helikopter hing op een hoogte van honderd voet – zo'n dertig meter – boven de *Seaquest*, terwijl Jack op toestemming wachtte om te landen. Hij maakte van de gelegenheid gebruik om eens een kritische blik op zijn grote trots te werpen. Achter het vliegdek en de Zodiac-rubberboten bevonden zich de drie verdiepingen hoge bemanningsonderkomens, waarin twintig wetenschappers en dertig bemanningsleden konden worden gehuisvest. Met haar vijfenzeventig meter was de *Seaquest* bijna twee keer zo lang als de Calypso van *Jacques* Cousteau. Ze was volgens de laatste eisen gebouwd op een Finse werf, dezelfde werf die voor het Russische instituut voor oceanografie de bekende vaartuigen uit de Akademic-klasse had geconstrueerd.

Net als deze schepen was ook de *Seaquest* uitgerust met boeg- en zijschroeven voor het dynamisch positioneringssysteem, een systeem dat het mogelijk maakte om precies boven één bepaald punt op de zeebodem in positie te blijven, en met een geautomatiseerd trimsysteem, dat het schip – door het water in haar ballasttanks rond te pompen – in staat stelde om bij elke mogelijke golfslag stabiel in het water te blijven liggen. Het schip was nu ruim tien jaar oud en eigenlijk aan modernisering toe, maar nog steeds van het allergrootste belang voor het onderzoek en de wereldwijde exploratie waarmee de IMU zich bezighield.

Toen hij de stick iets naar voren duwde werd hun aandacht getrokken door een donker silhouet aan de horizon recht voor hen uit. Het was een ander vaartuig, laag en sinister, dat enkele kilometers bij de *Seaquest* vandaan bewegingloos in het water lag.

Ze wisten allemaal waar ze naar keken. Het was de reden waarom Jack overhaast uit Alexandrië was teruggeroepen. Katya en Costas vielen stil, moesten overschakelen van de door de recente archeologische vondst veroorzaakte opwinding naar de ontnuchterende problemen van het heden. Jacks gezicht vertoonde een grimmige vastbeslotenheid toen hij de heli in een perfecte landing in de oranje cirkel op het vliegdek neerzette. Zijn kalme zelfverzekerdheid stond in schril contrast met de woede die in hem opwelde. Hij had geweten dat hun opgraving ontdekt zou worden, maar hij had niet verwacht dat dat al zo snel zou gebeuren. Hun tegenstanders hadden toegang tot voormalige Sovjet-verkenningssatellieten die in staat waren om vanaf een hoogte van vierhonderd kilometer een scherpe opname van een gezicht te maken. De *Seaquest* lag er in de wolkenloze zomerhemel van de Middellandse Zee volkomen onbeschermd bij, en het feit dat ze al een paar dagen niet van haar plaats was geweest, had duidelijk belangstelling gewekt.

'Kijk hier eens naar. Dat is gisteren omhoog gehaald, vlak voordat ik hier vertrok.'

Costas ging Jack en Katya voor tussen de vele tafels door die in het conserveringslaboratorium van de *Seaquest* stonden opgesteld. De wolfraamlampen aan het plafond wierpen over het geheel een fel licht. Een groepje in witte jassen gestoken technici was druk bezig met het schoonmaken en inventariseren van tientallen kostbare artefacten die de afgelopen twee dagen uit het Minoïsche wrak omhoog waren gehaald, en troffen voorbereidingen om ze later te kunnen conserveren, zodat ze daarna tentoongesteld konden worden. Aan de andere kant van de ruimte hield Costas halt, naast een lage werkbank, en haalde behoedzaam een hoes van een voorwerp dat circa één meter hoog was.

Katya hield haar adem in van verbazing. Het was een levensgrote kop van een stier, waarvan de huid gemaakt was van zwarte speksteen, afkomstig uit Egypte, de ogen van lapis lazuli uit Afghanistan, en de horens van puur goud, bekroond met glinsterende robijnen uit India. Aan de opening in de bek was te zien dat het om een *rhyton* ging, een uitgeholde pleng- of drinkbeker voor offergaven aan de goden. Een zó rijkelijk versierde rhyton kon alleen maar door hogepriesters zijn gebruikt voor de meest gewijde ceremonieën die er binnen de Minoïsche gemeenschap te vinden waren.

'Het paste niet in onze klimuitrusting.' Howe keek Jack quasi-bedroefd aan.

'Geen probleem.' Er verscheen een glimlach op Jacks gezicht. 'Ik zal het hier weg laten halen als luchtvracht. Als dit achter de rug is vinden we wel weer een nieuwe berg om te beklimmen.'

'Een magnifiek middelpunt voor de tentoonstelling,' merkte Costas op.

'Voor in het maritiem museum?' vroeg Katya.

'Jack had een van de drieriemerhallen voor zijn langgekoesterde Minoïsche scheepswrak gereserveerd. Maar die is al bijna vol, terwijl de opgraving nog maar nauwelijks begonnen is.'

De Middellandse-Zeebasis van de IMU bevond zich in de buurt van Carthago, de antieke stad in Tunesië, waar de cirkelvormige oorlogshaven van de Feniciërs op indrukwekkende wijze was gereconstrueerd. De hallen boden vroeger onderdak aan de van riemen voorziene galleien, maar werden nu gebruikt om de vondsten uit de talloze oude scheepswrakken die ze hadden opgegraven in op te slaan.

Jack ziedde plotseling van woede. Dat zo'n kostbaar artefact in de handen van de criminele onderwereld zou vallen was schandalig. Zelfs het veilige toevluchtsoord van het museum was niet langer een optie meer. Toen dat silhouet aan de horizon was verschenen, was onmiddellijk besloten de reguliere heen-en-weervluchten met de heli op te schorten. De Lynx beschikte dan wel over extra vermogen, en was daardoor in staat om nagenoeg alle andere helikopters kortere tijd voor te blijven, maar het was even kwetsbaar als alle andere vliegtuigen voor vanaf schepen gelanceerde lasergestuurde luchtdoelraketten. Hun vijand zou de plaats waar de heli in zee was gestort onmiddellijk met behulp van GPS weten vast te stellen, om het wrak vervolgens met op afstand bediende onderzeeërtjes te bergen. Bemanningsleden die het overleefden zouden ter plekke worden geliquideerd en de artefacten zouden voor eeuwig als buit van de aardbodem verdwijnen.

Het was een geheel nieuwe en dodelijke vorm van piraterij op volle zee.

Jack en zijn metgezellen gingen op weg naar de kajuit van de kapitein. Tom York, de gezagvoerder van het vaartuig, was een ietwat gedrongen, grijze Engelsman die zijn veelzijdige carrière bij de Royal Navy – de Britse marine – als commandant van een vliegdekschip had afgesloten. Tegenover hem zat een ietwat ongepolijste maar knappe man, wiens lichaamsbouw nog eens extra was ontwikkeld omdat hij jarenlang als international was uitgekomen voor het rugbyteam van zijn geboorteland Nieuw-Zeeland. Peter Howe had twintig jaar bij de Royal Marines gezeten en had deel uitgemaakt van de Australische Special Air Service, en was nu hoofd veiligheid van de IMU. Hij was de vorige avond overgevlogen vanuit het hoofdkwartier van de IMU in Cornwall, in het zuidwesten van Engeland. Howe was al sinds zijn schooltijd met Jack bevriend, en alledrie hadden ze bij de marine-inlichtingendienst gediend.

'Hij is prachtig,' mompelde Katya. 'Picasso zou er helemaal van uit zijn dak zijn gegaan.'

Op tafel lag een UHF-walkietalkie en een Britse admiraliteitskaart van de Egeïsche Zee. Costas en Katya gingen tussen York en Howe in zitten. Jack bleef staan, en zijn imposante gestalte vulde de deuropening, terwijl zijn stem plotseling kort en zakelijk klonk.

'Goed. Wat weten we precies?'

'Er zit een nieuw iemand achter ons aan,' zei Howe. 'Zijn naam is Aslan.'

Er ging zichtbaar een huivering door Katya heen, terwijl haar ogen groot werden van ongeloof. '*Aslan.*' Haar stem was nauwelijks hoorbaar.

'Ken je die man?' vroeg Jack.

'Ja, ik ken die man.' Ze leek te aarzelen. 'Aslan – die naam betekent Leeuw. Hij is...' Ze weifelde opnieuw, en haar gezicht was wit weggetrokken. 'Het is een krijgsheer, een gangster. Eentje van het ergste soort.'

'Afkomstig uit Kazachstan, om precies te zijn.' Tom York haalde een velletje printerpapier met daarop een foto te voorschijn en legde die op de zeekaart. 'Ik heb deze nog maar een paar minuten geleden per e-mail van het IMU-persagentschap in Londen binnengekregen.'

Op de foto was een groepje mannen in gevechtskleding te zien, maar daarnaast wel met de traditionele islamitische hoofdtooi op. De achtergrond werd gevormd door een kaal landschap met door de zon verschroeide ravijnen en puinhellingen. Ze hielden allemaal een Kalashnikov in hun handen en voor hen op de grond lag een hoeveelheid wapens uit de sovjettijd uitgestald, variërend van zware machinegeweren tot lanceerbuizen voor RPG's, *rocket propelled grenades*, raketgranaten.

Het was niet zozeer dit uitgebreide arsenaal dat hun aandacht trok, aangezien dit soort beelden sinds de begintijd van de moedjahedien in Afghanistan een alledaagse aangelegenheid waren geworden, nee, het was de gestalte die in het midden zat. Het was een man met een enorme omvang, die zijn handen om zijn knieën had geslagen en wiens ellebogen uitdagend naar opzij staken. In tegenstelling met het kaki waarmee hij werd omringd, droeg hij een bolstaand wit gewaad en had hij een strak zittend kapje op het hoofd. Aan beide kanten van zijn mond was de aanzet van een snor te zien. Het gezicht moest ooit fijne gelaatstrekken hebben vertoond, en mocht misschien zelfs wel knap worden genoemd, en had de gebogen neus en hoge jukbeenderen van de nomaden van Centraal-Azië. De ogen die vanuit diepe kassen naar de lens keken waren gitzwart en doordringend.

'Aslan,' zei York. 'Werkelijke naam Pjotr Alexandrovitsj Nazarbetov. Vader afkomstig uit Mongolië, moeder uit Kirgizië. Heeft zijn basis in Kazachstan, maar heeft ook nog een bastion aan de Zwarte Zee, in Abchazië, de provincie die zich van de republiek Georgië heeft afgescheiden. Een voormalige sovjetacademicus en professor in de kunstgeschiedenis aan de universiteit van Bisjkek, geloof het of niet.'

Howe knikte. Dit was zijn werkterrein. 'De enorme winsten die in dit deel van de wereld met misdaad kunnen worden vergaard hebben alle mogelijke lieden aangetrokken. En je hebt een kunsthistoricus nodig om de waarde van antiquiteiten vast te kunnen stellen, en natuurlijk waar je ze kunt vinden.' Hij wierp een korte blik in de richting van de nieuwkomers. 'Ik neem aan dat jullie allemaal met de situatie in Kazachstan bekend zijn.' Hij gebaarde naar de wandkaart achter hem. 'Het is het gebruikelijke verhaal. Kazachstan wordt na de val van de Sovjet-Unie zelfstandig, maar de regeringsleider is de voormalige voorzitter van de plaatselijke communistische partij. De corruptie is wijdverbreid en de democratie is een farce. Ondanks de oliereserves en buitenlandse investeringen gaat het met de binnenlandse veiligheid snel bergafwaarts. Een opstand van de bevolking geeft de Russen het excuus er een leger naartoe te sturen, dat na een bloedige oorlog weer wordt teruggetrokken. De nationalistische strijdkrachten zijn erg verzwakt en het land vervalt vervolgens tot anarchie.'

'En dan komen de krijgsheren ten tonele,' onderbrak Costas hem.

'Precies. De rebellen die ooit samen tegen de Russen hebben gevochten, rivaliseren nu met elkaar om het machtsvacuüm op te vullen. De idealisten van vroeger hebben plaatsgemaakt voor bandieten en religieuze extremisten. De meest meedogenloze daarvan moorden en plunderen zich een weg door het land. Als middeleeuwse baronnen veroveren ze gebieden voor zichzelf, staan aan het hoofd van een eigen leger en worden rijk van de drugs- en wapenhandel.'

'Ik heb ergens gelezen dat Kazachstan de belangrijkste producent van opium en heroïne ter wereld is,' zei Costas.

'Dat klopt,' zei Howe. 'En deze man beheerst daar het overgrote gedeelte van. Volgens de verhalen is het voor de journalisten die hij af en toe bij zich uitnodigt een uiterst charmante gastheer, een wetenschapper die op een buitensporige manier kunst en antiquiteiten verzamelt.' Howe zweeg even en liet zijn blik langs de gezichten rond de tafel glijden. 'Verder is hij ook nog een moordzuchtige psychopaat.'

'Hoelang houdt hij ons al in de gaten?' vroeg Jack.

'Vierentwintig uur geleden kwamen ze binnen visueel bereik, vlak voordat Costas contact met jou opnam in Alexandrië,' antwoordde York. 'SAT-SURV had ons al gewaarschuwd voor een mogelijke confrontatie met een vijandig gezind vaartuig, een schip met de configuratie van een oorlogsschip dat op geen enkele internationaal gebruikelijke oproep reageerde.'

'En toen ben je van positie veranderd.' De *Seaquest* lag nu aan de andere kant van de atol, zo'n twee zeemijl van het wrak verwijderd.

'Maar voor we van positie zijn veranderd, hebben we wel eerst bellenmijnen uitgezet,' reageerde York.

Katya keek Jack vragend aan.

'Dat is een IMU-uitvinding,' legde hij uit. 'Het zijn miniatuurcontactmijnen ter grootte van pingpongballetjes die met behulp van dunne vezels aan elkaar zijn bevestigd, en op die manier een heel scherm van belletjes vormen. Ze worden geactiveerd door foto-elektrische sensoren die in staat zijn om bewegingen van duikers en op afstand bestuurbare vaartuigjes op te vangen.'

Costas richtte zijn blik op York. 'Welke opties hebben we?'

'Wát we ook doen, het zou allemaal weleens even zinloos kunnen zijn.' De stem van York klonk somber en emotieloos. 'Ze hebben ons een ultimatum gesteld.' Hij overhandigde Jack een velletje papier dat net via de e-mail was binnengekomen. Jack las snel de tekst door, maar op zijn gezicht was van de onrust die zich van hem meester maakte niets te zien.

'*Seaquest*, van de *Vultura*. Zorg ervoor dat u om achttienhonderd uur vertrokken bent, zo niet, dan wordt u vernietigd.'

Costas keek naar het uitgeprinte e-mailbericht. 'Ze laten er geen gras over groeien, hè?'

Op dat moment klonk er een enorm geraas, alsof er een straaljager laag over kwam vliegen, direct gevolgd door een oorverdovende klap aan stuurboord. Tom York draaide zich met een ruk naar de dichtstbijzijnde patrijspoort om, nog net op tijd om te zien hoe een hoge waterzuil de lucht in schoot, terwijl het volgende moment het glas onder het witte zeeschuim kwam te zitten. De granaat had hen op een haartje na gemist.

'Stelletje klootzakken!' York uitte zijn woede via opeengeklemde kaken, en deed dat met het professionalisme van een marineofficier die wist dat hij niet over de middelen beschikte om zich teweer te stellen.

Op dat moment kwam de walkietalkie tot leven, en York toetste kwaad wat knoppen van de intercom in, zodat iedereen het zou kunnen horen.

'Hier de *Seaquest*.' York slaagde er nauwelijks in zijn stem onder controle te houden, en was dan ook uiterst kortaf. 'Zegt u het maar. Over.'

Na enkele momenten klonk er een stem over de intercom, en uit de lijzige toon en scherpe keelklanken kon onmiddellijk worden afgeleid dat het om een Rus moest gaan.

'Goedemiddag, kapitein York. Majoor Howe. En dr. Howard, mag ik aannemen? Gefeliciteerd. Hier de *Vultura*.' Er volgde een korte pauze. 'U was gewaarschuwd.'

York zette de walkietalkie vol walging uit en klapte een luikje naast zich open. Voor hij de schakelaar die daarin zat overhaalde keek hij eerst Jack nog even aan, zijn stem kalm en op een kille manier beheerst.

'We gaan onze gevechtsposten innemen.'

Enkele minuten nadat de claxon had geklonken was de *Seaquest* van een onderzoeksvaartuig veranderd in een oorlogsschip. De duikapparatuur die gewoonlijk aan dek lag was direct na het verschijnen van de *Vultura* opgeborgen. Nu, in het ruim vlak voor het dekhuis, was een groepje technici in witte antiflash-overalls druk bezig met het gereedmaken van de bewapening die de *Seaquest* met zich meevoerde, een dubbelloops 40mm-kanon van het type Breda L70, dat volgens IMU-specificaties was aangepast. Het was in feite de opvolger van het bekende Bofors-luchtdoelgeschut uit de TweedeWereldoorlog, en deze 'Fast Forty' beschikte over een dubbel aanvoermechanisme dat ervoor zorgde dat de brisant- en pantserdoorborende granaten met een snelheid van 900 schoten per minuut konden worden afgevuurd. De bewapening zat in een houder die enkele ogenblikken voor gebruik omhoog gebracht kon worden, om direct daarna weer benedendeks te verdwijnen.

Al het personeel dat niet strikt noodzakelijke was had zich in het ruim verzameld bij de 'escape submersible' van de *Seaquest*, de *Neptune II*, een onderwatervaartuig waarvan in geval van nood gebruik kon worden gemaakt. Deze duikboot moest binnen de kortste keren de Griekse territoriale wateren kunnen bereiken en daar een rendez-vous organiseren met een fregat van de Griekse marine, dat binnen het uur vanuit Kreta zou vertrekken. Het vaartuig zou ook de *rhyton* en andere artefacten meenemen die te laat naar boven waren gehaald om nog met de laatste helikoptervlucht naar Carthago vervoerd te kunnen worden.

York ging het groepje snel voor naar een lift, die hen tot een behoorlijk aantal meters onder de waterlijn bracht, en toen de deur open gleed werd er een rond metalen voorwerp zichtbaar dat eruitzag alsof er een vliegende schotel binnen de scheepsromp zat geklemd.

York keek Katya aan. 'Dit is de commandomodule.' Hij klopte op het glimmende oppervlak. 'Twintig centimeter dik met titanium versterkt staal. De hele module kan zichzelf uit de *Seaquest* wegschieten en onopgemerkt ontkomen, dankzij dezelfde stealth-technologie die we bij het ontsnappingsvaartuig hebben toegepast.'

'Ik beschouw het als een reusachtige schietstoel,' zei Costas met een brede grijns. 'Zoals de commandomodule van die oude Saturn-maanraketten.'

'Zolang het ons maar niet in een baan om de aarde brengt,' zei Katya.

York sprak in een intercom en het ronde luik zwaaide langzaam open. Een gedempt rood licht, afkomstig van een groot aantal bedieningspanelen aan de andere kant van de ruimte, wierp een spookachtig schijnsel over het interieur. Ze stapten door het luik naar binnen en trokken het vervolgens achter zich dicht, waarna het centrale wiel werd aangedraaid totdat alle borgklampen weer vastzaten.

Vlak voor hen waren enkele bemanningsleden druk bezig met het gereedmaken van de munitie voor de lichte vuurwapens, werden er patronen in houders gedrukt en werden er nog enkele wapens in elkaar gezet. Katya liep ernaartoe en pakte een wapen met bijbehorend magazijn, laadde het wapen vakkundig en grendelde het door.

'Een Enfield SA-80 Mark 2,' merkte ze op. 'Het persoonlijke standaardwapen bij het Britse leger. Magazijn met dertig patronen, kaliber 5,56 mm. Compact ontwerp, handgreep vóór het magazijn, erg geschikt voor het gevecht binnen een beperkte ruimte.' Ze keek door het oculair. 'Dit vier keer vergrotende infraroodvizier is een aardige bijkomstigheid, maar ik geef toch echt de voorkeur aan de nieuwe Kalashnikov AK-102.' Ze haalde het magazijn er weer uit, controleerde of de kamer leeg was en zette het wapen terug in het rek.

Ze viel hier nogal uit de toon, in haar elegante zwarte jurk die ze voor de conferentie had aangetrokken, besefte Jack, maar ze beschikte duidelijk over bovengemiddelde talenten om zich tijdens een gevecht staande te houden.

'Je bent me er wél eentje,' zei hij. 'Om te beginnen ben je een belangrijke deskundige op het gebied van Griekse geschriften, en nu blijk je ook nog schietinstructrice op lichte vuurwapens te zijn.'

'Waar ík vandaan kom,' reageerde Katya, 'telt met name die tweede kwalificatie.'

Terwijl ze langs de bewapening liepen, keek York Jack even aan. 'We moeten nú ons plan van aanpak bepalen.'

Jack knikte.

York ging hem voor, en nadat ze een stuk of wat treden hadden beklommen bereikten ze een platform met een doorsnede van een meter of vijf. Hij gebaarde naar enkele in een halve cirkel opgestelde draaistoelen, met direct daarachter een langs de wand geplaatste hoeveelheid computerschermen.

'Dit is de brugconsole,' zei hij tegen Katya.. 'Die doet dienst als commandocentrum en virtual reality-brug, waardoor we in staat zijn de *Seaquest* op afstand te besturen door middel van de surveillance- en beeldsystemen die zich boven bevinden.'

Enigszins verhoogd bevond zich een hol scherm waarop een digitale weergave zichtbaar was van het panoramabeeld zoals dat op dat moment vanaf de brug van de *Seaquest* te zien was. De camera's waren uitgerust met infrarood- en thermische beeldsensoren, zodat, ondanks het feit dat het al enigszins schemerig was geworden, het lage silhouet van de *Vultura* en de zwakker wordende warmtesignatuur van haar voorste geschutkoepel nog steeds zichtbaar waren.

'Peter zal de veiligheidsopties voor ons op een rijtje zetten.' York wendde zich tot Howe.

Peter Howe keek de anderen somber aan. 'Ik zal er niet omheen draaien. Het ziet er slecht voor ons uit, écht slecht. We hebben te maken met een speciaal uitgerust oorlogsschip dat tot de tanden toe bewapend is en van de allernieuwste snufjes is voorzien, en daardoor in staat het op te nemen tegen elk marine- of kustwachtvaartuig dat tegen dit soort lieden wordt ingezet.'

Jack wendde zich tot Katya. 'Het is IMU-beleid om in dit soort situaties op de hulp van ons vriendelijk gezind zijnde naties te vertrouwen. De aanwezigheid van oorlogsbodems en vliegtuigen is vaak al intimiderend genoeg, ondanks het feit dat ze zich buiten de eigen territoriale wateren bevinden en juridisch niet in staat zijn tussenbeide te komen.'

Howe tikte een toets in en boven hen verscheen een Britse zeekaart van de Egeïsche Zee.

'De Grieken kunnen de *Vultura* niet aanhouden of wegjagen. Zelfs tussen de noordelijker gelegen Griekse eilanden door kan ze altijd wel een route vinden die meer dan zes zeemijl uit de kust ligt, en de vaarroutes naar de Zwarte Zee zijn tot internationale wateren verklaard.' De Russen hadden daar indertijd voor gezorgd. De *Vultura* kon probleemloos naar haar thuishaven in Abchazië terugvaren.

Hij richtte met een aanwijslampje op hun huidige positie, ergens op het onderste gedeelte van de kaart.

'Tegen de avond moet de Griekse marine drie fregatten in positie hebben liggen, en wel hier, hier en híer.' Hij wees naar posities ten noorden en ten westen van de onder water liggende vulkaan. 'Het dichtstbijzijnde fregat ligt iets minder dan zes zeemijl ten zuidoosten van Thira, bijna op zichtafstand van de *Seaquest*. Maar de schepen zullen niet dichterbij komen.'

'Waarom niet?' vroeg Katya.

'Dat komt door het wonderlijke stelsel dat we politiek noemen.' Howe liet zijn stoel honderdtachtig graden draaien en keek hen aan. 'We bevinden ons in omstreden wateren. Een paar mijl oostelijk van hier ligt een groepje onbewoonde eilandjes dat door zowel de Grieken als de Turken wordt geclaimd. Dat dispuut heeft er al een paar keer voor gezorgd dat er tussen beide landen bijna oorlog is uitgebroken. We hebben de Turken ook van de aanwezigheid van de *Vultura* op de hoogte gebracht, maar hun beleid is erop gericht toch in eerste instantie de Grieken in de gaten te houden, en niet de een of andere afvallige Kazachstaan. De aanwezigheid van Griekse oorlogsschepen in de buurt van dat gebied is al voldoende om de Turkse marine in hoogste staat van paraatheid te brengen. Een uurtje geleden voerden vier F-16's van de Turkse luchtmacht vijf mijl ten oosten van ons een verkenningspatrouille uit. De Grieken en de Turken zijn de IMU altijd gunstig gezind geweest, maar beide landen zijn momenteel niet in staat tussenbeide te komen.' Howe schakelde het beeld uit en op het scherm was nu weer het uitzicht vanaf de brug van de *Seaquest* te zien.

York stond op en beende tussen de stoelen heen en weer, zijn handen achter zijn rug stevig in elkaar gestoken. 'Het is zinloos om te proberen het tegen de *Vultura* op te nemen, want van dat schip kunnen we het onmogelijk winnen. Op hulp van buiten hoeven we niet te rekenen. Onze enige optie is aan hun eisen tegemoet te komen, hier onmiddellijk te vertrekken en het wrak te laten voor wat het is. Als kapitein moet ik de veiligheid van mijn bemanning boven alles stellen.'

'We zouden kunnen proberen met ze te onderhandelen,' suggereerde Costas.

'Dat kun je gevoegelijk vergeten!' York liet zijn hand krachtig op de console neerkomen, en de spanning van de afgelopen paar uur was nu duidelijk van zijn gezicht af te lezen. 'Deze mensen onderhandelen alleen maar door middel van een directe confrontatie en dan ook nog eens alleen op eigen gebied. En degene die voet aan boord van de *Vultura* zet, wordt onmiddellijk gegijzeld. Ik ben niet van plan om ook maar één enkel bemanninglid in handen van deze schurken te spelen.'

'Laat míj het eens proberen.'

Iedereen keek Katya aan, die onbewogen terugkeek.

'Ik ben jullie enige optie,' zei ze kalm. 'Ik ben een neutrale partij. Aslan wint er helemaal niets bij door mij in gijzeling te nemen, integendeel, wat betreft zijn zakelijke beslommeringen met de Russen kan hij alleen maar verliezen.' Ze zweeg even, en zei toen krachtiger: 'Vrouwen worden door zijn volk zeer gerespecteerd. En mijn familie heeft invloed. Ik zou een paar namen kunnen laten vallen die voor hem van groot nut kunnen zijn.'

Het was een hele tijd stil en de anderen lieten haar woorden tot zich doordringen. Jack probeerde zijn emoties onder controle te houden en liet tegelijkertijd alle mogelijkheden nog eens de revue passeren. Hij schrok ervoor terug haar in een gevaarlijke positie te brengen, maar hij besefte ook dat ze gelijk had. Eén blik op haar gelaatsuitdrukking bevestigde dat hij eigenlijk geen keus had.

'Goed.' Hij stond op. 'Ik heb Katya hierheen uitgenodigd, dus mag ik het zeggen. Schakel een beveiligde frequentie in en prik me door naar de *Vultura*.'

6

Jack bracht zijn verrekijker omhoog en richtte hem op het verre stipje dat zijn enige referentiepunt tussen de zee en de lucht vormde. Hoewel het nu donker was, kon hij elk detail van het bewegingloos in het water liggende vaartuig onderscheiden, want de optische versterker intensifieerde het beschikbare licht, zodat hij een beeld kreeg te zien dat de indruk wekte alsof het midden op de dag was. Hij kon zelfs de cyrillische karakters op de achtersteven onderscheiden.

Vultura. Gier. Wat een toepasselijke naam, bedacht hij. Dat was ze, en niets anders, een minderwaardige aaseter die in de buurt van de vindzone bleef rondcirkelen tot het het juiste tijdstip was om toe te slaan en zich meester te maken van de vruchten van andermans arbeid.

Tom York kwam naast hem staan. 'Project 911,' zei hij terwijl hij Jacks blik volgde. 'De Russen noemen ze escortevaartuigen, maar in feite zijn het, als je naar de NAVO-kwalificaties kijkt, korvetten of fregatten. Dit is de grootste, na de gebeurtenissen van 2001 speciaal gebouwd voor het uitvoeren van antiterroristische patrouilles. Ze hebben ongeveer dezelfde grootte als onze *Sea*-klasse, maar zijn een stuk slanker. En qua machines vormen ze een klasse op zich. Twee GT-diesel/gasturbines die 52.000 pk leveren en goed zijn voor een kruissnelheid van zesendertig knopen. Turbojet-aanjagers die voor draagvleugelsnelheden van rond de zestig mijl kunnen zorgen, bijna even snel als een licht vliegtuigje. De *Vultura* is er een van zes die tijdens de laatste afslanking van de Russische marine buiten gebruik zijn gesteld. Volgens het verdrag van Oslo mag de Russische Federatie overtollige oorlogsschepen alleen maar verkopen aan overheden die door de VN zijn erkend, dus dit moet er eentje zijn die door middel van een of andere duistere deal zijn weg al gevonden had voordat hij door de werf werd afgeleverd.'

Jack richtte zijn kijker op de houders aan beide kanten van de achtersteven van de *Vultura*, en liet zijn blik vervolgens weer iets naar opzij glijden, om te blijven rusten op de voorste geschutkoepel, waarvan de loop recht op hen was gericht.

York had de beweging opgemerkt. 'Een Toelamajzavod automatisch kanon met een kaliber van 130mm. Gecomputeriseerde GPS-afstandsbepaling, waardoor er direct na de eerste inslag kan worden gecorrigeerd. In staat om een uraniumarme pantserdoorborende granaat af te vuren die op een afstand van twintig mijl een gat in de commandomodule van de *Seaquest* kan slaan.'

Ze stonden op het helidek van de *Seaquest*, terwijl een koel briesje de IMU-vlag op de achtersteven zachtjes deed klapperen. Ze hadden bezorgd Katya nagekeken, die zojuist – in een IMU-overall gekleed – met een van de Zodiacs die de *Seaquest* aan boord had in het duister was verdwenen, waarbij de twee 90pk-buitenboordmotoren ervoor zouden zorgen dat ze de *Vultura* binnen enkele minuten zou bereiken. Vóór ze de ladder was afgedaald had Jack haar nog even terzijde genomen, had haar nog een keer verteld hoe de Zodiac bediend moest worden, en had ook Yorks en Howes briefing nog even met haar doorgenomen – wat ze moest doen als de boel ernstig mis mocht lopen.

Ze was nog maar twintig minuten geleden vertrokken en nu al leek het wachten eindeloos lang te duren. Costas besloot een teleconferentie met Dillen en Hiebermeyer te houden, zodat Jack gedwongen zou zijn ergens anders aan te denken, en de twee mannen liepen naar de navigatieruimte, die zich pal achter de brug van de *Seaquest* bevond.

Costas toetste een commando in en de monitor voor hem kwam tot leven, waarna er twee gestalten zichtbaar werden, even duidelijk alsof ze aan de andere kant van de tafel zaten. Jack ging wat dichter bij Costas staan, zodat hun beider beeltenis aan de andere kant te zien zou zijn. Ze zouden het zonder Katya's expertise moeten doen, maar een teleconferentie leek het meest voor de hand liggende om de gebeurtenissen af te ronden. Dillen en Hiebermeyer waren in Alexandrië achtergebleven om daar het nieuws van de *Seaquest* af te wachten, en Costas had hen al op de hoogte gebracht van de dreiging die de *Vultura* voor hen vormde.

'Professor. Maurice. Hallo.'

'Goed om je weer te zien, Jack,' zei Dillen. 'Ik zou willen beginnen waar we de vorige keer zijn opgehouden, en wel met die symbolen.'

Met het indrukken van één enkele toets riep hij een serie beelden op die al eerder waren ingescand. In de rechterbenedenhoek van de monitor zagen ze nu Costa's triomfantelijke ontdekking, de opmerkelijke gouden schijf uit het Minoïsche wrak. De vreemde symbolen in het oppervlak waren digitaal verstrekt, zodat ze beter bestudeerd konden worden.

Hiebermeyer boog zich wat verder naar voren. 'Je zei dat je dat middelste beeld al eens eerder had gezien, klopt dat, Jack?'

'Ja. En de symbolen langs de rand ook, de hoofden en de peddels en dergelijke. Toen we uit Alexandrië vertrokken schoot het me plotseling te binnen. De schijven van Phaestos.'

Costas keek vragend toe terwijl Jack het beeld van twee aardewerken schijven opriep, die op het eerste gezicht identiek leken en bedekt waren met spiraalsgewijs aangebrachte miniatuursymbolen. Een van die symbolen leek erg veel op het teken dat op het papyrus en de gouden schijf te zien waren. De rest zag eruit alsof ze van een andere wereld afkomstig waren, vooral de hoofden met de haakneuzen en de op hanenkammen lijkende haardracht.

'Azteeks?' probeerde Costas.

'Leuk geprobeerd, maar nee dus,' antwoordde Jack. 'Veel dichter bij huis. Het Kreta van de Minoërs.'

'De linkerschijf is in 1903 gevonden in de buurt van het paleis van Phaestos.' Dillen klikte onder het spreken door op het scherm, waarna de projector een afbeelding van een breed stenen plein liet zien, dat uitzicht bood op een vlakte, met op de achtergrond door sneeuw bedekte bergtoppen. Enkele ogenblikken later sprong het beeld weer terug op de schijven. 'Ze zijn van klei, hebben een doorsnede van zo'n zestien centimeter, en de symbolen bevinden zich aan beide kanten. Veel ervan zijn identiek en naar alle waarschijnlijkheid met hetzelfde stempel aangebracht.'

Dillen vergrootte de rechterschijf. 'Deze is aan de oppervlakte gekomen tijdens de Franse opgravingen van vorig jaar.'

'Wanneer gedateerd?' wilde Hiebermeyer weten.

'Het paleis is in de zestiende eeuw voor Christus verlaten, direct na de vulkaanuitbarsting op Thira. In tegenstelling met Knossos is het daarna nooit meer opnieuw betrokken. Dus de schijven zouden weleens rond hetzelfde tijdstip verloren kunnen zijn gegaan als jouw scheepswrak.'

'Maar ze zouden ook nog uit een eerdere periode kunnen dateren?' opperde Jack.

'Veel eerder.' Dillens stem vertoonde het zo langzamerhand bekende opgewonden ondertoontje. 'Costas, wat weet jij van thermoluminescente datering?'

Costas leek perplex te staan, maar antwoordde enthousiast: 'Als je minerale kristallen begraaft, nemen ze in de loop van de tijd van het omringende materiaal radioactieve isotopen op totdat ze op hetzelfde niveau zitten. Als je het mineraal vervolgens verhit, worden de erin vastzittende elektronen als thermoluminescentie afgescheiden.' Costas begon te vermoeden waarom de vraag gesteld was. 'Als je aardewerk verhit, scheidt het opgeslagen TL af, waardoor de TL-klok van dat materiaal weer op nul komt te staan. Zodra je het aardewerk begraaft begint het opnieuw isotopen te absorberen, en wel op een gegeven hoeveelheid per tijdseenheid. Als je die hoeveelheid kent, en ook weet wat het TL-niveau van het omringende sediment is, kun je de klei dateren door die te verhitten en de TL-emissie te meten.

'Hoe precies is die datering?' vroeg Dillen.

'De laatste verbeteringen bij optisch gestimuleerde luminescentie stellen ons in staat om terug te gaan tot een half miljoen jaar,' antwoordde Costas. 'Dat is de periode waarin er in Europa op de vroegst bekend zijnde vestigingsplaatsen van Neanderthalers verbrande woningresten zijn aangetroffen. Wat betreft in ovens gebakken aardewerk, waarvan voor het eerst sprake is in het Nabije Oosten, zo rond het vijfde millennium voor Christus, kan een scherf door middel van het gecombineerde TL-OSL-systeem tot op een paar honderd jaar nauwkeurig worden gedateerd, maar dan moeten de omstandigheden wel ideaal zijn.'

Costas had, sinds hij bij de IMU in dienst was gekomen, een enorme expertise op archeologisch gebied opgebouwd, want hij was ervan overtuigd dat het overgrote deel van de vragen die Jack over het verre verleden stelde op een dag door keiharde wetenschappelijke feiten zouden worden beantwoord.

'De tweede schijf, de schijf die pas vorig jaar is ontdekt, is gebakken.' Dillen pakte onder het spreken een velletje papier op. 'Een stukje ervan is voor analyse naar het thermoluminescence laboratorium in Oxford gestuurd, waar men gebruikmaakt van een nieuwe strontiumtechniek die de juiste datering nóg nauwkeuriger vast kan stellen. De resultaten van dat onderzoek zijn net binnengekomen.'

De anderen keken hem verwachtingsvol aan.

'Deze schijf moet, rekening houdend met een marge van pakweg honderd jaar, zo rond 5500 voor Christus gebakken zijn.'

Er werd een collectieve zucht van verbijstering geslaakt.

'Onmogelijk,' snoof Hiebermeyer.

'Dat is dus iets eerder dan ons wrak,' riep Costas uit.

'Vierduizend jaar eerder,' merkte Jack kalm op.

'Tweeënhalf millennium vóór het paleis van Knossos.' Hiebermeyer schudde nog steeds zijn hoofd. 'Slechts een paar eeuwen eerder dan het tijdstip waarop de eerste boeren op Kreta arriveerden. En als dat een soort schrift is, dan is dat tweeduizend jaar ouder dan de vroegst bekende karakters. Het spijkerschrift uit het Nabije Oosten en de Egyptische hiërogliefen manifesteerden zich pas aan het einde van het vierde millennium voor Christus.'

'Het lijkt ongelooflijk,' reageerde Dillen. 'Maar jullie zullen op korte termijn begrijpen waarom ik hiervan overtuigd ben.'

Jack en Costas keken gespannen naar het scherm terwijl Dillen een cd-rom in zijn laptop laadde en verbinding met de multimediaprojector maakte. De opname met de aardewerken schijven maakte plaats voor de symbolen, die op een rij waren gezet, en zodanig geclusterd dat het op een groepje woorden leek. Ze zagen dat hij dezelfde vorm van analyse had toegepast als bij het Griekse schrift dat op het papyrus was aangetroffen.

Jack activeerde de teleconferentiemodule weer en even later zaten ze weer oog in oog met Dillen en Hiebermeyer, die zich tweehonderd mijl verderop in Alexandrië bevonden.

'Dat zijn de symbolen van de schijven van Phaestos,' zei Jack.

'Inderdaad.' Dillen drukte op een toets en de twee schijven werden weer zichtbaar, deze keer in de linkerbenedenhoek. 'Wat de wetenschappers heeft verbijsterd is het feit dat de twee schijven nagenoeg identiek zijn, op één belangrijk aspect na.' Met de cursor wees hij enkele bijzonderheden aan. 'Aan de ene kant, de kant die ik het *obvers* noem – over het algemeen de bovenkant – vertonen beide schijven precies honderddrieëntwintig symbolen. Beide zijn gesegmenteerd in eenendertig groepen, die elk uit twee tot zeven symbolen bestaan. Het menu, zoals ik het maar zal noemen, is hetzelfde, en bestaat uit vijfenveertig verschillende symbolen. En de frequentie is identiek. Het hoofd met het hanenkapsel komt dertien keer voor, de lopende man zes keer, de ossenhuid elf keer enzovoort. Aan de andere kant van de schijf hetzelfde verhaal, behalve dat daar dertig woorden en honderdachttien symbolen op afgebeeld staan.'

'Maar de volgorde en de groeperingen zijn anders,' merkte Jack op.

'Precies. Kijk eens naar de eerste schijf. Lopende man plus boom, drie keer. Zonneschijf met hanenkapsel, acht keer. En twee keer de hele serie met pijl, stok, peddel, boot, ossenhuid en menselijk hoofd. Op de tweede schijf komt deze groepering niet voor.'

'Bizar,' mompelde Costas.

'Ik denk dat deze schijven als paar bij elkaar werden bewaard, waarvan de een leesbaar was en de andere geen enkele betekenis had. Degene die dit heeft gedaan probeerde te suggereren dat het type, aantal en frequentie van de symbolen belangrijk waren, en niet hun samenhang. Het was een list, een manier om de aandacht af te leiden van de wijze waarop de symbolen waren gegroepeerd, om nieuwsgierige lieden ervan te weerhouden een betekenis achter de volgorde te zoeken.'

'Maar dit moet toch íets te betekenen hebben,' onderbrak Costas hem ongeduldig. Hij klikte op de muis om combinaties op de eerste schijf op te laten lichten. 'Boot naast peddel. Lopende man. Man met hanenkapsel die altijd dezelfde kant uit kijkt. Korenschoof. Het cirkelvormige symbool, naar alle waarschijnlijkheid de zon, dat in ongeveer de helft van de groepen voorkomt. Het lijkt me een of andere reis, misschien geen echte reis, maar een tocht door het jaar, het laat ons de kringloop van de seizoenen zien.'

Dillen glimlachte. 'Dat is dezelfde lijn die de wetenschappers volgden, want die waren ervan overtuigd dat de schijf een boodschap bevatte, dat het niet alleen maar versieringen waren. Zij dachten dat hij meer betekenis bevatte dan de tweede schijf, dat de volgorde van de afbeeldingen een veel logischer geheel vormden.'

'Maar?'

'Maar dat is juist onderdeel van de misleiding. De maker van de eerste schijf heeft bepaalde symbolen wellicht opzettelijk gekoppeld, symbolen die de indruk wekken bij elkaar te horen, zoals peddel en boot, in de hoop dat de mensen juist op déze manier zouden proberen de schijf te ontcijferen.'

'Maar de peddel en boot móeten toch wel haast bij elkaar horen,' bracht Costas bijna fel te berde.

'Alleen als je ervan uitgaat dat het pictogrammen zijn, want in dat geval staat peddel voor peddel en betekent boot boot. Peddel en boot samen betekenen door het water gaan, zeevaart, beweging.'

'Pictogrammen maken was de eerste vorm van schrijven,' voegde Hiebermeyer eraan toe. 'Maar de eerste Egyptische hiërogliefen bestonden niet allemaal uit pictogrammen.'

'Een symbool kan ook een sonogram zijn, en dan vertegenwoordigt het object een geluid, en geen voorwerp of een bepaalde actie,' vervolgde Dillen. 'In het Engels zouden we de peddel kunnen gebruiken voor het aanduiden van de letter P, of de lettergreep *pa*.'

Costas knikte traag. 'Dus je bedoelt te zeggen dat de symbolen op de schijven ook een soort alfabet zouden kunnen zijn?'

'Ja, hoewel natuurlijk niet in de strikte zin van het woord. De vroegste versie van ons alfabet was de Noord-Semitische voorganger van het Fenicische alfabet, dat uit het tweede millennium voor Christus dateert. De vernieuwende eigenschap was een verschillend symbool voor elk van de belangrijkste klinkers en medeklinkers. Zo interpreteren we de Lineair A-geschriften van de Minoërs en de Lineair B van de Myceners.' Dillen tikte een toets aan en op het scherm werden de gouden schijven weer zichtbaar. 'En dat brengt ons bij jullie vondst in het scheepswrak.'

Hij vergrootte de afbeelding zodanig dat het mysterieuze symbool in het midden van de gouden schijf goed zichtbaar werd. Korte tijd later werd er nog een tweede afbeelding zichtbaar, een onregelmatig gevormd zwart stuk steen, met daar dwars overheen drie afzonderlijke banden met tekst, uitgevoerd in vrij kleine karakters.

'De steen van Rosette?' Hiebermeyer klonk verrast.

'Zoals jullie weten had het leger van Napoleon toen dat in 1804 Egypte bezette ook een heel legioen wetenschappers en tekenaars bij zich. Dit was een sensationele ontdekking, gevonden in de buurt van de oude stad Saïs, in een plaatsje dat Rosetta heette, aan een zijrivier van de Nijl.' Dillen klikte om de beurt de drie stukken tekst aan, en begon helemaal bovenaan. 'Egyptische hiëroglyfen. Egyptisch Demotisch. Helleens Grieks. Twintig jaar later beseft een filoloog met de naam Jean François Champollion dat het vertalingen zijn van hetzelfde stuk tekst, een drietalig decreet van Ptolemaeus uit 196 voor Christus, toen de Grieken de scepter over Egypte zwaaiden. Champollion maakte van zijn kennis van het oude Grieks gebruik om de twee andere teksten te vertalen. De steen van Rosetta was de sleutel tot het ontcijferen van de hiëroglyfen.' Dillen drukte een toets in en de steen verdween, en was er op het scherm opnieuw alleen nog maar een afbeelding van de gouden schijf te zien.

'Let voorlopig even niet op dat symbool in het midden en concentreer je op de symbolen langs de rand.' Hij markeerde om de beurt de drie banden, en werkte daarbij van buiten naar binnen. 'Myceens Lineair B. Minoïsch Lineair A. De symbolen uit Phaestos.'

Jack had zoiets al vermoed, maar de bevestiging ervan zorgde ervoor dat zijn hart een sprongetje maakte van opwinding.

'Heren, we hebben nu onze eigen steen van Rosetta.'

In de minuten daarna legde Dillen uit dat de Myceners die na de vulkaanuitbarsting op Thira de macht op Kreta hadden overgenomen aanvankelijk niet over een eigen schrift beschikten, en in plaats daarvan Lineair A-symbolen hadden geleend van de Minoïsche zeevaarders, die met het vasteland van Griekenland handel hadden gedreven. Hun schrift, Lineair B, werd kort na de Tweede Wereldoorlog op briljante wijze ontcijferd als een vroege versie van het Grieks. Maar de taal van de Minoërs was tot het begin van dat jaar een groot mysterie gebleven, toen er in Knossos de grootste hoeveelheid Lineair A-tabletten was gevonden tot dan toe. Men had het grote geluk dat verschillende tabletten tweetalig met Lineair B bleken te zijn. En nu bood de gouden schijf de buitengewone mogelijkheid om ook nog eens de symbolen op de schijven van Phaestos te ontcijferen.

'Er bestaan geen van Knossos afkomstige Phaestos-symbolen, en er bestaat ook geen tweetalige tekst van,' vervolgde Dillen. 'Ik heb altijd aangenomen dat het een verdwenen taal was, eentje die duidelijk afweek van het Minoïsch of van het Myceense Grieks.'

De anderen luisterden aandachtig toe, terwijl Dillen methodisch de Lineair A- en de Lineair B-symbolen op de gouden schijf afwerkte, en de samenhang ervan met de andere geschriften uit het Kreta ten tijde van de bronstijd liet zien. Hij had alle symbolen in rijtjes en kolommen geplaatst, om op die manier de overeenkomst beter te kunnen bestuderen.

'Ik ben begonnen met de eerste Phaestos-schijf, de schijf die honderd jaar geleden gevonden is,' zei Dillen. 'Net als jullie dacht ik aanvankelijk dat deze het meest begrijpelijk zou zijn.'

Hij sloeg een paar toetsen aan en alle eenendertig groepen symbolen van de obvers werden zichtbaar, met direct daaronder de fonetische vertaling.

'Hier heb je het, van binnen naar buiten lezend, waarbij de richting van de lopende man en de gezichtsymbolen gevolgd moet worden, zoals je logischerwijze zou mogen aannemen.'

Jack liet zijn blik snel over de zinnen glijden. 'Ik herken geen enkele van deze Lineaire woorden, en zie bij de combinaties van lettergrepen ook niets bekends.'

'Ik ben bang dat je gelijk hebt.' Dillen liet zijn vingers opnieuw over het toetsenbord vliegen en op het onderste gedeelte van het scherm verschenen nog eens eenendertig groepen. 'Hier lopen ze van achteren naar voren, waarbij ze spiraalvormig van de rand naar het midden lezen. Het is hetzelfde verhaal. Helemaal niets.'

Het scherm ging op zwart en heel even was het stil.

'En de tweede schijf?' vroeg Jack.

Aan Dillens gelaatsuitdrukking was hoegenaamd niets te merken, en alleen een flauwe glimlach verried zijn opwinding. Hij tikte enkele toetsen in en herhaalde de hele cyclus.

'Hier heb je hem, spiraalsgewijs naar de rand toe lopend.'

Jack voelde de moed in zijn schoenen zakken toen hij opnieuw niets herkenbaars in de woorden zag. Maar op dat moment begon hij koppels te zien die hem op een vreemde manier bekend voorkwamen.

'Ik zie hier iets, maar tegelijkertijd klopt er iets niet.'

Dillen gaf hem nog wat langer de gelegenheid om naar het scherm te kijken.

'Terug naar voren,' zei hij toen.

Jack tuurde opnieuw aandachtig naar het scherm en sloeg toen hard met zijn vuist op tafel. 'Maar natúúrlijk!'

Dillen slaagde er niet langer in zich te beheersen en glimlachte breed toen hij nog een laatste keer een paar toetsen indrukte, en het volgende moment verschenen de symbolen nog een keer, maar nu in omgekeerde volgorde. Heel even werd er scherp naar adem gehapt toen Jack plotseling zag waar ze met z'n allen naar keken.

'Buitengewoon,' mompelde hij. 'Die schijf dateert van meer dan tweeduizend jaar vóór de bronstijd nog maar begon. En toch bevat hij de taal van Lineair A, de taal die op Kreta werd gesproken ten tijde van ons scheepswrak.' Hij kon maar nauwelijks geloven wat hij zei. 'Hij is *Minoïsch*.'

Op dat moment kwam aan boord van de *Seaquest* de intercom krakend tot leven en werd de betovering verbroken.

'Jack. Kom onmiddellijk aan dek. Aan boord van de *Vultura* is activiteit waarneembaar.' De stem van Tom York klonk gejaagd, dat was zeker.

Jack vloog zonder iets te zeggen overeind en beende met grote passen in de richting van de brug, op de voet gevolgd door Costas. Enkele seconden later stonden beide mannen naast York en Howe, hun blik gericht op de in de verte aan de horizon zichtbare lichtjes.

Recht voor hen uit was op zee nog net zwakjes een beweging te zien, opspattend schuim dat al snel herkend werd als de van de *Seaquest* afkomstige Zodiac. Even later konden ze achter het stuur Katya onderscheiden, haar lange haar wapperend in de wind. Jack greep de reling vast en kneep heel even zijn ogen dicht, terwijl de bezorgdheid van de afgelopen uren plotseling plaatsmaakte voor een overweldigende opluchting. Goddank was alles goed met haar.

Costas keek zijn vriend vol genegenheid aan. Hij kende hem maar al te goed: binnen de kortste keren zou hij alleen nog maar met hun zoektocht bezig zijn.

Toen de Zodiac langszij kwam en de buitenboordmotoren waren uitgezet, was een nieuw geluid hoorbaar, het gedempte geronk van diesels. Jack griste de nachtkijker uit het rek en richtte die op de horizon. Het grijze silhouet van de *Vultura* vulde het beeld, de romp van het schip laag en dreigend op het water. Plotseling was er bij de achtersteven een witte massa zichtbaar, een kolkend kielzog dat door de schroeven werd opgeworpen, en waarvan de fosforescentie een fonkelende aanblik bood. Langzaam, loom bijna, als een dier dat net wakker was geworden en niets te vrezen had, beschreef de *Vultura* een wijde boog en voer grommend richting duisternis, terwijl het kielzog – als de uitlaatgassen van een raket – nog lange tijd nadat het vaartuig door de nacht was verzwolgen zichtbaar bleef.

Jack liet de nachtkijker zakken en keek naar de gestalte die net aan boord was geklommen. Ze glimlachte en stak even haar hand op. Jack sprak nagenoeg binnensmonds, en zijn woorden werden alleen maar gehoord door de naast hem staande Costas.

'Katya, je bent een engel.'

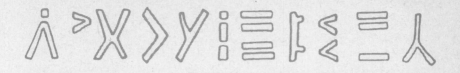

7

De helikopter vloog laag over het kustgebergte van westelijk Turkije, waarbij het kloppende geluid van de rotorbladen weerkaatste in de diepe inhammen die de kustlijn doorsneden. In het oosten waren in de roze aura van de dageraad de grillige contouren van het Anatolisch Plateau te zien, en de andere kant uit konden in de ochtendnevel boven de Egeïsche Zee nog net de spookachtige vormen van enkele eilanden worden waargenomen.

Jack haalde de stick van de Lynx iets naar zich toe en schakelde de automatische piloot in. De helikopter zou nu feilloos de koers blijven volgen die hij in de navigatiecomputer had ingevoerd, een koers die hen naar de ingeprogrammeerde bestemming – bijna vijfhonderd zeemijl noordoostelijker – zou brengen.

Door de intercom klonk een vertrouwde stem.

'Er is nóg iets aan die gouden schijf dat ik niet begrijp,' zei Costas. 'Ik ga er vanuit dat hij rond 1600 voor Christus is gemaakt, kort voor het schip ten onder ging. Maar de enige overeenkomst voor die symbolen in de buitenste band dateert van vierduizend jaar eerder, de symbolen die op de tweede schijf van Phaestos staan, dat ding dat op Kreta is gevonden.'

Katya mengde zich nu ook in het gesprek. 'Het is verbazingwekkend dat de taal die tijdens de bronstijd op Kreta werd gesproken, ook door de eerste neolithische kolonisten op het eiland werd gehanteerd. De ontcijfering van professor Dillen zal ons beeld van de oorsprong van de Griekse beschaving radicaal veranderen.'

Jack was nog steeds opgetogen over Katya's succes bij het bezweren van de hachelijke situatie rond de confrontatie met de *Vultura*, de vorige avond. Hun redding mocht bijna een wonder worden genoemd, dat besefte hij maar al te goed. Ze zei dat ze Aslan opnamen van het Romeinse wrak had laten zien waarnaar Jack een week eerder had gedoken, en dat ze hem ervan had weten te overtuigen dat ze alleen maar wat aardewerken amfora's hadden gevonden, dat het wrak hun aandacht niet waard was en dat de *Seaquest* er alleen maar in de buurt had gelegen om nieuwe apparatuur waarmee digitale kaarten kon worden gemaakt uit te proberen.

Jack was ervan overtuigd dat er meer was gezegd, meer dan Katya bereid of in staat was hun te vertellen. Hij had haar een kruisverhoor afgenomen, maar ze had haar kiezen stevig op elkaar gehouden. Hij kende de duistere wereld van deal en tegendeal, van gedwongen verkoop aan de maffia en alle mogelijke vormen van omkoperij waaraan de inwoners van de voormalige Sovjet-Unie vaak gedwongen waren mee te doen maar al te goed. Katya zou in dat wereldje ongetwijfeld haar mannetje staan.

De knagende bezorgdheid die tijdens haar afwezigheid de teleconferentie had beheerst, had plaatsgemaakt voor een enorme drang door te gaan. Bij haar terugkeer had Katya geweigerd rust te nemen en had ze zich bij Jack en Costas gevoegd, die tot diep in de nacht over kaarten van het wrak gebogen zaten en druk bezig waren met de volgende fase van de opgraving, voortgedreven door hun enthousiasme, nu ze wisten dat ze ongehinderd door konden gaan met het project.

Alleen háár verzekering dat de *Vultura* niet zou terugkeren, was voor Jack aanleiding geweest om de vlucht van die ochtend te ondernemen. Eigenlijk zou het een routinebezoekje geweest moeten zijn, een al enige tijd geplande inspectie van het zusterschip van de *Seaquest*, de *Sea Venture*, dat zich in de Zwarte Zee bevond, maar dat nu een speciale impuls had gekregen door meldingen dat er een eindje uit de noordkust van Turkije opzienbarende ontdekkingen waren gedaan.

'Wat jullie geen van beiden weten,' zei Jack, 'is dat we nu een onafhankelijke datering voor de gouden schijf hebben. Die is toen jullie lagen te slapen per e-mail binnengekomen.' Hij gaf een velletje papier aan Costas, die in de stoel van de copiloot zat. Na enkele ogenblikken klonk er een opgetogen kreet.

'Hydratiedatering! Het is ze gelukt!' Costas, die zich altijd meer op zijn gemak voelde met de door de wetenschap aangereikte zekerheden dan met theorieën die nooit tot harde conclusies leken te leiden, was in zijn element. 'Het is een techniek die ze bij de IMU hebben verfijnd,' legde hij aan Katya uit. 'Bepaalde mineralen absorberen in de loop der tijd een minieme hoeveelheid water in hun oppervlak. Deze hydratielaag ontwikkelt zich opnieuw bij oppervlakten waarvan stukjes zijn afgeslagen of door mensen-handen zijn gevormd, en kan dus worden gebruikt voor het dateren van stenen en metalen artefacten.'

'Het klassieke voorbeeld is obsidiaan,' voegde Jack eraan roe. 'Het glas-achtige vulkanische gesteente dat in de Egeïsche Zee, en dan nog alleen op het eiland Milos, wordt gevonden. Van obsidiaan gemaakte werktuigen, af-komstig van jager/verzamelaars op het vasteland van Griekenland, zijn door middel van hydratie gedateerd tot op 12.000 jaar voor Christus, de laatste fase van de ijstijd. Het is de vroegste aanwijzing dat er in de antieke wereld overzeese handel plaatsvond.'

'Het dateren van goud door middel van hydratie is slechts mogelijk door gebruik te maken van zeer nauwkeurig werkende precisieapparatuur,' zei Costas. 'De IMU geeft momenteel binnen het VHP-onderzoek de toon aan, maar dat komt door het aantal keren dat we goud vinden.'

'Welke datering is eruit komen rollen?' wilde Katya weten.

'De drie banden met symbolen zijn er in het midden van het tweede mil-lennium voor Christus ingestempeld. Men schat zo rond 1600 voor Chris-tus, met een marge van honderd jaar naar boven en naar beneden.'

'Dat klopt dan met de datering van het scheepswrak,' merkte Katya op.

'Veel eerder kan het niet geweest zijn,' bracht Jack naar voren. 'De bin-nenste band is Myceens Lineair B, dat pas rond die tijd werd ontwikkeld.'

'Maar dat was alleen de datering voor de symbolen, het tijdstip dat ze in het metaal werden aangebracht. Die is afkomstig van de dehydratielaag op de symbolen zelf.' Costas kon zijn opwinding nauwelijks onderdrukken. 'De schijf zelf is ouder. Veel ouder. En dat symbool in het midden bevond zich al in de oorspronkelijke gietvorm. Heb je enig idee?' Hij wachtte het antwoord niet af. 'Hij dateert van *6000 voor Christus*!'

Het was nu een sprankelende zomerochtend en ze hadden naar alle kanten een onbeperkt uitzicht. Ze vlogen over het noordwesten van Turkije in de richting van de Dardanellen, de smalle zee-engte die Europa van Klein-Azië scheidt. Meer naar het oosten verbreedde die zich tot de Zee van Mar-mara, om zich vervolgens weer te versmallen tot de Bosporus, de zeestraat die naar de Zwarte Zee leidde.

Jack voerde enkele nieuwe gegevens in de automatische piloot in en tuurde over Costas' schouder. Gallipoli was duidelijk te zien, de lange vin-ger van land die in de Egeïsche Zee stak en de noordelijke oever van de Dardanellen vormde. Pal onder hen lag de vlakte van Hisarlik, de plaats van het legendarische Troje. Ze bevonden zich in een maalstroom van ge-schiedenis, een plaats waar zowel de zee als het land zich versmalde en waar enorme hoeveelheden mensen langs moesten, van het zuiden naar het noorden en van het oosten naar het westen, van de eerste mensachtigen tot de opkomst van de islam. De rustige omgeving stond in schril contrast met de bloedige conflicten die hier waren uitgevochten, van het beleg van Troje tot aan de slachtpartijen bij Gallipoli, drieduizend jaar later tijdens de Eerste Wereldoorlog.

Voor Jack en Costas was dit geen land vol geesten uit het verleden, maar vertrouwd gebied dat hun beiden een warm gevoel van voldoening gaf. Het was de omgeving waar ze hun eerste gezamenlijk opgravingen hadden verricht, toen ze samen op de NAVO-basis bij Izmir waren gestationeerd. Een boer had tussen de huidige kust en de ruïnes van Troje een stuk of wat zwartgeblakerde stukken hout en wat fragmenten van een bronzen wapenrusting opgeploegd. Hun opgravingsplaats bleek de plek te zijn waar tijdens de bronstijd de kust had gelegen, die in de loop van de tijd was dichtgeslibd, en waar ze de resten van een hele reeks oorlogsgaleien aantroffen die daar rond 1150 voor Christus in brand waren gestoken.

Het was een sensationele vondst geweest, de eerste echte artefacten uit de Trojaanse oorlog, een onthulling die ervoor zorgde dat wetenschappers met hernieuwde belangstelling naar legendes keken die in het verleden als halve waarheden waren afgedaan. Voor Jack was het een keerpunt, een ervaring die zijn passie voor archeologie en de onopgeloste geheimen van het verleden opnieuw aanwakkerde.

'Oké. Laat het me even op een rijtje zetten.' Costas probeerde de buitengewone onthullingen van de laatste paar dagen samen te voegen tot een of ander coherent geheel. 'Om te beginnen wordt er in Egypte een stuk papyrus gevonden waaruit blijkt dat Plato de Atlantis-legende niet verzonnen heeft. Het relaas werd rond 580 voor Christus door een Egyptische priester aan een Griek doorgegeven die Solon heette. Het verhaal moet toen al ongelooflijk oud zijn geweest, en dateert waarschijnlijk al van duizenden jaren her, van vóór de tijd van de farao's.'

'Uit dat stuk papyrus blijkt ook dat het verhaal van Plato een rommeltje is,' merkte Jack prompt op.

'Het relaas bereikte de buitenwereld nooit omdat het werd gestolen, waarna het verloren ging. Wat overbleef was een verminkt verhaal, een mengsel van het einde van de Minoërs halverwege het tweede millennium voor Christus met datgene wat Solon zich nog van Atlantis kon herinneren. Zijn verwarring zorgde ervoor dat wetenschappers in de verleiding kwamen om het Atlantis-verhaal in verband te brengen met de vulkaanuitbarsting op Thira en de verwoesting van de paleizen op Kreta.'

'Het was de enige voor de hand liggende interpretatie,' zei Jack.

'We weten nu dat Atlantis een soort citadel was, geen continent of een eiland. Het lag aan het water, met een brede vallei en hoge bergen landin-waarts. Op de een of andere manier werd het gedomineerd door een sym-bolische stier. Enkele dagreizen ervandaan bevond zich een cataract, en tussen de cataract en Egypte lag een zee die vol lag met eilanden. Ergens tussen zeven- en achtduizend jaar geleden verdween het onder de golven.'

'En nu zitten we met dit uitzonderlijke raadsel van de schijven opge-zadeld,' zei Katya.

'De link tussen het papyrus en de schijven is dat symbool. Het is volko-men identiek, een hoofdletter H met aan beide zijden vier korte armpjes.'

'Ik denk dat we het veilig het Atlantis-symbool mogen noemen,' ver-klaarde Katya.

'Het is het enige dat geen overeenstemming vertoont met een Lineair A- of een Lineair B-karakter,' zei Jake. 'Het zou een logogram kunnen zijn dat Atlantis zelf vertegenwoordigt, zoals de stier van het Minoïsche Knossos of de uil van het klassieke Athene.'

'Eén ding begrijp ik niet,' zei Costas, 'waarom zijn de schijven van klei en de gouden schijf sowieso gemaakt? Maurice Hiebermeyer zei dat de heilige kennis slechts mondeling van de ene hogepriester op de andere werd over-gedragen om er zeker van te zijn dat er niets verbasterd werd, dat het ge-heim bleef. Waarom hadden ze dan een decodering in de vorm van deze schijven nodig?'

'Ik heb daar een theorie over,' zei Jack.

Op het instrumentenpaneel begon een rood lampje te knipperen. Hij zette de automatische piloot uit, ging over op handmatige besturing en schakelde de twee reservetanks in die voor de lange vlucht noodzakelijk waren. Nadat hij de automatische piloot weer had geactiveerd stopte hij een cd-rom in de console en klapte uit het cockpitplafond een klein schermpje naar beneden. Te zien was een bonte processie van grote roeibo-ten die een stad verliet, terwijl de inwoners van die stad er vanuit hun hui-zen, die op ingenieuze wijze op elkaar gestapeld leken te zijn en pal aan het water stonden, op neerkeken.

'Het beroemde fresco met zicht op zee dat in de jaren zestig in het Admi-raalshuis in Akrotiri op Thira is gevonden. Gewoonlijk wordt het gezien als een ceremoniële gelegenheid, wellicht de wijding van een nieuwe hoge priester.'

Hij tikte een toets in en het beeld veranderde in een luchtfoto waarop rij-en tot ruïnes vervallen muren zichtbaar waren, alsmede balustrades die vanuit een rotswand naar voren staken.

'De aardbeving die het Parthenon vorig jaar beschadigde, zorgde er ook voor dat de rotswand aan de kust van Palaiáo Kaméni losraakte, het "Oude Brandoffer", het op een na grootste eilandje van de Thira-groep. Daardoor kwamen de resten bloot te liggen van iets dat nog het meest lijkt op een rotsklooster. Veel van wat we van de Minoïsche godsdienst weten is afkomstig uit de zogenaamde bergheiligdommen, gewijde gebieden op de heuvel- en bergtoppen van Kreta. We gaan er nu van uit dat het eiland Thira het grootste bergheiligdom van allemaal was.'

'Het huis van de goden, de ingang tot de onderwereld,' zei Costas.

'Iets dergelijks,' reageerde Jack. 'Het heiligdom op de bergtop zelf werd toen de uitbarsting op Thira plaatsvond volledig vernietigd. Maar er was ook nog een godsdienstige gemeenschap op het eiland, die achter de caldera onder as en puin begraven werd.'

'En jouw theorie betreffende de schijven?' wilde Costas weten.

'Daar kom ik straks op terug,' zei Jack. 'Laten we het eerst even over ons scheepswrak hebben. De meest voor de hand liggende inschatting is dat dat schip vóór de uitbarsting op Thira ten onder moet zijn gegaan, tot zinken is gebracht door een schokgolf vóór de eruptie zelf.'

De twee anderen lieten een instemmend gemompel horen.

'Ik ben nu van mening dat ze meer is dan zomaar een rijke koopvaarder. Denk eens aan de lading. Gouden kelken en halskettingen. Gouden en ivoren beelden, waarvan sommige bijna levensgroot. Offeraltaren die zijn gehouwen uit zeldzaam Egyptisch purpersteen. De *rhyton* in de vorm van een stierenkop. Er waren aanzienlijk meer waardevolle goederen aan boord dan gewoonlijk door één schip werd vervoerd.'

'Wat probeer je te zeggen?' vroeg Coastas.

'Ik denk dat we de schat van de hogepriesters van Thira hebben gevonden, de meest heilige schatkamer die er tijdens de bronstijdbeschaving bestond. Ik ben van mening dat de schijven tot de kostbaarste bezittingen van de priesters behoorden. De gouden schijf was het oudst, en werd alleen maar te voorschijn gehaald bij de belangrijkste ceremonieën, en was oorspronkelijk alleen maar van het middelste symbool voorzien. De antieke schijf van klei, de oudste van de twee Phaestos-schijven, was eerder een tablet met informatie dan een voorwerp van aanbidding. Het bevatte een sleutel tot kennis, maar was geschreven in zeer oude symbolen die alleen door de priesters konden worden ontcijferd. Direct na de waarschuwende aardbeving, bang voor de op handen zijnde Apocalyps, gaf de hogepriester opdracht deze symbolen langs de rand van de gouden schijf aan te brengen. Het was een soort woordenboek, een register van de oude symbolen op de kleischijf, samen met de courante Lineair A- en B-schriften. Elke geletterde Minoër zou onmiddellijk beseffen dat de lettergreepgroepen een voorvaderlijke versie van hun eigen taal vormden.'

'Dus was het een soort verzekeringspolis,' opperde Katya. 'Een codeboek om de kleischijf te kunnen lezen voor het geval de priesters zouden komen te overlijden.'

'Ja.' Jack draaide zich naar haar om. 'Samen met de prachtige *rhyton* in de vorm van een stierenkop hebben de duikers ook nog een bundel met ebbenhouten en ivoren staven naar boven gebracht. Staven waarin uiterst kunstzinnige afbeeldingen van de grote moedergodin zijn gesneden. We gaan ervan uit dat het de heilige staven van de Minoërs zijn, rituele parafernalia, zoals de staf van een bisschop of kardinaal. Ik denk dat ze tot de bagage van de hogepriester zelf behoorden, toen die het heiligdom op het eiland ontvluchtte.'

'En de schijven van Phaestos?'

'Rond dezelfde tijd dat die symbolen op de gouden schijf werden aangebracht, gaf de hogepriester opdracht voor het maken van een replica van de oude kleischijf, een schijf waarop op het eerste gezicht dezelfde tekst leek te staan, maar die in feite geen enkele betekenis had. Zoals professor Dillen al zei, de replica was een manier om buitenstaanders die te veel betekenis achter die symbolen zochten op het verkeerde been te zetten. Alleen de priesters zouden van het belang van de tekst op de hoogte zijn, en alleen zij zouden toegang hebben tot het overzicht op de gouden schijf.'

'Hoe zijn ze op Phaestos terechtgekomen?' wilde Costas weten.

'Ik denk dat ze aanvankelijk in dezelfde schatkamer hebben gelegen als de gouden schijf, in dezelfde tempelopslagruimte op het eiland Thira,' zei Jack. 'De hogepriester heeft ze waarschijnlijk met een eerder schip meegestuurd, een lading die Kreta wél veilig heeft weten te bereiken. Phaestos moet een voor de hand liggende schuilplaats hebben geleken, hoog boven de zee gelegen en in het noorden door de berg Ida tegen de vulkaan beschermd.'

'En een godsdienstig centrum,' voegde Katya eraan toe.

'Naast het paleis ligt Hagia Triadha, een ruïnecomplex dat de archeologen al lange tijd heeft verbijsterd. Daar zijn met een tussenpoos van honderd jaar beide schijven gevonden. We gaan er tegenwoordig vanuit dat het een soort seminarie is geweest, een opleidingsinstituut voor priesters die daarna naar de bergheiligdommen zouden worden gestuurd.'

'Maar Phaestos en Hagia Triadha zijn beide bij de vulkaanuitbarsting vernietigd,' onderbrak Katya hem. 'Door een aardbeving met de grond gelijkgemaakt en daarna nooit meer bewoond, en de schijven moeten dan ook enkele dagen nadat ze van Thira waren aangevoerd al onder het puin zijn begraven.'

'Ik heb nog een laatste vraag,' zei Costas. 'Hoe kon de hogepriester van de tempel in Saïs in de Nijldelta bijna duizend jaar na de uitbarsting op Thira en het verloren gaan van deze schijven, van Atlantis op de hoogte zijn?'

'Ik denk dat de Egyptenaren dat verhaal via dezelfde bron hebben meegekregen, in de verre prehistorie al, en dat het elke beschaving afzonderlijk heeft weten te overleven. Het was heilige kennis, nauwgezet doorgegeven zonder verfraaiingen en correcties, zoals te zien is aan de identieke details van het Atlantis-symbool dat zowel op het papyrus als op de schijven te zien is.'

'We moeten Solon de Wetgever voor die connectie dankbaar zijn,' zei Katya. 'Als hij dat symbool niet uiterst zorgvuldig naast het Griekse woord voor Atlantis had gekopieerd, zouden we hier waarschijnlijk nooit achter zijn gekomen.'

'De schijven van Phaestos waren waardeloos, gemaakt van aardewerk,' dacht Costas hardop, 'en ontleenden hun waarde alleen aan de symbolen. Maar de schijf uit het scheepswrak is van massief, puur goud, misschien wel het grootste stuk goud dat de prehistorie heeft overleefd.' Hij draaide zich in zijn stoel naar Jack om en keek hem gespannen aan. 'Ik heb het vermoeden dat hier veel meer aan vastzit dan zo op het eerste gezicht te zien is. Ik denk dat onze gouden presse-papier op de een of andere manier een opening biedt tot een nóg groter mysterie.'

Ze waren de Zee van Marmara gepasseerd en vlogen nu boven de Bosporus. De heldere lucht van de Egeïsche Zee had plaatsgemaakt voor de nevelige smog die boven het uitgestrekte Istanbul hing. Ze konden nog net de Gouden Hoorn onderscheiden, de baai waar de Griekse kolonisten in de achtste eeuw voor Christus Byzantium hadden gesticht. Er pal naast stak een heel woud van minaretten vanuit de ochtendmist omhoog. Op het schiereiland konden ze ook nog net het Topkapi-paleis zien liggen, ooit hét symbool van oosterse decadentie, maar nu een van de mooiste archeologische musea ter wereld. Aan de zeekant stonden de hoge stadsmuren van Constantinopel, de hoofdstad van het Byzantijnse Rijk, waar Rome in het oosten nog stand kon houden totdat de stad in 1453 in handen viel van de Turken.

'Dit is een van mijn favoriete steden,' zei Jack. 'Als je hier eenmaal de weg een beetje weet, heeft het de rijkste geschiedenis die je je kunt voorstellen.'

'Als dit achter de rug is, moet je me daar maar eens mee naartoe nemen,' zei Katya.

Voor hen lag de Zwarte Zee, waarvan de uitgestrekte kustlijn aan beide kanten van de Bosporus tot in het oneindige leek door te lopen. Op de GPS was te zien dat de laatste etappe een recht stuk pal in oostelijke richting was, naar een positie van ongeveer tien zeemijl ten noorden van de Turkse havenstad Trabzon. Jack activeerde het IMU-kanaal op de VHF-zender en zette de scrambler aan, om vervolgens een routinepositiebepaling naar de bemanning van de *Sea Venture* te sturen.

Enkele ogenblikken later begon er in de rechterbenedenhoek van het scherm boven de middenconsole een blauw lampje te knipperen.

'Binnenkomende e-mail,' zei Costas.

Jack klikte twee keer met de muis en wachtte tot het adres zou verschijnen.

'Verstuurd door professor Dillen. Laten we hopen dat het zijn vertaling van de schijf van Phaestos is.'

Katya boog zich vanuit haar stoel achterin iets naar voren en wachtte stilletjes af. Even later werd op het scherm de tekst zichtbaar.

Beste Jack,

Sinds onze teleconferentie van gisteravond ben ik constant bezig geweest met het voltooien van mijn vertaling. Veel hing af van de medewerking van collega's van overal ter wereld. Het Lineair A-archief dat verleden jaar in Knossos is gevonden, is door nogal wat wetenschappers in verschillende porties opgedeeld, en je weet dat academici geneigd zijn erg geheimzinnig te doen over hun nog niet gepubliceerde gegevens – je herinnert je nog wel hoeveel moeite het ons heeft gekost om de Dode Zeerollen in te zien toen we aan onze zoektocht naar Sodom en Gomorra begonnen. Gelukkig zijn de meeste wetenschappers die de Minoïsche epigrafie hebben bestudeerd voormalige studenten van me.

Alleen de *obvers* van de tweede schijf heeft een betekenis. De moeite die is gedaan om de ware tekst verborgen te houden was nog aanzienlijk grootschaliger dan we aanvankelijk dachten.

Ons mysterieuze symbool komt twee keer voor en ik heb het simpelweg vertaald als Atlantis.

Hier is het:

Onder het teken van de stier ligt de uitgestrekte adelaarsgod. (Bij) zijn staart (bevindt zich) het met gouden muren omwalde Atlantis, de grote gouden deur van de (citadel?). (Zijn) vleugelpunten raken de op- en ondergaande zon aan. (Bij het) opgaan van de zon (is er) de vuurberg en metaal. (Hier bevindt zich) de hal van de hogepriester [Troonzaal? Audiëntieruimte?]. Boven (bevindt zich hier) Atlantis. (Hier bevindt zich) de moedergodin. (Hier bevindt zich) de verblijfplaats (van) de goden (en) de voorraadkamer (van) kennis.

Ik weet nog niet precies wat ik hieruit moet opmaken. Is het een raadsel? Maurice en ik zouden graag zo snel mogelijk willen horen wat jij ervan vindt.

Je toegenegen,
James Dillen

Ze lazen de vertaling nog een aantal keren zwijgend door. Costas was de eerste die de stilte verbrak, zoals altijd op zoek naar praktische ingangen waar anderen slechts geheimzinnigheid meenden te zien.
'Het is geen raadsel. Het is een schatkaart.'

8

'Jack! Welkom aan boord!'

De stem kwam boven het lawaai van de Rolls-Royce Gem-turbo-shafts uit, waarvan op dat moment het gas wat werd teruggenomen. Jack was zojuist op de opblaasbare drijver gestapt, een modificatie waarmee de Lynx – waarvan de marineversie met een wielonderstel was uitgerust – in staat was om op water te landen, en waarvan ook de andere IMU-helikopters waren voorzien. Hij haastte zich aan boord en schudde de uitgestrekte hand van Malcolm Macleod, terwijl hij zijn rijzige gestalte zo ver mogelijk naar voren boog en de rotorbladen hortend en stotend tot stilstand kwamen. Costas en Katya volgden direct na hem. Terwijl ze benedendeks verdwenen, haastten een stuk of wat bemanningsleden zich naar de Lynx, die eerst stevig aan het helidek werd bevestigd, waarna er uit het vrachtruim een stuk of wat ladingzakken werden gehaald.

De *Sea Venture* verschilde alleen qua apparatuur van de *Seaquest* en was het belangrijkste vaartuig waarover de IMU beschikte voor het onderzoek van de zeebodem op zeer grote diepte. Ze had in de Marianentrog in het westelijk deel van de Grote Oceaan recentelijk de eerste bemande afdaling uitgevoerd. Haar huidige onderzoek in de Zwarte Zee was begonnen als een routinematige sedimentologische analyse, maar had nu een verrassend nieuwe dimensie gekregen.

'Loop met me mee naar de brugconsole.'

Malcolm Macleod ging hem voor naar hetzelfde koepelvormige scherm als ze aan boord van de *Seaquest* hadden gezien. Macleod was Jacks tegenhanger bij de afdeling Oceanografie, een man voor wiens expertise Jack in de loop der jaren veel respect had gekregen, een direct gevolg van de vele projecten die ze overal ter wereld samen hadden uitgevoerd.

De stevig gebouwde, roodharige Schot ging op de stoel van de operator naast de console zitten.

'Welkom op de *Sea Venture*. Ik ga ervan uit dat jouw inspectie kan wachten tot ik je heb laten zien wat we hebben gevonden.'

Jack knikte. 'Ga rustig door.'

'Wat weet je van de Messinische zoutcrisis?'

Jack en Costas knikten, maar Katya keek verbaasd op.

'Oké. Dan zal ik onze nieuwe collega in het kort op de hoogte brengen.' Macleod keek Katya glimlachend aan. 'Die is vernoemd naar de afzettingen die gevonden zijn in de buurt van de Straat van Messina. Begin jaren negentig van de vorige eeuw heeft het boorschip *Glomar Challenger* overal in de Middellandse Zee monsters omhoog gehaald. Onder de zeebodem werd een enorme laag evaporiet aangetroffen, door verdamping ontstaan gesteente, een laag die hier en daar wel drie kilometer dik is. Die is ontstaan aan het einde van het mioceen, het laatste geologische tijdperk vóór het onze, zo'n vijfenhalf miljoen jaar geleden.'

'Evaporiet?'

'Hoofdzakelijk haliet, het gewone steenzout, het spul dat overblijft als zeewater verdampt. Erboven en eronder bevinden zich verschillende soorten mergel, plus normale mariene sedimenten die uit klei en calciumcarbonaat bestaan. De zoutlaag in de Middellandse Zee ontstond min of meer tegelijkertijd.'

'Wat betekent dat?'

'Dat betekent dat de Middellandse Zee ooit is verdampt.'

Katya keek hem vol ongeloof aan. 'Is de Middellandse Zee ooit verdampt geweest? In z'n geheel?'

Macleod knikte. 'De directe oorzaak was een enorme daling van de atmosferische temperatuur, een veel koudere periode dan onze recente ijstijd. Het poolijs hield een enorme hoeveelheid zeewater vast, waardoor de zeespiegel soms wel vijfhonderd meter lager kwam te liggen. De Middellandse Zee werd afgegrendeld en begon op te drogen, waardoor er in de diepste gedeelten alleen nog maar wat brakke modder achterbleef.'

'Zoals bij de Dode Zee?' opperde Katya.

'Nóg zouter; in feite kon je het nauwelijks nog vloeibaar noemen. Veel te zout voor enige vorm van leven, vandaar dat er ook nauwelijks fossielen gevonden zijn. Grote gedeelten veranderden in woestijn.'

'Wanneer liep hij weer vol?'

'Ongeveer tweehonderdduizend jaar later. Het moet een dramatisch proces zijn geweest, het gevolg van een omvangrijke dooi aan de polen. De eerste druppels uit de Atlantische Oceaan moeten al snel een kolkende stroom zijn geworden, de grootste waterval ooit, honderd keer groter dan de Niagara, die er vervolgens voor zorgde dat de Straat van Gibralter tot zijn huidige diepte werd uitgesleten.'

'Van welk belang is dit alles voor de Zwarte Zee?' vroeg Katya.

'De Messinische zoutcrisis is een feit dat wetenschappelijk vaststaat.' Macleod keek Jack nadrukkelijk aan. 'Hij helpt je het ongelooflijke te geloven, want dat ga ik je nu vertellen.'

Ze verzamelden zich achter de bedieningsconsole van waaruit het op afstand bedienbare duikbootje van de *Sea Venture* werd aangestuurd. Macleod nodigde Katya uit achter het scherm te gaan zitten en liet haar zien hoe ze de joystick moest gebruiken.

'Beschouw het als een vluchtsimulator. Gebruik de joystick om het ding alle kanten op te laten gaan, omhoog of omlaag, zijwaarts of achteruit. De snelheid regel je met de schijf aan de linkerkant.'

Macleod legde zijn hand op die van Katya en voerde een volledige cirkel met de klok mee uit, waarbij hij het apparaat een rondje op maximale diepte liet beschrijven. Het breedbeeld videoscherm bleef pikdonker, maar de richtingsindicator draaide driehonderdzestig graden in het rond. De diepteaflezing gaf 135 meter aan, terwijl een GPS-apparaat met een marge van minder dan een halve meter de positie van de ROV – de afkorting stond voor *remote operated vehicle* – aangaf.

Macleod bracht de stick terug in de standaardstand.

'Een vrije val spin, direct gevolgd door een perfecte terugkeer.' Hij keek Jack grinnikend aan, die zich de schijngevechten tussen hen beiden tijdens het opleidingsprogramma aan het IMU-diepzeetrainingsinstituut voor de kust van Bermuda maar al te goed herinnerde.

'ROV's worden nu al enkele decennia lang grootschalig door wetenschappers ingezet,' legde Macleod uit. 'Maar de afgelopen paar jaar is deze technologie aanzienlijk verfijnd. Voor verkennend onderzoek maken we gebruik van een AUV, dat staat voor *autonomous operated vehicle*, een autonoom functionerend onderwatervaartuig, dat van sensoren kan worden voorzien die voor verschillende taken kunnen worden ingezet, waaronder video en sidescan-sonar. Zodra we iets specifieks hebben gevonden, zetten we een ROV in, die op afstand wordt aangestuurd. De IMU Mark 7 die we hier hanteren is niet veel groter dan een aktetas, klein genoeg om een onderzeese krater binnen te kunnen dringen.'

'Deze dingen zijn uiterst wendbaar,' voegde Costas eraan toe. 'En de op Doppler radio-impulsen gebaseerde bediening houdt in dat je een horizontale actieradius hebt van vijftien zeemijl, terwijl we er verticaal tot in de diepste afgrond mee kunnen opereren.'

'We zijn er bijna,' onderbrak Macleod hem. 'Ik activeer nú de schijnwerpers.'

Hij bracht de joystick iets naar voren en haalde tegelijkertijd op de console enkele schakelaars over. Plotseling kwam het scherm tot leven en maakte de inktachtige zwartheid plaats voor een briljante glinstering vol spikkels.

'Slib,' legde Macleod uit. 'In het schijnsel van onze lampen zijn nu slibdeeltjes te zien die door de ROV in beroering zijn gebracht.'

Ze begonnen nu iets meer substantieels te zien, een donkere achtergrond die geleidelijk aan duidelijker in beeld kwam. Het was de zeebodem, een deprimerende, kale, grijze uitgestrektheid. Macleod schakelde de terreincontourradar van de ROV in, waardoor onmiddellijk te zien was dat de zeebodem een helling van dertig graden vertoonde en vanuit het zuiden steeds verder afliep.

'Diepte 148 meter.'

Plotseling schoof er een op een toren gelijkende constructie in beeld en Macleod liet de ROV er op enkele meters vandaan halt houden.

'Nog zo'n ingenieus verzinsel van Costas. Een op afstand bediende graafmachine, die in staat is tot honderd meter onder de zeebodem monsters te nemen, terwijl het apparaat ook in staat is om enorme hoeveelheden sediment naar boven te halen.' Met zijn vrije hand reikte Macleod naar een naast zijn stoel staande doos. 'En dít hebben we zojuist vanonder de zeebodem weggehaald.'

Hij gaf Katya een glimmend zwart voorwerp ter grootte van een vuist. Ze woog het in haar hand en keek hem vragend aan.

'Een van het strand afkomstige kiezel?'

'Door de branding helemaal glad gespoeld. Langs deze hele helling hebben we aanwijzingen gevonden dat hier vroeger een kust moet hebben gelopen, op een diepte van honderdvijftig meter en tien zeemijl van de huidige kust verwijderd. Wat nog verbazingwekkender is, is de datering. Het is een van de bijzonderste ontdekkingen die we ooit hebben gedaan.'

Macleod toetste in de GPS een coördinaat in en het volgende moment begon het beeld op het scherm te bewegen, maar het door de schijnwerpers verlichte deel van de zeebodem veranderde nauwelijks, aangezien de ROV hetzelfde dieptecontour bleef volgen.

'Ik heb hem op de automatische piloot gezet. Nog vijftien minuten tot ons uiteindelijke doelwit.'

Katya gaf hem de zwarte kiezelsteen terug. 'Heeft dit met de Messinische zoutcrisis te maken?'

'We zouden hem in elk geval vóór het ten tonele komen van de mensen – of beter gezegd, mensachtigen – hebben geplaatst, en dan moet je in dit gebied denken aan een tijd van zo rond de twee miljoen jaar geleden.'

'Maar?'

'Maar dan zouden we het bij het verkeerde eind hebben gehad. Dan hadden we de plank volkomen misgeslagen zelfs. Onder water verdwenen kustlijnen zijn in ons vak niet ongewoon, maar deze is wel heel bijzonder. Kijk maar met me mee.'

Macleod downloadde een door de computer gegenereerde isometrische kaart van de Zwarte Zee en de Bosporus.

'De relatie tussen de Middellandse en de Zwarte Zee is een soort microkosmos van de Atlantische Oceaan en de Middellandse Zee,' legde hij uit. 'De Bosporus is nergens dieper dan een meter of honderd. Als het niveau van de Middellandse Zee daar onder komt te liggen, wordt het een landengte, waardoor de Zwarte Zee afgesloten wordt. Dat was het geval toen de eerste mensachtigen vanuit Europa naar Azië overstaken.' Hij bewoog de cursor om drie rivieren aan te duiden die in zee uitmondden.

'Toen de Bosporus nog een landengte was, zorgde verdamping ervoor dat het niveau van de Zwarte Zee lager kwam te liggen, precies zoals bij de zoutcrisis. Maar de Zwarte Zee kreeg nieuw water aangevoerd via een aantal rivieren, te weten de Donau, de Dnjepr en de Don. Op een gegeven moment werd er een mediaan bereikt waarbij de mate van verdamping gelijk was aan de hoeveelheid nieuw toegevoegd water, en vanaf dat moment veranderde het zoutgehalte, waardoor de Zwarte Zee uiteindelijk tot een enorm zoetwatermeer werd.'

Hij drukte een toets in en de computer begon de gebeurtenissen die hij zojuist had beschreven te simuleren, waarbij de Bosporus droogviel en het waterpeil van de Zwarte Zee zakte tot een niveau dat ongeveer 150 meter lager lag dan het huidige, en vijftig meter lager dan de bodem van de Bosporus, en dat niveau bleef gehandhaafd door de aanvoer van water door de drie rivieren.

Hij draaide zich om en keek de anderen aan.

'En dan nu de verrassing. Dit is geen beeld uit het vroege pleistoceen, uit de diepten van de ijstijd. Waar jullie nu naar kijken is de Zwarte Zee zoals die er minder dan tienduizend jaar geleden uitzag.'

Katya maakte een verbijsterde indruk. 'Je bedoelt, ná de ijstijd?'

Macleod knikte heftig. 'De meest recente ijsvorming bereikte ongeveer twintigduizend jaar geleden een hoogtepunt. We denken dat de Zwarte Zee enige tijd daarvoor is afgesloten, en dat het niveau tot de honderdvijftigmetercontour was gezakt. Ons strand is de twaalfduizend jaar die daarop volgden de kustlijn geweest.'

'En wat is er toen gebeurd?'

'In feite is het hetzelfde verhaal als bij de Messinische zoutcrisis. De gletsjers dooien, het niveau in de Middellandse Zee stijgt en het water stroomt over de Bosporus. De directe oorzaak zou een terugtrekkingsfase in het West-Antarctische ijsveld geweest kunnen zijn, zo'n zevenduizend jaar geleden. We denken dat er slechts een jaar voor nodig was om de Zwarte Zee op het huidige peil te brengen. Bij een maximale doorstroming kolkte dagelijks zo'n twintig kubieke kilometer water naar binnen, waardoor er een stijging ontstond van pakweg veertig centimeter per dag of zo'n twee, drie meter per week.'

Jack wees naar het onderste gedeelte van de kaart. 'Zou je hier een close-up van kunnen geven?'

'Natuurlijk.' Macleod tikte een paar toetsen in en het scherm zoomde in op de kust van noordelijk Turkije. De isometrische terreinplotter bleef de topografie van het land vóór de overstroming aangeven.

Jake nam het woord en boog zich iets naar voren. 'We zitten momenteel elf zeemijl uit de kust van Turkije, zo'n achttien kilometer, en de zee pal onder ons is ongeveer honderdvijftig meter diep. Een gelijkmatige helling naar de huidige kust houdt in dat de zeebodem elke anderhalve kilometer ongeveer tien meter omhoogkomt, en dat is een verhouding van ongeveer één op honderdvijftig. Dat is een vrij flauwe helling, die nauwelijks merkbaar is. Als het water zo snel steeg als je daarnet zei, betekent dat dat elke week zo'n drie-, vierhonderd meter land onder water kwam te staan, of zo'n vijftig meter per dag.'

'Misschien nog wel meer,' zei Macleod. 'Vóór het onder water komen staan van dit gebied, lag een groot gedeelte van wat zich hier onder ons bevindt slechts een paar meter boven zeeniveau, terwijl de helling dichter onder de huidige kust een stuk steiler werd, want daar begint de aanzet tot het Anatolisch Plateau. De kans is groot dat binnen enkele weken hele grote gebieden onder water zijn gelopen.'

Jack keek enkele ogenblikken zwijgend naar de kaart. 'We hebben het over het vroege neolithicum, de eerste periode waarin aan landbouw werd gedaan,' dacht hij hardop na. 'Hoe zouden hier de omstandigheden zijn geweest?'

Macleod straalde bijna. 'Ik heb onze paleoklimatologen laten overwerken om daar achter te komen. Ze hebben een serie simulaties uitgevoerd, waarbij ze met alle mogelijke varianten rekening hebben gehouden, enkel en alleen om het milieu te reconstrueren zoals dat er hier tussen het pleistoceen en het volstromen met water moet hebben uitgezien.'

'En?'

'Zij zijn van mening dat dit het vruchtbaarste gebied van het hele Nabije Oosten moet zijn geweest.'

Katya floot zachtjes tussen haar tanden. 'Dit zou de geschiedenis van de mensheid weleens een geheel nieuw aanzien kunnen geven. Een kuststrook die twintig kilometer breed en honderden kilometers lang is, in een gebied dat voor de ontwikkeling van onze beschaving van doorslaggevend belang is geweest – en die nog nooit door archeologen is onderzocht.'

Macleod trilde bijna van opwinding. 'En nu de reden waarom jullie hier naartoe zijn gekomen. Het is tijd om onze ROV-monitor aan te zetten.'

De zeebodem was nu wat meer geaccidenteerd, met hier en daar wat rotspartijen en geulen waar ooit ravijnen en rivierdalen waren geweest. Volgens de dieptemeter bevond de ROV zich nu boven het overstroomde land, dat hier vijftien meter lager dan de huidige kustlijn lag, terwijl de afstand tot de huidige kust zo'n duizend meter bedroeg. De GPS-coördinaten begonnen samen te vallen met die van het doelwit zoals die door Macleod in de computer waren ingevoerd.

'De Zwarte Zee zou voor archeologen een paradijs moeten zijn,' zei Jack. 'De bovenste honderd meter hebben qua zoutgehalte bijna niets te betekenen, een overblijfsel uit de tijd dat het een zoetwatermeer was en het resultaat van de wateraanvoer door de rivieren. Marine boordiertjes, zoals de paalworm *Teredo navalis*, hebben over het algemeen een veel zoutrijker omgeving nodig, dus is de kans groot dat hout uit de oudheid hier in uitstekende conditie bewaard is gebleven. Het is altijd een droom van me geweest om een triëre te vinden, een oud standaardoorlogsschip dat door roeiers werd voortbewogen.'

'Maar voor een bioloog is het nachtmerrie,' wierp Macleod tegen. 'Onder die honderd meter is het vergiftigd met waterstofsulfide, het resultaat van de chemische verandering van zeewater wanneer bacteriën er gebruik van maken om enorme hoeveelheden, door de rivieren aangevoerd organisch materiaal te verteren. En de echt diepe sleuven zijn nog erger. Toen het water met het hoge zoutgehalte uit de Middellandse Zee over de Bosporus kolkte, stroomde dat bijna tweeduizend meter lager naar het diepste gedeelte van de Zwarte Zee. En dat water bevindt zich daar nog steeds, een stilstaande laag van tweehonderd meter dik waarin geen enkel leven mogelijk is. Het is een van de giftigste omgevingen ter wereld.'

'Toen ik op de NAVO-basis bij Izmir was gestationeerd,' mompelde Costas, 'heb ik eens een onderzeebootman ondervraagd die bij de Sovjetrussische Zwarte-Zeevloot diende en was overgelopen. Een technicus die aan hun uiterst geheime diepzeesondes had gewerkt. Hij beweerde dat hij scheepswrakken rechtop op de zeebodem had zien staan, met het want nog helemaal intact. Hij liet me een foto zien waarop zelfs nog menselijke lichamen te onderscheiden waren, een allegaartje van in pekel gevangen geestverschijningen. Het is een van de spookachtigste dingen die ik ooit heb gezien.'

97

'Bijna even opmerkelijk als dit.'

In de rechterbenedenhoek van het scherm begon toen de GPS-peiling samenviel een rood lampje te knipperen. Bijna gelijktijdig veranderde de zeebodem zó buitensporig dat het iedereen de adem benam. Recht voor de ROV werd het licht van de schijnwerpers door een laag gebouwencomplex weerkaatst, waarvan de platte daken in elkaar overliepen, zoals bij een indiaanse pueblo. Ladders verbonden de benedenruimtes met die erboven. Alles was omhuld door een spookachtige laag slib, als het as dat na een vulkaanuitbarsting was neergedaald. Het was een angstaanjagend en troosteloos beeld, maar ook een beeld dat hun harten sneller deed kloppen van opwinding.

'Fantastisch,' riep Jack uit. 'Kunnen we dit van iets dichterbij bekijken?'

'Ik zal naar de plek manoeuvreren waar we ons gisteren bevonden, toen we contact met jou hebben opgenomen.'

Macleod schakelde op handbediening over en stuurde de ROV naar een opening in een van de daken. Door middel van voorzichtige bewegingen met de joystick manoeuvreerde hij hem naar binnen en liet de camera vervolgens langzaam in het rond draaien, waarbij een voor een de wanden zichtbaar werden. Die waren versierd met reliëfs die in het halfduister nog net zichtbaar waren, hoefdieren met lange nekken, misschien wel steenbokken, evenals leeuwen en tijgers die met uitgestrekte poten vooruit leken te snellen.

'Hydraulische specie,' mompelde Costas.

'Wat?' vroeg Jack afwezig.

'Dat is de enige manier waarop die muren onder water bewaard kunnen zijn gebleven. Het mengsel moet een hydraulisch bindmiddel hebben bevat. Ze moeten over vulkanisch stof hebben beschikt.'

Aan het eind van het vol met water staande vertrek was een vorm te zien die door elke onderzoeker van de prehistorie onmiddellijk zou zijn herkend. Het waren de U-vormige hoorns van een stier, een meer dan levensgrote uitgehouwen sculptuur, verankerd op een brede sokkel, zodat het geheel wel iets weg had van een altaar.

'Vroeg neolithisch. Geen twijfel mogelijk.' Jack klonk opgetogen en hij had alleen maar aandacht voor de buitengewone beelden voor hem. 'Dit is een huisaltaar, volkomen identiek aan dat wat ruim dertig jaar geleden bij Çatal Hüyük is opgegraven.'

'Waar ergens?' vroeg Costas.

'Midden-Turkije, op de vlakte van Konya, ongeveer vierhonderd kilometer zuidelijker van hier. Misschien wel de oudste stad ter wereld, een boerengemeenschap die daar tienduizend jaar geleden gesticht is, bij het begin van de ontwikkeling van de landbouw. Een dicht opeengepakte samenklontering van lemen gebouwen, die van een houten frame zijn voorzien, net als bij deze het geval is.'

'Een unieke plek,' zei Katya.

'Tot nu toe. Dit verandert alles.'

'En er is nog meer,' zei Macleod. 'Veel meer. De sonar geeft dit soort onregelmatigheden langs de gehele oude kustlijn aan, voor zover we die onderzocht hebben dan, en dat is dertig kilometer naar het oosten, en dezelfde afstand naar het westen. Om de paar kilometer doet zo'n onregelmatigheid zich voor, en dat zijn ongetwijfeld allemaal nederzettingen of uitgebreide hoeves.'

'Verbazingwekkend.' Jacks hersenen gingen als een razende tekeer. 'Dit gebied moet ongelooflijk productief zijn geweest, en leverde waarschijnlijk voedsel aan een bevolking die veel groter was dan die binnen de vruchtbare driehoek van Mesopotamië en de Levant.' Met een brede grijns op zijn gezicht keek hij Macleod aan. 'Voor een expert op het gebied van hydrothermale diepzeekraters heb je vandaag behoorlijk wat werk verzet.'

9

De *Sea Venture* sneed met een wit kielzog achter zich aan door het water, in zuidelijke richting varend, bij haar positie boven de onder water liggende oude kustlijn vandaan. De lucht was helder, maar het water was donker en onheilspellend, een schril contrast met het donkerblauw van de Middellandse Zee. Recht voor hen uit strekten zich de beboste hellingen van noordelijk Turkije en de rand van het Anatolisch Plateau uit, die het begin van de hoogvlakte van Klein-Azië markeerden.

Zodra de ROV aan boord was genomen, had de *Sea Venture* met volle vaart koers gezet naar de IMU-bevoorradingsbasis in Trabzon, de Zwarte-Zeehaven waarvan de witgekalkte gebouwen dicht op elkaar langs de kust lagen genesteld. Katya genoot van haar eerste kans zich enigszins te ontspannen nadat ze drie dagen geleden Alexandrië hadden verlaten, en haar lange haar wapperde in de wind toen ze een badpak aantrok dat maar weinig aan de verbeeldingskracht overliet. Jack, die naast haar aan dek stond, vond het bijzonder moeilijk om zich tijdens zijn gesprek met Costas en Macleod te concentreren.

Costas had Macleod geadviseerd omtrent de manier waarop hij het verzonken neolithische dorp het best in kaart kon brengen, en baseerde zich daarbij op hun succesvolle toepassing van fotogrammetrie bij het Minoische wrak. Ze waren overeengekomen dat de *Seaquest* zich zo snel mogelijk bij de *Sea Venture* in de Zwarte Zee zou voegen; haar uitrusting en expertise waren voor een uitgebreid onderzoek van het allergrootste belang. Er was al een ander vaartuig vanuit Carthago vertrokken om bij de vindplaats van het wrak te assisteren, en dit zou de werkzaamheden vervolgens van de *Seaquest* overnemen.

'Als de waterspiegel direct na het doorbreken van de Bosporus veertig centimeter per dag steeg,' zei Costas, die zijn stem verhief tegen de wind, 'moet de kustbevolking al snel hebben begrepen wat hem te doen stond. Na een paar dagen moeten ze hebben ingezien dat de langetermijnvooruitzichten niet bepaald gunstig waren.'

'Inderdaad,' was Macleod het met hem eens. 'Het neolithische dorp ligt tien meter hoger dan de oorspronkelijke kustlijn. Ze hebben ongeveer een maand de tijd gehad om weg te trekken. Dat verklaart wellicht de afwezigheid van artefacten in de vertrekken die we hebben gezien.'

'Zou dit de zondvloed geweest kunnen zijn?' opperde Costas.

'Vrijwel elke beschaving kent een mythische watersnood, maar de meeste hebben met overstromende rivieren te maken en niet zozeer met een vloedgolf vanuit de oceaan,' zei Jack. 'Catastrofale, door rivieren veroorzaakte overstromingen kwamen vroeger regelmatig voor, aangezien de mensen nog niet hadden geleerd dijken te bouwen en afvoerkanalen te graven, zaken waarmee ze het water konden beheersen.'

'Dat is altijd al de meest waarschijnlijke basis voor het Gilgamesj-epos genoemd,' zei Katya. 'Het verslag van een overstroming, rond tweeduizend jaar voor Christus geschreven op twaalf kleitabletten en ontdekt in de ruïnes van Ninevé in Irak. Gilgamesj was een Soemerische koning van Uruk, dat aan de Eufraat lag, een plaats waar aan het eind van het zesde millennium voor Christus de eerste mensen zich vestigden,' voegde Macleod eraantoe. 'De IMU heeft de Middellandse-Zeekust bij Israël onderzocht en daar sporen van menselijke activiteit aangetroffen die teruggaan tot het einde van de ijstijd, tot het tijdstip van het grote smelten, zo'n twaalfduizend jaar geleden. Vijf kilometer uit de kust vonden we stenen werktuigen en schelpenhopen op plaatsen waar paleolithische jagers/verzamelaars hadden geleefd vóór dat gebied onder water liep.'

'Wil je zeggen dat de Israëlieten van het Oude Testament op de een of andere manier kans hebben gezien die gebeurtenissen in de herinnering vast te houden?' vroeg Costas.

'Mondelinge overleveringen gaan duizenden jaren mee, vooral in een hechte gemeenschap. Maar het is natuurlijk ook mogelijk dat sommige van onze verdreven boeren van langs de Zwarte Zee zich in Israël hebben gevestigd.'

'Vergeet de Ark van Noach niet,' zei Jack. 'Een enorm schip dat werd gebouwd nadat er voor een grote overstroming was gewaarschuwd. Broedparen van alle soorten dieren. De zee moet hun belangrijkste ontsnappingsroute zijn geweest, en ze moeten zoveel mogelijk dieren hebben meegenomen, broedparen, zoals ik al zei, zodat ze er later mee konden fokken.'

'Ik heb altijd gedacht dat ze toentertijd niet van die grote vaartuigen konden bouwen,' merkte Costas op.

'Neolithische scheepsbouwers waren in staat vaartuigen te bouwen die enkele tonnen aan vracht konden vervoeren. De eerste boeren op Cyprus beschikten over enorme oerossen, de voorlopers van het vee zoals we dat vandaag de dag kennen, en ze kenden ook varkens en herten. Niet één van deze diersoorten was inheems en ze kunnen alleen maar per boot naar het eiland zijn overgebracht. Dat moet rond 9000 voor Christus zijn geweest. Hetzelfde is waarschijnlijk op Kreta gebeurd, maar dan duizend jaar later.'

Costas wreef nadenkend langs zijn kin. 'Dus het verhaal van Noach zou weleens een kern van waarheid kunnen bevatten, niet één gigantisch vaartuig, maar talrijke kleinere, die boeren en vee vanuit de Zwarte Zee aanvoerden.'

Jack knikte. 'Dat is een fascinerend idee.'

De gastoevoer naar de motoren van de *Sea Venture* werd verminderd en even later voer het schip de haveningang van Trabzon binnen. Naast de oostelijke kade konden ze grijze silhouetten onderscheiden van twee snelle FPB-57 aanvalsboten, vaartuigen uit de Dogan-klasse, en het antwoord van de Turkse marine op de steeds verder toenemende smokkelactiviteiten op de Zwarte Zee. De Turken namen wat dat betreft een onwrikbaar standpunt in: ze sloegen snel en keihard toe, en als ze het vuur openden, deden ze dat gericht. Jack voelde zich gerustgesteld door de aanblik van deze scheepjes, en wist dat zijn contacten met de Turkse marine van dien aard waren dat die onmiddellijk te hulp zou schieten wanneer er zich binnen de territoriale wateren problemen zouden voordoen.

Ze stonden op het bovendek aan de reling, terwijl de *Sea Venture* behoedzaam langs de westelijke kade manoeuvreerde. Costas keek omhoog naar de dichtbeboste hellingen die boven de stad uit te zien waren.

'Waar zijn ze na de overstroming naartoe gegaan? Ze kunnen hier onmogelijk aan landbouw hebben gedaan.'

'In dat geval zouden ze een heel eind landinwaarts getrokken moeten zijn,' was Jack het met hem eens. 'En het ging om een vrij grote bevolking, enkele tienduizenden mensen, schatten we, afgaande op het aantal nederzettingen dat we op de sonaraflezing hebben gezien.'

'Dus hebben ze zich gesplitst.'

'Het zou een georganiseerde uittocht geweest kunnen zijn, aangestuurd door een centraal gezag, zodat de gehele bevolking kans had op een geschikt stukje landbouwgebied. Sommigen zijn over die bergkam in zuidelijke richting getrokken, anderen in oostelijke en weer anderen naar het westen. Malcolm had het over Israël. Maar er zijn nog andere voor de hand liggende bestemmingen.'

Costas reageerde opgewonden. 'De vroege beschavingen. Egypte. Mesopotamië. De Indusvallei. Kreta.'

'Zo onwaarschijnlijk is dat niet.' De woorden kwamen uit de mond van Katya, die overeind was gekomen en nu geheel door hun discussie in beslag werd genomen. 'Een van de opvallendste kenmerken binnen de taalgeschiedenis is dat veel stammen een gemeenschappelijke wortel kennen. Van alle talen die er vandaag de dag in Europa, Rusland, het Midden-Oosten en op het Indiase subcontinent worden gesproken, hebben de meeste een gemeenschappelijke oorsprong.'

'Indo-Europees,' zei Costas.

'Een klassieke moedertaal waarvan veel linguïsten al vermoedden dat hij ergens uit het Zwarte-Zeegebied moest komen. We kunnen het vocabulaire ervan reconstrueren aan de hand van woorden die latere talen gemeenschappelijk hadden, zoals het Sanskrietse *pitar*, het Latijnse *pater* en het Duitse *vater*, die de oorsprong vormen van het Engelse *father*.'

'Hoe zit het met woorden die betrekking hebben op de landbouw?' wilde Costas weten.

'Uit hun woordenschat is op te maken dat ze het land beploegden, wollen kleding droegen en leer bewerkten. Ze beschikten over gedomesticeerde dieren, waaronder ossen, varkens en schapen. Ze kenden een complexe sociale structuur en er bestond verschil tussen rijk en arm. Ze aanbaden een moedergodin.'

'Wat wil je daarmee zeggen?'

'Velen van ons zijn van mening dat de Indo-Europese expansie hand in hand ging met de verspreiding van de landbouw, een geleidelijk proces dat jaren heeft geduurd. Ik meen nu te kunnen zeggen dat dat het resultaat van migratie is geweest. Onze Zwarte-Zeeboeren waren de oorspronkelijke Indo-Europeanen.'

Jack liet een schetsboek en een potlood op de reling balanceren en maakte snel een ruwe schets van de klassieke wereld.

'Hier heb je m'n hypothese,' zei hij. 'Onze Indo-Europeanen verlaten hun woongebied langs de kust van de Zwarte Zee.' Hij trok een lange pijl ten oosten van hun huidige positie. 'Een groep trekt in de richting van de Kaukasus, het huidige Georgië. Sommigen van hen trekken over land naar het Zagrosgebergte, om uiteindelijk de Indusvallei in Pakistan te bereiken.'

'Dan moeten ze kort nadat ze landinwaarts zijn getrokken de berg Ararat hebben gezien,' merkte Macleod op. 'Het moet een adembenemend gezicht zijn geweest, veel hoger dan de bergen die ze kenden. In de folklore zou het weleens de plaats geweest kunnen zijn waar ze tot het besef kwamen dat ze definitief aan het stijgende water waren ontsnapt.'

Jack trok een tweede pijl op het provisorische kaartje. 'Een tweede groep zet in zuidelijke richting koers over het Anatolisch Plateau naar Mesopotamië, om zich aan de oevers van de Tigris en Eufraat te vestigen.'

'En weer een ander naar het noordwesten, in de richting van de Donau,' opperde Costas.

Jack tekende een derde pijl op de kaart. 'Sommigen vestigden zich hier, anderen trokken via een van de rivieren naar Centraal-Europa.'

Macload sprak opgewonden. 'Brittannië werd aan het eind van de ijstijd een eiland, toen de Noordzee onder water kwam te staan. Maar deze mensen beschikten over de technologie om het water over te steken. Waren zij de eerste boeren in Brittannië, de voorvaderen van de mensen die Stonehenge hebben gebouwd?'

'De Keltische taal van Brittannië was Indo-Europees,' voegde Katya eraan toe.

Jack trok een pijl in westelijke richting, die hij vervolgens van verschillende zijtakken voorzag. 'En de laatste groep, misschien wel de meest opvallende, peddelde in westelijke richting, tilde hun vaartuig over de Bosporus, stapte weer in en stak de Egeïsche Zee over. Sommigen vestigden zich in Griekenland en op Kreta, weer anderen in Israël en Egypte, en sommigen zelfs helemaal in Italië en Spanje.'

'De Bosporus moet een fantastisch gezicht zijn geweest,' mijmerde Costas hardop. 'Iets dat zich in de collectieve herinnering moet hebben genesteld, net als de berg Ararat voor de groep die naar het oosten trok erg indrukwekkend geweest moet zijn, vandaar de Cataract van Bos, die op de schijf staat genoemd.'

Katya staarde Jack aandachtig aan. 'Het past prachtig bij de linguïstische aanwijzingen,' zei ze. 'Er bestaan meer dan veertig antieke talen van Indo-Europese oorsprong.'

Jack knikte en keek op zijn kaart. 'Professor Dillen heeft me verteld dat van het materiaal waarover we beschikken de Minoïsche taal van Lineair A en de Phaistos-symbolen het dichtst bij de Indo-Europese moedertaal liggen. Misschien dat Kreta getuige is geweest van de grootschaligste overleving van de Indo-Europese cultuur.'

De *Sea Venture* lag nu nagenoeg bewegingloos langs de kade in Trabzon. Verschillende bemanningsleden waren al over de steeds smaller wordende opening aan wal gesprongen en waren nu druk bezig trossen om bolders te leggen. Op de kade had zich een klein groepje mensen verzameld: Turkse functionarissen en personeel van het IMU-voorraaddepot die zeer benieuwd waren naar de laatste ontwikkelingen. Jack en Costas herkenden de knappe gestalte van Mustafa Alközen, een voormalige marineofficier, die tegenwoordig de hoofdvertegenwoordiger van de IMU in Turkije was. Ze zwaaiden naar hun oude vriend, blij de samenwerking te kunnen hervatten die was begonnen toen ze beiden in Izmir waren gestationeerd, toen Mustafa zich bij hen had gevoegd om te helpen bij het opgraven van galeien uit de Trojaanse oorlog.

Costas draaide zich om en keek Macleod aan. 'Ik heb nog een laatste vraag.'

'Kom maar op.'

'De datering.'

Er verscheen een brede grijns op het gezicht van Macleod en hij klopte op een kaartentas die hij bij zich had. 'Ik vroeg me al af wanneer je met die vraag zou komen.'

Hij haalde er drie grote foto's uit en gaf die door. Het waren stills van de ROV-camera, waarop in de rechterbenedenhoek de diepte en de coördinaten waren aangegeven. Op de foto's was een groot houten frame te zien, met pal ernaast een stapel boomstammen.

'Het ziet eruit als een bouwplaats,' merkte Costas op.

'Hier stootten we gisteren op, naast dat huis met het altaar. Toen de bevolking het dorp moest verlaten, was men net druk bezig nieuwe vertrekken aan het complex toe te voegen.' Macleod wees naar een hoop stammen die op de zeebodem lag. 'We hebben de waterjet van de ROV gebruikt om het slib weg te spuiten. Het zijn recent gevelde bomen, waarvan de schors nog stevig op z'n plaats zit, terwijl er aan de oppervlakte spinthout te zien is.'

Hij opende een attachékoffertje en haalde er een doorzichtige plastic buis van een halve meter lang uit te voorschijn. Er zat een dunne houten staaf in.

'De ROV beschikt over een holle boor waarmee houtmonsters – of monsters van ander compact materiaal – van maximaal twee meter lang kunnen worden genomen.'

De honingkleurige textuur was opmerkelijk goed bewaard gebleven, alsof het zojuist uit een nog levende boom was gehaald. Macleod gaf het monster aan Costas door, die onmiddellijk begreep waar hij op doelde.

'Dendrochronologie.'

'Inderdaad. Er bestaat een continue jaarringvolgorde voor Klein-Azië, die van 8500 voor Christus doorloopt tot aan nu. We hebben een boring verricht in het hart van de stam en hebben daarbij vierenvijftig ringen gevonden, voldoende om te kunnen dateren.'

'En?'

'In het lab aan boord van de *Sea Venture* hebben we een scanner die die jaarringen binnen een paar seconden kan matchen.'

Jack keek Macleod vragend aan, die zichtbaar genoot en besloot zijn relaas zo ver mogelijk uit te spinnen.

'Jij bent de archeoloog,' zei Macleod. 'Waar kom je ongeveer op uit?'

Jack speelde het spelletje mee. 'Kort na het einde van de ijstijd, maar lang genoeg geleden om de Middellandse Zee hetzelfde niveau van de Bosporus te laten bereiken. Ik denk zo rond het achtste, misschien zevende millennium voor Christus.'

Macleod leunde op de reling en keek Jack gespannen aan. De anderen wachtten met ingehouden adem af.

'Je komt in de buurt, maar je zit er toch nog een eindje vanaf. Die boom werd geveld in 5545 voor Christus, hoewel dat natuurlijk ook een paar jaar eerder of later geweest kan zijn.'

Costas keek hem vol ongeloof aan. 'Onmogelijk! Dat is veel te laat!'

'Het is bevestigd door alle andere op jaarringen gebaseerde dateringen die we op deze plek hebben uitgevoerd. Het lijkt erop dat we de tijd die de Middellandse Zee nodig had om tot het huidige niveau te stijgen met zo'n duizend jaar te laag hebben ingeschat.'

'De meeste linguïsten plaatsen de Indo-Europeanen tussen 6000 en 5000 voor Christus,' riep Katya uit. 'Het valt allemaal perfect op zijn plaats.'

Jack en Costas pakten de reling wat steviger beet, terwijl op hetzelfde moment de loopplank van de *Sea Venture* de kade op werd geschoven. Na zoveel avonturen samen deelden ze elkaars voorgevoel, konden ze elkaars gedachten lezen. Maar toch konden ze dat wat ze zojuist te horen hadden gekregen nauwelijks geloven, een mogelijkheid die zó fantastisch was dat hun hersenen ertegen in opstand kwamen – totdat de kracht van de logica hen overweldigde.

'Die datering,' zei Costas, 'hebben we eerder gezien.'

Toen Jack zich naar Macleod toe boog klonk zijn stem totaal overtuigend. 'Ik kan je iets over die Indo-Europeanen vertellen. Ze bezaten een grote citadel, pal aan zee, en een voorraadkamer vol kennis die je alleen via grote gouden deuren kon betreden.'

'Waar heb je het over?'

Jack zweeg even en zei toen kalm: 'Atlantis.'

'Jack, waarde vriend! Goed om je weer eens terug te zien.'

De lage stem was afkomstig van een man op de kade wiens donkere gelaatstrekken werden gecompenseerd door een zware katoenen broek en een wit shirt met het IMU-logo.

Direct nadat hij en Costas van de loopplank de kade op waren gestapt stak Jack zijn hand uit en schudde die van Mustafa Alközen. Toen ze hun blik over de moderne stad naar de ruïne van de citadel lieten glijden, was het nauwelijks voorstelbaar dat dit ooit de hoofdstad van het koninkrijk Trebizonde was geweest, de middeleeuwse tak van Byzantium, en vermaard om zijn pracht en decadentie. Vanaf het begin der tijden was de stad al een bloeiend handelscentrum tussen oost en west geweest, een traditie die nu op duistere wijze werd voortgezet door de vele zwarthandelaren die hier sinds de val van de Sovjet-Unie waren neergestreken, en de stad was nu dan ook een toevluchtsoord voor smokkelaars en leden van de georganiseerde misdaad.

Malcolm Macleod was al eerder van boord gegaan om de vele Turkse functionarissen en journalisten te woord te staan die zich al voor het binnenlopen van de *Sea Venture* op de kade hadden verzameld. Ze hadden afgesproken dat ze hun mededelingen naar buiten omtrent de ontdekking van het neolithische dorp opzettelijk vaag zouden houden – tot ze meer onderzoek hadden kunnen doen. Ze waren zich maar al te bewust van het feit dat gewetenloze ogen via de satelliet allang in de gaten hielden wat ze aan het doen waren, en ze waren niet van plan om veel informatie prijs te geven; net voldoende om de journalisten tevreden te stellen. Gelukkig lag de vindplaats zelf elf zeemijl uit de kust, net binnen de territoriale wateren. De snelle Turkse kanonneerboten die aan de andere kant van de haven lagen afgemeerd hadden al opdracht gekregen de directe omgeving vierentwintig uur per etmaal te bewaken, tot het onderzoek was afgerond en de vindplaats door de Turkse overheid officieel tot beschermd gebied was verklaard.

'Mustafa, mag ik je voorstellen aan onze nieuwe collega? Dit is dr. Katya Svetlanova.'

Katya had snel een jurk over haar badpak aangetrokken en had een palmcomputer en een aktetas bij zich. Ze schudde de haar aangeboden hand en keek Mustafa glimlachend aan.

'Dr. Svetlanova. Jack heeft me via de radio over uw enorme expertise verteld. Fijn u te mogen ontmoeten.'

Jack en Mustafa liepen voor de twee anderen uit in de richting van het IMU-depot aan het eind van de kade. Jack sprak kalm en gedreven, en bracht Mustafa op de hoogte van alle gebeurtenissen sinds de ontdekking van het stuk papyrus. Hij had besloten van de bevoorradingsstop van de *Sea Venture* gebruik te maken om een beroep te doen op de enorme ervaring van de Turk, en hem op te nemen in het kleine groepje mensen dat van het papyrus en de schijven af wist.

Kort voordat ze het lage betonnen gebouw zouden bereiken overhandigde Jack Mustafa een velletje papier. Hij wierp er een korte blik op, om het vervolgens bij de deur aangekomen aan zijn secretaresse te geven. Het was een overzicht van archeologisch materiaal en duikapparatuur die in het IMU-depot lagen opgeslagen, een lijstje dat Jack kort voordat de *Sea Venture* was binnengelopen had opgesteld.

Voor een hoge stalen deur bleven ze staan, waarna Katya en Costas zich bij hen voegden. Nadat Mustafa een beveiligingscode had ingetikt zwaaide de deur open en ging de Turk hen voor langs een hele reeks laboratoria en werkplaatsen. Bij het eind van de gang aangekomen betraden ze een vertrek vol houten ladekasten, terwijl er in het midden een tafel stond.

'De kaartentafel,' legde Mustafa aan Katya uit. 'Deze kamer fungeert tevens als operationeel hoofdkwartier. Ga alsjeblieft zitten.'

Hij trok een la open en haalde er een kaart van de Egeïsche Zee en het zuidelijk deel van de Zwarte Zee uit te voorschijn waarop uiteraard ook de Turkse kust te zien was, dat wil zeggen, tot aan de oostgrens met de republiek Georgië. Hij spreidde hem uit en klemde hem aan tafel vast. Uit een wat kleinere la, er vlak onder, pakte hij een kaartpasser en een parallelliniaal, en legde die naast zich neer terwijl Katya haar computer openklapte.

Na enkele seconden keek ze op. 'Ik ben er klaar voor.'

Ze hadden afgesproken dat Katya hun de vertaling van het stuk papyrus zou geven, terwijl zij zouden proberen de betreffende plaats op de kaart terug te vinden.

Langzaam las ze van het scherm. *'Tussen de eilanden door tot de zee smaller wordt.'*

'Dit slaat duidelijk op de Egeïsche eilanden, gezien vanuit Egypte,' zei Jack. 'In de Egeïsche Zee liggen binnen een vrij beperkt gebied zo'n vijftienhonderd eilanden. Als je op een heldere dag ten noorden van Kreta zeilt, zie je altijd minimaal één eiland aan de horizon.'

'Dus dan moet die versmalling de Dardanellen zijn,' concludeerde Costas.

'Wat de doorslag geeft is de volgende passage.' De drie mannen keken Katya vol verwachting aan. *'Langs de Cataract van Bos.'*

Jack raakte plotseling opgewonden. 'Dat had ons onmiddellijk duidelijk moeten zijn. De Bosporus, de toegang tot de Zwarte Zee.'

Costas draaide zich naar Katya om, zijn stem vol ongeloof. 'Kan de naam Bosporus dan al zó oud zijn?'

'Die naam dateert van minstens tweeënhalfduizend jaar geleden, en komt al voor in de vroegste Griekse geografische beschrijvingen. Maar misschien is hij nog wel duizenden jaren ouder. *Bos* is Indo-Europees voor *stier.*'

'De straat van de Stier,' dacht Costas hardop. 'Misschien is het vergezocht, maar ik moet aan de stierensymbolen in dat neolithische huis en aan het Minoïsche Kreta denken. Ze zijn nogal abstract, en de hoorns lijken inderdaad op een soort zadel, zoals bij zo'n Japanse hoofdsteun. Dat was precies de vorm van de Bosporus vóór het water in de Zwarte Zee begon te stijgen, een groot zadel, uitgesleten tussen twee landmassa's, en hoog boven het water uit stekend.'

Jack keek zijn vriend dankbaar aan. 'Jij blíjft me verbazen. Dat is de beste suggestie die ik in jaren heb gehoord.'

Costas begon steeds enthousiaster voor het idee te worden. 'Voor mensen die de stier aanbaden, moet de aanblik van al dat water dat tussen de hoorns door naar beneden stortte iets onheilspellends hebben gehad, een teken van de goden.'

Jack knikte en draaide zich naar Katya om. 'Dus we zitten in de Zwarte Zee. Wat nu?'

'En dan twintig dromoi verderop langs de zuidelijke oever.'

Jack boog zich iets naar voren. 'Op het eerste gezicht hebben we hier een probleem. Er bestaan enkele verslagen van reizen over de Zwarte Zee in de Romeinse periode. Een daarvan begint hier, bij wat de Romeinen het Maeotische Meer noemden.' Hij wees naar de Zee van Azov, de binnenzee ten oosten van het Krim-schiereiland. 'Hiervandaan kon je in elf dagen Rhodos bereiken. En daarvan werden maar vier dagen op de Zwarte Zee doorgebracht.'

Mustafa keek peinzend naar de kaart. 'Dus een twintig dagen durende reis vanaf de Bosporus, twintig *dromoi* of vaarten, brengt ons een heel eind verder dan de oostelijke kust van de Zwarte Zee?'

Costas maakte een enigszins ontmoedigde indruk. 'Misschien dat de oudere vaartuigen langzamer waren.'

'Integendeel,' zei Jack. 'Met roeiriemen uitgeruste schepen moeten veel sneller zijn geweest dan zeilboten, want die hadden veel minder last van de grillige nukken van de wind.'

'En het binnenstromende water moet een sterke stroming hebben veroorzaakt,' zei Mustafa somber. 'Genoeg om een schip binnen een paar dagen naar de andere oever te stuwen. Ik ben bang dat Atlantis in meer dan één opzicht van de kaart verdwenen is.'

Een verpletterend gevoel van teleurstelling kwam over het vertrek te hangen. Plotseling leek Atlantis even ver verwijderd als het altijd al was geweest, een verhaal dat nu definitief naar het rijk der mythen en fabels verwezen leek.

'Hier is een oplossing voor,' zei Jack langzaam. 'Het Egyptische verslag is niet gebaseerd op eigen ervaring. Want als dat wel zo was, zouden ze de Bosporus nooit als een Cataract hebben beschreven, aangezien het water in de Middellandse en de Zwarte Zee lang voordat de Egyptenaren zo ver naar het noorden op onderzoek uit waren geweest, al een tijdje even hoog stond. In plaats daarvan was hun bron het verslag van de migranten uit het Zwarte-Zeegebied, waarin ze vertelden over hun reis *vanuit* Atlantis. De Egyptenaren hebben het simpelweg omgedraaid.'

'Natuurlijk!' Mustafa raakte op slag weer opgewonden. '*Vanuit* Atlantis betekent tégen de stroom in. Bij het beschrijven van de route *naar* Atlantis gebruikten de Egyptenaren dezelfde reistijden die ze voor de reis in tegenovergestelde richting te horen hadden gekregen. Ze kunnen nooit hebben geweten dat er tussen die twee een aanzienlijk verschil bestond.'

Jack keek Mustafa doordringend aan. 'Wat wij nodig hebben is een of ander systeem waarmee we de stroomsnelheid kunnen berekenen, of welke vaart zo'n neolithische boot tegen de stroom in zou kunnen maken. Op die manier krijgen we de per dag afgelegde afstand, én de afstand tussen de Bosporus en het punt waar men twintig dagen eerder aan boord is gegaan.'

Mustafa rechtte zijn rug en antwoordde zelfverzekerd: 'Jullie zijn naar het juiste adres gekomen.'

10

Toen het groepje opnieuw in de kaartenkamer bijeenkwam, ging boven de westelijke kustlijn de zon al onder. Drie uur lang had Mustafa in een bijgebouw over een stuk of wat computerschermen gebogen gezeten en nog maar tien minuten geleden had hij gebeld om te zeggen dat hij klaar was. Malcolm MacLeod voegde zich even later bij hen, nadat hij voor de volgende ochtend een persconferentie had aangekondigd, direct nadat een kanonneerboot van de Turkse marine positie boven de vindplaats had ingenomen. Tijdens die bijeenkomst zou de ontdekking van het neolithische dorp bekend worden gemaakt.

Costas was de eerste die een stoel naar zich toe trok. De anderen kwamen eromheen staan toen hij vol verwachting naar de console keek.

'Wat heb je gevonden?'

Mustafa antwoordde zonder zijn blik van het centrale scherm los te maken. 'Ik heb eerst een paar probleempjes in de navigatiesoftware moeten gladstrijken, maar het geheel valt nu aardig op z'n plaats.'

Ze hadden voor het eerst met Mustafa samengewerkt toen hij als luitenant-ter-zee der eerste klasse op de NAVO-basis bij Izmir de leiding had gehad over de Cumputer-Aided Navigation Research and Development-unit. Nadat hij bij de Turkse marine ontslag had genomen en een doctoraal in de archeologie had behaald, had hij zich in de wetenschappelijke toepassingen van CAN-technologie gespecialiseerd. Het afgelopen jaar had hij samen met Costas aan een geavanceerd softwarepakket gewerkt waarmee de wind- en stromingseffecten bij het navigeren in de oudheid konden worden berekend. Hij werd beschouwd als een van de briljantste breinen op dit gebied, maar was ook nog eens een formidabel plaatselijk vertegenwoordiger, die bij eerdere operaties binnen de Turkse wateren al diverse malen had bewezen voor de IMU van grote waarde te zijn.

Hij drukte een aantal toetsen in en op het centrale scherm verscheen het beeld van een boot. 'Dit hebben Jack en ik in elkaar gesleuteld.'

'Het materiaal voor dit vaartuig zijn de neolithische boomstammen die we verleden jaar in de monding van de Donau hebben opgegraven,' legde Jack uit. 'Dit is een open boot, ongeveer vijfentwintig meter lang en drie meter breed. Pas aan het eind van de bronstijd kwam het gebruik van roeiriemen algemeen in zwang, dus kunnen er aan beide kanten vijftien roeiers zitten. Aan boord kunnen twee ossen worden meegevoerd, zoals we hier laten zien, en verschillende paren kleinere dieren, zoals varkens en herten, ongeveer vijfentwintig vrouwen en kinderen, plus nog een ploeg reserveroeiers.'

'Weet je zeker dat ze geen zeil voerden?' vroeg Macleod.

Jack knikte. 'Zeilen heeft zich pas ontwikkeld aan het begin van de bronstijd, op de Nijl, waar de boten zich door de stroming naar de delta mee lieten voeren, om vervolgens op de gebruikelijke noordenwind weer stroomopwaarts te zeilen. Misschien zijn het de Egyptenaren geweest die het zeilen op de Egeïsche Zee hebben geïntroduceerd, hoewel ik daar direct bij moet opmerken dat je tussen al die eilanden misschien roeiend wel beter uit de voeten kunt.'

'Het programma geeft aan dat dit vaartuig onder windstille omstandigheden een vaart van zes knopen kan maken,' zei Mustafa. 'Dat zijn zes zeemijl per uur, iets meer dan elf kilometer.'

'Ze moesten met hun vaartuig wel altijd vóór het invallen van de duisternis naar de wal, niet alleen om daar een kamp op te zetten, maar ook omdat ze hun dieren moesten verzorgen,' zei Jack. 'En de volgende ochtend hetzelfde, maar dan in omgekeerde volgorde.'

'We weten nu dat die uittocht eind voorjaar of begin zomer heeft plaatsgevonden,' vertelde Macleod. 'We hebben met onze hoge-resolutie-bodemsonde een gebied van één vierkante kilometer, pal naast het neolithische dorp, onderzocht. Onder het slib ligt een perfect bewaard gebleven landerijensysteem, compleet met ploegvoren en irrigatiegreppels. Het paleontologisch laboratorium is net klaar met hun analyse van de grondmonsters die we met behulp van de ROV hebben genomen. Ze laten zien dat er graan werd geteeld. Einkorn-tarwe, *Triticum monococcum* om precies te zijn, die ongeveer twee maanden voor de overstroming werd ingezaaid.'

'Graan wordt op deze geografische breedtes gewoonlijk gezaaid in april of mei,' merkte Jack op.

'Inderdaad. We hebben het hier over juni of juli, een maand of twee nadat de Bosporus is doorgebroken.'

'Zes knopen betekent tijdens een vaart van acht uur achtenveertig zeemijl,' vervolgde Mustafa. 'Daarbij gaan we uit van reserveroeiers, en water en voedsel voor een werkdag van acht uur. In een kalme zee zou onze boot de reis langs de Turkse noordkust in iets meer dan elf dagen voltooid moeten hebben.' Hij sloeg snel achter elkaar elf keer een toets aan, waarbij een kleine afbeelding van de boot evenzoveel malen langs de isometrische kaart van de Zwarte Zee versprong. 'En hier komt het CAN-programma echt in beeld.'

Hij drukte opnieuw een toets in en de simulatie veranderde op subtiele wijze van karakter. De zee vertoonde rimpelingen en het waterniveau zakte, terwijl de Bosporus als een soort waterval zichtbaar werd.

'Hier zitten we in de zomer van 5545 voor Christus, ongeveer twee maanden nadat het water begon te stijgen.'

Hij positioneerde de boot weer in de buurt van de Bosporus.

'De eerste variabele is de wind. De heersende wind 's zomers komt uit het noorden. Schepen die in westelijke richting voeren, konden misschien alleen maar fatsoenlijk voortgang maken nadat ze eenmaal Sinop hadden bereikt, halverwege de Turkse noordkust, die daar enigszins in zuidwestelijke richting gaat lopen. Vóór dat punt, waar ze een noord-noordwestelijke koers moesten volgen, moest er sowieso geroeid worden.'

'Hoe anders was het klimaat toen?' vroeg Katya.

'De belangrijkste fluctuaties worden vandaag de dag veroorzaakt door de Noord-Atlantische Oscillatie. Tijdens een warme fase zorgdt een lage atmosferische druk boven de noordpool voor een krachtige westelijke wind die de Arctische lucht in het noorden houdt, wat inhoudt dat het in het gebied rond de Middellandse en de Zwarte Zee warm en droog is. Tijdens een koude fase stroomt de Arctische lucht in zuidelijke richting, inclusief een noordenwind over de Zwarte Zee. In feite komt het erop neer dat het dan winderiger en natter is.'

'En in de oudheid?'

'We denken dat het vroege holoceen, de eerste paar duizend jaar ná het grootschalige smelten van het ijs, meer weg moet hebben gehad van een koude periode. Het was een stuk minder dor dan tegenwoordig en er viel aanzienlijk meer neerslag. Het zuidelijk deel van de Zwarte Zee moet een prima gebied zijn geweest om de landbouw te ontwikkelen.'

'En welke invloed had dat op het scheepvaartverkeer?' vroeg Jack.

'Krachtiger windstromen uit het noorden en westen, misschien wel twintig, dertig procent. Ik heb deze gegevens ingevoerd en kreeg toen de meest waarschijnlijke voorspelling voor elke vijftig zeemijl brede sector van de kust, en dan heb ik het over de situatie twee maanden nadat het water is gaan stijgen, inclusief het effect van de wind op de waterbewegingen.'

'Je tweede variabele moet de overstroming zelf zijn.'

'We hebben te maken met tien kubieke mijl zeewater die achttien maanden lang elke dag de Zwarte Zee binnenstroomde, met daarna een zes maanden durende geleidelijke afname, waarna er een toestand van evenwicht is ontstaan. De uittocht heeft plaatsgevonden tijdens de periode van maximale instroom.'

Hij sloeg een paar toetsen aan en op het scherm rechts verscheen een serie cijfers.

'Dit zijn de stroomsnelheden van het water ten oosten van de Bosporus. Die neemt af van twaalf knopen bij de waterval, tot net iets minder dan twee knopen in de meest oostelijke sector, meer dan achthonderd kilometer verderop.'

Costas viel hem in de rede. 'Als onze neolithische boeren maar zes knopen vaart maakten, zouden ze de Bosporus nooit hebben bereikt.'

Mustafa knikte. 'Ik kan zelfs voorspellen waar ze voor het laatst aan land zijn geweest, zo'n dertig mijl ten oosten van het punt waar de stroming te sterk werd. Vanaf dat punt moeten ze hun vaartuig langs de Aziatische oever van de Bosporus naar de Dardanellen hebben gesleept. In die zee-engte moet de stroming ook veel te sterk voor ze zijn geweest, dus ik betwijfel of ze ooit terug aan boord zijn geweest vóór ze de Egeïsche Zee bereikten.'

'Dat moet dan een heel gesjouw en gesleep zijn geweest,' zei Macleod. 'Dat is een afstand van bijna tweehonderd zeemijl.'

'Misschien hebben ze de scheepsromp gedemonteerd en die onderdelen met behulp van een soort slede door ingespannen ossen laten slepen,' reageerde Jack. 'In de oudheid werden de planken waarvan schepen waren gemaakt meestal met touw bij elkaar gehouden, waardoor zo'n romp snel uiteengenomen kon worden.'

'Misschien hebben de mensen die in oostelijke richting trokken hun schepen écht bij de berg Ararat achtergelaten,' mijmerde Katya hardop. 'Ze zouden ze gedemonteerd kunnen hebben, om ze vervolgens mee te slepen naar een punt waar duidelijk werd dat ze ze niet meer nodig zouden hebben, in tegenstelling tot de groep die naar het westen trok, die tijdens hun tocht over land waarschijnlijk altijd in de buurt van de zee zijn gebleven.'

Costas tuurde aandachtig naar de Dardanellen. 'Ze zouden zelfs vanaf de heuvel van Hisarlık vertrokken kunnen zijn. Misschien zijn sommige van onze boeren wel gebleven en werden dat de eerste Trojanen.'

Costas' woorden lieten opnieuw zien van welke gigantische omvang hun ontdekking was, en een ogenblik lang voelden ze zich alleen maar ontzag. Zorgvuldig en methodisch hadden ze een puzzel in elkaar gezet die wetenschappers generaties lang in verwarring had gebracht, en hadden een structuur blootgelegd die niet langer op speculatie was gebaseerd. Ze hadden niet simpelweg slechts een hoek van de puzzel opnieuw ingevuld, maar waren begonnen met het grootschalig herschrijven van de geschiedenis. Maar tegelijkertijd was de bron nog zó door fantasie ingebed, dat het nog steeds op een fabel leek, een onthulling waarvan ze de waarheid nog steeds nauwelijks durfden te erkennen.

Jack draaide zich naar Mustafa om. 'Hoe ver is twintig dromoi onder deze omstandigheden?'

Mustafa wees naar het rechterscherm. 'We werken terug vanaf het punt waar ze van boord zijn gegaan, vlak bij de Bosporus. Op die laatste dag hebben ze tegen de stroming en de wind in waarschijnlijk niet veel meer vaart weten te maken dan een halve knoop, wat inhoudt dat ze die dag hoogstens vier zeemijl hebben afgelegd.' Hij sloeg een toets aan en de boot verplaatste zich iets naar het oosten.

'Daarna worden de afstanden gestaag groter, totdat we het stuk voorbij Sinop bereiken, waar ze op één dag meer dan dertig mijl wisten af te leggen.' Hij tikte snel achtereen dezelfde toets in en de boot versprong schokkerig tot halverwege de Turkse Zwarte-Zeekust. 'Dan krijgen ze het een paar dagen wat zwaarder, want ze moeten het, nu in noordwestelijke richting varend, tegen de heersende wind opnemen.'

'Dat zijn vijftien etappes,' zei Jack. 'Waar brengen de laatste vijf ons?'

Mustafa tikte de betreffende toets nog vijf keer in, en de boot bereikte de zuidoostelijke hoek van de Zwarte Zee, precies op de voorspelde kustlijn, de kust zoals die er voor de overstroming had uitgezien.

'Bingo,' zei Jack.

Nadat Mustafa de CAN-data had uitgeprint ging hij de anderen voor naar een afgescheiden ruimte die naast de kaartenkamer was gelegen. Hij dimde de lampen en plaatste een stuk of wat stoelen rond een centrale console ter grootte van een keukentafel. Hij haalde een schakelaar over en het oppervlak lichtte op.

'Dit is een holografische lichtbak,' legde Mustafa uit. 'Op het gebied van bathymetrische weergave het modernste wat er bestaat. Op deze manier kunnen we een driedimensionaal beeld laten zien van elk stuk zeebodem waarvan we de onderzoeksresultaten in huis hebben, van complete oceaanbodems tot sectoren van maar een paar meter breed. Archeologische vindplaatsen bijvoorbeeld.'

Hij tikte een commando in en de tafel lichtte in alle mogelijke kleuren op. Het was een onderzeese opgraving, ongelooflijk helder, terwijl alle details scherp omlijnd waren. Er was een grote hoeveelheid sediment verwijderd, waardoor er rijen aardewerken vaten en brokken metaal te zien waren die boven op een kiel lagen, terwijl er aan beide kanten houten spanten naar buiten staken. De romp lag halverwege een steile helling in een soort geul, en aan de voor- en achterkant waren grote stukken rots zichtbaar waar ooit lava naar beneden was gelopen.

'Het Minoïsche wrak zoals dat er tien minuten geleden uitzag. Jack heeft me gevraagd de beelden door te sturen, zodat hij de voortgang kon bekijken. Zodra we deze apparatuur volledig online hebben, zijn we het tijdperk van het op afstand verrichte veldwerk écht binnengestapt, en zijn we in staat om zonder nat te worden opgravingen te verrichten.'

Vroeger kostte het enorm veel moeite om een onderzeese vindplaats te onderzoeken, terwijl daar nog eens bij kwam dat alles met de hand moest worden opgemeten. Dat was nu niet meer nodig dankzij het toepassen van digitale fotogrammetrie, een uiterst modern plotsysteem dat gebruikmaakte van een op afstand bestuurd duikbootje, van waaruit de gemaakte beelden rechtstreeks aan de *Seaquest* werden doorgegeven. Tijdens een tien minuten durende scan boven het wrak had de ROV die ochtend meer gegevens verzameld dan tijdens een complete handmatige opgraving vroeger het geval zou zijn geweest. Die gegevens werden niet alleen als hologram weergegeven, maar werden ook nog eens naar een laserprojector gestuurd, die in de vergaderruimte aan boord van de *Seaquest* een latexmodel van de opgravingslocatie maakte, terwijl er naarmate de graafarmen artefacten en sediment verwijderden, ononderbroken modificaties werden aangebracht. Dit innovatieve systeem was nog een reden om Efram Jacobovitsj dankbaar te zijn, de weldoener die het opzetten van de IMU mogelijk had gemaakt, de man die de expertise van zijn reusachtige software in z'n geheel tot hun beschikking had gesteld.

Jack had die middag, tijdens een teleconferentie met het opgravingsteam, het hologram al een paar uur lang aandachtig bestudeerd. Maar voor de anderen was het een adembenemende aanblik, alsof ze plotseling naar de bodem van de Egeïsche Zee – achthonderd zeemijl naar het westen – waren verplaatst. Het liet de opmerkelijke vooruitgang zien die de afgelopen vierentwintig uur was geboekt, sinds ze de *Seaquest* per helikopter hadden verlaten. Het team had het overgrote deel van de deklaag verwijderd en er was opnieuw een rijke oogst aan kunstvoorwerpen naar het museum in Carthago overgebracht. Onder een laag aardewerken amforen, die met rituele wierook waren gevuld, bleek de scheepsromp aanzienlijk beter bewaard te zijn gebleven dan Jack had durven hopen, en de pen-en-gatverbindingen waren nog even gaaf alsof ze gisteren waren gemaakt.

Mustafa sloeg opnieuw een toets aan. 'En dan nu de Zwarte Zee.'

Het wrak spatte in een caleidoscoop van kleuren uiteen, waarna er een model van de Zwarte Zee zichtbaar werd. In het midden bevond zich de abyssale vlakte, de giftige onderwereld van bijna 2200 meter diep. Eromheen bevonden zich de ondiepten langs de kust, een soort continentaal plat, waarvan de hellingen aanzienlijk minder steil waren dan die in het overgrote deel van de Middellandse Zee.

Hij tikte opnieuw een toets in, en highlightte op die manier de kustlijn vóór de overstroming.

'Het gebied waar onze belangstelling naar uitgaat.'

In de zuidoostelijke hoek verscheen een lichtpuntje.

'Tweeënveertig graden noorderbreedte, veertig graden oosterlengte. Preciezer kunnen we het, rekening houdend met de afstand tot de Bosporus, niet krijgen.'

'Het is toch nog een vrij groot gebied,' waarschuwde Costas. 'Een zeemijl is één minuut geografische breedte, een graad zestig minuten. Dat zijn dan driehonderdzestig vierkante zeemijl.'

'Vergeet niet dat we op zoek zijn naar een plaats langs de kust,' zei Jack. 'Als we aan de landkant de oude kustlijn volgen, zouden we uiteindelijk ons doel moeten bereiken.'

'Hoe nauwkeuriger we die kunnen lokaliseren, hoe beter,' zei Mustafa. 'Volgens de bathymetrie ligt de oude kustlijn in deze sector minimaal dertig mijl van de huidige kust verwijderd, een heel stuk buiten de territoriale wateren. Op een gegeven moment zal duidelijk te zien zijn dat we langs een bepaalde dieptelijn aan het zoeken zijn. En dan zullen we door heel wat ogen worden bespied.'

Toen de ontmoedigende implicaties daarvan tot de anderen doordrongen, veroorzaakte dat nogal wat gemompel. Op de kaart was duidelijk te zien hoe gevaarlijk dicht ze bij de oostelijke oever van de Zwarte Zee zaten, een moderne zeeroverskust waar Oost en West elkaar op een nieuwe en sinistere manier ontmoetten.

'Ik ben vooral geïnteresseerd in dít element hier.' Macleod wees op een onregelmatigheid op de zeebodem, een rug van ongeveer vijf kilometer lang, die evenwijdig met de oude kustlijn liep. Aan de zeekant bevond zich een smalle gleuf die ruim vijfhonderd meter diep was, wat nogal opvallend was, aangezien de gemiddelde onderzeese helling deze diepte pas dertig mijl vérder uit de kust bereikte. 'Het is het enige uit de bodem omhoogstekende element dat er in de buurt te vinden is – kilometers in de omtrek is het verder vrij vlak. Als ik een citadel zou willen bouwen, zou ik daarvoor een hoogte uitkiezen, zodat ik de omgeving zou beheersen. Dit lijkt me een voor de hand liggende plaats.'

'Maar de laatste alinea van het stuk tekst dat we op het papyrus hebben aangetroffen spreekt over zoutmeren,' zei Costas.

'*Dan bereikt u de citadel. En aan de voet daarvan ligt een uitgestrekte gouden vlakte, de diepe bassins, de zoutmeren, zo ver het oog reikt.*'

'Dat is het beeld dat ik van de Middellandse Zee tijdens de Messinische zoutcrisis heb,' reageerde Costas. 'Meren met stilstaand zout water, zoals het zuidelijk deel van de huidige Dode Zee.'

'Ik denk dat ik een verklaring heb.' Mustafa tikte een aantal toetsen in en het hologram veranderde in een close-up van de zuidoostelijke sector. 'Als het zeeniveau honderdvijftig meter zakt, komt het overgrote deel van het land ten zuiden van die rug maar net droog te liggen, een à twee meter hoger dan de oude kustlijn. Als het waterniveau tot het allerlaagste punt zakt, zo tegen het eind van het pleistoceen, moeten er in de laaggelegen gedeelten zoutmeren zijn ontstaan. Die waren vrij ondiep en zijn dan ook, denk ik, snel verdampt, waardoor er uitgestrekte zoutpannen achterbleven. Die moeten vanaf een verhoogde positie al van grote afstand te zien zijn geweest, aangezien er helemaal niets wilde groeien.'

'En laten we niet vergeten hoe belangrijk zout toen was,' zei Jack. 'Het was een belangrijk conserveringsmiddel, en verder was het een gemakkelijk verhandelbaar exportproduct. De oude Romeinen maakten een periode van hoogconjunctuur door omdat ze de zoutpannen aan de monding van de Tiber beheersten, en misschien dat we hier een soortgelijk iets zien, maar dan duizenden jaren eerder.'

Costas sprak bedachtzaam. '"Gouden vlakte" zou velden met tarwe en gerst kunnen betekenen, een rijke prairie van gecultiveerd graan met de bergen van Anatolië op de achtergrond. Het moet de "door bergen omringde vlakte" uit Plato's relaas zijn.'

'Je slaat de spijker op z'n kop,' zei Mustafa.

'Heb ik gelijk als ik denk dat een deel van die rug vandaag de dag boven water uitsteekt?' Costas keek aandachtig naar de geomorfologie op het hologram.

'Het is de top van een kleine vulkaan. De rug maakt deel uit van een zone met seismische activiteit langs de Aziatische plaat, die zich in westelijke richting tot aan het noordelijke deel van de Anatolische breuklijn uitstrekt. De vulkaan is niet geheel slapend, maar recentelijk is hij niet tot uitbarsting gekomen. De caldera heeft een doorsnede van circa één kilometer en steekt driehonderd meter boven de zeespiegel uit.'

'Hoe heet hij?'

'Hij heeft geen naam,' antwoordde Macleod. 'Het betreft gebied dat al sinds de Krimoorlog van 1853 tot '56, een oorlog tussen het Ottomaanse Turkije en het Tsaristische Rusland, betwist wordt. Het ligt in internationale wateren, maar ook nog eens ter hoogte van de Turks/Georgische grens.'

'Het is al een hele tijd verboden gebied,' vervolgde Mustafa. 'Enkele maanden voor de ineenstorting van de Sovjet-Unie in 1991 is daar in de buurt onder geheimzinnige omstandigheden een kernonderzeeboot verdwenen.' De anderen waren geïntrigeerd, en Mustafa vervolgde bedachtzaam: 'Die is nooit teruggevonden, maar de zoekactie leidde wél tot een schotenwisseling tussen Turkse en sovjetoorlogsschepen. Het had, gezien het feit dat Turkije tot de NAVO behoort, tot een globaal conflict kunnen leiden. Beide zijden kwamen overeen zich terug te trekken en de confrontatie werd in de doofpot gestopt, maar het resultaat is wel dat er sinds die tijd nauwelijks nog hydrografisch onderzoek in dat gebied heeft plaatsgevonden.'

'Het ziet ernaar uit dat we weer op onszelf zijn aangewezen,' zei Costas somber. 'Beide kampen zijn ons goedgezind, maar ze zijn niet bij machte te interveniëren.'

'We doen wat we kunnen,' zei Mustafa. 'De overeenkomst tot economische samenwerking tussen de landen rond de Zwarte Zee, een verdrag uit 1992, leidde tot het vormen van BLACKSEAFOR, een marine-taskforce voor inzet op de Zwarte Zee. Die heeft momenteel eigenlijk alleen nog maar symbolische waarde, en het overgrote deel van de Turkse inzet mag nogal eenzijdig worden genoemd. Maar er bestaat tenminste nog enige hoop op interventie. En ook op wetenschappelijk gebied bestaat er nog een zweempje hoop. De Turkse nationale oceanografische commissie bestudeert het aanbod van de Georgische academie van wetenschappen voor samenwerking bij een diepzeeonderzoek waar ook dit eiland bij betrokken zal worden.'

'Maar op een beschermend kordon hoeven we niet te rekenen,' zei Costas.

'Niet op voorhand. De situatie is veel te delicaat. De bal ligt op onze speelhelft.'

De zon was ondergegaan en de beboste hellingen achter de lichtjes van Trabzon waren gehuld in duisternis. Jack en Katya liepen langzaam over het kiezelstrand, en het geknars van hun voetstappen vermengde zich met het geluid van de golven die in rustige regelmaat op de kust stuksloegen.

Even daarvoor hadden ze een ontvangst bijgewoond ter residentie van de vice-admiraal die het bevel over BLACKSEAFOR voerde, en de nadrukkelijke geur van dennennaalden die de receptie in de openlucht had begeleid leek hen te achtervolgen. Ze hadden de oostelijke pier ver achter zich gelaten. Jack droeg nog steeds zijn smokingjasje, maar had het bovenste knoopje van zijn overhemd losgemaakt en zijn das afgedaan, die hij samen met het Distinguished Service Cross dat hij met enige tegenzin voor deze gelegenheid had gedragen, in zijn zak gestopt.

Katya droeg een glinsterende zwarte avondjurk. Ze had haar haar losgemaakt en haar schoenen uitgetrokken, en liep nu blootsvoets langs de branding.

'Je ziet er adembenemend uit.'

'Jij mag er anders ook zijn.' Katya keek naar Jack op, glimlachte en raakte heel even zijn arm aan. 'Ik denk dat we nu wel ver genoeg hebben gelopen.'

Ze liepen het strand op en gingen samen op een stuk rots zitten van waaraf ze over zee konden uitzien. De opkomende maan wierp een sprankelend licht op het water en de golven deinden glinsterend voor hen uit. Boven de noordelijke horizon was een pikzwarte band te zien, een storm die vanuit de Russische steppen hun kant uit rolde. Een kille bries voerde een vroege aanzegging van een ongebruikelijke verandering met zich mee, de aankondiging dat de zee de komende dagen aanzienlijk van karakter zou veranderen.

Jack trok zijn benen op, sloeg zijn armen rond zijn knieën en richtte zijn blik op de horizon. 'Dit is altijd het meest intense moment, als je weet dat je op het punt staat een grote ontdekking te doen. En elk oponthoud is dan erg frustrerend.'

Katya keek hem opnieuw glimlachend aan. 'Je hebt al het mogelijke gedaan.'

Ze hadden het erover gehad de volgende dag weer terug aan boord van de *Seaquest* te gaan. Vóór de receptie had Jack via het beveiligde IMU-kanaal met Tom York gesproken. Op dit moment voer de *Seaquest* waarschijnlijk op topsnelheid in de richting van de Bosporus, nadat ze het verder opgraven van het wrak aan het ondersteuningsvaartuig had overgelaten. Tegen de tijd van hun geplande rendez-vous, per helikopter, de volgende ochtend, zou de *Seaquest* zich in de Zwarte Zee bevinden. Ze waren erop gebrand zo snel mogelijk aan boord te gaan, om er zo voor te zorgen dat de apparatuur piekfijn in orde zou zijn.

Katya wendde haar blik af en leek in gedachten verzonken.

'Je deelt mijn opwinding blijkbaar niet.'

Toen ze antwoordde, bevestigde ze Jacks gevoel dat ze ergens mee zat.

'Voor jullie westerlingen zijn mensen als Aslan misschien anoniem, als verre vijanden tijdens de Koude Oorlog,' zei ze. 'Maar voor mij zijn het echte mensen, van vlees en bloed. Monsters die van mijn land een ongelooflijke woestenij van geweld en hebzucht hebben gemaakt. Om dat te beseffen moet je er gewoond hebben, een wereld van terreur en anarchie zoals het Westen sinds de middeleeuwen niet meer heeft meegemaakt. De jaren van onderdrukking hebben een honger naar meer aangewakkerd waar de enige illusie van bestuur afkomstig is van een stelletje gangsters en krijgsheren.' Ze keek uit over zee en haar stem was een en al emotie. 'En het gaat om míjn mensen. Ik ben een van hen.'

'Iemand met de wilskracht en het vermogen de strijd met die lieden aan te gaan.' Haar silhouet stak duidelijk af tegen de steeds donker wordende horizon en Jack voelde zich onweerstaanbaar tot haar aangetrokken.

'Het is míjn wereld die we straks zullen binnengaan, en ik weet niet of ik je kan beschermen.' Ze draaide zich naar hem om en keek hem aan, met ogen die onpeilbaar leken. 'Maar jouw ongelooflijke opwinding deel ik natuurlijk wél.'

Ze bogen zich naar elkaar toe en kusten elkaar, aanvankelijk heel teder, maar toen lang en gepassioneerd. Toen hij haar lichaam tegen het zijne voelde werd hij plotseling overweldigd door verlangen. Hij schoof de avondjurk van haar schouders en trok haar dichter tegen zich aan.

11

'K oers drie-een-vijf graden. Diepte vijfenzestig meter, stijgsnelheid één meter per seconde. We moeten nu snel de oppervlakte zien.'

Jack tuurde door de koepel van plexiglas naar links. Ondanks de schemering kon hij nog net Costas onderscheiden, onder een identieke koepel en ongeveer vijftien meter verderop, terwijl het in het spookachtige licht van het instrumentenpaneel net leek alsof hij alleen maar een hoofd had. Terwijl ze hoogte wonnen werd het eenpersoons-duikbootje – ook wel *submersible* genoemd – duidelijker zichtbaar. De plexiglas koepel vormde de bovenkant van een geel omhulsel waarin één persoon kon plaatsnemen, terwijl het geheel iets naar voren helde, zodat de bestuurder er comfortabel in kon zitten. Eronder bevonden zich pontonachtige ballasttanks, en erachter zat de behuizing voor de accu die een stuk of twaalf waterjets aandreef die op strategische plaatsen rond een extern frame waren gepositioneerd. Twee schaarachtige robotarmen gaven de submersible het uiterlijk van een reusachtige scarabee.

'Daar heb je d'r.'

Jack keek omhoog en zag twintig meter boven zich het silhouet van de *Seaquest*. Hij paste het wegpompen van waterballast zodanig aan dat hij wat minder snel zou stijgen en keek opnieuw in de richting van Costas, die langszij manoeuvreerde en voorbereidingen trof om aan de oppervlakte te komen.

Costas keek zijn vriend stralend aan. 'Missie volbracht.'

Hij had een goede reden om met zichzelf tevreden te zijn. Ze hadden zojuist de eerste serie proefvaarten met de Aquapod IV voltooid, het laatste model eenpersoons-duikbootje dat zijn team voor de IMU had ontworpen. Deze versie kon afdalen tot een operationele diepte van vijftienhonderd meter, bijna twee keer zo diep als de vorige. De uiterst krachtige lithiumionbatterij hield het vijftig uur uit en zorgde voor een kruissnelheid van drie knopen. Hun één uur durende duik die ochtend naar de bodem van de Zwarte Zee had aangetoond dat de uitrusting berekend was voor de taak die voor hen lag, een exploratie langs de vroegere kustlijn, maar dan oostelijker dan ze ooit waren geweest.

'*Seaquest,* hier Aquapod Alfa. We komen er aan, veilig en wel. Over.'

Vlak onder de oppervlakte zagen ze de vier duikers die hen opwachtten om hen het laatste stukje te begeleiden. Toen ze nog tien meter te gaan hadden stopten ze om de beide Aquapods aan elkaar te koppelen, een standaardprocedure om te voorkomen dat ze bij ruwe zee tegen elkaar zouden slaan. Terwijl Jack op z'n plaats bleef, manoeuvreerde Costas behoedzaam tot de vergrendelingsspinnen op elkaar aansloten. Direct daarna haalde hij een schakelaar over en schoten er vier metalen koppelstangen door de klampen op het buitenframe.

'Koppeling totstandgekomen en geborgd. Trek ons maar naar boven.'

De duikers daalden nog iets verder af en brachten het hijstuig aan. Jack en Costas ging over op stand-by en schakelden de balansregelaar die hen horizontaal hield uit. Nadat de duikers weg waren gezwommen en hun veiligheidsposities hadden ingenomen, trok de man die de lier bediende de submersibles soepel de romp binnen.

Ze kwamen boven water in een met schijnwerpers verlichte ruimte ter grootte van een kleine vliegtuighangaar. De *Seaquest* was uitgerust met een volledig overdekte dokfaciliteit, die erg handig was als de weersomstandigheden te slecht waren om vanaf het dek te opereren, of wanneer ze liever niet wilden dat anderen van hun werkzaamheden getuige waren. De romp had zich geopend als de bomluiken van een reusachtig vliegtuig. Terwijl de dubbele luiken zich weer sloten, ontkoppelden Jack en Costas de koepels, die ook als toegangsluik fungeerden. Er werd een platform onder hen geschoven, dat vervolgens omhoogkwam als de lift aan boord van een vliegdekschip, om op z'n plaats te klikken nadat het laatste water dat erop lag was weggelopen.

Terwijl de twee mannen uit hun onderwatervaartuig kropen, kwam Tom York naar hen toe om hen te begroeten.

'De proefvaart is succesvol verlopen, mag ik hopen?'

Jack was de eerste die zich op het dek liet zakken. Hij ontdeed zich van zijn overlevingspak en bracht snel rapport uit.

'Er zijn geen problemen te melden. We gaan de Aquapods gebruiken voor onze verkenningstocht van vanmiddag. Alleen moeten daarvoor de robotarmen vervangen worden door een digitale videocamera en schijnwerpers.'

'Daar wordt al aan gewerkt.'

Jack draaide zich om en zag hoe onderhoudsmensen al druk met de submersibles in de weer waren. Costas stond over de acculader gebogen, diep in gesprek met een van de techneuten. Jack moest onwillekeurig glimlachen toen hij zag dat zijn vriend in zijn enthousiasme om de vele mogelijkheden van de Aquapods met zijn technisch team te bespreken, zijn headset nog niet eens had afgedaan.

Jack beende naar een van de stalen kasten langs de kant, borg zijn pak erin op en sprak ondertussen met York.

'We hebben nog een uur voor de *Seaquest* in positie is. We hebben nu de gelegenheid om nog een laatste keer te kijken welke opties we hebben. Ik zou graag zien dat al het personeel om elfhonderd uur bij de brugconsole aanwezig is.'

Twintig minuten later stonden ze in de commandomodule van de *Seaquest* voor een in een halve cirkel opgestelde groep mannen en vrouwen. York had het automatische navigatie- en waarnemingssysteem ingeschakeld en de virtuele brug geactiveerd, waardoor het schip aangestuurd kon worden vanaf de console pal naast Jack. Het holle scherm boven hen bood een panoramisch uitzicht op de zee om hen heen, waarvan de korte golfslag en het grijze water onheilspellende voorbodes vormden van de storm die vanuit het noorden op komst was.

Jack sloeg zijn armen over elkaar en richtte zich tot de groep.

'Wij zijn met een uitgedunde bemanning, met als gevolg dat er alleen maar nóg meer van ons geëist zal worden. Ik zal er geen doekjes om winden. We zullen met grote risico's worden geconfronteerd, misschien wel de grootste waarmee we ooit te maken hebben gehad.'

Nadat Jack een dag eerder met een helikopter naar de *Seaquest* was afgereisd, had hij besloten de bemanning tot een minimum terug te brengen. De gehele ploeg bestond uit vrijwilligers, maar hij weigerde de levens van de wetenschappers in gevaar te brengen, wiens werk pas zou beginnen zodra ze iets hadden ontdekt. Naast enkele dek- en technische officieren, had hij de meest ervaren wapentechnici geselecteerd, waaronder enkele oud-militairen, mannen die vroeger bij de Special Forces hadden gezeten en die Jack al sinds zijn marinedagen kende.

'Wat kunnen we verwachten in de vorm van steun van buiten?'

Die vraag kwam van Katya, die gekleed in de blauwe standaardoverall met het IMU-logo op de schouder, tussen de bemanningsleden in stond. Toen de *Sea Venture* hun kant uit was gekomen voor een rendez-vous terwijl het schip Trabzon voorbijvoer, had Jack geprobeerd haar zover te krijgen dat ze samen met de anderen van boord zou gaan, maar ze had geweigerd. Ze was van mening dat als er inscripties gevonden zouden worden, haar linguïstische expertise van vitaal belang zou zijn. In feite besefte Jack dat ze hem na de uren die ze de avond tevoren samen hadden doorgebracht niet in de steek zou laten, dat zich een band had ontwikkeld die onmogelijk nog gebroken zou kunnen worden, en naarmate ze steeds verder de gevarenzone binnenvoeren deelde ze zijn verantwoordelijkheidsgevoel ten opzichte van de *Seaquest* en haar bemanning steeds meer.

'Die vraag laat ik beantwoorden door ons hoofd veiligheid.'

Peter Howe stapte naar voren en nam Jacks plaats in.

'Het slechte nieuws is dat we straks in internationale wateren zitten, buiten de twaalfmijlszone zoals die in 1973 door de Sovjet-Unie en Turkije is overeengekomen. Het goede nieuws is dat Georgië en Turkije in 1998 een samenwerkingsverband hebben getekend op het gebied van kustwaterbeveiliging, waarin ze tevens hebben afgesproken elkaar hulp te verlenen wanneer er belangrijke ontdekkingen gedaan mochten worden. De basis daarvan is een voorlopige overeenkomst die ze net hebben geaccordeerd, een overeenkomst die door de VN is geratificeerd en die tot gezamenlijk geologisch onderzoek op dat vulkanische eiland moet leiden. Dat zou dan moeten gebeuren onder de bepalingen van het internationale recht.'

Hij deed een stap naar achteren en keek naar de zeekaart van het oostelijk deel van de Zwarte Zee die nu boven de console te zien was.

'Het probleem is dat ze alleen maar zullen helpen als de Russische achterdocht weggenomen kan worden wat betreft de onderzeeboot die daar in 1991 in de buurt verdwenen is. Als ze ook maar vermoeden dat er een ander land bij een zoektocht daar betrokken is, gaan ze volkomen door het lint. En er zijn nog andere zaken waarover we ons zorgen maken. Al sinds het begin van de jaren negentig zijn de Russen actief betrokken bij de burgeroorlog in Abchazië, ogenschijnlijk als een stabilisatiemacht, maar in werkelijkheid om ervoor te zorgen dat het gebied weer onder de invloed van Moskou wordt gebracht. Het gaat bij dit alles in feite om olie. In 1999 kwam hun monopolie op de olieproductie rond de Kaspische Zee onder druk te staan doordat er voor het eerst een pijpleiding werd geopend die níet over Russisch gebied liep, maar van Baku in Azerbeidzjan naar Supsa, dat aan de Georgische kust ligt, vlak bij de grens met Abchazië. De Russen zullen al het mogelijke doen om te voorkomen dat het westen daar nog meer investeert, ook al betekent dat anarchie en burgeroorlog.' Howe draaide zich naar het groepje mensen om.

'We hebben de Russische ambassade verteld dat we een hydrografisch onderzoek gaan uitvoeren, en dat de Turkse en Georgische overheden onze opdrachtgevers zijn. Ze lijken die uitleg te accepteren. Maar als ze zien dat er oorlogsschepen op die positie afstevenen, zouden ze weleens kunnen concluderen dat we naar die onderzeeboot op zoek zijn. De Russische beer mag dan het overgrote deel van zijn klauwen kwijt zijn geraakt, de Russen beschikken nog steeds over de grootste vloot in deze regio. De verhoudingen tussen Ankara en Moskou zijn vanwege de verdovende middelen die worden binnengesmokkeld toch al erg slecht. Het zou op z'n minst op een zeer vervelend internationaal incident kunnen uitdraaien, maar het kan ook uitlopen op een gewapend conflict, en zoiets zou in dit deel van de wereld weleens razendsnel uit de hand kunnen lopen.'

'Een kleine aantekening hierbij,' onderbrak Costas hem. 'Ik geloof niet dat Georgië een eigen marine heeft.'

'Dat is inderdaad nog een probleem,' reageerde York somber. 'De Georgiërs hebben nagenoeg niets van de Sovjetrussische Zwarte-Zeevloot kunnen overnemen. Ze beschikken over een in de Oekraïne gebouwde snelle aanvalsboot van het type 206MP, en over een door de Amerikanen buiten dienst gestelde kustwachtkotter die ze in het kader van het US Excess Defence Articles Program hebben kunnen overnemen. Maar erg hoopvol is het niet. Die FAC, die snelle aanvalsboot, heeft geen geleide wapens aan boord omdat het land niet over opslag- en testfaciliteiten beschikt. En de bewapening van dat oude kustwachtvaartuig bestaat uit één enkel .50-machinegeweer.'

'Maar nu hebben we het niet over de échte Georgische marine.'

Iedereen draaide zich naar Katya om.

'De echte Georgische marine wordt langs het noordelijk deel van de kust verborgen gehouden,' zei ze. 'Het is de marine van de krijgsheren, mannen uit Centraal-Azië die Abchazië gebruiken om toegang te hebben tot alles wat er rond de Zwarte en Middellandse Zee te halen valt. Dát zijn de mensen voor wie we moeten oppassen, niet de Russen. En ik spreek uit persoonlijke ervaring.'

De bemanning luisterde naar Katya met groot respect. Haar status aan boord was aanzienlijk gegroeid nadat ze de confrontatie in de Egeïsche Zee, nu twee dagen geleden, in haar eentje tot een goed einde had weten te brengen.

'En de Turkse marine?' Costas keek hoopvol in de richting van Mustafa, die de vorige dag aan boord van de *Sea Venture* was gekomen.

'We zijn in de Zwarte Zee nadrukkelijk aanwezig,' antwoordde de Turk. 'Maar we komen in de oorlog tegen de smokkelaars desalniettemin zowel mensen als materieel te kort. Om de *Seaquest* naar behoren te ondersteunen zou de Turkse marine schepen uit de Egeïsche Zee terug moeten halen. En dat kunnen we niet zomaar doen, aangezien elke wijziging in onze

Zwarte-Zeevloot onmiddellijk tot wantrouwen bij de Russen zal leiden. Mijn overheid is alleen bereid dat risico te nemen als er een echt belangwekkende ontdekking wordt gedaan.'

'Dus we zijn op onszelf aangewezen?'

'Ik ben bang van wel.'

In de korte pauze die daarop volgde stuurde York twee bemanningsleden naar boven, want de steeds verder aanwakkerende wind maakte het noodzakelijk dat ook andere uitrusting stormvast aan dek werd gezet. Vervolgens nam Jack het woord en kwam onmiddellijk ter zake. Aan de gehaaste manier waarop hij dat deed was duidelijk te merken dat de *Seaquest* binnenkort op haar bestemming aan zou komen.

'We moeten zeker weten dat we direct bij de eerste keer al op de goede plek zitten. We kunnen er vergif op innemen dat we momenteel door verkenningssatellieten gevolgd worden, dat we bekeken worden door lieden die binnen de kortst mogelijke tijd door ons verhaaltje heen prikken dat we hydrografisch onderzoek uitvoeren.'

Een van de voormalige marinemensen stak een hand op. 'Sorry, meneer, maar waar zijn we precies naar op zoek?'

Jack deed een stapje opzij, zodat de bemanningsleden het computerscherm in de console konden zien. 'Mustafa, ik zou graag willen dat jij uitlegt hoe we hier zijn beland.'

Mustafa riep de isometrische kaart van de Zwarte Zee op en gaf een korte samenvatting van hun interpretatie van de tekst op het papyrus, waarbij hij de boot langs de kustlijn liet bewegen tot die de zuidoostelijke sector bereikte. Nu ze hun laatste aanloophaven hadden verlaten, had Jack besloten de gehele bemanning van de *Seaquest* in vertrouwen te nemen. Degenen die nog niet van de details op de hoogte waren, keken verbijsterd toe; zelfs de veteranen stonden als aan de grond genageld door de immensiteit van een vondst die op zó'n geweldige wijze uit de met nevelen omhulde legenden was komen opdoemen.

'We bereiken het doelgebied door de dieptelijn van honderdvijftig meter te volgen, de kustlijn voordat dit gebied werd overstroomd. Als we vanuit Trabzon in oostelijke richting varen, draait die dieptelijn naar het noorden, verder de zee in. Momenteel bevindt de *Seaquest* zich net iets meer dan twaalf mijl uit de kust, maar geleidelijk aan zullen we, naarmate we verder naar het oosten koersen, ook verder van de kust verwijderd raken.'

Hij sloeg een toets aan en het beeldscherm veranderde in een meer gedetailleerde kaart van het gebied.

'Dit is wat Atlantis betreft ons best kloppende scenario. Het is een stuk zeebodem van twintig zeemijl lang en vijf mijl breed. De dieptelijn van honderdvijftig meter loopt aan de noordkant, dus wat we hier zien was vroeger allemaal droog gebied. Als we de waterspiegel tot die dieptelijn laten zakken, krijgen we een beetje een idee hoe het er vóór de overstroming heeft uitgezien.'

Het beeld veranderde weer en liet nu een vlakte zien die doorliep tot aan een heuvelrug die pal aan zee lag en enkele kilometers lang was. Daarachter lag de vulkaan.

'We zien maar weinig details, maar dat komt omdat we over erg weinig bathymetrische gegevens voor dit gebied beschikken. Maar we zijn ervan overtuigd dat de zoekplaats óf de serie heuvels óf de vulkaan moet zijn. Die heuvels bereiken een hoogte van pakweg honderd meter boven de voormalige kustlijn. De ellende is alleen dat er geen akropolis is, geen rotsplateau voor een citadel. En volgens de tekst op het papyrus zou er eentje moeten zijn.'

'De vulkaan is het opvallendste landschapskenmerk,' merkte Howe op. 'De noordwestkant vormt een serie terrassen, om even later in een steile rots uit te monden. Een citadel op dít punt zou zondermeer indrukwekkend gesitueerd genoemd mogen worden, want van hieruit heb je naar beide kanten toe kilometers ver onbelemmerd uitzicht. En je zou je ook heel goed kunnen voorstellen hoe zich op de lagere hellingen richting kust een stad ontwikkeld heeft.'

'Misschien dat een gemakkelijk verdedigbare positie een rol heeft gespeeld, maar die kan nooit van doorslaggevende betekenis zijn geweest, aangezien er zich in de directe omgeving geen andere stadstaten bevonden,' stelde Jack vast. 'De enige groep die wellicht een bedreiging had kunnen vormen, waren plunderende bendes jagers/verzamelaars, een laatste overblijfsel uit de ijstijd, maar die moeten qua aantal ver in de minderheid zijn geweest. Bij hún zoektocht naar droog land ging het voornamelijk om het uit de buurt blijven van moerassen en dergelijke.'

'Hoe zit het met de vulkanische activiteit?' vroeg York.

'De afgelopen miljoen jaar hebben geen belangrijke uitbarstingen meer plaatsgevonden,' antwoordde Mustafa. 'Wat je vandaag de dag alleen nog ziet is wat activiteit rond de kratermond, geisers van gas en stoom die de lucht in spuiten als de druk in de kern weer eens te groot wordt, iets dat regelmatig gebeurt.'

Ze keken naar het virtual-realityscherm, waarop ze aan de horizon nu net het eilandje konden zien. Nadat de Zwarte Zee was volgelopen, was alleen de top van de vulkaan boven het water uit blijven steken. De slierten stoom die uit de krateropening kwamen leken zich te vermengen met de grijze, laaghangende bewolking, het front van de storm die met alarmerende snelheid vanuit het noorden hun kant uit kwam rollen.

Jack nam het woord weer. 'In de oudheid werden seismische gebeurtenissen bijna altijd beschouwd als tekenen van de goden. Een vulkaan die nauwelijks actief was kon het middelpunt worden van allerlei godsdienstige rituelen, misschien was dat wel een van de oorspronkelijke redenen om zich hier te vestigen. In zo'n vruchtbaar gebied had ik verwacht dat zowel de heuvels als de vulkaan bewoond zouden zijn, maar we moeten tussen één van beide kiezen. Mogelijk hebben we niet eens de gelegenheid om een tweede plek te claimen, vóór er onwelkome bezoekers onze kant uit komen. We hebben nog twintig minuten voor de *Seaquest* boven die heuvelrug arriveert. Als iemand suggesties mocht hebben, ik hou me aanbevolen.'

Opnieuw een kort oponthoud, waarin Jack met York overlegde. Er werden een stuk of wat correcties op de navigatieconsole ingetoetst, terwijl ze vervolgens de beelden van de rondzoekradar bekeken. Toen de twee mannen zich weer naar de bemanning omdraaiden, haalde Katya haar palmcomputer te voorschijn en tikte een aantal commando's in.

'Beide plaatsen sluiten op de tekst aan,' zei ze. 'Zowel de heuvelrug als de vulkaan bieden uitzicht op een breed, in het zuiden liggend dal, met in de verte bergen en zoutmeren ertussen.'

'Zegt dat stuk papyrus misschien nog meer waar we iets aan zouden kunnen hebben?' vroeg een van de bemanningsleden.

'Niet echt.' Katya bestudeerde de tekst opnieuw aandachtig en schudde haar hoofd. 'De laatste woorden van de tekst lijken te refereren aan het interieur van de citadel.'

'Er is nog iets anders.'

Iedereen draaide zich naar Costas om, die strak naar het beeld van het eiland keek, dat nu steeds dichterbij kwam en waarop steeds meer details te zien waren. Hij wendde zijn blik van het scherm af en draaide zich naar Katya om.

'Geef die eerste zin nog eens, nadat Atlantis is bereikt.'

'Onder het teken van de stier.'

Iedereen keek Costas vragend aan.

'Jullie zijn bekend met de bar boven op het maritiem museum in Carthago?'

Er klonk instemmend gemompel.

'Het uitzicht over de Baai van Tunis in oostelijke richting, terwijl de avondzon haar roze schijnsel op het water laat glinsteren, de twee bergtoppen van Ba'al Qarnain die op de achtergrond hoog oprijzen.'

Iedereen knikte.

'Nou, misschien dat niet iedereen van jullie zo vertrouwd is met zo'n eerste aanblik 's ochtends vroeg. De midzomerzon komt precies in het midden van het zadel tussen de twee toppen omhoog. Voor de Feniciërs was het een heilige berg, opgedragen aan de god van de hemel. Ba'al Qarnain betekent de "God met de twee hoorns".' Hij wendde zich tot Jack. 'Ik denk dat "teken van de stier" aan de vorm van het eiland refereert.'

Ze keken met z'n allen naar de steeds verder opdoemende landmassa op het scherm.

'Ik weet het zo net nog niet,' onderbrak Howe hem. 'Vanaf hier ziet dat eiland er helemaal niet uit zo.'

'Probeer het eens vanuit een ander gezichtspunt,' zei Costas. 'We kijken naar het zuidoosten. Probeer het eens vanaf de kust, vanaf de voet van de vulkaan, vanaf de plaats waar die nederzetting misschien heeft gestaan?'

Mustafa tikte snel een paar commando's in, zodat het eiland vanuit het noordoosten kon worden bekeken, terwijl hij tegelijkertijd het beeld nog wat vergrootte en de zichtlijn naar beneden bracht, zodat het standpunt de oude kustlijn aan de voet van de vulkaan werd.

Er klonk een kreet van verbijstering toen het beeld op zijn plaats viel. Hoog boven hen waren twee bergtoppen te zien, gescheiden door een diep zadel.

Costas keek triomfantelijk naar het scherm. 'Alstublieft, dames en heren, uw stierenhoorns.'

Jack keek zijn vriend breed grijnzend aan. 'Ik wíst dat je uiteindelijk met iets nuttigs op de proppen zou komen.' Vervolgens draaide hij zich naar York om.

'Ik denk dat we ons antwoord hebben. Zet een koers uit die ons zo snel mogelijk bij dat eiland brengt.'

12

De twee schijnwerpers die aan beide zijden van de Aquapods waren gemonteerd wierpen een magnifieke hoeveelheid licht op de zeebodem, waarbij de twee bundels iets naar binnen waren gericht, zodat ze vijf meter lager met elkaar samenvielen. In het licht weerkaatsten miljoenen slibdeeltjes, die de indruk wekten of ze langs eindeloze, gespikkelde nevelsluiers zweefden. Geïsoleerd liggende rotsachtige uitstulpingen schoten omhoog en verdwenen weer achter hen uit het zicht toen ze er op maximale snelheid overheen voeren. Links van hen ging de bodem plotseling over in een peilloze diepte en gleed het desolate grijs van de zeebodem in een verboden duisternis waarin elke vorm van leven ontbrak.

De intercom kwam krakend tot leven.

'Jack, hier de *Seaquest*. Ontvang je mij? Over.'

'We ontvangen je luid en duidelijk.'

'De *drone*' – het op afstand bedienbare duikbootje – 'heeft iets gevonden.' Yorks stem klonk nerveus van opwinding. 'Als je je huidige koers aanhoudt, moet je over pakweg vijfhonderd meter de betreffende positie bereiken. Ik stuur je de coördinaten, dan kun je een *fix* programmeren.' Een fix was vakjargon voor positiebepaling.

Eerder die dag was het eiland als een of andere mythische spookverschijning aan de horizon te voorschijn gekomen. Vlak voordat de *Seaquest* was gearriveerd, werd de zee volkomen kalm, een angstwekkende windstilte die de damp als een spookachtig lijkkleed omhoog leek te trekken. Toen de wind weer aanwakkerde en de mist in de richting van de verlaten kust werd gestuwd, voelden ze zich als ontdekkingsreizigers die toevallig op een verloren wereld waren gestuit. Het eiland, dat alleen uit rots bestond en waar niets groeide, wekte de indruk ongelooflijk oud te zijn, een onherbergzame woestenij die door de tijd en door het weer tot zijn ware wezen was teruggebracht. Maar als hun intuïtie klopte, was dit eiland de plek waar alle hoop en alle potentie van de mensheid zich voor het eerst hadden gemanifesteerd.

Twee zeemijl ten westen van het eiland had de *Seaquest* het anker laten vallen. Voor een verkenningstocht naar de onder water liggende berghellingen hadden ze in plaats van de ROV een sonardrone gebruikt, omdat met die eerste alleen maar visuele waarnemingen konden worden verricht. De afgelopen drie uur was er in de sonaraflezing niets ongewoons te zien geweest, en ze hadden besloten ook de Aquapods in te zetten. Snelheid was nu van het allergrootste belang.

Jack stak zijn duim omhoog naar Costas, die zich ter hoogte van de dieptelijn van 140 meter vlak boven de zeebodem voortbewoog. Ze voelden de spanning bij elkaar; de verwachtingen waren hoog, dat was ook zonder woorden wel duidelijk. Vanaf dat eerste telefoontje van Hiebermeyer, toen de wetenschapper had verteld welk woord er op het papyrus was aangetroffen, had Jack geweten dat dit alles tot nóg grotere onthullingen zou leiden. Tijdens het bijzonder nauwkeurige proces van het vertalen en ontcijferen van de tekst, was hij er constant van overtuigd geweest dat dít het was, dat de sterren deze keer allemaal in de juiste positie stonden. Maar de snelheid waarmee de gebeurtenissen hadden plaatsgevonden nadat de code was gekraakt had maar weinig ruimte voor reflectie gegeven. Nog maar enkele dagen geleden waren ze door de vondst van het Minoïsche wrak ongelooflijk opgetogen geweest. En nu stonden ze op het punt om een van de grootste archeologische ontdekkingen ooit te doen.

De Aquapods minderden vaart, en terwijl ze langzaam en in stilte verder voeren, was elke man zich in zijn plexiglas koepel maar al te bewust van de ander, en in hun gele omhulsels gestoken bewogen ze zich – enkele meters van elkaar verwijderd – behoedzaam verder.

Even later werd in de nevel een aaneenschakeling van spookachtige vormen zichtbaar. Juist voor déze gelegenheid hadden ze de beelden van de neolithische nederzetting voor de kust bij Trabzon aandachtig bestudeerd. Maar niets had hen op de werkelijkheid kunnen voorbereiden toen ze het volgende moment een oord binnenvoeren dat bijna achtduizend jaar lang voor de wereld verloren was geweest.

Plotseling gebeurde het.

'Langzamer.' Jack sprak met ingehouden spanning. 'Kijk dáár eens.'

Wat er aanvankelijk als eigenaardig-regelmatige rimpelingen op de zeebodem had uitgezien, nam nu, nadat Jack er een keer zijn waterjet op had gericht en een hoeveelheid slib had weggeblazen, een geheel andere vorm aan. Toen de slibdeeltjes weer waren neergedaald, zagen ze de brede openingen van twee enorme aardewerken kruiken, die naast elkaar staand tegen een lage steunmuur waren begraven. Een nieuwe stoot met de waterjet legde nog twee kruiken bloot, terwijl zo ver het oog reikte identieke rimpelingen zichtbaar waren.

'Dit is een opslagruimte, waarschijnlijk voor graan,' zei Jack. 'Net als de *pihoi* op Knossos. Alleen vierduizend jaar ouder.'

Plotseling doemde er een veel grotere vorm voor hen op, die hen de doorgang volkomen versperde. Een ogenblik lang leek het wel of ze bij de rand van de wereld waren aangekomen. Ze bevonden zich aan de voet van een enorme rots, die zich op dezelfde hoogte zowel naar links als rechts uitstrekte, maar waarvan het steile oppervlak doorsneden werd door richels en kloven – het had wel iets van een steengroeve weg. Toen zagen ze vreemde rechthoekige stukken die pikzwart waren, sommige op regelmatige afstand van elkaar en op dezelfde hoogte.

Verbijsterd beseften ze waar ze naar keken.

Het was een uitgestrekt samenraapsel van muren en platte daken, met hier en daar een raam of een deur, maar stuk voor stuk omhuld door een sluier van sediment. Het leek erg veel op het neolithische dorp, maar dan op een veel grotere schaal. De gebouwen waren vier of vijf verdiepingen hoog, terwijl de bovenste blokken slechts bereikt konden worden via terrassen die gelijktijdig als plat dak fungeerden, en die met trappen en ladders met elkaar verbonden waren.

Ze brachten hun Aquapods tot stilstand en keken vol ontzag toe, terwijl ze zichzelf moesten dwingen de beelden tot zich door te laten dringen, beelden die eerder aan de fantasie ontsproten leken dan aan de werkelijkheid.

'Het lijkt wel een enorm appartementencomplex,' merkte Costas vol verbazing op.

Jack kneep zijn ogen stevig dicht en deed ze toen weer open, en zijn ongeloof maakte plaats voor verbazing toen de slibdeeltjes die door de Aquapods in beweging waren gebracht langzaam maar zeker weer neerdwarrelden en overal om hen heen de onmiskenbare tekenen van menselijke inspanningen zichtbaar werden.

'De mensen klommen op het dak, om vervolgens via zo'n opening naar binnen te gaan.' Zijn hart ging als een waanzinnige tekeer en zijn mond was kurkdroog, maar toch dwong hij zichzelf te spreken op de emotieloze manier van een professionele archeoloog. 'Ik vermoed dat in elk van deze blokken een uitgebreide familie woonachtig was. En naarmate de familie groter werd bouwden ze er steeds een verdieping bij, zetten ze er gewoon een etage bovenop, waarbij ze eerst een houten frame maakten, om vervolgens lemen muren op te trekken.'

Toen ze langzaam hoogte wonnen zagen ze dat de huizenblokken doorsneden werden door een labyrint van steegjes die erg veel weg hadden van de middeleeuwse bazaars zoals die nog in het Midden-Oosten te vinden waren.

'Het moet hier vol handwerkslieden en handelaars hebben gezeten,' zei Jack. 'Het lijkt me stug dat al deze lieden boer zijn geweest. Het waren uitstekende pottenbakkers, timmerlieden en metaalbewerkers.'

Hij zweeg even, en tuurde door het plexiglas naar een bouwsel op de begane grond dat best weleens een winkel geweest zou kunnen zijn.

'Iemand uit deze nederzetting heeft die gouden schijf gemaakt.'

Enkele minuten lang passeerden ze alleen maar huizenblokken, allemaal van een plat dak voorzien, terwijl de donkere vensters, gevangen in de gloed van hun schijnwerpers, hen aanstaarden als niets ziende ogen. Ongeveer vijfhonderd meter oostelijk van de opslagruimte kwam er een abrupt einde aan de verzameling gebouwen. In de duisternis vóór hen konden ze nog een complex onderscheiden, misschien twintig meter verderop, en aan de voet ervan, een bredere ruimte die een regelmatiger vorm had dan de eerdere steegjes.

'Het is een weg,' zei Jack. 'Die loopt waarschijnlijk naar de vroegere kust. Laten we landinwaarts gaan en daarna onze oorspronkelijke koers volgen.'

Ze draaiden in zuidelijke richting en volgden de weg, die iets omhoog liep. Tweehonderd meter verderop werd hij gekruist door een andere weg die van het oosten naar het westen liep. Ze gingen de hoek om en volgden de weg in pal oostelijke richting, terwijl de Aquapods een hoogte van twintig meter aanhielden om uit de buurt van de aan beide zijden staande bebouwing te blijven.

'Buitengewoon,' zei Jack. 'Deze huizenblokken zijn door een regelmatig stratenraster van elkaar gescheiden, het allereerste uit de geschiedenis.'

'Iemand heeft deze nederzetting zorgvuldig gepland.'

De graftombe van Toetanchamon, het paleis van Knossos, de legendarische muren van Troje, al die gewijde archeologische ontdekkingen leken nu alledaags en gewoon, niet meer dan springplanken naar de wonderen die nu voor hen lagen.

'Atlantis,' fluisterde Costas. 'Een paar dagen geleden wenste ik niet eens te geloven dat het ooit bestaan had.' Hij keek naar de gestalte in de andere plexiglaskoepel, een paar meter verderop. 'Een bedankje zou er wat mij betreft wel af kunnen.'

Jack moest grinniken, ondanks het feit dat hij volledig in beslag werd genomen door de mythische beelden om hen heen.

'Oké. Je hebt ons naar de juiste plek geleid. Ik ben je een grote gin-tonic schuldig .'

'Die heb je me de laatste keer al gegeven.'

'Goed, een levenslange voorraad van dat spul dan.'

'Afgesproken.'

Enkele ogenblikken later waren aan beide kanten van de weg de gebouwen verdwenen en was er van de zeebodem niets meer te bekennen. Vijftig meter verderop was er op een nevel van slibdeeltjes na niets meer te zien.

'Mijn dieptemeter geeft aan dat de zeebodem hier bijna twintig meter lager ligt dan de weg,' riep Jack uit. 'Ik stel voor dat we ons laten zakken en dan teruggaan naar het punt waar de gebouwen uit het zicht verdwenen zijn.'

Ze leegden hun ballasttanks totdat de lichtbundels van hun schijnwerpers de zeebodem raakten. Die was vrij vlak en kaal, totaal anders dan het golvende oppervlak dat ze waren overgestoken op weg naar de westelijke rand van de stad.

Een paar minuten later waren ze terug op de plek waar ze de gebouwen voor het laatst hadden gezien. Recht voor hen uit bevond zich een helling die onder een hoek van vijfenveertig graden omhoog rees, en door liep tot de voet van de gebouwen en de daar eindigende straat.

Costas bracht zijn Aquapod nog wat verder naar voren, totdat zijn ballasttanks op de zeebodem rustten, vlak voordat de bodem omhoogliep. Hij richtte zijn waterjet op de helling, stootte een harde straal uit en keerde snel weer naast Jack terug.

'Precies wat ik dacht.'

Onder het weggespoten slib kwam een trapvormig terras bloot te liggen, een soort banken zoals er in theaters te vinden zijn. Tussen de vloer en de voorkant van het terras bevond zich een verticale muur van drie meter hoog.

'Dit is uit de bestaande rotsbodem gehakt,' zei Costas. 'Het is tufsteen, dacht je niet? Dezelfde donkere steen die in het oude Rome werd gebruikt. Licht van gewicht maar sterk, gemakkelijk uit te houwen. Terwijl het enorm sterk is.'

'Maar we hebben nog helemaal geen gebouwen gezien die uit steenblokken zijn opgetrokken,' protesteerde Jack.

'Er móeten hier in de buurt anders behoorlijk grote gebouwen te vinden zijn.'

Jack keek aandachtig naar de elementen recht voor hen. 'Dit is in elk geval aanzienlijk méér dan zomaar een steengroeve. Laten we die trapachtige richels volgen en kijken waar we uitkomen.'

Twintig minuten later hadden ze de drie zijden van een uitgestrekte, verzonken binnenplaats van bijna een kilometer lang en een halve kilometer breed verkend. Terwijl het stratenraster van de stad zich qua richting aan de oude kustlijn hield – de straten liepen er óf evenwijdig mee óf stonden er haaks op – lag de binnenplaats hier scheef tussenin, en wees in zuidoostelijke richting. Ze waren met de klok mee eromheen gevaren en bevonden zich nu bij de zuidoostkant, tegenover het punt waar ze waren begonnen. Hoog boven hen volgden de gebouwen en de weg hetzelfde raster als aan de andere kant van de binnenplaats.

'Het lijkt wel een stadion,' mompelde Costas. 'Ik kan me herinneren dat ik op Kreta bij paleizen dit soort binnenplaatsen weleens heb gezien. Daar werden ze voor stierengevechten, offerdiensten en andere rituelen gebruikt.'

'Die Minoïsche binnenplaatsen waren kleiner,' reageerde Jack. 'Zelfs de arena van het Colosseum in Rome heeft maar een doorsnede van tachtig meter. Dit is enórm.' Hij dacht een ogenblik na. 'Het is maar een vermoeden, maar voor we verdergaan zou ik eerst graag het midden van deze ruimte willen zien.'

Costas knikte instemmend vanuit zijn koepel.

Een pal westelijke koers volgend zweefden ze over het uitgestrekte terrein. Na ongeveer honderdvijftig meter kwamen ze tot stilstand. Recht voor hen uit bevond zich een grote, onder het slib zittende steenmassa, waarvan de vorm onregelmatig was en in niets leek op de omgrenzing van de binnenplaats.

Costas activeerde zijn waterjet en richtte op het rotsachtige oppervlak, waarna zijn koepel volledig door slibdeeltjes aan het oog werd onttrokken. Enkele ogenblikken later klonk zijn stem door de intercom.

'Het is een stuk rots dat is blijven staan, terwijl de rest hier werd uitgehouwen.'

Jack voer langzaam in zuidoostelijke richting, en bleek een uitloper van het rotsblok te volgen die zo'n twintig meter lang was. Die eindigde in een ronde richel met een doorsnede van een meter of vijf en een hoogte van ongeveer twee meter. Toen Jack met zijn waterjet het oppervlak had schoongespoten, zodat de rots zelf te zien was, kwam Costas naar hem toe gegleden.

Ze staarden als aan de grond genageld naar de zichtbaar geworden vorm, terwijl hun verstand datgene wat er voor hen lag probeerde te bevatten.

'Mijn god...' prevelde Jack.

'Het is een *klauw*,' fluisterde Costas.

'De klauw van een leeuw.' Jack slaagde erin zichzelf weer enigszins onder controle te krijgen. 'Dit moet een reusachtig standbeeld zijn, een beeld van minstens honderd meter lang en dertig meter hoog.'

'Denk jij hetzelfde als ik?'

'Een sfinx.'

Een ogenblik lang staarden de twee mannen elkaar vanuit hun koepels vol verbijstering aan. Uiteindelijk klonk Costas' krakende stem door de intercom. 'Het lijkt ongelooflijk, maar volgens mij is hier van alles mogelijk. Wat zich daarboven ook mag bevinden, het ligt een heel eind verwijderd van het punt waar we zijn binnengekomen. Ik ga het eens wat beter bekijken.'

Jack bleef waar hij was, terwijl Costas omhoog zweefde, langzaam hoogte winnend tot er na een tijdje alleen nog maar een zwakke lichtcirkel te zien was. Vlak voordat hij definitief uit het zicht dreigde te verdwijnen kwam hij een meter of dertig boven de zeebodem abrupt tot stilstand.

Jack wachtte gespannen af tot Costas zich zou melden. Na ruim een minuut hield hij het niet meer uit.

'Wat zie je?'

De stem die hij hoorde klonk op een vreemde manier beheerst.

'Help me eens een handje. Een sfinx heeft toch het lichaam van een leeuw met daarbovenop een mensenhoofd, toch?'

'Ja, zo ziet een sfinx eruit.'

'Nou, dan moet je deze variant eens bekijken.'

Costas zette zijn schijnwerpers op vol vermogen. Het beeld dat daar in de hoogte zichtbaar werd was ontzagwekkend en angstaanjagend, het soort beeld waarmee je uitsluitend in je nachtmerries wordt geconfronteerd. Het leek wel of tijdens een stormachtige nacht een bliksemflits een enorm, hoog boven hen uittorenend beest zichtbaar maakte, waarvan de gelaatstrekken scherp afstaken in het spookachtige waas dat tussen de voortjagende wolkenbanken te voorschijn kolkte.

Jack staarde verbijsterd omhoog, nauwelijks in staat het beeld in zich op te nemen, een beeld waar al hun jarenlange archeologische ervaring en het feit dat ze al talloze belangwekkende vondsten hadden gedaan, hun nooit op had kunnen voorbereiden.

Het was de enorme kop van een stier, waarvan de gigantische hoorns schuin omhoog staken, tot buiten het bereik van de schijnwerpers, de bek half open, alsof hij op het punt stond zijn kop naar beneden te draaien en met zijn hoef over de grond te schrapen, klaar om het volgende moment tot de aanval over te gaan.

Na iets dat wel een eeuwigheid leek draaide Costas zijn Aquapod iets naar beneden en liet het lichtschijnsel langs de hals van het dier glijden, zodat ze konden zien waar de stierenkop in het leeuwenlichaam zou overgaan.

'Het is uit bestaande rots gehouwen, basalt, zo te zien,' zei hij. 'De hoorns steken minimaal tien meter boven de bebouwing uit. Dit moet ooit een naar voren springende lavarichel zijn geweest, toen dat spul richting zee stroomde.'

Hij liet zich snel zakken en even later voegde hij zich weer bij Jack.

'Het ligt recht tegenover de vulkaan,' vervolgde hij. 'Dat verklaart ook de vreemde hoek waaronder deze binnenplaats is aangelegd. Die ligt in het verlengde van de twee toppen, en loopt daardoor niet evenwijdig met de kust, terwijl dat wat het stratenpatroon betreft veel praktischer geweest zou zijn'

Jack had onmiddellijk door hoe belangrijk Costas' woorden waren.

'En de opkomende zon moet op een gegeven moment gelijktijdig tussen de hoorns én de twee toppen door hebben geschenen,' zei hij. 'Het moet een aanblik zijn geweest die zelfs de antieke mens zich in zijn wildste fantasieën over de verloren wereld van Atlantis nauwelijks kon voorstellen.'

De twee Aquapods gleden langzaam over de balustrade, waarbij hun waterjets, naarmate ze de vloer van de binnenplaats achter zich lieten, een wervelstorm van slibdeeltjes veroorzaakten. De hoog oprijzende vorm van de gigantische stiersfinx werd door de duisternis achter hen opgeslokt, maar het beeld van de kolossale kop met zijn omhoog gedraaide hoorns had zich voor altijd in hun hoofd vastgezet.

De zuidoostelijke omheining was hoger dan de rest, en stak minimaal tien meter boven het plein uit.

'Het is een trap,' zei Jack. 'Een grootse entree tot de binnenplaats.'

De twee Aquapods draaiden allebei een andere kant uit, Jack naar links en Costas naar rechts. Even later zagen ze elkaar nauwelijks meer, waren ze niet meer dan een geel vlekje in het halfduister. Boven aan de trap bevond zich een brede boulevard, en hun waterjets legden even later het glimmend witte oppervlak daarvan bloot.

'Het lijkt wel marmer.'

'Ik had geen flauw idee dat de mensen dit soort steen zó vroeg al uithakten.' Costas was al erg onder de indruk van het formaat van de binnenplaats geweest, en nu zag hij ook nog dat er van losse stenen gebruik was gemaakt. 'Ik dacht dat de Egyptenaren de eersten waren die stenen hebben uitgehouwd.'

'Jagers uit de steentijd groeven naar vuursteen om daar gereedschap van te maken, maar dit hier zijn de eerste aanwijzingen dat er met grote nauwkeurigheid stukken steen zijn uitgehakt. Dit hier is minstens tweeduizend jaar ouder dan de eerste Egyptische steengroeven.'

In stilte gingen ze verder, niet in staat de enormiteit van hun ontdekking te bevatten. In beweging gebrachte fosforescerende deeltjes kolkten in een soort condensspoor achter hen aan. De weg lag onder dezelfde hoek als de binnenplaats, en liep dan ook van de woeste blik van de stiersfinx rechtstreeks naar de voet van de vulkaan.

'Rechts van mij zie ik bouwsels,' kondigde Costas aan. 'Sokkels, pilaren, zuilen. Ik passeer er net een die vierkant van vorm is, en ongeveer twee meter breed. Hij steekt een heel eind omhoog, en de top ervan is dan ook niet te zien. Het zou me niet verbazen als dit een obelisk was.'

'Ik zie hier hetzelfde,' zei Jack. 'Ze zijn symmetrisch geplaatst, precies zoals op de tempelterreinen in Luxor en Karnak.'

De schijnwerpers lieten aan beide kanten van de processieweg een opeenvolging van spookachtige vormen zien, terwijl er steeds weer nieuwe bouwsels opdoemden, om het volgende moment als fantomen die je heel even tijdens een zandstorm hebt mogen aanschouwen weer te verdwijnen. Ze zagen altaren en sokkels, met dierenkoppen getooide beelden en de uitgehouwen ledematen van schepsels die té bizar waren om te worden herkend. Beide mannen begonnen een tikkeltje nerveus te worden, alsof ze door deze lonkende wachters naar een wereld werden gelokt die hun begrip te boven ging.

'Het lijkt de ingang tot de onderwereld wel,' mompelde Costas.

Ze liepen spitsroeden tussen de spookachtige rijen beelden door; er ging een dreiging vanuit, alsof Costas' en Jacks aanwezigheid in dit rijk waar beelden het duizenden jaren alleen voor het zeggen hadden gehad, bepaald niet gewaardeerd werd.

Even later verdwenen de lichte slibdeeltjes toen de brede boulevard abrupt eindigde bij twee grote gebouwen met daartussenin een centrale gaanderij. Die was een meter of tien breed, ongeveer de helft smaller dan de boulevard, en was van lage treden voorzien, die min of meer te vergelijken waren met de treden bij de binnenplaats.

'Ik zie rechthoekige blokken, elk vier, vijf meter lang en misschien twee meter hoog.' Costas klonk plotseling opgetogen. 'Al die uitgehouwen blokken zijn hier naartoe gegaan!' Bij de toegang tot de centrale gaanderij hield hij halt en gebruikte zijn waterjet om de slibdeeltjes van het onderste deel van de muur te spuiten. Hij draaide zijn op afstand bedienbare schijnwerpers zodanig omhoog dat ze langs het bouwwerk schenen.

Jack was ongeveer tien meter van Costas verwijderd, en toen hij zijn kant uit keek zag hij het vertrouwde gezicht in de plexiglas koepel.

'Nu is het mijn beurt om op verkenning te gaan.'

Jack liet wat water ontsnappen en ging omhoog, maar in plaats van langzaam te stijgen, verdween hij abrupt over een niet al te hoge richel uit het zicht.

Enkele minuten later was zijn krakende stem over de intercom te horen.

'Costas. Ontvang je mij? Dit is ongelóóflijk!'

'Wat zie je?'

Even was het stil. 'Denk aan de mooiste monumenten van het oude Egypte.' Jacks Aquapod verscheen weer bij de ingang van de gaanderij.

'Toch geen piramide?'

'Je slaat de spijker op z'n kop.'

'Maar piramides hebben schuin aflopende hellingen. Deze zijn verticaal.'

'Wat je ziet is de basis van een enorm bordes,' legde Jack uit. 'Ongeveer tien meter boven ons verandert het in een platform van tien meter breed. Daarboven bevindt zich nog een terras met dezelfde afmetingen, en dan nog een, enzovoort. Ik ben deze kant helemaal langs geweest en zag toen dat het terras aan de zuidoostkant doorloopt. Het is hetzelfde basisontwerp als de eerste Egyptische piramiden, de trappiramiden uit de eerste helft van het derde millennium.'

'Hoe groot is hij?'

'Dat is het verschil. Deze is enorm, lijkt wat dat betreft wel wat op de Grote Piramide van Gizeh. Ik schat dat hij aan de basis zo'n honderdvijftig meter breed is, en zo'n tachtig meter hoog, tot ruim halverwege de waterspiegel. Het is ongelooflijk. Dit moet zo'n beetje het oudste en grootste uit losse stenen samengestelde bouwwerk ter wereld zijn.'

'En aan mijn kant?'

'Identiek. Een tweetal reusachtige piramiden die het einde van de processieroute markeren. Ik denk dat daarachter een of andere tempel of een gravencomplex ligt, misschien wel uitgehakt in de helling van de vulkaan.'

Costas activeerde zijn navigatiecomputer, die als het vizier van een jachtvlieger vlak voor hem uit de bedieningsconsole omhoogkwam. Jack keek naar beneden terwijl het radiopulsmodem hetzelfde beeld op zijn scherm deed verschijnen.

'Een recentelijk openbaar gemaakte hydrografische kaart,' legde Costas uit. 'Vervaardigd door de bemanning van een Brits opnemingsvaartuig, waarmee direct na de geallieerde overwinning op het Ottomaanse Rijk, na het einde van de Eerste Wereldoorlog, handmatige dieptemetingen zijn uitgevoerd. Helaas had de Royal Navy nauwelijks gelegenheid om door te gaan met hun onderzoek, want kort daarna viel het gebied onder jurisdictie van de Turkse republiek, terwijl daarna de Zwarte Zee op effectieve manier door de sovjetmarine werd afgegrendeld. Het is de meest gedetailleerde kaart waarover we beschikken, maar omdat hij een schaal heeft van 1:50.000, laat hij slechts de globale dieptelijnen zien.'

'Wat wil je hiermee zeggen?'

'Kijk eens goed naar het eiland.' Costas tikte een commando in en het volgende moment was er een close-up te zien. 'De enige onregelmatigheden die groot genoeg waren om bij het in kaart brengen van de bodem zichtbaar gemaakt te worden, waren die twee onderzeese bergtoppen die aan de noordwestkant van het eiland lagen. Op een vreemde, symmetrische manier, vind je niet?'

'De piramiden!' Er verscheen een brede grijns op Jacks gezicht. 'Nou, daar gaan we met ons speurderswerk. Blijkt Atlantis al meer dan tachtig jaar op een kaart aangegeven te staan!'

Ze bewogen zich langzaam voort over het midden van de brede doorgang, waarbij de hoog op torenende piramiden met hun indrukwekkende, perfect in elkaar passende losse stenen ondanks het halfduister nog net links en rechts te zien waren. Zoals Jack al had vermoed, was de basis zo'n honderdvijftig meter lang, hoewel de traptreden voor hen tot in het duister doorliepen.

Het enige geluid dat te horen was terwijl ze voortkropen was het snorren van de waterjets, die ervoor zorgden dat ze constant op een hoogte van één meter boven de zeebodem bleven.

'Kijk uit!'

Er was plotseling beroering en er klonk gedempt gevloek. Een fractie van een seconde lang was Costas' aandacht afgeleid geweest en was hij op een obstakel recht voor hem gebotst.

'Alles goed met je?' Jack had vijf meter achter hem gevaren, maar bevond zich nu weer naast hem, en probeerde bezorgd tussen de woest opdwarrelende slibdeeltjes door te kijken.

'Zo te zien geen schade opgelopen,' reageerde Costas. 'Gelukkig hadden we maar een slakkengangetje.'

Routinematig controleerde hij of zijn robotarm en schijnwerpers het nog deden, en liet zijn Aquapod vervolgens weer een paar meter naar achteren glijden.

'Regel nummer één bij het je voortbewegen: kijk altijd goed waar je naartoe gaat,' merkte Jack op.

'Hartelijk dank voor de goede raad.'

'Waar knalde je eigenlijk tegenaan?'

Ze deden hun best tussen de slibdeeltjes door te kijken. De opgeworpen smurrie verminderde het zicht tot minder dan een meter, maar toen het sediment langzaam maar zeker weer ging liggen, zagen ze recht voor hen een curieuze vorm.

'Het ziet eruit als een iets te grote badkamerspiegel,' zei Costas.

Het was een enorme schijf, met een diameter van misschien wel vijf meter, die op een twee meter hoge sokkel stond.

'Laten we eens kijken of er inscripties op staan,' stelde Jack voor. 'Als jij dat bezinksel wegblaast, ga ik erboven hangen om te kijken of er iets te zien is.'

Costas maakte een metalen handschoen van zijn instrumentenpaneel los, stak zijn linkerarm erin en kromde zijn vingers. De robotarm aan de voorzijde van de Aquapod deed zijn bewegingen precies na. Hij bracht de arm naar beneden, tot aan de inlaten van zijn waterjets, die vóór het onderstel uitstaken, en zocht een buisje ter grootte van een potlood uit. Nadat hij de waterjet had geactiveerd, begon hij de schijf methodisch schoon te maken, waarbij hij vanuit het midden van de spiegel naar de rand werkte en op het stuk steen steeds groter wordende cirkels trok.

'Het is fijnkorrelige rots.' De stem kwam uit een gele stralenkrans, het enige dat Jack in het slib onder hem nog van Costas kon zien. 'Graniet of brecchia, identiek aan het Egyptische porfier. Alleen zitten hier groenachtige vlekjes in, net als bij het *lapis lacedaemonia* in Sparta. Het moet uit een plaatselijke marmergroeve afkomstig zijn die later onder water is komen te liggen.'

'Zie je inscripties?'

'Ik zie een stuk of wat rechte groeven.'

Costas bewoog zich kalm wat naar achteren en zweefde even later naast Jack. Nadat de slibdeeltjes waren gaan liggen was het hele patroon te zien.

Jack liet een vreugdekreet horen. *'Yés!'*

De steenhouwer had met geometrische precisie een complex patroon horizontale en verticale groeven in het gladde oppervlak aangebracht. In het midden bevond zich een symbool dat wel iets op de hoofdletter H leek, waarbij aan de dwarsbalk een verticaal lijntje hing, terwijl er aan beide zijkanten een stuk of wat korte, horizontale lijntjes waren aangebracht, zodat ze wel iets weg hadden van een hark.

Jack reikte met zijn vrije hand in zijn pak en stak even later triomfantelijk een elektrolytische kopie van de gouden schijf omhoog, zodat Costas hem goed kon zien. Het was een exacte replica, door middel van lasertechnieken gemaakt in het museum in Carthago, waar het origineel veilig en wel in de museumkluis zat opgeborgen. De kopie was met een helikopter naar de *Sea Venture* overgebracht, en was daar iets eerder aangekomen dan zijzelf.

'Meegenomen voor het geval dát,' zei Jack.

'*Atlantis*.' Costas keek Jack breed lachend aan.

'Dit moet de toegang hebben gemarkeerd.' Jack was opgetogen, maar keek zijn vriend vastbesloten aan. 'We moeten opschieten. Deze verkenningstocht duurt al langer dan we hadden gepland en de *Seaquest* zit waarschijnlijk te wachten tot we contact met haar opnemen.'

Ze accelereerden en schoten aan beide kanten van de stenen schijf schuin omhoog, maar minderden vrijwel onmiddellijk weer vaart omdat de helling hier scherp oprees. De passage versmalde zich tot een steile trap die niet veel breder was dan de twee Aquapods. Terwijl ze erlangs omhooggingen konden ze links en rechts nog net de duizelingwekkende rotshellingen van de vulkaan onderscheiden.

Costas richtte zijn schijnwerpers omhoog en tuurde gespannen voor zich uit, zijn botsing van een paar minuten geleden nog vers in zijn geheugen. Nadat ze nog maar een paar treden waren gestegen, zei hij: 'Er is hier iets vreemds aan de hand.'

Jack concentreerde zich op een serie dierenkoppen die aan zijn kant van de trap waren uitgehouwen. Bij elke trede bevond zich een identiek reliëf, en de dieren leken op weg naar boven, leken Costas aan te moedigen. Op het eerste gezicht zagen ze eruit als de grommende leeuwen uit de Soemerische en Egyptische kunst, maar toen hij wat beter keek zag hij tot zijn verbijstering dat ze enorme slagtanden hadden, net als de sabeltijgers uit de ijstijd. Er is zoveel om vol verbazing naar te bekijken, zoveel wat je tot je door moet laten dringen, bedacht hij.

'Wat is er?' vroeg hij.

Costas' stem klonk onzeker. 'Boven ons is het ongelooflijk donker, pikdonker bijna. We zijn gestegen tot honderd meter onder de zeespiegel en eigenlijk zouden we nu wat meer van het daglicht moeten merken. Het zou lichter moeten worden, niet donkerder. Misschien is het een overhangend stuk rots. Ik stel voor dat we... Stop!' schreeuwde hij plotseling.

De Aquapods kwamen slechts enkele centimeters vóór het obstakel tot stilstand.

'Jezus.' Costas ademde luidruchtig uit. 'Het overkwam me bijna wéér.'

De twee mannen keken met open mond verbijsterd toe. Boven hen doemde een kolossaal iets op, dat zich zo ver ze konden zien naar links en rechts uitstrekte. Het lag dwars op de trap, blokkeerde hun de doorgang, terwijl het tegelijkertijd een eventueel aanwezige ingang aan het oog onttrok.

'Mijn god,' riep Jack uit. 'Ik zie klinknagels. *Het is een scheepswrak.*'

Het duizelde hem toen hij van de vroegste oudheid weer terug in het heden werd geslingerd, naar iets wat na alles wat ze hadden gezien één grote godslastering leek.

'Het moet tussen de piramiden en de vulkaan klem zijn komen zitten.'

'Dat hebben we nou net nodig,' zei Jack gelaten. 'Naar alle waarschijnlijkheid uit de Eerste of Tweede Wereldoorlog afkomstig. In de Zwarte Zee liggen nog heel wat ongemarkeerde wrakken van schepen die door onderzeeboten tot zinken zijn gebracht.'

'Ik heb geen prettig gevoel bij dit wrak.' Costas had zijn Aquapod iets omhoog gebracht en hing nu boven de ronding van de romp. 'Ik zie je straks weer.'

Hij draaide naar links, tot hij bijna uit het zicht was, keerde om en kwam onmiddellijk weer terug, waarbij hij zijn schijnwerpers op de donkere massa richtte. Jack vroeg zich af hoeveel schade er was aangericht, hoeveel kostbare tijd er nodig zou zijn om dit nieuwe, onwelkome obstakel te overwinnen.

'Nou, wat is het voor iets?'

Costas kwam weer naast hem hangen en sprak langzaam, zijn stem een mengeling van bezorgdheid en nauwelijks onderdrukte opwinding.

'Je kunt Atlantis eventjes vergeten. We zijn zojuist op een Russische kernonderzeeër gestoten.'

13

'Het is een door een kernreactor aangedreven aanvalsonderzeeër uit de *Akula*-klasse. Ik ben er heilig van overtuigd dat het de *Kazbek* is, de boot die in 1991 in dit gebied verdwenen is.' York stond over de schermen op de brugconsole van de *Seaquest* gebogen, terwijl zijn ogen heen en weer schoten van het sonarbeeld dat ze na een ROV-verkenning naar het wrak net hadden binnengekregen, en uitgebreide specificaties die ze zojuist uit de IMU-database hadden gedownload, een gegevensbestand waarin nagenoeg alle bijzonderheden over marineschepen van de voormalige Sovjet-Unie te vinden waren.

Jack en Costas waren nog geen uur geleden met hun Aquapods teruggekeerd, en waren onmiddellijk met York en Howe in conclaaf gegaan. De storm die zich al de hele ochtend aan het ontwikkelen was, deed zich steeds meer gelden, en Howe had het waterballast-trimsysteen geactiveerd dat het schip zo stabiel mogelijk moest houden. Het was een onheilspellende ontwikkeling die Jacks verlangen om zo snel mogelijk weer onderwater te verdwijnen alleen maar verder aanwakkerde, en alle beschikbare bemanningsleden stonden nu rond de console geschaard in een poging het probleem op te lossen van de sinistere aanwezigheid die nu op de zeebodem hun pad blokkeerde.

'*Akula* is de NAVO-codenaam waarmee de hele klasse wordt aangeduid, en is het Russische woord voor haai. *Kazbek* is de individuele naam van de onderzeeër, die naar de hoogste berg in het centrale deel van de Kaukasus is vernoemd.' Katya liep naar de console en gaf Jack glimlachend een beker koffie. 'De Sovjet-aanduiding was Project 971.'

'Hoe weet je dat allemaal?'

Die vraag werd gesteld door een wetenschapper die Lanowski heette en in Trabzon aan boord van de *Seaquest* was gekomen. Hij had sluik haar en een bril met dikke glazen, en keek Katya met nauwelijks verholen minachting aan.

'Voordat ik ging studeren heb ik mijn dienstplicht vervuld bij de Russische marine, waar ik bij het Directoraat Inlichtingen als analist bij de Onderzeebootdienst werkzaam ben geweest.'

De wetenschapper frunnikte wat aan zijn bril en deed er verder het zwijgen toe.

'Wij beschouwden dit type als de beste algemeen inzetbare aanvalsonderzeeër waarover we beschikten, het equivalent van de Amerikaanse *Los Angeles*- klasse,' voegde ze eraan toe. 'Met de bouw van de *Kazbek* werd begonnen in 1988, op een werf in Komsomolsk aan de Amoer, en het vaartuig werd in 1991 in dienst gesteld. Het beschikte, in tegenstelling met wat de westerse inlichtingendiensten dachten, over slechts één reactor. Het was uitgerust met vier 650mm- en zes 533mm-lanceerbuizen, geschikt voor een heel scala aan wapens, waaronder kruisraketten.'

'Maar hij heeft geen kernkoppen aan boord,' zei York resoluut. 'Dit is geen boot die voor ballistische raketten geschikt is. Daarom vind ik het zo vreemd dat de Russen steeds hun uiterste best hebben gedaan het verdwijnen van deze boot geheim te houden. Het overgrote deel van de aan boord gebruikte technologie was ons al bekend, aangezien het type al halverwege de jaren tachtig operationeel is geworden. Vlak voordat ik bij de Royal Navy ben weggegaan heb ik in het kader van de overeenkomst betreffende de strategische wapenbeheersing een bezoek afgelegd aan een onderzeebootbasis van de Noordelijke Vloot in Yagel'naya, in de buurt van Moermansk, waar we een rondleiding kregen in het laatste type *Akula*. We hebben toen alles gezien, op de reactorruimte en de tactische commandocentrale na.'

'Een IMU-team heeft twee jaar geleden tijdens de grote schoonmaak in Vladivostok een *Akula I* gedeactiveerd,' voegde Costas eraan toe. 'Ik heb die boot persoonlijk stukje bij beetje uit elkaar gehaald.'

Een van de bemanningsleden nam het woord. 'Wat is er precies met de *Kazbek* gebeurd? Problemen met de reactor?'

'Toentertijd waren we daar bang voor.' Mustafa Alközen deed een stapje naar voren. 'Een meltdown zou binnen de kortste keren tot het grootschalig lekken van straling hebben geleid, waarbij de gehele bemanning de dood zou hebben gevonden en de zee tot mijlen in de omtrek gecontamineerd was geraakt. Maar de Turkse waarschuwingssensoren hebben in hun territoriale wateren geen abnormaal hoge straling kunnen ontdekken.'

'Problemen met de reactor leiden trouwens zelden tot een meltdown,' zei York. 'In feite wordt in zo'n geval de stralingsuitstoot zelfs mínder. En dat hoeft van zo'n boot het einde nog niet te betekenen. Als de kern niet kan worden gereactiveerd, zijn er nog altijd reservediesels die voor voortstuwingsvermogen kunnen zorgen.'

'Dat wat we straks gaan zien geeft op deze vraag wellicht antwoord.' Costas wees op de videomonitor boven de console, waar beelden die door zijn Aquapod op de zeebodem waren gemaakt momenteel werden gedownload. Hij hanteerde de afstandsbediening en spoelde snel door langs buitengewone beelden van de stiersfinx en de piramiden, tot een punt waar de vormen minder duidelijk werden. Hij liet de band stoppen bij een massa verwrongen metaal, waarbij het wrak oplichtte in een geel schijnsel, veroorzaakt door de in het water zwevende sedimentdeeltjes die het licht van de schijnwerpers weerkaatsten.

'De achtersteven,' zei Costas simpelweg. 'De schroef, of wat ervan over is. De zeven bladen zijn nog intact, maar de schroef zelf is bij de as afgebroken. Die wrakstukken op de voorgrond zijn resten van de onderste stabilisatievin, terwijl daarboven de karakteristieke staartvin van schepen uit de *Akula*-klasse te zien is.'

'Dat moet een behoorlijke klap zijn geweest,' merkte een bemanningslid op.

'Voor we naar de oppervlakte zijn teruggegaan hebben we eerst de oostelijke piramide nog even bekeken,' vervolgde Costas. 'Het metselwerk langs de hoek die tegenover de vulkaan ligt is behoorlijk beschadigd. We denken dat de onderzeeër met een vaart van ruim dertig knopen – haar topsnelheid – een zuidwestelijke koers volgde en deze bouwsels te laat zag om nog uit te kunnen wijken. Door naar bakboord uit te wijken wisten ze nog net te voorkomen dat ze er frontaal tegenaan zouden botsen, maar daarbij raakte de achtersteven nog net de piramide, en het resultaat daarvan zien jullie hier. De onderzeeër schoot nog een meter of honderd door, waarna de boeg klem kwam te zitten in een sleuf vlak vóór de trap. Daarna zonk ze rechtstandig, tussen de piramide en de vulkaan in.'

'Niet te geloven,' zei York. 'Het is toch regelrechte waanzin om met zo'n snelheid zo dicht in de buurt van een eiland te komen, in een gebied dat ook nog eens erg slecht in kaart is gebracht.'

'Er is iets ongelooflijk fout gegaan,' was Costas het met hem eens.

'Voor zover we kunnen zien heeft niemand het overleefd,' vervolgde York.

'Maar toch moet, zelfs op een diepte van honderd meter, de bemanning een kans hebben gehad, tenminste, als ze de sovjetversie van het Steinkereddingsvest, met kap en beademingsapparatuur aan boord hebben gehad. Zelf één enkel in het water drijvend lichaam zou dan door een verkenningssatelliet zijn opgemerkt, want in de kap van zo'n Steinke-pak zit een miniatuurzendertje gemonteerd. Waarom hebben ze geen SLOT-boei naar boven gestuurd?' De afkorting SLOT stond voor *submarine-launched one-way transmitter*, een door een onderzeeboot uitgestoten boei met daarin een simpele zender die een noodsignaal uitzendt. 'En de romp is nóg verbazingwekkender. Je zegt dat de buitenkant schade heeft opgelopen, maar in het druklichaam zijn nergens gaten te ontdekken. Waarom hebben ze de ballasttanks niet leeggepompt? De romp van een *Akula* is dubbelwandig, en het vaartuig beschikt over drie keer zoveel reservedrijfvermogen als een enkelwandige boot.'

'Allemaal prima vragen.' Jack kwam uit de schaduw te voorschijn waarin hij kalm had staan luisteren. 'En ik ga ervan uit dat we de antwoorden erop vroeg of laat vinden. Maar we moeten wél ons einddoel in het oog houden, want veel tijd hebben we niet meer.'

Hij liep naar voren, ging naast Costas staan en liet zijn blik strak langs de gezichten vóór hem glijden.

'We zijn hier om het hart van Atlantis op te sporen, niet om de Koude Oorlog weer nieuw leven in te blazen. We denken dat de tekst ons naar de binnenkant van die vulkaan zal leiden, waarbij de processieroute ons van de stiersfinx naar het een of ander heiligdom zal voeren. De trap loopt onder de onderzeeboot door, maar gaat vervolgens niet verder. Dat hebben we gecontroleerd.'

Hij zette zijn handen in zijn zij.

'Ons doel ligt onder een metalen cilinder die honderdtachtig meter lang is en negenduizend ton weegt. We zullen ervan moeten uitgaan dat we de ballasttanks niet leeg kunnen blazen. Zelfs als we over apparatuur zouden beschikken waarmee we die onderzeeboot van zijn plaats kunnen krijgen, dan nog zouden onze activiteiten aan de oppervlakte onmiddellijk te zien zijn en zouden we binnen de kortste keren met de Russen worden geconfronteerd. Elke poging om er hulp van buiten bij te halen zal tot gevolg hebben dat we het initiatief uit handen geven. Atlantis zou open en bloot komen te liggen voor Aslan en zijn plunderaars. De beelden van deze uiterst belangrijke plek die jullie zojuist hebben gezien, zouden dan weleens de laatste kunnen zijn.'

Hij zweeg even en toen hij opnieuw sprak, deed hij dat langzaam en nadrukkelijk.

'We hebben slechts één enkele keuze. We gaan er naar binnen, ook al moeten we ons daarvoor een weg dwars door de rotswand hakken.'

'Diepte vijfenzeventig meter, en dalend. We kunnen nu elk moment wat gaan zien.'

Katya tuurde door het ronde venster van plexiglas dat zich links van haar bevond. Wat aanvankelijk een ondoordringbaar duister had geleken, veranderde geleidelijk aan in een onderzees landschap vol indrukwekkende vormen en schaduwen. Plotseling doemde in al haar ontzagwekkende grootsheid de donkere romp van de gezonken onderzeeër voor hen op.

Costas haalde de stuurkolom iets naar zich toe en draaide zich naar zijn copiloot om. 'Jack, zorg ervoor dat je klaar staat met het landingsgestel. Bereid je voor op een schok.'

Katya zat naast twee bemanningsleden en een grote hoeveelheid apparatuur in het middendeel van de DSRV-4, het onderwaterreddingsvaartuig dat zich standaard aan boord van alle IMU-schepen van de *Sea*-klasse bevond. In de vloer vlak voor hen bevond zich een universeel koppelmechanisme dat kon worden vastgezet op nagenoeg elk ontsnappingsluik van nagenoeg elke onderzeeër, waardoor in de val zittende zeelieden in ploegjes van acht of tien man in veiligheid konden worden gebracht. Een van de bemanningsleden had net de laatste aanpassingen aan de koppelkraag verricht, zodat hij ook op het ontsnappingsluik van een Russische atoomonderzeeër zou passen.

Twintig minuten daarvoor hadden ze een laatste glimp van de *Seaquest* opgevangen, vlak voordat haar steeds vager wordende silhouet in de turbulente golven boven hen was opgelost.

'We zitten nu op ongeveer honderdtachtig graden, pal zuid dus. Ik daal af tot vijfennegentig meter.'

Er klonk een gedempte dreun toen ze op het voordek van de onderzeeboot tot stilstand kwamen. Recht voor hen doemde de grote commandotoren op, waarvan de periscoop en een stuk of wat antennes boven de donkere patrijspoorten in de brug, in het licht van de schijnwerpers nog net te zien waren. Ze hadden voor het eerst enig besef van de gigantische afmetingen van de onderzeeboot: qua tonnage was hij bijna twee keer zo groot als de *Seaquest*, en het vaartuig was even lang als een voetbalveld.

Costas keek Jack eens aan. 'De *Akula*-klasse was de meest geruisloze onderzeeër die de sovjets ooit hebben gebouwd. Hij is van een buitenlaag voorzien die geen echo's terugkaatst, dunne rubbertegels die op de buitenwand zijn aangebracht en zodanig in elkaar zitten dat ze actieve sonarpulsen absorberen. Daarom hoorden we toen we landden alleen maar een doffe dreun. We hebben op die manier trouwens ook een betere greep op de romp, omdat er hydraulische zuignappen aan ons landingsgestel zitten.'

Hij bracht de stuurkolom iets naar voren en de DSRV stuiterde een paar meter dichter naar de commandotoren. Toen ze weer op het dek stonden zagen ze de ontsnappingskoker.

'Precies zoals York al vermoedde. Die koker zit dicht en is nog geborgd.

Als iemand had geprobeerd te ontsnappen, zou hij open hebben gestaan.'

Costas had berekend dat de eeuwenoude trap ergens onder de torpedoruimte in het neusgedeelte van de onderzeeër moest zitten, waardoor het voorste ontsnappingsluik het dichtstbijzijnde punt was waar ze het vaartuig zouden kunnen binnengaan. Katya had uitgelegd dat zelfs bij een vermoeden van een noodsituatie de reactorruimte automatisch werd afgesloten van de operationele ruimtes in het voorschip, waardoor het onmogelijk werd om via het achterste luik de torpedoruimte te betreden.

'Recht naar voren.'

Om de DSRV met het luik op te lijnen maakte Costas gebruik van het digitale navigatiedisplay. Enkele ogenblikken later klonk er een voldoening gevende bons toen de koppelring over het ontsnappingsluik viel. Hij schakelde de navigatie-instrumenten uit en klapte vier hendels omhoog die aan beide zijden van de joystick zaten, waardoor de DSRV op het dek zakte, en activeerde de stabilisatiepoten met de zuignappen.

'We zitten vast. De koppelring is geborgd.'

Hij maakte zijn stoelriem los en draaide zich naar Katya en de twee bemanningsleden om.

'Laten we de gang van zaken nog één keer doornemen. Volgens de dieppenetratiesonar aan boord van de ROV zou het voorste gedeelte van de onderzeeër nog waterdicht moeten zijn. Over de rest bestaat onzekerheid, aangezien een groot gedeelte van de ruimte in beslag wordt genomen door de reactor en andere apparatuur, maar voor hetzelfde geld is de boel daar ook droog.'

Hij kroop, gevolgd door Jack, naar het koppelmechanisme.

'Hier recht beneden zit de voorste ontsnappingskoker,' vervolgde hij. 'Bij een zogenaamde "natte ontsnapping" klimmen de bemanningsleden in de kamer en trekken daar hun reddingspak met zuurstofautomaat aan. Daarna gaat het onderste luik dicht, de koker vult zich met water en de bemanningsleden ontsnappen via het bovenste luik.'

'En bij een droge ontsnapping?' vroeg Katya.

'Dan komt de DSRV bij een koppeling recht op het bovenste ontsnappingsluik te zitten,' antwoordde Kostas. 'Bij de gemodificeerde *Akula I* zit het luik twee meter diep in de romp, waardoor een additionele buitenste kamer wordt gecreëerd, een extra veiligheidsmaatregel voor de reddingsploeg. Terwijl ons eigen luik gesloten blijft kunnen we een koppeling met de romp uitvoeren, het luik in de romp openen, de buitenkamer droogpompen en vervolgens met onze robotarm het ontsnappingsluik onder in de romp openen. Daarna activeren we de externe sensors van de DSRV, waarmee we het binnenste van de onderzeeboot aan een nader onderzoek kunnen onderwerpen zonder zelf direct risico te lopen.'

Costas knikte in de richting van de twee bemanningsleden, die onmiddellijk begonnen met het aanbrengen van borgpennen. Nadat ze de koppelring hadden vastgezet kropen ze naar het achterste gedeelte van het reddingsvaartuig en gingen naast elkaar achter een kleine console zitten. Er werd een schakelaar overgehaald en vlak voor Katya's ogen kwam de afdekplaat boven het luik omhoog en draaide opzij om in een uitsparing in de romp van de DSRV te verdwijnen, waarna er een koepel van plexiglas zichtbaar werd, die fel oplichtte toen de schijnwerpers aan werden gedaan, waarna de bemanningsleden begonnen met het ontkoppelen van het luik van de onderzeeboot. Enkele ogenblikken later klonk er een scherp gesis toen het zeewater binnen de kamer naar buiten werd gepompt en vervangen werd door lucht, afkomstig uit een van de hogedrukcilinders die de DSRV aan de buitenkant meevoerde.

'Kamer ontruimd en gelijk van druk,' zei een van de bemanningsleden. 'Ik activeer nú de robotarm.'

Katya wurmde zich tussen Costas en Jack in om het beter te kunnen zien. Beneden hen zagen ze een dunne slang die in een soort grijpermechanisme uitkwam, waarvan de bewegingen met behulp van een joystick en een navigatiescherm door een van de bemanningsleden werden aangestuurd.

'Het werkt door het verschil in druk,' legde Costas uit. 'We hebben de kamer gevuld met lucht dat dezelfde barometrische druk heeft als de omgeving, dezelfde druk als hier binnen de DSRV. We haken die arm aan het luik, zetten het vast en oefenen er wat trekkracht op uit, waarna we de druk in de kamer vervolgens wat verminderen, tot die lager is dan in de onderzeeboot zelf. En dan, bingo, springt hij open.'

Ze keken toe hoe de robotarm het veiligheidsslot openmaakte en de centrale hendel omvatte, waarbij de slang, naarmate er meer trekkracht werd uitgeoefend, steeds strakker kwam te staan. Het bemanningslid aan het verste uiteinde van de console keek aandachtig naar het scherm waarop een close-up van het betreffende gedeelte van de romp te zien was.

'Druk één bar. Wordt nu minder.' Hij zette een afsluiter in een buis vlak boven hem iets open en activeerde een pomp waarmee de lucht uit de kamer werd gezogen.

'Nul komma negen vijf bar. Nul komma negen nul. Nul komma acht vijf. Nul komma acht nul. Nú!'

Toen hij met een snelle beweging de afsluiter sloot, zagen ze hoe het luik iets omhoog kwam, alsof het door een golf werd opgetild. De arm werd automatisch ingetrokken en trok het luik strak tegen de zijkant van de kamer. Ze konden nu in het binnenste van de onderzeeboot kijken, waarbij de lichtbundels van de schijnwerpers langs buizen en wanden van de gangen dansten.

'De druk bedraagt nul komma zeven negen vijf bar.'

'Ongeveer wat ik verwachtte.' Costas keek naar de bemanningsleden. 'Voor we de druk gelijk gaan maken wil ik eerst van alle bijzonderheden betreffende de toestand binnen op de hoogte zijn.'

Er werd vanuit een externe container een serie sensors – waaronder een gasspectrometer, een geigerteller en een stralingsdosismeter – neergelaten, die vanuit de DSRV duidelijk te zien waren.

'De stralingsdosis bedraagt nul komma zes millirem per uur, minder dan je aan boord van een vliegtuig toegediend krijgt. Het algemene toxiciteitniveau is middelmatig, en er zijn geen aanwijzingen dat er grotere hoeveelheden gas of chemicaliën zijn gelekt. Het hoge ammoniakgehalte is waarschijnlijk te wijten aan organische rottingsprocessen. Zuurstof acht komma twee procent, stikstof zeventig procent, koolzuurgas tweeëntwintig procent, koolmonoxide nul punt acht procent, een tikkeltje riskant als je er langer aan bloot wordt gesteld. Temperatuur twee graden boven nul Celsius.'

'Bedankt, Andy.' Costas keek Jack zuinigjes aan. 'Als je daar nu naar binnen stapt, lijkt het nog het meest of je in je tropenuniform boven op de Mount Everest staat, maar dan wel met een mond vol rotte eieren.'

'Prachtig,' zei Jack. 'Waarom gebeurt dit soort dingen altijd als jíj de leiding hebt.'

Costas grinnikte en keek richting console. 'Andy, breng de druk met behulp van pure zuurstof op gelijk niveau en schakel de CO_2-scrubbers in.'

Er klonk een scherp gesis toen er vanuit de externe gascilinders van de DSRV zuurstof in het luik werd gespoten.

'De schepen uit de *Akula*-klasse beschikken over hun eigen scrubbers,' zei Katya. 'Als we die kunnen activeren, zouden ze het werk voor ons kunnen doen. Ze beschikken trouwens ook over een systeem dat water zodanig kan afbreken dat er zuurstof ontstaat. Deze onderzeeboten kunnen maanden achtereen onder water blijven met een lucht die schoner is en beter van zuurstof is voorzien dan aan de oppervlakte het geval is.'

Costas veegde het zweet van zijn voorhoofd en keek haar aan. 'Dat gaat veel te lang duren. De accu's die die systemen van stroom hebben voorzien moeten al een paar maanden nadat de hulpdiesel ermee is opgehouden uitgeput zijn geraakt, en ik zou de accu's van de DSRV willen bewaren voor het reactiveren van de noodverlichting. Onze eigen scrubbers beschikken ook over koolmonoxide- en zuurstofbranders, terwijl ze ook nog eens met diverse chemische filters zijn uitgerust.'

Vanaf de console werden ze onderbroken door een stem. 'De druk is aan beide kanten gelijk. Over tien minuten zal het scrubben zijn voltooid.'

'Goed,' zei Costas. 'Het is tijd om onze uitrusting aan te trekken.'

Ze droegen strak zittende E-suits, allesomvattende cocons van met Kevlar versterkt neopreen, een combinatie van de laatste kikvorspakken zoals die door de US Navy SEAL's werden gedragen en tegen chemische en biologische oorlogsvoering bestand zijnde gevechtskleding. Rond hun kuiten zaten flexibele vinnen van siliconen die eenmaal onder water over hun voeten konden worden getrokken.

Terwijl Costas zijn riemen vastklikte bracht hij hen snel van de laatste ontwikkelingen op de hoogte. 'We kunnen de lucht binnen waarschijnlijk veilig inademen, maar ik wilde toch voorstellen het gelaatsmasker te dragen, aangezien de regulateurs de lucht bevochtigen en opwarmen, terwijl ze er ook eventueel nog aanwezige onregelmatigheden uitfilteren. Verder is het masker uitgerust met een extra zuurstofvoorraad die automatisch wordt ingeschakeld zodra de sensor registreert dat er in de omgeving een tekort dreigt.'

Het masker bestond uit een met siliconen verstevigde helm die zo goed mogelijk de contouren van het gezicht volgde. Nadat hij klaar was met zijn eigen uitrusting, hielp Jack Katya bij het omdoen van haar autonome overlevingssysteem, de zogenaamde SCLS, of *self-contained life support system*, een gestroomlijnde rugzak van polypropyleen waarin zich een compacte zuurstof-*rebreather* bevond, een meertraps regulateur en drie met titanium verstevigde cilinders die achthonderd keer de barometrische druk konden weerstaan. De IMU-cilinders waren ultralicht en slank, en wogen aanzienlijk minder dan een ouderwetse scubaset, terwijl ze ook nog eens ergonomisch waren, zodat de gebruikers zich nauwelijks van de extra last bewust waren.

Aan hun polsen zaten microconsoles waarop alle relevante gegevens betreffende de omgeving te vinden waren, terwijl er ook alle mengberekeningen aangaande de te gebruiken hoeveelheden helium, zuurstof en lucht op af te lezen waren. Het gas werd automatisch gemengd, waarbij de computer rekening hield met de diepte, het duikprofiel, de temperatuur en zelfs de individuele fysiologie.

'Dankzij de intercom kunnen we met de DSRV communiceren,' zei Costas. 'Schakel hem in zodra je het SCLS-systeem activeert, vlak voordat we naar binnen gaan.'

Nadat ze elkaars uitrusting nog eens hadden nagelopen, pakte Jack een 9mm Beretta 92FS van een plank boven het luik. Hij ramde een magazijn met vijftien patronen in de kolf en stopte het pistool in een waterdicht holster dat hij op de borst droeg en waar ook nog een reservemagazijn in zat.

'Standaarduitrusting.' Hij keek Katya geruststellend aan, die zich hun gesprek van de avond ervoor weer herinnerde, toen ze het hadden gehad over de risico's die ze hierbij liepen. 'Je kunt bij dit soort werk nooit veiligheidsmaatregelen genoeg nemen.'

'Dr. Howard. Een dringende boodschap van de *Seaquest*.'

'Schakel maar door op het luidsprekersysteem.' Jack klapte zijn vizier omhoog en nam de microfoon van het bemanningslid over. 'Hier Howard. Over.'

'Jack, Tom hier.' De stem werd begeleid door een hoop geruis. 'Dat slecht-weerfront heeft ons dan toch eindelijk bereikt. Zware onweersbuien, zicht minder dan vijftig meter. Windkracht tien, en wakkert nog steeds verder aan. Het is veel ernstiger dan ik had verwacht. Ik kan onmogelijk zo dicht onder het eiland blijven liggen. Ik herhaal, ik kan onmogelijk zo dicht onder het eiland blijven liggen. Over.'

Ondanks de statische ruis was de dringende ondertoon in zijn stem duidelijk hoorbaar.

Jack drukte zijn spreekknop in. 'Hoe luiden de voorspellingen? Over.'

'Het is een van de omvangrijkste fronten die ooit in deze tijd van jaar zijn waargenomen. Je hebt nú de kans nog om de operatie af te breken. Over.'

De DSRV was te groot om via het inwendige bassin van de *Seaquest* binnengehaald te worden en moest via een kraan op het achterschip worden geplaatst. Die werkwijze zorgde ervoor dat ze zich maar al te bewust waren van de gevaren waarmee een terugkeer in ruwe zee gepaard konden gaan.

'Wat is het alternatief? Over.'

'De DSRV kan de *Seaquest* nooit ofte nimmer zo ver onder water volgen,' mompelde Costas. 'De accu's zijn berekend op het in leven houden van de mensen die met een reddingsactie bezig zijn, en kunnen ons maar een paar mijl verderop brengen voor ze helemaal leeg zijn.'

Jack zweeg even en bracht de microfoon toen naar zijn mond. 'Tom, geef ons even de tijd, ja? Over.'

In de daaropvolgende stilte keek Jack de anderen aan, die hem een voor een toeknikten. Andy en Ben waren IMU-veteranen: Andy was een specialist op het gebied van onderwatervaartuigen en Costas' chef-technicus, terwijl Ben vroeger marinier was geweest en bij de Special Boat Section had gediend, om daarna in dienst te treden bij de door Peter Howe geleide beveiligingsafdeling. Beide mannen zouden Jack blindelings volgen, waar dan ook naartoe, en beiden lagen de doelen van de IMU zeer aan het hart.

Toen Jack zag dat de reactie unaniem was en zonder enig voorbehoud, voelde hij een stoot adrenaline door zich heen gaan. Ze waren nu al té ver gevorderd om het doelwit tussen hun vingers door te laten glippen. De *Seaquest* had nu ongetwijfeld de nieuwsgierigheid van hun tegenstanders gewekt, en dat waren lieden die hen – als ze vonden dat ze hen voor de voeten liepen – zonder aarzelen uit de weg zouden ruimen. Ze beseften dat dit hun enige kans was.

Jack bracht de microfoon weer naar zijn mond.

'We blijven. Ik herhaal, we blijven. We gaan proberen het weer in ons voordeel te laten werken. Ik neem aan dat er onder deze omstandigheden ook geen vijandelijke schepen in de buurt kunnen komen. We maken van de tijd dat jullie weg zijn gebruik om de onderzeeboot te doorzoeken. Over.'

'Ik begrijp het.' Door de statische ruis was de stem nauwelijks te horen. 'Haal jullie radioboei in, en gebruik hem alleen in geval van nood, want dat ding wordt binnen een straal van ettelijke mijlen door elke ontvanger opgepikt. Wacht tot wij contact met jullie opnemen. Veel geluk, *Seaquest*. Over en uit.'

Een ogenblik lang was het enige geluid het zachte gezoem van de CO_2-scrubbers en het snorren van de elektromotor die gebruikt werd om de radioboei naar binnen te halen.

'De tien minuten zijn voorbij,' zei Ben vanachter zijn console. 'Jullie kunnen erop af.'

'Oké. Dan gaan we er maar eens tegenaan.'

Andy gleed naar voren en maakte de koppelklamp los. Het luik ging zonder ook maar enige weerstand te bieden naar buiten toe open; de druk binnen de DSRV was hetzelfde als binnen de onderzeeboot.

Costas zwaaide zijn benen over de rand en vond de stalen treden aan de binnenkant van de ontsnappingskoker. Hij maakte aanstalten om zijn masker omhoog te toen, maar draaide zich toen om.

'Nog een laatste opmerking.'

Jack en Katya keken hem aan.

'We zijn hier niet op de *Marie Celeste*. Toen de *Kazbek* ten onder ging waren er drieënzeventig bemanningsleden aan boord. Er zouden hierbinnen weleens minder plezierige dingen te zien kunnen zijn.'

'We gaan via de centrale gang naar voren. De wand achter ons schermt ons af van de reactorruimte.'

Costas stapte van de onderste tree van de ladder die langs de wand van de ontsnappingskoker zat gemonteerd en draaide zich om, waarbij de lamp op zijn voorhoofd een aarzelende lichtbundel door het hart van de onderzeeboot wierp. Jack kwam vlak achter hem aan, en moest zichzelf even uitrekken om Katya een helpende hand te bieden. Ze wierp nog een laatste blik omhoog, naar de bemanningsleden die vanuit de DSRV naar beneden keken, om zich vervolgens na de twee mannen door het luik te laten zakken.

'Wat is dat witte spul?' vroeg ze.

Overal waar ze keken had zich een bleek-grauwe aanslag op het onderliggende oppervlak gehecht – het leek wel glazuur. Katya wreef met haar handschoen over een handreling, waardoor de substantie er als sneeuw van af dwarrelde, eronder werd het glimmende metaal zichtbaar.

'Het is een soort bezinksel,' antwoordde Costas. 'Waarschijnlijk het resultaat van een ionisatiereactie tussen het metaal en de toegenomen hoeveelheid kooldioxide die is ontstaan nadat de scrubbers ermee zijn opgehouden.'

Het gevoel dat dit een plek was die volkomen van alles was geïsoleerd werd door die spookachtige glans alleen nog maar extra benadrukt. Het was allemaal zo ver van de beelden buiten verwijderd, dat de oude stad tot een droomwereld leek te behoren.

Ze bewogen zich langzaam voort door een iets omhoog lopende gang, en kwamen even later bij een wat grotere ruimte uit die door het duister geheel aan het oog werd onttrokken. Costas stapte het vertrek binnen en bleef na enkele passen staan, recht onder een contactdoos die zich tussen een stuk of wat buizen boven hun hoofd bevond. Hij tastte in de gereedschapstas die hij aan een riem om zijn middel droeg en haalde er een kleine pneumatische blower uit te voorschijn die van een CO_2-patroon was voorzien, en blies daarmee de aanslag van een van de fittingen. Nadat hij er het stekkeruiteinde van een snoer in had gestoken, een snoer dat hij vanuit de DSRV achter zich aan had getrokken, sprong er boven het paneel een oranje waarschuwingslampje aan.

'Alsjeblieft. Na al die jaren werkt het nog steeds. En wij maar denken dat die sovjettechnologie zo inferieur was.' Hij keek Katya aan. 'Daar bedoel ik uiteraard niets mee.'

'Mij beledig je hier niet mee.'

Enkele ogenblikken later sprong de TL-verlichting aan, waarbij de eerste pulsen de indruk van een ver onweer wekten. Toen ze de aan hun hoofd bevestigde lamp uitdraaien, werd om hen heen een bizarre wereld zichtbaar, een doolhof van consoles en apparatuur die schuilging onder een geaderde witte laag. Het was alsof ze een ijsspelonk betraden, een indruk die nog eens werd versterkt door de blauwachtige verlichting en de wolken condens die vanuit hun masker de ijzige lucht indreven.

'Dit is de commandocentrale, de ruimte van waaruit eventuele acties werden gecoördineerd,' zei Costas. 'Hier zouden toch aanwijzingen te vinden moeten zijn van wat er gebeurd is.'

Behoedzaam liepen ze naar het einde van de gang, en daalden daar een kort trapje af. Op de vloer lag een stapel Kalashnikov-geweren, waarvan de vertrouwde gebogen magazijnen onder de trap uit staken. Terwijl Katya toekeek pakte Jack er een op.

'De Special Forces-versie, met inklapbare kolf,' merkte ze op. 'De AK-74M, de 5,45mm-uitvoering van de AK-47. Toen de politieke situatie verslechterde besloot het Directoraat Inlichtingen van de Sovjet-Russische generale staf *spetsialnoe naznachenie* van de marine aan boord van sommige kernonderzeeërs te stationeren, troepen die alleen voor speciale operaties worden ingezet. Ze zijn beter bekend onder de afkorting *spetsnaz*. Bij de GRU was men doodsbang dat er bemanningen zouden overlopen of in opstand zouden komen, en de spetsnaz stonden onder rechtstreeks commando van de inlichtingendienst, en waren geen verantwoording verschuldigd aan de commandant.'

'Maar hun wapens zouden normaal gesproken toch in de wapenkamer moeten zijn opgeborgen,' merkte Jack op. 'En er is nóg iets vreemds aan de hand.' Hij haalde het magazijn uit de AK-47 en trok de spangreep naar achteren.' Dit magazijn is halfleeg en er zit een patroon in de kamer. Er is met dit wapen geschoten.'

Een snelle controle maakte duidelijk dat de andere wapens in dezelfde toestand verkeerden. Onder de automatische geweren zagen ze een allegaartje van handvuurwapens, lege magazijnen en hulzen liggen.

'Het lijkt wel of iemand na een vuurgevecht de boel heeft willen opruimen.'

'Dat is precies wat er gebeurd is.' Costas sprak vanuit het midden van het vertrek. 'Kijk maar eens om je heen.'

In het midden bevond zich de stoel van de commandant, geflankeerd door twee stalen schachten waarin de beide periscopen waren gehuisvest. Rond deze verhoging stonden langs de wanden verschillende consoles van waaruit de wapen- en navigatiesystemen werden aangestuurd – onmiskenbaar het operationele hart van het vaartuig.

Overal waar ze keken zagen ze sporen van vernielingen. Computerschermen waren ingeslagen, en waren tot grillig gevormde gaten getransformeerd, omringd door gebroken glas, terwijl het inwendige ervan – een wirwar aan kabels en printborden – wel uitgespuwd leek. Beide persicopen waren zwaar beschadigd, en de verbogen oculairs hingen er scheef onderaan. Ook de kaartentafel was kapotgeslagen, terwijl aan de kogelgaten duidelijk te zien was dat iemand zijn automatische geweer erop had leeggeschoten.

'De commandocentrale is totaal aan flarden geschoten.' Costas nam de schade op in een ander gedeelte van het vertrek. 'Nu begrijp ik ook waarom ze hier niet meer weg konden.'

'Waar zijn ze ergens?' wilde Katya weten. 'De bemanning?'

'Er moeten overlevenden zijn geweest.' Costas zweeg even. 'Iemand heeft die wapens op een hoop gegooid en ik neem ook aan dat er lijken waren die ergens gedumpt moesten worden.'

'Waar ze ook hebben gezeten, niet hier,' zei Jack. 'Ik stel voor dat we eens in de bemanningsverblijven gaan kijken.'

Katya ging hen door de centrale gang voor naar het voorste gedeelte van de onderzeeër. Opnieuw stapten ze de duisternis binnen, want het backupsysteem leverde net voldoende stroom voor de noodverlichting in de belangrijkste ruimtes. Toen ze behoedzaam naar voren schuifelden, konden Jack en Costas nog net het silhouet van Katya onderscheiden, die naar de stalen reling tastte en druk in de weer was met de schakelaar voor de lamp op haar voorhoofd.

Plotseling klonk er gekletter, direct gevolgd door een hartverscheurende gil. Jack en Costas schoten naar voren. Katya was midden in de gang in elkaar gezakt.

Jack boog zich naar voren en controleerde snel haar regulateur. Zijn gezicht stond zorgelijk toen hij in haar ogen keek.

Ze mompelde iets onsamenhangends in het Russisch. Na enkele ogenblikken kwam ze op een elleboog steunend half omhoog, waarna de twee mannen haar verder overeind hielpen. Ze sprak haperend.

'Ik ben alleen... heel erg geschrokken... Meer niet. Ik heb net gezien...'

Ze maakte haar zin niet af, maar bracht haar arm omhoog en wees in de richting van de sonarruimte aan het eind van de gang.

Jack deed de lamp op zijn voorhoofd aan. Wat hij zag was pure horror, een spookbeeld dat regelrecht uit een nachtmerrie afkomstig leek. In het duister zagen ze iemand hangen, een met een wit waas omhulde gestalte waarvan de armen langs het lichaam bungelden, alsof het om de een of andere demonische ledenpop ging, terwijl het groteske hoofd slap opzij hing en de niets ziende ogen hol in de verte leken te staren.

Het was de ultieme spookverschijning, de dood in hoogsteigen persoon, de poortwachter van een grafkelder waar geen enkel levend een voet hoorde te zetten. Plotseling voelde Jack zich tot op het bot verkillen.

Katya herstelde zich en rechtte haar rug. Voorzichtig ging het drietal het vertrek binnen. Het lijk had het donkere kamgaren uniform aan van een Russische marineofficier en hing met een lus om zijn nek aan het plafond. De vloer lag bezaaid met lege dozen waarin etenswaar had gezeten en ander afval.

'Hij heette Sergei Vassiljevitsj Kuznetsov.' Katya las voor uit een soort logboek dat ze op een tafeltje achter het lichaam had gevonden. 'Kapitein der tweede klasse bij de Sovjet-Russische marine. Drager van de Orde van de Rode Ster voor bewezen diensten op het gebied van de staatsveiligheid. Hij was de *zampolit* aan boord van de *Kazbek*, de *zamestitel' komandira po politichekoi chasti*, de plaatsvervangend commandant voor politieke zaken. Hij was verantwoordelijk voor het toezicht houden op de politieke betrouwbaarheid van de bemanning en moest verder in de gaten houden of de commandant de ontvangen bevelen wel uitvoerde.'

'Een KGB-handlanger,' zei Costas.

'Ik ken een paar commandanten die bij de Zwarte-Zeevloot hebben gediend die dit tafereel handenwrijvend van genoegen zouden hebben aanschouwd.' Ze las verder. 'Hij heeft hier zijn laatste dagen doorgebracht. De actieve sonar was onklaar gemaakt, zodat hij geen berichten meer kon verzenden. Maar hij heeft wel de golfdetector van de passieve radar kunnen volgen, waarmee kan worden gezien of er zich in de buurt schepen aan de oppervlakte bevinden.' Ze sloeg een bladzijde om.

'Mijn god. De laatste notitie is gemaakt op vijfentwintig december 1991. Toevalligerwijs de laatste dag dat de Rode Vlag boven het Kremlin wapperde.' Ze keek met wijd opengesperde ogen naar Jack en Costas op. 'Deze onderzeeër is op 17 juni van dat jaar gezonken, wat betekent dat deze man hier meer dan zes maanden levend opgesloten heeft gezeten!'

Ze keken met van afschuw vervulde fascinatie naar het lijk.

'Dat is inderdaad mogelijk,' zei Costas uiteindelijk. 'Fysiek althans. De accu's kunnen de CO_2-scrubbers en de ontziltingsinstallatie die zuurstof aan het zeewater onttrekt aan de gang hebben gehouden. En blijkbaar was er voldoende te eten en te drinken.' Hij liet zijn blik over de talloze lege wodkaflessen gaan die op de vloer tussen de andere troep lagen. 'Maar om het psychisch te doorstaan is natuurlijk een heel andere zaak. Hoe iemand onder die omstandigheden níet knettergek wordt zal ik nooit kunnen begrijpen.'

'Dat logboek staat vol politieke retoriek, het soort van lege communistische propaganda waarmee we vroeger voortdurend werden bestookt,' zei Katya. 'Alleen de meest fanatieke partijleden werden tot politiek officier benoemd, en je kunt deze lieden zondermeer met de Gestapo uit de nazitijd vergelijken.'

'Er is hier iets heel vreemds gebeurd,' mompelde Jack. 'Ik kan me niet voorstellen dat hij in dat halve jaar geen manier heeft gevonden om met iemand aan de oppervlakte te communiceren. Hij zou via een torpedobuis handmatig een boei hebben kunnen uitstoten, of afval lozen dat vervolgens boven was komen drijven. Er klopt ergens iets niet.'

'Luister hier eens naar.' Terwijl Katya door het boekje bladerde en af en toe pauzeerde om een notitie te lezen, was aan haar stem te horen dat er langzaam iets tot haar door begon te dringen. Ze liet haar blik over de tekst glijden en vertaalde vervolgens langzaam:

Ik ben de uitverkorene. Ik heb mijn kameraden met volledige militaire eer begraven. Zij hebben hun leven geofferd voor het Moederland. Hun kracht geeft mij kracht. Lang leve de Revolutie!' Ze keek op.

'Wat heeft dat te betekenen?' vroeg Costas.

'Volgens dit logboek waren ze met z'n twaalven. Vijf dagen na het zinken van het vaartuig kozen ze één man uit die moest proberen het te overleven. De rest heeft cyaankalipillen ingenomen. Hun lichamen werden verzwaard en vervolgens via de torpedobuizen naar buiten gelanceerd.'

'Hadden ze alle hoop toen al opgegeven?' Costas klonk alsof hij dat weigerde te geloven.

'Ze waren vastbesloten ervoor te zorgen dat de onderzeeboot niet in handen van de NAVO zou vallen. Ze waren bereid het vaartuig te vernietigen zodra er een reddingsploeg kwam opdagen die wel eens vijandelijke bedoelingen zou kunnen hebben.'

'Dat klinkt bijna logisch,' reageerde Costas. 'Om de springladingen tot ontsteking te brengen heb je maar één man nodig. En één man verbruikt minder voedsel en lucht, zodat de onderzeeboot veel langer kan worden bewaakt. Alle anderen zijn in feite overbodig, en verbruiken alleen maar kostbare voorraden. Ze moeten de man hebben uitgekozen die het best tegen al deze druk bestand was.'

Jack knielde naast de lege flessen neer en schudde zijn hoofd. 'Er moet méér aan de hand zijn geweest. Alles bij elkaar genomen klopt er nog steeds iets niet.'

'Hun wereld stond op instorten,' zei Costas. 'Fanatici als dit soort lieden hadden zichzelf waarschijnlijk ingeprent dat ze het laatste bastion van het communisme vormden, een laatste bolwerk tegen het Westen.'

Ze keken naar Katya.

'We beseften allemaal dat het regiem op instorten stond,' zei ze, 'en sommige mensen weigerden dat te accepteren. Maar er werden zeker geen idioten aan boord van kernonderzeeërs gestationeerd.'

Sinds Costas voor het eerst met het aan het plafond bungelende lichaam was geconfronteerd, had voortdurend één specifieke vraag door zijn hoofd gespeeld, en uiteindelijk stelde hij hem dan ook.

'Wat is er met de rest van de bemanning gebeurd?'

Katya las nog een stukje in het logboek, en naarmate ze verbanden ging zien werd haar gelaatsuitdrukking er een van een steeds groter wordend ongeloof.

'Het is zoals we toentertijd bij de marine-inlichtingendienst al vermoedden, alleen erger,' zei ze. 'Deze boot is in opstand gekomen. Haar commandant, Jevgeni Michailovitsj Antonov, is vanuit de onderzeebootbasis van de Zwarte-Zeevloot in Sebastopol vertrokken en is verdwenen zonder ooit nog contact te hebben gemaakt.'

'Hij zal toch niet gedacht hebben dat hij onopgemerkt uit de Zwarte Zee kon ontsnappen?' reageerde Costas. 'De Turken houden de Bosporus met sonar vierentwintig uur per etmaal in de gaten.'

'Ik geloof ook niet dat dat zijn bedoeling was. Ik denk dat hij op weg was naar een rendez-vous; misschien wel in de buurt van dit eiland.'

'Het lijkt me een vreemd tijdstip om te deserteren,' merkte Jack op. 'Pal aan het einde van de Koude Oorlog, terwijl de Sovjet-Unie elk moment uit elkaar kan vallen. Elke ook maar een beetje intelligente marineofficier moet dat hebben zien aankomen. Het was veel voor de hand liggender geweest als ze gewoon hadden afgewacht.'

'Antonov was een briljante onderzeebootman, maar ook een individualist. Hij had zó de pest aan Amerikanen dat men hem geen onderzeeër met ballistische raketten durfde toe te vertrouwen. Nee, ik denk niet dat het hier om desertie ging.'

Jack maakte zich nog steeds grote zorgen. 'Hij moet iets in de aanbieding hebben gehad, iets dat het allemaal waard maakte.'

'Staat er in dat logboek misschien ook wat er met hém is gebeurd?' vroeg Costas.

Katya las opnieuw en keek toen op. 'Een paar uur voor de boot zonk kwam onze vriend de *zampolit* erachter wat er speelde. Hij trommelde zijn spetsnaz-mannen op en ging ermee naar de commandant in de gevechtscentrale. Antonov had zijn officieren al van pistolen voorzien, maar ze waren geen partij voor de automatische geweren van de spetsnaz. Na een kort maar hevig vuurgevecht dwongen ze de commandant en de overlevende bemanningsleden zich over te geven, maar even daarvoor was de onderzeeboot onbestuurbaar geraakt, en was vervolgens op de zeebodem klem komen te zitten.'

'Wat hebben ze met de commandant gedaan?'

'Kuznetsov had al voor de confrontatie de machineruimte afgesloten en de ventilatoren omgezet, zodat de koolmonoxide die in de scrubbers werd verzameld nu terug werd geblazen. De technici daar moeten al dood zijn geweest voor ze beseften wat er aan de hand was. Wat Antonov en zijn mannen betreft, die werden in het gedeelte áchter de ontsnappingskoker in de reactorruimte opgesloten.'

'Om daar langzaam dood te gaan aan radioactieve straling. Het kan dagen hebben geduurd, weken misschien wel.' Costas keek naar het gemummificeerde gelaat, een afzichtelijke schildwacht die zelfs in de dood nog op zijn post leek te willen blijven. Heel even leek het of Costas zin had zijn vuist in het verschrompelde hoofd te rammen. 'Je hebt je verdiende loon gekregen, sadistische klootzak dat je bent.'

14

'**D**it is een dodenschip. Hoe sneller we hier weg zijn, hoe beter.' Katya klapte het logboek dicht en ging hen voor bij het verlaten van de sonarruimte, waarbij ze het bungelende lijk rakelings passeerden. Ze vermeed een laatste blik op het lichaam, waarvan de afgrijselijke gelaatstrekken zich al voor eeuwig in haar geheugen hadden geprent.

'Hoofdlamp nu altijd aan laten staan,' beval Costas. 'We moeten ervan uitgaan dat hij de boot wilde opblazen en dat er springladingen zijn aangebracht.'

Na een paar passen stak hij een hand omhoog.

'Recht boven ons bevindt zich het luik waarlangs de bewapening aan boord werd gebracht,' zei hij. 'Dat betekent dat we het laadplatform naar de torpedoruimte kunnen nemen. Het is een soort open liftschacht, maar aan de binnenkant moet een stalen ladder zitten.'

Ze liepen voorzichtig naar de rand van de schacht, pal onder het luik. Net toen Costas op het punt stond zijn rechtervoet op de bovenste stalen trede te zetten bleef hij staan en keek hij naar een van de buizen die vanaf de sonarruimte via de schacht naar beneden liepen. Hij veegde de aanslag van een smalle richel die langs de hele lengte van de buis liep, waarna er twee rode elektriciteitsdraden zichtbaar werden die met tape aan het metaal waren vastgezet.

'Even wachten hier.'

Hij liep terug naar de sonarruimte, terwijl hij af en toe stopte om de witte aanslag weg te vegen. Hij verdween heel even achter het hangende lijk en kwam toen weer terug.

'Ik vermoedde al zoiets,' zei hij. 'Die draden kwamen uit bij een schakelaar die met isolatietape aan de console zat vastgemaakt. Het is een SPDT-schakelaar, een enkelpolige dubbele schakelaar die een stroomstoot kan voortbrengen en twee verschillende stroomkringen kan aansturen. Ik vermoed dat die twee draden naar de torpedoruimte lopen, waar onze vriend een paar springladingen heeft aangebracht. De explosie die dat spul teweeg zou hebben gebracht zou deze boot tot hapklare brokken hebben gereduceerd, en ons erbij.'

Costas ging hen voor, de draden volgend die via de schacht naar beneden liepen, terwijl Jack en Katya hem behoedzaam volgden. De aanslag dempte hun voetstappen tot een doffe echo die onheilspellend door de schacht weerkaatste. Halverwege hielden ze even halt om door een luik een blik in de longroom te werpen, waarbij hun hoofdlampen opnieuw pure chaos lieten zien – beddengoed en dozen lagen wanordelijk over de vloer verspreid.

Enkele ogenblikken later bereikte Costas de voet van de schacht.

'Goed. De noodverlichting werkt hier ook.'

Het compartiment erachter was gevuld met volgepakte rekken en slechts een nauwe doorgang gaf toegang tot de rest van het vertrek. Het geheel was zo ontworpen dat de bewapening via de schacht rechtstreeks in de rekken kon worden geschoven, waarna de torpedo's via een geautomatiseerd systeem naar de lanceerbuizen konden worden getransporteerd.

'Bij een Project 971U bestond de normale hoeveelheid bewapening uit dertig stuks,' zei Katya. 'Maximaal twaalf SS-N-21 Sampson kruisraketten en daarnaast nog verschillende soorten antischeepsraketten. Maar de zwaarste explosieve ladingen bevinden zich in de torpedo's.'

Costas volgde de draden, die nu in een smal gangetje verdwenen dat zich tussen de rekken links van het centrale gangpad bevond. Na enkele ogenblikken op handen en voeten te hebben doorgebracht kwam hij met een triomfantelijke schittering in zijn ogen overeind.

'Bingo. Het zijn die twee stellages recht voor je. Een tweetal 65-76 Kit-torpedo's. De grootste torpedo's die ooit zijn gebouwd. Elk daarvan heeft vierhonderdvijftig kilo explosieven aan boord, ruim voldoende om een gat in een met titanium versterkt druklichaam te slaan. Maar het moet niet al te moeilijk zijn om die springladingen onklaar te maken en de draden los te maken.'

'Sinds wanneer ben jij een expert in het onklaar maken van Russische torpedo's?' vroeg Jack, en in zijn stem klonk iets van twijfel door.

'Elke keer dat ik iets nieuws aanpak lijkt het te werken. Dat zou je zo langzamerhand moeten weten.' Costas werd van het ene op het andere moment weer serieus. 'We hebben geen keus. De ontstekingen zijn elektromagnetisch, en na al die jaren onder deze omstandigheden moet de kwaliteit van die schakelingen behoorlijk zijn aangetast. Misschien zijn ze al onstabiel, terwijl onze apparatuur het elektromagnetische veld verstoort. Dat is een probleem waar we niet omheen kunnen.'

'Oké, je hebt gelijk.' Jack keek eens naar Katya, die instemmend knikte. 'Nu we zo ver zijn gekomen, kunnen we alleen maar doorgaan.'

Costas ging in de krappe ruimte tussen de rekken op zijn rug liggen en schoof er toen met zijn voeten naar voren onder, tot de afstand tussen zijn hoofd en de torpedo een centimeter of vijftig was. Hij duwde zijn vizier omhoog en snoof voorzichtig wat lucht op, de eerste keer dat hij in de onderzeeboot inademde zonder van de SCLS-filter gebruik te maken.

De twee anderen kwamen naar hem toe, Jack links van hem in de smalle doorgang en Katya in het bredere middenpad. Ze zagen een omhoog kijkende Costas op de vloer tussen de torpedo's liggen. Hij wrong zich nog wat verder onder de torpedo, tot zijn hoofd er bijna onder verdween.

'We hebben geluk. Het omhulsel is voorzien van een luikje dat met een schroevendraaier geopend kan worden, zodat de springladingen – als de elektronica niet zou functioneren – handmatig op scherp konden worden gezet. Bij dit exemplaar staat het luikje al open en er loopt een stroomdraad naar binnen. Volgens mij moet ik mijn hand naar binnen kunnen steken om de ontsteking onschadelijk te maken en de draad door te knippen.' Costas rolde op zijn zij en inspecteerde de tweede torpedo. 'En hetzelfde geldt voor dít exemplaar.'

'Vergeet niet dat deze dingen uiterst gevoelig zijn,' waarschuwde Katya. 'Ze zijn niet elektrisch, zoals de meeste torpedo's, maar ze worden voortgestuwd door kerosine en waterstofperoxide. In 2000 ging de onderzeeboot *Kursk* in de Barentszee door een explosie verloren omdat uit een van de 65-76-torpedo's – een van deze dingen – waterstofperoxide lekte.'

Costas trok een gezicht en knikte. Hij rolde weer terug en lag roerloos tussen de twee rekken, waarbij de lamp op zijn voorhoofd recht naar boven scheen.

'Waarom ga je niet verder?' wilde Jack weten.

'Ik probeer me te verplaatsen in de positie van onze bungelende vriend. Als hij en zijn makkers deze onderzeeboot zo fanatiek wensten te beschermen, dan moeten ze maatregelen hebben genomen voor het geval ze allemaal de pijp uit zouden gaan. Ze moeten er toch van uit zijn gegaan dat het wrak uiteindelijk een keertje gevonden zou worden. Ik heb zo het vermoeden dat ze deze detonator van een boobytrap hebben voorzien. Het ziet er allemaal veel te simpel uit.'

'Wat stel je voor?'

'Er is één voor de hand liggende mogelijkheid.' Costas reikte naar zijn gereedschapsgordel en haalde er een apparaatje ter grootte van een zakrekenmachientje uit te voorschijn. Toen hij de sensor activeerde konden ze nog net het groene schijnsel van een digitaal lcd-schermpje onderscheiden. Hij bracht het apparaatje naar de draad die vlak boven zijn hoofd tussen de twee torpedo's liep en maakte het er met behulp van een kleine krokodillenklem zorgvuldig aan vast.

'Jezus. Precies wat ik dacht.'

'Wat is er?'

'Dit is een gecombineerde volt/ampèremeter. Hij geeft vijftien milliampère aan. Deze draad staat onder stroom.'

'Wat houdt dat in?' vroeg Jack.

'Dat betekent dat die draad verbonden is aan de een of andere batterij of accu. De hoofdaccu's van deze onderzeeboot hebben waarschijnlijk nog voldoende vermogen om bij deze geringe hoeveelheid ampères stroom te leveren. De bedrading moet een ononderbroken lus zijn van de positieve naar de negatieve pool van de accu, waarbij de schakelaar in de sonarruimte de stelaandrijving vormt en de twee ontstekingen bij de springladingen de verbinding. Het in elkaar zetten van dit alles was niet ongevaarlijk, maar ze moeten hebben berekend dat de hoeveelheid ampères te gering was om die springladingen tot explosie te brengen. De sleutel is de elektrische stoomstoot die ontstaat als iemand probeert die draden weg te halen. Als je die ontsteking weghaalt, vindt er onmiddellijk een stroomstoot plaats. Als je de schakelaar in de sonarruimte overhaalt gebeurt precies hetzelfde. Er is geen knop waarmee je de stroomtoevoer kunt onderbreken. Voor ik die draad goed en wel had losgelaten, zouden we met z'n allen verdampt zijn.'

Jack liet zijn adem langzaam ontsnappen en ging met zijn rug richting gangpad zitten. 'En wat gaan we nu doen?'

'Het is gelijkstroom, dus gaat de stroomstoot één kant op. Als ik de negatieve pool doorknip, ontstaat er een stroomstoot en is het met ons gebeurd. Als ik de positieve doorknip, wordt de lus verbroken, gaat het systeem plat en zijn we veilig.'

'Maar welke draad is de positieve, en welke de negatieve?'

Costas rolde met zijn hoofd naar rechts en keek Jack in de smalle ruimte quasi-spottend aan. 'Misschien dat onze vriend toch nog als laatste lacht. Met zo'n gering aantal ampères is dat namelijk niet te bepalen.'

Jack liet zich in het gangpad achteroverzakken en sloot zijn ogen. Na enkele ogenblikken vervolgde Costas: 'Als je een bom met behulp van een stroomstoot tot ontploffing wilt brengen, moet het ontvlammingspunt in direct contact staan met het explosieve materiaal in de detonator of dat van de hoofdlading. Ze zouden daarvoor de springlading opengelegd moeten hebben om er de aanvoerdraad in aan te brengen. Aan Katya's kant is er meer bewegingsruimte, dus ik neem aan dat die dáár is aangebracht. Dat zou betekenen dat de draad links van me de positieve pool is.'

Costas draaide zich naar Katya om en duwde zo hard hij kon tegen de torpedo, en stak zijn linkerarm onder het rek door tot hij de draad kon voelen die uit de explosieve kop van de torpedo stak. Hij liet zijn hand op de vloer vallen en begon de aanslag weg te krabben.

'Ik voel een draad.'

Katya legde er nog een stuk van bloot en trok hem tot aan de laadschacht strak. Ze haastte zich ernaartoe, keek langs de ladder omhoog en kwam toen weer terug.

'De draad loopt tot aan de schakelaar,' meldde ze.

'Goed. Ik ben overtuigd.' Costas trok zijn arm terug, reikte naar zijn gereedschapsgordel en haalde er een klein draadschaartje uit te voorschijn. Het rubber in de handschoen van zijn E-suit vormde voldoende bescherming tegen een elektrische schok, hoewel, als dat gebeurde was het onmiddellijk met hen gedaan en zouden ze zich nergens meer zorgen over hoeven maken.

Hij draaide zijn hoofd in de richting van Jack.

'Ben je het wat dit betreft met me eens?'

'Volledig.'

Costas nam zijn oude positie weer in en hield het draadschaartje pal onder de elektriciteitsdraad, die vanuit het luikje in het voorste deel van de torpedo in een flauwe boog naar opzij liep.

Enkele seconden lang lag hij daar bewegingloos. Het enige geluid was het gestage druppelen van condens en het oppervlakkige, enigszins raspende ademhalen via hun respirator. Katya en Jack staarden elkaar van onder het rek met torpedo's aan.

Costas transpireerde onder zijn masker en klapte dat met zijn rechterhand omhoog, zodat hij beter kon zien. Hij trok zijn handschoen uit door die tussen zijn knieën te klemmen en veegde zijn voorhoofd af, om zich vervolgens geheel op de draad te concentreren.

Katya kneep in de fractie van een seconde die Costas nodig had om het draadschaartje in het dunne snoer te zetten haar ogen dicht. Hij zette kracht en er klonk een luid *knak*.

En toen heerste alleen maar stilte.

Alle drie hielden ze een eeuwigheid hun adem in, althans, zo leek het. Toen ademde Costas luidruchtig uit en liet hij zich languit op de vloer zakken. Na enkele ogenblikken bevestigde hij het draadschaartje weer aan zijn riem, sloot hij de respirator weer aan en klapte het vizier weer naar beneden. Met een fonkeling in zijn ogen draaide hij zijn hoofd in de richting van Jack.

'Zie je wel? Geen probleem.'

Jack staarde voor zich uit als iemand die net één keer te veel de dood in de ogen had gekeken. Hij verlegde zijn blik naar Costas en was nog net tot een scheef glimlachje in staat.

'Geen probleem.'

15

Bij de toegang tot het wapencompartiment maakte Costas een ander apparaatje van zijn gereedschapsriem los, een geel doosje ter grootte van een mobieltje. Hij klapte het open, waardoor er een lcd-schermpje zichtbaar werd dat een zwak groen schijnsel voortbracht.

'Global positioning system,' kondigde hij aan. 'Hiermee zou het moeten lukken.'

'Hoe kan dat hier nou functioneren?' vroeg Katya.

Op het schermpje lichtte een serie cijfers op.

'Dit doosje is een specialiteit van ons, een combinatie van een akoestische GPS-onderwaterontvanger en navigatiecomputer,' zei Jack. 'Binnen de onderzeeboot kunnen we geen akoestische golven uitzenden, dus hebben we ook geen toegang tot het GPS-systeem. In plaats daarvan downloaden we de specificaties voor deze klasse onderzeeër vanuit de database van de IMU, en koppelen we die aan een serie GPS-positiebepalingen die we tijdens onze Aquapod-verkenning van vanochtend door middel van oppervlakteboeien rond de onderzeeër hebben genomen.'

'Ik begrijp het,' reageerde Costas. 'In de Aquapod I heb ik een positiebepaling uitgevoerd van de plek waar de trap onder de onderzeeboot verdwijnt. Die plek bevindt zich aan de bakboordkant van de torpedoruimte en ligt op tweehonderdeenenveertig graden ten opzichte van onze huidige positie, zeven komma zes meter voor ons uit en twee meter lager. Dat komt overeen met de plek waar de rekken met torpedo's staan, vlak voor de ballasttanks aan bakboord.'

Terwijl Costas op zoek ging naar een manier om langs de volgestouwde rekken te komen, strekte Katya zich uit en pakte ze zijn arm vast.

'Voor we gaan is er nog iets wat je moet zien.'

Ze wees naar het centrale middenpad van de torpedoruimte, vlak achter de plek waar ze enkele minuten geleden nog in doodsangst hadden afgewacht.

'Dat middengedeelte hoort helemaal vrij te zijn, zodat de loopkraan de torpedo's uit het rek kan hijsen en ze vervolgens naar de lanceerbuizen kan brengen. Maar de doorgang is geblokkeerd.'

Dat hadden ze eigenlijk direct al moeten zien, maar ze waren zo op de boobytrap geconcentreerd geweest dat ze hadden nagelaten de rest van de ruimte aandachtig te bekijken.

'Het zijn twee op elkaar gestapelde kratten.' Costas wurmde zich door de smalle opening links tussen de kisten en het torpedorek, waarbij zijn hoofd net boven het bovenste krat uitstak.

'Er staan er nog twee achter. En dáárachter weer twee stuks.' Naarmate hij zich verder naar voren worstelde klonk Costas' stem steeds gedempter. 'Alles bij elkaar zes kisten, die elk ongeveer vier meter lang zijn en anderhalve meter breed. Die moeten via de laadschacht aan boord zijn gekomen en met behulp van de loopkraan hier neergezet.'

'Zitten er wapens in deze kisten?' vroeg Jack.

Costas kwam weer te voorschijn en schudde de witte aanslag waarmee hij gedeeltelijk bedekt was van zich af. 'Ze zijn te kort om er een torpedo of een raket in te vervoeren, en te breed om via een lanceerbuis afgevuurd te kunnen worden. We moeten er eigenlijk eentje openmaken, maar daar hebben we én de uitrusting én de tijd niet voor.'

'Er staat wat op.' Katya was voor de onderste kist neergehurkt en veegde de witte aanslag weg. De flinters dwarrelden neer en er werd een metaalachtig oppervlak zichtbaar met daarop twee groepjes in sjabloonletters aangebrachte informatie. 'Dit zijn codes van het Sovjetrussische ministerie van Defensie.' Ze wees op de bovenste groep symbolen. 'Het zijn inderdaad wapens.'

Haar hand gleed naar de andere groep, die ze aandachtig bestudeerde. 'Elektro...' Haar stem stierf weg. 'Elektrochimpribor.'

Ze begonnen het ondenkbare te denken.

'Combine Elektrochimpribor,' merkte Katya kalm op. 'Beter bekend onder de aanduiding Fabriek 418, de belangrijkste installatie in de Sovjet-Unie waar thermonucleaire wapens werden geassembleerd.'

Costas liet zich onderuit tegen het rek met torpedo's zakken. 'Mijn god. Dit zijn waterstofbommen. Deze kisten hebben inderdaad de juiste afmetingen om er een SLBM-kernkop in te kunnen vervoeren.'

'Van het type SS-N-20 Sturgeon, om precies te zijn.' Katya stond op en keek de twee mannen aan. 'Elk van die dingen is vijf keer zo krachtig als de bom die de Amerikanen op Hiroshima hebben laten vallen. Er staan hier zes kratten, en in elk ervan zitten tien kernkoppen.' Ze zweeg even en keek naar de kisten. 'De autoriteiten hebben hun uiterste best gedaan het verlies van deze onderzeeboot geheim te houden. Daarna hebben er zich een stuk of wat opmerkelijke verdwijningen voorgedaan, met name in de thuishaven van de *Kazbek*, Sebastopol. Ik denk nu dat die mensen het slachtoffer zijn geworden van een ouderwetse Stalinistische zuivering. Tijdens de gedenkwaardige gebeurtenissen van dat jaar is er aan die executies nauwelijks aandacht besteed.'

'Probeer je ons te vertellen dat die kernkoppen zijn gestolen?' vroeg Costas vol ongeloof.

'Na de oorlog in Afghanistan – in de jaren tachtig – waren de sovjetmilitairen hevig gedesillusioneerd. De marine begon langzaam maar zeker uit elkaar te vallen: schepen werden opgelegd en bemanningen naar huis gestuurd. Er werd nauwelijks of geen soldij meer betaald. Tijdens de laatste jaren van het regiem werd meer informatie aan het Westen verkocht dan tijdens het hoogtepunt van de Koude Oorlog.'

'Welke rol speelt Antonov bij dit alles?' wilde Costas weten.

'Het was een man waar je, als je hem goed in het gareel hield, veel aan had, maar die regelrecht gevaarlijk kon worden als je de teugels liet vieren. Hij verafschuwde *glasnost* en *perestroika*, en hij verachtte het regiem voor het feit dat het toenadering zocht tot het Westen. Het ziet ernaar uit dat dit zijn ultieme daad van verzet was.'

'Als het regiem niet langer in staat was om het Westen te treffen, zou híj dat wel eens even doen,' mompelde Costas.

'En zijn bemanning steunde hem onvoorwaardelijk, vooral met het vooruitzicht op een deel van de opbrengst van deze wapens.'

'Voor wie zouden ze bestemd zijn geweest?'

'Saddam Hussein in Irak. De taliban in Afghanistan. Hamas in Syrië. De Noord-Koreanen. Je moet niet vergeten dat we het over 1991 hebben.'

'Er moet een tussenpersoon zijn geweest,' zei Jack.

'Nog voor de ineenstorting van de Sovjet-Unie cirkelden de aasgieren er al boven,' antwoordde Katya somber.

'Ik denk dat ik onze vriend de politiek officier heb onderschat,' merkte Costas kalm op. 'Hij mag dan een fanatiekeling zijn geweest, hij heeft de mensheid misschien wel voor een catastrofe behoed.'

'Maar het gevaar is nog steeds niet afgewend.' Jack rechtte zijn rug. 'Er loopt nog steeds ergens een ontevreden klant rond, iemand die al jaren op zijn spullen wacht. En zijn potentiële klanten zijn nóg gevaarlijker geworden dan ze al waren; het zijn tegenwoordig terroristen die zich alleen maar door haat laten leiden.'

De blauwe gloed van de noodverlichting drong nauwelijks tot het voorste gedeelte van de torpedokamer door. Costas zette de lamp op zijn voorhoofd op volle sterkte en leidde de anderen door een labyrint van wapenrekken naar de coördinaten die op zijn zender/ontvanger te zien waren geweest. Jack en Katya liepen vlak achter hem, terwijl hun overlevingspakken er naarmate ze ermee langs de witte aanslag schuurden die elk stukje binnenkant van de onderzeeboot bedekte, steeds spookachtiger gingen uitzien. Nadat ze zich door een laatste nauwe doorgang hadden geperst, hurkten ze naast elkaar neer op een smal looppad waar de stalen romp van de boot links en rechts schuin omhoog liep.

Costas drukte zijn rug tegen het staal en zette zich schrap. Hij klemde zijn vingers rond een van de vloerroosters, die ongeveer een meter lang waren.

'Eens kijken.'

Hij boog zich iets naar voren en gaf toen uit alle macht een harde ruk. Een paar seconden later gaf het rooster zich met een metaalachtig gekrijs en een vloedgolf van bezinksel gewonnen. Jack kroop naar voren om te helpen het opzij te vegen, zodat Costas de ruimte zou hebben om zijn benen over de rand te zwaaien en in de duisternis vlak voor hem te turen. Hij liet zichzelf zakken tot alleen zijn helm nog boven het looppad zichtbaar was.

'Ik sta op de vloer boven de kim,' meldde hij. 'Lager kun je niet aan boord van een onderzeeër, tenzij je zin hebt door een giftige soep te baggeren.' Hij haalde het GPS-apparaatje uit zijn zak.

Jack stapte over het gat heen, zodat Katya ook bij de rand kon. De drie hoofdlampen waren nu op het groene display gericht.

'Bingo.' Costas keek van het schermpje op en staarde naar de stalen romp, die zich op nog geen armslengte afstand bevond. 'Ik sta vijf meter boven het punt waar de trap onder de onderzeeboot verdwijnt. We zitten precies op de goede plek.'

'Hoe ziet de romp eruit?' vroeg Jack.

'We hebben mazzel. De *Kazbek* beschikt voor het grootste gedeelte over een dubbele beplating, het zogenaamde binnenste druklichaam, met daaromheen een hydrodynamische romp, van elkaar gescheiden door een twintig centimeter dikke laag rubber. Op die manier ontstond er een betere akoestische isolatie en was er ruimte voor een ballasttank. Maar vlak vóór de voorpiek wordt hij weer enkelwandig, zodat er meer inwendige ruimte overblijft.'

Katya boog zich iets naar voren. 'Er is iets wat ik nog niet helemaal begrijp.'

'Kom maar op met je vragen.'

'Tussen ons en die rotswand bevindt zich een twintig centimeter dikke metalen wand. Hoe komen we daar doorheen?'

Costas draaide zijn hoofd omhoog om Katya aan te kunnen kijken. Na het onschadelijk maken van de springladingen had hij de klep van zijn helm omhoog laten staan, en het met zweet doorlopen vuil en de witte aanslag op zijn gezicht wekten de indruk dat hij zich met de een of andere bizarre camouflageverf had ingesmeerd.

'Light amplification by stimulated emission of radiation.'

Katya zweeg even, en zei toen: 'Laser?'

'Je slaat de spijker op zijn kop.'

Op dat moment klonk er achter hen een metaalachtig geluid. Voor ze de ruimte met de wapens hadden verlaten, had Costas via de radio contact opgenomen met Ben en Andy in de DSRV, en had ze verteld hoe ze de torpedokamer konden bereiken. De twee mannen hadden het middenpad genomen en verschenen nu in hun E-suits, omhangen met een stuk of wat gereedschapstassen.

'We moeten eerst een grotere opening creëren,' zei Costas tegen de mannen. 'Dan kunnen jullie me hier beneden een handje helpen.'

Jack en Katya maakten nog twee roosters los, zodat Ben en Andy zich ook konden laten zakken. Zodra ze in de smalle ruimte waren afgedaald ritsten ze hun gereedschapstassen open en zetten ze het apparaat dat erin zat in elkaar.

Costas tekende met krijt een cirkel met een doorsnede van één meter op de stalen buitenwand, waarbij hij een rolmaat als passer gebruikte. Hij deed een stapje opzij toen de twee mannen het apparaat op zijn plaats zetten. Dat zag eruit als een miniatuurmaanlander, uitgerust met een viertal scharnierende poten die uit een centrale unit ter grootte van een desktoppc staken. Ben hield het toestel voor de door de GPS vastgestelde positie, terwijl Andy de poten rond de krijtcirkel positioneerde. Na een snelle inspectie haalde hij een schakelaar over en de zuignappen klemden het geheel tegen de romp. Op datzelfde moment werden de scharnieren geborgd door stalen stangen en kwam het geheel onbeweeglijk vast te zitten.

Ben trok aan beide kanten van de centrale unit een telescopische buis naar beneden, eentje naar het middelpunt van de krijtcirkel, en de ander naar de donkere nis onder het metalen rooster in de vloer. Links van het toestel zat een driezijdige box die van boven open was en ongeveer vijftig centimeter breed was. Boven aan de buis bevond zich een richtmiddel, met aan de andere kant een hendel en een trekker.

Na een korte controle sloot Ben een snoer aan dat hij vanuit de DSRV achter zich aan had gesleept. Het lcd-scherm achter de unit kwam tot leven en snel achter elkaar schoten er allerlei aflezingen voorbij, totdat het display tot rust kwam en er een aantal programma-iconen zichtbaar werden.

'Goed werk, jongens,' zei Costas. 'En dan nu maar eens proberen dit apparaat zover te krijgen dat het in actie komt.'

Hij toetste een aantal commando's in, waarbij zijn ogen tussen het toetsenbord en het scherm heen en weer schoten. Nadat het programma was geladen, boog hij zich iets naar voren en drukte zijn rechteroog tegen de zoeker, om vervolgens met behulp van twee aan beide kanten geplaatste joysticks nog wat kleine aanpassingen te doen.

Nog geen vijf minuten nadat het apparaat was aangesloten, draaide hij zich om en keek hij Jack aan.

'We zijn er klaar voor.'

'Ga je gang maar.'

Costas omvatte de hendel met de trekker. Toen hij die naar zich toe haalde begon een kathodestraalbuis boven het toetsenbord oranje te knipperen.

'T minus zestig seconden.'

Het licht veranderde in ononderbroken groen.

'Moet voldoende zijn om geactiveerd te kunnen worden,' kondigde Costas aan.

'Tijdsduur?' wilde Jack weten.

'Twee minuten. We kunnen natuurlijk ook al ons vermogen in de strijd gooien en als een warm mes door de boter gaan, maar dan hebben de accu's van de DSRV het te zwaar te verduren. Zelfs de manier waarop we het nu doen zou onze veiligheidsmarge weleens onder druk kunnen zetten, als we tenminste nog van plan zijn om met de DSRV naar de *Seaquest* terug te keren.' Costas keek omhoog naar Katya, zijn gezicht een en al onderdrukte opwinding.

'Wat je hier ziet is een far-infrared sealed gas halfgeleiderlaser,' legde hij uit. 'Koppel dit apparaat aan de twee zilver-zinkaccu's van de DSRV, die elk zevenhonderd ampère leveren, en je krijgt een tien kilowattstraal van tien komma zes micron. Dat is voldoende om de Klingons op andere gedachten te brengen.'

Jack gromde ongeduldig, terwijl Costas de timer controleerde en op het toetsenbord een schakelaar overhaalde.

'Deze zoeker stelt ons in staat de straal precies loodrecht op de door ons bepaalde positie op de scheepsromp te richten,' vervolgde hij. 'De laser brandt momenteel een gat met een diameter van één centimeter in de romp. Ik heb zojuist een eenrichtingsklep ingebracht, waardoor we in staat zijn materiaal naar buiten te persen zonder dat er zeewater naar binnen komt.'

'In theorie, althans,' reageerde Jack.

'Een koude douche kan nooit kwaad.'

De module bracht een laag waarschuwingstoontje ten gehore. Costas nam weer achter het scherm plaats en startte een programma waarmee fouten konden worden opgespoord. Na een korte pauze omvatte hij met zijn rechterhand de hendel weer.

'De laserstraal heeft zichzelf vijf millimeter voor hij klaar was met zijn werk automatisch uitgeschakeld. Ik reactiveer hem weer.'

Hij haalde de trekker over en bleef bewegingloos zitten. Na enkele ogenblikken veranderde het onafgebroken groen plotseling in knipperend oranje. Costas tuurde door de zoeker, terwijl de zweetdruppeltjes van zijn voorhoofd op de buis druppelden. Hij kwam weer overeind en ontspande zich.

'De plug heeft het gehouden. We zijn er doorheen.'

Costas schoof opzij, zodat Ben zijn plaats achter de console kon innemen. Samen voltooiden ze de opbouw van de open box links van het apparaat. Binnen het lijnenraster was een groen lichtschijnsel te zien, als de achtergrondverlichting van een miniatuurtheater.

'Ben heeft hier meer ervaring mee,' zei Costas. 'Een deel van de software is zó nieuw dat ik zelf nog geen kans heb gehad om er, voor we vertrokken om naar dit wrak op zoek te gaan, mee te oefenen.'

'Wil je soms zeggen dat jullie dit nog nooit in de praktijk hebben toegepast?' vroeg Katya.

'Voor alles is er een eerste keer.'

Katya deed heel even haar ogen dicht. Ondanks alle hightech en de strakke planning, zou je haast denken dat IMU-operaties, inclusief het onschadelijk maken van boobytraps, een kwestie van pure improvisatie waren, schoot het door haar heen.

'En nu komt ons dit apparaatje te hulp,' zei Costas enthousiast. 'Dit is een van de meest geavanceerde lasers die er ooit gemaakt zijn. Let goed op die box.'

Het zwakke groene schijnsel veranderde in een flikkering van kleine deeltjes die elke paar seconden feller oplichtten. Na elke stroomstoot bleef er een beeld achter dat steeds complexer leek te worden, en werden de lijnen een stuk concreter. Na ongeveer een minuut was het beeld driedimensionaal geworden. Alsof iemand met lichtgevende groene stopverf een miniatuurgrot had geboetseerd.

'Een hologram!' riep Katya uit.

'Correct.' Costas' blik bleef op het beeld gericht. 'Fase twee van de operatie is het door het gat in de romp naar buiten brengen van een zwakstroom ultravioletlaser, een apparaat waarmee een soort kaart van de omgeving kan worden gemaakt, en die dat beeld vervolgens – in de box – weergeeft in de vorm van een hologram. Je kunt de laser zodanig instellen dat hij alleen maar materiaal van een bepaalde dichtheid weergeeft, in dit geval het blaasjesbasalt van de vulkaan.'

Jack keek naar Katya. 'We gebruiken dit apparaat om artefacten te kopiëren,' zei hij. 'De kaartgegevens worden doorgestuurd naar een high-intensity infraroodlaser, die nagenoeg elk materiaal kan doorsnijden, en dat doet met een nauwkeurigheid van één micron, dus iets dat nog kleiner is dan een stofdeeltje.'

'We hebben er de kopie van synthetisch polymeer van de gouden schijf uit het Minoïsche scheepswrak mee gemaakt.'

Jack knikte. 'De IMU heeft ook de hardware ontwikkeld die nodig was om de Elgin Marbles voor het Parthenon in Athene te reproduceren.'

Costas boog zich over de console. 'Oké, Ben. Maximale resolutie.'

Het groene, op en neer pulserende schijnsel begon duidelijker beelden te vertonen, zaken die enkele ogenblikken geleden alleen nog maar een contour waren geweest. Ze konden de uitpuilende basaltbrokken onderscheiden, een muur van lava die al millennia vóór de komst van de eerste mensachtigen hier was gevormd.

Het was Katya die als eerste de regelmatige vormen aan de onderkant van het beeld opmerkte.

'Ik zie traptreden!' riep ze uit.

Ze keken toe hoe de horizontale lijnen een onmiskenbare vorm aannamen. De laatste zes treden die langs de rotswand liepen eindigden bij een platform van een meter of vijf breed. Daarboven bevond zich een rotsachtig uitsteeksel dat even lang leek als de onderzeeër, die het gehele platform afsloot.

Ben begon elke impuls van de laser af te tellen. 'Zevenennegentig... achtennegentig... negenennegentig... honderd. Resolutie optimaal.'

Aller ogen richtten zich op de donkere inham in het midden van het beeld. Wat aanvankelijk op een ondoorzichtige nevel had geleken, veranderde geleidelijk aan in een rechthoekige nis van vier meter hoog en drie meter breed. Hij bevond zich helemaal aan het eind van het platform achter de trap en was onmiskenbaar uit het gesteente gehouwen.

Toen de scanner iets van positie veranderde kwam de nis duidelijk in beeld. In het midden konden ze van de vloer tot aan het plafond een verticale gleuf onderscheiden. Langs de boven- en benedenhoeken waren horizontale groeven te zien. Elk paneel was versierd met de onmiskenbare U-vorm van de hoorns van een stier.

Costas liet een zacht gefluit horen, terwijl Katya zich iets naar voren boog om het beter te kunnen zien.

Jack zocht in zijn borstzak en haalde er een verfrommeld velletje papier uit te voorschijn. Met kalme stem las hij Dillens vertaling voor. *'De grote gouden deur van de citadel.'*

Costas keek omhoog naar zijn vriend en zag het vertrouwde vuur van zijn opwinding.

'Ik durf niet te beweren dat hij van goud is,' zei Jack. 'Maar één ding kan ik je wél zeggen. We hebben de toegangspoort tot Atlantis gevonden.'

16

Jack keek naar Katya, die zich aan de andere kant van het looppad bevond. Ze boog zich over de opening en sprak met Costas, en aan haar verwrongen houding was duidelijk te zien hoe weinig ruimte er was tussen de wapenrekken en de stalen buitenwand van het schip. De op en neer dansende lampen op hun voorhoofd leken de naargeestige schemering om hen heen alleen maar te versterken. Hij zou toch op z'n minst het gekreun van oude waterdichte schotten moeten horen, de tekenen van feilbaarheid die elke romp iets menselijks gaven. Hij moest zichzelf eraan herinneren dat de *Kazbek* nog geen twintig jaar geleden op stapel was gezet en dat ze nog steeds in staat was om een veelvoud van de huidige waterdruk te weerstaan. Dat leek volkomen in tegenspraak met dit spookachtige interieur, met zijn lijkwade van bezinksel dat eruitzag alsof het zich in de loop der eeuwen had opgebouwd als de afscheiding zoals je die aantreft in grotten van kalksteen.

Terwijl zijn blik naar de donkere nis achter hen gleed, voelde Jack zich plotseling verstrakken, een oeroude angst die hij niet bij machte was te onderdrukken.

Hij kon dit niet opnieuw met hem laten gebeuren.

Niet hier. Niet nu.

Hij dwong zichzelf om zijn blik los te maken van het interieur en naar de activiteiten beneden hem te kijken. Een ogenblik lang sloot hij zijn ogen en klemde hij zijn kaken op elkaar, probeerde hij al zijn krachten te verzamelen om zich tegen de nachtmerrieachtige greep van zijn claustrofobie te verzetten. De angst van het afgelopen uur had hem kwetsbaar gemaakt, had ervoor gezorgd dat er een bres in zijn bepantsering was geslagen.

Hij zou voorzichtig moeten zijn.

Net toen hij zijn ademhaling weer een beetje onder controle had, keek Costas zijn kant uit en gebaarde naar het holografische display met het virtuele beeld van de rotswand. Het was het fascinerende bewijs dat ze exact op de juiste plaats zaten.

'Fase drie bestaat uit het door de romp heen die entree zien te bereiken,' zei hij tegen Katya.

'Een fluitje van een cent, zoals jij dat altijd noemt.'

'Wacht maar eens af.'

Plotseling klonk er gesis, als van water dat uit een radiatordop ontsnapte.

'De afstand tussen de romp van de onderzeeër en de klif is een meter of vijf,' legde Costas uit. 'We proberen een soort ontsnappingstunnel te creëren.' Hij wees naar een cilinder die aan het apparaat was bevestigd. 'Die zit vol vloeibaar silicaat, elektromagnetisch hydrosilicaat 4, of EH-4. Wíj noemen het "toverspecie". Dat gesis ontstaat zodra het onder gasdruk door het gat dat we in de buitenwand hebben geboord naar buiten wordt geperst, waar het vervolgens stolt als een soort gelei.'

Hij zweeg even om naar het percentagedisplay op het scherm te kijken. Toen dat honderd aangaf hield het sissen abrupt op.

'Oké, Andy. Uitstoot compleet.'

Andy draaide de afsluiter dicht en sloot er vervolgens een tweede cilinder op aan.

Costas draaide zich naar Katya om. 'Simpel gezegd komt het erop neer dat we van dat silicaat een soort opblaasbare ruimte maken, een effectief verlengstuk van de onderzeeër zelf, als het ware.'

'Van de toverspecie.'

'Precies. En dan is het de beurt aan Lanowski.'

'Oh.' Katya trok een grimas toen ze zich de nieuweling uit Trabzon herinnerde, de ietwat slordig uitziende man die had geweigerd aan te nemen dat ze ook maar íets van onderzeeboten kon afweten.

'Misschien niet de ideale persoon om eens gezellig mee te gaan eten,' zei Costas, 'maar wel een briljante ingenieur op het gebied van verbindingen tussen verschillende materialen. We hebben hem bij het Massachusetts Institute of Technology weggekaapt toen de IMU van het Amerikaanse ministerie van Defensie opdracht kreeg een manier te ontwikkelen om in Pearl Harbor de wrakken uit de Tweede Wereldoorlog te conserveren. Hij heeft een hydraulisch afsluitmateriaal ontdekt dat de resten van metalen scheepsrompen drie keer zo sterk kan maken, dat schadelijk zeezout uit oud ijzer haalt en corrosie tegenhoudt. We gebruiken dat materiaal hier uiteraard voor een heel ander doel. Lanowski ontdekte dat het ook een buitengewoon bindmiddel tussen bepaalde kristallijne mineralen kon zijn.'

'Hoe blazen jullie dat ding op?' vroeg Katya.

'Dat is nou het ingenieuze van het systeem.'

Terwijl ze met elkaar in gesprek waren, waren Ben en Andy druk bezig geweest met het in elkaar zetten van een ander deel van het laserapparaat. Ze hadden rond de krijtcirkel een ring van kleine instrumenten geplaatst die door zuignappen aan de wand vastzaten. Van deze instrumenten liepen draden naar een bedieningspaneel dat zich naast de console bevond.

'Dat zijn dioden.' Costas wees naar de toestelletjes. 'Halfgeleiders. In elk daarvan zit een draadspoel die als staafmagneet fungeert zodra je er stroom doorheen voert. De kabel vanuit de DSRV wordt met het bedieningspaneel aangesloten, zodat de draden van daaruit stroom krijgen. We hebben met behulp van die kabel ook de reservebatterijen opgeladen, zodat we eventueel ook onafhankelijk van de DSRV kunnen opereren. Op die manier beschikken we altijd over voldoende stroomsterkte om een gerichte bundel elektromagnetische straling dwars door de stalen wand van de onderzeeboot te sturen.'

Costas ging in de steeds nauwer wordende ruimte opzij, zodat de bemanningsleden hun positie achter het bedieningspaneel weer konden innemen.

'Het uit te stoten mengsel is als het ware gekoppeld aan vloeibare kooldioxide, CO_2hydraat,' legde hij uit. 'Die oplossing heeft een hogere dichtheid dan zeewater, en op deze diepte zorgt de druk ervoor dat het niet in kleine druppeltjes uiteenvalt. De geluidsabsorberende laag op de onderzeeboot heeft iets weg van schuurpapier en moet ervoor zorgen dat het mengsel er niet af druipt.'

De twee bemanningsleden hadden op de computermonitor een versie van het holografische beeld opgeroepen. Andy riep de coördinaten af en Ben tikte die op het toetsenbord in, terwijl elk coördinaat op het scherm een rood kruisje deed verschijnen. Die kruisjes begonnen langzaam maar zeker een onregelmatige cirkel rond de ingang te vormen.

'Lanowski heeft een manier ontwikkeld om met behulp van kristallijne nanotechnologie een soort magnetisch raster in de oplossing tot stand te brengen,' vervolgde Costas. 'Momenteel lijkt dat mengsel nog het meest op vloeibare glasvezel, waarin miljoenen uiterst kleine filamenten tegen elkaar aan worden gedrukt. Voeg daar een stoot elektromagnetische straling aan toe en ze smeden zich in de richting van de impuls aaneen tot een keihard traliewerk.'

'Net als gewapend beton,' zei Katya.

'Dat is een niet onaardige vergelijking. Alleen is ons spul, als je kijkt naar gewicht en dichtheid, ongeveer honderd keer sterker dan elk ander bekend bouwmateriaal.'

De kruisjes vormden op een gegeven moment een doorlopende cirkel en op het bedieningspaneel begon een controle-indicator groen te knipperen. Andy gleed van zijn zitplaats, terwijl Costas zijn plaats bij de holografische box innam.

'Oké.' Costas richtte zich op. 'Laten we tot actie overgaan.'

Ben haalde op het diodetransistorpaneel een schakelaar over. Er klonk een laag gezoem en het licht rond het beeld begon te pulseren. Het percentagedisplay gaf vrijwel onmiddellijk honderd aan en sprong op groen.

'Hij doet het.' Costas wierp een snelle blik naar Katya, zijn gezicht rood van opwinding. 'We hebben zojuist een 140 volt sterke elektromagnetische stroomstoot door de dioden gejaagd, waardoor de EH-4 tot een ring wordt gemagnetiseerd, die vervolgens op een één centimeter dik membraan wordt geprojecteerd, exact op de coördinaten die op het scherm als rode kruisjes te zien zijn. Die "opblaaskamer" is kegelvormig, waarbij het brede uiteinde over het hele rotsplatform valt.' Hij tikte iets in. 'De stroom hecht het membraan als een ononderbroken vaste massa aan de stalen wand. De sonde heeft laten zien dat het basalt in hoge mate magnetisch is, dus was de stroom in staat om zich, ondanks het onregelmatige oppervlak van de rotswand, eraan vast te hechten.'

Andy maakte de draden los die van de dioden naar het transistorpaneel liepen.

'Nu de eerste stroomstoot erdoor is, hebben we maar twee draden nodig om de elektrische lading op niveau te houden,' zei Costas. 'Door de andere weg te halen, kunnen we weer bij de stalen wand om aan de laatste fase te beginnen.'

'Door de buitenwand heen snijden?' vroeg Katya.

Hij knikte. 'Eerst moet het compartiment leeggepompt worden. Andy staat op het punt een vacuümpomp te activeren waarmee het water door het gat naar binnen wordt gezogen, dat we vervolgens hier in de onderzeeboot zullen opslaan. De dubbele bodem kan nog wel een metertje hebben. Deze boot gaat trouwens toch nergens meer heen.'

'Nog niet,' zei Jack. Hij had vanaf het looppad de voortgang zwijgend gadegeslagen, waarbij de E-suits en de laseropstelling het geheel op een scène uit een sciencefictionfilm deden lijken. Zijn gedachten werden beheerst door de afgrijselijke nucleaire dreiging die ze moesten zien te bezweren.

'Klaar om pomp te activeren,' zei Ben, en het gezoem van de transformator werd overstemd door het hoge geluid van een elektromotor. Seconden later hoorden ze hoe er water in het duister beneden hen werd gespoten.

'Tegelijkertijd injecteren we onder atmosferische druk lucht,' zei Costas. 'Het membraan is sterk genoeg om te voorkomen dat de ruimte onder het gewicht van het zeewater implodeert.'

Het spuiten hield abrupt op en Andy gebaarde naar het scherm. 'We zijn droog,' kondigde hij aan. 'Begin fase vier.'

Jack boog zich voorover en tuurde gespannen naar de holografische box om te zien of er in de aanblik van de rotswand veranderingen waren opgetreden. Het pulserende beeld liet zien dat de scanner was gereactiveerd en nu data doorgaf aan de holografische omvormer.

'De uit rots uitgehouwen deur lijkt het te houden,' merkte hij op.

Costas wierp een blik op het hologram. 'De sensor detecteert een geringe lekkage langs de deurstijl. Precies zoals we hebben voorspeld.'

'We hebben dit scenario gisteravond al een keertje doorgenomen aan boord van de *Seaquest*,' legde Jack uit. 'We zijn ervan uitgegaan dat de trap naar de een of andere entree leidde. We zijn er ook van uitgegaan dat het zeewater er in is doorgedrongen en dat alles wat erachter ligt overstroomd is. Het feit dat de deur niet onder het gewicht van het water opengesprongen is, toont aan dat er een uit rots gehouwen richel aanwezig is die voorkomt dat hij naar buiten toe opendraait. Van begroeiing is nauwelijks sprake, aangezien het waterstofsulfide in het water alle calcietafscheiding wegvreet.'

Plotseling klonk onder hen het geluid van kolkend schuim toen de vacuümpomp zich automatisch inschakelde om de poel water te laten verdwijnen die zich achter in de nieuw gecreëerde ruimte had gevormd.

'Er moet ook een of ander afsluitmechanisme zijn,' mompelde Jack. 'Als dit echt de toegang tot het hart van Atlantis is, dan moeten ze alle mogelijke moeite hebben gedaan om ongewenste bezoekers buiten de deur te houden.'

'Maar hoe dan ook, we gaan er nat naar binnen,' reageerde Costas.

Katya keek hem verbaasd aan. 'Nat naar binnen?'

'Onze enige manier om tot achter die deuren door te dringen,' legde Costas uit. 'We lopen er weliswaar droog naartoe, maar daarna zullen we de romp weer moeten afsluiten en die tussenruimte vol water moeten laten lopen. Als die deuren naar binnen scharnieren zullen we de druk van deze kant gelijk moeten maken aan het gewicht van het water aan de andere kant. Eenmaal binnen zitten we onder water totdat we het zeeniveau hebben bereikt.'

Ben en Andy waren bezig met het afstellen van een robotarm die ze van de centrale unit tot een punt vlak boven de krijtcirkel hadden uitgetrokken. Nadat ze de stand ervan opnieuw hadden gecontroleerd stopte Ben er een borgpen door, terwijl Andy achter de console plaatsnam en een serie commando's intoetste.

Costas boog zich wat naar voren om het apparaat te inspecteren, en vervolgde toen tegen Katya en Jack: 'Die arm is in feite een verlengstuk van de laser waarmee we dat gat in de romp hebben geboord. Hij draait op een centrale as met de wijzers van de klok mee en moet moeiteloos door de scheepswand kunnen snijden. Gelukkig zijn de schepen van de *Akula*-klasse van staal gemaakt, en niet van titanium.'

'Hoe voorkomen we dat het luik naar binnen toe implodeert wanneer die nieuwe ruimte zich met water vult?' vroeg Katya.

'De hoek waaronder de scheepswand wordt doorsneden is zodanig dat hij alleen maar naar buiten open kan, en zodra we er doorheen zijn zorgt de waterdruk ervoor dat hij op z'n plaats blijft zitten.'

Andy draaide zich naar Costas om. 'Alle systemen functioneren. Klaar om de laatste fase te activeren.'

Costas greep de rand van het looppad beet en liet zijn blik nog een laatste keer over de apparatuur glijden.'

'Inschakelen.'

Katya keek gefascineerd toe hoe de laser met de wijzers van de klok mee een cirkel op de scheepswand begon te trekken, waarbij de manipulatorarm als een veel te grote passer rond de centrale eenheid draaide. De snee was maar een paar millimeter breed en volgde de lijn die Costas met krijt rond de GPS-fix had getrokken. Nadat de straal het eerste kwadrant had afgelegd, plaatste Ben een klein metalen buisje tegen de snee. Met een snelle beweging brak hij een miniatuur CO_2-cilinder waarmee een magnetische strip naar buiten werd geschoten. Op die manier ontstond er een scharnier waarmee het luik weer dicht zou zwaaien in de richting van het membraan.

'Nog vijftien minuten,' zei Costas. 'Tijd om onze apparatuur om te doen.'

Jack stak Costas zijn hand toe en hielp hem omhoog op het looppad.

'Op het moment dat het luik dichtklapt is er geen veiligheidsnet meer. Wat ons leven betreft zijn we dan volkomen afhankelijk van onze apparatuur en van elkaar.'

Langzaam, methodisch liep hij nogmaals het *self-contained life support*-systeem na dat ze in de DSRV hadden aangetrokken. Nadat hij de decompressiecomputer om zijn linkerpols had geijkt inspecteerde hij de sluiting van Katya's E-suit.

'De Kevlar-draadversteviging is goed tegen rots en metaal bestand,' zei hij. 'De rubber afdichtingen delen het pak op in een aantal compartimenten, dus als er ergens een lek optreedt, betekent dat niet dat het pak helemaal volloopt. Maar toch zullen we voorzichtig moeten zijn. Op bijna honderd meter diep zitten we ónder de laagste thermocline en de temperatuur is hoogstens enkele graden Celsius, even koud als de Atlantische Oceaan.'

Nadat Jack Costas' uitrusting had gecontroleerd, maakte laatstgenoemde van zijn linkerschouder een kleine console los. Die was uitgerust met een digitaal lcd-display en stond in verbinding met het verdeelstuk op zijn backpack.

'Als die ruimte vol water loopt, komen we bloot te staan aan de druk van het omringende zeewater, bijna tien atmosfeer,' legde hij uit. 'Dat is toevallig zo'n beetje dezelfde diepte als het Minoïsche wrak, dus maken we gebruik van onze beproefde trimix-formule. Als we dieper gaan, wordt de kans op zuurstofvergiftiging alleen maar groter. We moeten in die gang dus omhoog, en niet naar beneden.'

'Hoe zit het met de decompressieziekte?' wilde Katya weten.

'Dat zou geen probleem moeten zijn.' Costas hing de console weer in zijn houder. 'Op deze diepte bestaat de trimix voornamelijk uit helium en zuurstof. De stikstof neemt toe naarmate we hoger komen, terwijl de regulateur het mengsel automatisch aanpast naarmate de druk minder wordt. Tenzij we ergens te lang blijven rondhangen, zijn er tijdens onze tocht naar boven maar een paar decompressiestops nodig om het teveel aan gas uit onze bloedstroom te verdrijven.'

'We zullen ongetwijfeld omhoog gaan,' verzekerde Jack hun. 'Ik heb zo het vermoeden dat dit naar een soort religieus oord boven op een berg leidt.'

'Geologisch gezien lijkt dat logisch,' zei Costas. 'Dwars door die lagen ineengeperst basalt boren zou een gigantische klus zijn geweest. Ze zouden op een fumarole en zelfs op de magmapijp kunnen stoten. Het was aanzienlijk makkelijker om de tunnel schuin omhoog aan te leggen, evenwijdig met de lavastroom, onder ongeveer dezelfde hoek als de trap.'

'Nou, we wisten al dat deze mensen briljante bouwers waren,' zei Katya terwijl ze haar VHF-zender/ontvanger op dezelfde frequentie afstelde als de twee anderen. 'Ze waren in staat om een gebied uit te houwen ter grootte van een voetbalveld, konden piramiden bouwen die aanzienlijk groter waren dan die in het oude Egypte. Ik geloof niet dat het maken van een tunnel een groot probleem voor die mensen moet zijn geweest.' Ze bevestigde de communicatieconsole weer aan haar helm. 'We moeten rekening houden met het onverwachte.'

Het enige geluid bestond uit het lage gezoem van de generator, terwijl de laser op dat moment halverwege de krijtcirkel was. In tegenstelling met de ruwe snede van een snijbrander, was de snijrand nu zó glad dat het leek alsof de meest nauwkeurige precisieapparatuur was toegepast. Met de gestage voortgang van de manipulatorarm werden tegelijkertijd de laatste minuten afgeteld totdat ze het onbekende zouden betreden.

Toen de laser aan het laatste kwadrant begon, was er een plotselinge trilling voelbaar. Alsof een aardbeving de hele onderzeeboot door elkaar schudde. Dat alles werd gevolgd door een doffe dreun en een gedempt metaalachtig gekletter, gevolgd door een onheilspellende stilte.

'Reservebatterij inschakelen!' beval Costas.

'Is al gebeurd. Stroomtoevoer is niet onderbroken geweest.'

Het elektrische gezoem begon weer terwijl Andy het snoer eruit rukte dat naar de DSRV liep, om vervolgens naar het scherm te kijken, op zoek naar onregelmatigheden.

'Wat wás dat, verdomme?' wilde Jack weten.

'Het kwam dwars door de scheepsromp,' reageerde Andy. 'Ik ben er nog niet achter.'

'Het was niet in het voorschip,' zei Ben vol overtuiging. 'We zitten maar een paar meter van de boeg verwijderd, en als het hier was geweest hadden we het moeten horen. Het moet ergens in het achterschip zijn, misschien net aan deze kant van het waterdichte schot dat de reactorruimte afgrendelt.'

Costas keek Jack grimmig aan. 'Ik ben bang dat we er rekening mee moeten houden dat de DSRV gecompromitteerd is.'

'Wat bedoel je daarmee, *gecompromitteerd*?' wilde Katya weten.

'Ik bedoel daarmee dat we misschien bezoek hebben gekregen.'

Jack haalde de slede van zijn Beretta naar achteren en controleerde of er een patroon in de kamer zat. Nadat hij zich daarvan had overtuigd, liet hij de slede naar voren komen om de patroontoevoer af te sluiten, en liet de hamer vervolgens weer behoedzaam terugkomen in de 'veilig'-positie. Mocht de nood aan de man komen, dan kon hij binnen enkele seconden het magazijn met de vijftien 9mm Parabellum-patronen op zijn doelwit legen.

'Ik begrijp het niet,' zei Katya. 'Zijn dat ónze mensen?'

'Onmogelijk,' zei Costas. 'Het zal tot morgenochtend vroeg blijven stormen, nog een uur of twaalf dus. De *Seaquest* bevindt zich minstens tien zeemijl ten noorden van ons. Dat is te ver voor een trip met een Aquapod, en in dit weer is het uitgesloten dat de helikopter laag genoeg kan komen om vlak bij deze vindplaats duikers af te zetten.'

'Als het IMU-duikers zouden zijn hadden ze allang contact met ons opgenomen, al was het maar door middel van morsetekens tegen de scheepswand,' zei Ben.

Katya maakte nog steeds de indruk er niets van te begrijpen. 'Hoe kan de *Seaquest* ze nou hebben gemist? Ze moeten zijn gearriveerd vóór het begin van de storm, en toch was er op de monitors binnen een straal van vijftien mijl geen oppervlaktevaartuig te zien.'

'Onder deze omstandigheden heb je aan satellietverkenning nagenoeg niets, maar de radar van de *Seaquest* moet in deze sector elke onregelmatigheid aan de oppervlakte moeiteloos kunnen oppikken.' Costas zweeg even, en trommelde met zijn vingers op de reling. 'Wat wél mogelijk is,' – hij keek Jack ernstig aan – 'is dat er aan de andere kant van de vulkaan al een vaartuig in positie heeft gelegen, en wel zó dicht onder de kust dat de radar haar niet heeft gezien. Een van dat schip afkomstig onderwatervoertuig kan de *Kazbek* hebben gevonden, waarna er een koppeling met de DSRV tot stand is gebracht en er via de ontsnappingskoker een aanvalsteam aan boord is gegaan.'

'Dat zou het lawaai kunnen verklaren,' merkte Ben op.

'Al in positie?' Katya was niet overtuigd. 'Hoe kan dat schip nou achter het eiland in positie hebben gelegen? Niemand is van de Atlantis-tekst op de hoogte, niemand anders beschikt over de expertise om het te vertalen of de gegevens te interpreteren.' Ze keek de mannen aan. 'Maar als dat zo is maak ik me grote zorgen over de veiligheidssituatie rond de *Seaquest*.'

Jack bleef Katya net iets langer aankijken dan de anderen. In die fractie van een seconde voelde hij dat er iets niet klopte, dat ze naast de bezorgdheid die ze allemaal probeerden te onderdrukken, iets voor hen verborgen hield. Op hetzelfde moment dat hij haar een vraag wilde stellen, klonk er opnieuw een metaalachtige dreun in de onderzeeboot, lawaai dat aan elke speculatie een einde maakte. Hij stak de Beretta snel in de holster.

'Costas, jij blijft bij Andy. Dat luik zou weleens onze enige ontsnappingsroute kunnen zijn. Ben, jij blijft bij mij.'

'Ik ga ook mee.' De stem van Katya klonk zakelijk. 'We hebben zo veel mogelijk vuurkracht nodig. Bemanningsleden aan boord van schepen uit de *Akula*-klasse hadden extra wapens aan boord. Die zaten opgeborgen in een kast in de longroom op het dek hierboven. Ik weet precies waar.'

Tijd om daarover te delibereren was er niet meer. Ze deden snel hun SCLS-backpacks af en zetten die tegen de stalen wand.

Jack zei, terwijl ze samen op het looppad gehurkt zaten: 'Deze lieden zijn niet gekomen om oude kunstschatten op te graven. Ze gaan ervan uit dat wij datgene hebben gevonden waarnaar zíj op zoek zijn, en dat we geen verbinding met de oppervlakte hebben. Als ze ons weten te elimineren, kunnen ze de transactie die jaren geleden helemaal fout liep alsnog afronden. Het gaat hier niet langer om Atlantis. Vijf meter hiervandaan liggen voldoende kernkoppen om een eind aan de westerse beschaving te maken.'

Toen Katya haar voet op de eerste sport van de ladder zette die naar het bovengelegen dek leidde, boog ze zich zo ver mogelijk opzij om aan de regen van witte aanslag te ontkomen die zich tijdens Jacks klim naar boven had losgemaakt. Na behoedzaam zes, zeven sporten omhoog te zijn geklommen tikte ze tegen zijn been, terwijl ze tegelijkertijd Ben waarschuwde, die direct achter haar aan kwam.

'Hier is het,' fluisterde ze.

Ze hadden de verdieping boven de torpedoruimte bereikt, waar ze nog geen uur geleden op weg naar beneden de bemanningsverblijven waren gepasseerd. Katya stapte door het luik naar binnen en duwde de rommel opzij die rond de ingang lag. Jack volgde haar op de voet, en Ben enkele seconden later. Toen ze even later in het halfduister dicht bij elkaar stonden bracht Jack zijn arm omhoog en knipte de lamp op Katya's voorhoofd aan.

'Hij staat nu op zijn zwakst,' fluisterde hij. 'Dat moet oké zijn zolang je er maar niet mee op die laadschacht schijnt, want dan zou het licht weleens via de koker tot in de doorgang boven kunnen doordringen.'

Katya scheen met het smalle lichtbundeltje in de verste hoek van het vertrek. Achter een paar mess-tafels stond een luik halfopen. Ze gebaarde dat ze moesten blijven staan en liep zelf door de rommel in de richting van het luik, waarbij ze alle mogelijke moeite deed geen lawaai te maken en de lichtbundel recht op de hoek gericht te houden. Toen ze door het luik kroop, boog Ben zich iets naar achteren om te luisteren of hij van boven geluid hoorde komen.

Na enkele ogenblikken gespannen stilte kwam Katya weer te voorschijn. Ze had haar hoofdlamp uitgezet om te voorkomen dat hij in de koker zou schijnen. Terwijl ze hun kant uit kwam zagen ze dat ze vol hing met uitrusting.

'Een AKS-74U,' fluisterde ze. 'En ook nog een Makarov 9mm-pistool, min of meer identiek aan de Walther PPK. De wapenkast was nagenoeg leeg en dit is het enige wat ik nog kon vinden. Verder heb ik nog een doos munitie bij me.'

'Dit moet voldoende zijn.' Ben haalde het wapen van Katya's schouder. De AKS-74U had dezelfde afmetingen als de Heckler & Koch MP-5, het bekende wapen dat door veel westerse politiemachten werd gebruikt, maar in tegenstelling met de meeste andere pistoolmitrailleurs werd door dit wapen 5,45mm high velocity-kogels afgevuurd. De ingenieurs van het wapenontwerpbureau Kalashnikov hadden kans gezien een geluiddemper te ontwikkelen die geen nadelige invloed op de mondingssnelheid had, terwijl ze een expansiekamer hadden geconstrueerd die het wapen, als het op automatisch vuren stond, beter beheersbaar maakte dan elk willekeurig ander vuurwapen van dat kaliber.

Er klonk ergens ver weg in het binnenste van de onderzeeboot opnieuw een gedempt geluid. Jack bracht geschrokken zijn hoofd omhoog en iedereen spitste zijn oren. Wat aanvankelijk metaalachtig gekletter in de verte had geleken, werd geleidelijk aan een duidelijke, opeenvolgende serie doffe dreunen die alles bij elkaar een seconde of twintig te horen was, en toen abrupt eindigde.

'Voetstappen,' fluisterde Jack. 'Op het dek boven ons, weer terug in de richting van de ontsnappingskoker. Ik vermoed dat onze vrienden in de commandocentrale zitten. We moeten ze onderscheppen voor ze de laadschacht bereiken.'

Jack en Katya pakten beiden een Kalashnikov-magazijn en begonnen daar zo snel mogelijk patronen uit de doos munitie in te drukken. Katya gaf haar magazijn aan Ben, die het samen met de losse patronen in een zak aan zijn riem stopte. Hij klikte het andere magazijn in het wapen, haalde de spangreep naar achteren en zette de vuurregelaar op veilig. Katya spande de Makarov en stopte die tussen de gereedschapsriem rond haar middel.

'Oké,' fluisterde Jack. 'We gaan.'

Het leek een eeuwigheid geleden sinds ze met het weerzinwekkende spookbeeld bij de ingang van de sonarruimte waren geconfronteerd. Toen ze de laatste sporten van de ladder bereikten, was Jack dankbaar voor de duisternis die voorkwam dat ze door een wachtpost zouden worden waargenomen.

Hij reikte naar beneden om Katya omhoog te helpen. Enkele seconden later stonden ze met z'n drieën met hun wapen in de aanslag. Aan het eind van de gang zagen ze in de commandocentrale de gloed van de noodverlichting.

Jack ging hen langs de linkerkant van de gang met de Beretta in de aanslag voor. Vlak voor de entree bleef hij plotseling staan en bracht waarschuwend zijn arm omhoog. Katya kwam vlak achter hem staan en drukte zich tegen hem aan, terwijl Ben aan de andere kant met de duisternis leek te versmelten.

Vanuit haar beperkte gezichtsveld kon Katya alleen maar uit elkaar gehaalde apparatuur en kapotgeslagen consoles zien. De lijkwade van aanslag gaf het hele tafereel iets tweedimensionaals, alsof ze naar een schilderij keken dat té abstract was om afzonderlijke vormen of structuren te kunnen onderscheiden.

Plotseling zag ze waarom Jack was blijven staan. Naast de verwrongen resten van de periscoop maakte zich een spookachtige gedaante uit de achtergrond los, een gestalte die je alleen maar opmerkte wanneer hij zich bewoog. Toen hij hun kant uit kwam, was het duidelijk dat de gestalte zich niet van hun aanwezigheid bewust was.

Er klonk een oorverdovende knal uit Jacks Beretta. Door de storm van witte deeltjes die zich van de wanden losmaakten heen zag ze hoe de gestalte achteruit wankelde richting periscoopschacht, om vervolgens weinig gracieus in elkaar te zakken. Jack vuurde snel achter elkaar nog eens vijf schoten af, waarbij elke kogel een hagel aan staalfragmenten veroorzaakte, die door het vertrek ricocheerden.

Katya was verbijsterd door de gewelddadigheid van het lawaai. Tot haar afgrijzen zag ze hoe de gestalte zich langzaam oprichtte en de Uzi-pistool-mitrailleur die hij bij zich had op de gang richtte. Ze kon duidelijk de diepe putten zien waar Jacks kogels zonder verdere schade aan te richten tegen het Kevlar-huidpantser waren afgeketst. Hun tegenstander opende het vuur met zijn Uzi, een woest, scheurend geluid dat een vuurstoot begeleidde die dwars door de gang joeg, waardoor de vonken van de apparatuur achter hen afvlogen.

Vanuit het duister aan de andere kant klonk het staccatogeblaf van Bens AKS-74U, waarvan het geluid dankzij de demper een stuk minder oorverdovend was dan dat van de Beretta, maar met aanzienlijk dodelijker effect. De kogels boorden zich in de naderbij komende gestalte en sloegen hem ruggelings tegen de periscoopschacht, waarbij de kogels uit zijn Uzi een grillig spoor langs het plafond trokken. Elke inslag trof hem met de kracht van een voorhamer, zodat zijn ledematen schokten in de waanzinnige dans van een ledenpop. Terwijl de Kevlar aan flarden werd gereten, klapte zijn torso – nadat een stuk van zijn ruggengraat was weggeschoten – in een vreemde hoek voorover. Hij was al dood nog voor hij goed en wel de vloer raakte.

Ergens helemaal achter in het vertrek mengde zich nog een automatisch wapen in het gevecht, zodat er een oorverdovend kabaal ontstond. De schoten weerkaatsten door de onderzeeër, terwijl de in het rond vliegende kogels bijna tastbaar waren, zó krachtig werd de lucht in het vertrek erdoor verplaatst.

Jack hurkte neer en wiegde op de bal van zijn voeten heen en weer als een sprinter die op het punt stond aan een race te beginnen.

'Geef eens dekkingsvuur!'

Ben leegde de rest van zijn magazijn in het vertrek terwijl Jack uit zijn dekking kwam en in de richting van de centrale verhoging rende, terwijl hij met de Beretta op de ruimte achter de periscoopschachten vuurde, waar het andere geweervuur vandaan leek te komen. Er klonk een kreet en wat gekletter, direct gevolgd door het geluid van iemand die het op een lopen zette. Katya holde achter Jack aan en besefte dat de schoten nog in haar oren nagalmden. Ben voegde zich snel bij hen en met z'n drieën op een rijtje hurkten ze achter de vernielde periscoopschachten neer.

'Hoeveel zijn het nog?' vroeg Ben.

'Twee, misschien drie. Een ervan hebben we te pakken gehad. Als we ze in de gang ingesloten kunnen houden, beperkt dat hun schootsveld aanzienlijk.'

De twee mannen haalden het magazijn uit hun wapen en begonnen te herladen. Terwijl Ben de losse patronen uit de zak aan zijn riem in het magazijn drukte, nam Katya het resultaat van de slachting pal naast hen in ogenschouw.

Het was een misselijkmakende aanblik. Omringd door dikke bloedvegen en lege Uzi-hulzen was een onder een bizarre hoek geknikt mannenlichaam te zien, een man wiens tors dubbelgevouwen was, terwijl zijn gezicht voorover was geklapt. De kogels hadden zijn zuurstofapparaat aan flarden geschoten, en de cilinders en ademautomaat waren bedekt met kleine stukjes bot en weefsel. Iets lager zag ze een grillig gevormd gat waar ooit zijn hart en longen hadden gezeten. In de holte zat een losgeschoten slang van zijn zuurstofregulator beklemd, en er druppelde wat bloederig schuim uit dat in een groteske parodie van 's mans laatste ademtochten borrelde en siste.

Katya knielde neer en tilde het hoofd van de man iets op. Ze huiverde en liet het weer vallen. Jack was ervan overtuigd dat ze hem herkende. Hij stak zijn arm uit en legde een hand op haar schouder. Ze draaide zich naar hem om.

'Er is aan boord van deze boot nu wel genoeg strijd geleverd.' Ze zag er plotseling moe uit. 'Het wordt tijd dat daar een eind aan komt.'

Nog vóór Jack haar kon tegenhouden was ze overeind gekomen, stak ten teken van overgave haar beide armen omhoog en ging in de ruimte tussen de twee periscopen staan.

'Mijn naam is Katya Svetlanova,' zei ze in het Russisch, luid en nadrukkelijk, en de woorden echoden door het vertrek.

Er klonk onmiddellijk beroering, direct gevolgd door het geluid van een gedempt gevoerde conversatie. Na een tijdje reageerde een mannenstem in een dialect dat noch Jack noch Ben herkende. Katya liet haar armen zakken en begon een verhitte dialoog die enkele minuten duurde. Ze leek de situatie volkomen onder controle te hebben, en in haar stem klonken gezag en zelfvertrouwen door, terwijl de man weifelend en eerbiedig klonk. Na een laatste korte opmerking liet ze zich op de vloer zakken en stak het pistool tussen haar riem.

'Hij is een Kazak,' zei ze. 'Ik heb hem verteld dat we de gang vanaf hier tot aan de torpedoruimte van boobytraps hebben voorzien. Ik heb gezegd dat we alleen rechtstreeks met hun leider wensen te onderhandelen. De kans dat dat gebeurt is erg klein, maar in elk geval winnen we er tijd mee, want ze zullen ongetwijfeld opnieuw moeten bekijken wat hen te doen staat.'

Jack keek haar eens aan. Ze was nu al twee keer van doorslaggevend belang geweest bij het afwenden van onheil. Om te beginnen had ze weten te voorkomen dat ze in de Egeïsche Zee door de *Vultura* waren aangevallen, en nu door te onderhandelen met deze gewapende lieden. Het leek wel of hun tegenstanders, zodra zíj in de buurt was, afstand namen en rustig hun tijd afwachtten.

'Die mannen,' zei hij. 'Ik neem aan dat het onze vrienden van de *Vultura* zijn?'

'Dat klopt,' antwoordde ze kalm. 'En ze zijn meedogenloos.'

'Wat doen we nu?' vroeg Ben.

Vanuit de andere kant van de onderzeeboot klonk een gedempt bonkend geluid.

'Daar heb je het antwoord,' reageerde Jack. Het was het van tevoren afgesproken signaal van Costas dat de operatie waarbij er een opening in de romp zou worden gemaakt voltooid was. Jack kwam overeind en verliet met de twee anderen in zijn kielzog de commandocentrale, waarbij hij met een boogje om het bloed heen liep dat nog steeds uit het lijk op de verhoging druppelde. Nadat ze zich in de gang hadden teruggetrokken keek Jack nog een laatste keer achterom naar de verwoestingen, én om zeker te weten dat ze niet werden gevolgd.

Bij de bovenkant van de laadschacht aangekomen hurkte Ben in het halfduister neer. Hij had Jack door middel van gebaren duidelijk gemaakt wat hij van plan was en tegelijkertijd aangegeven dat hij en Katya door moesten lopen. Met slechts anderhalf magazijn patronen tot zijn beschikking had hij weinig kans, maar Jack wist dat als het opnieuw tot een gewapende confrontatie zou komen, elke kogel raak zou zijn.

Jack en Katya hadden maar een paar minuten nodig om de zo langzamerhand vertrouwde route door de laadschacht naar de torpedoruimte af te leggen. Toen ze de opening in het rooster bereikten hingen ze zwijgend hun SCLS-apparatuur om die ze daar hadden achtergelaten, controleerden bij elkaar of alles goed zat en activeerden vervolgens de regulateurconsoles.

Ze wisten precies wat hen te doen stond. Het was zinloos om nog langer bij Ben en Andy in de buurt te blijven, een beleg dat slechts op één manier kon eindigen. Hun verdediging was enkel gebaseerd op de geloofwaardigheid van Katya's dreigement, en zodra men daar doorheen zou prikken, waren ze met veel te weinig man om nog iets in te kunnen brengen. Dit was hun enige kans, hun enige hoop om hulp te bereiken terwijl boven hen de storm woedde.

Er stond ongelooflijk veel op het spel.

Terwijl ze zich in het kimcompartiment lieten zakken, zagen ze dat Costas zijn gelaatsvizier al naar beneden had geklapt en zijn helm lucht- en waterdicht had afgesloten. Snel gingen ze achter hem aan, maar niet voordat Katya haar pistool aan Andy had gegeven, die bij de console zou achterblijven.

'Jij hebt dit wapen waarschijnlijk harder nodig dan ik,' zei ze.

Andy knikte dankbaar en stak het pistool in een holster, om vervolgens alleen maar oog voor het scherm te hebben. Terwijl Jack snel vertelde wat er in de commandocentrale was voorgevallen, was Costas klaar met het intrekken van de telescooparm. De laser had een perfecte cirkel met een doorsnede van een halve meter in de romp van de onderzeeboot gesneden.

'Hij draait open op het scharnier dat we hebben ingebracht,' zei Andy. 'Het enige wat ik nu nog hoef te doen is de druk in de buitenkamer laten zakken, waardoor het luik straks vanzelf naar buiten toe openspringt.'

Ze keken met gemengde gevoelens naar de scheepswand, bezorgd over de gevaren die nog op hen lagen te wachten, maar tegelijkertijd gedreven door een allesoverheersende nieuwsgierigheid naar een verloren wereld die ze zich zelfs in hun wildste dromen niet hadden kunnen voorstellen.

'Oké,' zei Costas. 'Daar gaan we.'

17

Costas kroop door het gat en deed zijn uiterste best om uit de buurt van de vlijmscherpe rand te blijven die de laser had achtergelaten toen die zich door het staal had gebrand. Hij reikte naar voren om de sterkte van het gemagnetiseerde membraan te testen en draaide zich toen om teneinde Katya en Jack te helpen. Toen ze er veilig en wel doorheen waren, deed hij het geïmproviseerde luik weer dicht, want een eventuele scheur in het membraan zou dan weleens tot gevolg kunnen hebben dat de hele onderzeeboot vol water kwam te staan. De nagenoeg onzichtbare naad rond het luik liet duidelijk zien met welke chirurgische precisie de laser werkte.

Hoewel het membraan transparant was, drong er op deze diepte nauwelijks natuurlijk licht tot door, terwijl dat licht nog verder werd geblokkeerd door het rotsachtige uitsteeksel dat even lang was als de onderzeeboot en dat hen aan de buitenkant van de zee afschermde.

Nadat ze de lampen op hun voorhoofd hadden aangedaan, werd het licht door het kristallijne raster van het membraan overal om hen heen gereflecteerd. Recht voor hen uit zag de rotswand er totaal anders uit dan ze hadden verwacht: het monochrome groen van het hologram had het glimmende oppervlak ervan nauwelijks recht gedaan. Het leek wel alsof ze naar een ouderwetse sepiakleurige foto keken, waarbij een wazige rand het getinte beeld van de een of andere reeds lang vergeten grot omkaderde.

Ze liepen er langzaam naartoe, zich verder oprichtend naarmate de tunnel breder en hoger werd. Het membraan was keihard en gaf een behoorlijk houvast, ondanks wat water dat van het platform voor hen naar beneden liep. Toen ze een meter of acht hadden afgelegd, bereikten ze het punt waar het membraan zich magnetisch aan het rotsoppervlak had gehecht. Costas ging hen voor de traptreden op en bukte zich om het oppervlak te inspecteren.

'Bijna geen aangroeisels, niet eens algen. Ik heb nog nooit een levenlozer zee gezien dan deze. Als we hier onze helmen zouden afdoen, zouden we kunnen ruiken dat het hier door de hoge concentratie waterstofsulfide in het water naar rotte eieren stinkt.'

Hij draaide het volume op zijn verbindingsconsole iets hoger en keek achterom om te zien of de anderen hem hadden gehoord. Jack mompelde iets instemmends, maar had eigenlijk alleen maar belangstelling voor het beeld vlak voor hem. Hij en Katya stonden naast elkaar, slechts enkele meters verwijderd van de duisternis aan het einde van het platform.

Toen Costas bij hen kwam staan zorgde zijn voorhoofdslamp ervoor dat het beeld iets duidelijker werd. Recht voor hen bevond zich een rechthoekige, in de rotsen uitgehouwen nis die ongeveer twee keer zo hoog was als zijzelf en ongeveer drie keer zo breed. De nis was pakweg drie meter diep, en de rots was zodanig gepolijst dat je je er bijna in kon spiegelen. In de achterwand was datgene te zien wat ze eerder al als hologram hadden aanschouwd, de contouren van een grote dubbele deur.

Katya was de eerste die besefte waar ze naar keek, en haar stem klonk gespannen van opwinding.

'Hij is van *goud!*'

Toen hun lichtbundels samenvielen werden ze door de terugkaatsende gloed bijna verblind. Katya richtte de lamp op haar voorhoofd behoedzaam op de benedenrand, ónder de felle schittering.

'Bladgoud, denk ik,' zei Costas bijna zakelijk. 'Geklopt en gepolitoerd, en daarna op stukken steen aangebracht. Er werd in die periode in de rivieren in de Kaukasus welsiwaar voldoende goud gevonden, maar om deze deuren van massief goud te maken zou een té grote aanslag op de voorraden zijn geweest. En dan zouden ze ook nog eens veel te zacht zijn geweest.'

Door de nauwelijks zichtbare spleet langs de rand spoot vanuit de ruimte erachter hier en daar een fijn straaltje water naar buiten. Het licht uit hun voorhoofdslampen veroorzaakte een grote hoeveelheid nietige regenboogjes en caleidoscopische ringen die de glinstering van het goud nog eens extra versterkte.

'Ze sluiten aan op een soort dorpel, een lage richel die langs de hele rand in de rots is aangebracht.' Costas tuurde aandachtig naar de rechterbenedenhoek. 'Op die manier kunnen ze nooit naar buiten toe openklappen. Zoals we al vermoedden is het de bedoeling dat ze naar binnen toe opengaan.'

Hij deed een stapje achteruit en draaide zich naar Jack om. 'We moeten deze ruimte onder water zetten, zodat de waterdruk aan beide kanten van de deur even groot wordt. Zijn we daar klaar voor?'

De twee anderen draaiden aan de instellingen van hun ademautomaat en stapten van de perslucht die ze nu inademden over op de trimix die nodig was om op een diepte van honderd meter onder de zeespiegel te overleven. Katya zwaaide als een dronkeman lichtjes heen en weer en voelde zich heel even licht in het hoofd worden toen ze met het onbekende mengsel werd geconfronteerd. Costas stak haar een hand toe om haar te helpen haar evenwicht te bewaren.

'Daar raak je wel aan gewend,' zei hij. 'Je gaat er helder van denken, en dat kan bij jou helemaal geen kwaad, want je zult straks waarschijnlijk heel wat inscripties moeten vertalen.'

Katya en Jack controleerden elkaars cilinderdruk en gebaarden toen naar Costas dat alles oké was, die vervolgens over het membraan terug naar de onderzeeër gleed. Nadat hij zijn eigen ademautomaat had geactiveerd klopte hij met een stuk gereedschap een paar keer snel en hard op de scheepsromp. Enkele seconden later spoot een keiharde waterstraal door het gaatje in het midden van het luik naar buiten, die met de kracht van een waterkanon tegen de rotsformatie sloeg. Andy had de hogedrukpomp omgezet, en bracht het water nu uit de kimruimte omhoog, waarna het door een filter werd gevoerd die de giftige stoffen en vaste deeltjes er uithaalde.

Ze drukten zich met hun rug tegen de zijwand om te voorkomen dat ze door de pal langs hen heen spuitende waterstraal werden geraakt. Terwijl dat tegen de rots kletterde en al wat hoger kwam te staan, kon Jack een pijnkreet niet langer onderdrukken.

'Wat is er?' wilde Katya weten. 'Is alles goed met je?'

'Het heeft niets te betekenen.'

Maar uit Jacks houding sprak precies het tegenovergestelde: hij stond krom van de pijn en hield zich aan een stuk rots vast. Pas toen het water weer wat verder rond hun benen was gestegen richtte hij zich langzaam weer wat verder op, terwijl zijn raspende ademhaling duidelijk door de intercom was te horen was.

'Het is tijdens die korte confrontatie gebeurd.' Ondanks de bijna nonchalante manier waarop hij dat zei, was duidelijk te zien dat hij veel pijn had. 'Toen we de commandocentrale binnenstormden ben ik in mijn rechterzij getroffen. Ik heb niets gezegd omdat er op dat moment toch niets aan gedaan kon worden. De kogel is dóór het Kevlar heen gedrongen, dus ik heb nu een lekkende kamer. Het water is koud. Het gaat wel weer over.'

De werkelijkheid was aanzienlijk ernstiger. Hoewel het slechts een kogel uit een Uzi betrof, waarvan de mondingsnelheid niet zo gek hoog lag, had het projectiel ervoor gezorgd dat er een rib was gebroken en was er een behoorlijke vleeswond ontstaan. Jack had al een hoop bloed verloren en besefte dat hij niet al te lang op deze manier door zou kunnen gaan. Het binnenstromende water had het bloeden weliswaar een halt toegeroepen en de pijn verzacht, maar de scheur in zijn pak was erger dan hij had laten doorschemeren. Het water was slechts een graad of twee, drie, en het zou niet lang meer duren of hij zou zodanig afkoelen dat hij in de gevarenzone terechtkwam.

Terwijl hij probeerde zijn ademhaling onder controle te krijgen, werd hij overmand door een plotselinge golf van duizeligheid, een onmiskenbaar teken dat hij zuurstof te kort kwam. Zijn lichaam schreeuwde om nieuwe energie nadat hij zoveel bloed had verloren, en aan die vraag werd duidelijk niet voldaan. Hij begon te hyperventileren.

Niet weer.

Hij verstijfde toen het kolkende water hem boven het hoofd steeg. Hij voelde een hevige behoefte aan ruimte, terwijl de opening boven het water steeds kleiner werd en hij steeds banger werd dat de claustrofobie hem weer in zijn greep zou krijgen.

Hij probeerde zich er wanhopig van te overtuigen dat het iets psychisch was, een natuurlijke reactie van zijn lichaam terwijl dat zich probeerde aan te passen, en geen blinde paniek.

Ontspan je. Laat het los.

Zijn ademhaling was onregelmatig, kwam met schokken, en hij knielde op de vloer neer, de armen langs zijn lichaam hangend en met gebogen hoofd, terwijl het geluid van zijn ademautomaat werd overstemd door de kolkende heksenketel om hem heen. Hij was zich nog maar net bewust van Katya en Costas voor hem, die blijkbaar niet meer op hem letten en met hun in een wit waas gehulde lichaam alleen nog maar aandacht voor het stijgende water leken te hebben.

Hij sloot zijn ogen.

Een krachtige waterstraal stuwde hem terug, omringde zijn lichaam alsof hij in een draaikolk terecht was gekomen. Aan beide zijkanten leek het hem te strelen, terwijl het gewicht aan de voorkant zwaar op hem drukte, een weeïge massa die hem tegen het membraan gedrukt hield.

Hij opende zijn ogen, die zich van het ene op het andere moment met afgrijzen vulden.

Het enige wat hij zag was een afzichtelijk gelaat dat zich vlak voor het zijne bevond, een gelaat waarvan de lege oogkassen en de wrede grijns als van een waanzinnige ledenpop voor hem op en neer dansten, terwijl de spookachtige armen van de gestalte heen en weer zwaaiden alsof hij probeerde hem in een dodelijke omhelzing te omvatten. Met elke nieuwe stoot water kwam dat vol witte en grijze schilfers te zitten, die zich als sneeuwvlokken van de spookverschijning leken los te maken.

Jack was niet bij machte zich te verzetten, gevangen in een verlammende nachtmerrie waaruit geen ontsnapping mogelijk was. Het drukte hem meedogenloos neer, overweldigde hem.

Hij hield op met ademhalen, zijn mond verstard in een geluidloze kreet. *Hij was aan het hallucineren.*

Zijn hersenen vertelden hem dat hij op het punt stond bedwelmd te raken. *De man die ze hadden gedood tijdens het vuurgevecht. Het aan het plafond bungelende lichaam in de sonarruimte.* Het waren de geesten van de onderzeeër, spoken die gebleven waren om hem te achtervolgen.

Hij kneep zijn ogen stevig dicht, terwijl al zijn reserves vochten om te voorkomen dat hij in de duisternis weg zou glijden.

In een flits was hij weer terug in de mijnschacht, nu vijf maanden geleden, op het terrein van zijn wrekende gerechtigheid. Opnieuw voelde hij de schrik toen het gas naar boven kolkte en maakte dat hij tegen de balk sloeg, waardoor hij van zijn zuurstoftoevoer werd afgesneden en zijn lamp ermee ophield. Het bijna stikken in het pikdonker voor hij door Costas werd gevonden, die hem via zijn eigen automaat zuurstof toediende en hem op die manier in leven hield. Het afgrijzen toen de tweede stoot gas hem uit Costas' greep, richting oppervlakte blies. De uren in de recompressiekamer, urenlange verpletterende uitputting, afgewisseld door ogenblikken van pure doodsangst wanneer hij bij bewustzijn kwam en steeds weer met zijn paniekaanval werd geconfronteerd. Het was de ervaring waar alle duikers bang voor waren, een ervaring die al het zorgvuldige, in de loop van jaren opgebouwde zelfvertrouwen in één keer tenietdeed en hem in een wereld stortte waarin elke controle en alle parameters weer zorgvuldig vanaf de grond zouden moeten worden opgebouwd.

En nu overkwam het hem weer.

'Jack! Kijk me aan. Alles is in orde. Het is weg.'

Costas staarde in Jacks wijd opengesperde ogen en greep hem bij de schouders. Terwijl de waterstraal minder lawaai begon te maken en hij zijn uitlaatventiel weer hoorde, loosde Jack trillend een diepe zucht en begon hij zich enigszins te ontspannen.

Het was Costas. Hij bevond zich nog steeds in de door het membraan gecreëerde ruimte.

'Het moet een van de lijken zijn geweest die door Kuznetsov via de torpedobuis naar buiten is gelanceerd. Is waarschijnlijk in een rotsspleet beklemd geraakt en werd er toen door de waterstraal weer uit losgespoten. Niet bepaald een prettig gezicht.' Costas gebaarde naar de witgevlekte gestalte die nu in de buurt van de romp van de onderzeeboot in het water zweefde, de torso weerzinwekkend gehavend op de plaatsen waar Costas het van zich af had geslagen, waardoor het vetweefsel dat nog aan het geraamte vastzat uiteen was gevallen.

In plaats van walging voelde Jack een enorme opluchting, de blijdschap van iemand die oog in oog met de vergetelheid had gestaan en die had weten te overwinnen. De in zijn lichaam rondpompende adrenaline zou hem voortstuwen langs alles wat nog op zijn pad lag.

Katya was door de kracht van het water tegen het membraan geslagen en had niet eens in de gaten dat hij in paniek was geraakt. Jack keek naar haar op en sprak met schorre stem in de intercom, terwijl zijn ademhaling nog steeds hortend en stotend ging.

'Mijn beurt om weer eens goed te schrikken, meer niet.'

Ze kon onmogelijk weten door welke demonen hij was achtervolgd, de kracht waarmee ze hadden geprobeerd hem hun wil op te leggen, en voor hem bijna het einde hadden betekend.

De kolkende maalstroom hield op en het water nam kort nadat er aan de turbulentie een eind was gekomen een opmerkelijke helderheid aan. Costas' ogen bleven strak op Jack gericht, tot hij zag dat hij volledig ontspannen was. Na enkele ogenblikken bukte Costas zich en maakte de stukken klittenband los waarmee Jacks zwemvliezen aan zijn benen waren bevestigd, trok de siliconenbladen over zijn voeten en klikte ze op hun plaats.

Jack draaide om zijn as en keek naar de luchtbellen uit zijn uitlaatventiel, die samensmolten tot kleine, doorschijnende poeltjes, om vervolgens glinsterend en wiebelend bij het plafond van de membraanruimte samen te komen. Hij voelde hoe zijn cilinderpack over de bodem schraapte en spoot snel een hoeveelheid lucht in zijn pak om te kunnen blijven zweven.

Costas zwom van de scheepsromp naar de rotswand. Toen hij die bereikte was er in hun koptelefoons een ondoorgrondelijk hoog geluid te horen. Jack merkte dat hij onbeheersbaar trilde; de doodsangst van de afgelopen minuten waren veranderd in een uitzinnige opluchting.

'Hé, Mickey Mouse,' zei hij. 'Ik denk dat je je stemmodulator moet inschakelen.'

De combinatie van extreme druk en helium vervormde de stem zó erg dat het bijna komisch klonk, en de IMU had dan ook een instrument ontwikkeld om het hoge geluid waarmee Jack zo'n moeite had te neutraliseren.

'Sorry. Ik zal het nog eens proberen.' Costas draaide aan een knop op de zijkant van zijn duikmasker. Hij vond een betere frequentie en zette hem op automatisch, zodat de modulator direct op veranderingen in druk en gasverbruik zou reageren.

'Andy heeft de magnetisatie van het membraan wat verminderd, zodat het semi-flexibel is geworden, waardoor de omringende druk van het zeewater tot in dit gedeelte kan doordringen, zodat dat hetzelfde is als de druk van het water achter die deur. Die is momenteel 9,8 bar, bijna honderd meter. Op deze diepte hebben we met onze trimix maar een halfuurtje de tijd.'

Met hun voorhoofdslampen op halve sterkte om minder last van de weerkaatsing te hebben, zagen ze rond de entree heel wat meer details dan daarnet. Op elke paneel stond het indrukwekkende symbool van de stierenhoorns afgebeeld, hetzelfde als op het hologram te zien was geweest, levensgroot, van bladgoud, zodat het nu een soort reliëf vormde.

Costas haalde een ander apparaatje uit zijn gereedschapsgordel.

'Iets dat ik in het geofysische laboratorium van de IMU in elkaar heb geflanst,' zei hij. 'GPR, oftewel *ground penetrating radar*, radar waarmee je tot onder het aardoppervlak kunt kijken. Hij genereert elektromagnetische breedbandgolven waarmee beelden ónder de oppervlakte zichtbaar gemaakt kunnen worden. We noemen het een akoestische schijnwerper. Het GPR-signaal gaat maar vijf meter diep, maar op die manier kunnen we wél zien of zich aan de andere kant een massief obstakel bevindt.'

Hij trok de transductorantenne uit en zwom voor het bordes van de entree heen en weer, om uiteindelijk bij de naad tussen de deuren halt te houden.

'Er zit verder niets achter,' kondigde hij aan. 'Na een halve meter is er van enige weerstand geen sprake meer. Ik neem aan dat dat de dikte van de deuren is. Ik heb wat beter langs de richel aan de onderkant gekeken en volgens mij is er niets meer dat nog roet in het eten kan gooien.'

'Corrosie misschien?' vroeg Katya.

'Goud corrodeert nauwelijks in zeewater.'

Costas bevestigde het apparaatje weer aan zijn riem en kromde zijn vingers over de onderdorpel van de deuren. Hij bewoog zijn lichaam een paar keer heen en weer en rustte toen even uit.

'Daar gaat-ie,' zei hij.

Razendsnel bewoog hij zijn zwemvliezen op en neer en schoot toen met hoge snelheid naar voren, waarbij hij met zijn volle gewicht tegen de deur beukte. Hij deed dat vervolgens nog een keer en moest toen even uitblazen. De deuren leken wel van een massief rotsblok gemaakt, waarbij de twee meter hoge contouren slechts wat groeven in harde materiaal waren.

'Er zit geen enkele beweging in,' bracht hij moeizaam uit.

Jack hing er een meter boven en ging bijna schuil achter de belletjes die uit Costas uitlaatventiel ontsnapten. Hij had een curieus onderdeel ontdekt, iets dat hem pas in het turbulente water was opgevallen omdat het licht erop viel, een afwijking die te klein was om door de hologramlaser te worden opgemerkt.

Het zag eruit als een ondiepe holte, ongeveer ter grootte van een schoteltje, precies tussen twee stel stierenhoorns. De spleet tussen de deuren zat eronder verborgen, waardoor het net leek alsof er, vlak voordat ze voor de laatste keer waren gesloten, een zegel in het metaal was aangebracht.

Katya schoof naast hem en stak haar hand ernaar uit.

'Het voelt aan als kristallijn,' zei ze. 'Het is behoorlijk complex, met een hoop haakse hoeken en platte vlakken.'

Het kristal zag er vlekkeloos uit, zó gaaf dat het bijna onzichtbaar was. De bewegingen van Katya's hand toen ze vorm aftastte zagen eruit als de gebaren van een mimekunstenaar. Pas toen ze hun voorhoofdslampen nog verder dimden begon er een vorm te ontstaan, waarbij het licht gebroken werd als in een prisma en er allerlei lijnen en vlakken zichtbaar werden.

Toen Jack zich bewoog vloeiden de lijnen plotseling samen tot een vertrouwde vorm.

'Mijn god!' bracht hij moeizaam uit. 'Het Atlantis-symbool!'

Een ogenblik lang staarden ze er verbijsterd naar, vielen de beproevingen van de afgelopen uren van hen af en raakten ze opnieuw buitengewoon opgewonden door hun ontdekking.

'Vanuit de Aquapods hebben we, vóór de piramiden, dit symbool in een soort rozet uitgehouwen gezien,' zei Jack. 'Het lijkt me consequent om er hier ook een te hebben.'

'Ja,' zei Katya. 'Een soort talisman om de gewijdheid van dit oord te benadrukken.'

Costas drukte zijn masker tegen het kristal. 'De manier waarop het is uitgesneden is ongelooflijk,' mompelde hij. 'De meeste siliciumverbindingen houden het in zeewater met zo'n hoog zwavelgehalte nooit lang uit zonder dat er een oxidatieaanslag op neerslaat.'

Jack keek naar de deur en dacht koortsachtig na. Plotseling gromde hij en trok een langwerpig pakje te voorschijn dat hij naast de Beretta tussen zijn riem had gestopt.

'Ik heb zelf ook een kleine talisman meegenomen.'

Hij ontdeed de kopie van de gouden schijf uit het Minoïsche wrak van zijn verpakking. Toen hij hem omdraaide om het symbool te laten zien, danste het lichtschijnsel uit zijn voorhoofdslamp over het oppervlak.

'Zie hier de sleutel tot Atlantis!' zei hij triomfantelijk.

Costas barstte bijna van enthousiasme. 'Maar natuurlijk!' Hij nam de schijf van Jack over en stak hem omhoog. 'De bolle vorm past precies in de holte op de deur. Het symbool op de schijf ligt verdiept in het metaal, terwijl het kristallen spiegelbeeld er verhoogd op ligt. De schijf zou moeten passen als een sleutel in een slot.'

'Ik had al zo het vermoeden dat dit ding weleens nuttig zou kunnen zijn,' merkte Jack op.

'Die deur geeft geen millimeter mee,' zei Costas. 'Dit zou weleens onze enige kans kunnen zijn.'

Jack bewoog zijn zwemvliezen een paar keer en zwom omhoog, tot hij zich recht voor het symbool op de deur bevond, terwijl Katya links van hem positie koos.

'Er bestaat maar één manier om daarachter te komen.'

18

Terwijl Jack de schijf naar de deur bracht, leek het wel of het kristal hem naar zich toe trok, alsof een of andere oeroude kracht twee helften van een geheel bijeen probeerde te brengen die door het lot te lang van elkaar gescheiden waren geweest. En inderdaad, de schijf paste in het kristal en gleed er moeiteloos in totdat het één geheel met de deur vormde.

'Bingo,' zei hij zacht.

Hij drukte een handpalm tegen het metaal en trapte een paar keer krachtig met zijn zwemvliezen om druk uit te oefenen. Abrupt verzonk de schijf in het metaal en begon toen snel met de klok mee te draaien, waardoor het water zich spiraalsgewijs begon te bewegen, zoals bij een scheepsschroef. Toen het draaien ophield werd er een laag, knarsend geluid hoorbaar, waarna de schijf loskwam en de deuren zich een fractie naar binnen toe openden.

Er was maar weinig weerstand toen Jack de deuren helemaal openduwde. Hun uitzicht werd heel even geblokkeerd door een turbulent waas waar het ijskoude water binnen zich vermengde met het zeewater om hen heen. Jack hapte naar adem om een pijnscheut te onderdrukken, het gevoel alsof iemand hem met een priem stak, precies op de plaats waar het ijzige water via de scheur in zijn pak met zijn borst in aanraking kwam. De twee anderen zagen dat hij pijn had, maar beseften maar al te goed dat hij niet op hun medeleven zat te wachten.

Zwevend in het water was Costas de dorpel gepasseerd en onderzocht nu het mechanisme dat in de rand van de deur zichtbaar was.

'Fascinerend,' mompelde hij. 'De deuren werden op hun plaats gehouden door een granieten balk, een soort uit twee delen bestaande dwarsbalk. Op de bovenkant ervan zijn nokken en gleuven aangebracht, net als bij een tandrad. Het kristal zat in een stenen cilinder die van nokken is voorzien die daar precies inpassen. Toen Jack op de schijf drukte gleden de nokken in elkaar.'

Costas haalde de schijf uit het kristal en gaf hem aan Jack, die hem bij zich zou houden.

'Hoe kwam het eigenlijk dat dat ding uit eigen kracht begon te draaien?' wilde Katya weten.

'Op de uiteinden van de balk rusten gewichten die zich waarschijnlijk in holtes bevinden die aan de deurstijlen grenzen. Toen de nokken in elkaar vielen zorgden de gewichten ervoor dat de twee delen naar opzij werden getrokken, waardoor de cilinder ging draaien.'

'De toeschouwers uit die tijd moeten dit automatische gebeuren als een soort mirakel hebben beschouwd, het werk van de goden,' zei Jack.

'Een indrukwekkend stukje techniek.'

'Eenvoudige doelstelling, efficiënt ontwerp en duurzaam materiaal.' Costas keek hen van achter zijn duikmasker grinnikend aan. 'Het zou bij de studentencompetitie aan het MIT in mijn tijd moeiteloos de eerste prijs hebben gewonnen.'

Ze zetten hun voorhoofdslampen weer op vol vermogen. Het water vóór hen was kristalhelder en, nadat het hier duizenden jaren geleden voor het eerst door de naden van de deur naar binnen was gesijpeld, volkomen vrij van verontreinigende stoffen.

Het licht glinsterde tegen de rotswand toen het schijnsel van hun voorhoofdslampen van de ene kant naar de andere gleden. Ze keken in een rechthoekig vertrek ter grootte van de torpedoruimte in de onderzeeboot. Recht voor hen bevond zich een grote sokkel die ter plaatse uit de rots was gehouwen.

'Dat is een altaar!' riep Jack uit. 'Je kunt de gootjes zien waarlangs het bloed naar buiten werd geleid.'

'Mensenoffers?' opperde Costas.

'Die kwamen onder de Semitische volken van het Nabije Oosten al sinds mensenheugenis voor,' zei Katya. 'Denk maar eens aan Abraham en Izak in het Oude Testament.'

'Maar nooit op grote schaal,' wierp Jack tegen. 'Het verhaal van Abraham en Izak is indrukwekkend, maar júist omdat het uitzonderlijk was. De Minoïers offerden ook mensen, maar het enige bewijs daartoe bestaat uit een heiligdom boven op een berg bij Knossos, waar een tempel tijdens een ritueel door een aardbeving werd verwoest en een skelet bewaard is gebleven. Misschien dat zoiets alleen maar werd gedaan in relatie tot catastrofes als de uitbarsting op Thira.'

Ze zwommen in de richting van de sokkel, die in het midden van de ruimte stond, waarbij hun lichtbundels op de rand van de offertafel samenvielen. Toen de bovenkant daarvan zichtbaar werd, werden ze geconfronteerd met een beeld dat bijna té fantastisch was om te bevatten, een spookbeeld dat, zodra ze erbij in de buurt kwamen, als een djinn verdween.

'Heb je gezien wat ík zag?' bracht Katya moeizaam uit.

'Ongelooflijk,' mompelde Costas. 'Die beenderen moeten duizenden jaren geleden al vergaan zijn, maar in de bewegingloze calciumzouten zijn ze blijven liggen waar ze zijn terechtgekomen. En vervolgens was de minste beroering van het water voldoende om ze als een stofwolkje uit elkaar te laten vallen.'

Een fractie van een seconde hadden ze een liggende stier gezien, waarvan de reusachtige vorm was gereduceerd tot een afdruk van witte strepen, als van een verbleekt fotografisch negatief. In de hoeken van de offertafel zaten gaten, die waren gebruikt om de poten van het dier aan vast te maken. Het touw was na het stijgen van het zeewater en nadat dat het karkas in zijn ijzige omhelzing had genomen natuurlijk allang verdwenen.

Jack pakte een dolk die aan de zijkant van de tafel lag. In het stenen gevest was de afbeelding van een afschrikwekkend beest – half stier half adelaar – gegraveerd.

'Daar heb je het antwoord,' zei hij zacht. 'Het binnenplein met het kolossale standbeeld vlak bij de kustlijn was de eerste arena waar stierengevechten plaatsvonden. De ten dode opgeschreven dieren werden langs de processieroute tussen de piramiden door de trap op gedreven, en vervolgens naar deze offerplaats gebracht. Het moet een spectaculaire plek zijn geweest, met uitzicht over de hele stad, en het offeren gebeurde misschien wel wanneer het eerste zonlicht tussen de twee pieken van de vulkaan door op de hoorns van de stiersfinx op de binnenplaats beneden viel. De hele stad moet tot stilstand zijn gekomen.'

Hij zweeg even en keek de twee anderen door zijn duikmasker ernstig aan. 'We zijn zojuist getuige geweest van het allerlaatste offer, een laatste wanhopige poging van de priesters om het stijgende zeewater tegen te houden, waarna de deuren van deze ruimte voor eeuwig werden gesloten.'

Met wat rustige bewegingen van hun zwemvliezen zweefden ze langzaam over het altaar en zetten koers naar een gapend zwart gat aan de achterzijde van de ruimte. Het glinsteren werd steeds intenser naarmate ze ernaartoe zwommen, en het schijnsel van hun lampen weerkaatste met veel gefonkel tegen de wanden, alsof het om heen en weer deinende gordijnen van kristal en goud ging.

'Het met gouden muren omringde Atlantis,' zei Jack kalm.

Vlak voordat ze het portaal bereikten, zwenkte Costas naar rechts, en terwijl hij dichter naar de muur zwom werd zijn lichtbundel tot een kleine cirkel gereduceerd.

'Het is ijzerpyriet, het goud der dwazen.' Zijn stem klonk omfloerst. 'De kristallen zijn zo groot en zitten zo dicht op elkaar dat ze eruitzien als verguldsel – totdat je ze van dichtbij bekijkt.'

'Maar het eiland is vulkanisch en bestaat uit stollingsgesteente,' zei Katya.

'Voornamelijk basalt,' was Costas het met haar eens. 'Gesmolten magma dat te snel is afgekoeld om minerale kristallen te kunnen vormen. In het basalt tussen de rots en de oude kustlijn zat maar weinig kiezelaarde, dus koelde ze ook maar langzaam af toen ze over de ondergrond van kalksteen uitvloeide. Verder omhoog vormde het zich uit zuurrijke lava waarin nogal wat kiezelaarde zat, die stolde zodra het aan de oppervlakte kwam. Vanuit de Aquapods hebben we kloven van obsidiaan gezien, het zwarte vulkanische glas dat ontstaat als ryoliet snel afkoelt.'

'Tot er in de middeleeuwen koolstofstaal werd ontwikkeld, waren bladen van obsidiaan de scherpste voorwerpen die men kende,' zei Jack. 'Die dolk was van obsidiaan.'

Costas kwam langs de achterwand naar hen toe. 'Ongelooflijk,' zei hij zacht. 'Gereedschap van obsidiaan. Tufsteen als bouwmateriaal, vulkanische stof als cement, zout om voedsel langer te kunnen bewaren. Om nog maar te zwijgen over het vruchtbaarste akkerland in de wijde omgeving en een zee barstensvol vis. Deze mensen hadden het goed voor elkaar.'

'Hoe zit het met het graniet in de deuren?' wilde Katya weten.

'Dat is ook door stolling tot stand gekomen,' antwoordde Costas. 'Maar niet ten gevolge van een vulkaanuitbarsting. Het is intrusiegesteente dat diep in de aardkorst wordt gevormd als het magma langzaam afkoelt, waarbij er kristallijne structuren totstandkomen die worden gedomineerd door veldspaat en kwarts. Het wordt plutonisch genoemd, naar de Griekse god van de onderwereld. Het is door de plaattektoniek naar de oppervlakte gedrongen.'

'Dat verklaart nog een ander materiaal,' onderbrak Jack hem. 'De druk heeft ook het kalksteen op de zeebodem in marmer gemetamorfoseerd, waardoor er een fijnkorrelige steensoort beschikbaar was voor de beelden buiten. Lager op deze hellingen en op die richel meer naar het westen moeten er nog aders van te vinden zijn.'

'We bevinden ons in een samengestelde vulkaan,' vervolgde Costas. 'Een combinatie van een sintelkegel- en een schildvulkaan, waarbij de lava doorsneden wordt door lagen pyroklastische as en rots. Je moet dan denken aan

Mount Saint Helens, de Vesuvius en Thira. In plaats van het achter een prop opbouwen van druk om vervolgens op explosieve wijze uit elkaar te springen, borrelt het magma omhoog door een ingezonken ader van plutonische rots en stolt dan tot een basaltachtig schild. En dat gebeurt dan elke keer dat de druk wordt opgevoerd. Ik vermoed dat het diepere gedeelte van deze rotsformatie een ziedende heksenketel is van gas en lava die zich door spleten een weg naar boven banen, om daarbij een heel netwerk van doorgangen en spelonken achter te laten. Diep onder deze vulkaan wordt de aarde letterlijk doorsneden door rivieren van vuur.'

'En dat pyriet?' vroeg Katya.

'Dat is een ongebruikelijk dichte ijzerconcentratie die samen met het graniet naar boven wordt gedrukt. Het langzaam afkoelen diep in de aardkorst heeft tot gevolg dat er enorme kristallen worden gevormd. Ze zijn fabelachtig, een unieke ontdekking.'

Ze draaiden zich om voor een laatste blik op een wereld die ze op het punt stonden te verlaten. In het schijnsel van hun voorhoofdslampen werd het water overgoten met kleur, terwijl het licht goud-glanzend tegen de rotswand glinsterde.

'Deze ruimte is voor elke geoloog het absolute einde,' mompelde Costas eerbiedig. 'Poets het een beetje op en je hebt een spektakel dat elke toeschouwer zal verblinden. Voor de priesters moet het een geschenk uit de hemel zijn geweest. Een ontzagwekkende aanvulling op het vuurwerk van de vulkaan zelf.'

Achter de omtrekken van het altaar konden ze aan het eind van de tunnel nog net de romp van de onderzeeër onderscheiden. Het herinnerde hen weer aan de meedogenloze vijand die hen de terugweg naar de wereld boven versperde, deed hen beseffen dat de redding van Ben en Andy afhing van de inktzwarte ruimte die voor hen lag.

Vóór hun confrontatie met de onheilspellende duisternis van het portaal, keerde Costas met een paar slagen van zijn zwemvliezen nog even terug naar het midden van de ruimte. Hij maakte iets van zijn gereedschapsgordel los en zwom rond het altaar om vervolgens weer terug te keren. Uit de haspel die op zijn rug zat gemonteerd wikkelde hij een oranje lint af.

'Ik moest hieraan denken toen je me vertelde over de legenden die teruggaan tot de strijd tussen de Mycenen en de Minoërs in de bronstijd,' legde hij uit. 'Toen Theseus bij Knossos arriveerde om de Minotaurus te doden, kreeg hij van Ariadne een bolletje wol mee dat ervoor moest zorgen dat hij de weg terug door het labyrint kon vinden. Onder deze rots kunnen we onze GPS niet gebruiken en kunnen we alleen maar navigeren door middel van gegist bestek, met behulp van een kompas en een dieptelood. Ariadnes draad zou weleens onze enige veiligheidslijn naar buiten kunnen zijn.'

Jack ging hen voor bij het verlaten van de offerruimte en zwom door het portaal, waarbij de lamp op zijn voorhoofd op de tunnel vóór hem gericht was. Na een meter of tien werd de doorgang smaller en maakte ze een bocht naar rechts. Hij minderde vaart om zijn metgezellen in staat te stellen hem in te halen, waarna ze naast elkaar zwemmend hun tocht vervolgden; de gang was daar net breed genoeg voor.

Ze waren alleen, omgeven door de dodelijke stilte van een oord dat sinds het begin der beschaving door niemand meer was betreden. Jack onderging het vertrouwde opgewonden gevoel, de adrenalinestoot die de pijn aan zijn wond heel even verzachtte en hem nieuwe kracht gaf om het onbekende gebied binnen te trekken.

De doorgang begon steeds grilliger kronkelingen te vertonen, terwijl bij elke nieuwe bocht het gevoel ontstond dat de afstand tot de ingang groter was dan hij in feite was. Dat werkte op een vreemde manier desoriënterend, alsof deze architecten uit de oudheid hadden geweten dat de afwezigheid van rechte stukken het richtingsgevoel volkomen in de war bracht.

Ze hielden even halt terwijl Costas het laatste stuk lint afwikkelde en een nieuwe spoel aan zijn backpack bevestigde. In de smalle gang wierpen hun lampen een fel licht op de muren om hen heen, waarvan het glimmende oppervlak de indruk wekte dat de wanden de afgelopen millennia elke dag waren gepoetst.

Jack bewoog zijn zwemvliezen een paar keer, zweefde een paar meter door en merkte in de muur iets afwijkends op.

'Er staat hier iets in het steen aangegeven.'

De twee anderen zwommen snel naar hem toe.

'Duidelijk door mensen aangebracht,' stelde Costas vast. 'In de rots gehouwen. Het lijkt wel wat op de cartouches die Hiebermeyer heeft gevonden rond die voorlopers van de hiërogliefen, op dat oude stuk papyrus uit de tempel waar Solon bij die hogepriester op bezoek is geweest.'

Honderden nagenoeg identieke markeringen stonden keurig naast elkaar in twintig horizontale lijsten die doorliepen tot ná de volgende bocht. Elke markering bestond uit een symbool met daaromheen een ovale rand, de cartouche waaraan Costas had gerefereerd. De symbolen binnen de cartouches waren rechthoekig, hadden elk een verticale lijn, en waren voorzien van – in steeds variërende aantallen en opstellingen – horizontale strepen die naar beide kanten toe aftakkingen vertoonden.

'Het lijken wel runentekens,' zei Costas.

'Onmogelijk,' wierp Katya tegen. 'Runentekens komen voort uit de Etruskische en Latijnse alfabetten, die voortkomen uit contacten met het Middellandse-Zeegebied ten tijde van de klassieke oudheid. Zesduizend jaar te laat voor ons.'

Haar twee metgezellen gingen iets naar achteren om haar meer ruimte te bieden. Ze bekeek een van de lijsten van dichtbij en zette zich toen af om een wat breder overzicht te krijgen.

'Ik krijg de indruk dat dit helemaal geen alfabet ís,' zei ze. 'In een alfabet heb je een directe overeenkomst tussen grafemen en fonemen, tussen het symbool en de klankeenheid. De meeste alfabetten beschikken over twintig tot dertig symbolen, hoewel er ook een paar talen zijn met meer dan veertig significante klanken. Er is hier wat betreft aantal en locatie van de horizontale strepen, sprake van veel te veel omzettingen. Daar staat tegenover dat dit er ook weer niet voldoende zijn om logogrammen te kunnen zijn, waar het symbool een heel woord vertegenwoordigt, zoals in het Chinees.'

'Lettergrepen dan?' opperde Costas.

Katya schudde haar hoofd. 'De symbolen op de schijven van Phaestos zijn syllabische klanktekens. Het is totaal onmogelijk dat de bewoners van Atlantis twee syllabische systemen hebben ontwikkeld, om die enkel en alleen in een sacrale context te gebruiken.'

'Bereid je voor op iets opzienbarends.' De stem van Costas klonk luid en duidelijk door de intercom, ondanks het feit dat hij achter de volgende bocht van de doorgang was verdwenen. De twee anderen zwommen naar hem toe, en toen ze zijn blik volgden vielen hun lichtbundels samen.

De symbolen eindigden abrupt bij een verticale lijn die van de vloer tot het plafond in de wand was gehakt. Ernaast was een magnifieke stier te zien, waarvan de omtrekken in reliëf waren aangebracht. De afbeelding was levensgroot, en de enorme kop met de gekromde hoorns was hun kant uit gekeerd, terwijl het indrukwekkende lijf met gespreide poten op een platform rustte. De ogen waren nog wat dieper uitgehakt om de iris goed uit te laten komen, die onnatuurlijk wijd waren opengesperd, alsof het dier in pure doodsangst verkeerde.

'Natuurlijk,' riep Katya plotseling uit. 'Het is een numerieke reeks!'

Jack begreep onmiddellijk wat ze bedoelde. 'Dit is het offerritueel in de ontvangstruimte,' viel hij haar enthousiast bij. 'De symbolen vormen in feite een soort scorebord, een overzicht van de geofferde dieren.'

'Ze hebben er zelfs een *boustrophèdon* op aangebracht.' Katya keek Costas even aan. 'Zoals je weet betekent *bous* in het moderne Grieks "os" en staat *strophos* voor "draaien". "Zoals de os draait als hij een veld ploegt", afwisselend de tegenoverliggende richting nemend. Zoals bij slangen en ladders.' Ze wees naar de wijze waarop de lijn die om elke cartouche was getrokken met een lus naar de cartouche eronder liep.

Costas draaide zich snel om om iets tegen Jack te zeggen, en zijn ogen glommen van opwinding.

'Wanneer zouden deze offers hebben plaatsgevonden?'

'Tijdens gebeurtenissen die met de oogst of de seizoenen te maken hebben. De zonnewende, het begin van de lente, dankdagen voor het gewas.'

'En de maancyclus?' opperde Costas.

'Dat is heel goed mogelijk,' reageerde Jack. 'De periode tussen twee volle manen was waarschijnlijk de eerste exacte tijdmeting die ooit heeft plaatsgevonden. Het verschil tussen het maan- en het zonnejaar was echt belangrijk voor de mensen, want op die manier wisten ze wanneer er gezaaid en geoogst moest worden. De synodische omlooptijd – de maancyclus – is elf dagen korter dan het zonnejaar, zodat er elke drie, vier jaar een extra maand werd tussengevoegd. De kans is groot dat men op de hooggelegen Minoïsche heiligdommen de sterrenhemel al bestudeerde. Ik durf te wedden dat er hier ergens in de buurt ook een observatorium te vinden moet zijn.'

Costas wees naar een curieus stel symbolen pal boven de stier.

'Daarom vroeg ik het ook,' zei hij.

Wat in eerste instantie op een abstracte verfraaiing had geleken kreeg nu een geheel nieuwe betekenis. Direct boven de ruggengraat van de stier bevond zich een ronde rozet van ongeveer twee handpalmen breed. Aan beide kanten spreidde zich symmetrisch een reeks spiegelbeelden uit, eerst een halve rozet, vervolgens een kwart rozet en ten slotte een open cirkel.

'Ziehier de maancyclus,' kondigde Costas aan. 'Nieuwe maan, eerste kwartier, volle maan, en vervolgens hetzelfde maar dan in omgekeerde volgorde.'

'De gouden schijf,' zei Jack zacht. 'Dat was ook een maansymbool. De voorkant moet de volle maan voorstellen, waarbij het elliptische profiel de maan voorstelt terwijl het zijn maandelijkse cyclus doorloopt.'

Hij hoefde de schijf niet opnieuw te voorschijn te halen om te weten dat hij gelijk had, dat het lensvormige symbool precies overeenkwam met de verdiept liggende rozet die boven hen in de rots was uitgehouwen.

Costas zwom een paar meter naar de linkerkant van de stier, zodat de grote hoeveelheid in de wand gekerfde symbolen zich als een of ander exotisch oosters tapijt voor hem uitstrekte.

'Het maximum aantal strepen aan de rechterkant van elke centrale stam is zes, maar vaak lopen die strepen ook nog door aan de linkerkant. Het feit dat er aan die kant soms zeven zitten deed mijn theorie bijna de das om.'

'En hoe luidt jouw theorie dan?' wilde Jack weten.

Ze hoorden hoe Costas diep ademhaalde door zijn automaat. 'Elke cartouche stelt een jaar voor, elke horizontale streep een maand. Je gaat eerst bij de rechterkant omhoog, en daarna links. Januari zit rechtsonder, december linksboven.'

Jack zwom langs de wand vlak boven Costas, waar de meeste cartouches het maximale aantal strepen bevatte.

'Maar natuurlijk,' riep hij uit. 'De cartouches met de extra streep hebben er dertien. Dat moeten de jaren zijn met de extra maand in de maankalender. Moet je eens naar de serie hier kijken. Die sprong doet zich beurtelings elke drie of vier maanden voor, precies wat je nodig hebt om het maanjaar parallel te laten lopen met de zonnecyclus.'

'Hoe verklaar je de ontbrekende maanden?' Katya was tot de vloer afgedaald en keek aandachtig naar de lagere cartouches. Sommige hadden alleen de verticale streep maar, en andere slechts een of twee horizontale strepen – op ogenschijnlijk willekeurige plaatsen, zowel links als rechts.

'De meeste offers zijn bedoeld om de goden gunstig te stemmen, hè? Ze worden uitgevoerd in de hoop dat men er iets voor terugkrijgt, een of ander teken. En waar kan dat beter dan bij een actieve vulkaan? Magma dat begint te stromen, seismische schokken, zelfs regenbogen, die ontstaan door een samengaan van gas en stoom.'

'Dus er werd altijd geofferd bij het begin van de maanmaand.' Katya had onmiddellijk begrepen waar Costas op doelde. 'Als er vóór een volgende nieuwe maan een teken werd waargenomen, dan werd er een streep aangebracht. Zo niet, dan geen nieuwe streep.'

'Precies,' zei Costas. 'Het centrale deel, het deel waar Jack zich nu voor bevindt, telt veel symbolen, vijfentwintig, dertig jaar lang vrijwel elke maand een. Dan doen zich lange periodes voor met maar heel weinig symbolen. Ik denk dat we dit hier kunnen beschouwen als een schematisch overzicht van de activiteiten van dit type vulkaan, waarbij decennia met relatief weinig uitbarstingen afgewisseld werden met min of meer even lange perioden van verhoogde activiteit. We hebben het dan niet over spectaculaire erupties, maar meer gevallen waarbij de krater heel even overloopt, om vervolgens weer langzaam dicht te slibben.'

'Als je op dit symbool afgaat, heeft de laatste offerdienst plaatsgevonden in mei of juni, precies de tijd van het jaar waarin volgens de stuifmeelanalyse in Trabzon de overstroming heeft plaatsgevonden,' zei Katya. 'De jaren daarvoor hebben geen enkele markering. Tijdens hun allerlaatste dieroffer hebben ze zo te zien geluk gehad.'

'Dat hadden ze hard nodig,' merkte Costas ironisch op.

Ze staarden naar het laatste symbool, een haastig getrokken streep die totaal verschilde van de zorgvuldig aangebrachte inkervingen van de jaren ervoor. Ze konden zich de doodsangst van de bevolking nauwelijks voorstellen, toen die met de onafwendbare catastrofe werd geconfronteerd, wanhopig op zoek naar een teken van hoop vóór ze hun geboorteland moesten verlaten, het land waar ze sinds het begin der geschiedenis zo'n goed leven hadden gehad.

Jack zwom naar de tegenoverliggende wand en keerde daar, zodat hij een goed zicht op alle symbolen tegelijk had.

'Alles bij elkaar zijn er zo'n vijftienhonderd cartouches te zien,' rekende hij uit. 'Als we terugtellen vanaf het jaar waarin de overstroming plaatsvond, 5545 voor Christus, komen we uit in het achtste millennium voor het begin van de jaartelling. Dat is ongelooflijk. Vijftienhonderd jaar onafgebroken gebruik, ononderbroken door oorlogen of natuurrampen, een tijd waarin er elke maand voldoende stieren waren die geofferd konden worden. Atlantis is niet van de ene op de andere dag ontstaan.'

'Vergeet niet dat we slechts naar een overzicht van de gebeurtenissen kijken die dateert uit de tijd ná de verbreding van de doorgang,' waarschuwde Costas. 'Dit was oorspronkelijk een vulkanische kloof die van buiten toegankelijk was. Ik durf er heel wat om te verwedden dat hier al lang voor het eerste offer mensen zijn geweest.'

'We moeten verder,' zei Jack. 'We weten nog niet wat er op ons ligt te wachten.'

De uitgehouwen beeltenis van de stier verdween om de laatste bocht en nam daarbij een golvende, enigszins uitgerekte vorm aan. Toen ze de staart van het dier passeerden werd de gang weer recht en vertoonde zo ver de lichtbundels van hun lampen reikten geen bochten meer. Aan beide kanten waren er nissen in de rotswand aangebracht, een ondiepe uitstulping met een kleine overhang erboven, als een miniatuurschrijn voor onderweg.

'Om toortsen of kaarsen in te plaatsen, die waarschijnlijk van talg, dierlijk vet, waren gemaakt,' merkte Jack op.

'Fijn te weten dat de karkassen van die stieren in elk geval nog érgens voor gebruikt werden,' zei Costas.

Ze zwommen kalm verder. Na een meter of vijftien eindigde de gang abrupt bij drie toegangen, een schuin naar links, een ander schuin naar rechts, en eentje in het midden. De doorgangen erachter leken op identieke wijze langzaam maar zeker in het pikdonker van de vulkaankern te verdwijnen.

'Nog een test,' zei Costas somber.

'In elk geval niet de middelste,' zei Jack. 'Dat is veel te voor de hand liggend.'

Katya tuurde door de rechterdoorgang, terwijl haar twee metgezellen zich naar haar toe draaiden. Met z'n drieën kwamen ze bij de dorpel samen en knikten elkaar zwijgend toe. Katya zwom iets naar voren en nam de leiding. De gang was maar net breed genoeg om met twee man naast elkaar te kunnen zwemmen en nauwelijks voldoende hoog om rechtstandig in het water te kunnen hangen.

Vastbesloten legden ze de eerste twintig meter af, terwijl er op de gladde wanden niets te zien was. De afstand tussen Katya en de twee anderen werd iets groter toen Costas halt hield om een nieuwe haspel te pakken voor het lint dat hij achter zich uitrolde. Jack bleef op hem wachten. Hij bracht zijn gehandschoende hand naar de scheur in zijn zij.

Hij trok een grimas. 'Het water, het is hier een stuk warmer. Ik vóel het.'

Zowel Costas als Katya hadden in hun E-suits geen idee van de buitentemperatuur, en tot nu toe was er voor hen nog geen reden geweest om naar de thermometer op hun console te kijken.

'Ik heb hier geen goed gevoel over,' zei Costas. 'Er moet ergens een kraterpijp zijn die steeds heter wordt. We moeten hier weg.'

Plotseling beseften ze dat Katya niet meer reageerde. Toen Jack bezorgd naar voren zwom, werd al snel duidelijk waarom. In zijn koptelefoon klonk een steeds verder aanzwellend statisch geruis dat elke ontvangt totaal onmogelijk maakte.

'Elektromagnetisch veld gelokaliseerd.' Toen Costas naast hem kwam zwemmen, klonk zijn stem een stuk duidelijker. 'Een of andere metaalader in het rotsgesteente, een geconcentreerde minerale uitstulping, zoals het pyriet in de entreeruimte.'

Een bocht naar rechts gaf aan waar Katya uit het zicht was verdwenen. Ze sloegen snel met hun zwemvliezen, hun aandacht volledig gericht op de duisternis vóór hen. Toen ze de bocht om gingen veranderden de wanden van een prachtig glanzend geheel tot de ruw uitgehouwen aanblik van een steengroeve. Het zicht naar voren werd troebel en trilde als een luchtspiegeling.

'Het is hier gloeiend heet,' bracht Jack happend naar adem uit. 'Ik kán niet verder.'

Ze waren de door mensenhanden bewerkte wanden gepasseerd en werden nu omringd door de grillige contouren van een kraterpijp. Plotseling doemde als een geestverschijning in een zandstorm Katya in de duisternis op, en in die fractie van een seconde voelden ze de aanwezigheid van een of andere duistere kracht, een of andere zeebewoner die met meedogenloze bedoelingen hun kant op kwam razen.

'Weg!' schreeuwde Katya. 'Terug naar de gang!'

Jack stak zijn hand naar haar uit, maar werd teruggeworpen door een enorme golf waar tegen geen enkel verzet mogelijk was. Het enige wat ze konden doen was wanhopig proberen om, terwijl ze met angstaanjagende snelheid door het water tuimelden, uit de buurt te blijven van de puntige randen van de lava. Voor ze goed en wel wisten wat hen was overkomen waren ze weer terug bij de gladde wanden van de doorgang. Ze voelden een hevige beving, en tien meter bij de kraterpijp verwijderd hielden ze geschrokken en verbouwereerd halt.

Katya hyperventileerde en moest alle mogelijke moeite doen om haar ademhaling weer een beetje onder controle te krijgen. Jack zwom naar haar toe en controleerde haar uitrusting. Een ogenblik lang, één vluchtig moment, was hij zich bewust van zijn eigen angst, maar bande die vastbesloten uit zijn gedachten, en concludeerde dat die nagenoeg was verdwenen, dat hij die bijna definitief had overwonnen.

'Volgens mij was dat de verkeerde route,' bracht ze happend naar adem uit.

Costas richtte zich op en zwom een paar meter terug om de uiteinden van het lint weer aan elkaar vast te knopen, want dat was door de krachtige stroming die hen bijna het leven had gekost gebroken. Ze bevonden zich opnieuw in de zone met de magnetische storingen en zijn stem klonk krakend door de intercom.

'Een freatische explosie. Die treedt op als gesmolten lava met water in aanraking komt. Het ontbrandt als buskruit.' Hij zweeg even om wat op adem te komen, en zijn zinnen werden geaccentueerd door diepe teugen door zijn ademautomaat. 'En deze kraterpijp fungeert als een soort kanonsloop. Als het overgrote deel van de kracht niet via een spleet ergens achter ons had kunnen ontsnappen, zouden we de laatste toevoegingen aan de lijst van offerandes zijn geweest.'

Snel keerden ze naar de drie naast elkaar gelegen ingangen terug. Ze meden de middelste en bleven op Jacks instincten vertrouwen. Toen ze de linkeringang naderden, liet Jack zich naar de vloer zakken, plotseling overweldigd door een golf van misselijkheid; zijn lichaam had zich na het gloeiend hete water niet snel genoeg kunnen aanpassen aan het ijskoude water van de doorgang.

'Het gaat wel weer,' bracht hij hijgend uit. 'Geef me even de tijd.'

Costas keek hem zorgelijk aan en ging toen achter Katya aan naar de dorpel bij de entree. Ze was nog steeds niet bekomen van de schrik en haar stem klonk gespannen.

'Nu is het jouw beurt om voorop te gaan,' zei ze. 'Ik blijf naast Jack zwemmen.'

19

D e linkertunnel boog abrupt naar beneden af, terwijl hij ook nog eens steeds smaller werd. Ze werden onmiskenbaar naar het binnenste van de vulkaan geleid. Het beeld voedde de onrust in Jacks hoofd terwijl hij voortdurend strijd leverde met zijn verwonding. Nu moest hij het ook nog eens opnemen tegen de afmattende effecten van de waterdruk, die steeds groter werd naarmate ze dieper in de ijzige zwartheid van de tunnel afdaalden.

'Onder me zie ik uitgehouwen traptreden,' kondigde Costas aan. 'We mogen hopen dat daar snel een eind aan komt. Als we nog eens tien meter verder afdalen, is het met ons gebeurd.'

Costas hield tijdens de afdaling bezorgd zijn dieptemeter in de gaten, terwijl het automatische trimvest dat ze droegen voldoende lucht in hun pakken pompte om te voorkomen dat ze naar beneden zouden tuimelen. Na een paar meter werd de hoek waaronder de gang naar beneden liep aanzienlijk steiler. Een ogenblik lang konden Jack en Katya niets zien omdat hun zicht belemmerd werd door de luchtbellen uit Costas' uitlaatventiel, die recht onder hen naar beneden zakte.

'Niets aan de hand,' klonk zijn stem. 'Ik zie een vloer.'

Toen de wand nagenoeg recht naar beneden liep, veranderen de treden onder hen in steunpunten waarin ze hun voeten konden plaatsen. Jack daalde de laatste paar meter af en kwam neer op zijn knieën. Katya volgde zijn voorbeeld.

'Honderdzestien meter,' mompelde Costas. 'Dat is het wel zo'n beetje met dit trimix-mengsel. Nog een paar meter dieper en onze ademautomaten zouden ermee opgehouden zijn.'

De twee anderen reageerden niet en Costas keek ze bezorgd aan, op zoek naar tekenen van stikstofnarcose of 'diepteroes'. Toen zijn ogen enigszins aan de omgeving waren gewend, besefte hij waarom ze zo stil waren. De claustrofobie veroorzakende afmetingen van de tunnel hadden plaatsgemaakt voor een uitgestrekte magmakamer, waarvan de gloeiend hete inhoud al lang geleden was verdwenen, waardoor er een lange spelonk was ontstaan die enigszins te vergelijken was met de ridderzaal van een middeleeuws kasteel. Die vergelijking viel helemaal op zijn plaats toen Costas zich omdraaide en naar het punt keek waar ze het vertrek waren binnengekomen. De tunnel boven hen had veel weg van een rookkanaal van een ouderwetse schoorsteen, terwijl de rotswand eronder iets terugweek, als de open haard in een of ander statig buitenhuis.

De ruimte wekte de indruk op volkomen natuurlijke wijze ontstaan te zijn, en de vorm – de zaal leek wel wat op het schip van een kerk – moest het resultaat zijn geweest van gigantische, binnen de aardkorst optredende krachten, en was duidelijk niet door mensenhanden totstandgekomen. Terwijl Costas aan de ruimte probeerde te wennen, zag hij aan beide kanten diverse wervelende patronen in het basalt, een waterval aan vormen, alsof een naar beneden kolkende lavarivier van het ene op het andere moment was bevroren. Plotseling zag hij waardoor de twee anderen werden geboeid. Het leek wel alsof hij met een puzzel werd geconfronteerd en zijn brein intuïtief alleen maar voor de geologische vormen aandacht kon opbrengen. Zodra hij het alternatief herkende, openbaarde zich een fantastisch tafereel voor zijn ogen. De wanden werden bedekt door een spectaculaire menagerie van dieren die op de rots waren geschilderd of er in reliëf in waren uitgehakt, waarbij de vormen van die dieren rekening hielden met de contouren van de ruimte en gebruikmaakten van de natuurlijke patronen in het basalt. Sommige waren levensgroot, andere nog aanzienlijk groter, maar ze waren stuk voor stuk weergegeven in een bijzonder natuurgetrouwe stijl, zodat ze moeiteloos te identificeren waren.

Met één enkele oogopslag herkende Costas neushoorns, bizons, herten, paarden, enorme katten en stieren. Het waren er alles bij elkaar honderden, waarvan sommige afgezonderd stonden, maar de meeste waren toch groepen die elkaar overlapten, beeltenis na beeltenis, naast en boven elkaar, alsof het om een gigantisch schildersdoek ging dat voor de zoveelste keer werd gebruikt. Het effect was verbijsterend driedimensionaal, en in combinatie met het enigszins hallucinerende effect van de stikstof, had Costas heel even het idee dat ze tot leven waren gekomen, een enorme hoeveelheid kwijlende dieren die op hem af denderden als in een of andere onwerkelijke droom.

'Ongelooflijk.' Jack was de eerste die uiteindelijk de stilte verbrak, met een stem die zacht was van ontzag. 'De hal der voorvaderen.'

Costas schudde het droombeeld van zich af en keek vragend naar zijn vriend.

'Je hebt al eens beweerd,' legde Jack uit. 'Dat hier, lang vóór de eerste stieren werden geofferd, mensen leefden. Nou, hier heb je je bewijs. Deze schilderingen dateren uit het opper-paleolithicum, de laatste periode van de antieke steentijd, toen de mens aan de rand van de gletsjers op jacht was naar groot wild. We zijn zojuist duizenden jaren in de tijd teruggezwommen naar de eerste explosie van artistieke creativiteit onder de mensen – vijfen-dertig- tot twaalfduizend jaar geleden.'

'Hoe weet je dat nou zeker?'

'Kijk eens naar de diersoorten.'

Ze zwommen naast elkaar naar het midden van de galerij, terwijl de luchtbelletjes uit hun ademautomaten als grote zilveren wolken in de rich-ting van het plafond opstegen. Overal waar ze hun lampen op richtten wa-ren nieuwe wonderen van antieke kunst te aanschouwen. Ondanks het feit dat ze moesten opschieten, waren ze gebiologeerd door de omvang van wat ze zagen.

'Je ziet nergens gedomesticeerde dieren,' merkte Katya op. 'Geen koei-en, schapen of varkens. En van sommige afgebeelde diersoorten heb ik het gevoel dat ze uitgestorven zijn.'

'Precies,' zei Jack, die duidelijk opgewonden klonk. 'Megafauna uit de ijstijd, erg grote zoogdieren die aan het eind van het pleistoceen, zo'n tien-duizend jaar geleden, zijn uitgestorven. Je kunt zelfs ondersoorten herken-nen. Dit is ongelooflijk. De stieren bijvoorbeeld, zijn niet afgebeeld als he-dendaags vee, maar als oerossen, de *Bos primigenius*, een soort wilde os, de voorganger van het gedomesticeerde vee dat in dit gebied aan het begin van het neolithicum al was verdwenen. De neushoorn is de wolharige rinoce-ros, ook een soort die is uitgestorven, een soort die wel twee meter hoog werd. Ze zagen eruit als een veel te grote muskusos, het enige overblijfsel uit de pleistocene megafauna dat kans heeft gezien zich tot de dag van van-daag te handhaven.'

Toen ze verder zwommen werd er op de linkerwand een immense vorm zichtbaar, waarvan de tors werd gevormd door een natuurlijke uitstulping van de rotswand. Het beest was bijna drie keer zo groot als een mens en had kromme slagtanden van minstens zes meter lang.

'Een wolharige mammoet!' riep Jack uit. 'Mammoeten stierven ten zui-den van de Kaukasus uit tijdens het laatste interglaciaal, toen het zo ver zuidelijk veel te warm voor ze werd. Óf deze kunstenaars zijn over een enorm gebied uitgezwermd, tot aan de randen van de gletsjers op de noordelijke steppen, óf we kijken naar een schilderij van minstens veertigduizend jaar oud.'

'Ik dacht dat paleolithische rotsschilderingen alleen maar in West-Europa gevonden werden,' mompelde Katya.

'Voornamelijk in de Pyreneeën en de Dordogne, en de bekendste zijn die van Altamira en Lascaux. Dit zijn de enige ten oosten van Italië, het eerste bewijs dat de Europese jager/verzamelaars in het westen van Azië zijn geweest.'

'Ik ga ervan uit dat deze schilderingen een of andere religieuze betekenis hebben,' zei Costas. 'Een dierencultus misschien, of het aanbidden van dierlijke geesten?'

'Tijdens de dageraad van de kunst werden aan veel van deze voorstellingen magische eigenschappen toegedicht,' bevestigde Jack. 'Vooral als ze gemaakt waren door sjamanen of medicijnmannen, mensen die dit soort plaatsen uitzochten, plekken waar hun afbeeldingen de meeste indruk zouden maken.'

'Of medicijnvrouwen,' kwam Katya tussenbeide. 'Veel uit jager/verzamelaars bestaande samenlevingen waren matriarchaal en aanbaden een moedergodin. De vrouwen brachten niet alleen kinderen ter wereld en plukten niet alleen bessen.'

Opnieuw kwam er een kolossale afbeelding in zicht, deze keer een reusachtige mannetjes-oeros. Op de tegenoverliggende wand was hetzelfde dier in spiegelbeeld aangebracht, een unieke opstelling, die deze dieren tot angstaanjagende wachtposten maakte, dieren die met iedereen die door deze galerij wilde de confrontatie zouden aangaan. Ze steunden op uiterst gespierde voorpoten, zaten iets voorover gebogen en verkeerden in opperste staat van seksuele opwinding.

'Ze zien eruit als de offerstier in de doorgang,' merkte Costas op. 'En de houding is dezelfde als bij de grote stiersfinx op het plein.'

Jack had moeite met de implicaties van hun ontdekking. 'Ten tijde van de overstroming waren de meeste van deze dieren al mythische beesten uit het verleden, de mammoet en de rinoceros waren te vergelijken met de sfinx en de griffioen bij latere culturen. De enige continuïteit werd gevormd door de stier. Voor jagers uit de prehistorie was de wilde oeros – als het om potentie ging – het krachtigste symbool dat er bestond. Voor de eerste landbouwers waren ossen van het grootste belang als trek- en lastdier, terwijl het vee voor vlees, melk en huiden zorgde.'

'Wil je daarmee zeggen dat de neolithische bevolking van Atlantis beeltenissen aanbad die op dat moment al dertigduizend jaar oud waren?' vroeg Costas vol ongeloof.

'Waarschijnlijk zijn niet alle schilderingen zo oud,' antwoordde Jack. 'De meeste galerijen met rotstekeningen vormen geen homogeen geheel, maar zijn in feite een collectie afbeeldingen die in de loop van vele jaren tot stand is gekomen, waarbij oudere schilderingen werden geretoucheerd of vervangen. Maar zelfs de meest recente toevoegingen, daterend uit het allerlaatste gedeelte van de ijstijd, moeten minimaal twaalfduizend jaar oud zijn, meer dan vijfduizend jaar vóór het einde van Atlantis.'

'Voor de mensen uit Atlantis even ver terug in de tijd als de bronstijd voor ons,' zei Katya.

'In vroege leefgemeenschappen overleefde kunst over het algemeen alleen maar als men er vanuit cultureel of godsdienstig oogpunt belang aan bleef hechten,' merkte Jack op. 'Tot hier zijn alle doorgangen rechthoekig gemaakt en keurig geëgaliseerd, maar toch hebben de bewoners van Atlantis deze ruimte opzettelijk ongewijzigd gelaten. Deze schilderingen werden als voorouderlijke beeltenissen beschouwd, en daarom aanbeden.'

Met een paar kalme slagen zwom hij ernaartoe en inspecteerde de immense bilpartij van de mammoet, terwijl hij er goed voor oppaste dat hij het pigment niet verstoorde dat het in het koude, stilstaande water al zolang had uitgehouden.

'Ik wist dat Atlantis buitengewone verrassingen voor ons in petto zou hebben,' zei hij. 'Maar ik had nooit verwacht dat ik hier het eerste duidelijke verband tussen het geloof van de vroege *Homo sapiens* en onze neolithische voorouders zou vinden, een cultus rond de stier die al sinds het begin der tijden moet hebben bestaan.' Hij zette zich behoedzaam af, maar bleef onafgebroken naar de indrukwekkende beeltenis van de mammoet kijken. 'Noch dat we hier de allereerste kunstwerken ter wereld zouden ontdekken.'

Ze waren nu ruim dertig meter van de toegangskoker verwijderd en bevonden zich ongeveer halverwege de galerij. De rotsen torenden als een grootse kathedraal hoog boven hen uit, waarbij het plafond een gewelf vol rondingen was, vloeibare lava die, terwijl het langs de wanden droop, van het ene op het andere moment gestold moest zijn. Terwijl de beeltenissen van de oerossen achter hen terugweken, kwamen er nieuwe groepen dieren in beeld, op sommige plaatsen zó dicht op elkaar dat het wel kuddes leken die recht op hen af daverden.

'In Lascaux zijn zeshonderd rotsschilderingen te zien, plus twaalfduizend beeltenissen die in de rotswand zijn gekrast,' mompelde Jack. 'Hier moet dat aantal drie of vier keer zo groot zijn. Het is niet te geloven. Het lijkt wel of we per ongeluk over een prehistorisch Louvre zijn gestruikeld.'

Hij en Katya werden zó in beslag genomen door de verbijsterende taferelen aan beide zijden van het vertrek, dat ze geen oog hadden voor de achterkant ervan. Costas waarschuwde hen nadat hij enigszins bezorgd vooruit was gezwommen en zijn duikcomputer had geraadpleegd.

'Kijk eens naar voren,' zei hij.

Het eind van de galerij was nog maar een meter of tien van hen verwijderd. Toen ze met hun voorhoofdslampen op de rotswand schenen, zagen ze dat daar geen enkele schildering op was aangebracht, dat het oppervlak ervan glad en geëgaliseerd was, net als de gangen waar ze al eerder doorheen waren gezwommen. Maar toen zagen ze plotseling de contouren van een in de rots uitgebeitelde afbeelding. Die was immens, misschien wel vijftien meter breed, en nam zo'n beetje de hele achterwand in beslag.

Costas' lichtbundel voegde zich bij die van hen, en op dat moment werd het beeld compleet.

'Het is een roofvogel!' riep Katya uit.

'De adelaar-god met de wijd uitgespreide vleugels,' zei Jack zacht.

De afbeelding was geheel in reliëf uitgevoerd, net als de offerstier in de doorgang. Het dier leek opmerkelijk veel op de keizerlijke adelaars van het oude Mesopotamië en Rome, de kop stijfjes naar rechts gedraaid, met daarin ogen die hooghartige voor zich uit keken, en een gekromde snavel. Maar in plaats dat de vleugels zich in hun volle spanwijdte hadden ontvouwd, waren deze vleugels in de hoeken van de ruimte omhoog gedraaid. Het was alsof de vogel op het punt stond zich op zijn prooi te storten, waarbij de uitgestrekte klauwen bijna tot de vloer reikten.

'Het is van later datum dan de schilderingen,' zei Jack. 'Jagers uit het paleolithicum beschikten nog niet eens over gereedschap om dit soort basalt uit te houwen. Het moet uit dezelfde periode komen als het reliëf van de stier – uit het neolithicum dus.'

Toen hun lichtbundels op de angstaanjagende klauwen bleven rusten realiseerden ze zich dat de adelaar boven een serie donkere toegangen onder in de wand hing. Alles bij elkaar waren het er vier, onder elke vleugeltip en onder elke poot één.

'Het ziet ernaar uit dat we kunnen kiezen uit vier mogelijkheden,' merkte Jack op.

Enigszins gejaagd zochten ze de wand af, op zoek naar aanwijzingen, zich bewust van het feit dat hun tijd op deze diepte er nagenoeg op zat; ze waren al bijna een halfuur geleden uit de onderzeeboot vertrokken. Nadat ze langs de gehele wand waren gezwommen, waarbij ze elke doorgang nauwgezet inspecteerden, verzamelden ze zich in het midden.

'Ze zijn allemaal hetzelfde,' zei Katya moedeloos. 'Ik ben bang dat we opnieuw een willekeurige keuze zullen moeten maken.'

'Een ogenblikje.' Costas tuurde naar de beeltenis hoog boven hen, waarvan de vleugeluiteinden bijna in het spelonkachtige plafond verdwenen. 'Die vorm. Die heb ik weleens eerder gezien.'

De twee anderen volgden Costas' blik. Katya haalde plotseling scherp adem.

'Het Atlantis-symbool!'

Costas was opgetogen. 'De schouders en vleugels vormen de centrale H van het symbool. Het onderste deel van de hoofdletter zijn de poten. Het Atlantis-symbool is een adelaar die zijn vleugels spreidt!'

Opgewonden haalde Jack de schijf te voorschijn, zodat ze het rechtlijnige embleem dat daarin verdiept was aangebracht nog eens konden zien, een beeld dat tegelijkertijd vertrouwd en ondoorgrondelijk was.

'Misschien is het te vergelijken met het Egyptische *ankh*-symbool,' zei Katya. 'De hiëroglief in de vorm van een kruis met een lus erbovenop dat voor levenskracht staat.'

'Toen ik in de doorgang de lijsten met dieroffers zag, besefte ik dat het Atlantis-symbool meer dan alleen een sleutel moest zijn, dat het ook een numerieke betekenis had,' zei Costas. 'Misschien een binaire code, waarbij horizontale en verticale lijnen worden gebruikt voor 0 en 1, of een soort rekentabel voor het bepalen van de zonne- en maancycli. Maar nu ziet het ernaar uit dat het slechts een sterk vereenvoudigde afbeelding van de heilige adelaar is, een abstracte weergave die door de strakke lijnen gemakkelijk in verschillende materialen gekopieerd kon worden. Maar desondanks...'

'Misschien zit er een of andere boodschap in verborgen,' onderbrak Jack hen.

'Een kaart?'

Jack zwom naar Katya. 'Zie jij kans Dillens vertaling van de Phaestos-schijf op te roepen?'

Ze haalde snel de in een waterdichte hoes verpakte palmcomputer van haar schouder. Enkele ogenblikken later scrolde er een alinea over het scherm.

Onder het teken van de stier ligt de zich uitstrekkende adelaar-god. Bij zijn staart bevindt zich het door gouden muren omringde Atlantis, de grote gouden toegangspoort van de citadel. Zijn vleugeluiteinden raken de opgaande en de ondergaande zon. Bij het rijzen van de zon is de berg van vuur en kristal. Hier bevindt zich de hal van de hoge priesters...

'Stop hier eens.' Jack draaide zich naar Costas om. 'Welke richting kijken we nu uit?'

Costas had al vermoed wat zijn vriend zou gaan vragen en raadpleegde snel zijn kompas. 'Rekening houdend met de magnetische onbestendigheid van de rotsmassa, denk ik dat deze wand precies van oost naar west loopt.'

'Goed.' Jack zette snel zijn gedachten op een rijtje. '*Teken van de stier* refereert aan deze vulkaan, aan de twee pieken. *De zich uitstrekkende adelaar-god* slaat op de afbeelding boven ons, en de vleugels wijzen precies naar de opgaande en ondergaande zon. *De hal van de hoge priesters* ligt in de richting van de opgaande zon. Dat betekent in de oostelijke entree, onder de linkervleugeltip.'

Costas knikte instemmend en hield zijn blik op het symbool gericht. 'Er zit nog meer aan vast.' Hij nam de schijf van Jack over en volgde onder het spreken de lijnen. 'Stel je eens voor dat dit een kaart is, geen nauwkeurige weergave op schaal, maar een diagram, net als de kaart van de Londense ondergrondse. De verticale lijn die met de poten van de adelaar correspondeert, is de doorgang die begint bij de deur in de rotswand. Deze twee lijnen halverwege de adelaarspoten zijn onze doodlopende gangen, pal achter het reliëf van de stier. We bevinden ons nu in het hart van het symbool, het punt van waaruit de vleugels zich naar links en rechts uitstrekken.'

'Dus de twee ingangen voor ons leiden naar de nek en de kop van de adelaar,' zei Jack. 'En de tekst op de schijven heeft een dubbele betekenis, en vertelt ons niet alleen dat we de oostelijke deur moeten nemen, maar ook dat we de gangen dienen te volgen tot ná het punt waar de linkervleugeltip eindigt.'

'Waar leiden al die andere gangen dan heen?' wilde Katya weten.

'Ik vermoed dat het merendeel daarvan een complex van tunnels en galerijen als deze vormt. Stel je voor, een onderzees klooster, compleet met cultusruimten, onderkomens voor priesters en volgelingen, keukens en proviandkamers, scriptoria en werkplaatsen. De paleolithische jagers die hier als eerste kwamen hebben misschien de symmetrische opzet ervan opgemerkt, een speling van de natuur die kan worden gezien als een adelaar met wijd uitgespreide vleugels. Later is het patroon door middel van het weghakken van rots waarschijnlijk nog verder gereguleerd.'

'Helaas hebben we geen tijd meer om het verder te onderzoeken.' Costas was met een paar slagen van zijn zwemvliezen naast Jack gekomen en keek geschrokken naar het metertje dat zijn zuurstofvoorraad aangaf. 'De schotwond en de kou hebben je ademhaling behoorlijk bemoeilijkt. Je bent bijna aan je noodreserve toe. Je hebt nog voldoende trimix om naar de onderzeeboot terug te zwemmen, maar dan is het toch echt op. Het is de hoogste tijd.'

Jacks reactie kwam onmiddellijk. Zolang de lieden die het op hen voorzien hadden nog in de onderzeeboot zaten, konden ze onmogelijk via die weg terug. Ze hadden maar één kans: proberen door het labyrint van tunnels een route naar de oppervlakte te vinden. 'We gaan door.'

Costas keek zijn vriend aan en knikte zwijgend. Katya stak haar hand uit en pakte Jack bij een arm. Samen zwommen ze naar de linkerentree, om nog heel even een laatste blik op de spelonk achter hen te werpen. Toen de lichtbundels van hun lampen over het golvende oppervlak gleden, maakten de dieren een vertekende, verlengde indruk, alsof ze steigerden en achter hen aan wilden komen, een fantastische cavalcade die op het punt stond uit de diepten van de ijstijd te voorschijn te springen.

Toen Costas de hoek bereikte hield hij heel even halt om een nieuwe haspel met lint vast te maken. Toen hij verder zwom, op weg naar de onheilspellende duisternis van de doorgang, bevonden Jack en Katya zich pal naast hem.

'Oké,' zei hij. 'Kom mee.'

20

'Theseus, hier Ariadne. Theseus, hier Ariadne. Ontvangt u mij? Over.'
Tom York herhaalde de boodschap die hij het afgelopen halfuur onafgebroken had uitgesproken, gebruikmakend van de codenamen die hij met Jack en de anderen had afgesproken voor ze in de DSRV naar de onderzeeboot waren vertrokken. Hij schakelde de microfoon uit en legde die terug op de VHF-ontvanger naast de radarconsole. Het was nu vroeg in de ochtend en de *Seaquest* was bijna terug op haar oorspronkelijke positie, nadat ze de storm had geschaduwd die zich over het zuidelijk deel van de Zwarte Zee in de richting van de Turkse noordkust had bewogen. Ondanks het feit dat ze nu al bijna twaalf uur geleden huns weegs waren gegaan, maakte hij zich nog geen al te grote zorgen. Misschien had het hen meer moeite gekost om de onderzeeër binnen te komen, want Costas' laserapparatuur was nog niet eerder onder operationele omstandigheden beproefd. Misschien hadden ze besloten het radiobaken waarmee de DSRV was uitgerust pas te gebruiken wanneer de weersomstandigheden aan de oppervlakte wat minder tumultueus waren.

Eerder al had hij, via de rechtstreekse IMU-lijn met GCHQ Cheltenham – het verbindings- en informatieverzamelcentrum in het Verenigd Koninkrijk – te horen gekregen dat een van de nieuwe digitale verkenningssatellieten over nog geen vijftig minuten het betreffende gebied zou passeren. Weliswaar bevonden ze zich aan de uiterste rand van het beeldbereik en zouden ze onder optimale omstandigheden slechts vijf minuten in zicht zijn, maar men zou proberen een hoge-resolutieopname van het eiland te maken, tenminste, als het wolkendek zo vriendelijk wilde zijn voor die tijd te verdwijnen, zodat de op zeshonderd kilometer hoogte rond de aarde cirkelende satelliet een onbelemmerd zicht had. Maar zelfs als het zicht niet optimaal was, dan nog konden de thermische infraroodsensors voor een gedetailleerd beeld zorgen, een beeld dat zou worden gedomineerd door de intense straling van de vulkaan, maar misschien konden er ook warmtesignaturen van individuele personen worden opgepikt, maar dan moesten die wel ver genoeg van de kern verwijderd zijn.

'Kapitein, land in zicht. Over stuurboord, in het zuid-zuidwesten.'

Bij het aanbreken van de dag waren hij en de roerganger van de virtuele brug in de commandomodule naar de echte brug verhuisd. Het schip slingerde en rolde, en hij moest een handreling vastgrijpen om zijn evenwicht te bewaren. Hij keek door het door de regen gegeselde brugvenster naar buiten en nam de op het voordek vastgesjorde uitrusting in ogenschouw die de aanstormende golven had overleefd. In het matte licht van de nieuwe dag was een rusteloze zee te zien, waarvan het ruwe oppervlak rijkelijk van steeds weer langzaam verdwijnende schuimkoppen was voorzien. De horizon kwam, naarmate de zeenevel door de eerste zonnestralen werden weggebrand, geleidelijk aan steeds verder weg te liggen.

'Afstand drieduizend meter,' schatte York. 'Vaart minderen tot een kwart van het vermogen en zodanig bijdraaien dat we op een koers van zeven-vijf graden komen te liggen.'

Het bemanningslid controleerde de laser-afstandsmeter, terwijl York de GPS-fix bevestigde en zich naast het kompashuis over de zeekaart boog. Enkele ogenblikken later kwam het eiland op spectaculaire wijze in zicht, en rees het glanzende oppervlak ervan op tot een nagenoeg volmaakte kegel.

'Mijn god!' riep het bemanningslid uit. 'Hij is bezig tot uitbarsting te komen!'

York gooide zijn passer neer en pakte razendsnel een kijker. De wolkenhoed die het eiland grotendeels omhulde was niet alleen zeemist, maar bestond ook uit rook die door de vulkaan zelf werd uitgestoten. Naarmate het wolkendek optrok was steeds duidelijker te zien hoe de ruikpluim als een lang, strak lint omhoog kroop, om op een gegeven moment te gaan kringelen en te vervagen, waarna de resterende rook door de wind in zuidelijke richting werd meegevoerd. In het midden was een afgeknotte regenboog te zien, een fel gekleurde streep die toen de zon doorbrak helder opflakkerde.

York hield zijn kijker een volle minuut op het spektakel gericht.

'Ik denk het niet,' reageerde hij. 'Ik zie nergens vaste deeltjes. Ik heb dit al eens eerder gezien, op een van de eilanden van Vanuata, in de Grote Oceaan. De poreuze bovenste aslagen raken verzadigd met regenwater en verdampen als het met magma in contact komt, waardoor er een rookpluim ontstaat die, nadat de bewolking is verdwenen, nog urenlang op kan stijgen. Maar zoiets als dit heb ik nog nooit eerder meegemaakt. De stoom lijkt uit één enkele kraterpijp te komen, waardoor er een rookzuil ontstaat die zo te zien niet breder is dan een meter of twintig.'

'Als zoiets in de oudheid gebeurde moet het een ontzagwekkend, bovennatuurlijk schouwspel zijn geweest,' merkte het bemanningslid op.

'Ik wou dat Jack dit kon zien.' York keek in gedachten verzonken naar de golven. 'Het maakt de theorie dat de berg een heilige plaats was, een plek waar men het een of ander aanbad, zoals de Minoïsche bergtempels, wel een stuk geloofwaardiger. Misschien dat dit oord als het ultieme thuis van de goden werd beschouwd.'

York bracht opnieuw de kijker omhoog om de vulkaanhelling af te zoeken. Het oppervlak ervan leek volkomen verlaten en levenloos. En de geblakerde asresten rond de top maakten naarmate hij zijn blik liet zakken geleidelijk aan plaats voor kaal basalt. Ongeveer halverwege de helling ontdekte hij een stuk of wat donkere vlekken die eruitzagen als platforms of balkonnetjes. Heel even deed hij zijn ogen dicht tegen het felle zonlicht, keek toen opnieuw, en gromde iets. Hij liet de kijker zakken en liep naar de hoge-resolutietelescoop die naast het kompashuis stond opgesteld, maar werd door een stem bij de deur onderbroken.

'Wat een aanblik. Ik neem aan dat het waterdamp is.' Peter Howe kwam de brug op. Hij droeg groene rubberlaarzen, een bruine ribbroek en een witte coltrui, en had twee dampende bekers bij zich.

'Je ziet eruit als een marineman tijdens de slag om de Atlantische Oceaan,' zei York.

'Eerder de slag om de Zwarte Zee, zou je zeggen.' Howe gaf hem een beker en liet zich op de stoel van de roerganger zakken. Hij had zich niet geschoren en zijn gezicht was gerimpeld van vermoeidheid, en die afmatting klonk door in zijn slepende Nieuw-Zeelandse accent. 'Ik weet dat je ons uit het oog van de storm hebt gehouden, maar we zijn wél de hele tijd in de weer geweest om te voorkomen dat de apparatuur los zou schieten. We waren bijna onze ontsnappingscapsule kwijt geweest.'

Kort nadat de DSRV was vertrokken hadden ze het onderwatervaartuig weer aan boord genomen nadat het zijn passagiers veilig en wel bij de *Sea Venture* had afgeleverd, zo'n dertig zeemijl meer naar het westen. Hoewel ze het vaartuig in het binnenruim hadden vastgezet, was het die nacht uit zijn steunen geschoten, waardoor een totaal verkeerde gewichtsverdeling was ontstaan die weleens fataal voor het schip en bemanning had kunnen zijn. Als de pogingen van Howe en zijn team om het weer vast te zetten waren mislukt, hadden ze geen andere keus gehad dan het vaartuig te dumpen, zodat de *Seaquest* zou zijn gered, maar waardoor ze wel van hun enige ontsnappingsroute zouden zijn beroofd.

'We zijn maar met een noodbemanning van twaalf man,' vervolgde Howe. 'Mijn mensen hebben de hele nacht doorgewerkt. Hoe is de situatie?'

York keek naar de SATNAV-monitor en zag hoe de coördinaten samenkwamen met de GPS-fix van de plek waar ze een dag geleden de DSRV hadden neergelaten. De storm was bijna uitgewoed en de zee was nagenoeg tot rust gekomen, terwijl het ochtendlicht weerkaatste op het glasachtige oppervlak van het eiland. Het zou een volmaakte zomerdag worden.

'Als we over zes uur nog steeds niets van Jack hebben gehoord, stuur ik er duikers op af. Ondertussen kun je de bemanning zeggen dat ze de komende wacht geen dienst hebben, dan kunnen ze wat slaap inhalen. Ik laat jullie om twaalfhonderd uur weer wekken.'

'En onze beschermengelen?'

'Zelfde schema. Als er om twaalfhonderd uur nog steeds geen contact is gemaakt, sturen we een bericht uit dat er wat ons betreft sprake is van een noodsituatie.'

Hun beschermengelen waren de uit marine-eenheden bestaande taskforce, hun ultieme ruggesteun. Een Turks fregat en een flottielje snelle aanvalsvaartuigen – FAC's – waren de Bosporus reeds gepasseerd en kwamen op topsnelheid hun kant op gestoomd, terwijl in Trabzon een drietal Seahawk-helikopters en een groep mariniers, Special Forces van de Turkse amfibische mariniersbrigade, klaarstonden om in actie te komen. Mustafa Alközen en een groepje hoge Turkse diplomaten waren naar Tbilisi, de hoofdstad van Georgië, gevlogen om ervoor te zorgen dat de twee landen bij een eventuele ingreep optimaal zouden samenwerken.

'Goed.' Howe klonk duidelijk opgelucht. 'Ik ga de voorste geschutkoepel even controleren en probeer daarna zelf ook even een dutje te doen. Om twaalf uur zien we elkaar weer.'

York knikte en liep naar het kompashuis. Twintig minuten geleden had de roerganger een enorme kloof in de zeebodem gemeld, een nog niet op de kaart aangegeven tektonische breuk met een lengte van een kilometer of tien en een diepte van ruim vijfhonderd meter. Hij had gezien hoe vanaf dat onderzeese ravijn de dieptemeter hun voortgang had vastgelegd tot aan de voormalige kustlijn, die op een diepte van honderdvijftig meter lag. Ze hadden nu het rendez-vouspunt bereikt en lagen op anderhalve zeemijl noordnoordwestelijk van het eiland bijgedraaid, bijna exact dezelfde plek waar Jack en Costas een dag eerder vanuit hun Aquapods de oude stad hadden aanschouwd.

York keek naar het eiland, naar de twee toppen en het zadel, waar nu duidelijk te zien was hoe de krater een eeuwigheid geleden was ingestort.

Hij stond bewegingloos, vol ontzag jegens datgene wat er diep beneden hem allemaal te zien zou zijn. Het was bijna niet te geloven dat onder deze wateren de grootste wonderen van de antieke wereld schuilgingen, een stad die duizenden jaren ouder was dan alle andere steden, een stad met hoog oprijzende piramiden, kolossale beelden en gebouwen van meerdere etages, een gemeenschap die veel vooruitstrevender en moderner was dan elke andere groep mensen uit de prehistorie. En als klap op de vuurpijl bevonden zich ergens beneden hem ook nog eens de sinistere contouren van een Sovjetrussische kernonderzeeër, zo'n ding waarvoor hij zijn halve werkzame leven had geoefend om ze zo efficiënt mogelijk te vernietigen.

Er klonk een krakende stem over de radio. '*Seaquest*, hier de *Sea Venture*. Ontvangt u mij? Over.'

York pakte snel de microfoon en meldde zich. 'Macleod, hier de *Seaquest*. Geef je coördinaten door. Over.'

'We kunnen vanwege de storm nog steeds niet uit Trabzon vertrekken.' De stem viel af en toe wat weg en klonk enigszins vervormd, het effect van honderd mijl elektrische verminking van het signaal. 'Maar Mustafa is erin geslaagd om contact te maken met een satelliet. Die is met name bedoeld voor infraroodbeelden. Die informatie moet nú bij je binnenkomen.'

York draaide zich met een ruk om, beende naar de navigatieconsole om die eens wat beter te bekijken, en stond het volgende moment naast de roerganger. Een flakkerend kleurenschijnsel veranderde in een rotsachtig landschap en versplinterde vervolgens tot een mozaïek van pixels.

'Je kijkt naar het centrale deel van het eiland.' Macleods stem was nauwelijks te horen. 'De oostkust bevindt zich aan de bovenkant. We hebben maar heel even tot we de satelliet weer kwijtraken.'

De bovenste helft van het scherm bleef vaag, maar een nieuwe rondgang van de scanner liet in het midden een helder beeld zien. Naast de grillig gevormde lava bevond zich de rand van een vrij breed platform, een rij stenen die met regelmatige tussenruimten waren neergelegd en links nog net zichtbaar was. Rechts waren de onmiskenbare contouren van een uit de rotsen gehouwen trap te zien.

'Ja!' Het bemanningslid stak enthousiast zijn vuist omhoog. 'Het is ze gelukt!'

York volgde zijn blik. Van de trap maakten zich twee rode vlekjes los en duidelijk was te zien dat ze bewogen. Een derde kwam uit de onscherpe pixels boven aan het scherm te voorschijn.

'Vreemd.' York voelde zich niet op zijn gemak 'Ze komen uit de richting van de kustlijn, terwijl Jack ervan overtuigd was dat ze via een ondergrondse doorgang in de buurt van de top van de vulkaan uit zouden komen. En ze zouden contact met ons opnemen zodra ze de oppervlakte hadden bereikt.'

Op dat moment werden zijn somberste vermoedens bewaarheid. Een vierde en een vijfde gestalte werden zichtbaar, die zich langs beide kanten van de trap hadden verspreid.

'Jezus,' riep het bemanningslid uit. 'Dat zijn onze mensen niet.'

Het beeld viel uiteen en uit de luidspreker van de radio kwam alleen maar ruis. Het bemanningslid draaide zijn hoofd met een ruk naar een waarschuwingslampje dat op het scherm ernaast was gaan knipperen.

'Meneer, moet u dít eens zien.'

York schrok op uit zijn overpeinzingen en beende met grote passen naar het bemanningslid dat achter een civiele versie van een Racal Decca TM1226 zat, een rondzoek- en navigatieradar voor gebruik aan de oppervlakte.

'Aan de oostkant van het eiland maakte zich een echo los. Ik kan er pas iets zinnigs van zeggen als het beeld iets helderder wordt, maar zo te zien gaat het om een oorlogsschip ter grootte van een fregat, of een groot soort FAC.'

Op datzelfde ogenblik klonk ergens boven hen een hoog gehuil en werden de twee mannen naar achteren gesmeten. York krabbelde overeind en holde aan stuurboord de brugvleugel op, en was nog net op tijd om te zien hoe er vijfhonderd meter voor de boeg een waterzuil omhoogschoot. Vrijwel tegelijkertijd hoorden ze in de verte het korte geblaf van scheepsgeschut, dat door het eiland werd weerkaatst om vervolgens door de heldere ochtendlucht hun kant uit te rollen.

'Alle systemen uitgevallen, ik herhaal, alle systemen uitgevallen,' schreeuwde het bemanningslid. 'Radar, radio, computers. Niets doet het meer.'

York stormde het stuurhuis weer binnen en keek snel om zich heen. Door de openstaande deur van de navigatieruimte was duidelijk te zien dat zijn monitor op zwart was gegaan. De verlichting en de VHF-radio op de brug deden het ook niet meer, en dat gold ook voor de GPS-ontvanger en alle andere lcd-schermen. Onmiddellijk haalde hij de hendel van de claxon over – die werkte op een veermechanisme – en klapte het afdekkapje open van de spreekbuis die met alle verblijven aan boord in verbinding stond.

'Attentie, attentie!' bulderde hij boven de claxon uit. 'Alarmfase rood, alarmfase rood. We worden aangevallen. Alle elektronische apparatuur is uitgevallen, ik herhaal, alle elektronische apparatuur is uitgevallen. Majoor Howe, onmiddellijk op de brug melden. Alle overige bemanningsleden verzamelen zich in het binnenruim en bereiden zich voor om aan boord te gaan van de ontsnappingscapsule *Neptune II*.' Hij klapte het kapje weer dicht en keek met een grimmig gezicht de roerganger aan. 'Een E-bom.'

De andere man knikte begrijpend. Een van de meest effectieve toevoegingen aan het toch al uitgebreide arsenaal waarover terroristen vandaag de dag konden beschikken was de zogenaamde elektromagnetische bom, een van een magnetische lading voorziene granaat die op het moment van exploderen een stroomstoot afgeeft ter sterkte van ettelijke miljoenen watt. De krachtigste daaronder creëerden elektromagnetische velden waarbij een zwaar onweer in het niet viel, en neutraliseerden alle stroomtoevoer, computers en telecommunicatie die zich binnen hun bereik bevonden.

'Het is hoog tijd dat jij je bij de anderen voegt, Mike,' zei York tegen de roerganger. 'De reserveaccu's in de reddingscapsule en de commandomodule zijn tegen storing van buitenaf afgeschermd, dus zouden die het nog moeten doen. Peter en ik blijven zo lang mogelijk aan boord en maken zonodig van de module gebruik. Je moet echt proberen eerst de Turkse territoriale wateren te bereiken, en dan pas jullie positie doorgeven. De afgesproken oproepcode luidt: "Ariadne heeft beschermengel nodig". Gebruik alleen de beveiligde IMU-frequentie. Jij bent van het personeel de hoogste in rang en ik draag het gezag nú aan je over.'

'Aye, aye, meneer. En veel succes, kapitein.'

'Jullie ook.'

Terwijl het bemanningslid gehaast de ladder afdaalde, richtte York zijn kijker op het oostelijke uiteinde van het eiland. Enkele seconden later gleed er een laag silhouet van achter de rotsen vandaan, de scherpe voorsteven even dreigend als de kop van een haai. In het transparante ochtendlicht leek het wel of elk detail werd geaccentueerd, van de geschutkoepel op het voordek tot aan de motorbehuizing op het achterschip.

Hij wist dat het alleen de *Vultura* maar kon zijn. Afgezien van de VS en Groot-Brittannië hadden alleen de Russen elektromagnetische artilleriegranaten in gebruik. Tijdens het meest recente Golf-conflict was een aantal aartsconservatieve Koude-Oorlogaanhangers met de beschuldiging gekomen dat de Russen, ondanks de ietwat geforceerde neutraliteit van de voormalige Sovjet-Unie, dit soort wapens aan opstandelingen had geleverd. York was ervan overtuigd dat deze granaten deel uitmaakten van illegale wapenzendingen – afkomstig uit voormalige sovjetvoorraden – die via de criminaliteit in handen van de terroristen waren gevallen. Aslan was waarschijnlijk niet de enige krijgsheer die iets van het kostbare wapentuig voor eigen gebruik achterhield.

Terwijl York zijn overlevingspak dichtritste kwam Howe de ladder opgestormd. Hij had zich al half in een witte overall gehesen die tegen ontbrandend cordiet bestand was en stopte York er ook een in handen. De twee mannen trokken hem snel aan en pakten uit een houder onder de console een Kevlar-helm die van stevige oorbeschermers en een scherfvrij, opklapbaar en transparant vizier waren voorzien.

'Dit is het dan,' merkte Howe op.

'God zij met ons.'

De mannen lieten zich langs de ladder naar het lager gelegen dek glijden. Achter de opbouw lag het helidek er leeg en verlaten bij, aangezien de Lynx toen de storm begon aan te wakkeren naar Trabzon was uitgeweken.

'Aan het automatische afvuursysteem hebben we zonder elektronica helemaal niets,' zei Howe. 'Maar ik heb de module tijdens de laatste controle op handbediening gezet, zodat we dat ding met de hand omhoog kunnen draaien.'

Hun enige hoop was het verrassingselement. De mensen aan boord van de *Vultura* wisten niet dat ze over geschut beschikten; de bewapeningsmodule ging tijdens de normale werkzaamheden van de *Seaquest* onder het voordek schuil. Het was ongetwijfeld Aslans bedoeling aan boord te komen, het schip te plunderen, om het vervolgens op zijn gemak tot zinken te brengen. Ze beschikten over weinig middelen om de naderende ondergang van de *Seaquest* af te wenden, maar misschien waren ze wél in staat om een paar keer stevig uit te halen. Nu het kanon aan boord van de *Vultura* recht op hen gericht stond, beseften ze dat als ze als eersten zouden schieten, de hel over zich zouden afroepen. Hun schip zou met alle middelen onder vuur worden genomen, iets waarop het vaartuig absoluut niet was gebouwd.

De twee mannen hurkten midden op het voordek neer en trokken een rond luik omhoog. Beneden hen bevond zich de matgrijze, gepantserde geschutkoepel, waar in het midden de twee lopen van de evenzovele in de compacte koepel gemonteerde Breda 40mm-kanonnen uitstaken.

Howe liet zich tot op het platform voor de kanonnier zakken, direct achter de kulas, en keek omhoog naar York. 'Zodra de koepel omhoog is gedraaid en we het doelwit in het vizier hebben, openen we het vuur. We zullen dit op de ouderwetse manier moeten doen. Ik ben de richter en jij bent de waarnemer.'

Het dubbelloops kanon zou onder andere omstandigheden vanaf de brug van de *Seaquest* worden bediend, waarbij het richten gebeurde met behulp van een Bofors 9LV 200 Mark 2 volgradar en het 9LV 228-vuurleidingssysteem. Maar York beschikte nu niet eens over een handmatig bediende laser-afstandsmeter en hij moest helemaal op zijn navigatie-expertise vertrouwen. Gelukkig herinnerde hij zich de afstand van het rendez-vouspunt tot het oostelijke uiteinde van het eiland nog, waar de *Vultura* nu over de gehele lengte zichtbaar was geworden.

'Afstand drieëndertighonderd meter.' York bracht zijn armen omhoog en gebruikte die als een geïmproviseerd richtmiddel, terwijl hij met zijn rechterarm een hoek van vijfenveertig graden ten opzichte van de voorsteven van de *Seaquest* vormde, en zijn linkerarm op de achtersteven van de *Vultura* richtte. 'Azimut tweehonderdveertig graden ten opzichte van onze as.'

Howe herhaalde de instructies en draaide snel aan het wiel naast de zitplaats van de schutter tot de twee lopen in de richting van de *Vultura* wezen. Hij berekende snel de elevatie, en schoof een palrad over de halfronde metalen kompasroos, zodat de beide lopen, wanneer de geschutkoepel eenmaal omhoog was gekomen, onmiddellijk onder de juiste hoek zouden staan.

'Barometrische druk en relatieve vochtigheid normaal, windsnelheid te verwaarlozen. Op deze afstand hoeven we niet te compenseren.'

York liet zich op de vloer naast Howe zakken om hem met de munitie te helpen. De dubbele automatische granaataanvoer vanuit het magazijn in het voorschip was leeg, aangezien het schip niet op een gewapende confrontatie voorbereid was geweest – terwijl het systeem zonder elektronische aansturing sowieso niet functioneerde. In plaats daarvan begonnen ze granaten uit de reservehouders te halen die zich zowel links als rechts in het binnenste van de geschutkoepel bevonden.

'We zullen handmatig moeten laden,' zei Howe. 'Brisant voor de linkerloop en pantserdoorborend voor de rechter, vijf granaten elk. Ik betwijfel of we de gelegenheid krijgen om er veel meer af te vuren. We gebruiken de brisantgranaten om in te schieten, want de inslagen van die dingen zijn beter te zien, om daarna op pantserdoorborende granaten over te stappen.'

York begon de vijf kilo zware granaten in de rekken boven de aanvoersleuf te laden, de projectielen met een rode punt links en de blauwgepunte rechts. Toen hij daarmee klaar was ging Howe op de plaats van de kanonnier zitten en haalde van beide Breda-kanonnen de grendels naar achteren zodat er een granaat in kon.

'Verdomde frustrerend, om maar tien granaten te hebben voor een kanon dat vierhonderdvijftig van die dingen per minuut kan afvuren,' merkte Howe bijna terloops op. 'Misschien dat de goden van Atlantis glimlachend op ons neer zullen kijken.'

De twee mannen trokken hun veiligheidsmaskers naar beneden. York wurmde zijn lichaam in de smalle ruimte vlak voor het wiel waarmee de elevatie werd geregeld, terwijl Howe de handbediening beetgreep waarmee de geschutkoepel omhoog en omlaag kon worden gebracht. Nadat hij als proef een keertje aan het wiel had gedraaid, keek hij naar York.

'Klaar om hem naar boven te draaien?'

York stak zijn duim naar hem omhoog.

'Nú!'

Terwijl de geschutkoepel uit het dek omhoog rees en de lopen naar beneden kwamen, voelde York de adrenaline door zijn lichaam kolken. Hij was al heel wat keren bij acties betrokken geweest, maar altijd van een afstandje, staande op de brug of zittend in de gevechtscentrale. Nu stond hij op het punt om een strijd op leven en dood aan te gaan van achter het kille metaal van een kanon. Voor het eerst van zijn leven besefte hij hoe het voor de matrozen van Nelson geweest moest zijn om over de kanonnen van de *Victory* gebogen te staan, of in de machtige geschutkoepels opgesloten te zitten van de zware slagschepen die strijd hadden geleverd bij Jutland of de Noordkaap. Hun leven stond op het spel, en de kans om het er levend af te brengen was niet zo gek groot, want ze moesten het opnemen tegen het 130mm-kanon van de *Vultura*, dat ook nog eens aan een uiterst modern, op GPS gebaseerd afstandsbepalingsysteem was gekoppeld.

De geschutkoepel rees boven het dek uit en het silhouet van de *Vultura* werd zichtbaar. Terwijl York toekeek hoe de twee lopen op het van tevoren vastgesteld punt op het palrad kwamen te rusten en ogenblikkelijk geborgd werden, blokkeerde hij razendsnel de hendel van het elevatiewiel en bracht zijn arm omhoog.

'Op mijn teken!'

Howe haalde de veiligheidsschakelaar over en kromde zijn vinger rond de trekker.

'Vuur!'

Er klonk een oorverdovende klap en de linkerloop sloeg woest naar achteren. York bracht snel zijn kijker omhoog en volgde de baan van de granaat, die met een hoog gehuil door de lucht gierde. Enkele ogenblikken later schoot er rechts naast de *Vultura* een waterzuil omhoog.

'Twintig graden naar links,' riep York.

Howe draaide aan het azimutwiel en borgde het baksmechaniek van de koepel.

Opnieuw voelde hij een enorme terugstoot en uit de linkerloop spoot een lange vuurtong. Het gasdrukmechanisme zorgde ervoor dat gelijktijdig de gebruikte huls werd uitgeworpen en er een nieuwe granaat in de kamer werd geschoven.

'Treffer!' schreeuwde York. 'Pantserdoorborend, vijf granaten snel achter elkaar!'

Op de plaats waar het explosief tegen het metaal tot ontploffing was gekomen had hij een rode lichtflits gezien, en ook hoe er een wolk aan metaalsplinters over het achterdek van de *Vultura* waaierde. Ze hoopten dat de volgende – massieve – granaten het voortstuwingssyteem van het schip zouden uitschakelen, zodat de turbofan-boosters niet meer gebruik konden worden, aanjagers die ervoor zorgden dat de *Vultura* sneller kon varen dan nagenoeg elk ander oppervlaktevaartuig.

'Vuur!'

Howe haalde de rechtertrekker over en bleef die ingedrukt houden. Met het geluid van een enorme drilhamer vuurde het kanon het uit vijf granaten bestaande salvo af, zodat het magazijn in minder dan een seconde leeg was, terwijl met elke terugslag de lege hulzen werden uitgeworpen.

Nog voor de weerkaatsing van de schoten waren weggestorven was er vlak in de buurt van de *Seaquest* een misselijkmakende klap te horen en ging er een hevige trilling door het schip. De twee mannen keken vol afgrijzen toe hoe hun vaartuig vlak boven de waterlijn een half dozijn voltreffers moest incasseren. Op deze afstand kon de *Vultura* dankzij het krachtige Nitrex-voortstuwingsmateriaal vlakbaanvuur uitbrengen, en de pantserdoorborende granaten met verarmd uranium troffen de *Seaquest* vanaf het achterschip tot aan de midscheeps. Het leek wel of ze werden doorboord door een reusachtige hooivork, en elke granaat sloeg moeiteloos een gat in de stalen scheepswand, om er aan de andere kant – samen met vlammen en brokstukken – weer uit te voorschijn te komen.

'Straks richten ze op de brug,' riep York. 'En daarna is het ónze beurt.'

Terwijl de *Seaquest* kreunend en steunend op en neer steigerde, richtte York zijn kijker op het achterdek van de *Vultura*. Rookpluimpjes lieten zien waar ze getroffen was. Hij meende beweging te zien en richtte zijn kijker iets lager. Een Zodiac – een rubberboot met verstevigde bodem – kwam hun kant uit gestoven, terwijl de twee buitenboordmotoren een breed V-vormig kielzog achter het vaartuig aan trokken. In de rubberboot zag hij een stuk of wat ineengedoken gestalten zitten. Het vaartuig was al halverwege en kwam snel dichterbij.

'Er komt een vijandelijke Zodiac aan, afstand achthonderd meter,' riep hij. 'Lopen laten zakken tot minimale elevatie. Vuren met behulp van optisch vizier!'

York draaide als een bezetene aan het elevatiewiel, terwijl Howe de metalen zoeker die zich voor de zitplaats van de kanonnier bevond omhoog klapte. Precies op het moment dat zijn hand vlak bij de trekker van het linkerkanon was, klonk er een oorverdovende dreun en werden beide mannen tegen het dek geslingerd. Met een kabaal alsof er duizend ramen tegelijk werden ingegooid, werd de geschutkoepel door een hagel van metaalsplinters getroffen. Een ervan boorde zich diep in Yorks been en het volgende ogenblik zat zijn hele overall onder het bloed. Enkele seconden later klonken er aan dek nog eens twee explosies, en een verzengende schokgolf kondigde nóg een pantserdoorborend projectiel aan, dat zich een weg dwars door het dekhuis boorde om even later aan stuurboord in zee terecht te komen.

York krabbelde moeizaam overeind, terwijl de klap nog in zijn oren nagalmde en met een linkerbeen waarover hij geen enkele macht meer had, en staarde naar het gapende gat waar even daarvoor de brug nog was geweest. Voor een man die nagenoeg met de zee was getrouwd was het een verbijsterende aanblik, alsof hij hulpeloos toe moest zien hoe de vrouw van wie hij hield in een hevige doodstrijd was gewikkeld – blind, sprakeloos, haar gezicht hevig toegetakeld.

'Laten we die schoften eens goed te grazen nemen.' Zijn stem klonk kil van woede, maar ook vastberaden, ondanks de pijn.

'Aye, aye, meneer.'

Howe zat weer in de kanonniersstoel en had de Zodiac in het vizier die op minder dan tweehonderd meter afstand hun kant uit kwam gestormd. Met de lopen zo ver mogelijk naar beneden gedraaid vuurde hij met tussenpauzes van één seconde de resterende brisantgranaten op hen af. De eerste granaat viel te kort maar tilde het vaartuig iets omhoog, waardoor de wind eronder sloeg en de Zodiac nog verder uit het water leek te komen. De tweede granaat schoot onder de kiel door en blies de rubberboot uit het water, waarbij de achterkant omhoog werd getild, zodat ze konden zien hoe zes in wetsuits gestoken lieden wanhopig probeerden zich aan de bodem vast te klampen. De derde explodeerde tegen de achtersteven, waardoor de brandstoftank openscheurde, de boot omgeven werd door een nevel van benzine, die een seconde later ontbrandde, zodat de inzittenden gevangen kwamen te zitten in een vuurbal die met angstaanjagende snelheid hun kant uit kwam rollen.

De twee opvarenden van de *Seaquest* hadden geen tijd om blij met hun treffers te zijn. Het einde was, toen dat eenmaal kwam, zo gewelddadig en meedogenloos als ze hadden geweten dat het zou zijn.

Toen de eerste brandende stukken van de Zodiac de geschutkoepel troffen, hadden ze het gevoel dat er onder hun voeten een gigantische ritssluiting werd opengetrokken. Klinknagels vlogen in het rond en het stalen dek leek over de hele breedte van het ene op het andere moment op groteske wijze te worden verwrongen. Een ogenblik later blies een volgende granaat de geschutkoepel van zijn fundament, die pas tegen de stuurboordreling tot stilstand kwam. Ze werden omringd door een holocaust van vuur, een vlammende draaikolk die hen in een steeds smaller wordende leegte slingerde.

Terwijl York uit alle macht tegen de vergetelheid vocht, ving hij nog een laatste glimp van de *Seaquest* op, een uit elkaar geslagen brandstapel die op de een of andere miraculeuze wijze nog steeds kans zag te blijven drijven, een onherkenbaar beschadigd schip, maar tegelijkertijd even uitdagend als de vulkaan die ongenaakbaar achter hen opdoemde.

21

Terwijl ze in de onheilspellende duisternis van de tunnel onder de linkervleugeltip van de adelaar doken, zagen ze dat de wanden glad en gepolijst waren, net als bij de vorige gangen het geval was geweest. De eerste paar meters na de hal van de voorvaderen ging Costas hen voor, maar al snel werd de doorgang breder en konden Jack en Katya naast hem komen zwemmen. Na een meter of tien merkten ze dat de vloer een flauw oplopende trap was geworden, waarvan de uitgesleten treden onder een gestage helling omhoog voerden zo ver hun lampen maar reikten.

'Zo te zien zijn de goden deze keer mét ons,' merkte Costas op. 'Nog een paar minuten op deze diepte en we zouden hier permanent moeten blijven.'

Terwijl ze langs de helling omhooggingen, spaarden ze energie door gebruik te maken van hun trimvest. De wanden waren voorzien van een doorlopend reliëf van levensgrote stieren, waarvan de vloeiende vormen erg veel weg hadden van de schilderingen van de Minoïsche stier op het eiland Kreta. Terwijl het drietal steeds meer hoogte won, hadden ze de indruk dat de dieren hen woest aankeken en met hun hoeven over de grond schraapten.

Exact op het moment dat Jacks ademhaling zich begon te stabiliseren, gaf zijn computer via een geluidssignaal te kennen dat hij op zijn reservevoorraad moest overstappen. Toen de noodvoorraad werd geactiveerd meende hij heel even een spanning in zijn ademautomaat te voelen, maar het volgende moment stroomde de zuurstof weer vrijelijk.

'Naarmate we stijgen en de druk minder wordt, krijg je meer aanvoer vanuit de reservevoorraad,' verzekerde Costas hem. 'Als je door je zuurstof heen bent, kun je altijd nog bij mij terecht.'

'Grandioos.' Jack trok achter zijn duikmasker een grimas en concentreerde zich vervolgens weer op het handhaven van zijn drijfvermogen, waarbij het de kunst was nét boven neutraal te zitten.

De volgende paar minuten was het enige dat te horen was het ontsnappen van de luchtbelletjes terwijl ze geleidelijk aan de naar boven lopende gang door zwommen. Na ongeveer honderd meter gebaarde Costas dat ze halt moesten houden.

'We bevinden ons nu zeventig meter onder zeeniveau,' kondigde hij aan. 'Volgens mijn computer moeten we nu een decompressiestop van vijf minuten inlassen. Ondanks het feit dat we eigenlijk alleen maar helium en zuurstof hebben verbruikt, hebben we ook een hoop stikstof geabsorbeerd. We moeten ontgassen.'

Ondanks de stekende pijn in zijn zij, probeerde Jack heel nadrukkelijk niet te hyperventileren. Hij liet zich uitgeput op de trap zakken en pakte de schijf.

'Het is weer tijd om kaart te lezen,' zei hij.

De twee anderen kwamen naast hem zitten, terwijl hij de schijf zodanig draaide dat het symbool op één lijn lag met de lengterichting van de gang.

'Als mijn ontcijfering klopt zitten we hier ergens, ter hoogte van de linkerschouder van de adelaar.' Costas wees. 'Via deze route kunnen we niet ver meer. We komen in de buurt van de rotswand.'

'Aan het eind van de gang maken we een bocht naar rechts,' zei Katya. 'En dan helemaal langs de vleugel van de adelaar tot de laatste bocht naar links, en dan door naar de oostelijke tip.'

'Als we in de richting van de krater willen, moeten we nog ongeveer honderd meter klimmen en vervolgens nog vierhonderd meter naar het zuiden, en dat allemaal via een helling van dertig graden. Op een gegeven moment komen we dan boven zeeniveau uit, maar zitten dan nog steeds ondergronds.'

'Wat gebeurt er als de gang naar beneden loopt?' wilde Katya weten.

'Dan worden we levend gekookt,' zei Costas kort. 'De kern is een ziedende massa van vloeibaar lava en gloeiend heet gas. Zelfs als we naar boven gaan bestaat nog steeds de kans dat onze weg versperd wordt door lava dat na de overstroming uit de krater is gevloeid.'

Hun timers lieten gelijktijdig het vijf-minutenalarm horen om aan te geven dat de stop ten einde was. Jack stopte de schijf weer terug in zijn zak en zette zich stijfjes af tegen de trap.

'We hebben geen keus,' zei hij. 'Laten we bidden dat Ben en Andy het nog even weten uit te houden. We zijn hun enige kans op overleven.'

Nadat ze de zestig-meterlijn waren gepasseerd schakelden hun ademautomaten van het helium op stikstof over. Nog even en het mengsel dat ze inademden verschilde alleen nog maar van de atmosferische lucht door het verrijkte zuurstof dat tijdens de laatste meters werd ingespoten, zodat hun bloedbaan van het teveel aan stikstof zou worden ontdaan.

Toen de trap even later tot een nauwe tunnel versmalde ging Costas hen voor. Na een laatste trede draaide de tunnel scherp naar rechts, waarschijnlijk om een natuurlijke rotsspleet te volgen, waarna hij de oorspronkelijke route weer volgde – om plotseling uit te komen bij een toegang tot een nieuwe grote grot.

'Hier heb je ons kruispunt, precies in de roos.'

In het schijnsel van hun voorhoofdlampen zagen ze een ruimte van ongeveer tien meter lang en vijf meter breed, met in alle vier de wanden een deuropening. De decompressiestop had Jack weer even van nieuwe energie voorzien en hij zwom naar voren om een en ander eens wat beter te bekijken. In het midden bevond zich een langwerpige tafel die werd geflankeerd door sokkels, die elk ongeveer twee meter uit de hoek stonden. De tafel was uit rots gehouwen en voorzien van een opstaande rand, en had wel iets weg van het omgedraaide deksel van een sarcofaag. De sokkels bleken vrijstaande bassins te zijn en deden denken aan middeleeuwse doopvonten.

'Er zijn geen gootjes voor het bloed te zien, terwijl het nagenoeg onmogelijk is om grotere dieren zo diep de berg in te transporteren,' zei hij. 'Offerdiensten waren openbare aangelegenheden, maar wat hier heeft plaatsgevonden kan slechts door een klein select gezelschap zijn bijgewoond.'

'Een wastafel, voor een rituele reiniging wellicht?' opperde Costas.

Katya bewoog zich met een paar bewegingen van haar zwemvliezen naar de deuropening recht tegenover het punt waar zij het vertrek waren binnengekomen. Ze tuurde in de gang die erachter lag en deed heel even haar lamp uit.

'Ik zie licht,' zei ze. 'Het is nauwelijks te onderscheiden, maar het zijn vier verschillende bassins die op gelijke afstand van elkaar liggen.'

Jack en Costas kwamen naar haar toe gezwommen. Ook zij zagen de onduidelijke, ietwat wazige groene vlekjes.

'We zitten maar een meter of vijftig onder zeeniveau en een paar meter binnen de rotswand.' Costas deed terwijl hij sprak zijn lamp weer aan. 'Buiten is het vroeg in de ochtend, dus is het niet onmogelijk dat er op deze diepte nog wat daglicht doordringt.'

'De gang correspondeert met een van de evenwijdige lijnen die uit de vleugel van de adelaar naar buiten steekt,' zei Jack. 'Ik durf er wat om te verwedden dat dit onderkomens zijn, met vensters en balkons die uitzicht bieden op de piramiden. Net als het Minoïsche complex op de rotsen van Thira, een magnifieke locatie, niet alleen als verblijfplaats voor de geestelijkheid, maar je domineerde tegelijkertijd ook nog eens de bevolking die er langs de kust pal onder leefde.'

'We zouden kunnen proberen hier via een van die vensters weg te komen,' stelde Katya voor.

'Vergeet dat maar,' zei Costas. 'Ze zien eruit als ventilatiekokers, en zijn waarschijnlijk nog geen meter breed. En we hebben geen tijd om op onderzoek te gaan. Tot nu toe klopt onze kaart en ik stel dan ook voor die te blijven volgen.'

Op dat moment ging er een trilling door hen heen; het water om hen heen werd troebel en Jack was bang dat hij elk moment het bewustzijn kon verliezen. Er waren nog een stuk of wat schokken voelbaar, even later gevolgd door een serie doffe dreunen, met direct daarna een gedempt geluid dat nog het meest op brekend glas leek, hoewel het van heel ver weg leek te komen. Ze hadden geen flauw idee uit welke richting die geluiden kwamen.

'De onderzeeboot!' riep Katya uit.

'Het is te duidelijk waarneembaar, te kort,' zei Costas. 'Als zich aan boord van de *Kazbek* een explosie voordoet, zouden we hier niet zo rustig zitten praten.'

'Ik heb dat geluid weleens eerder gehoord.' Jack keek Costas aan, en ondanks zijn masker was duidelijk te zien dat hij woedend was. 'Volgens mij zijn het de trillingen van granaten die zich in een scheepsromp boren. Op het water boven ons vindt momenteel een artillerieduel plaats.'

'Wat het ook mag zijn, we moeten onmiddellijk proberen hier weg te komen,' drong Costas aan. 'Kom mee.'

Met enkele bewegingen van hun zwemvliezen schoten ze naar de ingang die volgens het symbool naar rechts moest leiden. Nadat ze de bassins waren gepasseerd, hield Costas even halt om zijn kompas te raadplegen.

'Pal zuid,' kondigde hij aan. 'Het enige wat we doen is zo ver mogelijk deze route volgen, en gaan dan aan het eind ervan naar links.'

Katya zwom een eindje vooruit en was eerder bij de entree dan de twee anderen. Plotseling hield ze in.

'Kijk eens omhoog,' zei ze opgewonden.

Boven de opening was een enorme latei uit de rotsen gehakt. De voorkant ervan was rijkelijk van symbolen voorzien, waarvan sommige over de volle vijftig centimeter hoogte van het stuk steen. De symbolen waren opgesplitst in twee groepen van vier, waarbij elke groep omringd werd door een uitgehouwen rand, min of meer te vergelijken met een cartouche rond een hiëroglief.

Er bestond geen enkele twijfel over wat ze voorstelden.

'De korenschoof. De peddel. De halvemaan. En dan nog die hoofden met een hanenkam,' zei Katya.

'Dit is het ultieme bewijs,' mompelde Jack. 'De Phaestos-schijf en de gouden schijf uit het scheepswrak. Beide komen hiervandaan. We kijken naar het heilige script van Atlantis.'

'Wat betekent het?' vroeg Costas.

Katya raadpleegde haar palmcomputer al. Zij en Dillen hadden een register ingeprogrammeerd met daarin alle bekende Atlantis-symbolen, mét de lettergreepequivalenten in Lineair A, waardoor een zo optimaal mogelijke vertaling ontstond, uitgaande van de Minoïsche woordenlijst, voor zover die tenminste ontcijferd was.

'*Ti-ka-ti-re, ka-ka-me-re.*' Katya sprak de klanken zo duidelijk mogelijk uit, maar haar Russische accent zorgde ervoor dat de laatste lettergrepen van elk woord in elkaar overliepen.

Ze scrolde er alfabetisch doorheen, terwijl Jack en Costas toekeken hoe de oplichtende woorden op het lcd-schermpje verschenen.

'Beide komen in de Minoïsche woordenlijst voor,' meldde ze. '*Ti-ka-ti* betekent route of richting. *Ka-ka-me* staat voor dode of dood. Het achtervoegsel *re* betekent naar of van. Dus zou de vertaling moeten luiden "de route van de dood", of "de weg naar de dood".'

Ze keek omhoog naar de inscriptie boven hun hoofden, de symbolen die er nog zó gaaf uitzagen dat je zou denken dat ze nog maar enkele dagen geleden waren uitgehouwen.

'Dat klinkt niet bepaald veelbelovend,' merkte Costas somber op.

Jack huiverde en de twee anderen namen hem met hernieuwde bezorgdheid op. Maar hij deed een beroep op zijn resterende energie en zwom de gang binnen.

'Dit zou de laatste etappe moeten zijn. Kom mee.'

Costas bleef nog heel even achter om de laatste haspel met lint aan zijn backpack te bevestigen. Het enige wat hij van zijn twee metgezellen kon zien was de bellenbaan die ze achter zich aan trokken; de gang liep langzaam omhoog. Toen hij achter hen aan zwom zag hij even later verderop in de tunnel het geruststellende schijnsel van hun lampen.

'Hou je stijgsnelheid ónder de vijf meter per seconde,' instrueerde hij. 'Onze tijd in dat vertrek telt ook als decompressiestop, en onder deze hoek hoeven we vóór we de oppervlakte bereiken geen halt meer te houden.'

De vloer was ruw, alsof die opzettelijk niet was afgewerkt om beter houvast te bieden. Aan beide kanten waren evenwijdig lopende groeven te zien, zoals de voren van oude karrensporen. Plotseling waren ze bij de entree van het andere vertrek gearriveerd, waarbij de wanden in het pikdonker gehuld bleven, terwijl de helling verder omhoog bleef leiden.

Het was een spelonkachtige ruimte waarbij zelfs de hal van de voorvaderen in het niet viel. Overal om hen heen waren grillig gevormde rotsplooien te zien die, terwijl ze er met hun lampen overheen schenen, op en neer leken te golven. De zijkanten waren bijzonder steil en gingen in een gapende afgrond over, en de nagenoeg verticale wanden werden slechts onderbroken door stolsels van lava die als de knoesten van een oude eik de wand accentueerden. Overal waar ze keken zagen ze verwrongen lavastromen, een duidelijke aanwijzing voor de kolossale krachten die vanuit de vloeibare kern van de aarde dwars door deze ruimte een weg naar buiten hadden gezocht.

'De kern van de vulkaan bevindt zich waarschijnlijk maar een paar honderd meter zuidelijker,' zei Costas. 'Magma en gas baanden zich een weg door de samengedrukte as van de kegel, lieten daar grote gaten in achter en stolde toen. Het resultaat daarvan is dit reusachtige honingraateffect, een vergrote holle kern die doorweven is met een rasterwerk van basaltformaties.'

Ze tuurden door het kristalheldere water en de helling bleek een reusachtige, verhoogd liggende weg te zijn, een immens rotstalud dat, voor zover ze konden zien, de gehele ruimte overspande. Links van hen speelde het licht uit hun lampen over nog een zwaar talud, met pal daarachter en op gelijke afstand, nog een. Beide taluds lagen haaks op het centrale rotstalud en liepen tot de zijwand van het vertrek door.

Het was Costas die als eerste doorhad wat het was, waarom deze vreemde indeling hem zo bekend voorkwam.

'Dat centrale talud vormt de bovenste poot van het symbool. De twee andere taluds vormen de uitsteeksels links. We zijn aan de laatste etappe bezig.'

'Dit moet op de mensen die deze ruimte als eersten hebben aanschouwd een enorme indruk hebben gemaakt,' zei Jack. 'Ik heb zo het vermoeden dat er aan de andere kant van de kern, op plaatsen waar het magma via spleten naar de oppervlakte kwam, ook naar buiten wijzende basaltintrusies te vinden zullen zijn. Als het patroon inderdaad symmetrisch is, valt goed te begrijpen waarom er aan dit geheel magische eigenschappen werden toegeschreven. Het vormde een beeltenis van hun heilige adelaar-god.'

Katya had alleen maar oog voor de spectaculaire, grillig kronkelende rotsformaties waardoor ze werden omringd. Het verhoogd liggende middentalud had wel iets weg van een laatste brug die toegang bood tot een onderaardse vesting, de ultieme beproeving om te zien wie het lef had die over te steken, terwijl je van onderen werd blootgesteld aan een gracht vol vuur.

Aan het uiteinde van de twee zich vertakkende hellingen kon ze in de muur nog net enkele ingangen onderscheiden. Ongeveer honderd meter verderop, recht voor zich uit, zag ze een rotswand glinsteren waarvan de afmetingen in het donker niet te peilen waren. Ze huiverde toen ze zich de grimmige benaming boven de entree van deze ruimte weer herinnerde.

Costas begon vastbesloten zwemmend het middenpad te volgen. 'Jack heeft nog maar voor een paar minuten zuurstof over. Het wordt tijd dat we aan de oppervlakte komen.'

Jack en Katya zwommen ieder aan een kant van Costas, pal boven de diepe voren die ook hier in het plaveisel waren aangebracht. Nadat ze de kruising met het eerste talud links waren gepasseerd, zagen ze weer iets nieuws, een inzinking in het midden van het centrale talud dat vanaf de ingang onzichtbaar was geweest.

Naarmate ze de betreffende plek dichter naderden, ontvouwde zich voor hun ogen een opmerkelijk tafereel. Over de hele breedte van het talud – een meter of vijf – bevond zich een vierkante kuil van twee meter diep, waarin aan twee kanten via traptreden kon worden afgedaald. Aan de rechterkant van de inzinking bevond zich een sculptuur van een stierenhoorn, mét de karakteristieke verticale zijkanten en de vloeiende, naar binnen gerichte kromming. Een identiek reliëf verhief zich links van het midden, en daartussenin geklemd bevond zich een zware plaat. De hoorns waren uit de rotsen gehouwen, en de uiteinden ervan kwamen bijna tot aan de rand van de put, terwijl de zware plaat van glanzend wit marmer was gemaakt, hetzelfde materiaal waaruit de fantastische diervormen waren gehouwen die ze naast de processieweg buiten hadden gezien.

Toen ze zich lieten zakken om het eens wat beter te bekijken, zagen ze dat de plaat zich ongeveer een meter boven de pijlloze diepte bevond.

'Maar natuurlijk,' riep Jack. 'Die inscriptie. Niet "de weg van de dood", maar "de weg van de doden". Al sinds we Atlantis voor het eerst met eigen ogen hebben gezien vroeg ik me af waar de begraafplaatsen waren. Nu weet ik het. Die laatste ruimte was een mortuarium, een vertrek waar de doden werden geprepareerd. En dit is de ruimte waar ze zich van hun doden ontdeden.'

Zelfs Costas vergat heel even dat ze hier zo snel mogelijk weg moesten en zwom dichterbij om in de diepe kloof te kijken. Hij knipte een paar seconden lang zijn felle halogeenlamp aan, in het besef dat hij op moest passen, want dat anders zijn batterijen binnen de kortste keren leeg zouden zijn.

'Ze hebben er wel de juiste plaats voor uitgekozen,' beaamde hij. 'Het lava daar is grillig gevormd, van het sneldrogende soort, en vult het ravijn als een gestolde stroom. Zevenduizend jaar geleden zou dat best eens een actief kanaal geweest kunnen zijn. Gesmolten lava begint te borrelen bij 1100 graden Celsius, heet genoeg om een auto te laten smelten, dus je kunt spreken van een kant-en-klaar crematorium.'

Katya inspecteerde de traptreden waarlangs je in het platform kon afdalen.

'Dan moet dit de plaats zijn waar de lichamen naartoe werden gebracht voor ze voor hun laatste reis op de marmeren plaat werden gelegd,' veronderstelde ze. 'De groeven in de helling liggen twee meter uit elkaar, dat komt een beetje overeen met de breedte van een lijkbaar. Die voren zijn waarschijnlijk in de loop van duizenden begrafenisprocessies door de voeten van de dragers uitgesleten.'

Jack tuurde in de diepte, al zijn voorstellingsvermogen samengebald om tot een beeld te komen van het ritueel dat hier millennia geleden voor het laatst was uitgevoerd. Hij had al heel wat keren archeologisch onderzoek op begraafplaatsen gedaan, en hij was zich bewust van het feit dat de doden vaak een beter verhaal te vertellen hebben dan de brokstukken van de levenden, en hij had eigenlijk verwacht dat hun laatste grote ontdekking een overvloedige dodenstad zou zijn. Nu wist hij dat de enige stoffelijke resten van het volk van Atlantis in henzelf vercijferd zaten, in de genen van die onverschrokken zeevaarders die aan de overstroming ontkomen waren en het zaad der beschaving hadden verspreid.

'Dus dit is de onderwereld van de mensen die in de oudheid leefden,' bracht hij ademloos uit. 'En de Styx was geen stilstaand binnenwater, maar een brandende rivier van vuur.'

'Die goede oude Charon de veerman zou wat deze betreft zijn beurt voorbij hebben laten gaan,' zei Costas. 'Dit lijken de poorten van de hel wel. Laten we hier weggaan, voor we wakker worden in het aangezicht van de god die deze plek runt en hij die ziedende haard weer eens lekker opport.'

Terwijl ze met een paar rustige slagen van hun zwemvliezen het laatste deel van de helling overbrugden, haalde Jack raspend adem. Zijn onregelmatige ademhaling was duidelijk hoorbaar en Katya draaide zich geschrokken naar hem om. Costas was in de buurt gebleven en bracht zijn vriend tot stilstand.

'Het is tijd om samen één tank te gebruiken,' zei hij.

Nadat hij heel even in zijn backpack had gerommeld haalde hij een gevulkaniseerde slang te voorschijn die hij op Jacks ademautomaat aansloot. Hij draaide een afsluiter open en er klonk een zacht gesis toen de druk tussen de twee systemen zich stabiliseerde.

'Bedankt.' Jacks ademhaling ging vrijwel onmiddellijk een stuk soepeler.

'We hebben een probleem,' kondigde Costas aan.

Jack had zich in eerste instantie op zijn ademhaling geconcentreerd, maar keek nu op en werd geconfronteerd met een rotswand die hoog boven hen uit torende.

'Een lavaplug,' zei hij somber.

Ongeveer vijf meter vóór hen eindigde de richel bij het noordoostelijke uiteinde van het vertrek. Ze konden nog net een ingang onderscheiden, die ongeveer even breed was als het pad, en met een lateibalk erboven. Maar dit alles werd voor een groot deel aan het oog onttrokken door een reusachtige klont gestolde lava, een lastige eruptie die tot in de kloof was doorgedrongen, met als gevolg dat er helemaal bovenin nog maar een kleine opening was overgebleven.

Costas draaide zich naar Jack om. 'We bevinden ons slechts acht meter onder de waterspiegel, dus binnen de veiligheidsmarge van tien meter die nodig is om zuurstofvergiftiging te voorkomen, dus misschien is het verstandig om terwijl we dit oplossen onze systemen eens goed door te spoelen.'

Hij zette zijn duikcomputer en die van Katya op handbediening en draaide de zuurstofventielen van hun ademautomaten open. Vervolgens zwommen hij en Jack in tandem naar het gat en tuurden in de ruimte die erachter lag.

'Deze lavabuis moet enige tijd ná de overstroming door het basalt heen tot in de gang doorgebroken zijn,' zei Costas. 'De opening zelf is het resultaat van een gasexplosie. Als we geluk hebben loopt die opening helemaal tot het eind door.'

Jack trok zich omhoog in de grillig gevormde spleet, waardoor zijn hoofd en schouders niet meer te zien waren. Achter de vernauwing zag hij hoe het gat zich verbreedde, als een soort ventilatiekoker, terwijl de wanden op de plaatsen waar het gas door de afkoelende lava met de kracht van een naverbrander was geëxplodeerd, vol zaten met stollingsgesteente.

'Met onze apparatuur op de rug kunnen we hier onmogelijk doorheen,' zei hij. 'Na die gasexplosie moet het lava tijdens het stollen zijn uitgezet, waardoor de eerste meters van de tunnel is versmald tot een opening waar Katya nauwelijks doorheen kan, laat staan jij en ik.'

Ze wisten wat hen te doen stond. Jack begon zijn cilinderharnas los te maken.

'Het lijkt me zinvol als ik als eerste ga. Jij en Katya beschikken nog steeds over jouw reserve. En ik ben de enige die zonder zuurstof tot een diepte van veertig meter kan duiken.'

'Maar niet met een kogelwond in je zij.'

'Laat me wat zuurstof in de tunnel blazen,' reageerde Jack. 'Ik zie holtes in het plafond waar zich misschien wat gas kan ophopen, zodat je die eventueel als stopplaats kunt gebruiken.'

Costas twijfelde; hij stond niet bepaald te springen om afstand te doen van een deel van hun toch al kleine voorraad zuurstof, maar hij besefte dat Jacks voorstel toch niet zo gek was. Hij maakte een tweede trap van een ademautomaat uit zijn backpack los en gaf die door. Met zijn lange armen stak Jack de slang zo ver mogelijk in de spleet en drukte op de loosknop. Er klonk een donderend geraas toen de zuurstof in de nauwe ruimte ontsnapte en als wit water langs de bovenkant van de rots spoot.

Costas keek gespannen toe hoe het wijzertje dat de inhoud van de zuurstofcilinder aangaf tot onder de vijftig bar zakte, waarna er een waarschuwingslampje begon te knipperen.

'Zo is het wel genoeg!' zei hij.

Jack liet de loosknop los en stak de ademautomaat achter een rand van de opening. Terwijl hij zijn backpack afdeed en die klem zette tussen een lavaplooi, maakte Costas het lint op zijn rug los en bond het uiteinde om Jacks bovenarm.

'Standaard touwsignalen,' instrueerde hij. 'Eén ruk betekent oké. Twee rukken betekent dat je nog een stoot zuurstof wilt. Blijven rukken houdt in dat je erdoorheen bent en dat we je veilig kunnen volgen.'

Jack knikte en controleerde vervolgens of de haspel was losgemaakt. Op het moment dat hij zijn duikmasker omhoog zou moeten schuiven om bij de luchtzakken in de tunnel te kunnen, zou zijn intercomverbinding wegvallen. Hij maakte de veiligheidssluiting van zijn helm los en keek naar Costas, die zich net via zijn computer had overtuigd van het feit dat ze aan de decompressievoorwaarden voldeden.

'Klaar.'

'Overstappen op de ademautomaat.'

Terwijl Costas de ademslang losmaakte, kneep Jack zijn ogen stijf dicht en schoof zijn helm naar achteren, terwijl hij tegelijkertijd de tweede trap in zijn mond stak en een gelaatsmasker te voorschijn haalde die hij voor noodgevallen in een zijzak bewaarde. Hij drukte dat tegen zijn gezicht en ademde krachtig door zijn neus uit om het water weg te snuiten, en hield zich vervolgens enkele ogenblikken stil opdat zijn ademhaling na de door de kou veroorzaakte schok weer enigszins tot rust kon komen.

Nadat hij een waterdichte zaklantaarn had losgeklikt, trok Jack zich omhoog richting opening, direct gevolgd door Costas, die er zeker van wilde zijn dat de slang niet te strak kwam te staan. Terwijl Jack de latei beetpakte voelde hij op de plek waar het lava zich over het rotsoppervlak had gedrapeerd een inkeping zitten. Zijn vingers tastten de vorm af van een symbool dat diep in het basalt was gekerfd.

Hij draaide zich naar Katya om en gebaarde opgewonden. Ze knikte nadrukkelijk, en keek toen weer naar hem op. Blijkbaar maakte ze zich zorgen of hij al dan niet zou slagen door de tunnel heen te komen.

Jack draaide zich weer om en ontspande zich, waarbij hij met gesloten ogen aan de latei hing. Gebruikmakend van de techniek van een duiker die zonder zuurstofflessen afdaalt, ademde hij langzaam en diep in en uit om zijn lichaam zo snel mogelijk met zuurstof te verzadigen. Een minuut later gaf hij Costas een seintje en legde zijn vingers rond de ademautomaat. Hij haalde snel achter elkaar vijf keer adem, spuwde het ding uit en lanceerde zich vervolgens in een draaikolk van luchtbellen naar voren.

Costas stak zijn hand uit om het plastic lint te pakken dat hun enige levenslijn vormde. Terwijl het tussen zijn vingers door gleed, mompelde hij nauwelijks hoorbaar: 'Veel geluk, vriend. Dat zullen we hard nodig hebben.'

22

De eerste paar meter moest Jack zich letterlijk een weg door de smalle tunnel klauwen, aangezien de lava de ingang gedeeltelijk had dichtgeslibd. Hij voelde hoe zijn pak scheurde toen hij zich langs de messcherpe lavaknoesten wurmde. Hij keek even achterom om zich ervan te vergewissen dat het lint nog intact was en ging vervolgens snel door, op weg naar het einde van de tunnel, met zijn armen recht voor zich uit, de lichtbundel van de zaklantaarn recht naar voren gericht.

Terwijl hij vooruit schoot, zei zijn gevoel hem dat de helling van de doorgang steeds steiler werd, terwijl de lavastroom zich aan die steeds verder omhoog komende glooiing had geconformeerd. Hij draaide zich snel om zijn lengteas en zag langs het plafond heldere poelen waar de zuurstof uit Costas' ademapparaat zich had verzameld. Een kleine minuut nadat hij voor de laatste keer adem had gehaald stak hij zijn hoofd in een luchtbel die in een lavaspleet klem was komen zitten. Hij haalde drie keer snel achter elkaar adem, terwijl hij tegelijkertijd zijn dieptemeter raadpleegde en een Cyalume-stick doorbrak. De chemische substantie ontbrandde direct en er ontstond te midden van de luchtbellen een baken waarvan de anderen gebruik konden maken.

'Drie meter beneden zeeniveau,' mompelde hij in zichzelf. 'Een fluitje van een cent.'

Hij maakte zich zo klein mogelijk, zette zich af en dook de doorgang weer in. Vrijwel onmiddellijk stootte hij op een splitsing. Hij vermoedde dat de ene gang naar een veilig oord zou leiden, terwijl de ander waarschijnlijk de opening was waar de lava vanuit de kern doorheen was gespoten. Het was een beslissing op leven en dood, een beslissing waar ook het lot van de twee anderen van afhing.

Nadat Jack zijn kompas had geraadpleegd zwom hij resoluut de linkergang binnen, lichtjes uitademend om te voorkomen dat, nu de druk steeds minder werd, zijn longen het zouden begeven. Voor hem doemde een glinsterende, iriserende lens op, een oppervlak dat te breed was om een tegen het plafond van de tunnel klemzittende zuurstofbel te kunnen zijn.

Zijn longen begonnen zich krampachtig samen te trekken toen hij zich met een steeds groter wordende vertwijfeling langs de smalle opening in de rotsen werkte. Toen hij langs de laatste richel gleed en de oppervlakte bereikte sloeg hij met zijn hoofd bijna tegen het rotsachtige plafond. Hij hapte hijgend een paar keer naar adem en kwam toen wankelend het water uit. Hij had nu het zeeniveau bereikt, maar bevond zich nog steeds binnen de vulkaan, terwijl de doorgang vóór hem, hoewel die naar boven leek te lopen, niet de indruk wekte een uitgang te zijn.

Het was nog maar drie minuten geleden dat hij Costas en Katya had achtergelaten, maar het leek wel een eeuwigheid. Terwijl hij zijn uiterste best moest doen het bewustzijn niet te verliezen, richtte hij al zijn energie op het oranje lint dat hij achter zich mee voerde, en begon eraan te rukken, steeds weer, totdat het slap in zijn hand hing, en het volgende moment liet hij zich achteroverzakken en bleef stilletjes liggen.

Toen Costas uit het water oprees ontstond er een enorme schuimeruptie, waarbij hij wel iets weg had van een aan de oppervlakte komende walvis. Enkele seconden later volgde Katya, die onmiddellijk Jacks wond begon te inspecteren, haar gezicht vol zorgelijke rimpels toen ze het geronnen bloed zag dat door de scheur in zijn pak naar buiten was gesijpeld.

Costas rukte zijn masker af en hapte moeizaam naar adem, terwijl zijn donkere haar tegen zijn voorhoofd zat geplakt en zijn rode gezicht een opgeblazen indruk maakte.

'Help me herinneren dat ik ga lijnen,' bracht hij moeizaam uit. 'Met name met dat laatste stuk had ik nogal wat moeite.'

Hij liep moeizaam tegen de kant op en trapte zijn zwemvliezen uit. Jack was voldoende op krachten gekomen om zich, steunend op zijn ellebogen, wat op te richten en was druk bezig de bundelprojector van zijn zaklantaarn te schroeven, zodat de lamp nu een schimmig kaarslichtachtig schijnsel om hen heen wierp.

'Welkom bij de club,' reageerde hij. 'Ik heb het gevoel dat ik door een vleesmolen ben gehaald.'

Hun stemmen klonken, nadat ze zo lang alleen maar via de intercom met elkaar hadden gecommuniceerd, vol en resonerend. Jack hees zich nog wat verder het talud op en kromp in elkaar van de pijn.

'Ik heb Katya's backpack een eindje terug in de tunnel opgeborgen,' zei Costas. 'Daar zit nog voldoende trimix in om met z'n tweeën naar de onderzeeër terug te keren, mocht dat nodig zijn. Ik heb het eind van het lint aan de lichtstick in die luchtzak bevestigd. Mochten we terug moeten, vergeet dan niet bij die splitsing rechtsaf te slaan.'

Het water zat vol kleine luchtbelletjes die bruisend aan de oppervlakte kwamen. Ze keken ernaar terwijl ze langzaam maar zeker weer een beetje op adem kwamen.

'Da's vreemd,' zei Costas. 'Zo te zien is dat aanzienlijk meer dan de resterende zuurstof uit de ademautomaat. Het moet een of ander gas zijn dat door die vulkaanopening deze kant op komt.'

Nu ze allemaal veilig uit het water waren, keken ze om zich heen en namen hun nieuwe omgeving eens wat beter op. Een eindje verderop langs de helling zagen ze opnieuw een rechthoekige, in de rotsen uitgehouwen doorgang, die onverbiddelijk omhoog leidde, hoewel de aanblik op een vreemde manier anders deed vermoeden.

'Het zijn algen,' zei Costas. 'Er is net voldoende natuurlijk licht aanwezig om fotosynthese mogelijk te maken. We zitten dichter bij de buitenkant dan ik dacht.'

Nu de poel tot water was gekomen, hoorden ze het regelmatige geluid van gedruppel.

'Regenwater,' zei Costas. 'Na de storm moet de vulkaan helemaal doordrenkt zijn. Er zal nu wel een hoeveelheid damp boven hangen ter grootte van een paddestoelwolk.'

'De *Seaquest* moet ons in elk geval moeiteloos terug kunnen vinden,' bracht Jack moeizaam uit terwijl hij amechtig overeind kwam en uiteindelijk op zijn knieën ging zitten. De stoot zuurstof had hem door de tunnel naar de oppervlakte gestuwd, maar nu moest zijn lichaam overwerk verrichten om de resterende stikstof weg te werken. Wankelend kwam hij overeind, zorgvuldig de gladde stukken vermijdend waar het regenwater naar beneden was gespat. Hij wist dat zijn beproeving nog niet ten einde was. Wat zijn zuurstofvoorraad betrof had hij het net gered, maar hij zou nu, zonder de verdovende werking van het ijskoude water, met veel meer pijn worden geconfronteerd.

Jack zag de zorgelijke blikken. 'Het gaat wel weer. Costas, jij gaat voorop.'

Katya stond op het punt in beweging te komen, maar keek snel Jack nog even aan.

'O, dat vergat ik bijna.'

Haar geelbruine huid en sluike zwarte haar glinsterden onder de waterdruppels die er nog steeds langzaam van afgleden.

'Die inscriptie op die lateibalk,' zei ze. 'Toen ik moest wachten voor ik erdoorheen kon, heb ik er eens wat beter naar gekeken. Het eerste symbool was het hoofd met de hanenkam, de lettergreep *at*. Ik weet zeker dat het tweede symbool de korenschoof moest voorstellen, *al* of *la*. Voor mij staat dan ook vast dat de complete inscriptie het woord "Atlantis" betreft. Het is onze laatste wegwijzer.'

Jack knikte, te versuft om iets te kunnen zeggen.

Ze liepen langs de helling omhoog. Nu ze hun zuurstofapparatuur hadden afgedaan, beschikten ze ook niet meer over de voorhoofdslampen, want die maakten integraal deel uit van hun duikhelm. De waterdichte stroboscooplampen waren in feite bedoeld als bakens, te gebruiken in geval van nood, maar als ze je te lang liet branden, vormde dat een veel te grote aanslag voor de batterijen, en zouden die binnen de kortste keren leeg zijn. Terwijl ze tegen de helling opliepen, begonnen de lampen nagenoeg tegelijkertijd te flikkeren en kracht te verliezen.

'Het is duidelijk tijd om van onze chemische verlichting gebruik te maken,' zei Costas.

Ze borgen hun lantaarns op en Costas en Katya braken hun lichtsticks open. In combinatie met het eerste zwakke doorsijpelen van daglicht, produceerden de sticks een spookachtige aura, een gloed die op een angstaanjagende manier overeenkomst vertoonde met de noodverlichting die ze in de vernielde commandocentrale van de onderzeeboot hadden geactiveerd.

'We moeten dicht bij elkaar blijven,' waarschuwde Costas. 'Deze dingen kunnen het uren volhouden, maar ze geven nauwelijks voldoende licht om de vloer te kunnen zien. En we weten niet wat we kunnen verwachten.'

Nadat ze in de gang een bocht waren gepasseerd, veranderde de scherpe geur die al sinds ze uit het water waren gekomen hun neusgaten irriteerde, van het ene op het andere moment in een ongelooflijke stank. Een warme tocht voerde de weeë, zoetige geur van ontbinding met zich mee, alsof de doden van Atlantis in hun graftombe diep beneden hen nog steeds aan het wegrotten waren.

'Zwaveldioxide,' meldde Costas, die zijn neus optrok. 'Niet bepaald aangenaam, maar als we hier niet te lang blijven rondhangen niet giftig. Er moet ergens in de buurt een actief ventilatiegat zitten.'

Terwijl ze hun weg naar boven vervolgden zagen ze een plek waar zich nog een lavastroom doorheen had geboord, waarbij de vloeibare massa zich als nat beton op de tunnelvloer had uitgestort. De lava was puntig en broos, maar vormde een minder grote hindernis dan de vorige. Het gat waaruit het te voorschijn kwam was omgeven door een wirwar van scheuren en spleten, de oorzaak van de gruwelijke tocht die bij elke stap die ze dichterbij kwamen erger leek te worden.

'De twee lavadoorbraken die we zijn tegengekomen zijn verhoudingsgewijs recent,' zei Costas. 'Die moeten van ná de overstroming dateren, anders zouden de priesters de boel wel hebben laten opruimen en de tunnel hebben hersteld.'

'Ten tijde van Atlantis moeten er soortgelijke erupties hebben plaatsgevonden,' merkte Katya zwakjes op. 'Dit oord is veel actiever dan geologen ooit hebben vermoed. We zitten midden in een tijdbom.'

Jack had voortdurend tegen de pijn gevochten, een vernietigende gewaarwording die steeds heviger werd naarmate het verdovende effect van de kou afnam. Elke ademhaling was nu een gemene dolksteek, elke stap die hij deed was een uiterst pijnlijke dreun die hem op het randje van een inzinking bracht.

'Lopen jullie tweeën maar door. We moeten proberen zo snel mogelijk contact met de *Seaquest* op te nemen. Zodra ik kan kom ik wel achter jullie aan.'

'Dat kun je vergeten.' Costas had nog nooit meegemaakt dat zijn vriend de moed opgaf en wist dat Jack net zo lang door zou gaan tot hij erbij neerviel. 'Als je niet meer kunt neem ik je op mijn rug en draag ik je.'

Jack schraapte zijn resterende krachten bij elkaar en volgde – ondanks de vreselijke pijn die hij had – de anderen over de lava, langzaam weliswaar, waarbij hij zich zorgvuldig een weg tussen de grillige formaties zocht. Toen de geleidelijk omhooglopende vloer overging in een serie lage treden, ging het lopen wat gemakkelijker. Een meter of twintig na de lava maakte de gang een bocht in zuidelijke richting en werden de afmetingen van de tunnel wat minder regelmatig en namen de wanden geleidelijk aan de natuurlijke vormen aan van een kloof in het vulkanische gesteente. Toen de tunnel zich weer versmalde, klommen ze achter elkaar aan lopend verder, Costas voorop.

'Recht voor ons uit zie ik licht,' kondigde hij aan. 'Dat moet het zijn.'

De helling werd op slag een stuk steiler en al snel moesten ze op handen en voeten verder. Toen ze het zwakke lichtschijnsel naderden dat door de algen werd veroorzaakt, werd elke stap die ze deden een stuk gevaarlijker dan de vorige. Costas glibberde over de laatste trede en draaide zich om teneinde Jack een helpende hand toe te steken.

Ze kwamen uit bij een eruptiekanaal van een meter of drie in het vierkant, waarvan de zijkanten in de loop van ettelijke millennia door erosie glad waren geworden. Onderin was een ondiepe stroom die vanuit een nauwe kloof leek neer te klateren, en in de verte was dan ook het geluid van kolkend water te horen, maar hun zicht daarop werd door een glinsterende nevel volledig aan het oog onttrokken. Het eruptiekanaal verdween aan de rechterkant in een rotswand, terwijl daarachter nog net een beetje licht te zien was.

Costas raadpleegde de hoogtemeter op zijn console.

'We hadden de hoogte van de vulkaan vóór het stijgen van het water berekend op driehonderdvijftig meter boven zeeniveau. We bevinden ons nu op honderdvijfendertig meter boven de huidige zeespiegel, ongeveer een meter of tachtig onder de top van de krater.'

Omdat ze de vulkaan waren binnengedrongen aan de noordkant, keken ze nu pal naar het westen, waarbij de richting waarin de gangen liepen overeenkwam met de glooiing van het bovenste deel van de helling. Voor hen uit leek de donkere opening van de tunnel weer linea recta terug te leiden naar het labyrint, maar het kon nu niet lang meer duren voor ze de buitenlucht zouden bereiken.

'Wees voorzichtig,' zei Costas. 'Eén verkeerde stap en we glijden via deze helling rechtstreeks naar de hel.'

Ze hadden sinds ze de vorige dag met de DSRV bij de *Seaquest* vertrokken waren nagenoeg elk besef van tijd verloren. De grillig gevormde rotsen vormden een schemerwereld van heen en weer schietende schaduwen. Toen ze een korte, in de rotsen uitgehouwen trap beklommen werd het nóg donkerder in het eruptiekanaal en moesten ze opnieuw hun toevlucht nemen tot de lichtsticks.

De tunnel volgde de loop van het basalt, en elke volgende laag werd in de stratigrafie van de wanden duidelijker zichtbaar. De stroom had de met gas verzadigde lava van de kegel ondermijnd, waarbij de as en de stukken lava samen met brokken puimsteen en stukken scoria als beton samen waren geperst en nu vastzaten in de matrix. Hoe hoger ze klommen, hoe poreuzer het gesteente werd; regenwater drupte tussen de brokken die aan het plafond hingen naar beneden. De temperatuur steeg en het was nu duidelijk warmer.

Na een meter of twintig werd de tunnel smaller, zodat het water dat tegen hen in naar beneden liep aanzwol tot een woeste stroom. Jack deed een stapje opzij, waarbij zijn lichaam ineenkromp van de pijn. Katya waadde naar hem toe om hem overeind te houden in het kolkende water, dat nu tot hun middel reikte. Hartverscheurend traag slaagde het tweetal erin zich door de versmalling heen te worstelen, terwijl Costas doorging en achter het nevelgordijn verdween. Terwijl ze voorwaarts wankelden verbreedde de doorgang zich weer en leek het naar beneden stromende regenwater nagenoeg op te drogen tot een nauwelijks waarneembaar stroompje. Ze gingen een hoek om en zagen Costas roerloos staan, zijn drijfnatte gestalte duidelijk afstekend tegen een opaak verlichtte achtergrond.

'Het is een soort bovenmaats bovenlicht,' meldde hij opgewonden. 'Ik denk dat we ons pal onder de krater bevinden.'

De opening hoog boven hen was voldoende breed om nog wat zwak daglicht naar binnen te laten vallen, zodat ze nog net konden zien welke enorme ruimte zich vlak voor hen bevond. Het was een grote ronde zaal met een doorsnede van ruim vijftig meter en een hoogte van ook nog eens vijftig meter, terwijl de wanden schuin omhoogliepen naar een ronde opening in het midden, met daarachter, als een reusachtige oogbol, de lucht. Jack vond het verdomd veel op het Pantheon in Rome lijken, de oude tempel voor alle goden, waarvan de hoog boven de omgeving uittorenende koepel de overwinning op de hemel moest symboliseren.

Nóg adembenemender was het verschijnsel in het midden van de ruimte. Vanaf de opening bovenin tot aan de vloer was een immense zuil van rondwervelend gas zichtbaar, precies even breed als de 'oogbol' bovenin. Die leek het daglicht als een reusachtige bundel neerwaarts te projecteren, een opgloeiende pilaar van wit licht.

Nadat ze een ogenblik lang verbijsterd hadden toegekeken, drong het tot hen door dat het met een reusachtige vaart omhoog spoot, waardoor de indruk werd gewekt dat zij zelf onverbiddelijk in de vurige diepten van de vulkaan werden geworpen. Al hun instincten zeiden dat ze een oorverdovend gebulder zouden moeten horen, maar het was angstaanjagend stil in het ronde vertrek.

'Het is waterdamp,' riep Costas uiteindelijk uit. 'Dus dít gebeurt er met het regenwater dat niet via spleten naar buiten wordt afgevoerd. Het moet hier beneden een soort smeltoven zijn.'

De steeds stijgende temperatuur die ze tijdens hun klim hadden gevoeld werd veroorzaakt door de pijp pal voor hen.

Ze stonden aan de buitenkant van een breed platform dat rond de hele zaal liep, en zich enkele meters bóven de centrale vloer bevond. Overal in de wand waren op gelijke afstanden openingen in de rots uitgehakt, identiek aan die waardoor ze zojuist deze ruimte hadden betreden. Boven elke doorgang waren de nu vertrouwde symbolen aangebracht. Bij de rand van het platform, in het midden van het vertrek, konden ze nog net een centrale verhoging onderscheiden. Met de rug naar de zuil van waterdamp gekeerd waren vier stenen zetels zichtbaar, elk in de vorm van de hoorns van een stier uitgehouwen en geplaatst op de vier hoofdstreken van de kompasroos. De stoel die naar hen stond gekeerd werd gedeeltelijk door het platform aan het oog onttrokken, maar hij was duidelijk groter dan de drie andere, en de uiteinden van de hoorns reikten in de richting van het gat midden boven.

'Het lijkt wel een soort troonzaal,' zei Costas vol ontzag. 'Een audiëntieruimte voor de hogepriesters.'

'De hal van de voorvaderen. De zaal waar men zich van de doden ontdeed. En nu de audiëntieruimte,' mompelde Katya. 'Dit moet de laatste halteplaats zijn voor we het heilige der heiligen bereiken.'

Sinds ze uit de onderzeeboot waren vertrokken, hadden ze voortdurend in staat van opwinding verkeerd. Nu ze tot de feitelijke kern van de vulkaan waren doorgedrongen, werd hun uitbundigheid getemperd door een onbestemd gevoel, alsof ze beseften dat ze voor de ultieme onthulling wel degelijk een prijs zouden moeten betalen. Zelfs Costas aarzelde, alsof hij er weinig voor voelde de veiligheid van de tunnel los te laten en zich in het grote onbekende te storten.

Het was Jack die de aarzeling overwon en zei dat ze door moesten lopen. Hij draaide zich naar de anderen om, zijn gezicht onder het vuil en zijn verweerde gelaatstrekken vertrokken van pijn.

'Hier heeft de tekst ons naartoe geleid,' zei hij. 'Het heiligdom van Atlantis moet zich hier ergens bevinden.'

Zonder verdere plichtplegingen dwong hij zichzelf vooruit en strompelde verder; alleen wilskracht zorgde er nog voor dat hij niet instortte. Costas kwam naast hem lopen terwijl Katya hen met een ondoorgrondelijke gelaatsuitdrukking op haar gezicht naar de rand van het platform volgde.

Net toen boven de rand van het platform uit de troon zichtbaar werd, werden ze verblind door een lichtbundel. Onwillekeurig doken ze in elkaar en sloegen de handen voor hun ogen. In het felle licht konden ze nog net twee gestalten onderscheiden die van links en rechts leken op te doemen.

Even plotseling verdween het licht weer. Toen ze weer een beetje fatsoenlijk konden zien, zagen ze dat de twee gestalten in het zwart waren gekleed, net als de lieden die hen in de onderzeeboot hadden aangevallen, en dat elk vanaf de heup dreigend een Heckler & Koch MP5 op hen gericht hield. Jack en Costas staken hun handen omhoog; ze hadden geen schijn van kans – voor ze goed en wel bij hun wapens konden, zouden ze allang zijn neergemaaid.

Vlak voor hen leidde een trapje van twaalf treden naar het verlaagde middengedeelte. Er werd een krachtige zaklantaarn op hen gericht, waarvan de lichtbundel vervolgens naar het trapje gleed. Een verhoogd looppad leidde rechtstreeks naar de sculptuur met de stierenhoorns, waarvan ze de uiteinden boven de rand van het platform hadden zien uitsteken. Het was de opvallende ruggensteun van een massieve stenen zetel, aanzienlijk overvloediger versierd dan de drie andere.

Er zat iemand op.

'Dr. Howard. Wat plezierig u eindelijk eens te mogen ontmoeten.'

Jack herkende de stem, dezelfde trage, gutturale toon die drie dagen ge leden aan boord van de *Seaquest* uit de radio was gekomen: die boodschap vanaf de *Vultura*. Hij en Costas werden ruw de trap afgeduwd en even later stonden ze oog in oog met de opgeblazen gestalte van Aslan. Hij hing als een zoutzak op de troon, zijn voeten stevig voor hem op de grond geplant, en zijn immense onderarmen over de zijkant gedrapeerd. Zijn bleke, tijdloze gezicht zou dat van de een of andere priester kunnen zijn, ware het niet dat zijn zwaarlijvigheid een heel ander verhaal vertelde. In zijn wijdvallende rode gewaad en met zijn oriëntaalse gelaatstrekken leek hij de belichaming van een oosterse despoot, een figuur die rechtstreeks van het hof van Djenghiz Khan afkomstig zou kunnen zijn, hoewel de krijgers naast hem beiden met een uiterst moderne pistoolmitrailleur waren uitgerust.

Rechts van Aslan stond een onopvallende gestalte die vergeleken bij de rest van zijn entourage nagenoeg in het niets leek te vallen. Het was een vrouw die in een saaie grijze regenjas was gekleed en haar haar in een knotje droeg.

'Olga Ivanovna Bortsev,' siste Katya.

'Jouw onderzoeksassistente is me bijzonder behulpzaam geweest,' baste Aslan opgewekt. 'Nadat ze verslag bij mij had uitgebracht, heb ik uw onderzoeksvaartuig voortdurend laten schaduwen. Ik wilde al een hele tijd een bezoekje aan dit eiland brengen. Gelukkig hebben mijn mannen een weg omhoog gevonden die naar deze ruimte leidde. Het ziet ernaar uit dat we net op tijd zijn gearriveerd.' Plotseling verhardde zijn stem. 'Ik ben hier naartoe gekomen om spullen op te eisen die ik al weer een tijdje geleden ben kwijtgeraakt.'

Costas slaagde er niet in zich nog langer in bedwang te houden en schoot naar voren, maar ging onmiddellijk onderuit toen de kolf van een van de pistoolmitrailleurs hem vol in de onderbuik trof.

'Costas Demetrios Kazantzakis,' zei Aslan met een gemene grijns op zijn gezicht. 'Een Griek.' Hij spuwde het woord vol minachting uit.

Terwijl Costas moeizaam overeind krabbelde, richtte Aslan zijn aandacht op Katya, waarbij zijn donkere ogen zich vernauwden en zijn mondhoeken zich vertrokken tot een nauwelijks waarneembare glimlach.

'Katya Svetlanova. Of moet ik Katya Petrovna Nazarbetov zeggen?'

Katya's gelaatsuitdrukking was veranderd in woedende opstandigheid. Jack voelde hoe zijn benen onder hem weggleden; zijn lichaam weigerde nog langer dienst. Haar antwoord leek van elders te komen, uit een schimmige onderwereld die niets meer met de realiteit te maken had.

'Vader.'

23

Ben ging bijna onwaarneembaar verzitten, maar hield daarbij zijn blik onafgebroken op het lichtschijnsel gericht dat uit de controleruimte kwam die zich aan het eind van de gang bevond. Hij had uren in dezelfde houding gezeten, om af en toe afgelost te worden door Andy, die zich in de torpedoruimte beneden bevond. Hij had zijn lichaam tegen de stalen wand gedrukt, en leek, onder het witte stof zittend, bijna op een onderdeel van de onderzeeboot zelf, nauwelijks verschillend van het macabere lichaam van de *zampolit* dat een eindje verderop in de duisternis bungelde.

Ondanks zijn E-suit was de kou op verraderlijke wijze zijn lichaam binnengedrongen, en zijn vingers die hij rond de trekkerbeugel van de AKSU had gekromd, waren al urenlang gevoelloos. En toch wist hij hoe hij pijn moest compartimenteren, hoe hij alles van zich af kon zetten, behalve datgene wat nodig was om te observeren en af te wachten. Al jaren geleden had hij geleerd dat, als het om gehardheid en onverzettelijkheid ging, een extreem uithoudingsvermogen het enige was dat telde, en juist die unieke eigenschap had ervoor gezorgd dat hij uit de vele jongens die zich bij de Special Forces hadden aangemeld was geselecteerd.

Hij had zijn masker afgedaan en nog voor hij enige beweging ontwaarde drong er een scherpe geur tot hem door.

'Het is me gelukt een kop koffie te zetten.' Andy kwam van achteren naar hem toe gekropen en hield een stomende mok onder zijn gezicht. 'Een of andere smerige sovjettroep.'

Ben gromde iets en omvatte de koffie dankbaar met zijn vrije hand. Ze hadden in hun noodvoorraden alleen maar voedzame repen, maar hadden in de longroom nog wat flessen met water gevonden waarvan de doppen nog intact waren geweest, en ze hadden er dan ook voor gezorgd dat ze voldoende vocht hadden binnengekregen.

'Verder nog iets gezien?' vroeg Andy.

Ben schudde zijn hoofd. Het was nu bijna achttien uur geleden sinds Jack en de anderen waren vertrokken, en een volle dag sinds ze voor het laatst daglicht hadden gezien. Volgens hun horloges was het nu vroeg op de avond, maar aangezien ze geen verbinding hadden met de buitenwereld, hadden ze nauwelijks een idee over het verloop van de tijd. Ergens vóór hen hadden hun tegenstanders lawaaiig hun positie onder het ontsnappingsluik geconsolideerd, en werden perioden van activiteit en luide stemmen afgewisseld door lange stiltes. Urenlang hadden ze naar het gekreun en gejammer van een gewonde moeten luisteren – totdat een gedempt schot uit een vuurwapen daar een einde aan had gemaakt. Een halfuur daarvoor was er sprake van een enorme drukte geweest, maar Ben wist dat dat het vijandelijke onderwatervaartuig moest zijn dat aan hun onderwaterreddingsmodule werd gekoppeld, en even later had hij in de buurt van het toegangsluik voetstappen gehoord ten teken dat ze binnen waren gekomen. Hij had een van tevoren afgesproken klopteken ten gehore gebracht, zodat Andy wist dat hij naar hem toe moest komen, in afwachting van het ergste.

'Daar gaan we.'

Plotseling priemde een lichtbundel van een zaklantaarn door de gang hun kant uit. Ondanks het felle schijnsel knipperden geen van beide mannen met hun ogen. Ben zette de mok neer en zette de vuurselector van zijn AKSU op automatisch, terwijl Andy de Makarov te voorschijn haalde en opging in de duisternis aan de andere kant van de gang.

De mannenstem waarmee hun kant uit werd geroepen klonk schor en gespannen, en de woorden waren deels in het Engels, deels in het Russisch.

'Bemanningsleden van de *Seaquest*. Wij willen met jullie praten.'

Ben reageerde onmiddellijk in het Russisch. 'Als jullie proberen één stap dichterbij te komen, blazen we de onderzeeër op.'

'Dat zal niet nodig zijn.' Deze woorden klonken in het Engels en waren afkomstig van een vrouw. Ben en Andy hielden hun ogen afgewend, zich bewust van het feit dat als ze ook maar één moment door de zaklantaarn werden verblind, ze in het nadeel zouden zijn. Maar ze hoorden wél dat ze hun kant uit was gekomen, en dat ze nog maar een meter of vijf van hen verwijderd was.

'Jullie zijn niet meer dan wat onbelangrijke pionnen in dit spel. Sluit je bij ons aan en jullie zullen rijkelijk worden beloond. Jullie mogen je wapens houden.' De vrouw probeerde innemend te klinken, maar het maakte haar accent nog killer, ongevoeliger.

'Ik herhaal,' zei Ben. 'Eén stap dichterbij...'

'Jullie wachten op je vrienden.' Er klonk een neerbuigend lachje. 'Katya,' – ze spuwde de naam bijna uit – 'speelt geen enkele rol meer. Maar ik heb het genoegen gesmaakt in Alexandrië dr. Howard te mogen ontmoeten. Bijzonder interessant, het ging over de locatie van Atlantis. En het was bijzonder aangenaam om vanmorgen opnieuw met hem en dr. Kazantzakis kennis te mogen maken.'

'Je bent voor de laatste keer gewaarschuwd.'

'Jullie zogenaamde vrienden zijn dood of gevangengenomen. Jullie schip is vernietigd. Niemand weet waar deze onderzeeboot zich ergens bevindt. Jullie onderneming is tot mislukken gedoemd. Sluit je bij ons aan, dan kun je het navertellen.'

Ben en Andy hoorden het onbewogen aan; geen van beiden weifelden, en geen van beiden geloofden ze er ook maar één woord van. Ben keek Andy eens aan, en draaide zich toen weer om.

'*Vergeet het maar!*' riep hij.

Jack schrok wakker toen de eerste zonnestralen van die ochtend over zijn gelaat speelden. Hij deed zijn ogen open, keek slaperig om zich heen, en sloot ze toen weer. Hij moest hebben gedroomd, vermoedde hij. Hij lag op zijn rug, midden in het kingsize bed, op pas gewassen en gestreken linnen. Het bed nam één kant van een spelonkachtig vertrek in, waarvan de witgestuukte wanden behangen waren met een stuk of zes modernistische schilderijen die hem allemaal vaag bekend voorkwamen. Tegenover hem bevond zich een enorme erker, waarvan het getinte glas uitzicht bood op een wolkenloze hemel en door de zon gebleekte heuvels.

Hij probeerde zich op te richten, maar werd met een felle pijnscheut in zijn linkerzij geconfronteerd. Hij keek naar beneden en zag dat zijn borstkas in verband was gewikkeld, terwijl er vlak bovenuit nog wat blauwe plekken te zien waren. Plotseling herinnerde hij zich alles weer, hun waanzinnige avontuur in de vulkaan, culminerend in een laatste bezoek aan de audiëntiezaal, het beeld van Costas die met ondraaglijk veel pijn languit op de grond lag, terwijl Katya naast hem stond. Met een ruk kwam hij overeind toen hij zich haar laatste woord weer herinnerde, terwijl zijn hoofd tolde van ongeloof.

'Goedemorgen, dr. Howard. Uw gastheer staat al op u te wachten.'

Jack keek op en zag een ietwat verlegen man van onbestemde leeftijd bij de deur staan. Hij had de mongolide gelaatstrekken van Midden-Azië, maar zijn Engelse accent was even onberispelijk als zijn butleruniform.

'Waar ben ik ergens?' vroeg Jack nors.

'Alles op z'n tijd, meneer. De badkamer?'

Jack keek in de richting waarin de man wees. Hij besefte dat het weinig zin had om te protesteren en ging behoedzaam op de diep rode mahoniehouten vloer staan. Hij beende naar de badkamer, negeerde de jacuzzi en opteerde in plaats daarvan voor de douche. Nadat hij zich gewassen had keerde hij naar de kamer terug en trof daar schone kleren aan die voor hem waren klaargelegd, een zwart Armani-shirt met opstaande kraag, een witte pantalon en lederen Gucci-schoenen, en allemaal keurig in zijn maat. Met zijn stoppelbaard van drie dagen en zijn verweerde gelaatstrekken voelde hij zich niet helemaal op zijn gemak in deze designkleding, maar hij was blij dat hij het E-suit met zijn onplezierige voering van gestold bloed en zeewater niet meer aanhad.

Hij streek zijn dikke haardos naar achteren en zag de bediende discreet in de deuropening op hem staan wachten.

'Goed,' zei Jack grimmig. 'En dan nu maar eens op zoek naar die heer en meester van jou.'

Terwijl hij achter de man aan een roltrap afdaalde besefte Jack dat het vertrek waarin hij was ondergebracht er een was van een aantal op zichzelf staande cabines die tegen de heuvelflank waren aangebracht, en die met elkaar in verbinding stonden via een uitgebreid stelsel van buisvormige gangen, die allemaal uitkwamen op een centrale spil die vanuit het dal omhoog rees.

Het gebouw dat ze nu binnengingen was een omvangrijk cirkelvormig bouwsel dat door een glimmend witte koepel werd bekroond. Toen ze dichterbij kwamen zag Jack dat de buitenpanelen enigszins gekanteld waren aangebracht, waardoor ze, zodra de zon in het dal scheen het ochtendlicht konden opvangen, terwijl iets lager nog een batterij zonnepanelen te zien was, vlak naast een bouwsel dat deed denken aan een krachtcentrale. Het hele complex maakte een ietwat bizarre, futuristische indruk, en had wel iets weg van een model voor een toekomstig maanstation, maar dan een die aanzienlijk complexer was dan alles wat de NASA tot nu toe had weten te verzinnen.

De bediende deed de deur achter hem dicht en Jack stapte behoedzaam naar binnen. Niets aan de strakke buitenkant had hem kunnen voorbereiden op het interieur waarmee hij nu werd geconfronteerd. Het was een exacte replica van het Pantheon in Rome. De enorme ruimte had precies dezelfde afmetingen als het origineel, en er paste moeiteloos een koepel in met een diameter van drieënveertig meter, groter nog dan de koepel van de Sint-Pieter in het Vaticaan. Vanuit de opening helemaal bovenin viel een lichtbundel op het rijkelijk van reliëfs voorziene gewelf, en het vergulde oppervlak het interieur deed oplichten op dezelfde manier zoals dat in de tweede eeuw na Christus met het origineel het geval geweest moest zijn.

Onder de koepel bevonden zich in de wanden van de ronde zaal op regelmatige afstanden een aantal diepe nissen en wat minder diepe alkoven, met links en rechts daarvan marmeren zuilen, bekroond met een overdadig versierd entablement. De vloeren en wanden waren ingelegd met exotische mozaïeken uit de Romeinse periode. Jack herkende onmiddellijk de Egyptische rode purpersteen waaraan de keizers de voorkeur hadden gegeven, de groene *lapis lacedaemonis* uit Sparta en de prachtige honingkleurige *giallo antico* uit Tunesië.

Jack besefte dat dit veel meer was dan zomaar een grootschalige oudheidkundige bevlieging. In plaats van met de katafalken van koningen, waren de nissen gevuld met boeken en de alkoven met schilderijen en beeldhouwwerken. De enorme absis naast Jack vormde een auditorium, een gehoorzaal, met rijen luxueuze stoelen met uitzicht op een groot bioscoopscherm, terwijl er rond het vertrek ook nog een aantal computerconsoles stonden opgesteld. Recht tegenover de absis bevond zich een reusachtig venster, met uitzicht naar het noorden; de bergrug die Jack vanuit zijn slaapkamerraam had gezien vulde hier zo'n beetje het hele raam. Links van hem was de zee te zien.

De opvallendste toevoeging aan dit antieke geheel bevond zich pal in het midden, een weliswaar uiterst moderne aanblik, maar tegelijkertijd volkomen in evenwicht met de Romeinse opvattingen. Het was een planetariumprojector, die glimmend als een kunstmaan op een voetstuk stond. In de oudheid konden de ingewijden omhoog kijken en aanschouwen hoe orde over chaos heerste; maar hier ging de fantasie nog een stap verder, een gevaarlijk domein vol overmoed waarin de bewoners van de oudheid zich nooit zouden hebben gewaagd. Het projecteren van een beeld van de nachtelijke hemel binnen de koepel was de ultieme illusie van macht, de illusie dat men totale zeggenschap over de hemel zélf heeft.

Het was onmiskenbaar de speelkamer van een man met een ruime culturele en wetenschappelijke bagage, besefte Jack, iemand die onnoemelijk rijk moest zijn en alle tijd moest hebben, iemand wiens ego geen grenzen kende en die er altijd op uit was de wereld om hem heen te domineren.

'Een bizar grapje van me,' galmde een stem. 'Helaas was ik niet in staat om de hand op het origineel te leggen, dus heb ik maar een kopie laten bouwen. Een verbeterde versie, zoals je ongetwijfeld met me eens zult zijn. Nu begrijp je waarom ik me zo thuis voelde in die ruimte in de vulkaan.'

De akoestiek van dit interieur was zó opmerkelijk dat de stem van vlak naast Jack had kunnen komen, maar uiteindelijk bleek het geluid uit een stoel vlak bij het raam aan de andere kant van het vertrek afkomstig te zijn. De stoel draaide om zijn as en Aslan werd zichtbaar, zijn houding en rode gewaad nog precies zoals Jack het zich herinnerde, vlak voordat hij het bewustzijn had verloren.

'Ik ga ervan uit dat je een aangename nacht hebt gehad. Mijn artsen hebben je verwondingen verzorgd, heb ik begrepen.' Hij gebaarde naar een lage tafel vlak voor hem. 'Ontbijt?'

Jack bleef staan waar hij stond en liet opnieuw zijn blik door het vertrek dwalen. Er was nog iemand aanwezig, Olga Bortsev, Katya's assistente. Ze keek vanuit een van de nissen zijn kant uit, met voor zich een tafel die vol lag met opengeslagen folianten. Jack wierp haar een vernietigende blik toe, maar ze beantwoordde die onbewogen.

'Waar is dr. Kazantzakis?' wilde hij weten.

'Ach ja, je vriend Costas,' reageerde Aslan met een hol lachje. 'Je hoeft je over hem geen zorgen te maken. Hij leeft nog, en hoe. Hij assisteert ons op het eiland.'

Met grote tegenzin liep Jack verder het vertrek in. Zijn lichaam had hoognodig nieuwe voedingsstoffen nodig. Toen hij de tafel naderde, verschenen er twee bedienden met drank en overvloedige schalen vol heerlijke gerechten. Jack koos voor een stoel aan het hoofd van de tafel, zo ver mogelijk bij Aslan vandaan, en ging behoedzaam op de zachtlederen kussens zitten.

'Waar is Katya?' vroeg hij.

Aslan deed of hij niets had gehoord.

'Ik ga er zondermeer vanuit dat je mijn schilderijen mooi vond,' zei hij opgewekt. 'Ik heb in jouw suite een paar van mijn laatste aanwinsten laten ophangen. Ik heb begrepen dat jouw familie vooral belangstelling heeft voor de kubisten en expressionisten uit het begin van de twintigste eeuw.'

Jacks grootvader was tijdens de eerste jaren na de Eerste Wereldoorlog een belangrijke weldoener voor heel wat Europese kunstenaars geweest, en de Howard Gallery stond dan ook wijd en zijd bekend om zijn moderne schilderijen en beeldhouwwerken.

'Er zitten best een paar mooie doeken bij,' merkte Jack droogjes op. 'Picasso, "Vrouw met baby", 1938. Verleden jaar verdwenen uit het Museum voor Moderne Kunst in Parijs. En ik zie dat jouw collectie niet alleen schilderijen omvat.' Hij gebaarde naar een glazen vitrine in een van de nissen. In die vitrine stond een artefact dat overal ter wereld onmiddellijk herkend zou worden als het Masker van Agamemnon, de belangrijkste kunstschat uit het Mycene ten tijde van de bronstijd. Het was altijd in het Nationaal Museum van Athene te zien geweest, maar was net als de Picasso de afgelopen zomer verdwenen tijdens een reeks uiterst gedurfde kunstdiefstallen die in heel Europa hadden plaatsgevonden. Voor Jack was het een symbool van verhevenheid dat in schril contrast stond met de groteske arrogantie van de man die het zich had toegeëigend.

'Ik was professor in de islamitische kunst, en dat is nog steeds mijn passie,' zei Aslan. 'Maar ik beperk mijn verzameling niet tot de veertienhonderd jaar die voorbij zijn gegaan sinds Mohammed met het woord van Allah werd geconfronteerd. Gods glorie spreekt uit de kunst van alle tijden. Hij heeft me gezegend met de gave een collectie samen te stellen waarin Zijn glorie ten volle weerspiegeld wordt. Allah zij geprezen.'

'Doen alsof je God bent zal je bepaald geen vrienden opleveren in de islamitische wereld,' zei Jack kalm. 'Niet erg vroom om er een collectie op na te houden die Gods schepping imiteert.'

Aslam maakte een wegwerpgebaar. Op dat moment ging zijn mobiel. Hij viste het apparaatje uit een aan zijn stoel bevestigde zak en sprak in een taal vol keelklanken waarvan Jack vermoedde dat het wel eens Kazachs zou kunnen zijn, de taal van Aslams geboorteland, Kazachstan.

Het voedsel op tafel zag er smakelijk uit en Jack maakte van de gelegenheid gebruik zich er te goed aan te doen.

'Excuses.' Aslan stopte het mobieltje terug in de zak. 'Zaken gaan nu eenmaal voor het meisje, ben ik bang. Een klein probleempje met een zending aan een zeer gewaarde klant van ons, een zending die helaas wat vertraging heeft opgelopen. Je bent van het verhaal op de hoogte.'

Jack negeerde die laatste opmerking. 'Ik neem aan dat ik ergens in Abchazië zit,' merkte hij alleen maar op.

'Dat heb je juist ingeschat.' Aslan drukte op een knop en zijn stoel draaide in de richting van een kaart van de Zwarte Zee aan de tegenoverliggende wand van het vertrek. Hij richtte zijn laseraanwijsstokje op een bergachtig gebied dat tussen Georgië en de Russische Kaukasus lag ingeklemd. 'Het moet nu eenmaal zo zijn. Deze kust was vroeger de zomerresidentie van de khans van de Gouden Horde, het westelijke Mongolenrijk dat zich langs de rivier de Wolga had gevestigd. Ik ben een directe afstammeling van Djenghis Khan en Tamburlaine de Grote. De geschiedenis, dr. Howard, herhaalt zich. Alleen ben ik niet van plan om hier te stoppen. Ik neem het zwaard op waar mijn voorvaderen terugdeinsden.'

Abchazië, met zijn vurige, onafhankelijke en in stamverband levende bevolking, was de perfecte schuilplaats voor krijgsheren en terroristen. Het was ooit een autonome regio binnen de sovjetrepubliek Georgië geweest, maar de ineenstorting van de USSR in 1991 had een bloedige burgeroorlog en etnische zuiveringen tot gevolg, waarbij duizenden inwoners de dood hadden gevonden. Met de opkomst van het islamitisch extremisme waren er opnieuw gevechten uitgebroken, waardoor de Georgische overheid gedwongen was geweest haar aanspraak op het gebied op te geven. Sinds die tijd was Abchazië een van de meest anarchistische oorden op aarde geworden, een land waarvan de regerende kliek slechts wist te overleven doordat ze geld kreeg van gangsters en jihadisten, die er vanuit alle hoeken van de wereld waren neergestreken en de oude sovjetbadplaatsen langs de kust tot een eigen koninkrijkje hadden omgevormd.

'De grens van Abchazië ligt honderdvijftig kilometer ten noorden van de vulkaan,' merkte Jack kortaf op. 'Wat had je gedacht met ons te gaan doen?'

Aslans houding veranderde van het ene op het andere moment; hij vertrok zijn gezicht tot een spottende grijns en zijn handen omklemden de armleuningen van zijn stoel tot zijn knokkels er wit van werden.

'Voor jou vragen we een losprijs.' Aslan spuwde de woorden bijna uit, en aan alles was te merken dat hij ziedend was. 'We zullen die jood een goede prijs voor dat hoofd van jou laten betalen.' In die laatste woorden legde hij al het venijn dat hij bijeen kon brengen, en zijn haat was een giftige cocktail van antisemitisme en jaloezie, aangewakkerd door Efram Jacobovitsj spectaculaire succes als financier en zakenman.

'En de anderen?'

'Ik neem aan dat de Griek wel wil samenwerken – vooral als ik hem vertel dat jij zult worden gefolterd en vervolgens onthoofd als hij dat níet doet. Hij moet nog een klein klusje voor ons klaren. Hij moet ons door de vulkaan naar *Kazbek* brengen.'

'En Katya?'

Er schoof opnieuw een donkere schaduw voor Aslans gezicht en zijn stem verzachtte zich tot een nauwelijks hoorbaar gefluister.

'Toen ze me in de Egeïsche Zee vertelde dat ze ons naar een nóg kostbaarder schat zou brengen, besloot ik afstand te nemen. Ik heb haar toen twee dagen de tijd gegeven, maar ze vertikte het om opnieuw contact met me op te nemen. Gelukkig had Olga in Alexandrië de antieke teksten al gekopieerd en heeft ze haar werk goed gedaan. We wisten dat jullie deze kant uit zouden komen.'

'Waar is Katya?' Jack probeerde zijn stem onder controle te houden.

'Ze was een liefhebbende dochter.' Aslans ogen leken zich heel even te verzachten. 'Onze vakanties in de datsja waren heerlijk – tot de voortijdige dood van haar moeder. Olga en ik hebben ons best gedaan.'

Hij keek Olga aan, die vanachter de tafel met folianten innemend naar hem glimlachte. Toen hij zich weer naar Jack omdraaide klonk zijn stem plotseling schril en scherp.

'Mijn dochter heeft mij en haar geloof verloochend. In de sovjettijd had ik geen enkele invloed op haar opleiding, vervolgens vluchtte ze naar het westen en werd daar volledig verpest. Ze was zo schaamteloos zich van mijn familienaam te ontdoen en de naam van haar moeder aan te nemen. Ze zit opgesloten aan boord van de *Vultura* en ik neem haar mee terug naar Kazachstan, waar ze volgens de sharia berecht zal worden.'

'Je bedoelt dat ze zal worden verminkt, om daarna als slavin gebruikt te worden,' zei Jack kil.

'Ze zal worden gereinigd van de verdorvenheden des vlezes. Nadat ze is besneden stuur ik haar naar een heilige school waar ze volgens de koran zal leren leven. Daarna zorg ik ervoor dat ze met een passende echtgenoot huwt, *insh'allah*.' Als god het wil.

Aslan deed heel even zijn ogen dicht om tot zichzelf te komen. Toen knipte hij met zijn vingers en verschenen er razendsnel twee bedienden die hem overeind hielpen. Hij streek zijn rode gewaad glad en vouwde zijn handen voor zijn buik.

'Kom.' Hij knikte in de richting van het venster. 'Voor we ter zake komen zal ik je iets laten zien.'

Terwijl Jack de omvangrijke, schuifelende gestalte volgde, viel zijn blik op nog een glazen vitrine, die op een voetstuk naast het raam stond. Met een huivering van opwinding herkende hij twee rijkelijk bewerkte ivoren broches, die ooit bij Begram gevonden waren, een halteplaats aan de oude Zijderoute, kostbaarheden waarvan hij had gedacht dat ze voor eeuwig verloren waren gegaan nadat de Talibaan tijdens hun schrikbewind het museum in Kabul hadden geplunderd. Hij bleef even staan om het complexe snijwerk van de broches te bekijken, geïmporteerd vanuit het Han-China van de tweede eeuw voor Christus, en gevonden in de opslagkamer van een paleis, vlak naast kostbaar Indiaas lakwerk en zeldzame Romeinse meesterwerken van glas en brons. Hij was blij dat de kostbaarheden het hadden overleefd, maar tegelijkertijd verbijsterd dat deze kunstvoorwerpen, het monument voor dit enorme ego, hier lagen opgeslagen. Jack was er heilig van overtuigd dat het blootleggen van het verleden landen dichter bij elkaar bracht, al was het alleen maar om stil te staan bij de gemeenschappelijke prestaties waartoe de mensheid in staat was. En hoe meer belangrijke kunstwerken in het zwarte gat van bankkluizen en particuliere verzamelingen verdwenen, hoe minder haalbaar dat doel leek.

Aslan draaide zich om en zag Jacks belangstelling. Hij leek de afgunst die hij op Jacks gezicht meende te zien nogal leuk te vinden.

'Het is een soort dwangneurose, een passie, na mijn geloof het belangrijkste wat er voor mij bestaat,' bracht hij enigszins hijgend uit. 'Ik zie met genoegen uit naar het moment dat ik als onderdeel van jouw losprijs voorwerpen uit jouw museum in Carthago kan selecteren. En in de Howard Gallery hangen ook nog wat schilderijen waarvoor ik belangstelling heb.'

Aslan ging Jack voor naar de andere kant van het vertrek, waar zich een panoramavenster bevond dat nagenoeg de hele ruimte omspande. Het leek wel of ze vanuit de verkeerstoren van een vliegveld naar buiten keken, een indruk die werd versterkt door het hele systeem van start- en taxibanen dat zich voor hen in het dal uitstrekte.

Jack probeerde Aslan te negeren en zich op het uitzicht te concentreren. De startbanen lagen in een uitgestrekt L-patroon, waarbij de oostwestbaan dicht langs de zuidkant van de vallei liep, en de noordzuidbaan aan de westkant lag, waar de heuvels vrij laag waren. Een stuk of wat loodsen ernaast vormden de terminal. Daar weer naast bevonden zich vier heliplatforms, waarvan er drie door helikopters waren bezet: een Mil Mi-28 Hind E, een Mil Mi-28N Havoc, en een Kamov Ka-50 Werewolf. De Werewolf was wat wendbaarheid en vuurkracht betrof met de Amerikaase Apache te vergelijken. Beide toestellen waren in staat een vernietigende aanval uit te voeren op elke patrouilleboot of politiehelikopter die brutaal genoeg was om zich met Aslans operaties te bemoeien.

Jacks blik gleed naar een serie donkere openingen aan het uiteinde van het dal, áchter het einde van de startbaan. Zo te zien waren het vliegtuigshelters, diep uitgehouwen in de rotsachtige helling. Tot zijn verbijstering besefte hij plotseling dat de twee grijze vormen ervoor Harrier VTOL-jagers waren, toestellen die verticaal konden opstijgen en landen. Hun neuzen staken nog net onder de camouflagenetten uit die moesten voorkomen dat ze door verkenningssatellieten zouden worden opgemerkt.

'Je ziet dat ik me wat bewapening betreft niet tot het voormalige sovjetarsenaal heb beperkt.' Aslan glimlachte breed. 'Recentelijk heeft de Britse regering het domme besluit genomen de Sea Harrier-squadrons van de Royal Navy op te heffen. Officieel zijn ze allemaal gesloopt, maar een voormalige onderminister met contacten binnen de wapenhandel bleek uiteindelijk tot een deal bereid. Gelukkig beschik ik over voldoende getraind personeel. Olga was reservevlieger bij de sovjetluchtmacht en heeft er recentelijk een eerste proefvlucht mee gemaakt.'

Met groeiden weerzin volgde Jack Aslans blik nadat deze een knop op de balustrade had ingedrukt, waarna aan beide kanten de boekenkasten naar achteren schoven, waardoor de kustlijn zichtbaar werd. De heuvelruggen die de vallei begrensden liepen door naar zee en vormden op die manier een natuurlijke haven. Tegen de dichtstbijzijnde uitloper aan was een zware betonnen pier gebouwd, die op een gegeven moment naar het noorden draaide, zodat de baai aan het oog van passerende schepen werd onttrokken.

Aslans nieuwste vaartuig was een Russisch fregat uit de *Neustrashimy*-klasse, een type dat ook wel bekendstond als Project 11540, en afkomstig was uit dezelfde stal als de *Vultura*, maar wel met drie keer zoveel waterverplaatsing. Het schip bevond zich in de laatste fase van een omvangrijke modernisering, en op dit moment werden er door kranen wapen- en verbindingsmodules aan boord gehesen. Een vonkenregen liet zien dat lassers druk bezig waren met het verlengen van het helidek, waar een 'jumpjet'-schans op werd aangebracht, zodat straks ook de Harriers er gebruik van zouden kunnen maken.

Jack moest opnieuw aan de *Seaquest* denken. Die lag, nadat ze in zuidelijke richting de afnemende storm was gevolgd, nu met de kop in de wind boven Atlantis. Hij durfde het schip, voor het geval ze kans had gezien ongezien te blijven, niet ter sprake te brengen, maar het was onwaarschijnlijk dat ze onopgemerkt was gebleven nadat ze eenmaal binnen radarbereik van de *Vultura* was gekomen. Hij herinnerde zich het verre kanongebulder weer dat hij in de mortuariumruimte gehoord meende te hebben. Hij begon het ergste te vrezen.

'We zijn bijna klaar voor de eerste tocht. Jij bent tijdens de indienststellingsplechtigheid mijn eregast.' Aslan zweeg even, zijn handen op zijn buik gevouwen, terwijl zijn gezicht een soort vraatzuchtige tevredenheid uitstraalde. 'Met mijn twee schepen ben ik in staat om geheel naar eigen inzicht de zeven zeeën af te schuimen. Niets en niemand kan me nog tegenhouden.'

Terwijl Jack nog een laatste blik op het vliegveld en de baai wierp, drong het tot hem door hoe ontzagwekkend machtig Aslan was geworden. Waar het dal zich aan de oostkant enigszins versmalde waren schietbanen aangelegd, en stonden bouwsel die eruitzagen als ruw in elkaar gemetselde huizen, en naar alle waarschijnlijkheid gebruikt werden voor het oefenen van straatgevechten. Tussen de terminal en de zee bevond zich nog een rond betonnen platform, waar een heel stel satellietschotels en antennes stond opgesteld. Langs de bergkam waren gecamoufleerde waarnemingsposten aangebracht en op het strand stonden tussen de palmen en eucalyptusbomen – die nog uit de tijd dateerden dat de vallei een vakantieoord voor de communistische partij was geweest – wapensystemen opgesteld.

'Je begrijpt dat ontsnappen zinloos is. Oostelijk van hier liggen de bergen van de Kaukasus, in het noorden en zuiden wordt het land door bandieten beheerst, een gebied waarin niet één westerling zal overleven. Ik hoop dat je van mijn gastvrijheid zult genieten. Eindelijk eens gezelschap met wie ik over kunst en archeologie kan praten.'

Plotseling leek Aslan overspoeld door euforie: hij stak zijn handen in de lucht en zijn gezicht glom van vervoering.

Dit is mijn *Kehlsteinhaus*, mijn Adelaarsnest,' riep hij uit. 'Dit is mijn heilige tempel, mijn fort. Je zult het ongetwijfeld met me eens zijn als ik zeg dat het uitzicht even mooi is als dat in de Beierse Alpen, toch?'

Jack antwoordde kalm, zijn blik nog steeds op het dal beneden hem gericht.

'Tijdens wat jij waarschijnlijk de Grote Vaderlandse Oorlog noemt, was mijn vader pathfinder-piloot bij de Royal Air Force,' zei hij. 'In 1945 had hij het voorrecht om een aanval op de Obersalzberg bij Berchtesgaden leiden. Noch de villa van de Führer, noch het hoofdkwartier van de SS bleek zo onkwetsbaar als hun schepper zich had voorgesteld.' Jack draaide zich om en keek strak in Aslans gitzwarte ogen. 'En geschiedenis, zoals jij zelf maar al te goed weet, professor Nazarbetov, heeft de vervelende eigenschap zich te herhalen.'

24

Er was nauwelijks enig besef van snelheid toen de shuttle door een van de buisvormige gangen schoot, waarbij de cabine op een luchtzak rust-te, net als bij een hovercraft. Jack en Aslan zaten tegenover elkaar in een stoel, maar Aslans buik nam zo'n beetje de hele ruimte in beslag. Jack vermoedde dat ze naar het dal zelf waren afgedaald en nu de centrale spil naderden die hij vanuit het Pantheon-vertrek had gezien.

Enkele ogenblikken eerder waren ze gestopt om nog een passagier op te pikken, die nu beweginglloos tussen hen in stond. Het was een beer van een vent, gekleed in een strak zittende zwarte overall. Hij had een laag voorhoofd, een platte neus en varkensoogjes die niets ziend voor zich uit staarden, met direct erboven geprononceerde, ononderbroken wenkbrauwen.

'Mag ik je voorstellen aan je lijfwacht,' zei Aslan opgewekt. 'Vladimir Jurevitsj Dalmotov. Een voormalige *Spetsnaz*-commando, een veteraan van de oorlog in Afghanistan. Nadat zijn broer was geëxecuteerd is hij naar de Tsjetsjeense vrijheidsstrijders overgelopen. Hij is doodgeschoten omdat hij de officier die in Grozny zijn peloton de dood in heeft gestuurd had gewurgd. Na Tsjetsjenië is Vladimir door krijgers van Al Qaeda ingehuurd om Abchazië te helpen bevrijden. Ik heb hem gevonden door simpelweg het spoor van lijken te volgen. Hij gelooft weliswaar in geen enkele god, maar Allah vergeeft hem.'

Toen de shuttle tot stilstand kwam gleed de deur open en stapten er twee bedienden naar binnen om Aslan overeind te helpen. Jack had rustig afgewacht, en vermoedde dat Costas en Katya nog steeds op het eiland zaten.

Terwijl Dalmotov hem naar buiten duwde, zag Jack dat hij een Uzi op zijn rug had hangen maar dat hij geen kogelvrij vest droeg.

De ruimte die ze nu betraden stond in scherp contrast met de bedwelmende pracht van het woongedeelte. Het was een gigantische hangaar, en door de openstaande deuren kon Jack het heliplatform zien dat hij al eerder had opgemerkt. Op het beton stond de logge Hind geparkeerd; rond het toestel was een onderhoudsploeg druk in de weer en een eindje verderop stond een tankwagen te wachten.

'Het transportmiddel waarmee we gisteravond vanaf het eiland hierheen zijn komen vliegen,' zei Aslan. 'En dat nu op het punt staat datgene te doen waarvoor het ooit is gebouwd.'

Het zicht naar buiten werd enigszins belemmerd door een dieplader die vlak voor de deur stond geparkeerd. Terwijl ze toekeken begon een groepje mannen kisten af te laden, om die vervolgens tegen een zijwand, pal naast een rek met vliegeroveralls, te stapelen.

Dalmotov mompelde iets tegen Aslan en liep er met soepele tred naartoe. Hij tilde een van de kisten op, trok die met zijn blote handen open en haalde er wat onderdelen uit, die hij vervolgens snel in elkaar zette. Nog voor hij het voorwerp omhoog bracht om door het telescoopvizier te kijken, had Jack de Barrett M82A1 al herkend, naar alle waarschijnlijkheid het dodelijkste scherpschuttergeweer ter wereld. Het was geschikt voor de Browning Machine Gun BMG .50-patroon, of voor het Russische equivalent daarvan, de 12,7mm-patroon, waarmee high-velocity-kogels konden worden afgevuurd die op vijfhonderd meter dwars door de bepantsering van een tank heen konden dringen, terwijl ze op drie keer die afstand het hoofd van een romp konden schieten.

'Dit is mijn bescheiden bijdrage aan de jihad,' zei Aslan met een brede glimlach. 'Je zult ongetwijfeld onze opleidingsschool voor scherpschutters aan de overkant van de startbaan hebben opgemerkt. Dalmotov is onze chef-instructeur. Tot onze cliënten behoren naast Al Qaeda ook de Nieuwe Brigade van het Ierse Republikeinse Leger, en beide zijn uitermate tevreden over ons.'

Jack moest onwillekeurig aan een aantal opvallende aanslagen door sluipschutters van eerder dat jaar denken, een nieuwe en vernietigende fase in de terroristische oorlog tegen het Westen.

Terwijl Dalmotov toezicht hield bij het in elkaar zetten van de wapens, liep Jack achter Aslan aan naar een loods aan de andere kant van de hangaar. In die loods waren in overalls gestoken mannen druk bezig met het dichttimmeren en controleren van kisten. Toen er een vorklift was gepasseerd kon Jack het woord zien dat in rode sjabloonletters op de zijkant was aangebracht. Een van Jacks eerste opdrachten bij de militaire inlichtingendienst was het onderscheppen geweest van een uit Libië vertrokken vracht-schip met identieke kisten aan boord. Het was Semtex, het dodelijke plas-ticexplosief uit de Tsjechische republiek dat onder andere door de IRA voor bomaanslagen in Groot-Brittannië werd gebruikt.

'Dit is ons belangrijkste doorvoerstation,' legde Aslan uit. 'Gewoonlijk is dit gedeelte helemaal afgesloten, en liggen er biologische en chemische wa-pens opgeslagen, maar daarvan heb ik de laatste hoeveelheid net met een transporthelikopter bij een zeer tevreden klant in het Midden-Oosten afge-leverd.' Aslan pauzeerde even, zijn handen voor zijn buik ineengeslagen en langzaam duimendraaiend. Zijn ogen versmalden zich en hij tuurde in de verte.

Jack begon de waarschuwingstekens met betrekking tot Aslans wispeltu-rige humeur al een beetje te herkennen.

'Maar ik heb één niet-tevreden klant, iemand wiens geduld al sinds 1991 hevig op de proef wordt gesteld. Toen we de *Seaquest* vanuit Trabzon volg-den, wisten we dat er maar één bestemming mogelijk was, de plaats die Ol-ga na het lezen van de oude tekst had weten te bepalen. Onder dekking van de duisternis zijn we op weg naar de vulkaan gegaan. Jij hebt voor de per-fecte afscherming gezorgd: ik kon eindelijk naar een plek waar de politiek me jarenlang uit de buurt heeft gehouden. In het verleden zou elk bezoek aan dit eiland onmiddellijk een militaire reactie hebben uitgelokt. Maar als de satelliet nú enige activiteit waarneemt, gaan ze ervan uit dat jij het bent, bezig met een legitiem wetenschappelijk project. Dit zou ons rendez-vous-punt met de Russen zijn geweest, als die dwaas van een Antonov door zijn incompetentie zijn onderzeeboot, en daardoor ook mijn handelswaar, niet tot zinken had gebracht.'

'Kapitein-ter-zee Antonov was sowieso van plan de lading af te leveren,' antwoordde Jack somber. 'Er brak alleen muiterij uit, een muiterij onder leiding van de politiek officier. Misschien wel het enige goede dat de KGB ooit gedaan heeft.'

'En de kernkoppen?' wilde Aslan onmiddellijk weten.

'We hebben alleen maar conventionele wapens gezien,' loog Jack.

'Waarom heeft mijn dochter dan met een nucleaire holocaust gedreigd toen ze met mijn mannen onderhandelde?'

Jack zweeg een ogenblik. Katya had wat haar discussie in de commando-centrale van de onderzeeboot betreft dit detail voor hem verzwegen.

'Mijn mannen zullen ongetwijfeld kans zien je buiten te houden,' re-ageerde hij kalm. 'Die fundamentalistische vrienden van jou zijn niet de enigen die bereid zijn voor een zaak te sterven.'

'Als ze te horen krijgen welk lot jou en die Griek te wachten staat als ze zich niet overgeven, zouden ze weleens op andere gedachten kunnen komen.' Er verscheen een humorloze glimlach op Aslans gezicht, en zijn kalmte keerde heel even terug. 'Ik denk dat je onze volgde halte wel interessant zult vinden.'

Ze verlieten de hangaar via een andere gang, deze keer in een open voertuigje dat op een soort lopende band stond. Ze bewogen zich in de richting van de centrale spil, ongeveer een kilometer dichter naar zee. Na een ritje van vijf minuten namen ze een roltrap die hen naar een liftdeur leidde. Een bediende drukte op een knop en even later werden ze naar het hoogste niveau gebracht.

Het tafereel voor hen leek nog het meest op een controlecentrum van waaruit de lancering van ruimteschepen wordt begeleid. De ruimte was even groot als het Pantheon, maar stond helemaal vol met computer- en volgapparatuur. Toen ze uitstapten zag Jack dat ze in een soort trommel waren afgedaald waar uit het midden een soort afgeknotte zuil omhoog rees. Het had wel iets weg van de arena van een modern amfitheater, omgeven door concentrische rijen werkstations, die in een onafgebroken rimpeling van kleur hun kant uit wezen. Op de wand erachter waren op reusachtige schermen kaarten en televisiebeelden te zien. Het hele complex had wel iets weg van de controlemodule aan boord van de *Seaquest*, maar dan veel groter, met voldoende volg- en verbindingsapparatuur om een kleine oorlog aan te sturen.

Aslan werd door twee assistenten in een elektrische rolstol geholpen. De schimmige figuren die achter de monitors gebogen zaten leken hun binnenkomst nauwelijks opgemerkt te hebben.

'Ik geef de voorkeur aan de opwinding aan boord van de *Vultura*. Dan ben je er meer bij betrokken, zogezegd.' Aslan leunde achterover in zijn stoel. 'Maar van hieruit kan ik gelijktijdig leiding geven aan al mijn operaties. Vanuit de commandostoel kan ik zonder me te bewegen elk scherm in deze ruimte zien.'

Een bediende die op enkele meters afstand zenuwachtig had staan wachten, boog zich naar voren en fluisterde gehaast iets in zijn oor. Aslans gezicht verried niets, maar hij begon wel met zijn vingers op de armleuningen van de rolstoel te trommelen. Zonder een woord te zeggen drukte hij op een op de rolstoel bevestigde knop en schoot met hoge snelheid naar een console waar een stuk of wat mannen met elkaar stonden te overleggen. Samen met Dalmotov liep Jack diezelfde kant uit. Toen ze de console naderden, zag Jack dat de schermen aan de linkerkant beveiligingsmonitors waren, van hetzelfde type dat in het museum in Carthago werd gebruikt, waarop beelden van binnen het complex waren te zien.

De mannen gingen zwijgend uiteen om Aslan toegang tot het scherm te geven. Jack manoeuvreerde net zo lang tot hij vlak achter de rolstoel stond, schuin achter de operator die het toetsenbord op de console bediende, terwijl Dalmotov pal naast hem kwam staan.

'Het is me eindelijk gelukt de verbinding tot stand te brengen,' zei de operator in het Engels. 'SATSURV moet nú online komen.'

De man had een Aziatisch uiterlijk, maar droeg een spijkerbroek en een wit shirt, in tegenstelling tot de zwarte overalls die hier blijkbaar de standaarddracht vormden. Uit zijn accent meende Jack op te kunnen maken dat de man in Groot-Brittannië was opgeleid.

De operator keek eerst naar Jack, om vervolgens Aslan vragend aan te kijken. De omvangrijke gestalte knikte loom, een gebaar waaruit geen onverschilligheid sprak, maar alles te maken had met de absolute zekerheid dat zijn gast nooit in een positie zou verkeren waarin hij in staat zou zijn iets van wat hier zag en hoorde naar buiten te brengen.

Een mozaïek van pixels veranderde in een beeld van de Zwarte Zee, waarvan de zuidoostelijke hoek nog gedeeltelijk door bewolking aan het oog onttrokken werd, restanten van de storm. Door middel van *thermal imaging* – het creëren van beelden op basis van temperatuurverschillen – veranderde het tafereel in een spectrum aan kleuren, en naarmate de satelliet de infraroodstraling van beneden het wolkendek oppikte werd de kustlijn duidelijk zichtbaar. De operator trok een klein vierkantje en vergrootte dat net zo lang tot het hele scherm was gevuld. Hij herhaalde dat proces nog enkele keren, totdat het scherm door het eiland werd gedomineerd, met in het midden een steeds veranderend halo van diverse tinten roze en geel, want op die plek gaf de kern een enorme warmtestraling af.

Op zee, niet ver van het eiland verwijderd, was een streepje kleur te zien dat aangaf dat daar een oppervlakteschip moest liggen. De operator vergrootte het beeld weer net zo lang tot het vaartuig nagenoeg beeldvullend was, met een resolutie van minder dan een meter. Het schip lag bewegingloos in het water, en duidelijk was te zien dat het naar bakboord overhelde, dat de voorsteven onder water was verdwenen en dat de stuurboordschroef boven de trieste resten van het roer bungelde.

Tot zijn grote afgrijzen herkende Jack de *Seaquest*, waarvan de lijnen, ondanks de enorme schade, nog steeds fraai genoemd mochten worden. Dankzij de warmtestraling was nog te zien waar zich brisantgranaten in de romp hadden geboord en dat ze aan de andere kant van het schip gigantische gaten hadden geslagen. Het had wel iets weg van high-velocity-kogels die dwars door een menselijk lichaam waren gegaan. Terwijl Jack de schade tot zich door liet dringen, voelde hij hoe er zich een enorme woede van hem meester maakte. Met een snelle beweging draaide hij Aslans rolstoel om en keek op hem neer.

'Waar zijn mijn mensen?' wilde hij weten.

'Zo te zien is er geen sprake van door mensen afgegeven warmtesignaturen,' reageerde Aslan kalm. 'Twee van jouw bemanningsleden waren gisterochtend zo dom om het met een kanon tegen de *Vultura* op te nemen. Je kunt je voorstellen dat dat een ietwat eenzijdig gevecht is geworden. We sturen er straks de Hind op af om het wrak tot zinken te brengen.'

Jack kon op het zwaar beschadigde voordek van de *Seaquest* de omhoog gedraaide geschutkoepel onderscheiden. De lopen staken er onder een vreemde hoek uit, naar alle waarschijnlijkheid het resultaat van een voltreffer. Jack wist dat York en Howe het schip nooit in de steek zouden laten zonder zich gewapenderhand te verzetten. Zwijgend bad hij dat ze, samen met de rest van de bemanning, erin waren geslaagd om met het onderwatervaartuig te ontkomen.

'Het waren wetenschappers en zeelieden, geen fanatici en bandieten,' zei Jack kil.

Aslan haalde zijn schouders op en draaide zich weer naar het scherm om.

Het beeld veranderde opnieuw en liet nu een ander schip zien, dat vlak bij het eiland bijgedraaid lag. Toen het beeld wat was uitvergroot, werd ieders blik bijna automatisch naar de achtersteven getrokken. Daar was te zien hoe een stuk of wat gestalten twee grote buizen ontmantelden, die een zeer onregelmatige thermische straling vertoonden en eruitzagen alsof ze in brand hadden gestaan. Precies op het moment dat Jack besefte dat hij naar de schade keek die de *Vultura* tijdens het gevecht met de *Seaquest* had opgelopen, knipte Aslan met zijn vingers en werd Jacks schouder in een ijzeren greep genomen.

'Waarom heeft niemand me dit verteld?' schreeuwde Aslan woedend. 'Waarom is dit voor mij verborgen gehouden?'

Er viel een diepe stilte over het vertrek en hij priemde met zijn vinger naar Jack. 'Die knaap is geen enkele losprijs waard. Hij zal worden geliquideerd, net als zijn bemanning. Uit mijn ogen met die man!'

Voor hij haastig werd weggeleid prentte Jack nog snel de GPS-coördinaten van het SATSURV-scherm in zijn hoofd. Toen Dalmotov hem voortduwde, deed hij net of hij per ongeluk tegen de rij beveiligingsmonitors liep. Eerder had hij op de twee dichtstbijzijnde schermen de toegangsgang en de entree van de hangaar herkend. Toen hij tegen het controlepaneel opbotste, drukte hij razendsnel de stand-byknop in. Andere beveiligingscamera's zouden hun voortgang ongetwijfeld in beeld brengen, maar nu aller ogen op de *Vultura* waren gericht, was er een kans dat ze onopgemerkt zouden blijven.

Sinds hij die ochtend wakker was geworden, was Jack vastbesloten geweest handelend op te treden. Hij besefte dat Aslan qua stemming uiterst wispelturig was, dat zijn laatste woeduitbarsting ongetwijfeld weer in ogenschijnlijke jovialiteit zou overgaan, maar Jack had besloten niet langer meer te vertrouwen op de grillen van deze megalomane maniak. Het schokkende beeld van de *Seaquest* en het onzekere lot van haar bemanning had hem alleen maar in zijn voornemen gesterkt. Dat was hij de mensen die wellicht de hoogte prijs hadden betaald op z'n minst verschuldigd. En hij besefte dat zowel het lot van Costas als dat van Katya in zijn handen lag.

Zijn kans kwam toen de shuttle hen met vrij hoge snelheid van het controlecentrum terug naar de hangaar bracht. Toen ze halverwege waren deed Dalmotov een stap naar voren om naar het laad- en losplatform te kijken dat op dat moment in zicht kwam. Hij liet zijn oplettendheid een fractie van een seconde verslappen, een fout die hij nooit zou hebben gemaakt als zijn intuïtie niet door een té lang verblijf in Aslans rovershol aan kracht had ingeboet. Razendsnel haalde Jack uit en dreef zijn linkervuist met alle kracht waarover hij beschikte in Dalmotovs rug, met als resultaat een vernietigende stoot die Jack heel even uit zijn evenwicht bracht, waarna hij met een van pijn vertrokken gezicht met zijn rechterhand de geblesseerde linker omvatte.

Het was een klap die voor een gewoon iemand dodelijk zou zijn geweest. Jack had al zijn stootkracht op een plek vlak onder de ribbenkast geconcentreerd, waar zo'n klap het hart en het middenrif gelijktijdig kan doen stoppen. Vol ongeloof keek hij toe hoe Dalmotov onbeweeglijk bleef staan, zijn enorme lichaam ogenschijnlijk ongevoelig voor zo'n aanslag. Toen mompelde hij iets onverstaanbaars en zakte door zijn knieën. Hij bleef nog een paar seconden overeind, terwijl zijn benen slapjes trilden, waarna hij voorover viel en bewegingsloos bleef liggen.

Jack schoof het in elkaar gezakte lichaam buiten het bereik van beveiligingscamera's. Op de losplaats waar de shuttle aankwam was niemand te zien en de enige mensen die hij zag bevonden zich op het heliplatform naast de toegang tot de hangaar. Toen de shuttle stopte, stapte hij eruit en drukte op de terugknop, die ervoor zou zorgen dat de cabine met de bewusteloze inzittende weer naar het controlecentrum terug zou keren. Hij zou hiermee kostbare tijd kunnen winnen, maar besefte ook dat elke seconde telde.

Zonder ook maar een ogenblik te aarzelen beende hij naar de toegang tot het heliplatform, in stilte biddend dat zijn vastbesloten tred zou voorkomen dat men achterdocht zou gaan koesteren. Hij bereikte het rek met vliegeroveralls, pakte de langste en trok dat aan. Vervolgens deed hij het reddingsvest om, trok dat strak en deed een helm op, waarvan hij het perspex vizier naar beneden klapte, zodat zijn gezicht niet meer te zien was.

Hij griste een plunjezak mee en pakte een van de Barrett-scherpschuttergeweren. Hij had gezien hoe Dalmotov het wapen in elkaar had gezet en vond binnen de kortste keren de borgpen. Hij maakte de kolf van de laadslede los en stopte ze beide in de zak. Ernaast stond een aantal dozen met daarop de aanduiding 'BMG', waarin de .50-patronen voor de Browning Machine Gun zaten. Jack schepte een handvol van de grote 12,7mm-patronen uit de bovenste doos en deed die ook in de plunjezak.

Nadat hij de zak had dichtgeritst liep hij vastberaden naar de ingang van de hangaar. Toen hij daar aankwam ging hij op zijn hurken zitten en deed net alsof hij een enkelriem wat strakker aantrok, maar nam ondertussen de omgeving in zich op. Het beton was te warm om aan te raken en de zon had het regenwater van de vorige avond volkomen weggebrand. In het felle licht wekten de gebouwen van het complex de indruk onder veel te veel hitte gebukt te gaan, net als de omliggende heuvels.

Hij had al besloten welke helikopter hij zou nemen. De Werewolf was de modernste van het stel, maar stond samen met de Havoc helemaal aan het eind van het platform geparkeerd. De Hind stond slechts twintig meter bij hem vandaan en werd zo te zien klaargemaakt voor een vlucht. Het was het werkpaard van de Russische oorlogsmachine geweest en de voorkant van het toestel, met zijn dubbele, achter elkaar geplaatste cockpit, straalde betrouwbaarheid uit.

Hij kwam overeind en liep naar een crewchief die net bezig was een band met patronen in een munitiecontainer te stoppen.

'Andere orders,' blafte Jack hem toe. 'De operatie is vervroegd. Ik moet onmiddellijk weg.'

Zijn Russisch was nogal gebrekkig en had een zwaar accent, maar hij hoopte dat het ermee door kon hier, waar het personeel voor een groot deel uit Kazachen en Abchaziërs bestond.

De man keek verrast op maar leek verder nauwelijks onder de indruk.

'De ophangpunten voor de bewapening zijn nog leeg en je hebt maar vierhonderd 12,7mm-patronen aan boord, maar verder kun je er zo mee wegvliegen. Wat mij betreft kun je instappen en met het nalopen van de checklist beginnen.'

Jack gooide de plunjezak over zijn schouder en stapte via de stuurboorddeur naar binnen. Hij trok zijn hoofd iets in, kroop naar de cockpit en wurmde zich in de stoel van de piloot. De plunjezak stouwde hij schuin achter zich, zodat hij er geen last van zou hebben. De bedieningsorganen zagen er niet naar uit dat ze veel problemen zouden opleveren; in grote lijnen verschilde de configuratie maar weinig van die van de heli's die hij de afgelopen jaren had gevlogen.

Terwijl Jack zijn riemen vastmaakte, keek hij door het cockpitvenster naar buiten. Door het enigszins uitstulpende plexiglas vlak voor de zitplaats van de boordschutter zag hij een groepje technici aankomen met twee lage, platte wagens waarop lanceerinstallaties voor de Spiral lagen, de radiogestuurde raket tegen gepantserde doelen. De Hind werd blijkbaar gereed gemaakt voor een laatste aanval op de *Seaquest*. Op datzelfde moment ving hij een glimp op van twee in vliegeroverall gestoken mannen die vanaf de hangaar zijn kant uit kwamen lopen, waarschijnlijk de piloot en de boordschutter van de Hind. Toen hij zag dat de crewchief zijn mobieltje pakte en gealarmeerd opkeek, besefte Jack dat hij ontdekt was.

De rotor met zijn vijf reusachtige bladen draaide al, want Jack had als onderdeel van de vluchtvoorbereidingen de twee 2200 pk sterke Isotov TV3-117 turboshafts al ingeschakeld. Hij liet zijn blik over de instrumenten glijden en zag dat de tanks vol zaten, en dat de olie- en hydraulische druk klopten. Hij hoopte dat Aslans luchtafweer niet onmiddellijk zou overgaan tot het neerhalen van een van hun eigen toestellen. Hij greep de twee sticks beet en trok met zijn linkerhand in één snelle beweging de collective naar zich toe, terwijl hij er al draaiend tegelijkertijd gas mee gaf, en op hetzelfde moment met zijn rechterhand de cyclische spoed zo ver mogelijk naar voren duwde.

Binnen enkele seconden zwol het ritmische geklop van de rotorbladen aan tot een machtig crescendo, en de Hind schoot met de neus schuin omlaag gericht de lucht in. Een paar martelende momenten lang zat er nauwelijks beweging in het toestel, dat hevig trillend zijn uiterste best deed de zwaartekracht te overwinnen, terwijl die pogingen werden begeleid door een oorverdovende kakofonie die nog eens werd weerkaatst door de gebouwen rond het heliplatform. Terwijl Jack vakkundig het voetenstuur in evenwicht hield om te voorkomen dat de heli zijwaarts zou afglijden, ving hij een glimp op van een beer van een vent die uit de hangaar kwam rennen en de twee verbijsterde techneuten woest opzij duwde. In de wetenschap dat de 9mm-kogels zonder schade aan te richten tegen de bepantsering van het toestel zouden afketsen, liet Dalmotov zijn Uzi voor wat die was. In plaats daarvan bracht hij een veel dodelijker wapen in stelling, een wapen dat hij op zijn sprint door de hangaar had meegegrist.

De eerste .50 BMG-kogel boorde zich dwars door het voorste gedeelte van de cockpit, de plaats waar gewoonlijk de boordschutter zat en waar Jack zou zijn gaan zitten als de heli over een dubbele besturing had geschikt. Toen de machine plotseling naar voren sprong, raakte een tweede kogel het toestel ergens achterin, een inslag die met nogal wat kracht gepaard ging, waardoor de Hind een zwieper opzij maakte, die Jack gelukkig kon opvangen door middel van wat extra vermogen op de staartrotor.

Terwijl hij met de bedieningsorganen worstelde steeg de heli boven de hangaar uit en joeg met woest kloppende rotorbladen en steeds meer snelheid in de richting van de zuidelijke pier. Links van hem zag hij het futuristische complex dat werd gevormd door Aslans tegen de heuvel aan gebouwd paleis, terwijl rechts van hem de slanke lijnen van het fregat waren te zien. Enkele ogenblikken later passeerde hij de buitenste verdedigingslinie en vloog hij boven open zee, terwijl hij het toestel vlak boven de golftoppen hield om zijn radarprofiel zo klein mogelijk te houden. Met de gashendel helemaal open en de cyclische spoed zo ver mogelijk naar voren, zat hij binnen de kortste keren op de maximumsnelheid die dit type op zeeniveau kon halen, zo'n 335 kilometer per uur, een snelheid die hij zelfs nog iets wist te verhogen nadat hij de schakelaar had gevonden waarmee hij het landingsgestel kon intrekken. In het oosten verdween nu in hoog tempo de kustlijn, en voor hem lag de wolkenloze ochtendhemel die aan de horizon overging in een blauwgrijze nevel.

Vijftien zeemijl uit de kust trapte Jack het pedaal iets in waarmee de staartrotor werd aangestuurd en duwde de cyclische spoed iets naar links, zodat de helikopter een flauwe bocht beschreef totdat het kompas 180 graden aangaf, waarna hij een pal zuidelijke koers bleef volgen. Hij was er al achter hoe hij de radar en de GPS moest inschakelen en was nu druk bezig de coördinaten van het eiland in te toetsen, de coördinaten die hij drie dagen geleden aan boord van de *Seaquest* in zijn hoofd had geprent. De computer berekende de resterende afstand en kwam uit op iets minder dan honderdvijftig kilometer, met de huidige snelheid een vliegtijd van een half uur. Ondanks het feit dat hij op deze manier meer brandstof zou verbruiken, besloot Jack laag boven het water te blijven vliegen en vol gas te blijven geven, want hij zag op de brandstofmeter dat er voor deze afstand ruim voldoende brandstof in de tanks zat.

Hij schakelde de automatische piloot in en schoof zijn perspex helmvizier omhoog. Vervolgens boog hij zich opzij, pakte de plunjezak, maakte die open en zette het geweer in elkaar. Hij besefte dat hij constant op zijn hoede moest zijn, overal op voorbereid. Aslan zou alles doen wat in zijn macht lag om hem terug te halen.

25

'**M**inder onmiddellijk snelheid en wacht op escorte. Als je niet aan dit bevel gehoorzaamt, word je uit de lucht geschoten. Een tweede waarschuwing wordt níet gegeven.'

Jack had die stem nog maar één keer eerder gehoord, toen er alleen wat schorre keelklanken en Russisch gevloek te horen waren geweest, maar het was onmiskenbaar het zware accent van Dalmotov dat – samen met een hoop geruis – uit de intercom klonk. Jack had de zender/ontvanger de hele vlucht aan laten staan en had met zo'n oproep rekening gehouden – zijn achtervolgers zouden zodra ze binnen radiobereik kwamen contact met hem zoeken. De afgelopen tien minuten had hij regelmatig naar het radarscherm gekeken, waarop te zien was hoe twee rode stippen hem vanuit het noorden steeds dichter naderden. Uit hun snelheid en route kon duidelijk worden opgemaakt dat het de Havoc en de Werewolf waren, afkomstig van Aslans thuisbasis.

Hij bevond zich tien zeemijl ten noorden van het eiland, nog geen vijf minuten vliegen van hem verwijderd. Hij had iets van de maximumsnelheid opgeofferd door laag boven het water te blijven vliegen, zodat zijn radarprofiel zo klein mogelijk zou blijven, een gok die bijna gelukt was. Ondanks het feit dat de Hind niet bepaald een nieuw toestel was, was het marginaal sneller dan de andere twee toestellen, maar die waren op hem ingelopen door op een grotere hoogte te gaan vliegen, waar ze minder luchtweerstand hadden.

Afgezien van een vast 30mm-boordkanon en twee houders voor elk twintig 80mm-raketten, voerden de Havoc en de Werewolf een dodelijke combinatie van lasergeleide lucht/luchtraketten en projectielen tegen scheepsdoelen met zich mee, wapens die Jack op het heliplatform had gezien. Terwijl de ophangpunten onder de korte vleugeltjes van de Hind helemaal leeg waren; zíjn enige vuurkracht bestond uit de karakteristieke 12,7mm-mitrailleur in de onder de neus gemonteerde koepel. Het was een buitengewoon effectief wapen dat tijdens de oorlogen in Afghanistan en Tsjetsjenië dood en verderf had gezaaid, maar aangezien hij geen schutter bij zich had, kon Jack de mitrailleur slechts als vast boordgeschut gebruiken, waardoor hij het vuur alleen maar kon openen wanneer hij de heli op het doelwit wist te richten. Bij een vuursnelheid van 1200 patronen per minuut per loop, was de totale voorraad van vier banden met elk honderd pantserdoorborende kogels slechts toereikend voor een salvo van maximaal vijf seconden, voldoende om op korte afstand enorme schade aan te richten, maar niet bepaald geschikt voor het gelijktijdig aanpakken van twee formidabele tegenstanders.

Jack besefte dat zijn kansen bij een gevecht op enige afstand hopeloos klein waren. Wilde hij uit deze confrontatie als winnaar te voorschijn komen, dan moest hij proberen zijn tegenstanders te verleiden tot een nabijgevecht – een duel dat niet te lang moest duren.

'Oké, Dalmotov, deze keer mag je me dan hebben overtroefd,' mompelde Jack grimmig terwijl hij gas minderde en de heli een halve cirkel liet beschrijven, zodat de neus van zijn toestel in de richting van zijn opponenten zou wijzen. 'Maar wees er niet al te overtuigd van dat je heelhuids thuiskomt.'

De drie heli's hingen nu naast elkaar in de lucht, zo'n dertig meter boven het water, terwijl de rotorbladen enorme hoeveelheden fijn schuim omhoog joegen. De Hind in het midden zag er zwaar en log uit, terwijl de twee andere toestellen voor optimale wendbaarheid en een zo klein mogelijk radarprofiel ontworpen waren. Rechts van Jack had de Mi-28 Havoc met zijn laaggeplaatste cockpit en opmerkelijke snuit wel iets weg van een hongerige jakhals. Links van hem leken de twee boven elkaar geplaatste en tegen elkaar in draaiende sets rotorbladen, die voor de Kamov Ka-50 Werewolf zo karakteristiek waren, de potentie van het toestel alleen maar te vergroten, terwijl de romp daardoor tot bijna insectachtige proporties werd teruggebracht.

Door de platte, kogelvrije cockpitbeglazing heen kon Jack de woedend kijkende Dalmotov zien zitten.

Jack kreeg opdracht om vijftig meter vóór de escorterende heli's uit te vliegen. Het geklop van de rotorbladen zwol aan tot een allesoverheersend kabaal toen de drie machines hun neus lieten zakken en in dichte formatie naar het noordoosten begonnen te koersen.

Zoals opgedragen zette Jack de zender/ontvanger uit waarmee hij hulp van buitenaf zou kunnen inroepen. Nadat hij de automatische piloot had ingeschakeld leunde hij achterover en legde uit het zicht de Barrett op zijn schoot. Nu het wapen in elkaar zat was het ongeveer anderhalve meter lang en woog veertien kilo. Hij had wel het magazijn met tien patronen uit de houder moeten halen, anders zou het boven de rand van het cockpitdak uit te zien zijn. Met zijn rechterhand controleerde hij de laadslede, waarin hij even eerder een van de zware .50 BMG-patronen had gestopt. Maar hij besefte dat hij snel in actie moest komen, want met elke kilometer die hij terugvloog werden zijn kansen kleiner.

Zijn kans kwam sneller dan verwacht. Vijf minuten later werden ze plotseling geconfronteerd met een thermiekbel, een overblijfsel van de storm van gisteren. Ze stuiterden en slingerden door de lucht alsof ze op de kermis op een roetsjbaan zaten, eerst de Hind en vervolgens de twee andere heli's. In de fractie van een seconde die de anderen méér nodig hadden om de plotselinge slinger met hun besturing op te vangen, besloot Jack in actie te komen. Toen zijn heli voor de tweede keer door turbulentie werd getroffen, draaide hij het gas terug en trok met een ruk de collective naar zich toe. Ondanks het feit dat het motorvermogen sterk afnam, was de opwaartse luchtstroom nog voldoende om de rotorbladen, waarvan de spoed nu maximaal was, extra lift te geven. De Hind maakte een sprongetje omhoog, tot zo'n twintig meter boven haar oorspronkelijke vlieghoogte, hing toen een ogenblik lang bewegingloos in de lucht en begon toen te vallen. De twee andere heli's schoten er als in slowmotion onderdoor, waarbij hun rotorbladen bijna de onderkant van de Hind raakten. Van het ene op het andere moment zat Jack áchter hen. Het was een klassieke manoeuvre die al in de Eerste Wereldoorlog bij luchtgevechten werd toegepast, en door de Britse Harriers tijdens de Falklandoorlog met vernietigend effect ook tegen de Argentijnse Mirages was gehanteerd.

Met de loop van het geweer onder het linkercockpitraam geklemd, besloot Jack de vaste boordmitrailleur van de Hind tegen het toestel rechts in te zetten. Hij gaf vol gas en draaide razendsnel naar stuurboord tot hij de Havoc recht voor zich had. De hele manoeuvre had minder dan vijf seconden in beslag genomen, vijf seconden waarin het tot de anderen nog maar nauwelijks doordrong dat hij was verdwenen, en al helemaal nog niet aan ontwijken hadden kunnen denken.

Terwijl de Hind vijftig meter achter de Havoc positie innam, klapte Jack het veiligheidskapje boven op de cyclische stick open en drukte op de rode afvuurknop. De vier roterende lopen in de kinkoepel braakten een enorme muur van kabaal uit, een staccatoachtig hameren dat zo'n hevige terugstoot veroorzaakte dat Jack in zijn stoel naar voren werd geworpen. Elke loop spuwde twintig granaten per seconden uit, waarbij de lege hulzen aan beide kanten in een brede boog werden weggeslingerd. Vijf seconden lang waren er onder de neus vier mondingvlammen te zien en zweefde er een vernietigende concentratie lood naar zijn opponent.

In eerste instantie leek de Havoc de kogels, die zich in het achterste gedeelte van de romp boorden, moeiteloos te absorberen. Toen was er van het ene op het andere moment van voor naar achteren een gapend gat te zien waar de projectielen alles vermaalden wat op hun pad kwam, en de cockpit en de inzittenden spatten in een geiser van metaal en weefsel uit elkaar. De neus van de Hind ging een fractie omhoog en de laatste stroom kogels troffen de turboshafts van de Havoc, waarbij de rotor van de rest gescheiden werd, die vervolgens als een krankzinnig geworden boemerang woest in het rond bleef draaien. Enkele seconden later explodeerde de romp in een reusachtige vuurbal, gevoed door brandstof en ontploffende munitie.

Jack trok snel de collective naar zich toe steeg boven de tot ondergang gedoemde heli uit. Hij zat nu even hoog als de Werewolf, waarvan de sinistere vorm zich nu dertig meter links van hem bevond, terwijl het toestel iets voor hem uit vloog. Jack kon duidelijk zien hoe de piloot met de bedieningsorganen worstelde, want het lichtere toestel had duidelijk last van de thermiekbellen en de door de geëxplodeerde Havoc veroorzaakte schokgolf. Dalmotov wekte de indruk verstijfd te zijn van ongeloof, niet in staat het gebeurde te accepteren, maar Jack besefte dat die toestand maar heel even zou duren; over een paar seconden zou het verrassingseffect verdwenen zijn.

Hij stak de Barrett uit het raampje, richtte en haalde de trekker over. De kogel verliet met een droge maar indrukwekkende knal de loop, en het lawaai echode door tot in zijn koptelefoon. Jack vloekte toen hij de vonken van het bovenste gedeelte van de romp van de Werewolf af zag vliegen en grendelde snel door. Deze keer richtte hij, als compensatie voor de luchtstroom van tweehonderd kilometer per uur, iets meer naar rechts. Hij vuurde op het moment dat Dalmotov net met een ruk zijn kant op keek.

Zoals de meeste helikopters die bedoeld zijn voor het ondersteunen van grondtroepen – *close support*-toestellen – was de Werewolf uitstekend beschermd tegen beschietingen vanaf de grond; de bepantsering rond de cockpit was bestand tegen 20mm-granaten. De kwetsbare delen van het toestel waren met name de bovenkant van de romp en de motorbehuizing, delen die vanaf de grond wat minder makkelijk te raken waren en waar de defensieve bepantsering grotendeels achterwege was gelaten, zodat de zijkanten en onderkant van de cockpit optimaal beschermd konden worden. De tegen elkaar in draaiende rotorbladen waren tegelijkertijd het sterke en het zwakke punt van het toestel: het zorgde voor een uiterst wendbare machine, maar wel een met een rotoras die hoog boven de romp uitstak, want er moest ruimte zijn voor de twee rotorkoppen waaraan de twee driebladige rotorbladen waren bevestigd.

De tweede kogel raakte de aandrijfas vlak onder het onderste stel rotorbladen, boorde zich in het mechaniek en schoot dwars door een besturingsstang. Een ogenblik lang gebeurde er helemaal niets en bleef de helikopter met zijn neus schuin naar beneden vooruit vliegen. Zelfs van een afstandje was te zien dat de cyclische en collectieve bediening niet meer functioneerden en dat ook het voetenstuur geen enkele reactie meer teweeg bracht. Dalmotov stak een hand omhoog om aan een rode hendel boven zijn hoofd te trekken.

De Werewolf was qua gevechtshelikopter uniek omdat de piloot over een schietstoel beschikte. Het probleem met een schietstoel in een heli was altijd geweest dat vlak boven de cockpit altijd rotorbladen voorbij zwiepten, maar Kamov had een ingenieus systeem ontwikkeld waarbij die rotorbladen eerst werden afgeworpen, waarna de schietstoel hoog de lucht in werd geslingerd, zodat de parachute voldoende tijd had om zich volledig te kunnen openen.

Vanaf het moment dat Dalmatov aan de hendel trok moest hij hebben beseft dat er iets helemaal fout zat. In plaats dat de rotorbladen werden afgeworpen, bleven ze in het rond draaien, terwijl de explosieve ladingen in het cockpitdak in een razend tempo detoneerden. Het cockpitdak klapte tegen de rotorbladen en werd weggeslingerd, waarbij de bladen enigszins verbogen werden maar bléven draaien. Twee seconden later werd met veel rook de schietstoel gelanceerd. Door een gruwelijke speling van het lot kwam die echter precies tussen de twee tegen elkaar in draaiende rotorbladen terecht en tuimelde als een waanzinnig vuurrad in het rond. Na twee omwentelingen was elk ook maar enigszins naar buiten stekend deel van Dalmotovs lichaam aan mootjes gemaald, en werd zijn gehelmde hoofd naar opzij gelanceerd. Na nog een laatste omwenteling spuwden de rotorbladen de laatste restanten van hun macabere last uit, die vervolgens in een wolk van opstuivend water uit het zich verdwenen.

Jack keek onbewogen toe hoe de Werewolf een waanzinnige dans rond haar as uitvoerde, waarbij de bladen onder de steeds groter wordende druk een voor een afbraken, waarna de romp van de heli in zee viel en explodeerde.

Zonder verder af te wachten draaide hij naar het zuiden, terug naar zijn oorspronkelijke route en gaf vol gas. Dalmotov had ongetwijfeld, samen met zijn laatste positie, een automatisch noodsignaal doorgegeven, en de mensen in Aslans controlecentrum zouden met behulp van de SATSURV binnen de kortste keren de olievlek en de nog op het water drijvende wrakstukken van de heli's weten te vinden. Dat zou Aslans woede alleen maar aanwakkeren, en die was toch al witheet na de schade die aan de *Vultura* was aangericht. Jack besefte dat de waarde die hij als gegijzelde misschien nog had, zou worden overtroffen door Aslans behoefte aan vergelding.

Tot zijn grote schrik zag hij dat het lampje van de brandstofmeter begon te knipperen, een signaal dat de tanks bijna leeg waren. Toen hij tien minuten geleden voor het laatst had gekeken, waren ze nog driekwart vol geweest en de afgelopen actie kon hem onmogelijk zijn halve brandstofvoorraad hebben gekost. Hij herinnerde zich plotseling de treffer uit Dalmotovs scherpschuttersgeweer weer, direct nadat hij van het heliplatform was opgestegen. Als de kogel een brandstofleiding had getroffen, kon dat heen en weer slingeren in de thermiekbel de schade weleens hebben verergerd. Misschien was er een verbindingspijp losgeschoten, en was hij op deze manier heel wat brandstof kwijtgeraakt.

Hij had geen tijd om daar lang over na te denken. Hij nam gas terug om het kerosineverbruik zo laag mogelijk te houden en liet het toestel tot dertig meter boven de golven zakken. In de verte doemde het eiland uit de ochtendnevel op, waarbij de twee pieken die qua vorm aan de hoorns van een stier deden denken er nog precies zo bijlagen als toen hij ze voor het eerst had aangeschouwd, drie dagen geleden, vanaf de *Seaquest*. Het enige wat hij nu nog hoopte was dat de Hind nog lang genoeg in de lucht zou blijven om hem binnen zwemafstand van de noordkust van het eiland te brengen.

Toen de twee turboshaftmotoren begonnen te sputteren en te haperen werd Jacks uitzicht heel even belemmerd door een zwarte rookkolom. Hij deinsde terug voor de geur ervan, de zurige stank van cordiet en brandend plastic. Enkele seconden later was die weer verdwenen en werd hij met de romp van de *Seaquest* geconfronteerd, die tweehonderd meter vóór hem in het water lag.

De satellietbeelden vormden geen enkele voorbereiding op de schokkende werkelijkheid. Het belangrijkste onderzoeksschip van de IMU rolde langzaam heen en weer, het voorschip nagenoeg onder water liggend en de bovenbouw onherkenbaar beschadigd, terwijl aan stuurboord de geblakerde gaten zichtbaar waren die door de vanaf de *Vultura* afgevuurde granaten waren veroorzaakt. Het mocht een wonder worden genoemd dat ze nog niet was gezonken, hoewel Jack vermoedde dat de voorste waterdichte schotten het elk moment konden begeven, waarna het schip definitief onder de golven zou verdwijnen.

De Hind had nog maar nauwelijks snelheid toen het toestel schuddend en trillend laag over het zwaar beschadigde vaartuig denderde. Het verloor steeds meer hoogte naarmate de rotorbladen minder lift genereerden. Toen de motoren een laatste doodsgerochel lieten horen, had Jack nog net tijd om in actie te komen.

Hij maakte snel zijn riemen los en ramde de stick voor de cyclische spoed zo ver mogelijk naar voren. Door de neus van de heli te laten zakken, kwamen de korte hulpvleugeltjes achter de cockpit wat verder omhoog, zodat hij er minder last van zou hebben, terwijl het toestel nu een soort duikvlucht maakte. Hij had nog maar enkele seconden de tijd, rukte zijn helm af, dook naar de achterkant van de cockpit en lanceerde zichzelf naar buiten, zijn benen stevig over elkaar geslagen en zijn armen tegen zijn borst gedrukt om te voorkomen dat ze los zouden worden gerukt als hij het water raakte.

Zonder zijn helm liep hij wat minder risico op een whiplash, maar toch was de klap op het water zó hard dat hij heel even het idee had dat ieder botje in zijn lichaam gebroken was. Hij schoot nagenoeg rechtstandig het water in en bereikte een dusdanige diepte dat hij heel even de thermocline voelde. Hij spreidde zijn armen en benen om zijn tocht naar beneden af te remmen. Toen hij even later terug naar de oppervlakte zwom, voelde hij een priemende pijn en besefte hij dat de wond in zijn zij weer was opengegaan. Ergens boven hem vond er een zware explosie plaats die een enorme schokgolf door het water joeg. Desondanks bereikte hij de oppervlakte en zag een eindje verderop de brandende wrakstukken van de Hind op het water liggen, een allesvernietigend vuur dat bijna zijn eigen brandstapel was geworden.

Hij activeerde de CO_2-patroon op zijn reddingsvest en begon in de richting van de *Seaquest* te zwemmen. Plotseling werd hij door vermoeidheid overmand; na die laatste adrenalinestoot beschikte hij blijkbaar over geen enkele kracht meer.

De voorsteven van de *Seaquest* lag zo ver onder water, dat hij over het onder water staande voorschip kon zwemmen, om vervolgens vlak voor de geschutkoepel tegen het schuin liggende dek op te klauteren. Dit was de plek waar York en Howe gisteren hadden geprobeerd verzet te bieden. Nadat hij de directe omgeving grimmig in zich had opgenomen, deed Jack zijn reddingsvest uit en zocht hij zich behoedzaam een weg tussen de resten van de opbouw door. Vlak voor hij het luik bereikte waarmee hij benedendeks kon komen, verloor hij zijn evenwicht en ging hij met een harde klap onderuit. Tot zijn grote verbijstering merkte hij dat hij over geronnen bloed was uitgegleden, een donkerrode veeg die tot aan stuurboord doorliep.

Jack besefte dat het weinig zinvol was om lang bij de laatste momenten van zijn bemanning stil te staan. Hij liet zich naast het luik op het stalen dek zakken om even bij te komen, om krachten te verzamelen.

Bijna te laat zag hij vanuit zijn ooghoek nog net de helikopter aankomen, hoewel die zich nog een heel eind bij hem vandaan bevond, iets buiten de kust van het eiland, en het geluid van de rotorbladen ging verloren in de geluiden van de langzaam uit elkaar vallende *Seaquest*. Hij had de lege opstelplaats op het heliplatform gezien en wist daardoor dat Aslan nog over een vierde gevechtshelikopter beschikte, en hij vermoedde dat het om een Kamov Ka-28 Helix ging, een toestel dat gewoonlijk vanaf de *Vultura* opereerde. Hij kneep zijn ogen halfdicht en tuurde tegen de ochtendzon in – en zag de heli vlak boven het water recht op hem af vliegen. Jack was in het verleden al vaker door gevechtshelikopters belaagd en wist wat hij kon verwachten – maar zelden had hij zich zó kwetsbaar gevoeld.

Hij zag in de verte een lichtflits, direct gevolgd door een veelbetekenende rooksliert die tot vlak boven water zakte, om vervolgens met angstwekkend hoge snelheid groter en duidelijker te worden. Het was een raket tegen scheepsdoelen, waarschijnlijk een van de gevreesde AM.39 Exocets die hij in Aslans hoofdkwartier opgeslagen had gezien. Jack sprong op en dook door het luik, kwam half struikelend op het er onder liggende dek terecht en viel toen – letterlijk – in de commandomodule. Direct nadat hij het wiel van het sluitmechanisme had aangedraaid klonk er een enorme klap. Hij werd tegen een stalen wand geslingerd en het volgende moment ging de wereld om hem heen op zwart.

26

Terwijl Costas tegen de wand werd geslingerd, sloeg de deur achter hem in het slot. Het was een pijnlijke klap, waarbij de scherpe metalen rand hem vol in de borst had getroffen, zodat hij enkele ogenblikken lang slechts met de allergrootste moeite kon ademhalen. De blinddoek was voor zijn ogen weggerukt, maar het enige wat hij zag was een rood waas. Hij rolde iets terug, terwijl hij over zijn hele lichaam nog schokte van de pijn, maar zag toen kans langzaam een arm omhoog te brengen om aan zijn gezicht te voelen. Zijn rechteroog zat dicht, was opgezwollen en leek bijna gevoelloos. Hij bewoog zijn vingers naar zijn linkeroog en veegde daar, vóór hij een poging ondernam het te openen, een plakkerige laagje weg. Geleidelijk aan kon hij weer iets zien. Vanaf de plek waar hij lag zag hij witgeschilderde buizen die langs een wand liepen, buizen waarop sjabloonletters waren aangebracht die hij even later als Cyrillische lettertekens herkende.

Hij had geen enkel besef van tijd en plaats. Zijn laatste scherpe herinnering was Jack die midden in de audiëntieruimte in elkaar was gezakt. Daarna was er alleen maar duisternis, een nevelig besef van beweging en pijn. Ze hadden hem in een stoel vastgebonden en vervolgens met een felle lamp in zijn gezicht geschenen. Daarna een urenlange foltering, geschreeuw en harde klappen. Altijd dezelfde in het zwart gestoken figuren, terwijl hem in gebroken Engels voortdurend dezelfde vragen werden toegeschreeuwd. *Hoe ben je uit die onderzeeboot gekomen?* Hij vermoedde dat hij aan boord van de *Vultura* zat opgesloten, maar zijn vermogen tot analyseren had zich automatisch uitgeschakeld toen hij al zijn krachten moest verzamelen om te overleven. Steeds weer hadden ze hem in deze ruimte gegooid, om hem vervolgens, als hij dacht dat ze hem eindelijk met rust zouden laten, weer naar buiten te slepen.

En dat gebeurde nu opnieuw. Dit keer kreeg hij niet eens de kans om even op adem te komen. De deur vloog open en hij werd keihard in zijn rug getrapt, waardoor er een mengsel van bloed en braaksel uit zijn mond golfde. Hij werd kokhalzend en hoestend overeind getrokken, tot hij op zijn knieën zat, waarna hem ruw de blinddoek weer werd omgedaan, zó strak dat hij voelde hoe het bloed uit zijn gezwollen oog werd geperst. Hij had altijd gedacht dat hij nooit meer met een nieuw soort pijn geconfronteerd kon worden, maar dit was wel degelijk een geheel nieuwe ervaring voor hem. Hij concentreerde zijn hele wezen op de enige reddingslijn die hij nog had, de gedachte dat híj de afstraffing onderging, en niet Jack. Hij móest proberen het vol te houden, hoe lang het ook mocht duren voor de *Seaquest* ten tonele verscheen en bekend zou worden dat er kernkoppen waren gevonden.

Toen hij bijkwam merkte hij dat hij met zijn gezicht plat op een tafel lag; zijn handen waren vastgebonden achter de rugleuning van de stoel waarop hij zat. Hij had geen flauw idee hoelang hij daar al zat en zag alleen maar een misselijkmakend uitspansel van sterretjes voor zich, zó strak hadden ze de blinddoek om zijn hoofd gebonden. Ondanks de kloppende pijn in zijn hoofd meende hij stemmen te horen, niet die van zijn folteraars, maar de stemmen van een man en vrouw. Eerder al had hij uit flarden gesprek die hij had opgevangen begrepen dat zijn bewakers op de terugkeer van Aslan zaten te wachten, die met zijn helikopter vanuit zijn hoofdkwartier op weg was. Zelfs de schofterigste van het hele stel leek zich zorgen te maken. Er was sprake van de een of andere crisis, een neergestorte helikopter, een ontsnapte gevangene. Costas bad in stilte dat ze het over Jack hadden.

De stemmen leken van een eindje verderop te komen, uit een gang of een aangrenzend vertrek, maar de vrouw verhief haar stem nu woedend, en hij kon haar duidelijk verstaan. Ze waren van het Russisch op het Engels overgestapt en hij besefte dat het Aslan en Katya waren.

'Dit zijn persoonlijke aangelegenheden,' zei Aslan. 'We spreken Engels, dan kunnen mijn mujahedien deze godslasteringen tenminste niet horen.'

'Jouw mujahedien.' Katya's stem drukte een en al minachting uit. 'Die mujahedien van jouw zijn jihadisten. Die vechten voor Allah, en zeker niet voor Aslan.'

'Ik ben hun nieuwe profeet. Hun loyaliteit ligt bij Aslan.'

'Aslan.' Katya spuwde het woord bijna spottend uit. 'Wie is Aslan nou? Piotr Alexandovitsj Nazarbetov. Een mislukte professor aan een obscuur universiteitje, een mannetje met grootheidswaanzin. Je hebt niet eens een baard, zoals een échte geestelijke. En vergeet niet dat ik weet dat je van Mongoolse komaf bent. Djenghiz Khan was een ongelovige die eigenhandig zo'n beetje de halve moslimwereld heeft vernietigd. Dát zou iemand die heilige krijgers van jou eens moeten vertellen.'

'Vergeet vooral jezelf niet, waarde dochter.' Zijn stem klonk kil.

'Ik weet nog heel goed wat ik als kind heb moeten leren. Hij die zich laat leiden door de koran zal gedijen, hij die zich ertegen verzet zal met het zwaard worden geconfronteerd. Het geloof staat niet toe dat er onschuldige mensen worden vermoord.' Haar stem was nu niet veel meer dan een rauw gesnik. 'Ik weet wat je met mijn moeder hebt gedaan.'

Toen Costas Aslans moeizame ademhaling hoorde, kreeg hij het gevoel dat deze man een hogedrukpan was die elk moment kon ontploffen.

'Jouw mujahedien wachten rustig hun tijd af,' vervolgde Katya. 'Ze gebruiken je totdat ze je kunnen missen. Die onderzeeboot wordt ook jóuw graf. Het enige wat je voor elkaar hebt gekregen toen je dit schuilhol voor terroristen creëerde, is het versnellen van je eigen ondergang.'

'Zwijg!' Na deze uitzinnige kreet was het geluid van een handgemeen te horen, waarna er iets werd weggesleept. Enkele ogenblikken later keerden de voetstappen weer terug. Vlak achter Costas kwamen ze tot stilstand. Hij werd door twee handen bij zijn schouders vastgegrepen en werd weinig zachtzinnig tegen de rugleuning van de stoel gedrukt.

'Jouw aanwezigheid hier vergiftigt de omgeving,' siste een stem vlak bij zijn oor, terwijl het ademen de man blijkbaar nog steeds moeilijk viel. 'Je staat op het punt aan je laatste reis te beginnen.'

Iemand knipte met zijn vingers en twee paar handen trokken hem ruw overeind. In de duisternis om hem heen was hij zich – toen de klap uiteindelijk kwam – nauwelijks nog ergens van bewust: een kort ogenblik van pijn, gevolgd door genadevolle vergetelheid.

Jack leek in een levende nachtmerrie terechtgekomen te zijn. Alles om hem heen was pikzwart, een duisternis die zo volledig was dat het alle zintuiglijke referentiepunten overschaduwde. Overal om hem heen klonk een oorverdovend geruis van water, af en toe onderbroken door gekraak en gekreun. Zijn brein deed alle mogelijke moeite om van het onvoorstelbare nog iets te begrijpen. Terwijl hij in een verwrongen hoop tegen de stalen wand lag, voelde hij zich op een vreemde manier heel erg licht, leek zijn lichaam bijna te zweven, alsof hij in de greep van een of andere demonische koorts verkeerde.

Nu wist hij hoe het voelde om gevangen te zitten in het inwendige van een zinkend schip terwijl dat steeds sneller in de diepte verdween. Zijn redding bestond uit de commandomodule die zich aan boord van de *Seaquest* bevond, met zijn vijftien centimeter dikke wanden van met titanium versterkt staal dat hem tegen de enorme waterdruk beschermde, een druk die zijn trommelvliezen en zijn schedel onder andere omstandigheden allang had doen barsten. Hij hoorde scheurend metaal terwijl tegelijkertijd de laatst resterende luchtzakken imploderen, geluiden die, als hij er niet in geslaagd zou zijn net op tijd de module te bereiken, een razendsnelle dood zouden hebben betekend.

Het enige wat hij nu nog kon doen was zich schrap zetten tegen het onvermijdelijke. Er leek geen eind te komen aan de val, die veel langer duurde dan hij had verwacht, en het kabaal zwol aan tot een waanzinnig crescendo, als een sneltrein die zijn kant uit kwam gedenderd. Het einde kwam even gewelddadig als onaangekondigd. De romp sloeg met een misselijkmakende klap tegen de zeebodem, waarbij G-krachten vrijkwamen die, als hij zich niet helemaal had opgerold en zijn armen niet beschermend rond zijn hoofd had geslagen, hem zijn leven zouden hebben gekost. Toen de *Seaquest*, nadat ze tegen de zeebodem was geslagen, weer iets opveerde, had hij al zijn kracht nodig om te voorkomen dat hij omhoog zou stuiteren, een plotselinge beweging die gepaard ging met een afschuwelijk scheurend geluid. Toen kwam het wrak tot rust en daalde er stilte over hem neer.

'Noodverlichting aandoen.'

Jack sprak in zichzelf en tastte zijn lichaam af om te zien of hij verder nog kwetsuren had opgelopen. Zijn stem klonk op een vreemde manier onthecht, de intonatie geabsorbeerd door het geluiddempende materiaal op de wanden, maar tegelijkertijd gaf ze hem een zekere mate van realiteit in een wereld waar alle referentiekaders waren verdwenen.

Als duiker was Jack eraan gewend zich in het volkomen duister te oriënteren, en nu zou hij van al zijn ervaring gebruik moeten maken. Na zijn tuimeling door het luik had de inslag van de raket ervoor gezorgd dat hij langs de wapenkast in de richting van de controlepanelen aan de andere kant van de module was geslingerd. Gelukkig was de *Seaquest* rechtstandig op de zeebodem beland. Toen hij ietwat onzeker overeind krabbelde voelde hij aan het hellende dek dat het schip iets voorover gekanteld was en dat de voorsteven zich het diepst in de bodem had geboord. Hij liet zich weer op zijn knieën zakken en zocht zich op de tast een weg over de vloer, waarbij zijn enorme kennis van het schip dat hij had meegeholpen te ontwerpen ervoor zorgde dat hij niet tegen de vele apparatuur die langs de wand stond opgesteld opbotste.

Hij bereikte de zekeringenkast, die zich links naast het toegangsluik bevond, en tastte naar de schakelaar die de reserveaccu in zijn beschermende loden behuizing met de hoofdleiding verbond. Niet voor het eerst die dag kneep hij zijn ogen stijf dicht en bad hij om geluk.

Tot zijn grote opluchting baadde het vertrek het volgende moment in een fluorescerend groen schijnsel. Zijn ogen pasten zich onmiddellijk aan en hij draaide zich om teneinde de ruimte aandachtig in zich op te nemen. De module bevond zich onder de waterlijn en de granaten waarmee de *Seaquest* was doorzeefd, waren bovenlangs gepasseerd. De apparatuur en de overige inrichting leken nog helemaal in orde en op z'n plek te zitten, maar de module was dan ook juist voor dít soort aanvallen ontworpen en geconstrueerd.

Zijn eerste taak was het ontkoppelen van de module, zodat ze los van het schip zou komen. Nog ietwat onzeker wankelde hij naar het centrale paneel. Het leek onvoorstelbaar dat nog geen achtenveertig uur geleden de bemanning zich hier had verzameld voor een laatste briefing. Hij ging in de stoel achter de commandoconsole zitten en activeerde die. De lcd-monitor scrolde langs een serie password-verzoeken, om vervolgens aan de ontkoppelingsprocedure te beginnen. Na het derde password sprong er een laatje open waaruit hij een sleutel haalde die hij in het paneel stak en met de klok mee draaide. De elektronische voortstuwing en klimaatbeheersingssystemen zouden pas worden ingeschakeld wanneer de module zich op veilige afstand van het wrak bevond.

Zonder de gevoelige apparatuur aan boord van de *Seaquest* zou Jack pas over gegevens betreffende diepte en omgeving beschikken wanneer de module van de romp was losgekoppeld en haar eigen sensoren waren geactiveerd. Hij vermoedde dat hij in de kloof was terechtgekomen die door de *Seaquest* ten noorden van het eiland was ontdekt, een trog van tien kilometer lang en vijfhonderd meter breed, en die door Costas als een tektonische breuklijn aan dezelfde kant als de vulkaan was geïdentificeerd. Als dat klopte, bevond hij zich in het vuilnisvat van het zuidoostelijk gedeelte van de Zwarte Zee, een verzamelpunt voor slib en een verzamelbak voor het brakke water uit de ijstijd. Met elke minuut die voorbijging zou het wrak verder wegzinken in een smerig bezinksel dat aanzienlijk hardnekkiger was dan drijfzand. Zelfs als hij erin zou slagen de module te ontkoppelen, bestond nóg de kans dat hij dieper in de troep zou wegzakken, waardoor hij als een rat in de val zou komen te zitten zonder enige hoop op ontsnapping.

Hij gordde zichzelf in en liet zijn hoofd tegen de hoofdsteun rusten. De computer gaf hem drie keer de mogelijkheid de actie af te blazen, maar elke keer drukte hij op DOORGAAN. Na een laatste reeks commando's lichtte er een rode driehoek op met daarin nadrukkelijk knipperend het woord ONT-KOPPELEN. Een ogenblik lang was het pikdonker in de module omdat de computer de elektrische systemen met de interne stroomvoorziening moest verbinden.

Een paar seconden later werd de stilte verbroken door een dof staccato-geluid dat van buiten kwam, van links. Elke gedempte dreun betekende een zwakke explosieve lading, waarvan er een stuk of wat zodanig waren geplaatst dat de betreffende klinknagels uit de rompbeplating van de *Seaquest* werden geblazen, zodat er een opening zou ontstaan die groot genoeg was om de module doorheen te kunnen laten gaan. Toen het betreffende huidpaneel wegviel, vulde de ruimte rond de module zich onmiddellijk met zeewater en werd de bathymetrische sensor geactiveerd. Jack ging snel in de afvuurrichting zitten en zette zich schrap toen de waterjets tot leven kwamen, een laag gezoem dat aanzwol tot een oorverdovend gebulder toen de machines zich afzetten tegen de verbindingspennen waarmee de module aan het schip vastzat. Achter hem vond een serie detonaties plaats, waarbij de module uit de bevestigingspunten werd bevrijd. Vrijwel gelijktijdig werden de borgklampen teruggetrokken en werd hij met grote kracht in zijn stoel gedrukt – de druk waarmee de module werd weggeschoten was gelijk aan de G-krachten die optreden wanneer er een raket wordt gelanceerd.

De module was zodanig ontworpen dat het zich met grote kracht van een zinkend schip kon losmaken, tot buiten de neerwaartse wervelingen die optreden wanneer een scheepsromp in de richting van de zeebodem tuimelt. Jack had een keertje een simulatie meegemaakt in de testopstelling van de IMU voor de kust van een van de Bermuda-eilanden, en toen was de module honderd meter verderop tot stilstand gekomen. Maar nu volgde er na de G-krachten een even heftige ruk in tegenovergestelde richting, en bleef de module op slechts enkele meters afstand bij het wrak vandaan liggen.

Hij had zijn hoofd in de standaard veiligheidshouding naar voren gebogen en zijn enige verwondingen bestonden uit een serie pijnlijke striemen waar de veiligheidsriemen diep in zijn schouders hadden gesneden. Nadat hij eens diep adem had gehaald, maakte hij de riemen los en draaide zijn stoel naar het werkstation, maar moest zich met zijn rechterhand tegen het bedieningspaneel afzetten om te voorkomen dat hij naar voren zou glijden; de module lag onder een flauwe hoek op de zeebodem.

Links van hem bevond zich een kleinere monitor voor de bathymetrische gegevens. Toen de cijfers begonnen op te lichten zag hij tot zijn grote verbijstering dat de dieptemeter 750 meter onder de zeespiegel aangaf, ruim honderd meter meer dan waarvoor de module was getest. De kloof waarin hij was terechtgekomen was aanzienlijk dieper dan hij had verwacht, meer dan vijfhonderd meter lager dan de kustlijn zoals die in de oudheid, vóór de stijging van het water, had gelopen.

Jack schakelde de geluidsnavigatie- en het afstandbepalingssysteem in en wachtte tot het scherm tot leven kwam. De actieve sonartransducer zond een hoge frequentie smalle-band pulse uit, in een verticale emissie-stoot van 360 graden om het dwarsprofiel van de zeebodem vast te stellen, terwijl ook alle voorwerpen die zich nog tussen de bodem en de zeespiegel zouden kunnen bevinden zichtbaar werden gemaakt. Tijdens de inspectie-tocht van de *Seaquest* over het onderzeese ravijn, twee dagen geleden, had-den ze vastgesteld dat de kloof in noord-zuidelijke richting liep, dus richtte hij de sonaremissie oost-west, om zo een zijaanzicht van zijn positie ten op-zichte van de nauwe wanden van de kloof te kunnen creëren.

Dankzij de snelheid van de straal was het hele profiel nagenoeg onmid-dellijk te zien. Het vlekkerige groen aan beide kanten liet zien waar, onge-veer vierhonderd meter van elkaar verwijderd, de wanden van het ravijn steil omhoog rezen. Vlak bij de top bevonden zich grillig gevormde uitstul-pingen die het profiel nog verder versmalden. Het ravijn vertoonde alle ka-rakteristieken van een horizontale trekbreuk, veroorzaakt door platen in de aardkorst die langzaam uiteenweken, in plaats van zijdeling op elkaar te schuiven. Het was een geologische rariteit waar Costas reuze enthousiast over zou zijn, maar waar Jack zich nu grote zorgen over maakte, aangezien het zijn situatie alleen maar lastiger maakte.

Hij besefte dat zijn kansen om bij dit alles het leven erbij in te schieten astronomisch hoog waren. Als de *Seaquest* vijftig meter meer naar het wes-ten was gezonken, zou ze precies op de rand van de kloof zijn terechtgeko-men – een klap die hij nooit had overleefd – en zou zijn lichaam samen met het wrak op de veel dieper gelegen zeebodem zijn stukgeslagen.

Hij richtte zijn aandacht op de bodem van de kloof, en zag op het scherm een grote hoeveelheid lichtgroen, wat aangaf dat daar honderden meters sediment moest liggen. Iets daarboven, op het hoogste punt van de sonarbundel, was een horizontale lijn te zien, een in elkaar gedrukte laag die de laatste rustplaats van de *Seaquest* vormde. Erboven gaven lichtere, verspreid voorkomende kleuren nog wat in het water zwevende sediment-deeltjes aan, een laag van een meter of twintig dik, terwijl daar weer boven het scherm nóg lichter werd, wat op open water duidde.

Jack wist dat hij zich boven op een berg bezinksel bevond die minstens even hoog was als de zee boven hem diep, immense hoeveelheden slib, aan-gevoerd door de stroming en vermengd met dode zeeorganismen, natuur-lijke klei zoals die op de zeebodem te vinden is, vulkanische stukken steen en brak water uit de verdamping ten tijde van de ijstijd. Aan die enorme hoeveelheden werd van boven onophoudelijk materiaal toegevoegd, en hij kon er elk moment – al was het drijfzand – door worden opgeslokt. En als het drijfzand hem niet te pakken kreeg, kon hij nog door een lawine bedol-ven worden. Het boven het wrak in de lucht zwevende slib was het gevolg van een troebelingsstroom. IMU-wetenschappers hadden in de Atlantische

Oceaan troebelingsstromen waargenomen die met een snelheid van honderd kilometer per uur van het continentaal plat afdenderden, waarbij ze onderzeese kloven uitschuurden en miljoenen tonnen slib verplaatsten. Net als een sneeuwlawine kunnen de schokgolven van zo'n snelle stroming weer andere lawines veroorzaken. Als hij in zo'n grote onderwaterverplaatsing van slib terecht zou komen, was hij ten dode opgeschreven.

Nog voor hij de motoren probeerde, wist hij dat het vergeefse moeite zou zijn. Het onregelmatige gezoem dat hij hoorde toen hij wat meer gas gaf, maakte onmiddellijk duidelijk dat de waterjets vol slib zaten en dat ze niet in staat zouden zijn de module uit het graf te tillen dat het voor zichzelf gegraven had. De IMU-technici hadden nooit kunnen vermoeden dat de eerste operationele inzet van hun geesteskind zou plaatsvinden onder een twintig meter dikke laag troep op de bodem van de een of andere nooit in kaart gebrachte peilloze diepte.

De enige keus die hij nog had was de luchtsluis achter hem, waardoor duikers naar binnen en naar buiten konden. Het toegangsluik bovenin ging schuil in een kolkende wolk van bezinksel die misschien nog steeds vloeibaar genoeg was om doorheen te kunnen ontsnappen, hoewel de kans daarop met elke minuut die voorbijging kleiner werd: de deeltjes daalden steeds meer neer, zodat de module steeds dieper onder het sediment kwam te zitten.

Na een laatste blik op het sonarprofiel om te weten hoe de situatie was, stapte hij op de luchtsluis af. Het borgwiel gaf moeiteloos mee en hij stapte naar binnen. Er waren twee compartimenten, elke net iets groter dan een kast. De eerste was een ruimte waarin de uitrusting was opgeslagen en waar je je kon verkleden, terwijl de tweede de feitelijke luchtsluis was. Hij schoof een stuk of wat E-suits en trimix-automaten opzij en stond toen oog in oog met een metaalachtig monster dat eruitzag als iets uit een tweederangs sciencefictionfilm.

Opnieuw had Jack reden om Costas dankbaar te zijn. Omdat de commandomodule nog nauwelijks beproefd was, had hij erop gestaan dat er als reddingsmiddel een duikpak aan boord zou zijn waarin dezelfde druk heerste als in de module, een maatregel waarmee Jack slechts met grote tegenzin akkoord was gegaan, aangezien het installeren ervan nogal wat tijd had gekost. Uiteindelijk had hij zelf geholpen het pak in de luchtsluis op te slaan, met als gevolg dat hij redelijk goed op de hoogte was van de ontsnappingsprocedure, want die hadden ze samen ontwikkeld.

Hij ging op het rooster voor het pak staan, maakte de koppelring los en draaide de helm naar voren, zodat het bedieningspaneel dat erin aangebracht was te zien was. Nadat hij zich ervan had overtuigd dat alle systemen werkten, maakte hij de riemen los waarmee het aan de stalen wand was bevestigd en liet zijn blik over de buitenkant glijden om te controleren of alle verbindingen goed aansloten en waterdicht waren.

Het pak werd officieel een *Autonomous Deep Sea Anthropod* genoemd, maar in feite leek het meer op een onderwatervaartuig als de Aquapod, dan op een conventionele kikvorsuitrusting. Met de ADSA Mark 5 was het mogelijk om solopenetraties tot een diepte van vierhonderd meter en meer uit te voeren. Het zuurstofsysteem bestond uit een rebreather, die zuurstof toediende terwijl er tegelijkertijd kooldioxide uit de uitgeademde lucht werd gehaald waarmee achtenveertig uur lang veilig adem kon worden gehaald. Net als eerdere pakken was de ADSA bestand tegen grote druk, was ze voorzien van met vloeistof gevulde geledingen en een geheel metalen schild. Het daarvoor gebruikte materiaal was met titanium versterkt, een zeer flexibel metaal, waardoor het apparaat gebruikt kon worden tot de ongekende diepte van tweeduizend meter onder de zeespiegel.

De ADSA was een duidelijk voorbeeld van de enorme vorderingen die op het gebied van duiktechnologie door de IMU waren geboekt. Een ultrasone, multi-directionele sonar zorgde voor een driedimensionaal beeld op een klein beeldschermpje dat naar beneden kon worden geklapt, waardoor een virtual-reality navigatiesysteem ontstond waarbij zelfs met het slechtste zicht de weg nog kon worden gevonden. Voor grotere mobiliteit in het water was het pak uitgerust met een trimsysteem dat automatisch voor het juiste drijfvermogen zorgde, en met een waterjet met bestuurbare straalpijp, een combinatie die de beweeglijkheid van een astronaut tijdens een ruimtewandeling garandeerde, zonder echter daarbij ergens aan vast te zitten.

Nadat Jack het pak had losgekoppeld keerde hij naar het hoofdcompartiment terug en liep snel naar de wapenkast. Van de bovenste plank pakte hij een Beretta 9mm-pistool, ter vervanging van het exemplaar dat door Aslan in beslag was genomen, en stopte die in zijn vliegeroverall. Vervolgens nam hij een automatisch geweer van het type SA80-A2 uit het rek en pakte drie magazijnen. Nadat hij het geweer over zijn schouder had gehangen nam hij ook nog twee kleine pakjes Semtex uit de kast mee, plastic-explosieven die gewoonlijk bij demolitiewerkzaamheden onder water werden gebruikt, en twee kistjes ter grootte van een attachékoffertje, beide gevuld met dicht ineen verstrengelde bellenmijnen en een transceiver waarmee de boel tot ontploffing kon worden gebracht.

Weer terug in de luchtsluis haakte hij de kistjes met behulp van carabiners aan de voorzijde van de ADSA en bevestigde er voor de zekerheid nog een klemband overheen. Hij boog zich naar voren en liet het geweer en de magazijnen in een zak onder het bedieningspaneel glijden – de met een korte loop uitgeruste SA80 paste er probleemloos in. Nadat hij het luik had gesloten en het borgwiel had aangedraaid, beklom hij de metalen ladder en klauterde in het pak. Dat was groter dan hij verwacht had: hij had voldoende ruimte om zijn handen uit de metalen armen te halen en het controlepaneel te bedienen. Ondanks het feit dat het ding vijfhonderd kilo woog was hij moeiteloos in staat de kniegewrichten te bewegen en de grijperachtige vingers open- en dicht te knijpen. Nadat hij de zuurstofvoorraad had gecontroleerd, klapte hij de koepel dicht en borgde hij de afsluiting rond zijn nek. Zijn lichaam was nu geheel gehuld in een onafhankelijk systeem dat hem in leven hield, en de wereld aan de andere kant van het kijkglas werd van het ene op het andere moment afstandelijk en overbodig.

Hij stond op het punt de *Seaquest* voor de allerlaatste keer te verlaten. Tijd voor reflectie was er niet, slechts een totale vastberadenheid om het verlies van dit schip niet vergeefs te laten zijn. Met eventuele trieste gevoelens zou hij later moeten afrekenen.

Hij deed de gedempte binnenverlichting aan, zette de thermostaat op twintig graden Celsius en activeerde de sensoren. Nadat hij de instrumenten voor het drijfvermogen en de voortstuwing had gecontroleerd, manoeuvreerde hij de rechterrobothand tegen een schakelaar op de deur. De TL-verlichting werd zwakker en er spoot water naar beneden. Terwijl de schuimende vloeistof tot boven het kijkglas steeg, voelde Jack de vochtige plek waar weer wat bloed uit de schotwond van de vorige dag was gesijpeld. Hij probeerde zijn zenuwen de baas te blijven.

'Een kleine stap voor een mens,' mompelde hij. 'Maar een reusachtige stap voor de mensheid.'

Toen het luik openging en de lift hem tot boven de module tilde, werd Jack omgeven door pure duisternis, een pikzwarte oneindigheid die hem gevangen leek te houden zonder hoop op ontsnapping. Hij deed de schijnwerpers aan.

Het uitzicht was onvergelijkbaar met alles wat hij eerder had gezien. Het was een wereld waarin alle standaard referentiepunten ontbraken, en waar de normale afmetingen van ruimte en vorm onophoudelijk in elkaar leken te vouwen. De stralenbundels beschenen lichtgevende wolken van kleine slibdeeltjes die alle kanten uit leken te wervelen, draaikolken die in slowmotion pulseerden als een veelheid aan miniatuursterrenstelsels. Hij strekte de robotarmen en zag hoe het slib uiteenviel in strengen en slierten, vormen die weer snel samenklonterden en verdwenen. In het scherpe schijnsel zagen ze er doods en wit uit, als een lijkwade van vulkaanas, en in de lichtbundel werden deeltjes weerkaatst die honderd keer fijner waren dan het zand dat je aan het strand vond.

Jack was er van overtuigd dat hij het enige levende wezen was dat ooit tot deze wereld had weten door te dringen. Een deel van het in het water zwevende sediment was biogeen, afkomstig van kiezelwier en andere organismen die van boven waren neergedaald, maar in tegenstelling met de laaggelegen delen van de Atlantische en Grote Oceaan, was er in de diepere gedeelten van de Zwarte Zee zelfs van microscopisch leven geen sprake meer. Hij bevond zich in een onvervalste onderwereld, een levenloos vacuüm dat zich met geen ander deel van de wereld liet vergelijken.

Een ogenblik lang leek het wel of de rondkolkende massa de gedaante zou aannemen van spookachtige gezichten van reeds lang overleden zeelieden, schaduwen die gedoemd waren om tot het einde der tijdens een macabere horlepijp te dansen op de eb en de vloed van het slib. Jack moest zichzelf dwingen zich te concentreren op de taak die voor hem lag. Het sediment daalde veel sneller neer dan hij verwacht had, waarbij de deeltjes zich samenvoegden met de plakkerige dichtheid van modder in een getijgebied. De bovenkant van de commandomodule was er al helemaal mee bedekt en kroop nu angstaanjagend snel langs de benen van de ADSA omhoog. Hij had nog maar enkele seconden de tijd om in actie te komen vóór de zeebodem voor hem een onbeweeglijke sarcofaag zou worden.

Hij activeerde het trimsysteem en vulde het reservoir op zijn rug met lucht, waardoor het pak snel aan relatieve gewichtloosheid won. Toen hij op zijn instrumenten zag dat hij in de plus zat, duwde hij de joystick iets naar voren en draaide hij het gas open. Met een schok schoot hij omhoog, terwijl het sediment met steeds grotere snelheid langs hem heen vloog. Hij schakelde de waterjet uit om te voorkomen dat de inlaat verstopt zou raken en vervolgde alleen met behulp van zijn drijfvermogen zijn tocht naar boven. Hij had het gevoel dat hij een eeuwigheid door een meedogenloze maalstroom werd meegevoerd. Toen, bijna dertig meter boven het wrak, was hij er eindelijk van bevrijd. Hij steeg nog eens twintig meter voor hij zijn stijgvermogen neutraliseerde en richtte zijn schijnwerpers naar beneden, recht op de drab die het wrak van de *Seaquest* als een lijkwade omhulde.

De aanblik had op geen enkele manier iets met de werkelijkheid te maken, vond hij. Het leek wel een satellietopname van een uitgestrekte tropische storm, waarbij de wervelingen met sediment als gigantische orkanen langzaam ronddraaiden. Hij verwachtte elk ogenblik bliksemschichten van zware onweersbuien onder hem te zien oplichten.

Hij richtte zijn aandacht op de sonarscanner die hij enkele ogenblikken geleden had aangezet. Op het ronde scherm was de loopgraafachtige doorsnede van de spleet te zien, waarvan, nu de antennes nauwelijks meer door het slib werden gehinderd, de details aanzienlijk scherper waren. Hij riep het NAVSURV-programma op en tikte de coördinaten van de laatst bekende positie van de *Seaquest* in, en van een punt aan de noordzijde van het eiland. Met behulp van deze vaste coördinaten was de NAVSURV in staat zijn huidige positie te bepalen, een zo optimaal mogelijke koers uit te zetten, en die koers aan de hand van het sonar display voortdurend aan te passen naarmate het onderzeese terrein zich steeds verder voor hem ontvouwde.

Hij haalde de schakelaar van de automatische piloot over en zag hoe de computer gegevens naar de voortstuwings- en drijfsystemen verstuurde. Toen het programma nagenoeg was voltooid haalde hij een headset uit de hoes en trok de klep naar beneden. De headset was door middel van een snoer aan de computer verbonden, maar stond hem wel volledige bewegingsvrijheid toe, terwijl de klep als een soort doorzichtscherm fungeerde, zodat hij voortdurend onbelemmerd naar buiten kon kijken.

Hij drukte op een knop en de perspex klep kwam tot leven. Zijn gezicht werd gefilterd door een fijn, lichtgroen raster dat bij elke beweging van zijn hoofd van vorm veranderde. Als een piloot in een flightsimulator zag hij een virtual-reality-beeld van het gebied om hem heen, een driedimensionale versie van het sonardisplay. De zachtgetinte lijnen vormden de vertrouwenwekkende zekerheid dat hij niet in de een of andere eeuwigdurende nachtmerrie gevangen zat, dat dit een eindige wereld was met grenzen die – als zijn geluk aanhield – overschreden konden worden.

Toen de waterjets weer werden ingeschakeld en hij vooruit bewoog, zag Jack dat de metalen scharnieren van de robotarmen nu felgeel waren. Hij herinnerde zich weer waarom de Zwarte Zee op grotere diepte volkomen steriel was. Het was waterstofsulfide, een nevenproduct van bacteriën die organische materie afbreken die door de rivieren wordt aangevoerd. Hij was verzeild geraakt in een vat vergif dat gevaarlijker was dan alle chemische wapens bij elkaar, een stinkend mengsel dat bij het eerste vleugje zijn reukvermogen zou vernietigen en hem in één enkele ademtocht zou doden.

De ADSA was ontworpen naar de laatste inzichten op het gebied van blootstelling aan chemische en biologische stoffen, terwijl het tevens een enorme druk kon weerstaan. Jack besefte maar al te goed dat het slechts een kwestie van tijd was voor een scharnierpunt waarvan het metaal niet van een coating was voorzien, binnen de kortste keren door zwavelcorrosie zou worden aangetast. Zelfs een oppervlakkige kras kon in zo'n geval al dodelijk zijn. Hij voelde hoe er een kille golf van onzekerheid door hem heen ging, en besefte voor de zoveelste keer dat hij in een wereld was terechtgekomen waar zelfs de doden ongewenst waren.

Na nog een laatste keer de systemen te hebben gecontroleerd, reikte hij naar de gashendel en staarde grimmig naar de leegte vóór hem.

'Oké,' mompelde hij. 'Het is de hoogste tijd om weer eens bij oude vrienden op bezoek te gaan.'

Nog geen vijf minuten nadat Jack uit de slibstorm te voorschijn was gekomen, bereikte hij de westelijke wand van het ravijn. Het driedimensionale rasterbeeld dat aan de binnenkant van zijn klep werd geprojecteerd viel nu precies samen met de contouren van de rotswand die hij voor zich zag, een kolossale onderzeese bergwand die vierhonderd meter boven hem uit torende. Terwijl hij zijn schijnwerpers over de wand liet glijden, zag hij dat de rots even kaal was als een recentelijk uitgehakt deel van een steengroeve, zonder ook maar één enkel aangroeisel, een situatie die de afgelopen miljoen jaar – toen gigantische krachten ervoor hadden gezorgd dat er een spleet in de zeebodem ontstond – waarschijnlijk onveranderd was gebleven.

Hij activeerde de dwarsgeplaatste waterjet achterin en liet de ADSA een bocht beschrijven, om vervolgens een zuidelijke koers aan te houden die evenwijdig aan de rotswand liep. Twintig meter beneden hem leek de maalstroom van sediment nog steeds te zieden en te kolken, een onheilspellend nergens tussen vloeibaar en vast dat tegen de wand van het ravijn aan klotste. Door boven de helling een constante snelheid aan te houden won hij gestaag hoogte, en tijdens de eerste halve kilometer van zijn tocht langs de rand van het ravijn steeg hij volgens zijn dieptemeter bijna honderd meter.

Toen de helling steiler werd, zag hij hoe een deel van de bodem van het ravijn nagenoeg geheel vrij van sediment was. Jack vermoedde dat het een gedeelte was waar het bezinksel zich had opgehoopt, om vervolgens als een soort lawine langs de helling naar beneden te schuiven. Hij besefte dat dit gevaarlijk gebied was; elke beroering van het water kon tot gevolg hebben dat hoger gelegen sediment zich zou losmaken, om hem vervolgens helemaal te bedelven.

De blootliggende zeebodem werd bedekt door een bizar soort aanhechtsel, een kristallijne massa vol gele vlekjes vanwege de waterstofsulfide die het zeewater vergiftigde. Hij liet wat lucht uit het trimsysteem ontsnappen en daalde iets, terwijl hij tegelijkertijd een vacuümsonde liet zakken om een monster van de smurrie te nemen. Enkele ogenblikken later lichtten op het scherm de resultaten al op. Het was keukenzout, doodgewoon zout. Hij keek naar de neerslag van de verdamping die duizenden jaren geleden had plaatsgevonden, naar de uitgestrekte laag pekel die zich in de afgrond had afgezet nadat de Bosporus tijdens de ijstijd de Zwarte Zee had afgegrendeld. De afgrond die Jack de Atlantisslenk had gedoopt, moest een zinkput voor het gehele zuidoostelijk deel van de zee zijn geweest.

Terwijl hij naar voren schoot, leek het pekeltapijt onder hem steeds verder op te lossen en maakte plaats voor een kronkelig landschap vol schaduwvormen. Het was een lavaveld, een woud van bevroren pirouettes op plaatsen waar het magma was opgeweld, om bij aanraking met het ijskoude water onmiddellijk te stollen.

Op een gegeven moment werd zijn zicht belemmerd door een opake nevel die glinsterde als een doorschijnende sluier. Het metertje dat de buitentemperatuur aangaf schoot naar een afschrikwekkende 350 graden Celsius, heet genoeg om lood te laten smelten. Die verandering was nog maar nauwelijks tot hem doorgedrongen toen hij plotseling naar voren werd geslingerd en de ADSA stuurloos naar de bodem van de kloof tuimelde. Intuïtief schakelde hij de waterjets uit en het volgende moment stuiterde de ADSA een keertje en kwam toen voorover liggend tot stilstand, waarbij de voorste accuhouder klem kwam te zitten in een lavaplooi, terwijl het kijkgat tegen een grillig gevormde rotsformatie rustte.

In de ADSA kwam Jack op handen en voeten overeind en boog zich richting besturingspaneel. Tot zijn grote opluchting zag hij dat de lcd-schermpjes nog functioneerden. Hij mocht opnieuw van ongelooflijk veel geluk spreken. Als het apparaat echte schade had opgelopen zou hij waarschijnlijk allang dood zijn geweest; de buitendruk van ettelijke tonnen per vierkante centimeter stond, als er ergens een zwakke plek was opgetreden, garant voor een snel, zij het enigszins onaangenaam einde.

Hij bande de nachtmerrieachtige wereld buiten de ADSA uit zijn hoofd en concentreerde zich op zijn pogingen uit de geplooide brokken lava los te komen. Aan de voortstuwingseenheid had hij nu niets, want die zat aan de achterkant en zorgde alleen maar voor voor- en zijwaartse stuwkracht. Hij zou het ingebouwde trimsysteem moeten gebruiken. De handbediening daarvan vond plaats door middel van een soort trekker op de joystick: naar achteren halen zorgde ervoor dat er lucht werd ingebracht, terwijl als de trekker naar voren werd bewogen de lucht eruit kon ontsnappen.

Hij zette zich schrap en haalde de trekker krachtig naar zich toe. Hij hoorde hoe een stoot lucht het reservoir in werd geperst en zag hoe het wijzertje naar maximale capaciteit kroop. Tot zijn verbijstering merkte hij dat er in de ADSA geen enkele beweging zat. Hij leegde het reservoir en vulde het opnieuw, maar met hetzelfde resultaat. Hij besefte dat hij deze procedure niet eindeloos kon herhalen, want dan was hij binnen de kortste keren door zijn voorraad heen.

Het enige wat hij nu nog kon doen was proberen de ADSA met pure lichaamskracht van de zeebodem op te lichten. Tot nu toen had hij het apparaat alleen nog maar als een soort onderwatervaartuig gebruikt, maar hij kon het ding zo nodig ook als een min of meer gewoon onderwaterpak gebruiken, de zeewaardige tegenhanger van het pak dat voor ruimtewandelingen werd gebruikt. Ondanks het plompe uiterlijk kon je je er behoorlijk gemakkelijk in bewegen, en op het onderwatergewicht ervan – dertig kilo – zou elke astronaut jaloers zijn.

Behoedzaam strekte hij zijn armen en benen uit, totdat hij wijdbeens en met gespreide armen op de zeebodem lag. Nadat hij de robotscharen in de bodem had gestoken en de gewrichten had vastgezet, zette hij zijn ellebogen schrap tegen het bovenste gedeelte van het rugschild en plaatste hij zijn handen plat eronder. Alles hing er nu van af of het hem zou lukken de accuhouder uit de ijzeren greep te krijgen van de rotsen waartussen die beklemd zat.

Jack kwam met een ruk overeind en deed dat met alle kracht waarover hij beschikte. Terwijl hij zich in het harnas achterover kromde deed de schotwond zich genadeloos voelen, en kromp hij bijna in elkaar van de pijn. Hij wist dat het nu of nooit was, besefte dat hij zijn lichaam tot het uiterste belaste en dat het niet lang zou duren voor zijn krachten het zouden begeven.

Hij stond op het punt om het van pure uitputting op te geven toen hij een schurend geluid hoorde en er een nauwelijks merkbare opwaartse beweging plaatsvond. Hij gooide al zijn reserves in de strijd en zette zich nog een allerlaatste keer schrap. Plotseling schoot de ADSA los en kwam het apparaat op zijn poten overeind, terwijl Jack door de schok tegen de console sloeg.

Hij was vrij.

Nadat hij het ballastreservoir had laten vollopen om te voorkomen dat de ADSA als een pijl omhoog zou schieten, keek hij om zich heen. Recht voor hem uit zag hij welvingen waar traag stromende lavarivieren tot bolvormige rotskussens waren gestold. Rechts van hem bevond zich een enorme lavapilaar, een hol afgietsel van vijf meter hoog waar het snelstromende lava het water had weten in te sluiten, dat vervolgens was gaan koken, waardoor de afkoelende rots omhoog was gedrukt. Ernaast was weer een andere eruptie van stollingsgesteente te zien, hoewel deze er eerder uitzag als een minivulkaan, die in de lichtbundel van de schijnwerpers geel en roodbruin opvlamde. Jack vermoedde dat de gloeiend hete straal die hem omver had geblazen afkomstig was van een hydrothermische pijp, een open porie in de zeebodem waaruit, onder druk van het magmareservoir onder de breuklijn, superheet water omhoogkomt. Toen hij naar de miniatuurvulkaan keek, kwam er uit de kegel een gitzwarte rookpluim te voorschijn – het leek wel de schoorsteen van een fabriek. Geologen noemden zo'n ding een 'zwarte roker', een wolk die vol zat met mineralen die op een gegeven moment weer op de omringende zeebodem zouden neerslaan. Hij dacht terug aan de buitengewone entree van Atlantis, het reusachtige vertrek waarvan de wanden glommen van de mineralen, stoffen die tijdens het ontstaan van de vulkaan heel goed door dit soort diepzeepijpen omhoog geworpen konden zijn.

Hydrothermische pijpen zouden vol leven moeten zitten, bedacht Jack ongemakkelijk, en waren in feite een soort mini-oase die een grote aantrek-kingskracht uitoefenden op de larfachtige organismen die er van grote hoogte op neerdaalden. Het waren unieke ecosystemen die meer op chemi-sche stoffen waren gebaseerd dan op fotosynthese, op het vermogen van microben om de waterstofsulfide uit de pijpen te metaboliseren, en vorm-den op die manier de eerste fase van een voedselketen die volkomen los-stond van de energiegevende eigenschappen van de zon. Maar in plaats van hele legers bloedrode wormen en tapijten vol organismen, was er helemaal níets; de lavapijpen staken om hem heen omhoog als zwartgeblakerde boomstronken na een bosbrand. In de giftige diepte van de Zwarte Zee kon zelfs de meest eenvoudige bacterie niet overleven. Het was een woestenij waar het wonder van de schepping leek te zijn afgetroefd door de machten der duisternis. Plotseling wilde Jack hier zo snel mogelijk weg, dit oord waar geen enkel leven was te vinden, dat alle krachten die ervoor verant-woordelijk waren dat hijzelf existeerde zó allesomvattend leek te looche-nen.

Hij maakte zijn blik los van het naargeestige landschap om hem heen en keek vervolgens naar zijn instrumentenpaneel. Volgens de sonar bevond hij zich op dertig meter van de westelijke rand van de afgrond en honderdvijf-tig meter minder diep dan het wrak van de *Seaquest*, en als absolute diepte gaf zijn wijzer driehonderd meter aan. Hij moest nog tweederde van de route naar het eiland afleggen, dat nu zo'n twee kilometer pal zuidelijk van zijn huidige positie moest liggen.

Hij keek naar voren en zag een troebele nevel die wel iets weg had van een hoog zandduin. Het was de voorkant van een hoge berg onstabiel sedi-ment, een aanwijzing dat het substraatgebied dat door de lawine bloot was komen te liggen hier zo'n beetje eindigde. Overal om hem heen waren die-pe krassen te zien die door eerdere lawines waren veroorzaakt. Hij móest proberen boven de zone met turbulentie te komen voor het geval zijn bewe-gingen een nieuwe lawine zouden veroorzaken. Hij sloot zijn linkerhand rond de bediening van het trimreservoir en de rechter rond de stick waar-mee hij de waterjets bediende, terwijl hij zich tegelijkertijd nog wat naar vo-ren boog voor een laatste blik naar buiten.

Wat hij zag was een waanzinnige verschijning. De muur van slib kwam traag draaiend maar meedogenloos zijn kant uit, als een reusachtige tsuna-mi, terwijl het beeld nog aan weerzin won omdat er totaal niets te horen was. Hij had nauwelijks tijd om het trimsysteem te activeren, en het volgen-de moment al werd hij omgeven door een kolkende duisternis.

27

Costas knipperde verwoed met zijn ogen terwijl het gloeiend hete water van zijn gezicht af droop. Hij was achterover tegen de rotsvloer getuimeld nadat hij een afgrijselijk ogenblik lang in de zuil met waterdamp was geduwd, de gigantische witte zuil die vlak voor hem tot aan de ronde opening helemaal bovenin reikte.

Hij was weer terug in de audiëntieruimte, de plaats waar hij Jack voor het laatst had gezien. Hij had de afgelopen uren zo vaak het bewustzijn verloren dat hij alle begrip van tijd verloren had, maar hij vermoedde dat er al een nacht voorbij was en dat het nu dag was, aangezien hij in het felle schijnsel van Aslans zoeklicht het labyrint binnen was gewankeld.

Hij zette zich mentaal opnieuw schrap voor wat er volgen zou. *Hoe ben je uit de onderzeeboot gekomen?* Steeds weer was die vraag gesteld, zo vaak dat zijn lichaam één continue aaneenschakeling striemen en blauwe plekken was geworden. Maar Costas was een geboren optimist, en elke keer dat Aslans misdadige handlangers op hem in sloegen voelde hij een vleugje hoop dat Ben en Andy de indringers op afstand konden houden.

Hij lag met zijn gezicht tegen de vloer gedrukt en kon nog net een gesluierde en geblinddoekte gestalte onderscheiden die een paar meter bij hem vandaan op de troon zat. Toen hij weer wat scherper kon zien werd die blinddoek net weggerukt en drong het tot hem door dat het Katya was. Ze keek hem aan zonder hem direct te herkennen, maar toen verwijdden haar ogen zich, duidelijk geschrokken als ze was van de manier waarop hij was toegetakeld. Hij glimlachte haar zwakjes toe.

Wat er vervolgens gebeurde joeg een koude rilling van hulpeloosheid over zijn rug. Een korte, gedrongen gestalte kwam in zicht, gekleed in de standaard zwarte overall, maar duidelijk herkenbaar als een vrouw. Ze had een groot kromzwaard – onmiskenbaar van oosters origine – bij zich en zette dat tegen Katya's keel, om het vervolgens langzaam in de richting van haar middenrif te laten zakken. Katya sloot haar ogen, maar aan het wit van haar knokkels was duidelijk te zien hoe krampachtig ze de troon vasthield.

'Als ík mijn zin kreeg zou ik er nú een einde aan maken.' Costas kon de Russische woorden die in Katya's gelaat werden gespuwd nog net onderscheiden. 'En ik zál mijn zin krijgen. Die sluier zal jouw lijkwade worden.'

Met een misselijkmakende schok besefte Costas dat het Olga was. De kleurloze maar tegelijkertijd niet onknappe vrouw die hij op het heliplatform in Alexandrië had gezien en wier stem hij die laatste paar afschuwelijke uren zo vaak had gehoord. Ze moest een monster zijn. Terwijl Olga rustig doorging met het beschimpen van Katya probeerde Costas zich enigszins op te richten, maar een keiharde trap in zijn rug zorgde er weer voor dat hij neerging.

Aan de rand van het vertrek, waar het zonlicht door de ingang naar binnen stroomde was sprake van enige beroering. Met zijn enige nog fatsoenlijk functionerende oog zag Costas hoe Aslan er aan kwam, aan beide zijden ondersteund door een in het zwart gestoken gestalte. Hij daalde schuifelend de trap af, totdat hij hijgend en naar adem happend voor Olga stond, waarna hij zijn twee helpers vol ongeduld wegwuifde.

Costas zag hoe Aslan zijn blik een ogenblik lang tussen de twee vrouwen heen en weer liet schieten, met op zijn gezicht een spoor van twijfel, om hem vervolgens op Olga te laten rusten. Op dat moment besefte Costas dat ze niet zomaar een pion was, dat ze meer invloed had dan Aslan ooit bereid zou zijn toe te geven. Aan Katya's gelaatsuitdrukking was te zien dat ook zij de waarheid kende, dat zijn megalomanie werd aangewakkerd door nog een andere duistere kracht, een kracht die de laatste rudimentaire resten van het vaderschap uit hem had weggewassen.

'Jij gaat nú weg,' zei Aslan in het Russisch tegen Olga. 'Jij vliegt met de helikopter van de *Vultura* naar Abchazië terug en neem daar contact op met onze cliënt. Ik denk dat de koopwaar op korte termijn gereed zal zijn om bij hem afgeleverd te worden.'

Olga liet bijna nonchalant het zwaard langs Katya's gezicht flitsen, draaide zich toen snel om en ging samen met de twee mannen de traptreden op. Ze huiverde enigszins, terwijl haar lippen trilden van sadistische opwinding over datgene wat ze bijna had gedaan. Costas staarde vol afgrijzen toe, verbijsterd door de boosaardigheid die ze uitstraalde.

Nadat ze waren vertrokken boog Aslan zich moeizaam over Costas heen, zijn gezicht een verwrongen masker van woede. Hij rukte Costas' hoofd omhoog en drukte een pistool tegen zijn kin. Costas kon zijn adem ruiken, en moest onmiddellijk aan bedorven vlees denken. Zijn ogen waren bloeddoorlopen en gezwollen, zijn huid vettig en dof. Costas deinsde terug, maar keek Aslan recht in zijn ogen.

'Voor jij gisteren te voorschijn kwam, heb ik drie van mijn mannen dezelfde tunnel ingestuurd,' siste Aslan hem toe. 'En ze zijn nog niet teruggekeerd. Waar zijn ze?'

Costas herinnerde zich plotseling de luchtbellen weer die in het laatste stuk van de onderwatergang uit de vulkanische pijp waren gekomen.

'Misschien hebben ze een verkeerde afslag genomen.'

Aslan haalde uit met het pistool en raakte Costas vol in het gelaat; hij probeerde de klap wanhopig te ontwijken, maar het volgende moment spoot het bloed in het rond.

'Dan wijs jij ons de júiste weg.' Hij gebaarde met het pistool naar de duikapparatuur die op de vloer lag uitgestald, en wees toen naar de ernaast staande troon waarop Katya zich tegen twee van Aslans onverlaten probeerde te verzetten. 'Of mijn dochter wordt aanzienlijk eerder met de initiatieriten van de *sharia* vertrouwd gemaakt dan ze had verwacht.'

Terwijl Jack tussen de slibdeeltjes door omhoogschoot, richtte hij al zijn aandacht op het navigatiesysteem. De door de radar gecreëerde terreincontouren lieten zien dat hij zich gevaarlijk dicht bij de oostelijke wand van de afgrond omhoog bewoog; de rand daarvan bevond zich nu minder dan vijftig meter boven hem. Volgens zijn dieptemeter steeg hij met een snelheid van meer dan twee meter per seconde, een snelheid die aanzienlijk verhoogd zou worden zodra de buitendruk minder werd, maar Jack kon zich niet veroorloven vaart te minderen totdat hij de kloof definitief achter zich had gelaten.

Plotseling begon er een rood lampje te knipperen ten teken dat de radar ergens boven hem een gevaar had onderkend. In de fractie van een seconde dat hij de rand van de afgrond zag, draaide hij razendsnel in oostelijke richting en activeerde hij de achterste waterjets. Hij zette zich schrap voor de botsing die wonderlijk genoeg nooit kwam: de ADSA miste de overhangende richel op een haar na, zodat zijn voortstuwingseenheid en het trimreservoir nét niet werden opengehaald, en hij zich nog net het leven wist te redden.

Zodra hij boven het ravijn was uitgestegen, liet hij lucht uit het reservoir ontsnappen en liet de ADSA, door gebruik te maken van de straalbuizen, iets naar voren hellen. Het leek net alsof hij zich boven een reusachtige, traag voortrollende storm voortbewoog, een aanzwellende massa die tegen de rand van het onderzeese ravijn kolkte en de gapende opening daarvan aan het oog onttrok. Jack kende collega's die maar al te graag naar een plek als deze zouden willen terugkeren om met behulp van op de bodem geplaatste sondes de hydrothermische pijpen terug te vinden, maar hij hoopte met heel zijn hart dat dit zijn enige uitstapje zou blijven in deze doodse woestenij, een woestenij waarin al zijn ergste nachtmerries over de pijlloze diepte bijeen leek te komen.

En nu, in de schemering vóór hem, lag ergens de ontdekking die hem hier had gebracht, een vooruitzicht waardoor Jacks hart razendsnel ging kloppen terwijl hij het onderwatervoertuig in de richting van de coördinaten van het eiland joeg. De dieptemeter gaf 148 meter aan, bijna dezelfde diepte als die waarop de vroegere kustlijn te vinden moest zijn. Hij bevond zich nog steeds in een omgeving waar niets groeide, waarin geen zuurstof te vinden was, en de blauwe modder was verstoken van elk zichtbaar leven. Na enkele minuten meende hij een richel te kunnen onderscheiden, een ononderbroken lage kam, en hij besefte plotseling dat dat tijdens de oudheid de kust moest zijn geweest.

Hij zou de verdwenen stad naderen vanuit het oosten, het gedeelte recht tegenover de sector die hij en Costas twee dagen geleden vanuit hun Aquapods hadden verkend. De eerste aanblik van de met slib aangekoekte bouwsels bracht de intense opwinding bij hem terug die hij toen ook had gevoeld, en het wonder van hun ontdekking was plotseling weer veel belangrijker dat de ontberingen die hij de afgelopen vierentwintig uur had moeten ondergaan. Hij voelde hoe de ontroering zich van hem meester maakte toen hij boven de richel uitsteeg en het panorama aanschouwde dat voor hem lag.

Hij moest onmiddellijk aan zijn vrienden denken. De mensen aan boord van de *Sea Venture* hadden nu al urenlang niets meer van de bemanning van hun zusterschip gehoord en zouden ongetwijfeld de Turkse en Georgische autoriteiten hebben gewaarschuwd. Maar ze hadden afgesproken eerst de Russen van de ontdekking van de onderzeeboot op de hoogte te stellen en het zou weleens dagen kunnen duren voor er een gecoördineerde actie op gang zou komen.

En die hulp zou weleens te laat kunnen komen.

Hij bad dat Ben en Andy nog steeds standhielden. Aslans mannen zouden ongetwijfeld proberen het labyrint door te komen, om hen dan onverhoeds te overvallen. Maar dat lukte hen alleen als ze Costas of Katya zouden dwingen als gids op te treden, als ze erin zouden slagen hen zover te krijgen dat ze het afgesproken klopsignaal op de romp van de onderzeeboot zouden geven, zodat de bemanningsleden het luik zouden openen. Jack besefte maar al te goed dat de kans van het tweetal om dat te overleven wel érg klein was. Hij moest al het mogelijke doen om met Ben en Andy in contact te treden, om daarna weer naar de audiëntieruimte terug te keren en te proberen de doorgang zo efficiënt mogelijk te verdedigen.

De accu was al grotendeels leeg en hij wist dat hij zuinig aan moest doen om straks nog eenmaal te kunnen vlammen. Hij liet zich op de zeebodem zakken en liet de ADSA een lopende beweging uitvoeren over een brede rijweg, waarbij met elke stap een hoeveelheid slibdeeltjes opwervelde. Rechts van hem zag hij een rij vormen die hem op een vreemde manier bekend voorkwamen. Ze waren bedekt met een dikke laag sediment. Jack besefte tot zijn verbijstering dat hij naar de eerste wagens keek die ooit op aarde waren gebruikt, karren die meer dan tweeduizend jaar ouder waren dan de eerste met wielen uitgeruste voertuigen die in Mesopotamië waren gebruikt.

Links van hem bevond zich een diepe sleuf die ooit een soort inham aan de kust was geweest, en die zich verbreedde tot een rechthoekig bassin van een meter of dertig breed. Hij passeerde keurig opgestapelde boomstammen, naar alle waarschijnlijkheid sparren, populieren en jeneverbes, soorten die al duizenden jaren in noordoostelijk Turkije te vinden waren en die in deze zuurstofarme omgeving allemaal perfect bewaard waren gebleven. Het uitzicht daarna overtrof zijn stoutste verwachtingen. Op de oever stonden twee half afgebouwde scheepsrompen, elk ongeveer twintig meter lang en gebouwd met behulp van houten mallen. Het zou de aanblik van een moderne scheepswerf ergens langs de Zwarte Zee kunnen zijn. De vaartuigen hadden een open romp en waren vrij smal, en eerder ontworpen om voortgestuwd te worden door middel van peddels, dan met roeiriemen, maar verder even gestroomlijnd en verfijnd als een vikingschip. Hij liep op de voorste scheepsvorm af, tikte met een robotarm een keertje zachtjes tegen de romp om het slib te verwijderen, en zag toen dat de planken met een of andere touwsoort op hun plaats werden gehouden, precies zoals hij en Mustafa hadden vermoed dat de neolithische zeevaarders hadden gedaan.

Een eind verderop op het strand zag hij hoge stapels op maat gehakte planken en rollen touw liggen. Ertussenin stonden vijf stel houten mallen, die naast elkaar in de richting van het bassin stonden en stuk voor stuk groot genoeg waren voor een romp van veertig meter lang. De mallen waren leeg en de scheepsbouwers waren al geruime tijd geleden verdwenen, maar tijdens een paar hectische weken in het midden van het zesde millennium vóór Christus moest hier een enorme bouwactiviteit hebben geheerst, die pas zou worden geëvenaard door de Egyptenaren toen die hun piramiden oprichtten. Toen de stijgende zeespiegel de lager gelegen delen van de stad onder water had gezet, moeten de mensen hun gereedschap en het hout verder landinwaarts hebben gebracht, niet beseffend dat ze straks ook hun huis voor eeuwig kwijt zouden zijn. Jack had een van de belangrijkste steden uit de wereldgeschiedenis gevonden, de plaats waar alle energie en wijsheid van Atlantis waren samengebald, om vervolgens een gebied van West-Europa tot aan de Indusvallei beschaving te brengen.

De terreinindicator begon de contouren van de helling vóór hem weer te geven. Hij schakelde over op de vaartuigstand en voer met behulp van zijn waterjets over de antieke kustvlakte naar een plateau ter grootte van een racebaan, met in het midden een brede opening. Hij herinnerde zich de waterpijp in de vulkaan weer en vermoedde dat dit het tweede deel van het systeem was, een enorm uit de rotsen uitgehakt reservoir dat als distributiepunt fungeerde voor de aquaducten die naar de nijverheids- en woonwijken van de stad liepen.

Hij vervolgde zijn weg in zuidelijke richting, tegen de helling op omhoog. Volgens de ruwe plattegrond die hij in de computer had geprogrammeerd, zou hij nu het bovenste deel van de processieweg moeten naderen. Enkele seconden later bewees de terreinscanner dat hij gelijk had toen op het driedimensionale schermpje de getrapte vorm van de oostelijke piramide zichtbaar werd. Er vlak achter doemde het onregelmatige silhouet van de vulkaan op, terwijl daar tussenin een veelbetekenende cilindrische vorm te zien was die de opening tussen de piramide en de grillig gevormde rotswand blokkeerde.

Uit de spookachtige duisternis doemde een massa verwrongen staal op. Naast de reusachtige romp van de onderzeeboot zag de ADSA er bijna nietig uit; de romp zelf was ruim vier etages hoog en net iets langer dan een voetbalveld. Behoedzaam voer hij naar de afgerukte schroef, dankbaar voor het feit dat de elektromotor van de ADSA nauwelijks hoorbaar was en dat de waterjets een minimale turbulentie veroorzaakten. Hij doofde de schijnwerpers en dimde de lcd-displays.

Toen hij het achterste ontsnappingsluik passeerde, dat zich achter de reactorruimte bevond, moest hij heel even aan commandant Antonov en zijn bemanning denken, wier door straling aangetaste lichamen een nieuwe toevoeging vormden aan de lange lijst met doden die de zee in de loop der tijd onverbiddelijk tot zich had genomen. Terwijl hij de hoog boven alles uittorenende commandotoren naderde probeerde hij het gruwelijke beeld uit zijn hoofd te bannen. In de schemering erachter kon hij nog net het licht van een paar schijnwerpers onderscheiden, vlak boven het dek van de onderzeeboot, aan stuurboord. Die schijnwerpers zaten vast aan een onderzees vaartuig dat zich als een roofzuchtig insect boven op de DSRV had genesteld, dat nog steeds aan de voorste ontsnappingskoker van de onderzeeboot was gekoppeld. De mannen van Aslan hadden zich toegang tot de *Kazbek* verschaft door vast te haken aan het achterste luik van de DSRV, waarbij ze gebruikmaakten van een soort vacuümtrekkende koppelring.

Jack zette de ADSA voorzichtig neer op de geluidsabsorberende laag die op de romp van de onderzeeboot was aangebracht. Hij stak zijn handen in de robotarmen en bewoog die naar voren tot hij de pols- en ellebooggewrichten kon zien. Het metaal zag er vanwege de waterstofsulfide geel en aangevreten uit, maar de waterdichte naden hadden het gehouden. Hij draaide beide armen naar binnen totdat ze bij de twee kistjes konden die hij voor op het pak – vlak boven de accubehuizing – had bevestigd. Met behulp van de drie metalen vingers aan het uiteinde van elke arm slaagde hij erin een van de kistjes te openen en de inhoud ervan te voorschijn te halen. Met behulp van een soort schaar knipte hij de band door die eromheen zat, waarna zich een heel samenspel van bolletjes ontvouwde, bolletjes ter grootte van pingpongballetjes die door middel van een fijnvezelig netwerk met elkaar verbonden waren.

Gewoonlijk waren deze mijnen opgedeeld in strips en werden ze als een drijvende paraplu boven een archeologische vindplaats aangebracht. Elk van de tweehonderd springladingen was zodanig afgesteld dat ze onmiddellijk explodeerden wanneer er contact werd gemaakt; ze waren voor een duiker in principe dodelijk. Gebundeld vormden ze één zware springlading, voldoende krachtig om een licht onderzees vaartuig definitief uit te schakelen.

Nadat hij de detonator had geactiveerd trok hij zijn handen uit de robotarmen en omvatte de besturingsstick, waarna hij zodanig trimde dat de ADSA zich behoedzaam van de onderzeeboot losmaakte. Hoewel hij zich buiten de feitelijke lichtcirkel van de schijnwerpers bevond, was hij toch bang dat hij gezien zou worden en verwijderde zich in een wijde bocht van de *Kazbek*, om vervolgens bij de achterzijde van het vijandelijke onderwatervaartuig uit te komen. Hij voer in de richting van de stalen koker met een doorsnede van een meter waarin zich de schroef van het vaartuig bevond, en zette het trimsysteem op automatisch om ervoor te zorgen dat de ADSA, wanneer hij de besturing losliet, in deze positie zou blijven hangen. Hij activeerde de achterste voortstuwingseenheid totdat hij nauwelijks nog verder naar voren kon en stak toen snel zijn handen weer in de robotarmen.

Net op het moment dat hij bezig was de mijnen met een carabiner aan de straalbuis vast te zetten, werd hij bij de schroefkoker vandaan geslingerd. Hij draaide in het rond als een astronaut die zijn capsule niet meer onder controle heeft, terwijl het lichtschijnsel rond het onderwatervaartuig alarmerend snel minder werd en hij zijn uiterste best moest doen om met behulp van de dwars geplaatste thrusters overeind te komen. Toen hij eindelijk tot stilstand was gekomen keek hij achterom en zag dat de turbulentie in het water door de schroefkoker werd veroorzaakt. Hij had het al vreemd gevonden dat de schijnwerpers van het onderwatervaartuig aanstonden, wat een onnodige aanslag op de accureserves geweest zou zijn, en nu zag hij hoe er een radioboei naar binnen werd gedraaid.

Hij gaf gas met zijn achterste waterjet en voer terug naar de commandotoren van de *Kazbek*. De bolletjesmijnen balanceerden nog onzeker op de plek waar hij ze op de schroefkoker van het onderwatervaartuig had achtergelaten. Als ze er afgleden zou zijn hele onderneming tot mislukken gedoemd zijn. Hij moest die springladingen tot ontploffing brengen zodra hij zich áchter de staartvin van de *Kazbek* zou bevinden, buiten het bereik van de schokgolf.

Hij reikte naar zijn borstzak om de afstandsbediening voor de detonators te pakken, een klein apparaatje dat wel iets weg had van een draagbaar radiootje. Hij had de ontsteking eerder al op kanaal acht ingesteld.

Terwijl Jack in de richting van het dek van de *Kazbek* voer veroorloofde hij zich een snelle blik naar stuurboord. Tot zijn grote ongenoegen zag hij dat het onderwatervaartuig zich al had losgemaakt en nu nog geen tien meter bij hem vandaan was, terwijl de cilindrische vorm ervan als een roofzuchtige haai naar hem toe kwam. Iemand keek hem door het raampje recht aan, een gezicht waarop tegelijkertijd zowel verrassing als razernij waarneembaar waren.

Jack moest razendsnel nadenken. Vluchten voor deze submersible kon hij verder wel vergeten, want dit apparaat was sneller dan hij. Hij kende het type maar al te goed – het was een afgeleide van de Britse LR5, met hydraulische thrusters die honderdtachtig graden omhoog konden worden gedraaid, waardoor het ding een wendbaarheid bezat van een helikopter. Het apparaat was te dichtbij om het risico te kunnen nemen de springladingen nu tot ontploffing te brengen, niet alleen omdat hij dan zelf ook gevaar zou lopen, maar ook omdat de schokgolf het *emergency life support system* van de *Kazbek* zou kunnen beschadigen, waarbij de aanwezige kernkoppen gedestabiliseerd zouden kunnen raken. Hij had alleen maar een kans als hij hier bleef en het gevecht aan zou gaan, de submersible uitlokken tot een duel dat naar alle waarschijnlijkheid verdomde eenzijdig zou zijn. Zijn gok berustte op het grotere eigengewicht van het onderwatervaartuig. Met een complete bemanning aan boord moest het vrij traag zijn, en voor elke uitval was er een wijde draaicirkel nodig, waardoor het apparaat gemakkelijk in de gevarenzone kon terechtkomen.

Als een soort eigentijdse matador zette Jack de ADSA rechtstandig op de romp van de *Kazbek* neer en draaide zich om teneinde zijn aanvaller aan te kijken. Hij had nauwelijks tijd om zijn benen even te strekken toen de submersible al op hem af kwam gedenderd, laag over het dek schoot en hem met een van de drijvers op een haar na miste. Met uitgestrekte armen bereidde hij zich op een volgende aanval voor, als een toreador die een stier uit stond te dagen. Hij zag hoe het onderwatervaartuig zijn ballasttanks leegblies en vaart minderde, terwijl het langs de rotswand hoogte won, om vervolgens te keren voor een nieuwe aanval. Met angstaanjagende snelheid dook het Jacks kant uit, waarbij de schijnwerpers hem nagenoeg verblindden, maar hij liet zich op het laatste moment voorover op het dek van de Russische onderzeeboot vallen. Toen de submersible laag over hem heen schoot zorgde de turbulentie ervoor dat hij op zijn rug werd gerold, waardoor hij gevaarlijk dicht in de buurt kwam van het naar beneden bungelende uiteinde van de reeks balletjesmijnen. Het synthetische weefsel waarmee ze aan elkaar zaten zou nóg zo'n waanzinnige duikvlucht nooit overleven: de bolletjes zouden los kunnen schieten of in de schroef terecht kunnen komen, een situatie die in potentie dodelijk zou kunnen zijn als de explosie te dicht bij de onderzeeboot plaatsvond.

Jack zag hoe de submersible een wijde bocht beschreef om zich voor een nieuwe aanval te positioneren, waarbij het snel kleiner wordende silhouet duidelijk afstak tegen de uitgestrekte zuidflank van de piramide. Deze keer bleef Jack plat op zijn buik op het dek liggen, en schatte ondertussen de afstand in. Twintig meter. Vijfentwintig. Dertig. Het was nu of nooit. Precies op het moment dat de submersible aan zijn draai begon drukte Jack de knop van kanaal acht in.

Heel even was er een oogverblindende lichtflits te zien, direct gevolgd door een serie schokgolven die zijn lichaam teisterden alsof er een heel stel vliegtuigen gelijktijdig door de geluidsbarrière ging. Bij de explosie waren de duikroeren van het onderwatervaartuig afgerukt, waardoor het toestel in een waanzinnige spiraal richting zeebodem duikelde. De inzittenden moesten door de klap onmiddellijk de dood hebben gevonden.

28

'Functioneren de life support-systemen nog? Over.'
Jack gebruikte de robotarm om zijn vraag in morse tegen de romp van de onderzeeboot te kloppen, en koos daarvoor de plek uit waar de in de rotsen uitgehouwen trap onder de scheepsromp verdween. Ondanks het dempende effect van de geluidsabsorberende laag, hadden zijn eerste klopseinen vrijwel onmiddellijk een bevredigende reactie van binnenuit teweeggebracht. In een paar zinnen morse hoorde hij van Andy en Ben dat Katya's dreigement om de onderzeeboot te vernietigen de aanvallers op afstand had gehouden. Na een wat ongemakkelijke wapenstilstand hadden ze zich teruggetrokken, terwijl de twee IMU-mannen boven aan de laadschacht voor torpedo's positie hadden ingenomen, waarbij ze elkaar aflosten, zodat in elk geval één man kon proberen wat te slapen.

'We zouden best een mok thee lusten. Over.'
Jack gaf al kloppend een laatste boodschap door.
'Een compleet Engels ontbijt is onderweg. Wacht tot ik terug ben. Over en uit.'
Twintig minuten later had de ADSA het oostelijke uiteinde van het eiland gerond en was ondertussen gestegen tot een hoogte van dertig meter onder zeeniveau. Jack besefte dat hij een route over de vulkaan naar de audiëntieruimte moest zien te vinden, maar eerst moest hij nog een bezoekje afleggen. Jack had in het hoofdkwartier van Aslan de GPS-coördinaten van het SATSURV-beeld van de *Vultura* in zijn hoofd geprent, en die in het navigatiesysteem van de ADSA ingevoerd. De op radar gebaseerde terreinscanner

had zijn waarde al een paar keer bewezen, waarbij het driedimensionale virtual reality-display tot op honderden meters naar links en rechts gedetailleerde gegevens over de diepte gaf, én contacten aan de oppervlakte die in deze Stygische duisternis onmogelijk waren te zien.

Exact op de verwachte positie doemde tweehonderd meter verderop het onmiskenbare beeld van een oppervlakteschip voor hem op. Jack voelde zich de bestuurder van een dwergonderzeeër die een vijandelijke haven infiltreerde met schepen waarvan de bemanning geen enkele reden had om aan te nemen dat er elk moment een indringer kon toeslaan. Wat hen betrof was hij allang verleden tijd, een lastpost die voor eeuwig van het toneel was verdwenen toen hij door de aan flarden geschoten romp van de *Seaquest* mee de diepte in werd gesleurd en daar levend was begraven.

De terreinscanner liet zien dat hij het schip van achteren naderde, en op het scherm waren de twee schroeven en het roer dan ook duidelijk zichtbaar. Twintig meter lager begon Jack aan zijn klim naar boven, langzaam steeds wat lucht aan de trimtank toevoegend en met behulp van zijn dwars geplaatste thrusters in wijde cirkels omhoog draaiend. Op vijftien meter diepte werd met het blote oog de donkere omtrek van de romp zichtbaar, en ook zag hij aan beide kanten van het schip de zon op de golven dansen. Toen hij dichterbij kwam zag hij de beschadigingen waar de moedige pogingen van York en Howe doel hadden getroffen, en hoorde hij het gedempte geluid van metaal op metaal – zo te horen was men druk bezig om ergens boven hem de straalturbines te repareren.

Hij positioneerde de ADSA tegen het roer en herhaalde de procedure die hij nog geen uur geleden bij het vijandelijke onderwatervaartuig had uitgevoerd. Hij haalde een tweede serie bolletjesmijnen te voorschijn en wikkelde die rond de roerpin, en verbond de uiteinden onder het roer met nog een rij bolletjes. Terwijl hij er een detonator aan bevestigde en vervolgens omhoogkeek, zag hij dat er op het achterschip aan stuurboord twee man tegen de reling leunden. Gelukkig veroorzaakte de rebreather geen luchtbelletjes, zoals dat bij scuba-apparatuur het geval was, en wist hij dat ze hem met de inktzwarte diepte als achtergrond nooit konden zien.

Hij besefte dat Katya en Costas zich aan boord van het schip boven hem konden bevinden. De explosieven zouden grote schade aan de schroeven en de roerinstallatie aanrichten, maar wat de romp zelf betrof zou de kracht van de explosie grotendeels door de bepantsering worden afgebogen. Maar het was een risico dat hij nemen moest. Toch prevelde hij geluidloos een schietgebedje.

Hij gokte erop dat de bemanning druk in de weer zou zijn met het repareren van de schade die bij het artillerieduel van gisteren was aangericht, en dat de inspectie beneden de waterlijn die dag al had plaatsgevonden. Om het risico van ontdekking zo klein mogelijk te maken koos hij ervoor om met behulp van de dwars geplaatste thrusters af te dalen in plaats van met het trimreservoir, ook al betekende dat dat de accu's extra belast zouden worden.

Nauwelijks tien minuten nadat hij de scheepsromp voor het eerst had waargenomen, verdween de ADSA even geluidloos als ze gekomen was, daalde ze af in de troebele diepten, ging ze er heimelijk vandoor zonder dat ook maar één van de bemanningsleden van de *Vultura* haar had opgemerkt.

Navigerend op de terreinscanner voer Jack een halve kilometer in de richting van de westkust van het eiland en vond op een gegeven moment een kleine baai die vanaf de *Vultura* niet te zien was. Terwijl de rotsige zeebodem langzaam maar zeker omhoogkwam, kwam hij plotseling zonder vermogen te zitten. De accu's waren leeg. Hij verminderde zijn drijfvermogen en liet de ADSA verder zakken om het laatste stukje te voet af te leggen, waarna hij met grote stappen over de elkaar overlappende plooien lava omhoog naar de waterlijn liep.

In twee meter diep water vond hij een platte rots en stak behoedzaam zijn hoofd boven het water uit. Hij vergrendelde de poten van de ADSA en ontkoppelde de nekring. Hij duwde de helm open en knipperde met zijn ogen tegen het felle zonlicht en hapte een paar keer stevig naar adem, en voor het eerst sinds hij in de commandomodule aan boord van de *Seaquest* was gevallen – nu meer dan drie uur geleden – vulden zijn longen zich met frisse lucht.

Hij trok zichzelf omhoog en ging op de rotsrichel zitten. Het was een fantastische zomermiddag en de zon weerkaatste glinsterend op de golven die rond zijn voeten klotsten. Aan de overkant van de verlaten kust torenden de steile hellingen van het eiland hoog boven hem uit. Boven de hoogste top zag hij een witte rookpluim hangen die scherp afstak tegen de blauwe lucht.

Er was geen tijd om te genieten van het feit dat hij het had overleefd. De pijn van de wond in zijn zij begon weer op te spelen en hij wist dat hij geen tijd te verliezen had.

Nadat hij snel om zich heen had gekeken en zich ervan had overtuigd dat hij alleen was, pakte hij de spullen die hij uit de wapenkast had meegenomen. Hij droeg nog steeds de vliegeroverall die hij in de heli aan had gehad en stopte de transceiver waarmee hij de detonator kon activeren in de ene heupzak, terwijl hij de twee plakken Semtex in de andere opborg. Hij pakte de Beretta, schoof de slede naar voren om hem te spannen en stopte hem in zijn borstholster. Daarna haalde hij de SA80 en de drie magazijnen te voorschijn, waarvan hij er een in het wapen stopte, terwijl hij de twee resterende in zijn broekzakken stopte. Nadat hij had gecontroleerd of de geluiddemper goed zat, trok hij de grendel naar zich toe en legde het wapen over zijn schouder.

Hij deed de helm weer dicht en drukte de ADSA behoedzaam terug onder water. Het ding had zijn leven gered, en had hem eraan herinnerd dat Costas in gedachten bij hem was geweest. Maar vanaf nu zou geen enkele hoeveelheid technologische expertise hem een veilige doorgang kunnen garanderen. Het hing nu alleen van hem af, van zijn uithoudingsvermogen en van zijn wilskracht.

Hij draaide zich om en bekeek de rotsachtige helling vóór hem.

'Tijd om af te rekenen,' mompelde hij.

De grillig gevormde rotswand torende hoog boven Jack uit, die druk bezig was om landinwaarts te trekken. Tussen hem en een ongeveer tachtig meter hoger liggend plateau bevonden zich drie terrassen, die elk uitliepen in een vlijmscherpe rand vol pieken, en verder vol breuklijnen en diepe geulen zaten. Het basalt was hard en ruw, maar zorgde voor een prima houvast. Een andere mogelijkheid was er niet – hij moest er tegenop klimmen.

Hij trok de draagriem van de SA80 wat strakker aan en begon een verticale kraterpijp te bestijgen die tot aan het eerste relatief vlakke gedeelte reikte. Ongeveer halverwege werd hij wat smaller en hees hij zich, met zijn benen eromheen geslagen, centimeter voor centimeter omhoog, om uiteindelijk uit te komen bij een smal platform dat ongeveer dertig meter hoger dan zijn uitgangspunt lag. Het tweede gedeelte was steil, maar verder rechttoe rechtaan, en Jacks lange armen bleken een voordeel toen hij zich via een serie spleten waar hij net zijn vingers in kon stoppen en wat smalle richels omhoogwerkte. Hij passeerde de tweede rij pieken en wist het derde vlakke gedeelte te bereiken, en kwam toen uit bij een punt vlak onder de top, waar een stuk basalt van bijna een meter breed over de hele breedte van de steile rots naar buiten stak.

Terwijl hij met uitgestoken armen en benen tegen de rotswand balanceerde, besefte hij dat elke aarzeling onmiddellijk een eind aan zijn vastberadenheid zou maken. Zonder aan de gevolgen te denken voor het geval hij zou falen, rekte hij zich nog wat verder uit en sloeg de vingers van zijn rechterhand om de rand heen. Toen hij zeker wist dat hij houvast had, maakte hij zijn andere hand los en plaatste die razendsnel naast de andere. Hij hing op tachtig meter hoogte boven een groep rotsen waarvan hij al misselijk werd als hij er alleen maar naar keek, en die er ervoor zou zorgen dat er van hem – mocht hij komen te vallen – alleen nog maar een bloederig hoopje over zou zijn. Hij begon met zijn benen heen en weer te zwaaien, aanvankelijk heel rustig, maar vervolgens met steeds meer vaart. Bij de tweede poging slaagde hij erin zijn rechterbeen over de rand te slingeren en lukte het hem zich klauterend in veiligheid te brengen.

Het tafereel waarmee hij werd geconfronteerd was adembenemend. Hij ging op zijn hurken zitten om weer een beetje op adem te komen en keek uit over een woestenij van gestolde lava. Ongeveer tweehonderd meter rechts van hem bevond zich de kegel van de vulkaan, waarvan de krater een dikke dampwolk uitspuwde die tot ver in de lucht omhoog kolkte. Ergens onder de kegel zag hij een bescheiden entree, met daaronder een in de rotsen uitgehouwen trap die zigzaggend in de richting van het zadel afdaalde om vervolgens aan de linkerkant uit het zicht te verdwijnen. Het was duidelijk een al in de oudheid gebruikte route om buitenom de vulkaan te bereiken, en naar alle waarschijnlijkheid ook de route die Aslan en zijn mannen hadden genomen toen ze voor het eerst voet aan wal op het eiland hadden gezet.

De lagere piek, die ongeveer dertig meter verderop lag, was een massieve klont gitzwarte lava. De top was vlak en had wel iets weg van een landingsplatform voor helikopters, een indruk die versterkt werd door de Kamov Ka-28 Helix die er midden op stond geparkeerd. Rond de rand van het platform telde Jack vier in het zwart geklede gestalten, die stuk voor stuk met een AK of Heckler & Koch pistoolmitrailleur waren bewapend.

Het meest verbijsterende van alles was het bouwsel rond de helikopter. Het platform werd omgeven door een ring van reusachtige megalieten, stenen die recht overeind stonden en minstens een meter of zes hoog waren en een omtrek hadden van minimaal twee meter. De stenen waren na millennia lang aan de elementen bloot te hebben gestaan erg verweerd, maar waren ooit fraai bewerkt geweest. Ze werden bekroond door zware platte stenen die samen een doorlopende ronde latei vormden. Binnen in de cirkel bevonden zich drie vrijstaande trilithons, waarbij elk groepje stenen zodanig was neergezet dat de lateien een hoefijzer vormden, waarvan de opening naar het westen, naar de vulkaankegel, was gericht.

Jack besefte verbijsterd dat hij naar een voorloper van Stonehenge keek. Dit was de plaats waar de Atlantiërs het verschil tussen het zonne- en het maanjaar hadden ontdekt, waarvan ze de gegevens hadden genoteerd in de gang diep in het gebergte. De kegel van de vulkaan fungeerde als richtmiddel, waarbij de positie van de zon – links of rechts ervan – aangaf welk jaargetijde het was. Tijdens de voorjaars- en de najaarsequinox leek het net of de zon in de vulkaan zakte, een gebeurtenis die de levensbeschermende krachten van Atlantis zouden kunnen bevestigen.

Jack concentreerde zich op het tactisch uitbuiten van de staande stenen. Nadat hij de veiligheidspal van de SA80 naar achteren had geschoven, liet hij zich in een gleuf zakken die als een soort greppel in de richting van het platform liep. Door steeds kleine stukjes te sprinten bereikte hij onopgemerkt de dichtstbijzijnde megaliet en drukte zich er zo plat mogelijk tegenaan. Hij keek behoedzaam om een hoekje en zag dat de helikopter leeg was en dat er geen bewaking in zicht was. Nadat hij de Semtex te voorschijn had gehaald, rende hij naar het binnenste hoefijzer en plaatste een plak in de motoruitlaat en de andere onder de cockpit, om direct daarna de detonators eraan vast te maken.

Hij draaide zich om met de bedoeling weer snel te verdwijnen, maar stond toen plotseling oog in oog met een in het zwart gestoken man die net achter een van de trilithons vandaan stapte. Een fractie van een seconde lang waren beide mannen van verrassing niet in staat zich te bewegen. Jack was de eerste die reageerde. Twee korte droge ploffen vanuit de SA80 en de man ging als een zoutzak neer nadat de twee 5,56mm-kogels zich dwars door zijn hals hadden geboord. Hij was op slag dood.

Het neerkletterende wapen van de man alarmeerde de anderen. Die kwamen alledrie in de richting van de heli aangesneld, en Jack besloot de confrontatie aan te gaan. Voor ook maar een van hen zijn wapen omhoog kon brengen, leegde hij vanuit de heup en in een wijde baaierd zijn hele magazijn op hen. De kogels vlogen in het rond en sommige ricocheerden tegen de rotsblokken, maar zijn drie tegenstanders werden geraakt en sloegen languit tegen de grond.

Hij ramde een nieuw magazijn in zijn wapen en sprintte langs het talud naar de trap. Hij gokte erop dat de rest van Aslans mannen óf aan boord van de *Vultura* óf zich ergens in de vulkaan bevonden.

Hij bereikte de ingang boven aan de trap en had het gevoel dat hij nog niet ontdekt was. Van dichtbij was het portaal aanzienlijk indrukwekkender: de opening was voldoende breed om processies te laten passeren die tussen de stenen cirkel door op weg naar de audiëntieruimte waren. Hij zag hoe de gang in een scherpe bocht naar links liep, maar meende in de verte nog wel een zwak lichtschijnsel te zien. Nadat hij enigszins op adem was gekomen bracht hij zijn wapen omhoog en ging hij over de uitgesleten treden behoedzaam voorwaarts, het halfduister tegemoet.

Tien meter verderop rondde hij de knik in de gang en zag een wazige rechthoek van licht. Toen hij de zuil van waterdamp naderde besefte hij dat dit hetzelfde platform moest zijn waarop hij een dag eerder ook al had gestaan, alleen was hij nu via een andere doorgang naar binnen gekomen. Hij trok zich terug in de schaduw, wachtte even en schoof vervolgens met zijn rug tegen de wand gedrukt zijwaarts verder om eens een kijkje te nemen.

Hoog boven zich zag hij de ronde opening in de koepel. Voor hem lag het glooiende pad dat rechtstreeks naar beneden leidde en hij had dan ook een onbelemmerd uitzicht op de ruimte. Op de centrale verhoging bevonden zich vijf personen, waarvan er twee geheel in het zwart geklede bewakers waren die zich links en rechts naast een op de troon zittende vrouw hadden geposteerd. Haar hoofd was weliswaar bedekt door een soort sluier, maar toch was haar gezicht duidelijk herkenbaar.

Het was Katya. Ze zag er moe en onverzorgd uit, maar gelukkig was ze niet gewond. Jack sloot heel even zijn ogen om te voorkomen dat hij door opluchting overmand zou worden.

Rechts van haar stond een man met zijn gezicht in de richting van de pijp. Met zijn wijdvallende rode gewaad en de door de stoom achter zijn hoofd veroorzaakte stralenkrans, had hij wel iets weg van een uitbundig geklede priester uit de oudheid, een of andere inwoner van Hades, speciaal gestuurd om een macaber ritueel uit te voeren en de gewijdheid van Atlantis voor eeuwig te bezoedelen.

Aslan bewoog zich even en Jack zag nu ook nog iemand anders, een bekende gestalte die in de opening tussen de zetels op zijn knieën zat en wiens gebogen hoofd zich gevaarlijk dicht bij de zuil van stoom bevond. Zijn handen en voeten waren gebonden en hij was gekleed in de rafelige restanten van een IMU E-suit. Tot zijn afgrijzen zag hij hoe Aslan zijn pistool op Costas' achterhoofd richtte – de klassieke houding van een beul.

Jack reageerde intuïtief en stormde de helling op, zijn wapen in de aanslag. Maar hij was nog maar nauwelijks in beweging gekomen toen hij zich realiseerde dat hij geen enkele kans had. Hij werd keihard in zijn onderrug geraakt en de SA80 werd uit zijn handen gerukt.

'Dr. Howard. Wát een verrassing. Ik heb geen ogenblik gedacht dat we zo gemakkelijk van je af zouden komen.'

Jack werd door de bewaker die zich vlak naast de ingang schuil had gehouden hardhandig van de traptreden geduwd. De Beretta werd uit zijn vliegeroverall gehaald en aan Aslan overhandigd, die nonchalant de kogels uit het magazijn begon te pulken. Katya staarde Jack aan alsof ze een geestverschijning voor zich had.

'Ze hebben me verteld dat je dood was,' zei ze schor. 'Die explosie, de helikopter...' Ze zag er verbouwereerd en verwilderd uit. Haar ogen waren roodomrand en eronder waren donkere schaduwen te zien.

Jack glimlachte haar heel even geruststellend toe.

Aslan zwaaide minachtend met het pistool en draaide zich om naar de gestalte die zich op zijn knieën tussen de zetels bevond.

'Je vriend hier heeft niet bepaald een comfortabele nacht achter de rug. Als mijn dochter ons had verteld wat ze wist, had hij het een stuk gemakkelijker gehad.'

Costas draaide zijn hoofd om en slaagde erin een scheve glimlach te forceren, maar werd onmiddellijk door een van de bewakers hardhandig terug in het gareel geslagen. Jack schrok toen hij zag hoe ze hem hadden toegetakeld. Zijn E-suit hing in flarden om zijn lichaam en zijn gezicht zat onder de striemen en blauwe plekken, en was roodverbrand waar ze hem bij de gloeiend hete waterdamp hadden gehouden. Een van zijn ogen zat dicht en was opgezwollen, en Jack vermoedde dat niet alleen zijn hoofd het zwaar te verduren had gehad.

'Je vriend heeft zich zojuist bereid verklaard mijn mannen door de tunnels naar de onderzeeboot te begeleiden.' Aslan gebaarde naar de drie duikuitrustingen die keurig naast elkaar op het talud lagen, en vervolgens weer op de toegetakelde gestalte vóór hem. 'Zoals je ziet was daar enige overredingskracht voor nodig. Maar nu jij hier bent gearriveerd, hebben we hem eigenlijk niet meer nodig. Jij hebt per slot van rekening drie van mijn helikopters vernietigd en ik vind dat je daarvoor moet boeten.'

Aslan richtte de Beretta op Costas' hoofd en haalde de haan naar achteren.

'Nee!' schreeuwde Jack. 'Hij is de enige die de weg terug weet. Het was zíjn taak om onderweg de opvallendste punten in zijn hoofd te prenten, terwijl Katya en ik de archeologische zaken voor onze rekening namen.'

Er verscheen een sluwe glimlach op Aslans gezicht en hij liet de hamer behoedzaam naar voren glijden. 'Ik geloof je niet. Maar ik ben bereid je Griekse vriend voorlopig te sparen, mits je bereid bent aan mijn voorwaarden te voldoen.'

Jack zei niets maar keek Aslan onbewogen aan. Tijdens zijn training had hij geleerd hoe hij een gijzelnemer het gevoel kon geven dat híj in het voordeel was, dat híj de situatie volkomen onder controle had. Als Aslan zou weten dat de helft van zijn mannen waren gedood en dat zijn favoriete speeltje op het punt stond opgeblazen te worden, zou hij waarschijnlijk van pure woede exploderen.

'Om te beginnen dít.' Aslan haalde de kopie van de gouden schijf van ergens onder zijn tuniek vandaan. 'Ik ben zo vrij geweest je hier van af te helpen toen je bij mij te gast was. Een kleine tegenprestatie voor mijn gastvrijheid. Ik neem aan dat het een soort sleutel is, misschien wel van een geheime schatkamer.' Aslan maakte een weids gebaar naar de deuropeningen die op de centrale ruimte uitkwamen. 'Ik wens alle kostbaarheden die hier te vinden zijn mijn eigendom te noemen.'

Hij legde de schijf naast Katya op de troon en betrad het cirkelvormige platform. De omhoog spuitende kolom stoom was iets minder intensief geworden en ze konden nu in de spleet kijken die zich enkele meters vóór Aslan in de vloer bevond. Het leek wel een etterende wond, een gapend gat dat het ontzagwekkende geweld blootlegde dat zich onder de oppervlakte van de vulkaan afspeelde. Diep beneden hen welde er een golf magma op, waarvan de dreigende tentakels boven de lavastroom waaruit het was voortgekomen opspatten als zonnevlekken. In de verte waren knallen en gerommel te horen waar gasbellen zich met explosieve kracht een doorgang baanden.

Aslan wendde zich af van het spektakel, waarvan de hitte zijn gezwollen gelaat een demonische gloed gaf.

'En nu mijn tweede eis,' vervolgde hij. 'Ik neem aan dat jullie andere vaartuig, de *Sea Venture*, onderweg hiernaartoe is. Jij neemt contact op met de commandant van dat schip en vertelt hem dat ze moeten omkeren, dat met de *Seaquest* alles in orde is. Als ik me niet vergis bestaat er een overeenkomst tussen jullie en de Turkse en Georgische overheden. Je geeft de kapitein opdracht aan hen door te geven dat jullie niets hebben gevonden en dat je op het punt staat het eiland te verlaten. Heb je een speciaal daarvoor bestemde radio bij je? Fouilleer hem.'

De bewaker vond in Jacks rechterzak al snel de detonator-transceiver, en hield het ding omhoog zodat Aslan het kon zien.

'Geef hier. Op welk kanaal zijn ze te bereiken?'

Jack ving heel even Costas' blik op en knikte nauwelijks waarneembaar. Hij zag hoe Aslans dikke vingers zich rond de ontvanger sloten, om vervolgens met kalme zelfverzekerdheid te antwoorden: 'Kanaal acht.'

Direct nadat Aslan het betreffende knopje had ingedrukt klonken er buiten twee explosies, enkele seconden later gevolgd door een diepere dreun die vanuit zee hun kant op kwam rollen. Die fractie van een seconde besluiteloosheid was genoeg om Aslans mannen in het defensief te dringen. Costas liet zich op zijn zij rollen en trapte de benen onder zijn bewaker vandaan, terwijl Jack zijn mannetje met een keiharde slag tegen de hals uitschakelde. Katya zag onmiddellijk wat er gebeurde en haalde razendsnel met haar rechtervoet naar de derde man uit en trof hem vol in het middenrif, waarna hij naar adem happend neerging.

Aslan vloekte hartgrondig toen hij de explosies hoorde en zijn gezicht was verwrongen van woede. Hij smeet de detonator in het gat en wankelde naar de rand ervan, waarbij hij woest met zijn armen zwaaide om overeind te blijven, want hij kwam nu wel érg dicht in de buurt van de verzengende kracht van de omhoog spuitende stoom.

Katya gilde toen ze zag wat er gebeurde. Jack stak zijn arm uit om haar vast te grijpen, maar het was al te laat. De grond trilde door een serie zware bevingen – de explosies hadden blijkbaar een seismische reactie in gang gezet. Aslan werd door de centrifugale kracht van de pijp naar binnen gezogen, en op zijn gezicht was heel even de vluchtige uitdrukking te zien van iemand die wist dat hij op het punt stond te sterven, verbijstering en tegelijkertijd op een vreemde manier zijn lot accepterend. Direct daarop vatte zijn lichaam vlam als bij een afgod die meende zichzelf te moeten opofferen. De verzengende hitte van de damp verteerde zijn gewaad en maakte dat zijn huid wegsmolt, totdat iedereen de beenderen van zijn handen en het wit van zijn schedel kon zien. Met een hartverscheurende kreet tuimelde hij achterover het gat in, een levende vuurbal die voor altijd door het vulkanische inferno werd verzwolgen.

De rivier des doos had opnieuw een slachtoffer geëist.

29

'Jack Howard. Hier de *Sea Venture*. Ontvang je mij? Over.' Costas gaf hem de draagbare vhf-transceiver die ze kort daarvoor van de *Vultura* hadden meegenomen, en Jack drukte de spreekknop in.

'Ik ontvang je luid en duidelijk. Hoe is de situatie? Over.'

Jack was opgetogen toen hij eindelijk Tom Yorks zelfverzekerde stemgeluid weer eens hoorde. Hij had rekening gehouden met het ergste, dat Tom de aanval die op het voorschip van de *Seaquest* zulke enorme verwoestingen had aangericht niet had overleefd.

'We bevinden ons drie zeemijl ten noordwesten van het eiland. Er is momenteel een formatie van vier Seahawks met Turkse mariniers en een Georgische antiterroristeneenheid aan boord naar jullie op weg. Je moet ze nu elk moment kunnen zien.'

In de verte hoorde Jack inderdaad het vertrouwde geklop van rotorbladen en wist nu wat dat waren.

'Hoe is het je gelukt van boord van de *Seaquest* te komen?' vroeg hij.

'Toen de *Ventura* het vuur opende ben ik weggeslingerd. Gelukkig hoorde het bemanningslid dat voor de ontsnappingscapsule verantwoordelijk was dat er een schotenwisseling plaatsvond, en die is teruggekomen en op onderzoek gegaan. Ik heb een behoorlijke vleeswond aan mijn been, maar verder ben ik oké.'

'En Peter?'

Toen York weer sprak, was zijn stem verstikt van emotie. 'We zijn nog steeds op zoek naar hem. Ik zal eerlijk tegen je zijn, Jack. De vooruitzichten zijn niet gunstig.'

'Ik begrijp het. Je hebt je best gedaan.'

Hoewel Jack dolblij was dat York het had overleefd, was hij al vanaf zijn jeugd met Peter Howe bevriend geweest. Dit voelde net alsof hij een broer had verloren, en plotseling leek die prijs veel te hoog voor dat wat ze hadden ontdekt. Jack sloot zijn ogen.

York zette de ontvanger op stand-by en kwam enkele ogenblikken later weer terug.

'We hebben zojuist een boodschap van Ben en Andy aan boord van de *Kazbek* binnengekregen. Het is ze gelukt een radioboei naar de oppervlakte te krijgen. Ze houden zich gereed.'

Hun gesprek werd op dat moment overstemd door het karakteristieke geluid van naderende helikopters.

'We moeten er een eind aan maken, want de cavalerie is gearriveerd,' schreeuwde Jack. 'Zeg tegen de kapitein dat hij naar de volgende coördinaten op moet stomen en daar tot nader order moet wachten.' Jack gaf de kaartcoördinaten door van een punt dat een kilometer ten noorden van de onderzeese piramiden lag. 'Ik moet nog wat onafgedane kwesties regelen. Je hoort van ons. Over en uit.'

Jack was emotioneel aangeslagen, gekweld door het lot van Howe, maar tegelijkertijd opgetogen over het feit dat de anderen hun beproeving hadden doorstaan. Hij keek naar Costas' gehavende gezicht en kon nauwelijks geloven hoe onverstoorbaar zijn vriend bleef.

Ze zaten gehurkt op de traptreden, vlak buiten de in de rotsen uitgehouwen doorgang. Ze hadden Katya in de audiëntieruimte achtergelaten, die nu met een Heckler & Koch MP5 op schoot in een van de zetels zat. Jack had geprobeerd haar na de dood van haar vader wat te troosten, maar ze was niet in staat geweest iets te zeggen en had zelfs nog geen oogcontact met hem gemaakt. Hij besefte dat hij voorlopig niets voor haar kon doen en dat ze eerst over de schrik heen moest zien te komen.

Naast de drie lijfwachten, die aan elkaar vastgebonden op de centrale verhoging lagen, waren er ook nog twintig bemanningsleden van de *Vultura* aanwezig. De mannen hadden zich overgegeven nadat Jack en Costas aan boord van het uitgeschakelde schip waren gegaan en te horen hadden gekregen dat hun leider het tijdelijke voor het eeuwige had verwisseld. Ondanks zijn verwondingen had Costas erop gestaan mee te gaan; hij beweerde zelfs dat zijn conditie, na hun tocht door de vulkaan, beslist niet slechter was dan die van Jack. Katya had gevraagd of ze de gevangenen mocht bewaken, zodat ze met haar gedachten even alleen kon zijn.

'De goeden winnen het uiteindelijk dan toch nog van de slechten,' merkte Costas op.

'Het is nog niet achter de rug.'

Costas volgde Jacks blik naar een punt achter het eiland, waar de aan boord van de *Sea Venture* gestationeerde Lynx ter hoogte van de positie waar York en Howe hadden geprobeerd stand te houden, de zee afzocht, terwijl vier Zodiac's de golven onder de heli afspeurden.

De eerste Sikorsky S-70A Seahawk denderde over hen heen, waarbij de downwash voor een verfrissende neerwaartse luchtstroom zorgde. Boven de stenen cirkel naast de andere piek gingen de deuren van de heli open en stapte er een groep zwaarbewapende mannen naar buiten die zich vervolgens vlak bij de nog smeulende wrakstukken van de Ka-28 Helix langs touwen naar beneden lieten zakken. Terwijl ze de trap beklommen in de richting van de zojuist gearriveerde militairen, keken Jack en Costas elkaar nog eens aan en zeiden geluidloos voor de zoveelste keer tegen elkaar: 'Tijd om ertegenaan te gaan.'

Nauwelijks een uur later stonden de twee mannen uit te druppelen in de torpedoruimte van de onderzeeboot. Gebruikmakend van nieuwe apparatuur die per heli vanaf de *Sea Venture* was ingevlogen, was het hen gelukt de route door het labyrint in omgekeerde richting af te leggen, waarbij ze het lint hadden gevolgd dat tijdens de heenreis door Costas was uitgerold. Eenmaal in de door hen zelf gecreëerde membraanruimte aangekomen hadden ze de met goud beslagen deuren dichtgeduwd en klopsignalen op de romp van de *Kazbek* ten gehore gebracht. Kort daarna werd de pomp geactiveerd. Even later kwam de ruimte droog te liggen en zwaaide het luik open, waarna de sombere gezichten van Ben en Andy zichtbaar werden.

'Veel tijd hebben we niet meer,' waarschuwde Ben. 'De waterstofperoxide CO_2-scrubbers zijn nagenoeg verzadigd en de reservezuurstoftanks aan boord van de DSRV zijn bijna leeg.'

Ze deden snel hun apparatuur om en liepen achter de twee bemanningsleden aan langs de rand van de torpedoruimte, om vervolgens via de wapenschacht naar boven te gaan. De deur naar de sonarruimte met zijn macabere wachter was dicht en ze hoorden van binnenuit een gedempt gebons komen.

'Twee van Aslans mannen,' merkte Andy op. 'Achtergelaten als bewaker terwijl de rest van het stelletje in de submersible op de vlucht sloeg. Ze gaven zich nagenoeg onmiddellijk over. We dachten dat die twee onze KGB-vriend wel gezelschap wilden houden.'

'Hun metgezellen hadden heel wat minder geluk,' zei Jack grimmig.

Ben en Andy zagen er even verwilderd uit als zijzelf, maar Jack stond – het tweetal had al die uren in de onderzeeboot uiteindelijk geen kant uit gekund – nog steeds versteld over hun uithoudingsvermogen.

Even later bevonden ze zich in de commandocentrale, precies op de plaats waar hij door de kogel was getroffen die hem bijna het leven had gekost. In een hoek zag hij onder een deken het lijk van de gedode Kazachstaanse schutter liggen. Alles wat erop duidde dat hier een vuurgevecht had plaatsgevonden, was onderdeel van de omgeving geworden, nieuwe toevoegingen aan de verwoestingen die zich jaren geleden hadden voorgedaan, toen de bemanning wanhopig had geprobeerd in opstand te komen.

'Waar zit de bediening voor de ballasttanks ergens?' vroeg Jack.

'Hier,' antwoordde Andy. 'Hij is zwaar beschadigd, maar gelukkig hoeven we niets ingewikkelds te doen. We denken dat er nog druk genoeg in de luchtkamers zit om in één keer snel naar de oppervlakte te schieten. Het enige wat je moet doen is deze hendels naar je toe halen, dan gaan de kleppen open.' Hij wees naar twee uitsteeksels boven op het paneel die bedoeld waren om bediend te worden door iemand die voor de console stond.

'Goed,' zei Costas. 'Tijd om hier te verdwijnen. Jullie hebben je verlof wel verdiend.'

Terwijl hij en de twee bemanningsleden naar achteren gingen om de DSRV los te koppelen, overdacht Jack de volgende fase van zijn plan, de laatste acte die voor eens en voor altijd een eind aan Aslans rijk van het kwaad zou maken.

Toen Costas van de ontsnappingskoker terugkeerde, zat Jack achter het bewapeningspaneel in het vuurleidingsgedeelte van de commandocentrale. Het was een van de weinige afdelingen die geen schade hadden opgelopen.

'Wat ben je aan het doen?' informeerde Costas.

'Er staat nog ergens een rekening open.' Jack keek met een kille blik in zijn ogen naar hem op. 'En die rekening moet nog vereffend worden.'

Costas keek hem nieuwsgierig maar tegelijkertijd ook enigszins verbaasd aan. 'Oké, jij bent de baas.'

'Als we Aslans hoofdkwartier intact laten, is dat vragen om problemen. Ongetwijfeld heeft iedereen de beste bedoelingen, maar noch de Georgiërs, noch de Turken zullen er hun handen aan branden, al was het alleen maar uit angst de burgeroorlog verder aan te wakkeren en de Russen te provoceren. We hebben het hier niet over zomaar een krijgsheer. Dat roversnest is een perfect uitvalsbasis voor terroristen, een droom voor Al-Qaeda-strijders, die waarschijnlijk toch al rondlopen met Aslans nummer op zak en volgens mij op deze kans zitten te wachten.' Jack zweeg even, en dacht aan Peter Howe. 'En dit is ook nog eens een persoonlijke zaak. Ik ben het een oude vriend van me op z'n minst verplicht.'

Jack activeerde de twee lcd-schermen voor hem en voerde een aantal operationele controles uit.

'Voor we vertrokken heeft Katya me verteld hoe dit alles werkt. Blijkbaar kregen bij de Russische strijdkrachten zelfs lagere inlichtingenofficieren zoals zij een opleiding in het gebruik van deze wapens. Bij een nucleaire holocaust zouden ze weleens de laatste overlevende in een onderzeeboot of bunker kunnen zijn. Alle systemen waren volkomen autonoom en zodanig ontworpen dat ze onder buitengewone omstandigheden ingezet konden worden. Katya vermoedde dat de back-upcomputer zelfs na al die tijd nog steeds zou functioneren.'

'Je gaat toch geen kruisraket lanceren?' fluisterde Costas.

'En óf ik dat ga doen.'

'En die kunstwerken dan?'

'Die bevinden zich voor het overgrote deel in de woonverblijven. Dat risico zullen we moeten nemen.' Jack liet zijn blik snel over de monitors glijden. 'Nadat we die springladingen hadden geneutraliseerd heb ik het gecontroleerd. In buis nummer vier zit een complete, volledig uitgeruste Kh-55 Granat, die zo gelanceerd kan worden. Acht meter lang, met een bereik van drieduizend kilometer, snelheid mach nul komma zeven, met een springlading van duizend kilo die bij inslag explodeert. In feite een sovjetversie van de Tomahawk, de Amerikaanse kruisraket tegen gronddoelen.'

'En het besturingssysteem?'

'TERCOM-software en een GPS-systeem die te vergelijken zijn met die van de Tomahawk.' TERCOM stond voor *Terrain Contour Matching*, een radar die het terrein aftast en het onmiddellijk vergelijkt met een digitaal opgeslagen beschrijving van het landschap waar overheen gevlogen wordt. 'Gelukkig loopt de te volgen route alleen maar boven zee, dus hoeven we geen ontwijkende manoeuvres in te programmeren. Ik heb de exacte coördinaten van het doelwit, dus hoeven we ook geen gebruik te maken van de radar die in de neus zit en het daaraan gekoppelde zoeksysteem. Het grootste gedeelte van de complexe programmeerprocedures kan ik overslaan.'

'Maar we zitten te diep om hem te kunnen lanceren,' protesteerde Costas.

'Daar kom jij in beeld. Ik wil dat jij de afsluiters bedient waarmee we de ballasttanks in één keer leeg kunnen blazen. Zodra we een diepte van twintig meter hebben bereikt geef je een brul ten teken dat ik dat ding kan lanceren.'

Costas schudde langzaam zijn hoofd en er verscheen een scheve glimlach op zijn gehavende gelaat. Zonder verder nog iets te zeggen ging hij achter het paneel zitten van waaruit de ballasttanks werden aangestuurd. Jack bleef nog enkele ogenblikken over de console gebogen staan en keek toen met grimmige vastberadenheid op.

'Er wordt nú een afvuuroplossing ontwikkeld.'

Uit hun bewegingen was op geen enkele manier op te maken welke enorme krachten ze op het punt stonden te ontketenen. Jack werd volledig in beslag genomen door de monitor recht voor hem, terwijl zijn vingers soepel een serie commando's intikten, steeds onderbroken door een korte pauze waarin hij wachtte op de reactie van de vuurleidingcomputer. Nadat hij de noodzakelijke van tevoren vastgestelde instellingen had geactiveerd, verscheen er een uit lijnen en stippen bestaand patroon op het scherm. Bij een typisch operationeel scenario zou de oplossing bestaan uit een zoekgebied dat het meest met de ingetoetste data overeenkwam, maar aangezien hij over de coördinaten van de eindbestemming van het projectiel beschikte, was er op het scherm slechts een lineaire projectie van de afstand en de koers tot het doelwit te zien.

'Ik heb een missieprofiel in de TERCOM-computer geladen en de raketsystemen worden nu geactiveerd,' kondigde Jack aan. 'Ik ga nú over tot afvuren.'

Hij draaide zijn stoel in de richting van de afvuurconsole, veegde de dikke laag vuil van het lanceerpaneel en zag toen de rode afvuurknop. Hij controleerde of de elektronica nog actief was en keek naar Costas, die achter het paneel zat van waaruit het drijfvermogen werd geregeld. Jack hoefde geen bevestiging dat hij het juiste deed, maar de aanblik van het toegetakelde gezicht van zijn vriend zorgde er alleen maar voor dat hij nóg meer overtuigd was van zijn zaak. De twee mannen knikten elkaar zwijgend toe, waarna Jack zich weer naar het scherm omdraaide.

'We gaan over tot de aanval!'

Costas reikte omhoog en trok de twee hendels met een harde ruk naar beneden. Aanvankelijk gebeurde er niets, maar het volgende moment vulde hun hoofd zich met het oorverdovende gesis van gas dat onder hoge druk in elke buis boven hun hoofd geperst leek te worden. Enkele ogenblikken later kwam daar nog het gerommel bij van een ver onweer toen vrijgekomen samengeperste lucht de in de dubbele wand van de onderzeeër aangebrachte ballasttanks leegblies.

Langzaam, bijna onopgemerkt, kwam er beweging in, gepaard met gekraak en gekreun dat uitgroeide tot een gillend crescendo dat van het ene eind van het vaartuig naar het andere leek te echoën. Het was alsof een schepsel dat jaren in diepe rust had verkeerd ruw wakker werd gemaakt, een gigant die met de grootst mogelijke tegenzin uit zijn slaap werd gehaald na een eeuwigheid ongestoord gesluimerd te hebben.

Plotseling kwam de voorsteven omhoog, waardoor de twee mannen opzij werden geworpen. Er klonk een oorverdovend lawaai van scheurend metaal toen de resten van de schroef en het roer zich van de rest van de boot losmaakten.

'Hou je vast!' riep Costas. 'Ze kan nu elk moment vrijkomen!'

Met veel gekraak liet nu ook de achtersteven los en negenduizend ton onderzeeboot bevrijdde zich uit de greep van de rotsbodem. De wijzer van de dieptemeter, die zich vlak voor Costas bevond, begon razendsnel te draaien.

'Let op!' schreeuwde hij. 'Tachtig meter... zestig meter... veertig... dertig... vúúr!'

Jack drukte op de rode knop en het volgende moment was er helemaal voor in de onderzeeër het geluid van een vacuümpomp te horen. Het lanceersysteem zorgde ervoor dat de hydraulische deur van de buis automatisch werd geopend, waarna een explosieve lading het projectiel het water in blies. Direct nadat de kruisraket de romp verlaten had joeg de stuwraket het projectiel met enorme kracht richting oppervlakte, op weg naar zijn dodelijke rendez-vous in het noordoosten.

Tom York – ondersteund door krukken – stond naast de kapitein en de roerganger op de brug van de *Sea Venture*. Ze hadden gezien hoe de laatste Seahawks van het eiland waren opgestegen, op weg naar een zwaarbewaakt kamp in Georgië waar de gevangengenomen terroristen zouden worden ondergebracht. Ze richtten hun aandacht vervolgens op de *Vultura*, waarvan het achterschip door Jacks geplaatste explosieven zwaar was beschadigd en nu laag in het water lag. Ze hadden er zojuist drie Zodiacs naartoe gestuurd, die elk met twee 90pk-buitenboordmotoren waren uitgerust en opdracht hadden het wrak verder uit de kust te slepen, tot boven het onderzeese ravijn.

Toen York nog heel even een blik op het eiland wierp, viel zijn oog plotseling op een werveling op het zeeoppervlak, ongeveer een kilometer van hen verwijderd. Een ogenblik lang zag het eruit als de schokgolf van een onderwaterexplosie. Voor hij de kans kreeg de anderen te waarschuwen boorde zich een speer van staal door de golven, waarvan de uitlaatgassen een grote, halfronde baaierd van schuim opwierpen, als de rookpluim van een zojuist gelanceerde raket. Dertig meter boven het wateroppervlak gekomen zakte de neus van het projectiel iets, leek het heel even bewegingloos in de lucht te hangen, waarna de uitgebrande stuwraket werd afgeworpen en de vleugels naar buiten klapten. Toen sloeg met een bulderend geraas de turbofan aan en schoot de kruisraket in een kaarsrechte lijn in oostelijke richting weg, om even later zijn subsonische snelheid te bereiken en als een snel kleiner wordende vuurbal laag boven de golven uit het gezicht te verdwijnen.

Enkele seconden later zorgde een zware eruptie ervoor dat aller ogen aan boord van de *Sea Venture* opnieuw op zee werden gericht. De *Kazbek* schoot als een machtige walvis naar de oppervlakte, waarbij de boeg zich tot ver boven de golven verhief, om vervolgens met een enorme klap terug in het water te vallen. Toen de immense zwarte romp weer enigszins tot rust was gekomen, was alleen aan wat nauwelijks zichtbare gele vlekken op de romp en aan de schade aan haar achtersteven te zien dat ze lange tijd onder water had vertoefd. Een ogenblik lang, tot het weer onder de waterspiegel verdween, hadden ze het ronde gat gezien waar het EH-4 membraan van de romp was losgescheurd, terwijl de torpedoruimte nu vol water stond, hoewel het waterdichte schot erachter door Costas nog op tijd gesloten was. De afmetingen van de onderzeeboot mochten zondermeer indrukwekkend worden genoemd; hier lag een van de dodelijkste oorlogsmachines die ooit door de mens waren ontwikkeld.

Voor veel voormalige marinemensen die nu aan boord van de *Sea Venture* dienden was het een aanblik die ooit onrust en angst bij hen teweeg zou hebben gebracht, te vergelijken met de aanblik van een Duitse U-boot bij een vorige generatie. Maar nu werd ze begroet door een schor gejuich, want dit betekende dat dit massavernietigingswapen in elk geval níet in handen van terroristen of een schurkenstaat zou vallen, want dat waren tegenwoordig de échte vijanden van de marine, waar dan ook ter wereld.

'*Sea Venture*, hier de *Kazbek*. Ontvangt u mij? Over.'

Er kwam een krakende stem uit de brugradio en York nam de microfoon uit zijn houder.

'*Kazbek*, we ontvangen u luid en duidelijk. Bedankt voor het vuurwerk. Over.'

'Hier volgen wat coördinaten.' Jack las een uit twaalf cijfers bestaande code op en herhaalde die nog eens. 'Misschien zou je een SATSURV-verbinding met Mannheim tot stand willen brengen. De satelliet zou zo langzamerhand ergens boven je moeten zitten. Voor het geval iemand van de bemanning het zich af mocht vragen, door die heli's worden momenteel de knapen afgevoerd die de *Seaquest* hebben uitgeschakeld.'

Een paar minuten later was bijna iedereen aanwezig in de verbindingsruimte van de *Sea Venture*, waarbij de bemanningsleden van de *Seaquest* die door de reddingsmodule waren opgepikt vooraan stonden. Ben en Andy, die net klaar waren met het koppelen van de DSRV aan het moederschip, arriveerden even later ook. De aanwezigen moesten zich nog even schrap zetten tegen een van de laatste hoge golven die door de aan de oppervlakte gekomen onderzeeboot veroorzaakt werden, en tuurden gespannen naar het scherm, waar op dat ogenblik een beeld online kwam.

In nevelig grijs was een groep gebouwen te zien die als de spaken van een wiel rond een centraal middelpunt waren gegroepeerd. Rechts ervan liet de infraroodsensor de hittesignaturen van een man of tien zien die druk in de weer waren rond twee heli's, toestellen die met twee stel rotorbladen waren uitgerust, transportheli's die pas na Jacks ontsnapping waren gearriveerd. Samen met een tweede groep, die in de buurt van het water bezig was, leken ze erg veel haast te hebben. Er werden voorwerpen afgevoerd die verdacht veel op schilderijen en beeldhouwwerken leken.

Plotseling was er een felle lichtflits te zien, plus een concentrische rimpeling van kleuren die razendsnel vanuit het midden van het scherm naar buiten pulseerde. Toen de rook weer enigszins was opgetrokken was op het scherm alleen nog maar totale verwoesting te zien. Het centrale bouwwerk was verdampt, de koepel ervan verpulverd tot miljoenen deeltjes. Op het infraroodbeeld was te zien hoe de explosie de gangen die vanuit het centrale punt naar de omliggende gebouwen liepen met de grond gelijk had gemaakt. De schokgolf zelf had een nóg groter bereik gehad: de heli's waren omvergeblazen en alle mensen die even daarvoor nog over het scherm hadden gelopen, waren gedood. Hun levenloze lichamen lagen in groteske houdingen tussen de goederen die ze op dat moment in hun handen hadden gehad. Ze waren zich van datgene wat op hen was neergedaald geen moment bewust geweest.

De bemanningsleden applaudisseerden zwakjes. Ze wisten dat dit niet zomaar een daad van vergelding was, maar dat er veel meer op het spel stond.

30

'We zijn ons lam geschrokken toen we hoorden van Peter Howe.'
Maurice Hiebermeyer was uit de helikopter gestapt, liep onmiddellijk langs de stenen cirkel naar Jack en legde een hand op zijn schouder. Het was een ontroerend gebaar, een blijk van vriendschap die veel verder ging dan een gedeelde professionele passie.

'We hebben de hoop nog niet opgegeven.'

Jack stond samen met Katya en Costas aan de voet van de trap die naar de toegang tot de vulkaan leidde. Ze hadden de nacht aan boord van de *Sea Venture* doorgebracht – iets wat ze na alle ontberingen wel verdiend hadden – en koesterden zich nu in de stralen van de ochtendzon, die achter de stenen cirkel in het oosten steeds hoger aan de hemel klom. Onder de blauwe IMU-overall ging Jacks recentelijk opnieuw verbonden borst schuil, maar op Costas' gezicht waren nog steeds de sporen te zien van wat hij recentelijk doorstaan had. Katya was nog steeds stil en teruggetrokken.

'Mijn hartelijke gelukwensen met deze ontdekking. En met het feit dat je onderweg nog een paar obstakels hebt weten te overwinnen,' zei James Dillen terwijl hij Jack de hand schudde. Vervolgens bleef zijn blik op Katya en Costas rusten.

De volgende die na Dillen uit de heli stapte was Aysha Farouk, Hiebermeyers assistente, degene die in de woestijn als eerste het Atlantis-papyrus had blootgelegd en nu was uitgenodigd zich hier bij hen te voegen. Enigszins afgezonderd van de rest stond de sympathieke gestalte van Efram Jacobovitsj, de miljardair en softwaremagnaat die voor de financiële middelen had gezorgd die dit onderzoek mogelijk hadden gemaakt.

Voor Jack leek de conferentie in het kasteel van Alexandrië een eeuwigheid geleden. En toch was dat nog maar vier dagen eerder geweest. En ze waren nog steeds één stap van hun einddoel verwijderd, de bron waardoor de priesters zich aangespoord hadden gevoeld hun geheimen ten koste van alles te bewaren, al die generaties lang.

Net op het moment dat ze op het punt stonden om achter elkaar de in de rotsen uitgehouwen trap te beklimmen, kwam Mustafa Alközen het platform op gehold, met in zijn handen twee duiklampen.

'Sorry dat ik zo laat ben,' zei hij buiten adem. 'We hebben een drukke nacht achter de rug. Gisteravond heeft een tot vliegende radarpost omgebouwde Boeing 737 van de Turkse luchtmacht voor de kust van Abchazië ter hoogte van de grens met Georgië een krachtige schokgolf geregistreerd.' Hij knipoogde naar Jack. 'We zijn tot de conclusie gekomen dat het een bedreiging voor onze nationale veiligheid vormde en hebben er onmiddellijk commando's naartoe gestuurd om de boel te onderzoeken.'

'Hoe is het met de kunstwerken?' vroeg Jack.

'De meeste bevinden zich nog in de woonverblijven van Aslan, en de meeste die zijn weggehaald bevonden zich buiten het directe centrum van de ontploffing. Momenteel worden ze door Seahawks van onze marine naar het Archeologisch Museum van Istanbul overgebracht voor identificatie en conservatie, om daarna aan de rechtmatige eigenaars te worden teruggegeven.'

'Jammer,' onderbrak Costas hem. 'Ze zouden een prachtige rondreizende collectie vormen. Een serie sublieme kunstwerken uit alle mogelijke perioden en culturen, die nog nooit in één tentoonstelling zijn samengebracht. Het zou een opzienbarende gebeurtenis zijn geweest.'

'Volgens mij lopen er nog wel een paar bezorgde conservators rond die hun eigendom zo snel mogelijk terug willen hebben,' merkte Jack op.

'Maar het blijft een uitstekend idee,' kwam Efram Jacobovitsj met bedaard enthousiasme tussenbeide. 'Het zou een passend gebruik zijn van de fondsen die vrijkomen zodra Aslans bankrekeningen worden geconfisqueerd. Ondertussen kan ik nog wel een particuliere geldschieter bedenken die bereid is een beginsom ter beschikking te stellen.'

Jack glimlachte waarderend en draaide zich naar Mustafa om. 'En hoe zit het met de veiligheidssituatie?'

'We zijn al een tijdje op zoek naar een excuus om Abchazië binnen te trekken,' antwoordde Mustafa. 'Dat gebied is zo'n beetje de belangrijkste doorvoerroute voor drugs vanuit Centraal-Azië geworden. En nu duidelijk is aangetoond dat er een link is met de terroristen, kunnen we op de volledige medewerking van de Georgische en Russische autoriteiten rekenen.'

Jack moest zijn uiterste best doen zijn scepsis te onderdrukken. Hij wist dat Mustafa geacht werd de officiële zienswijze uit te dragen, hoewel hij zich waarschijnlijk maar al te bewust was van het feit dat de kans dat er in de huidige situatie een gecoördineerde actie plaats zou vinden uiterst klein was.

Ze keken naar het laag in het water liggende silhouet van de *Kazbek* en het flottielje Turkse en Russische snelle aanvalsboten dat hier vroeg in de ochtend was aangekomen, een duidelijke aanwijzing dat de voorbereidingen voor het weghalen van de kernkoppen al waren begonnen, waarna de onderzeeboot naar haar thuishaven zou worden gesleept om daar officieel buiten gebruik te worden gesteld. Daarna zou de reactorkern worden ontmanteld en zou de *Kazbek* weer naar open zee worden gesleept – mét de lichamen van commandant Antonov en zijn bemanning aan boord – om vervolgens als massagraf te worden afgezonken, een laatste monument voor militairen die als gevolg van de Koude Oorlog om het leven waren gekomen.

'Hoe zit het met de hardware?' vroeg Jack.

'Alles wat nog bruikbaar is gaat naar de Georgiërs. Die hebben de spullen het hardst nodig. We hadden gehoopt hun de *Vultura* te kunnen aanbieden, maar ik zie nu dat dat niet langer mogelijk is.' Hij keek Jack grinnikend aan. 'Maár in plaats daarvan krijgen ze een splinternieuw Russisch fregat, een schip van het Type 11540, de zogenaamde Neustrashimy-klasse.'

'Wat gaat er met de *Vultura* gebeuren?' vroeg Katya kalm.

Met z'n allen keken ze naar het zwaar beschadigde schip, dat net in positie boven het onderzeese ravijn was gebracht. Het vormde een treurige aanblik, een smeulende massa als laatste getuigenis van de inhaligheid en overmoed van één enkele man.

Mustafa keek op zijn horloge. 'Ik denk dat het antwoord op uw vraag elk moment kan komen.'

Precies op dat moment werd de lucht aan flarden gescheurd door het hoge gehuil van straalvliegtuigen. Enkele seconden later denderden twee F-15E Strike Eagles van de Turkse luchtmacht laag over het water, hun dubbele naverbranders rood opgloeiend toen ze in dichte formatie in de richting van hun doelwit vlogen. Ongeveer twee kilometer van het eiland verwijderd liet het linkertoestel een soort container vallen, die vervolgens als een *dambuster*-bom over het wateroppervlak stuiterde. Terwijl de twee toestellen snel in zuidelijke richting wegdraaiden, spatte de zee in een muur van vlammen uiteen waardoor het wrak geheel aan het oog werd onttrokken – zonder meer prachtig vuurwerk.

'Een thermobarische bom,' zei Mustafa simpelweg. 'Die zijn door de Amerikanen in Afghanistan voor het eerst tegen tunnels ingezet. We hadden een drijvend doelwit nodig om het afwerpsysteem van onze nieuwe Strike Eagles te testen.' Toen het geluid in de verte wegstierf draaide hij zich om en gebaarde naar de deur. 'Kom, laten we naar binnen gaan.'

Na de zon, die zodanig fel was dat het op het rotsplateau nauwelijks meer uit te houden was, mocht de koele lucht van de gang een welkome onderbreking worden genoemd. Voor degenen die hem nog niet hadden gezien, vormde de eerste aanblik van de audiëntieruimte, met zijn enorme, koepelvormige plafond, iets dat hun stoutste verwachtingen verre overtrof. Nu alle sporen van Aslan verdwenen waren, zag het vertrek er bijna smetteloos uit en waren de tronen leeg, alsof ze stonden te wachten op de terugkeer van de hogepriesters die hier ruim zevenduizend jaar eerder waren weggetrokken.

De pijp was weer tot rust gekomen – het laatste regenwater was de afgelopen nacht vervlogen, en in plaats van een dampkolom was er nu een felle bundel zonlicht te zien die als een spotlight op het podium viel.

Een ogenblik lang heerste er alleen maar stilte. Zelfs Hiebermeyer, die gewoonlijk niet om woorden verlegen zat en gewend was aan de kostbare kunstschatten uit het oude Egypte, deed zijn beslagen bril af en keek sprakeloos toe.

Dillen draaide zich naar het gezelschap om.

'Dames en heren,' zei hij, 'we kunnen nu verdergaan waar de tekst ophield. Ik denk dat we nog maar één stap van de ultieme onthulling verwijderd zijn.'

Jack bleef zich verbazen over het vermogen van zijn mentor zich niet door de opwinding van een ontdekking op sleeptouw te laten nemen. Met zijn smetteloze witte kostuum en vlinderdasje leek hij wel uit een ander tijdperk afkomstig, een tijd waarin achteloze elegantie evenzeer een onderdeel van de wetenschappelijke aanpak vormde, als de geavanceerde technische snufjes waarvan zijn studenten zich bedienden.

'We beschikken over erg weinig gegevens waarop we ons kunnen baseren,' waarschuwde Dillen. 'De papyrus is niet veel meer dan een afgescheurd velletje, en de Phaestos-schijf is al even ongrijpbaar. Uit de inscripties boven de entree kunnen we opmaken dat het begrip "Atlantis" naar deze citadel verwijst, naar dit bergklooster. Voor buitenstaanders betekent het mogelijk ook de stad, maar voor de bewoners zou het weleens hun meest belangrijke heiligdom geweest kunnen zijn, de rotshellingen en de spelonken waar de nederzetting zijn oorsprong had.'

'Zoals de Akropolis in Athene,' opperde Costas.

'Precies. De schijf suggereert dat er binnen Atlantis een plaats moet zijn die ik gewoonlijk met "plaats van de goden" vertaal, en Katya als het "heilige der heiligen". Ook is er sprake van een moedergodin. Voor zover ik kan nagaan heeft geen van jouw ontdekkingen een rechtstreekse verwijzing daarnaar opgeleverd.'

'Wat er het dichtst bij in de buurt komt is de hal van de voorvaderen, dat is de naam die we hebben gegeven aan de zaal met de wandschilderingen,' zei Jack. 'Maar die dateert uit het paleolithicum en er zijn nergens afbeeldingen van mensen te zien. In een neolithisch heiligdom zou je verwachten antropomorfische goden te zien, een grotere versie van het huisaltaar dat we in het ondergelopen dorpje in de buurt van Trabzon hebben gezien.'

'Hoe zit het met deze ruimte, de audiëntiezaal?' vroeg Efram Jacobovitsj.

Jack schudde zijn hoofd. 'Die is te groot. Deze ruimte is te groot, te open, speciaal geschikt gemaakt voor grotere bijeenkomsten, zoals erediensten of iets dergelijks. Waar we naar op zoek moeten is iets kleiners, een verborgen ruimte. Hoe heiliger een plek, hoe moeilijker die te bereiken is. Gewoonlijk mogen alleen priesters zo'n plek betreden, maar die werden dan ook als tussenpersonen met de goden beschouwd.'

'Een tabernakel,' opperde Efram.

Katya en Aysha betraden de rand naast het aflopende talud. Terwijl de anderen aan het delibereren waren, hadden zij de diverse toegangen naar de ronde ruimte aan een snel onderzoek onderworpen.

'We denken dat we het hebben gevonden,' zei Katya, die de nachtmerrie die ze de afgelopen dagen had doorstaan naar de achtergrond had gedrongen, en die, terwijl ze met haar zoektocht naar Atlantis bezig was, alleen nog maar opwinding voelde. 'Alles bij elkaar zijn er twaalf ingangen. We kunnen er twee buiten beschouwing laten, aangezien dat gangen zijn waarvan we weten waar ze naartoe gaan, een van buiten hiernaartoe en een ander die van binnenuit naar boven loopt. Van de resterende openingen zijn er negen óf doodlopend, óf het zijn gangen die naar beneden leiden. Ik ga ervan uit dat we omhoog moeten.'

'Als dit echt de moeder van alle bergheiligdommen is,' reageerde Jack, dan lijkt me hoe hoger hoe beter.'

Katya wees naar de meest westelijke opening van het vertrek, die pal tegenover de entree lag waardoor ze naar binnen waren gekomen. 'Dát moet hem zijn. Bovendien bevindt zich boven die toegang het teken van de adelaarsgod die zijn vleugels spreidt.'

Jack keek Katya breed glimlachend aan, blij dat ze eindelijk bezig was zich van haar beproevingen te herstellen, en draaide zich naar Dillen om.

'Professor, zou u zo vriendelijk willen zijn ons voor te gaan?'

Dillen knikte hoffelijk en liep naast Jack in de richting van de westelijke opening, waarbij zijn parmantige gestalte een schril contrast vormde met het verweerde uiterlijk van zijn voormalige student. Ze werden gevolgd door Katya en Costas, en toen door de vier anderen, terwijl Efram Jacobovitsj onopvallend de achterhoede vormde. Toen ze de betreffende entree naderden keek Jack heel even naar Costas om.

'Dit is het dan. Bij het zwembad staat een gin-tonic op ons te wachten.'

Costas keek zijn vriend met een scheef lachje aan. 'Dat zeg jij elke keer.'

Dillen bleef staan om de inkervingen op de lateibalk te bestuderen; het was een uitstekend bewaard gebleven miniatuurversie van de adelaarsgod met gespreide vleugels zoals ze die eerder al in de hal van de voorvaderen hadden gezien. Jack en Costas deden hun krachtige lantaarns aan en schenen ermee in het duister vóór hen. Net als de gangen in het onder water staande gedeelte waren de wanden hier tot een glimmend geheel gepolijst, terwijl het geaderde oppervlak glinsterde van de mineralen die tijdens de vorming van de vulkaan uit de aardmantel naar boven waren gedrongen.

Jack deed een stapje opzij, zodat Dillen voorop kon lopen. Na een meter of tien bleef hij plotseling staan.

'We hebben een probleem.'

Jack kwam naast hem staan en zag dat de gang werd geblokkeerd door een massief stenen poort. Die leek nagenoeg naadloos aan te sluiten op de wanden van de gang, maar bij nadere inspectie bleek dat hij uit twee gelijke helften bestond. Jack richtte zijn lichtbundel op het midden ervan en zag het zo langzamerhand vertrouwde symbool.

'Ik denk dat ik de sleutel heb,' zei hij zelfverzekerd.

Hij reikte in zijn IMU-overall en haalde de kopie van de gouden schijf te voorschijn die hij na Aslans abrupte vertrek van het podium had weten te redden. Terwijl de anderen toekeken stak hij hem in de schotelvormige inkeping. Op het moment dat hij zijn hand terugtrok begon de schijf met de klok mee te draaien. Enkele seconden later gleden de twee deuren open, waarbij de in de loop der tijd verzamelde oxidatielaag ervoor zorgde dat de stenen platen, terwijl die langzaam maar zeker naar buiten toe opendraaiden, nauwelijks weerstand ondervonden.

'Pure magie.' Costas schudde verbijsterd zijn hoofd. 'Precies hetzelfde mechanisme als de deuren in de rotswand en na zeveneneenhalfduizend jaar nog steeds moeiteloos functionerend. Deze mensen waren waarschijnlijk in de bronstijd al in staat geweest de computerchip uit te vinden.'

'Dan zou ik geen werk meer hebben,' merkte Efram vanuit de achterhoede grinnikend op.

De geur waardoor ze werden begroet leek nog het meest op de muffe uitwaseming van een graftombe, alsof er een vlaag bedompte lucht door een crypte was getrokken die de essentie van de dood met zich meevoerde, de laatste restanten van de talg en de wierrook die waren verbrand toen de priesters hun laatste rituele wassingen verrichtten vóór ze hun gewijde heiligdom voor altijd moesten sluiten. Het effect was bijna hallucinogeen, en ze konden de angst en urgentie van die laatste handelingen bijna vóelen. Het leek wel alsof een periode van tweehonderd generaties geschiedenis van het ene op het andere moment wegviel, en ze op het punt stonden samen met de hoeders van Atlantis op de vlucht te slaan – die laatste, wanhopige aftocht.

'Nu weet ik hoe Carter en Carnarvon zich gevoeld moeten hebben toen ze de graftombe van Toetanchamon openden,' merkte Hiebermeyer op.

Katya huiverde in de kille lucht. Net als bij de graftomben van de farao's in het Dal der Koningen, ontbrak in de gang achter de dubbele deur elke vorm van versiering en was uit niets op te maken wat er voor hen in het verschiet lag.

'Het kan nu niet ver meer zijn,' zei Costas. 'Volgens mijn hoogtemeter zitten we op nog geen dertig meter onder de top.'

Plotseling bleef Dillen staan, waardoor Jack tegen hem opbotste, zodat de lichtbundel van zijn lamp wild heen en weer schoot toen hij probeerde zich staande te houden. Wat eruitzag als een volgende deuropening was in feite een haakse bocht naar links. Direct daarna liep de gang in de vorm van een serie lage treden langzaam omhoog.

Dillen liep naar voren en bleef toen opnieuw staan. 'Ik meen iets te kunnen onderscheiden. Schijn eens naar links en rechts met die lampen van jullie.' In zijn stem klonk nu duidelijk opwinding door, wat bij hem vrij ongewoon was.

Jack en Costas deden wat hun gevraagd werd en het volgende moment was een fantastisch tafereel te zien. Aan beide kanten van de gang bevonden zich de enorme, in reliëf uitgehakte vormen van een stier, schuin van voren afgebeeld, en met de kop omhoog gericht. Met hun lange nekken en gekromde hoorns hoog boven alles uit stekend, waren ze aanzienlijk minder bedaard dan de beesten die ze in de onder water staande gangen hadden gezien, alsof ze hun best deden zich los te rukken en in het duister boven hen te verdwijnen.

Terwijl ze de trap op gingen konden ze voor de stieren uit steeds duidelijker een reeks figuren onderscheiden die iets minder diep in reliëf waren aangebracht, maar waarvan de details desalniettemin uiterst precies in het fijnkorrelige basalt stonden afgebeeld.

'Dit zijn ménsen.' Dillen sprak met omfloerst ontzag, en zijn gebruikelijke terughoudendheid was geheel verdwenen. 'Dames en heren, aanschouw de bewoners van Atlantis.'

De gestalten straalden het krachtige zelfvertrouwen uit dat bij deze bewakers van de citadel hoorde. De reliëfs op beide wanden waren identiek, maar gespiegeld. De mannen waren levensgroot afgebeeld en liepen kaarsrecht achter elkaar aan. Elke persoon hield een arm omhoog, terwijl de vuist een gat vormde waarin ooit een toorts moest hebben gezeten. Ze bezaten de hiëratische, tweedimensionale houding van de reliëfs die in het Nabije Oosten en in Egypte waren gevonden, maar in plaats van de stijfheid die gewoonlijk met een zijaanzicht werd geassocieerd, vertoonden ze een soepelheid en gratie die direct afgeleid leek van de naturalistische dierenschilderingen uit de ijstijd.

Naarmate de lichtbundels elke gestalte om de beurt in een fel schijnsel zetten, werd na verloop van tijd duidelijk dat er verschil was tussen de seksen. Bij de vrouwen waren de borsten ontbloot, terwijl onder hun strakke gewaden de scherpe contouren van fraaie rondingen te zien waren. Net als de mannen bezaten ze grote, amandelvormige ogen en droegen ze hun haar in lange vlechten op de rug. De mannen hadden lange baarden en droegen ruimvallende mantels, en mochten zondermeer lang worden genoemd. Hun fysionomie had iets bekends, maar was verder niet thuis te brengen, alsof de individuele gelaatstrekken herkenbaar waren, maar het geheel was uniek en onmogelijk te plaatsen.

'De vrouwen zien er bijzonder atletisch uit,' merkte Aysha op. 'Misschien waren zíj de stierenvechters wel, en niet de mannen.'

'Ze doen me aan de Varangen denken,' zei Katya. 'De Byzantijnse naam voor de Vikingen die over de Dnjepr naar de Zwarte Zee afzakten. In de kathedraal van de heilige Sofia in Kiev bevinden zich wandschilderingen waarop net zulke lange kerels te zien zijn als deze, alleen hebben die haakneuzen en blond haar.'

'Wat mij betreft lijken ze op de Hettieten uit Anatolië uit het tweede millennium voor Christus,' onderbrak Mustafa haar. 'Of op Soemeriërs en Assyriërs uit Mesopotamië.'

'Of op de bronstijdmensen uit Griekenland en Kreta,' mompelde Jack. 'De vrouwen zouden dezelfde met blote borsten rondlopende dames kunnen zijn die we kennen van de fresco's in Knossos. En de mannen zouden rechtstreeks afkomstig kunnen zijn van een van de vergulde vazen met soldaten erop die vorig jaar in de koninklijke grafcirkel in Mycene zijn gevonden.'

'Het zijn de doorsnee-man en -vrouw,' stelde Dillen kalm vast. 'De oorspronkelijke Indo-Europeanen, de eerste Kaukasiërs. Nagenoeg alle Europese en Aziatische volkeren stammen van hen af. De Egyptenaren, de Semieten, de Grieken, de megalietenbouwers van westelijk Europa, de eerste heersers van Mohenjo-Daro in het dal van de Indus. Soms namen ze de plaats van de oorspronkelijke bevolking in, maar het gebeurde ook wel dat ze zich ermee vermengden. Bij al deze volkeren zien we op de een of andere manier wel sporen van hun voorvaderen, de grondleggers van de beschaving.'

Terwijl Dillen hen langs de trap omhoog leidde, staarden ze met hernieuwde bewondering naar de beeltenissen links en rechts van hen. De figuren personifieerden kracht en vastberadenheid, alsof ze onverbiddelijk naar hun plaats in de geschiedenis oprukten.

Na een meter of tien maakten de om en om afgebeelde mannen en vrouwen aan beide kanten van de gang plaats voor drie figuren die de processie leken te leiden. Ze hadden rijk bewerkte staven bij zich en droegen vreemde, taps toelopende hoeden die bijna het plafond raakten.

'De hogepriesters,' zei Jack alleen maar.

'Het lijken wel magiërs,' zei Costas. 'Zoals bij de druïden.'

'Misschien ligt dat dichter bij de waarheid dan je denkt,' reageerde Katya. 'Het woord *druïde* is afkomstig van het Indo-Europese *wid*, 'weten'. Dit waren in het neolithische Atlantis duidelijk de dragers der kennis, het equivalent van de priesterklasse in het Keltische Europa van vijfduizend jaar later.'

'Fascinerend.' Hiebermeyer baande zich door het groepje heen een weg naar boven. 'De hoeden lijken veel op de hoofddeksels van bladgoud die in uit de bronstijd daterende votiefoffers zijn teruggevonden. We hebben er vorig jaar een in Egypte opgegraven, toen de geheime schatkamer van de Kefru-piramide werd geopend.'

Hij bereikte de eerste figuur op de linkerwand, een vrouw, en deed zijn bril af om haar wat beter te kunnen bekijken.

'Precies wat ik dacht,' riep hij uit. 'Ze is bedekt met kleine ronde en halvemaanvormige symbolen, net als de hoofddeksels uit de bronstijd.' Hij veegde zijn bril af en maakte een zwierig gebaar. 'Ik ben ervan overtuigd dat het een logaritmische weergave is van de Metonische cyclus – de maancyclus.'

Terwijl de anderen om Hiebermeyer heen dromden om het reliëf eens goed van dichtbij te bestuderen, zag Jack Costas verbaasd zijn kant uit kijken.

'Meton was een Atheense astroloog,' legde hij uit. 'Een tijdgenoot van Socrates, de mentor van Plato. Hij was de eerste Griek die het verschil vaststelde tussen de zonne- en de maanmaanden, de synodische cyclus.' Hij knikte naar de reliëfs. 'Dit waren de knapen die de kalendermatige lijsten van offerandes samenstelden, compleet met schrikkelmaanden, de in de rots uitgehakte lijsten die we in die gang hebben gezien.'

Dillen had zich van het groepje losgemaakt en stond nu ter hoogte van de voorste hogepriester boven aan de trap voor een portaal.

'Het waren de meesters van de tijd,' sprak hij. 'Met hun cirkel van steen waren ze in staat om de bewegingen van de zon in relatie tot de maan en de sterrenbeelden in kaart te brengen. Deze kennis maakte hen tot orakels, met toegang tot goddelijke wijsheid, waardoor ze in staat waren in de toekomst te kijken. Ze konden de tijd voorspellen waarop gezaaid diende te worden, en wanneer de jaarlijkse oogst zou plaatsvinden. Ze bezaten de heerschappij over hemel en aarde.'

Hij maakte een weids gebaar naar de lage entree achter hem. 'En nu leiden ze ons naar hun heilige der heiligen.'

31

Het groepje stond samengedromd rond het portaal en tuurde in de donkere gang die erachter lag. Opnieuw voelden ze de vluchtige aanraking van oeroude dampen, een muffe luchtvlaag die de afgeleide wijsheid van eeuwen her met zich mee leek te voeren. Uit het niets openbaarde zich aan Jack een beeld van Solon de Wetgever, in het gezelschap van de schimmige priester in het tempelheiligdom te Saïs. Het volgende moment was de hallucinatie alweer verdwenen, maar hij was er nu van overtuigd dat ze op het punt stonden de diepste geheimen bloot te leggen van een volk dat duizenden jaren geleden al in de nevelen der geschiedenis was verdwenen.

Na een paar meter bereikten ze het einde van de gang en Jack richtte zijn lichtbundel naar voren. Naast hem knipperde Dillen verwoed met zijn ogen in een poging die aan de ongewone schittering van het tafereel voor hen te laten wennen.

'Wat is het?' Hiebermeyer zag geen kans zijn opwinding in toom te houden. 'Wat zie je?'

'Het is een enkele ruimte, ongeveer tien meter lang en zes meter breed,' antwoordde Jack met de afgemeten stem van een professionele archeoloog. 'In het midden staat een stenen tafel, terwijl er meer naar achteren een afscheidingswand te zien is. Oh, en ik zie ook nog goud. Dikke gouden panelen aan de wanden.'

Hij en Dillen bukten zich en doken onder de doorgang door, waarna de anderen hen behoedzaam volgden. Nadat iedereen binnen was, stelden

Jack en Costas hun schijnwerpers zodanig af dat het breedstralers werden en schenen ermee door het vertrek.

Jacks laconieke beschrijving deed het geheel bepaald te kort. Aan beide zijden waren de wanden versierd met massieve platen van glanzend goud, elk twee meter hoog en een meter breed. Ze glommen oogverblindend, terwijl het oppervlak van de gouden platen in deze beschermende omgeving onaangeroerd was gebleven, zodat ze wel iets weg hadden van spiegels. Alles bij elkaar waren het tien panelen, vijf aan elke wand, met steeds een halve meter tussenruimte. Ze waren bedekt met tekens die onmiddellijk als Atlantis-symbolen werden herkend.

'Kijk dáár eens,' fluisterde Costas.

Zijn lichtbundel was op een reusachtige gedaante achter in het vertrek blijven rusten. Het was nauwelijks als iets menselijks herkenbaar, een groteske parodie op de vrouwelijke vormen, met hangborsten, een enorm achterwerk en een opgezwollen buik, waardoor haar lichaam een bijna bolvormige aanblik bood. Ze werd geflankeerd door twee levensgrote stieren die naar haar op keken. Het tableau had wel iets weg van een triptiek, een heraldische beeldengroep die het achterste gedeelte van het vertrek afschermde.

Jack bezag de kolos en keek vervolgens Costas even aan. 'In de prehistorie werd dit vleiend een "Venusfiguur" genoemd,' legde hij grijnzend uit. 'In totaal zijn er in Europa en Rusland zo'n tachtig van aangetroffen, meestal in de vorm van kleine ivoren of stenen beeldjes. Deze is wel heel erg groot; voor zover ik weet de enige die meer dan levensgroot is.'

'Wel wat anders dan de aantrekkelijke maagden in de gang,' meende Costas op te moeten merken.

'Deze dame is niet als pin-up bedoeld.' De stem van Katya klonk licht berispend. 'Kijk eens hoe ze niet eens de moeite hebben genomen de voeten en armen af te maken, en het hoofd vertoont geen enkel detail. Alles is opzettelijk overdreven om zo de vruchtbaarheid en een goede gezondheid te benadrukken. Ze mag dan misschien niet voldoen aan het westelijke schoonheidsideaal, maar voor mensen die met de voortdurende angst voor de hongerdood moesten leven, symboliseerde een zwaarlijvige vrouw voorspoed en overleving.'

'Ik begrijp wat je bedoelt.' Costas glimlachte. 'Hoe oud is deze dame?'

'Laat-paleolithisch,' antwoordde Jack onmiddellijk. 'Alle Venusfiguren vallen tussen 40.000 en 10.000 voor Christus, dezelfde tijdsspanne als de schilderingen in de hal der voorvaderen.'

'Ze werden beschouwd als de moedergodin,' voegde Hiebermeyer er in gedachten verzonken aan toe. 'Maar het is niet zeker dat Europese samenlevingen in de steentijd matriarchaal waren. Misschien dat ze nog het meest gezien werden als vruchtbaarheidssymbolen, die naast de mannelijke goden aanbeden werden, hoewel er ook geesten van dieren en andere krachten werden vereerd.'

Het was heel even stil, een stilte die door Jack verbroken werd. 'Honderdduizenden jaren lang leefden er in de vroege steentijd mensachtigen zonder dat er aan hun bestaan ook maar iets veranderde, tót aan de neolithische revolutie. Het is dan ook helemaal niet verrassend dat de bewoners van Atlantis zo kort daarna nog steeds de aloude goden van hun voorvaderen aanbaden, de jagers/verzamelaars die tijdens de ijstijd – als eersten – in de hal van de voorvaderen dieren afbeeldden.'

'De Israëlieten van het Oude Testament vereerden nog steeds een god van de vruchtbaarheid,' onderbrak Efram Jacobovitsj hem kalm. 'Zelfs de eerste christenen van rond de Middellandse Zee verweefden heidense vruchtbaarheidsrituelen in hun eigen godsdienstoefeningen, soms in de vorm van een heilige of de Maagd Maria. De Venus van Atlantis ligt misschien toch niet zo ver van ons eigen geloof verwijderd als we zouden vermoeden.'

De stenen tafel voor de sculptuur was zonder meer indrukwekkend. Hij strekte zich bijna uit tot bij de entree, en eindigde daar in een verhoogd liggende richel, met daar bovenop een onregelmatig, enigszins bolvormig voorwerp met een doorsnede van circa één meter. In het door het goud weerspiegelde lichtschijnsel zag het er onnatuurlijk wit uit, alsof het was gepolijst door de aanraking van talloze smekelingen die gekomen waren om tot de grote godin te bidden.

'Het lijkt wel een heilige steen,' speculeerde Jack. 'Een fenomeen dat door de oude Grieken een *baetyl* werd genoemd, een stuk van een meteoriet, of een *omphalos*, dat letterlijk vertaald navel betekent en als het middelpunt van de aarde werd beschouwd. In de bronstijd stonden er op Kreta omphalos bij de ingang van heilige spelonken. In het klassieke Griekenland was de beroemdste omphalos die voor de kloof waar het orakel van Delphi zitting hield.'

'Daarmee de toegang markerend tot het huis van de goden, zoals de kom met gewijd water bij de ingang van een katholieke kerk,' opperde Efram.

'Iets dergelijks,' beaamde Jack.

'Het is duidelijk een stuk meteoor.' Costas bekeek het sferische voorwerp nu wat beter. 'Maar het ziet er vreemd uit, en lijkt eerder op een verfrommelde metalen plaat, dan op een massieve klomp.'

'Het soort steen dat de jagers uit de steentijd soms op de ijskap aantroffen,' mijmerde Jack hardop. 'De meeste net neergekomen meteoorfragmenten worden op het ijs gevonden, omdat ze daar het gemakkelijkst te zien zijn. Dit zou een gewijd voorwerp kunnen zijn dat vanaf de tijd der voorvaderen steeds aan een nieuwe generatie werd doorgegeven – opnieuw een link met de allervroegste prehistorie.'

Aysha liep langzaam naar de andere kant van de tafel, bleef daar staan en stak vervolgens haar hand naar de godin uit. 'Moet je dit eens komen zien!' riep ze uit.

De twee lichtbundels gleden over het tafelblad naar voren, dat vol lag met houten latten, waarvan sommige haaks met elkaar verbonden waren. Ze konden een allegaartje aan timmermansgereedschap onderscheiden, vertrouwde zaken als beitels en vijlen, priemen en houten hamers. Het geheel zag eruit als de parafernalia van een meubelmaker, haastig in de steek gelaten, maar in deze stofvrije omgeving perfect bewaard gebleven.

'Dit is meer dan het lijkt.' Dillen boog zich naast Aysha naar voren en veegde behoedzaam de houten krullen van het iets verhoogd liggende oppervlak voor hem. Het was een houten frame, en had wel iets weg van een draagbare lessenaar. Toen hij weer overeind kwam vingen ze een glimp van het goud op.

'Het is de tafel van een kopiist,' stelde hij triomfantelijk vast. 'En er ligt een gouden plaat bovenop.'

De anderen kwamen eromheen staan en zagen dat het bovenste gedeelte – ongeveer een derde – vol stond met Atlantische symbolen, waarvan sommige kriskras door elkaar, alsof ze haastig waren aangebracht, maar allemaal opgesplitst in woordgroepen, net als op de schijf van Phaestos. Uit een doosje dat er pal naast stond haalde Dillen drie stenen stempels ter grootte van een sigaar, met aan het uiteinde een afbeelding in spiegelbeeld dat ze onmiddellijk herkenden als het hoofd met de hanenkam, de korenschoof en de peddel. Er lag nog een andere stempel op de tafel, waarop het Atlantis-symbool was aangebracht.

'Op deze plaat staan inscripties die identiek zijn aan die op de tegenoverliggende wand,' zei Katya. 'De kopiist was bezig met het dupliceren van de symbolen zoals die op het tweede paneel van links te zien zijn.'

Ze keken naar het betreffende paneel en konden nog net de afzonderlijke symbolen onderscheiden, een reeks die nauwgezet was overgenomen tot aan regel twaalf, waar hij abrupt ophield.

Efram Jacobovitsj bleef bij het hoofd van de tafel staan. Hij tuurde geconcentreerd naar het samenraapsel van houten latten, duidelijk in gedachten verzonken. Zonder op te kijken schraapte hij zijn keel en begon te reciteren.

'Op de derde dag, bij het aanbreken van de morgen, begon het te donderen en te bliksemen; er hing een dreigende wolk boven de berg, en zeer luid weerklonk het geschal van de ramshoorn. Iedereen in het kamp beefde. Mozes leidde het volk het kamp uit, God tegemoet. Aan de voet van de berg bleven ze staan. De Sinaï was volledig in rook gehuld, want de Heer was daarop neergedaald in vuur. De rook steeg op als de rook uit een smelthoven, en de berg trilde hevig.'

Hij sloot zijn ogen en vervolgde:

'En Besaleël maakte de ark van acaciahout, tweeënhalve el lang, anderhalve el breed en anderhalve el hoog. Hij overtrok hem met zuiver goud, zowel vanbinnen als vanbuiten; aan de bovenkant bracht hij rondom een gouden sierlijst aan. Hij goot vier gouden ringen aan elke kant van de ark, die hij aan de vier poten bevestigde; twee ringen aan elke kant van de ark. Hij maakte draagbomen van acaciahout, verguldde ze en stak ze door de ringen aan weerszijden, zodat de ark gedragen kon worden.'

Er heerste een verblufte stilte. Hij keek op. 'Het boek Exodus,' legde hij uit. 'Mensen die hetzelfde geloof aanhangen als ik zijn van mening dat God Mozes het Verbond gegeven heeft, de Tien Geboden, en dat hij die in tabletten heeft gegrift die vervolgens door het volk van Israël in de Ark werden meegedragen. Verwijzingen in de bijbel naar de farao's plaatsen deze gebeurtenis in de tweede helft van het tweede millennium voor Christus. Maar nu vraag ik me af of dit verhaal niet de kern van een veel ouder relaas bevat, over een volk dat duizenden jaren eerder leefde en gedwongen werd hun thuisland te ontvluchten, een volk dat vanuit hun heiligdom vlak bij de piek van een vulkaan kopieën van hun tien heilige teksten met zich meenam.'

Jack keek op; hij was druk bezig geweest met het bestuderen van een stapel onbewerkte gouden platen. 'Maar natuurlijk,' riep hij uit. 'Het was de bedoeling dat elk van deze wegtrekkende groepen een eigen kopie meekreeg. Kleitabletten waren veel te kwetsbaar, het uithakken in steen zou veel te lang hebben geduurd en koper zou zijn gaan corroderen. Goud uit de Kaukasus was in ruime mate voorradig, terwijl dat materiaal ook nog eens duurzaam was en voldoende zacht om er met behulp van stempels snel inscripties in aan te brengen. Elke set van tien tabletten zat verpakt in een houten kist, net als die van de Ark des Verbonds. De priesters zijn er tot het allerlaatste moment mee bezig geweest en hebben, toen het water de stad driegde te verzwelgen, de laatste kopie gelaten voor wat die was.'

'Dit mogen dan gewijde teksten zijn, maar het zijn in elk geval niet de Tien Geboden.' Katya had haar palmcomputer te voorschijn gehaald en scrollde nu door het register van de Atlantis-symbolen met de Minoïsche Lineair A. 'Het duurt nog wel een tijdje voor het in zijn geheel vertaald zal zijn, maar ik denk dat ik de strekking van het verhaal nu al weet. Het eerste tablet aan de linkerkant refereert aan granen, groenten, zelfs aan verschillende soorten wijn, én aan de seizoenen van het jaar. Het tweede, het exemplaar dat onze scribent aan het kopiëren was, betreft het houden van vee. Het derde gaat over het verwerken van koper en goud, en het vierde heeft architectuur en het gebruik van bouwstenen als onderwerp.' Ze zweeg even en keek op. 'Tenzij ik me grandioos vergis, vormen deze tabletten een soort encyclopedie, een blauwdruk voor het leven in het neolithische Atlantis.'

Jack schudde verbaasd zijn hoofd. 'Aslan zou bijzonder teleurgesteld zijn. Geen overvloedige koninklijke schat, geen fortuin aan kunstwerken. Alleen de grootst mogelijke schat die er bestaat, een van onschatbare waarde. De sleutel tot de beschaving zelf.'

Terwijl Katya en Dillen druk bezig waren om in het schijnsel van Jacks lantaarn de teksten te vertalen, liep Costas langs Aysha naar de godin en de stieren. De opening tussen de voorpoten van de rechter stier en de omvangrijke dij van de godin vormde een lage doorgang die door generaties lang gebruik volkomen glad was geworden. Costas bukte zich en verdween uit het zicht, hoewel zijn aanwezigheid nog bleek uit het lichtschijnsel, waartegen de stieren nu scherp afstaken, stieren die in de richting van het hoofd van de godin leken te daveren.

'Kom maar achter me aan.' Zijn stem klonk gedempt maar was desalniettemin uitstekend te horen. 'Er is nog meer.'

Ze gingen naar binnen en stonden nu met hun rug tegen de achterzijde van de beelden. Ze bevonden zich nu in een klein bijvertrek, met tegenover zich een onregelmatige rotswand.

'Dit moet het heilige der heiligen zijn.' Terwijl hij sprak schoten Dillens ogen van links naar rechts. 'Net als de cella van een Griekse tempel of het sanctuarium van een christelijke kerk. Maar het is verrassend kaal hier.'

'Op dát na dan.' Costas richtte zijn lantaarn op de rotswand.

Die was verfraaid met drie geschilderde gestalten, waarvan de middelste bijna even groot was als de moedergodin, terwijl de twee andere iets kleiner waren. Het leek een nabootsing van het tafereel met de godin en de stieren. Ze hadden een matrode kleur, identiek aan het pigment dat in de hal van de voorvaderen was gebruikt, alleen waren hier de tinten wat vervaagd. Stilistisch deden ze ook aan de kunst uit de ijstijd denken, aangebracht met brede, impressionistische halen die het geheel een realistisch en krachtig gevoel van beweging gaven, hoewel de afbeeldingen in feite nog steeds voornamelijk uit contouren bestonden. Toch leken de figuren qua vorm in niets op al het andere dat ze in Atlantis hadden gezien.

In plaats van machtige dieren of statige priesters waren het nauwelijks herkenbare aardse wezens, abstracte voorstellingen die niet bepaald een fysiek aanwezige indruk achterlieten. Elk ervan bezat een enigszins opgeblazen, peervormig lichaam met ledematen die onbeholpen naar buiten staken, waarbij de handen en voeten uitmonden in tien of twaalf vingers of tenen die wijd uiteenstonden. De hoofden leken in geen enkele verhouding met het lichaam te staan. De ogen waren veel te groot en lensvormig, met een zwarte rand eromheen die deed denken aan de *kohl*-strepen die op Egyptische portretten worden aangetroffen. Het leek wel of een kind had geprobeerd een menselijk lichaam te tekenen, hoewel de gemeenschappelijke trekken van het drietal op een eigenaardige manier iets weloverwogens hadden.

'Deze zijn oud, heel erg oud,' mompelde Jack. 'Late ijstijd, misschien wel vijfduizend jaar voor de overstroming. Ze zijn op kale rots aangebracht, net als de dieren in de hal van de voorvaderen. Wat rotsschilderingen betreft zijn er overal ter wereld voldoende voorbeelden van minimalistische afbeeldingen van de menselijke vorm te vinden. Denk maar aan de rotstekeningen in Afrika en Australië, en niet te vergeten in het zuidwesten van de Verenigde Staten. Maar ik heb nog nooit prehistorische afbeeldingen als deze gezien.'

'Dit kunnen onmogelijk serieuze pogingen tot het tekenen van mensen zijn geweest.' Costas schudde vol ongeloof zijn hoofd. 'Uit de ijstijd daterende kunst kan onmogelijk zó primitief zijn. De dieren in de hal van de voorvaderen zijn verbazingwekkend naturalistisch.'

'Waarschijnlijk is hier eerder sprake van mensachtigen dan van antropomorfe wezens,' wierp Jack tegen. 'Je moet niet vergeten dat deze afbeeldingen duizenden jaren ouder zijn dan die van de Atlantiërs die in de doorgang zijn uitgehakt, en waarschijnlijk als sjamanen en geesten beschouwd kunnen worden, of goden die geen vastomlijnde vorm hadden. In sommige gemeenschappen was het menselijk lichaam iets heiligs, en probeerde men dat ook nooit te portretteren. De kunstenaars uit de ijzertijd, en dan met name die uit het Keltische Europa, waren uiterst talentvol, maar als je de afbeeldingen zag die ze onder de Romeinen maakten, zou je denken dat ze ongelooflijk primitief waren.'

De lichtbundel van Jacks lantaarn gleed omhoog naar een klein bewerkt iets boven op de middelste gestalte. Het was één enkele cartouche, een halve meter lang, met daarin twee Atlantische symbolen – de neergestreken adelaar en de verticale peddel.

'Dat is recenter dan de schilderingen,' merkte Jack op. 'Het oppervlak is schoner en voor die inscripties heb je metalen gereedschap nodig. Enig idee van de vertaling?'

Katya kende het overgrote deel van de woorden nu uit het hoofd en hoefde haar computer dan ook niet te raadplegen. 'Die staan niet in het register,' meldde ze beslist. 'Het zou een werkwoord of een zelfstandig naamwoord kunnen zijn dat we nog niet zijn tegengekomen. Maar in deze context lijkt me het nog het meest waarschijnlijk dat het om een eigennaam gaat.'

'Hoe wordt het uitgesproken?' Eframs stem kwam uit een hoek van het vertrek.

'Elk door de bewoners van Atlantis gehanteerd symbool vertegenwoordigt een lettergreep, een medeklinker met direct ervoor of erna een klinker,' antwoordde Katya. 'De neergestreken adelaar is altijd een *Y* en de verticale peddel een *W*. Ik denk dat het wordt uitgesproken als *ye-we* of *ya-wa*, waarbij de klinkers zo kort mogelijk moeten klinken.'

'De Tetragrammaton!' Efram klonk alsof hij het niet kon geloven. 'De naam die onuitgesproken dient te blijven. De Schepper aller dingen, de Heerser over Hemel en Aarde.' Instinctief deinsde hij achteruit, bij de beeltenissen op de muur vandaan, de blik afgewend, het hoofd eerbiedig gebogen.

'Jahweh.' Dillen klonk nauwelijks minder verbijsterd. 'De naam van God in het Hebreeuwse Oude Testament, de gewijde naam die alleen mag worden uitgesproken door de hoge priester in de Tabernakel, in het heilige der heiligen, op Grote Verzoendag. In het Grieks werd het "Het Vierletterwoord" genoemd, de Tetragrammaton. De vroege christenen vertaalden het als Jehova.'

'De God van Mozes en Abraham.' Terwijl hij sprak werd Efram langzaam weer wat rustiger. 'Een god van een stam ergens in de Sinaï, ten tijde van de Israëlitische uittocht uit Egypte, maar het kan zijn dat hij zich aanzienlijk eerder heeft geopenbaard. In tegenstelling met de andere goden die de Israëlieten in verleiding hebben gebracht, was hij zeer geneigd tot ingrijpen, uiterst effectief ten opzichte van de mensen die hem aanbaden en in staat om gebeurtenissen in hun voordeel te wijzigen. Hij ging hen voor in de strijd, en in ballingschap, én hij gaf hun de Tien Geboden.'

'En hij redde hen van het stijgende water.'

De woorden kwamen moeiteloos over Costas lippen, die het volgende moment uit het Boek Genesis begon te reciteren.

'"En dit, zei God, zal voor alle komende generaties het teken zijn van het verbond tussen mij en jullie en alle levende wezens bij jullie." En de zonen van Noach, die samen met hem uit de ark waren gekomen, heetten Sem, Cham en Jafet. Cham was de vader van Kanaän. Met de drie zonen van Noach begon de verspreiding van de mensheid over de hele aarde.'

Jack was zich bewust van het feit dat zijn vriend in de Grieks-Orthodoxe traditie was opgegroeid, en knikte langzaam, terwijl zijn ogen door de revelatie begonnen te glinsteren.

'Maar natuurlijk,' zei Jack. 'De joodse God zorgde ervoor dat het land onder water kwam te staan en maakte vervolgens aan de uitverkorenen duidelijk dat hij een overeenkomst met ze had, en dat deed hij door een regenboog aan hen te openbaren. Precies zoals we al vermoedden. Het bouwen van de ark, het selecteren van de dierparen – zodat ze zich konden voortplanten, de diaspora van Noachs nakomelingen over de hele wereld. In de oude overstromingsmythen wordt niet alleen verhaald over rivieren die buiten hun oevers treden en over het ijs dat aan het einde van de ijstijd smelt. Ze verhalen ook nog over een heel andere ramp, over een overstroming in het zesde millennium voor Christus die de ondergang betekende voor de eerste stad op aarde, waardoor er een vroeg ontwikkelde beschaving verdween die in de duizenden jaren daarna niet zou worden geëvenaard. Plato is wat het Atlantis-verhaal betreft niet de enige bron meer. Het staart ons momenteel recht in het gezicht, vercijferd in het belangrijkste literaire werk dat ooit geschreven is.'

32

Nadat ze de rest van het heilige der heiligen zorgvuldig hadden onderzocht, gingen ze terug naar het grotere vertrek. Ze verzamelden zich aan het eind ervan rond het mysterieuze bolvormige voorwerp. Dillen voegde zich als laatste bij hen en pakte uiteindelijk een beitel op die tussen de spullen op de stenen tafel lag.

'Deze is van brons,' zei hij. 'Een legering van koper en tin, niet al te lang voor men dit vertrek ontvluchtte omgesmolten, ergens in het midden van het zesde millennium voor Christus. Een buitengewone ontdekking. Tot vandaag aan toe beweren archeologen dat rond 3500 voor Christus het eerste brons werd gemaakt, mogelijk in Anatolië, en dat het pas tijdens het millennium erna op grotere schaal werd toegepast.'

Dillen legde de beitel terug en plaatste zijn handen op de tafel.

'De vraag is, waarom duurde het zo lang voor het brons na het stijgen van het water van de Zwarte Zee weer ten tonele kwam?'

'Waarschijnlijk omdat de Atlantis-beschaving zich in totale isolatie heeft ontwikkeld,' zei Costas, 'en ook nog eens stukken sneller dan elders.'

Jack knikte en begon heen en weer te ijsberen. 'Op het juiste moment, en onder de juiste omstandigheden, kan er enorme vooruitgang worden geboekt. Toen er tienduizend jaar geleden een einde kwam aan de ijstijd, was de streek langs de Zwarte-Zeekust al rijk aan flora en fauna. Omdat de Bosporus was geblokkeerd, had het smelten van de ijskappen hier maar weinig effect. De grond rond de vulkaan was uitermate vruchtbaar, de zee zat vol vis en op het land vond je ruime hoeveelheden oerossen, herten en zwijnen. Tel hier de andere bekende natuurlijke hulpbronnen bij op: hout uit de bossen die de berghellingen bedekten; zout uit de pannen die overal langs de kust te vinden waren; rots en steen uit de vulkaan; goud, koper en, misschien wel het allerbelangrijkste, tin. Het was een hoorn des overvloeds, een Hof van Eden, alsof een of andere kracht alle elementen voor een goed leven op één specifieke plek had geconcentreerd.'

Costas staarde in gedachten verzonken naar de corpulente gestalte van de moedergodin. 'Goed,' zei hij, 'een uitermate dynamische groep jager/ verzamelaars trekt ongeveer veertigduizend jaar geleden dit gebied binnen. Ze ontdekken binnen de vulkaan een soort labyrint. De dierenschilderingen in de hal van de voorvaderen zijn door hen gemaakt, en deze ruimte is hun heiligdom. Aan het eind van de ijstijd ontdekken ze de landbouw.'

'Tot dan toe klopt het,' zei Jack. 'Alleen moet daar onmiddellijk bij worden gezegd dat rond die tijd de landbouw zich in het héle Nabije Oosten begon te ontwikkelen, als het ware een idee dat min of meer gelijktijdig de kop opstak. Geavanceerde neolithische nederzettingen bestonden al in het tiende millennium voor Christus, en de beroemdste daarvan waren Jericho in Palestina en Çatal Hüyük in het zuiden van Anatolië, de twee vindplaatsen die heel wat overeenkomsten hebben met ónze neolithische nederzetting voor de kust van Trabzon.'

'Oké,' vervolgde Costas. 'Net als de mensen op de Anatolische vindplaats, waren de inwoners van Atlantis in staat om koper te slaan, maar vervolgens maakten ze een reuzensprong vooruit en leerden ze hoe ze het moesten smelten en hoe ze een legering moesten maken. Net als de inwoners van Jericho schiepen ze een monumentale architectuur, maar in plaats van muren en torens bouwden ze arena's, processiewegen en piramiden. Vanaf rond 8000 voor Christus gebeurt er iets ongelooflijks. Een gemeenschap die bestaat uit boeren en vissers verandert in een metropolis van vijftig-, misschien wel honderdduizend inwoners. Ze beschikken over een eigen schrift, een religieus hoofdkwartier dat zich de gelijke mag weten van welk middeleeuws klooster dan ook, openbare arena's waar de Romeinen zeer van onder de indruk zouden zijn geweest, een ingewikkeld waterdistributiesysteem – het is ongelooflijk.'

'En je vond dit nergens anders,' zei Jack. Hij hield op met ijsberen. 'Çatal Hüyük werd aan het einde van het zesde millennium voor Christus verlaten en is daarna nooit meer bewoond geweest, mogelijk ten gevolge van oorlogen. Jericho heeft het overleefd, maar de legendarische muren uit de bijbelse periode waren niet meer dan een flauw aftreksel van hun neolithische voorlopers. Terwijl de inwoners van Atlantis al piramiden bouwden, begon het overgrote deel van het Midden-Oosten heel behoedzaam aan het vervaardigen van aardewerk.'

'En met name brons heeft zo'n wonderbaarlijke ontwikkeling mogelijk gemaakt,' zei Mustafa, en boog zich wat verder over de tafel heen, waardoor zijn bebaarde gelaat binnen het schijnsel van een van de lantaarns viel. 'Bedenk eens waar al die harde, scherpgekante voorwerpen voor gebruikt konden worden, voorwerpen die in nagenoeg alle mogelijke vormen konden worden gemaakt, terwijl het materiaal later weer kon worden gerecycled. Zonder bijlhouwelen en beitels zou een ark nooit verder dan het tekenbord zijn gekomen. Bronzen gereedschap was van het allergrootste belang bij het exploiteren van steengroeven, het bewerken van die steen en rots, en bij de landbouw uiteraard. Ploegscharen, pikhouwelen, hooivorken, schoffels, spades, sikkels en zeisen. De tweede agrarische revolutie zou zonder brons onmogelijk zijn geweest.'

'In Mesopotamië – het huidige Irak – maakte het ook de allereerste bewapeningsrace uit de geschiedenis mogelijk,' merkte Hiebermeyer op, en maakte ondertussen zijn brillenglazen schoon.

'Een belangrijk punt,' zei Dillen. 'Er werd in de vroege staten van Mesopotamië en de Levant nagenoeg altijd oorlog gevoerd, eerder ten gevolge van de hebzucht van de elite, dan uit noodzaak om hulpbronnen te veroveren. Het is een gevaarlijke misvatting om te denken dat oorlogen de technische vooruitgang versnelt. De voordelen van vooruitgang op technologisch en wetenschappelijk gebied wegen niet op tegen de onuitputtelijke menselijke vindingrijkheid als het gaat om het verzinnen van manieren om dingen te vernietigen. Misschien dat de priesters van Atlantis het idee hadden dat als ze de productie van brons in eigen hand hielden, ze op die manier konden voorkomen dat het materiaal voor wapens zou worden gebruikt.'

'Stel je voor, een maatschappij zonder oorlog, maar die vlak na de ijstijd tóch over grote hoeveelheden brons beschikte,' zei Hiebermeyer. 'Het moet de ontwikkeling van de beschaving hebben versneld op een wijze die op een andere manier nooit mogelijk zou zijn geweest.'

'Dus als de inwoners van Atlantis als enigen hebben ontdekt hoe je brons kon maken, is die kennis dan verloren gegaan toen de stad onder water kwam te staan?' vroeg Costas.

'Die ging niet verloren, maar werd geheimgehouden,' zei Dillen. 'Dan moeten we teruggaan naar Amenhotep, de Egyptische hogepriester in het tempelscriptorium van Saïs. Ik ben van mening dat hij de bewaarder van kennis was, een van de velen in een ononderbroken reeks bewaarders die teruggaat tot vijfduizend jaar daarvoor, tot aan de tijd van Atlantis. De eerste priesters van Saïs waren de laatste priesters van Atlantis, afstammelingen van de mannen en vrouwen die dít vertrek zijn ontvlucht en aan een gevaarlijke reis in westelijke richting naar de Bosporus zijn begonnen. Het was hun taak het menselijke gedrag te reguleren conform hun interpretatie van de goddelijke wil. Dat bereikten ze niet alleen door een morele code af te dwingen, maar ook door op te treden als hoeders van kennis, inclusief de kennis waarvan ze wisten dat die voor destructieve doeleinden kon worden gebruikt. Nadat Atlantis was verdwenen, vermoed ik dat ze het mysterie van het brons generaties lang geheim hebben gehouden, en dat het alleen van meester aan leerling werd doorgegeven.' Dillen gebaarde naar de glanzende plaquettes aan de wand.

'Hier hebben we het hele archief aan kennis waarover de priesters van Atlantis beschikten, vercijferd als een heilige tekst. Sommige kennis stond open voor iedereen, zoals de basisbeginselen van de landbouw. Bepaalde informatie bleef het domein van de priesters, waaronder wellicht de traditionele medische kennis.' Hij gebaarde met zijn arm naar de niet-vertaalde platen aan de linkerkant. 'Naar de rest kunnen we eigenlijk alleen maar raden. Misschien bevinden zich onder deze inscripties nog oude wijsheden die de hogepriesters geheel voor zichzelf hebben gehouden, wijsheden die pas op een door de goden bepaald tijdstip mochten worden geopenbaard.'

'Maar de basisbeginselen van de bronstechniek zullen toch wel algemeen bekend zijn geweest, en voor iedereen beschikbaar?' volhardde Costas.

'Niet noodzakelijkerwijs.' Jack beende nu achter het bolvormige voorwerp heen en weer. 'Toen ik met de ADSA boven het oostelijke gedeelte van de stad hing, merkte ik iets vreemds op. Ik zag toen een terrein waar alleen maar hout werd bewerkt, plaatsen waar steenhouwers hadden gewerkt, aardewerkbedrijfjes, ovens waar graan werd gedroogd en brood gebakken. Maar geen smederijen of werkplaatsen waar metaal werd bewerkt.' Hij keek Mustafa vragend aan, wiens proefschrift over vroege metallurgie in Klein-Azië op dit gebied toonaangevend was.

'Lange tijd hebben we gedacht dat het tin dat in de bronstijd werd gebruikt helemaal uit Centraal-Azië kwam,' zei Mustafa. 'Maar spoorelementanalyse van verschillende werktuigen wijzen nu ook in de richting van mijnen in het zuidoosten van Anatolië. En ik vermoed dat we nu naar nóg een bron kijken, een waar we, vóór we deze ontdekking deden, geen moment aan gedacht zouden hebben.'

Jack knikte enthousiast, en Mustafa vervolgde: 'Het uitsmelten en het smeden zijn geen werkzaamheden die je dicht in de buurt van woonhuizen verricht. Jack heeft gelijk als hij zegt dat een gemeenschap van deze grootte toch een redelijk omvangrijke metaalbewerking moet hebben gekend, maar dan wel uit de buurt van dichtbevolkte woonwijken. Een plaats waar hoge temperaturen konden worden beteugeld, hitte die afkomstig was van een natuurlijke bron.'

'Natuurlijk!' riep Costas uit. 'De vulkaan! Onder de mineralen die door de erupties omhoog werd gestuwd moet ook kassiteriet hebben gezeten, tinerts. Het was een mijn, een heel stelsel van gangen die de ertsaders volgden tot diep in het binnenste van de berg.'

'En omdat de berg toch al gewijd gebied was,' voegde Dillen eraan toe, 'hadden de priesters het volkomen voor het zeggen; ze bepaalden niet alleen wie er in de buurt van het productieproces mocht komen, ze hadden ook de zeggenschap over het belangrijkste bestanddeel bij het maken van brons. En ze konden ook nog een extra barrière opwerpen, een muur van vroomheid. Een geestelijkheid bestaat alleen maar omdat ze pretendeert waarheden te doorzien die buiten het bevattingsvermogen van de leek liggen. Door het brons te consacreren, konden ze metallurgie tot een exclusieve kunst verheffen.'

Jack staarde strak naar de tafel. 'We staan op een catacombe vol antieke technologie, een veelvormige smeltoven die de god van het vuur, Hephaestus, zondermeer waardig is.'

'Wat is er dan feitelijk ten tijde van de uittocht rond de Zwarte Zee gebeurd?' vroeg Costas.

'Nu komen we tot de kern van de zaak,' antwoordde Dillen. 'Toen de Bosporus doorbrak en de waterspiegel steeg, moeten de mensen van het ergste zijn uitgegaan, hebben gedacht dat het eind der tijden nabij was. Zelfs de priesters hadden geen rationele verklaring voor het meedogenloos naderbij komen van de zee, een fenomeen dat even bovennatuurlijk was als het gerommel van de vulkaan zelf.'

Hij begon heen en weer te lopen, en zijn gebaren wierpen vreemde schaduwen op de wanden.

'Om de goden gunstig te stemmen, vielen ze terug op verzoeningsoffers. Misschien sleepten ze een reusachtige stier langs de processieweg naar boven en werd daarvan op het altaar de keel doorgesneden. Toen dat geen resultaat had, hebben ze in hun wanhoop misschien hun toevlucht gezocht tot het ultieme offer, een mensenoffer. Ze doodden hun slachtoffers op de stenen plaat in de lijkenkamer en gooiden het lichaam vanaf de richel zó in het hart van de vulkaan.'

Hij zweeg even en keek op.

'En toen gebeurde het. Misschien een plotselinge golf magma, misschien vergezeld van een hevige storm met veel regen, een combinatie die die opmerkelijke zuil van stoom tot gevolg kan hebben gehad, en daarna die glorieuze regenboog. Het was het langverwachte teken. Er werd haastig nog een laatste symbool in de wand aangebracht. Jahweh had ze uiteindelijk toch niet in de steek gelaten. Er was nog steeds hoop. Het overtuigde hen ervan dat het beter was om te vertrekken dan hun noodlot af te wachten.

'En toen vertrokken ze aan boord van hun boten,' merkte Costas op.

'Sommigen namen de kortste route naar hooggelegen gebied, naar het oosten, naar de Kaukasus, en vervolgens in zuidelijke richting door de vlakte langs de berg Ararat, richting Mesopotamië en de Indusvallei. Anderen peddelden in westelijke richting naar de monding van de Donau, terwijl enkelen daarvan er uiteindelijk in slaagden de Atlantische kust te bereiken. Maar ik denk dat de grootste groep hun boten langs de Bosporus naar de Middellandse Zee hebben gesleept. Ze vestigden zich in Griekenland, in Egypte en in de Levant, hoewel sommigen zelfs helemaal naar Italië en Spanje trokken.'

'Wat hebben ze met zich meegenomen?' vroeg Efram.

'Denk eens aan de ark van Noach,' reageerde Dillen. 'Van al hun gedomesticeerde dieren minstens twee stuks, zodat ze ermee konden fokken. Koeien, varkens, herten, schapen, geiten. En zakken vol zaadgoed. Tarwe, gerst, bonen, zelfs olijfbomen en wijnranken. Maar er was één ding dat ontzettend belangrijk voor hen was dat ze hebben moeten achterlaten.'

Costas keek hem aan. 'Brons?'

Dillen knikte ernstig. 'Het is de enig mogelijke verklaring voor de totale afwezigheid van brons in de tweeduizend jaar daarna. Er zal ongetwijfeld nog wel ruimte in hun boten zijn geweest hun gereedschap en andere werktuigen mee te nemen, maar ik denk dat de priesters opdracht hebben gegeven dat achter te laten. Misschien moet dat als een laatste daad van verzoening worden gezien, een offer dat hun reis naar het onbekende moest waarborgen. Misschien hebben ze het gereedschap wel in het water gegooid, een offer aan de krachten die ervoor hadden gezorgd dat hun stad ten dode was opgeschreven.'

'Maar de priesters hebben hun kennis op het gebied van metallurgie wel met zich meegenomen,' zei Costas.

'Inderdaad. Ik denk dat de hogepriesters een pact met hun goden hebben gesloten, een convenant zo je wilt. Nadat ze uit het voorteken hadden opgemaakt dat ze zouden kunnen ontkomen, zijn ze met grote haast begonnen met het kopiëren van de woorden van hun heilige tekst, die op de tien gouden tabletten werden overgezet. We weten dat tot hun kennis ook de beginselen van de landbouw behoorde, evenals het houden van vee en het bewerken van steen, plus nog veel meer, dat pas te lezen zal zijn wanneer de vertaling voltooid is.' Hij wierp een korte blik op Katya. 'Elke set tabletten werd verpakt in een houten kist en toevertrouwd aan een hogepriester die elk van de vertrekkende konvooien zou vergezellen.'

'Eén groep moet een incomplete set bij zich hebben gehad,' onderbrak Jack hem. 'De nog niet voltooide gouden plaat die hier voor ons ligt hebben ze achtergelaten, halverwege het kopiëren van tablet nummer vier.'

Dillen knikte. 'En ik denk dat de ene groep groter was dan de andere, en dat daarin het overgrote deel van de hogepriesters en hun gevolg heeft gezeten. Door elke groep een kopie van hun heilige teksten mee te geven, zorgden de priesters ervoor dat hun nalatenschap in stand zou blijven, wat er ook met de grootste groep schepen zou gebeuren. Maar het was hun bedoeling om een nieuwe heilige berg te vinden, een nieuw Atlantis.'

'En jij zegt dat hun nakomelingen tweeduizend jaar lang op hun kennis zijn blijven zitten,' zei Costas vol ongeloof.

'Denk eens aan de priesters in Saïs,' reageerde Dillen. 'Generaties lang hebben ze het verhaal van Atlantis verborgen gehouden, een beschaving die een eeuwigheid geleden al verdwenen was, lang voordat de farao's aan de macht kwamen. Voor zover wij weten was Solon de eerste buitenstaander die in hun geheimen werd ingewijd.'

'En de priesters hadden naast de mysteriën der metallurgie nog aanzienlijk meer te bieden,' zei Jack. 'Ze konden nog steeds gebruikmaken van hun astronomische kennis om de seizoenen te voorspellen en de meest geschikte data voor te schrijven om te zaaien of te oogsten. In Egypte hebben ze hun autoriteit misschien aangewend om de jaarlijkse overstroming van de Nijl te duiden, een wonder waarvoor goddelijke interventie nodig was. Hetzelfde gold voor de andere bakermatten van beschaving waar rivieren het land bevloeiden, de Tigres en Eufraat in Mesopotamië en de Indusvallei in Pakistan.'

'En uiteraard moeten we natuurlijk niet datgene over het hoofd zien wat weleens een directere erfenis van het brons zou kunnen zijn,' voegde Mustafa eraan toe. 'Tijdens het zesde en zevende millennium voor Christus bereikten steenhouwers bij het bewerken van vuursteen het toppunt van hun kunnen en produceerden deze vaklieden uiterst verfijnde messen en sikkels. Sommige daarvan zijn zo identiek aan metalen exemplaren, dat ze best eens gemaakt zouden kunnen zijn met de ervaring van het brons in het achterhoofd. In Varna, aan de Bulgaarse kust, is op een begraafplaats een enorme hoeveelheid gouden en koperen ornamenten gevonden. Deze vindplaats dateert van vóór 4500 voor Christus, dus zouden de eerste mensen die zich hier gevestigd hebben weleens uit Atlantis afkomstig kunnen zijn.'

'En we moeten natuurlijk ook de taal niet vergeten,' zei Katya. 'Hun belangrijkste geschenk zou weleens het Indo-Europees kunnen zijn dat ze op die tabletten hebben aangebracht. De ware moedertaal is van hén afkomstig, de basis van de eerste geschreven talen in de Oude Wereld. Grieks, Latijn, Slavonisch, Perzisch, Sanskriet. En het Germaans, met als afgeleide daarvan het Oud-Engels. Hun uitgebreide woordenschat en geavanceerde zinsbouw stimuleerden het verspreiden van zienswijzen, niet alleen abstracte ideeën op het gebied van religie en astronomie, maar ook aanzienlijk alledaagser zaken. Het duidelijkste gemeenschappelijke kenmerk bij de Indo-Europese talen is de woordenschat die betrekking heeft op het bewerken van het land en het omgaan met gedomesticeerde dieren.'

'Tot die abstractie ideeën behoren onder andere het monotheïsme, het aanbidden van één god.' Efram Jacobovitsj had met trillende stem het woord weer genomen en leek opnieuw op het punt te staan op emotionele wijze een onthulling te doen. 'In de joodse traditie wordt ons geleerd dat de verhalen uit het Oude Testament voornamelijk afgeleid zijn van gebeurtenissen uit de late brons- en vroege ijzertijd, oftewel van het tweede en de eerste helft van het eerste millennium voor Christus. Nu ziet het ernaar uit dat er ook nog herinneringen bij betrokken zijn die ongelooflijk veel ouder zijn. Het dramatisch stijgen van de waterspiegel van de Zwarte Zee en Noach. De gouden tafelen en de Ark des Verbonds. Zelfs aanwijzingen dat er offerandes hebben plaatsgevonden, misschien zelfs wel mensen zijn geofferd, als ultieme test dat men loyaal aan God was, wat weer sterk doet denken aan het verhaal van Abraham en zijn zoon Izak op de berg Moria. Ik zou dat alles geen toeval willen noemen.'

'Veel van wat tot nu toe als de waarheid werd beschouwd zal moeten worden herzien en herschreven,' zei Dillen plechtig. 'Een opmerkelijke serie toevalligheden heeft tot deze ontdekking geleid. Het blootleggen van het stuk papyrus in de woestijn. Het uitgraven van het Minoïsche scheepswrak en de ontdekking van de gouden schijf, met zijn kostbare overzicht van symbolen. De vertaling van de schijf van klei uit Phaestos.' Hij keek Aysha en Hiebermeyer, Costas, Jack en Katya om de beurt even aan, op die manier hun bijdrage aan dit alles erkennend. 'En door al deze vondsten heen loopt een rode draad, iets dat ik aanvankelijk als puur toeval terzijde heb geschoven.'

'Het Minoïsche Kreta,' reageerde Jack onmiddellijk.

Dillen knikte. 'De verhaspelde versie van het Atlantis-verhaal van Plato lijkt te verwijzen naar de Minoïers van de bronstijd, aan hun verdwijnen na de uitbarsting op Thira. Maar tot ons grote geluk laat het overgebleven stukje papyrus zien dat Solon twee afzonderlijke lezingen heeft vastgelegd, een waarin inderdaad gesproken wordt over de catastrofe in de Egeïsche Zee halverwege het tweede millennium voor Christus, terwijl in de andere het verdwijnen van Atlantis in de Zwarte Zee, vierduizend jaar eerder, beschreven wordt.'

'Gebeurtenissen die volkomen losstonden van elkaar,' onderbrak Costas hem.

Dillen knikte. 'Ik ging ervan uit dat Amenhotep Solon een anekdotisch verslag van belangrijke natuurrampen uit het verleden had gedaan, een lijst van beschavingen die tijdens grote overstromingen en aardbevingen verloren waren gegaan, iets dat appelleerde aan de Griekse voorkeur naar dramatiek. En eeuw later speelden Egyptische priesters Herodotus alle mogelijke verhalen over bizarre gebeurtenissen in verafgelegen oorden toe, waarvan sommige zonder meer als onwaar mogen worden beschouwd. Maar nu denk ik er anders over. Ik ben nu de mening toegedaan dat Amenhotep een hoger doel voor ogen stond.'

Costas leek verbijsterd. 'Ik dacht dat de priesters alleen maar in Solon waren geïnteresseerd vanwege zijn goud,' zei hij. 'Anders zouden ze hun geheimen nooit hebben onthuld, en al helemaal niet aan een buitenlander.'

'Ik ben nu van mening dat het slechts een deel van het hele verhaal was. Amenhotep had misschien het gevoel al dat de dagen van het Egypte van de farao geteld waren, dat er niet langer gerekend kon worden op de bescherming waardoor zijn voorvaderen hun geheimen zo lang voor zoveel generaties verborgen hadden kunnen houden. De Grieken waren al druk bezig met het stichtten van handelsposten in de Nijldelta, en nog geen twee eeuwen later zou Alexander de Grote de oude orde stormenderhand wegvagen. Maar misschien heeft Amenhotep ook weleens hoopvol naar de Grieken gekeken. Want dat was een maatschappij waarin de democratie op haar hoogtepunt was, een maatschappij van verlichting en nieuwsgierigheid, een oord waar de filosoof écht koning zou kunnen zijn. De mensen zouden in de Griekse wereld wellicht opnieuw Utopia kunnen ontdekken.'

'En de aanblik van de naar kennis hongerende wetenschapper heeft misschien herinneringen wakker gemaakt aan een legendarisch land over de noordelijke horizon, een eilandbeschaving die omgeven was door legendes waarin steeds de hoop werd gekoesterd dat de geestelijkheid weer eens op zou bloeien.' Jacks gezicht straalde van opwinding. 'Ook ik denk dat Amenhotep een priester uit Atlantis is geweest, een directe afstammeling van de heilige mannen die vijfduizend jaar eerder een groep vluchtelingen naar de kust van Egypte leidden en daar vorm gaven aan de toekomst van dat land. Hogepriesters, patriarchen, profeten, je kunt ze noemen hoe je wilt. Andere groepen kwamen aan land in de Levant, in het westen van Italië, waar ze de voorvaderen waren van de Etrusken en de Romeinen, en in het zuiden van Spanje, waar vervolgens de Tartessianen tot grote bloei zouden komen. Maar ik geloof niet dat de hoofdgroep verder is gevaren dan de Egeïsche Zee.'

'Het eiland Thira!' riep Costas uit.

'Vóór de uitbarsting moet Thira de indrukwekkendste vulkaan van de Egeïsche Zee zijn geweest, een enorme kegel die de gehele archipel domineerde,' antwoordde Jack. 'Voor de vluchtelingen moet dat silhouet vanuit de verte verdomd veel op hun verdwenen thuisland hebben geleken. De laatste reconstructies laten zien dat de vulkaan op Thira twee toppen moet hebben gehad, opmerkelijk identiek aan het uitzicht dat we vanaf de *Seaquest* op dit eiland hebben gehad.'

'Het klooster dat na de aardbeving van verleden jaar in de kliffen van Thira aan de oppervlakte is gekomen,' zei Costas. 'Wil je zeggen dat dat door de bewoners van Atlantis is gebouwd?'

'Sinds de ontdekking van het prehistorische Akrotiri in 1967 vragen archeologen zich af waarom zulke bloeiende nederzettingen niet over een paleis beschikten,' zei Jack. 'De onthulling van verleden jaar bewijst iets dat sommigen van ons al langer dachten, namelijk dat het middelpunt van het eiland eigenlijk gevormd werd door een omsloten, religieus terrein, waarvan ook een indrukwekkend bergheiligdom deel moet hebben uitgemaakt. Ons scheepswrak bewijst dat maar weer eens. De uit ceremoniële voorwerpen en gewijde artefacten bestaande lading toont aan dat de priesters omgeven werden door een rijkdom die je alleen bij koningen aantrof.'

'Maar dat wrak dateert uit de bronstijd, duizenden jaren ná de uittocht uit het Zwarte-Zeegebied,' wierp Costas tegen.

'Ja, Akrotiri is gesticht in de bronstijd, een handelscentrum aan zee, maar overal op het eiland zijn neolithisch aardewerk en stenen gereedschappen gevonden. De vroegste nederzetting lag waarschijn wat verder het binnenland in en hoger tegen de bergen op, en in een tijd dat aanvallen vanuit zee schering en inslag waren was dat een aanzienlijk veiliger locatie.'

'Uit wat voor een tijd dateert het klooster?' vroeg Costas.

'Het is verbazingwekkend oud, vijfde tot zesde millennium voor Christus. Je ziet dat alles op z'n plaats valt. En wat het scheepswrak betreft: niet alleen de gouden schijf maar veel andere gewijde voorwerpen aan boord zullen uiteindelijk veel ouder blijken te zijn – het zijn stuk voor stuk van de ene op de andere generatie overgedragen artefacten die van jaren vóór de bronstijd dateren.'

'En hoe past het Minoïsche Kreta hier dan in?'

Jack pakte de rand van de tafel beet en zijn euforie was bijna voelbaar.

'Als mensen denken aan de antieke wereld vóór de Grieken en de Romeinen, komen ze vaak niet verder dan de Egyptenaren, of de Assyriërs en andere volken uit het Nabije Oosten die in de bijbel worden genoemd. Maar eigenlijk was de opvallendste beschaving het volk dat zich op het eiland Kreta ontwikkelde. Ze mogen dan geen piramiden of ziggoerats hebben gebouwd, maar alles wijst erop dat het om een unieke, uiterst rijke cultuur ging, verbazingwekkend creatief en perfect afgestemd op de mogelijkheden van het land.' Jack voelde hoe de opwinding bij de anderen toenam naarmate ze in staat waren datgene wat sinds de vergadering in Alexandrië in hun hoofden had rondgespookt een duidelijke plaats te geven.

'Het is moeilijk om je daar vandaag de dag een beeld van te vormen, maar vanaf de plaats waar we nu staan beheersten de Atlantiërs een grote vlakte die zich uitstrekte van de voormalige kustlijn tot aan de uitlopers van het Anatolisch gebergte. Het eiland Thira is eveneens buitengewoon vruchtbaar, maar veel te klein om ruimte te kunnen bieden aan zo'n uitgebreide bevolking. In plaats daarvan richtten de priesters hun blik naar het zuiden, naar het eerste land dat ze na twee dagen varen vanuit Akrotiri tegenkwamen, een immens stuk kust met in het binnenland bergen, dat er voor hen als een nieuw continent moet hebben uitgezien.'

'Kreta werd voor het eerst bewoond in het neolithicum,' merkte Hiebermeyer op. 'Voor zover ik me kan herinneren zijn de oudste kunstvoorwerpen die onder het paleis van Knossos zijn gevonden door middel van de radiokoolstofmethode gedateerd als zijnde afkomstig uit het zevende millennium voor Christus.'

'Duizend jaar vóór het einde van Atlantis, als onderdeel van de grote golf aan eilandnederzettingen die direct na de ijstijd werden gesticht,' beaamde Jack. 'Maar we vermoedden al dat er in het zesde millennium voor Christus een nieuwe golf plaatsvond, die het vervaardigen van aardewerk en nieuwe ideeën op het gebied van architectuur met zich mee bracht.'

Hij zweeg even om zijn gedachten op een rijtje te zetten.

'Ik denk nu dat het Atlantiërs waren, kolonisten die vanaf Thira waren komen peddelen. Ze brachten in de dalen langs de noordkust van Kreta terrassen aan, plantten daar wijnranken en legden er olijfboomgaarden aan, terwijl ze er met behulp van de dieren die ze hadden meegebracht ook schapen en vee fokten. Ze gebruikten obsidiaan, dat ze op het eiland Melos vonden, en hadden wat dat materiaal betreft al snel de export in handen, precies zoals de priesters van Atlantis de macht over het brons hadden gehad. Obsidiaan werd gebruikt bij het ceremonieel uitwisselen van geschenken, waarmee ze in het gehele Egeïsche gebied vriendschappelijke betrekkingen wisten aan te knopen. Ruim tweeduizend jaar lang oefenden de priesters het gezag uit over de ontwikkeling van het eiland, en gaven, naarmate de bevolking zich geleidelijk aan verenigde in dorpen en steden, en door het landbouwoverschot steeds rijker werd, op een haast minzame manier leiding vanuit een netwerk aan bergheiligdommen.'

'Hoe verklaar je het min of meer gelijktijdige verschijnen van het brons in nagenoeg het gehele Nabije Oosten tijdens het derde millennium voor Christus?' vroeg Costas.

Mustafa was degene die antwoord gaf. 'Rond dat tijdstip begon tin vanuit het oosten het Middellandse-Zeegebied binnen te druppelen. Dat heeft ertoe geleid dat kopersmeden in het hele gebied met legeringen gingen experimenteren.'

'En ik denk dat de priesters op een gegeven moment voor het onvermijdelijke zijn gebogen en tot het besluit kwamen dat ze hun grootste geheim prijs moesten geven,' voegde Jack eraan toe. 'Volgens mij waren het, net als de middeleeuwse monniken en de Keltische druïden, internationale scheidsrechters op het gebied van cultuur en het recht, afgezanten en bemiddelaars die de zich ontwikkelende naties uit de bronstijd met elkaar in contact hebben gebracht en waar mogelijk hebben geprobeerd de vrede te bewaren. Zij hebben ervoor gezorgd dat de nalatenschap van Atlantis, binnen de cultuur van het betreffende gebied, een gemeenschappelijke noemer werd, met elementen die minstens zo indrukwekkend waren als de grote paleizen op Kreta en het Nabije Oosten.'

'Aan de hand van de vondsten in het scheepswrak kunnen we afleiden dat ze zich met overzeese handel bezighielden,' zei Mustafa.

'Vóór ons wrak zijn er in het oostelijke deel van de Middellandse Zee nog drie andere uit de bronstijd daterende schepen gevonden, waarvan er niet één Minoïsch was, terwijl ze allemaal van een later tijdstip dateerden,' vervolgde Jack. 'De vondsten lijken erop te wijzen dat de priesters de lucratieve handel in metaal in handen hadden, mannen en vrouwen die de vracht op de lange reizen van en naar de Egeïsche Zee begeleidden. En ik denk dat dezelfde groep priesters als eersten de mogelijkheden van het brons hebben geopenbaard, een technologie waar met name op het eiland Kreta ernst mee werd gemaakt, een oord waar een zorgvuldig koesteren tijdens het neolithicum ervoor had gezorgd dat de omstandigheden gunstig waren voor een herhaling van hun grootse experiment.'

'En dan het effect van het vermeerderen.' Katya's gelaat was in het licht van de lantaarns rood van opwinding. 'Bronzen gereedschap zorgde voor een tweede landbouwrevolutie. Dorpjes groeiden uit tot steden, in steden werden paleizen gebouwd. De priesters introduceerden het Lineair A-schrift, zodat er dagboeken en administraties konden worden bijgehouden. Binnen vrij korte tijd was het Minoïsche Kreta de belangrijkste beschaving die het Middellandse-Zeegebied ooit heeft meegemaakt, een beschaving die zijn macht niet ontleende aan militaire middelen, maar aan het succes van zijn economie en de kracht van zijn cultuur.' Ze liet haar blik naar Jack dwalen en knikte langzaam. 'Je had uiteindelijk gelijk. Kreta was inderdaad het Atlantis van Plato. Alleen was het een nieuw Atlantis, een opnieuw gesticht Utopia, een tweede groots ontwerp dat in feite een vervolg was op de eeuwenoude droom van een paradijs op aarde.'

'Halverwege het tweede millennium voor Christus bevond het Minoïsche Kreta zich op het toppunt van haar kunnen,' zei Dillen. 'Precies zoals beschreven in het eerste deel van Solons papyrus; een land met magnifieke paleizen en een overdadige cultuur, van het springen over stieren en artistieke luister. De uitbarsting op Thira deed die wereld op haar grondvesten trillen.'

'Een zwaardere eruptie dan de Vesuvius en de Mount Saint Helens samen,' merkte Costas op. 'Veertig kubieke kilometer veelsoortige neerslag en een vloedgolf die hoog genoeg was om heel Manhattan onder water te zetten.'

'Het was een ramp die veel verder ging dan alleen de Minoïers. Nu de priestergemeenschap nagenoeg vernietigd was, begon het hele bouwwerk van de bronstijd af te brokkelen. Een wereld die ooit welvarend en veilig was geweest gleed weg in anarchie en chaos, verscheurd door interne conflicten en niet in staat indringers tegen te houden die vanuit het noorden binnenvielen.'

'Maar sommige priesters slaagden erin te ontkomen,' onderbrak Costas hem. 'De passagiers aan boord van ons scheepswrak kwamen om, maar anderen – die eerder vertrokken waren – haalden het.'

'Inderdaad,' zei Dillen. 'Net als de inwoners van Akrotiri hielden de priesters in het klooster de voortekenen in de gaten – mogelijk enkele zware aardschokken waardoor het eiland volgens seismologen enkele weken vóór de catastrofe zou zijn getroffen. Ik denk dat het overgrote deel van de priesters bij de ondergang van jouw schip verdronken is, maar anderen wisten zich het vege lijf te redden en bereikten uiteindelijk hun seminarium in Phaestos, aan de zuidkust van Kreta, terwijl enkelen van hen naar verder afgelegen oorden vluchtten en zich bij hun kloosterbroeders in Egypte en de Levant voegden.'

'Maar toch werd niet opnieuw geprobeerd Atlantis nieuw leven in te blazen, vonden er geen verdere experimenten met Utopia plaats,' merkte Costas op.

'Er vielen toen al donkere schaduwen over de wereld van de bronstijd,' zei Dillen grimmig. 'In het noordoosten concentreerden de Hittieten zich in Boghhazköy, hun Anatolische uitvalsbasis, een opstekende storm die tot aan de poorten van Egypte nog talloze slachtoffers zou maken. Op Kreta waren de resterende Minoïers niet in staat de Myceense krijgers te weerstaan die overstaken vanaf het Griekse vasteland, de voorvaderen van Agamemnon en Menelaüs, wier titanenstrijd met het oosten tijdens het beleg van Troje door Homerus op onsterfelijke wijze is vastgelegd.'

Dillen zweeg en liet zijn blik over het groepje glijden.

'De priesters wisten dat ze niet langer de macht hadden om het lot van hun wereld te bepalen. Hun ambitie zorgde ervoor dat opnieuw de woede der goden over hen neerdaalde, waardoor ze voor de tweede keer de hemelse vergelding over zich afriepen die eerder ook hun eerste thuisland al had vernietigd. De uitbarsting op Thira moet van een rampzalige omvang zijn geweest, een voorbode van Armageddon zelf. Van nu af aan speelden de priesters nauwelijks nog een actieve rol in het dagelijkse leven van de bevolking, maar trokken zij zich terug in de beslotenheid van hun heiligdom en omgaven zij hun traditionele kennis in mysterieuze nevelen. Korte tijd later was het Minoïsche Kreta – net als Atlantis daarvoor – alleen nog maar een paradijs dat men zich slechts vaag herinnerde, een moraliserende legende over de menselijke overmoed ten opzichte van de goden, een verhaal dat naar het rijk der mythen verdween, om voor altijd opgenomen te worden in de mantra's van de laatst overgebleven priesters.'

'In het tempelheiligdom bij Saïs,' merkte Costas op.

Dillen knikte. 'Egypte was de enige aan de Middellandse Zee grenzende beschaving die de verwoestingen aan het einde van de bronstijd overleefde, de enige plaats waar de priestergemeenschap aanspraak kon maken op een onafgebroken geschiedenis die terugging tot duizenden jaren eerder, tot aan de tijd van Atlantis. Ik denk dat Amenhoteps opvolgers de laatsten zijn geweest die het hebben overleefd, de enigen die bij de dageraad van het antieke tijdperk nog bestonden. En ook zij waren twee eeuwen later met de komst van Alexander de Grote tot de ondergang gedoemd.'

'En toch blijft hun nalatenschap voortduren,' bracht Jack naar voren. 'Amenhotep gaf de fakkel door aan Solon, een man in wie de stichters vertrouwen hadden. Een man die wellicht ooit in staat zou zijn de idealen opnieuw leven in te blazen.' Hij zweeg, was nog net in staat zijn emoties in bedwang te houden, en vervolgde toen kalm: 'En nu is die heilige opdracht op ons komen te rusten. Voor het eerst sinds de oudheid wordt de mensheid geconfronteerd met de nalatenschap van Atlantis, die niet alleen bestaat uit datgene wat we hebben aanschouwd, maar ook uit de niet onder woorden te brengen wijsheid die zelfs Amenhotep nooit heeft willen openbaren.'

Ze verlieten het vertrek en daalden langzaam de trap af in de richting van de schacht van licht die beneden zichtbaar was. Links en rechts van hen leken de in reliëf aangebrachte priesters en priesteressen in tegenovergestelde richting op te stijgen, een eerbiedwaardige processie die voor eeuwig naar het heilige der heiligen streefde.

33

Aan het eind van de gang heerste enige commotie en Ben kwam haastig hun kant uitgelopen, samen met twee bemanningsleden van de *Sea Venture*.

'Jullie moeten onmiddellijk meekomen. We hebben mogelijk met een indringer te maken.'

Jack wisselde een blik met Costas en het tweetal beende onmiddellijk naar voren en liep vervolgens met de bemanningsleden mee.

'Hoe is de situatie?'

'Een niet geïdentificeerd vliegtuig komt op geringe hoogte recht op ons af. De radar heeft het signaal vijf minuten geleden opgepikt. Op oproepen van ons geeft het geen antwoord. En het heeft een vrij hoge snelheid. Zo tegen de duizend kilometer per uur aan.'

'Peiling?'

'Honderdveertig graden. Zuidzuidwest.'

Ze bereikten de audiëntiezaal en met z'n allen liepen ze rond het platform naar de uitgang aan de andere kant. Ondanks het feit dat ze zo ver mogelijk uit de buurt van de rand probeerden te blijven, voelden ze de verzengende hitte die de centrale kraterpijp veroorzaakte. Het leek wel of er sprake was van een plotselinge opleving van vulkanische activiteit.

'Het ziet ernaar uit dat we straks iets over ons heen krijgen.'

'Op meer manieren dan ons lief is.'

Jack gebaarde de anderen dat ze zich moesten haasten en wachtte tot Hiebermeyer en Dillen hen hadden ingehaald, en vormde de achterhoede toen ze door de tunnel strompelden die als uitgang fungeerde. Een gloeiend hete hoeveelheid gas spoot met hoge snelheid vlak langs hen heen, net op het moment dat ze bij de uitgang in het felle zonlicht samengedromd stonden.

'Er borrelt iets omhoog in de kern.' Costas verhief zijn stem tegen het steeds luider wordende gebulder uit het vertrek dat ze zojuist achter zich hadden gelaten. 'Een van die gebeurtenissen die de Atlantiërs op hun kalender hebben aangegeven. De kans is groot dat er wat lava aan te pas zal komen.'

'Tom York heeft vanwege de indringer een totale evacuatie gelast,' schreeuwde Ben. 'Het is voor jullie eigen veiligheid.'

'We gaan met je mee.'

Snel daalden ze achter Ben aan het trapje af naar het geïmproviseerde heliplatform en knipperden verwoed met hun ogen tegen het felle licht. De laatste Seahawk had zojuist iets buiten de kust positie ingenomen en de enige nog resterende helikopter was de van de *Sea Venture* afkomstige Lynx, waarvan de rotorbladen al draaiden terwijl twee bemanningsleden klaarstonden om hen aan boord te helpen.

'Het is een militair straaltoestel.' Ondertussen drukte Ben in de kakofonie een klein zwart knopje tegen zijn oor. 'Ze hebben zo'n toestel hier nog nooit gezien. De commandant van de Russische aanvalsboot denkt dat het om een Harrier gaat.'

Terwijl hij Dillen naar de heli hielp werd Jack plotseling overvallen door een misselijkmakend gevoel van zekerheid.

Aslans bomvrije hangaars. Olga Ivanovna Bortsev.

'Ze denken dat die kist het op de onderzeeër heeft voorzien. Ze zien dat er een geleid projectiel op gericht is, en nemen geen enkel risico. Ze hebben er het vuur al op geopend.'

Terwijl hij haastig in de helikopter stapte zag Jack hoe van de dichtst bij de *Kazbek* liggende aanvalsboot twee luchtdoelraketten werden gelanceerd. Terwijl ze naar hun doelwit op zoek gingen, verscheen er vlak boven de oostelijke horizon een zwart stipje.

Ze hééft het helemaal niet op de onderzeeboot voorzien. Ze komt ónze kant op, zodat ze zich bij haar minnaar in de hel kan voegen.

'Weg hier!' schreeuwde Jack. 'Ze komt déze kant uit!'

Terwijl de piloot de heli van de grond tilde, zagen ze hoe het straaltoestel laag over de onderzeeboot vloog, gevolgd door het rookspoor van de twee luchtdoelraketten. Jack draaide zich met een ruk om naar de geopende deur, nog net op tijd om te zien hoe de raketten zich in het doelwit boorden en de staart van de Harrier werd weggeslagen. De Lynx won met een duizelingwekkende snelheid, terwijl het aangeschoten vliegtuig naar beneden tuimelde, de gehelmde gestalte in de cockpit heel even zichtbaar voor de explosie het voorste gedeelte van de romp aan het zicht onttrok. Voor ze beseften wat er gebeurde werd de heli door een zware schokgolf omhoog geworpen, waarbij Jack en het bemanningslid in de deuropening bijna naar buiten werden geslingerd, terwijl de anderen zich uit alle macht vast probeerden te houden.

De brandende Harrier sloeg met de kracht van een komeet tegen de rotsen. Het vliegtuig was recht op de opening van de vulkaaningang afgevlogen en brokstukken van het toestel kwamen in de audiëntiezaal terecht, om daar onmiddellijk uit het oog te verdwijnen, alsof ze waren opgeslokt door de muil van de vulkaan. Een uitzonderlijk ogenblik lang waren het vuur en het gebulder totaal verdwenen.

'Ze staat op het punt uit te barsten!' riep Costas.

Terwijl de helikopter een hoogte van driehonderd meter bereikte en naar zee draaide, staarden ze verbijsterd naar het tafereel beneden hen. Enkele seconden na de schokgolf was er een oorverdovend gebulder te horen en zagen ze uit de ingang een lange vuurtong te voorschijn schieten – het leek wel de naverbrander van een vliegtuig. De klap waarmee de Harrier-resten waren neergekomen had de vluchtige gassen die zich in de audiëntiezaal hadden verzameld eerst samengeperst en vervolgens tot ontbranding gebracht. Toen het kolossale gerommel van de explosie hen bereikte, leek de bovenkant van de vulkaan te vervagen. Waar ooit de pijp was geweest waar de stoom doorheen was ontsnapt, schoot nu een geiser van vuur honderden meters de lucht in.

Langs de rand van de omhoog kolkende stofwolk die de top nu aan het oog onttrok, zagen ze een ring van vuur, slierten gesmolten magma dat onverbiddelijk langs de helling in de richting van de zee begon te glijden.

Atlantis had haar geheimen voor het laatst laten zien.

Epiloog

De laatste stralen van de ondergaande zon wierpen een warme gloed over de golven die tegen de achtersteven van de *Sea Venture* sloegen. Meer naar het oosten gaf een spookachtige nevel de plaats aan waar de zee overging in de lucht, en in het westen leek de wegzakkende bol het resterende daglicht in grootse, convergerende banen langs de hemel naar zich toe te trekken. In de nasleep van de uitbarsting was alles met pastelkleuren bedekt, terwijl de aan het oog onttrokken vulkaan een maalstroom van stofdeeltjes en stoom was, omring door een oranje-roze halo.

Jack en de anderen zaten op het dek boven op de brug, het complete panorama van de laatste paar dagen breed voor hen uitgespreid. Na de spectaculaire ontdekking van die ochtend en hun ontsnapping – op het nippertje weliswaar – voelden ze zich afgemat maar tevreden, en nu, aan het einde van de dag, genoten ze op hun gemak van het warme zonnetje.

'Ik vraag me af wat jouw oude Griek van dit alles gevonden zou hebben.' Costas kwam half overeind en draaide zijn gehavende gezicht in de richting van Jack.

'Hij zou waarschijnlijk heel even op zijn hoofd hebben gekrabd, "aha" hebben gezegd, zijn rol perkament hebben gepakt en aantekeningen hebben gemaakt. Zo'n soort knaap was hij nu eenmaal, denk ik.'

'Typisch iets voor een archeoloog,' verzuchtte Costas. 'Die beschouwen het als een complete afgang wanneer ze door een bepaalde vondst opgewonden raken.'

Het eiland werd op de plaatsen waar lava in zee was gestroomd nog steeds door wolken stoom aan het oog onttrokken, maar ze wisten dat er straks boven water niets meer te zien zou zijn. Nadat de audiëntiezaal onder het gewicht van het naar boven gedrukte magma was geïmplodeerd, was het ondergrondse labyrint geleidelijk aan steeds verder ingestort. Enkele angstwekkende uren lang hadden ze een moderne versie ondergaan van de naschok die in de grijze oudheid Thira had geteisterd, toen de grotere ondergrondse vertrekken het hadden begeven, waardoor er een enorme zuigkracht ontstond, met als gevolg kleine tsunami's, waarmee zelfs het geavanceerde stabilisatiesysteem van de *Sea Venture* moeite had gehad. Ze beseften dat op grote diepte de eruptie nog steeds voortduurde, zagen in gedachten voor zich hoe enorme lavastromen zich een weg over de oeroude wegen zochten, om even later de buitenwijken van de verzonken stad in een vurige omhelzing te nemen.

'Misschien dat opgraven toch nog tot de mogelijkheden behoort,' zei Costas. 'Kijk eens naar Pompeji en Herculaneum, en zelfs Akrotiri op Thira.'

'Voor Pompeji hebben ze tweehonderdvijftig jaar nodig gehad en ze zijn nog maar halverwege,' antwoordde Jack. 'En het ligt onder as en stof, geen lava. En het ligt niet onder water.'

Ze troostten zich met de gedachte dat er nog andere wonderen langs de oude kustlijn ontdekt moesten worden, perfect bewaard gebleven vindplaatsen als het dorpje voor de kust bij Trabzon, dat ongetwijfeld antwoord zou geven op de vele vragen die ze nog hadden over hoe meer dan zevenduizend jaar geleden de bewoners ervan deze uitzonderlijke cultuur tot bloei hadden kunnen brengen.

Voor Jack was er niets belangrijker dan het naar buiten brengen van het nieuws over Atlantis en haar fascinerende plaats binnen de geschiedenis. Als ze hadden geweten dat de vulkaan op springen stond, waren ze er waarschijnlijk nooit in afgedaald; hun duiktocht door het labyrint en de ontdekking van het heiligdom leken nu bijna gewijde ervaringen, die nooit meer geëvenaard zouden worden.

Hij was ervan overtuigd dat het bergen van de onderzeeboot en de vernietiging van Aslan een nucleaire holocaust hadden voorkomen. Hun prestatie vormde een straaltje hoop, een nietig signaal dat de mensheid nog steeds in staat was om het lot in eigen hand te nemen. Ze moesten ervoor zorgen dat hun ontdekking nooit vergeten zou worden, al was het alleen uit erkenning voor die visionaire priesters uit het begin der beschaving. Het moest niet als vergane glorie worden gepresenteerd, maar diende ook een belofte voor de toekomst in te houden. Dát was de ware nalatenschap van Atlantis.

Een laatste windvlaag rimpelde de zee in stukken vlekkerig oranje die in westelijke richting leken weg te drijven. In het noorden konden ze nog een olievlek onderscheiden – het enige wat er nog van de *Vultura* over was; haar uitgebrande romp was een uurtje geleden bijna onopgemerkt onder de golven weggegleden. Iets dichter onder de kust lag de indrukwekkende romp van de *Kazbek*. De schepen die haar escorteerden waren uiteengeweken, zodat een Russisch bergingsvaartuig in de gelegenheid was zich in een gunstige positie te manoeuvreren. Daar weer achter bevond zich een heel cordon van oorlogsschepen; in de loop van de dag waren er steeds meer gearriveerd. Ze namen geen enkel risico – de gebeurtenissen van de afgelopen dagen hadden aangetoond dat bandieten de vasthoudendheid en het lef bezaten om het tegen de machtigste landen ter wereld op te nemen.

Efram Jacobovitsj stond met zijn rug naar de groep en sprak met kalme stem in een mobieltje. Gebruikmakend van zijn bekwaamheden als onderhandelaar, waardoor hij een van de rijkste mannen ter aarde was geworden, had hij al een deal tot stand gebracht waarbij Aslans rijkdom over de drie belangrijkste partijen zou worden verdeeld. De Turken zouden een groot bedrag krijgen voor hun reservepotje ten behoeve van de hulpverlening bij toekomstige aardbevingen, terwijl de Georgiërs straks in staat zouden zijn om een behoorlijke verdedigingsmacht op poten te zetten. De IMU kon de *Seaquest II* bestellen, waarna er nog voldoende over was om langs de Zwarte-Zeekust een uitgebreid onderzoeksprogramma op poten te zetten.

Jack keek Costas eens aan.

'Tussen haakjes, bedankt voor de ADSA. Als jij er niet op aan had gedrongen dat ding in de commandomodule te installeren, zou ik nu permanent verblijf houden op de bodem van de zee.'

Costas stak een grote gin-tonic omhoog die zojuist voor hem was klaargemaakt. 'En nog bedankt dat je net op het nippertje bent komen opdagen,' antwoordde hij. 'Want waar ik zat werd het me toch echt een beetje te heet onder de voeten.'

'Ik heb één vraag,' zei Jack. 'Wat had je gedaan als ik níet was komen opdagen?'

'Ik had me net bereid verklaard om Aslans mannen door de vulkaan naar de onderzeeboot te brengen. Herinner je je dat laatste stuk van de onderwatertunnel nog, dat lava-uitsteeksel, vlak voordat we de oppervlakte bereikten? Ik zou ze door de linkergang mee naar beneden hebben genomen.'

'Rechtstreeks naar de magmakamer.'

'Ik zou daar toch in terechtkomen zijn,' merkte Costas glimlachend op. 'Maar op die manier had ik in elk geval nog een paar van Aslans mannen met me meegenomen, en had Katya nog een kans gehad te ontkomen. En dat allemaal voor de goede zaak, zou je kunnen zeggen.'

Jack keek iets naar links en zag Katya in gedachten verzonken aan de reling staan. Ze stond iets gebogen en hield haar blik op de zee gericht, terwijl haar gezicht door het zonlicht verguld leek te worden. Ze had de afgelopen dagen weliswaar ongelooflijke dingen ontdekt, maar had tegelijkertijd aan gruwelijke gevaren blootgestaan, gevaren die Jack nooit had kunnen bedenken toen ze elkaar nog maar een paar dagen geleden in Alexandrië hadden ontmoet.

Hij keek weer naar het verfomfaaide gezicht van zijn vriend.

'Voor de goede zaak,' herhaalde hij kalm.

Dillen zat stilletjes voor zich uit naar de horizon te staren, zijn gezicht een en al bedachtzame contemplatie, en onafgebroken zuigend op zijn antieke pijp van klei. Nadat ze waren uitgesproken draaide hij zich om en keek Jack vragend aan.

'En ík heb een vraag voor jou,' zei hij. 'Die incomplete serie gouden platen. Welke groep zou die meegekregen hebben, denk je?'

Jack dacht een ogenblik lang na. 'Ze beschikten over de eerste vier tabletten, de eerste beginselen van de landbouw en het houden van vee, plus het bewerken van steen. Ze zouden naar het westen van Europa gegaan kunnen zijn, waar de bronstijd later begon dan in het Nabije Oosten, naar Spanje, of naar het westelijke deel van Frankrijk, of naar Brittannië.'

'Of nog verder weg,' opperde Dillen.

'Sommige van de in Midden-Amerika en China gevonden artefacten uit het vroegste gedeelte van de prehistorie zijn nooit fatsoenlijk verklaard,' merkte Jack op. 'Toen zich in Amerika het urbanisme begon te ontwikkelen, leverde dat architectuur op die ongelooflijk veel leek op die van de Oude Wereld, compleet met piramiden, pleinen en processiewegen. Het zou kunnen zijn dat de nalatenschap van Atlantis een écht wereldomvattend fenomeen is geweest, dat de wereld toentertijd nauwer met elkaar verbonden was dan ooit het geval is geweest.'

De landingslichten van het heliplatform op het achterschip floepten aan en Jack draaide zich om om te kijken. De hele dag al was het erg druk geweest op het helikopterdek. Eerder die middag was de op de *Sea Venture* gestationeerde Lynx gearriveerd met een wapeninspectieteam van de VN aan boord dat vervolgens op de *Kazbek* was overgestapt, en nu was de heli teruggekeerd om bij te tanken na een vlucht vanuit Abchazië, met aan boord een lading kostbare kunstwerken uit het platgegooide hoofdkwartier van Aslan. Terwijl het toestel weer opsteeg en in de richting van Istanbul verdween, hoorden ze het zwaardere geluid van twee Westland-transporthelikopters, die in afwachting van hun beurt om te landen rondjes draaiden.

Ondanks hun vermoeidheid wist Jack dat ze er goed aan hadden gedaan onmiddellijk een persconferentie te beleggen. Over minder dan een uur zou de pers naar het plaatselijke hoofdkwartier van de IMU in Trabzon terugkeren, en zou het nieuws over de ontdekking zich razendsnel over de hele wereld verspreiden, nog net op tijd om de volgende ochtend op alle voorpagina's afgedrukt te kunnen worden.

Terwijl de eerste heli op het vliegdek landde en een ploeg verslaggevers en cameralieden haastig het toestel verliet, ging Jack staan, waarbij zijn verweerde gelaatstrekken scherp afstaken tegen het snel zwakker wordende daglicht. Vlak voor hij naar beneden zou gaan om de pers te woord te staan, draaide hij zich naar de anderen om.

'Ik blijf aan boord van de *Sea Venture* tot de zoektocht wordt gestaakt,' zei hij. 'Peter zou daar nooit mee akkoord gaan, maar ik ben het hem verschuldigd. Ik heb hem hierheen gehaald en hij was een vriend van mij.'

'Hij was een held,' zei Katya zacht. 'De wereld is nu een beter oord dan vijf dagen geleden.'

Ze keken naar de plaats waar ze nog steeds tegen de reling stond geleund, starend naar het oosten. Ze draaide zich naar hem om en keek hem aan. De emoties van de afgelopen dagen waren van haar gezicht te lezen, maar de zachte kopertinten van het avondlicht deden haar zorgelijke blik verdwijnen en het volgende moment straalde ze de warmte van een betere toekomst uit. Ze kwam overeind, glimlachte vermoeid, kwam naar hem toe en ging naast hem staan.

Jack haalde diep adem en keek toen naar de anderen.

'O, en jullie zijn hierbij allemaal uitgenodigd om op mijn kosten een tijdje verlof te nemen. Kunnen jullie eens bijkomen.'

'Het spijt me, ouwe jongen.' Dillen glimlachte Jack breed toe, zijn pijp stevig tussen de tanden geklemd. 'Ik moet een conferentie op het gebied van de paleolinguïstiek voorzitten en dit uitstapje heeft mijn voorbereidingen totaal in de war geschopt. Ik ben bang dat ik morgen weer naar Cambridge terug zal moeten.'

'En ik moet op zoek naar de ark van Noach,' merkte Mustafa nonchalant op. 'Niet op een helling van de berg Ararat, maar ergens aan de kust, waar de groep die naar het zuiden is getrokken hun schepen op het strand heeft gezet om vervolgens verder over land te trekken. Ik moet op korte termijn een uit IMU-mensen bestaand verkenningsteam samenstellen.'

Jack draaide zich naar Hiebermeyer en Aysha om. 'En jullie moeten zeker nog een stuk of wat saaie oude mummies opgraven?'

Hiebermeyer stond zichzelf een zuinig glimlachje toe. 'Dat is inderdaad het geval.'

'Maar probeer voorlopig geen schatkaarten meer te vinden.'

'Nu je het er toch over hebt, we hebben zojuist een intrigerend verslag binnengekregen over een ontdekking in het Hellenistische deel van de necropolis. Het zou iets te maken hebben met Alexander de Grote, een of andere geheime lading die via de Indische Oceaan naar een afgelegen koninkrijk in de bergen op weg was.'

Ze zagen dat Jacks interesse onmiddellijk gewekt was; in gedachten speelde hij al met de vele mogelijkheden die dit alles bood.

'En voor het geval je het vergeten was, we moeten ook nog een Minoïsch wrak uitgraven.' Costas zette zijn drankje opzij en bekeek de laatste meldingen op zijn palmcomputer. 'Ze hebben zojuist enkele verbazingwekkende artefacten naar boven gehaald, gouden platen die bedekt zijn met symbolen die ons ergens in de verte bekend voorkomen.' Grinnikend keek hij naar zijn vriend op. 'Dus wat wordt ons volgende project?'

'Dat is een ander verhaal.'

Notities van de auteur

De ontdekking waarover in dit verhaal wordt geschreven, is pure fictie. Maar de archeologische achtergrond is zo geloofwaardig als binnen het kader van het verhaal maar mogelijk was, waarbij rekening is gehouden met de huidige stand van de archeologische kennis. Het doel van deze notities is het nader uiteenzetten van de feiten.

Het stijgen van het water in de Zwarte Zee. De Messinische zoutcrisis is een gebeurtenis die echt heeft plaatsgevonden, en was het resultaat van tektonische en glacio-eustatische processen die ervoor zorgden dat de Middellandse Zee van de Atlantische Oceaan werd afgesneden; de crisis heeft waarschijnlijk ergens tussen 5,96 en 5,33 miljoen jaar BP (*Before Present*, vóór het heden) plaatsgevonden, waarbij de landengte van Gibraltar aan het eind van die periode doorbroken moet zijn. Tijdens het 'grote smelten', aan het einde van de ijstijd, ongeveer twaalf tot tienduizend jaar geleden, steeg de zeespiegel van de Middellandse Zee met zo'n 130 meter.

Recentelijk gevonden materiaal lijkt te suggereren dat de Zwarte Zee nog enkele duizenden jaren langer van de Middellandse Zee afgesneden is geweest, en dat de waterspiegel daar pas tot hetzelfde niveau steeg nadat in het zesde millennium voor Christus een natuurlijke dam in de Bosporus werd overspoeld. Bodemmonsters, genomen in de Zwarte Zee, wijzen erop dat daar zo'n 7500 jaar geleden een verandering van zoet water naar zout water plaatsvond, een tijdstip dat werd vastgesteld door radiokoolstofanalyse toe te passen op de schalen van weekdieren die zowel in het oostelijke als westelijke gedeelte van die binnenzee zijn aangetroffen. De West-Atlantische ijskap is rond dat tijdstip waarschijnlijk snel kleiner geworden, en het zou kunnen zijn dat die gebeurtenis, gecombineerd met tektonische activiteit, ervoor heeft gezorgd dat de zee over de Bosporus werd gestuwd.

In 1999 vonden onderzoekers die van sonar en een dreg gebruikmaakten even uit de kust van Noord-Turkije, in de buurt van de stad Sinop, op honderdvijftig meter diepte een glooiing die mogelijk onderdeel uit maakte van een oude kustlijn. Hoewel er nog steeds hevig wordt gediscussieerd over het tijdstip waarop en de snelheid en het volume waarmee de Zwarte Zee is volgelopen, wordt het feit dat deze zeespiegelstijging heeft plaatsgevonden in brede kringen geaccepteerd.

De neolithische uittocht. Veel deskundigen zijn van mening dat de Indo-Europese taal zijn oorsprong heeft in het gebied ten zuiden van de Zwarte Zee, waar hij tussen het zevende en vijfde millennium voor Christus moet zijn ontstaan. Al lang vóór de hypothese van de zeespiegelstijging in de Zwarte Zee beweerden vooraanstaande archeologen dat de Indo-Europese taal zich rond 7000 voor Christus ontwikkelde onder de eerste boeren in Anatolië, dat hij rond 6000 voor Christus Europa bereikte en dat de verspreiding ervan hand in hand ging met de introductie van grootschalige landbouw en het houden van vee. Dit model heeft nogal wat controverse opgeroepen, met name de vraag of die spreiding tot stand is gekomen doordat groepen mensen verder Europa binnen zijn getrokken, of dat er alleen maar ideeën werden doorgegeven.

Atlantis. De enige bron betreffende het Atlantis-verhaal zijn de dialogen *Timaeus* en *Critias*, geschreven door de Griekse filosoof Plato in de eerste helft van de vierde eeuw voor Christus De geloofwaardigheid van het verhaal rust op twee aannames: de eerste is dat we ervan uit moeten gaan dat Plato het niet zomaar verzonnen heeft; de tweede is dat zijn bron, de Atheense wetenschapper Solon, enkele generaties eerder niet zelf iets op de mouw is gespeld door de priesters in het Egyptische Saïs, die aan het begin van de zesde eeuw voor Christus zijn informanten geweest zouden zijn.

Het lijkt inderdaad waarschijnlijk dat de Egyptische priesters over archieven beschikten die tot duizenden jaren terug reikten. De Griekse historicus Herodotus, die veel informatie van de priesters kreeg toen hij hen halverwege de vijfde eeuw voor Christus bezocht en waarvan een groot deel aantoonbaar waar is, kreeg een vel papyrus te zien met daarop een lijst met namen van 'driehonderddertig Egyptische koningen' (Herodotus, *Historiën*, II, 100). Hij laat een waarschuwend woord horen: 'Als je enigszins goedgelovig bent, zul je deze Egyptische verhalen voor zoete koek aannemen.' (II, 122).

In de tijd van Solon waren de zeevaarders op de Middellandse Zee zich bewust van de verre kusten achter de Rode Zee in het oosten, en aan de andere kant van de Zuilen van Hercules in het westen. Toch is het niet nodig om, wat Atlantis betreft, het zo ver weg te zoeken. Voor de Egyptenaren uit de zesde eeuw voor Christus, die na het ineenstorten van de bronstijdsamenleving eeuwenlang geïsoleerd waren geweest, was het eiland Kreta een mysterieus land achter de horizon waar ooit een briljant volk had gewoond. Alle contact daarmee was verloren gegaan na een ramp die zij misschien wel hadden ervaren in de vorm van een diepe duisternis of een sprinkhanenplaag, waarvan melding wordt gedaan in het Oude Testament (*Exodus*, 10).

Vandaag de dag wordt Atlantis door velen die Plato's relaas als waarheid beschouwen gezien als de beschaving van het Minoïsche Kreta, en wordt het verdwijnen ervan in verband gebracht met de vulkaanuitbarsting op Thira in het midden van het tweede millennium voor Christus.

Tot nu toe is er nog geen Minoïsch scheepswrak opgegraven. Maar er zijn wel degelijk een stuk of wat wrakken uit de laatste periode van de bronstijd gevonden, waaronder een in het zuidwesten van Turkije, dat in 1982 werd ontdekt en toentertijd werd beschouwd als de belangrijkste archeologische ontdekking sinds de graftombe van Toetanchamon. De vondst omvatte onder meer tien ton koper in de vorm van ossenhuiden, en broodjes tin; een goed opgeborgen hoeveelheid staven kobaltblauw glas; balken van ebbenhout; ivoren slagtanden; prachtige bronzen zwaarden; lakzegels van een stuk of wat handelaren uit het Nabije Oosten; gouden sierraden en een magnifieke gouden kelk; plus een uiterst verfijnde gouden scarabee van Nefertete, waardoor het wrak gedateerd kan worden op eind veertiende eeuw voor Christus Het metaal was voldoende om een heel leger van uitrusting te voorzien en zou weleens een koninklijke schatting geweest kunnen zijn. Er zijn in het wrak ook voorwerpen met een religieuze betekenis gevonden, waarvan men vermoed dat ze door priesters tijdens de eredienst werden gebruikt. Al deze schatten zijn momenteel te bewonderen in het Museum voor Onderwaterarcheologie in Bodrum.

In 2001 werd in Dmanisi, in de republiek Georgië, de schedel van een mensachtige gevonden die vervolgens werd gedateerd op een verbazingwekkende 1,8 miljoen jaar BP, bijna een miljoen jaar ouder dan de eerste mensachtige fossielen die in Europa zijn aangetroffen. Een veel latere migratie vanuit Afrika naar het noorden bracht de *Homo sapiens sapiens*, die rond 35.000 jaar geleden begon met het aanbrengen van verfijnde dierafbeeldingen op de wanden van grotten.

De 'zaal van de voorvaderen' is niet alleen gebaseerd op de beroemde rotstekeningen in het Franse Lascaux en het Spaanse Altamira, die respectievelijk uit 20.000 BP en 17.000 BP dateren, maar ook op twee meer recente vondsten. In 1994 ontdekten speleologen bij Chauvet in Zuid-Frankrijk een complex dat al sinds de prehistorie door een instorting van de buitenwereld was afgesloten. De wandschilderingen zijn gedateerd op 35.000 BP, waardoor ze tot de oudste behoren die ooit zijn ontdekt; ze laten zien dat de vaardigheden van deze steentijdkunstenaars al na een relatief korte periode nadat de anatomisch gezien moderne mens in het gebied was gearriveerd – we praten over een periode van hooguit een paar duizend jaar – een hoogtepunt bereikte. De afbeeldingen betreffen onder meer reusachtige wolharige mammoeten en andere zeer grote dieren uit de ijstijd. Een andere grot, die in 1991 in de buurt van Marseille werd gevonden, bevatte meer dan 140 rotsschilderingen en -tekeningen, een zeer opmerkelijke ontdekking, aangezien de ingang 37 meter onder de zeespiegel ligt. De grot van Cosquer toont aan dat er zich in onontdekte grotten waarvan de entree aan het einde van de ijstijd onder water is komen te liggen nog vele andere schatten zouden kunnen bevinden.

Het zou nog duizenden jaren duren voor de mens in staat was om gesproken taal weer te geven door middel van een schrift, en de vroegst bekende daarvan zijn het spijkerschrift van Mesopotamië en de hiërogliefen van Egypte, zo rond 3200 voor Christus. Toch zijn er uit het laat paleolithicum (35.000-11.000 BP, de tijd van de rotstekeningen) daterende botten gevonden waarin lijntjes en stippen zijn gekrast die weleens een numerieke betekenis zouden kunnen hebben, wellicht het passeren der dagen of een maankalender. Er zou dus weleens lang voordat er in het begin van de bronstijd behoefte aan was om gebeurtenissen vast te leggen, sprake van een schrift geweest kunnen zijn.

De fictieve priesters van Atlantis zijn gebaseerd op de sjamanen en medicijnmannen die in de jager/verzamelaarsgemeenschappen voorkwamen, en op de priesterkoningen uit de vroege stadstaten. Het zijn ook verre voorlopers van de druïden, de ongrijpbare priesters die voornamelijk bekend zijn uit Caesars Gallische oorlogen. De druïden zouden weleens machtige bemiddelaars geweest kunnen zijn die de zeer uiteenlopende stammen van het Keltische Europa bijeen hebben gebracht. Hun voorvaderen hebben wellicht gouden 'tovenaarsmutsen' gedragen, rijkelijk versierd met astrologische symbolen, die recentelijk bij uit de bronstijd daterende vindplaatsen zijn aangetroffen; de symbolen suggereren het vermogen om de bewegingen aan de hemel vast te leggen en te voorspellen, inclusief de maancyclus, een kennis die ook in praktijk werd gebracht bij megalithische observatoria als die van Stonehenge. De oudste tovenaarsmuts dateert van rond 1200 voor Christus en tot nu toe is er buiten West-Europa nog niet één aangetroffen.

De eerste boeren op de Middellandse-Zee-eilanden beschikten over gedomesticeerde dieren waarmee ze konden fokken, waaronder herten, schapen, geiten, varkens en runderen. Deze dieren waren niet inheems en moeten aan boord van schepen die gepeddeld werden op het vasteland zijn opgehaald. Uit opgravingen op Cyprus kan worden opgemaakt dat deze migratie al in het negende millennium voor Christus is begonnen, kort nadat men in de 'Vruchtbare Halvemaan' van Anatolië en het Nabije Oosten tot landbouw overging.

De vroegst gedateerde houten boten zijn in Denemarken uitgegraven onderdelen, die uit het vijfde tot vierde millennium voor Christus dateren. Hoewel de eerste boten in Egypte en het Nabije Oosten waarschijnlijk uit samengebonden rietbundels bestonden, een vorm die later ook gebruikt is voor de vaartuigen die bij begrafenissen werden gebruikt, lijkt het waarschijnlijk dat er – geschikte bomen waren daar namelijk ruim voorhanden – langs de Zwarte-Zeekust al vrij vroeg houten vaartuigen werden gebouwd, zelfs nog voordat er van metalen gereedschap sprake was.

Een model voor de ark van Noach zou de 'Dover Boat' kunnen zijn, een opmerkelijk goed bewaard gebleven romp die in 1992 in de haven van de gelijknamige Engelse havenplaats werd opgegraven. Hoewel de boot uit de bronstijd dateert, heeft het een generische vorm die weleens typerend voor de eerste zeegaande vaartuigen zou kunnen zijn. Het schip was ongeveer vijftien meter lang en samengesteld uit planken die met twijgen aan elkaar waren gebonden, en kon uit elkaar worden genomen om te worden gerepareerd of over land te worden vervoerd. Met achttien of twintig peddelaars kan het zijn ingezet om passagiers, vee of andere vracht naar de overkant van het Kanaal te vervoeren. Het is waarschijnlijker dat er bij een neolithische uittocht gebruik is gemaakt van een hele vloot van dít soort vaartuigen, dan van een schip ter grootte van de oudtestamentische ark, vooral omdat er nog geen metalen gereedschap beschikbaar was en ook omdat er nog geen effectieve zeilconstructies waren ontwikkeld.

De belangrijkste vroeg-neolithische plaatsen die tot dusverre zijn ontdekt zijn Jericho en Çatal Hüyük (ook wel gespeld als Çatalhöyük). Jericho, de bijbelse stad die men heeft weten te identificeren als Tell es-Sultan in de Jordaanvallei in Israël, was omringd door een indrukwekkende stenen muur die rond 800 voor Christus tijdens het neolithicum van vóór de aardewerkcultuur is gebouwd. Elders is er weinig direct bewijs te vinden dat er vóór het zesde millennium voor Christus veel strijd is geleverd – fortifica-tiën of slagvelden bijvoorbeeld – en recentelijk is men tot het inzicht geko-men dat de 'verdedigingswerken' van Jericho best weleens een bescher-ming tegen overstromingen geweest zouden kunnen zijn.

Çatal Hüyük in het zuiden van Centraal-Turkije, kende een periode van welvaart die duurde van eind zevende tot halverwege het zesde millennium voor Christus, toen het door zijn inwoners verlaten werd. De pueblo-achti-ge gebouwen, de cultusruimten die voorzien zijn van stierenhoorns en ver-sierd met uitbundige wandschilderingen, leveren een authentieke blauw-druk voor de verzonnen bouwsels op de bodem van de Zwarte Zee. Daar zijn onder andere van klei en steen gemaakte beeldjes van een op groteske wijze corpulente moedergodin gevonden die zeer doen denken aan een ge-stileerd vrouwenfiguur van klei dat aan de Turkse Zwarte-Zeekust bij Ikiz-tepe is opgegraven.

Een van de vele buitengewone voorstellingen die in Çatal Hüyük te zien zijn is een fresco in een cultusruimte die is gedateerd op circa 6200 voor Christus, waarop een vulkaan is afgebeeld waaruit een grote aswolk op-stijgt. Met zijn dubbele top en het tussenliggende zadel doet die vulkaan sterk denken aan stierenhoorns in de heiligdommen. Aan de voet van de vulkaan ligt een stad, die zich naar links en rechts uitstrekt, alsof ze langs zee is gebouwd, waarbij de gebouwen aan die van Çatal Hüyük doen den-ken, maar zijn opgesplitst in dicht opeengepakte, rechthoekige blokken. De vulkaan zou een berg in het lavaveld van Karapinar kunnen zijn, ongeveer vijftig kilometer meer naar het oosten, en de stad zou Çatal Hüyük zelf kunnen voorstellen; maar het zou ook een tafereel van elders kunnen zijn, van een stad die inderdaad aan de voet van de twee pieken van een vulkaan ligt. De schildering is de oudst bekende afbeelding van een actieve vulkaan en een geplande stad.

Rond de Zwarte Zee is het duidelijkste bewijs voor een vroege ontwikke-ling te vinden in het Bulgaarse Varna, waar op een begraafplaats naast voor-werpen die van vuursteen en bot zijn gemaakt ook een enorme hoeveelheid gouden en koperen artefacten zijn gevonden. De vondsten laten niet alleen zien hoe buitengewoon begaafd de vroege metallurgen waren, maar tevens dat er ook een maatschappij bestond waarin gelaagdheid zich manifesteer-de in materiële rijkdom. De begraafplaats dateert uit het late neolithicum, een periode die ook wel met de 'chalcolithische' of kopertijd wordt aange-duid, en werd gebruikt in het midden van het vijfde millennium voor Christus.

Tachtig kilometer ten noorden van Kreta ligt het vulkanische eiland Thira. Van het prehistorische stadje Akrotiri is nog maar een klein gedeelte blootgelegd, maar terwijl het geleidelijk aan uit zijn graftombe van as en puimsteen te voorschijn komt, gaat het steeds meer op een Pompeji uit de bronstijd lijken. De bewoners moeten van tevoren voor de uitbarsting gewaarschuwd zijn, waarschijnlijk door een serie krachtige aardschokken. Tot nu toe is er nog steeds geen 'klooster' uitgegraven, maar de prachtige fresco in Akrotiri, waarop een rij schepen te zien is en een bouwsel langs het water dat best eens een paleis zou kunnen zijn, wijzen in de richting dat godsdienstige riten en ceremonieën in het leven van de eilandbewoners een grote rol speelden.

Veel archeologen zijn van mening dat de uitbarsting rond 1500 voor Christus moet hebben plaatsgevonden, en baseren dat op het tijdstip waarop de paleizen op Kreta werden verwoest en de komst van de Myceners aldaar. Maar meer recentelijk zijn wetenschappers met een preciezer jaartal gekomen, en wel 1628 voor Christus, en baseren dat op de lagen met een hoog zuurgehalte in het Groenlandse ijs, op radiokoolstof- en dendrochronologische analyses van Iers eiken en Californisch bristlecone-dennen. Maar wat de exacte datum ook geweest mag zijn, er hoeft niet te worden getwijfeld aan de enorme omvang van de uitbarsting, die niet alleen de nederzetting op Thira vernietigde, maar ook een groot deel van het oostelijk Middellandse-Zeegebied verduisterde en tsunami's veroorzaakte die grote schade aanrichtten langs de noordkust van Kreta en kilometers in het rond schepen tot zinken bracht.

Alexandrië, de belangrijke havenstad aan de Egyptische Middellandse-Zeekust die in 331 voor Christus door Alexander de Grote werd gesticht, vormt de omlijsting van de bijeenkomst aan het begin van dit boek. Die vindt plaats in het fort Qaitbay, het vijftiende-eeuwse kasteel dat op de fundamenten van de oude vuurtoren bij de haveningang is gebouwd. Op de plaats waar deze vuurtoren in de veertiende eeuw instortte zijn op de zeebodem vele brokken metselwerk en stukken van beelden aangetroffen.

Meer dan tweeduizend kilometer westelijker ligt Carthago, de locatie van het fictieve maritiem museum. Sinds 1972 zorgt het UNESCO-programma 'Red Carthago' ervoor dat de stad tot de meest onderzochte archeologische vindplaats uit de oudheid behoort, ondanks het feit dat de stad in 146 voor Christus door de Romeinen werd vernietigd, iets dat negenhonderd jaar later door de Arabieren nog eens dunnetjes werd overgedaan. Buitengewoon fraai is de door land omgeven nagenoeg ronde haven, waar bij opgravingen scheepshellingen zijn blootgelegd waar ooit een hele vloot oorlogsgalleien gebouwd moet zijn.

Solon is een historisch personage die leefde van omstreeks 640 tot 560 voor

Christus. Hij was in 594 voor Christus eerste archont in Athene en werd later beroemd als de staatsman wiens hervormingen de weg vrijmaakten voor de democratische stadstaat uit het gouden tijdperk. Daarna legde hij uitgebreide bezoeken af aan Egypte en Klein-Azië, en werd vereerd als een van de 'zeven wijze mannen' van Griekenland. De enige teksten van zijn hand die bewaard zijn gebleven zijn enkele fragmenten van gedichten, maar het lijdt geen twijfel dat hij, net als Herodotus een eeuw later, uitgebreid aantekeningen maakte van datgene wat hij tijdens zijn reizen van de priesters en andere informanten heeft gehoord.

De 'Atlantis-papyrus' is een verzinsel, hoewel de omstandigheden waaronder die werd ontdekt zijn gebaseerd op een serie opmerkelijke vondsten in het westen van Egypte. In 1996 zakte bij de oase Bahariya een ezel door het zand en kwam in een uit de rotsen gehouwen necropolis terecht die vijftien eeuwen lang niet betreden was. Sinds die tijd zijn daar meer dan tweehonderd mummies blootgelegd, waarvan er vele verguld waren en beschilderd met portretten en religieuze taferelen. Ze zijn afkomstig uit de Grieks-Romeinse periode en dateren van na Alexanders veroveringen in 332 voor Christus, maar in 1999 ontdekten archeologen die onder de oasestad El Bawiti met een opgraving bezig waren de graftombe van een gouverneur van Bahariya tijdens de zesentwintigste dynastie (664-525 voor Christus), de periode waarin Solons reizen plaatsvonden.

De ruïnes van Saïs liggen onder het huidige dorpje Sa el-Hagar in de westelijke delta in de buurt van de Rosetta-aftakking van de Nijl, nog geen dertig kilometer van de Middellandse Zee verwijderd. Net als Carthago en Alexandrië, is er van de metropool langs de rivier nog maar weinig over, zijn de voor de opbouw van de stad gebruikte stenen in veel gevallen geroofd en liggen de fundamenten onder een metersdikke laag slib. Desalniettemin was Saïs aan het begin van de Egyptische geschiedenis, misschien nog wel vóór de vroege dynastieke periode (circa 3100 voor Christus), mogelijk een belangrijk cultuscentrum. Toen Solon er op bezoek was, was het de koninklijke hoofdstad van de zesentwintigste dynastie, een plaats die de Grieken, die in het nabijgelegen handelscentrum Naucratis woonden, ongetwijfeld moeten hebben gekend.

Van heinde en verre kwamen de pelgrims naar de tempel van de godin Neith om haar eer te bewijzen. Deze tempel vormde een uitgestrekt complex, beschreven door Herodotus toen hij het de eeuw daarop bezocht. Hij ontmoette er de 'klerk', zijn term voor de hogepriester, die 'in de stad Saïs een lijst van tempelschatten van Athena (Neith) bijhield', een man die er helaas 'een potje van leek te maken' (*Historiën* II, 28). De tempel was voorzien van hoog oprijzende obelisken, kolossale beelden en mannelijke sfinxen (II, 169-171, 175). Vandaag de dag is er enige fantasie voor nodig om je hier zo'n tempel voor te kunnen stellen, maar lage muren van kalksteen wijzen op een terrein dat minstens even groot is als het beroemde complex bij Karnak in Boven-Egypte.

De opgravingen waarbij de vroege hiërogliefen werden blootgelegd en de priesterlijst zijn ook verzonnen. Maar door een speling van het lot is de naam van de man die misschien de eerste priester is geweest die Solon heeft ontmoet aan ons bekend: Amenhotep, wiens indrukwekkende beeld, van grauwak-zandsteen, mogelijk afkomstig uit Saïs, waarschijnlijk gewijd in de tempel en afkomstig uit de zesentwintigste dynastie, in het British Museum in Londen te vinden is (nr. EA41517). Hij houdt een *naos* vast, een godenschrijn met daarin een cultusbeeltenis van de godin Neith.

Zeelieden uit de bronstijd die de bedoeling hadden vanaf Kreta de Nijl te bereiken, zouden wel eens vertrokken kunnen zijn vanuit de recentelijk blootgelegde haven van Kommós, aan de zuidkust, op korte afstand van het paleis Phaestos. Vanaf zijn magnifieke positie domineert het paleis de vlakte van Mesara, met op de achtergrond het Ida-gebergte met zijn grotten en heiligdommen. Drie kilometer verderop ligt het complex dat bekendstaat als Agía Triáda, in eerste instantie beschouwd als een koninklijke villa, maar misschien wel gebouwd als een soort seminarie voor de Minoïsche priesters. Hier werd in 1908 de beroemde Phaestos-schijf gevonden. Men is er tot nu toe nog steeds niet in geslaagd de 241 symbolen en de 61 'woorden' te vertalen, maar ze zouden weleens te maken kunnen hebben met een oude gesproken taal in het westen van Anatolië, en dus met het Indo-Europees dat tijdens het vroege neolithicum werd gesproken. De vorm van het teken dat in het boek het 'Atlantis-symbool' wordt genoemd, bestaat in werkelijkheid wel degelijk, maar alleen op deze schijf: duidelijk is te zien dat ze met hetzelfde stempel zijn aangebracht.

Er is tot nu toe nooit een tweede schijf ontdekt, maar bezoekers kunnen de bestaande schijf van dichtbij bekijken in het Archeologisch Museum in Heraklion, waar het te zien is naast vele andere kunstschatten uit de Minoïsche wereld.

In Agía Triáda op Kreta is ook een beschilderde sarcofaag gevonden waarop een stier te zien is die vastgebonden op een altaar ligt, waarbij het bloed uit zijn nek wordt opgevangen in een offerbeker. Ongeveer vijftig kilometer noordelijker, bij Archanes, hebben archeologen aanwijzingen gevonden dat er ook sprake was van andersoortige offers: een jongeman die in een tempel boven op een heuvel op een laag platform is vastgebonden, waarbij in zijn geraamte een bronzen mes steekt waarop een mysterieus, op een wild zwijn lijkend beest is gegraveerd. Kort na zijn dood is de tempel tijdens een aardbeving ingestort, waardoor het enige bewijsmateriaal dat er tijdens de bronstijd in het gebied rond de Egeïsche Zee mensen werden geofferd bewaard is gebleven.

Archanes ligt aan de voet van de berg Juktas, de heilige top die uitziet over het dal dat naar Knossos leidt. Tot de vele bijzondere vondsten die in Knossos zijn gedaan behoren enkele duizenden gebakken kleitabletten, waarvan de meeste bedrukt zijn met symbolen die later Lineair B zijn genoemd, maar de resterende paar honderd met Lineair A. Lineair B werd later op briljante wijze ontcijferd als een vroege vorm van Grieks, de taal die gesproken werd door de Myceners die tijdens de vijftienden eeuw voor Christus in Kreta neerstreken. Ze namen het schrift over, maar maakten geen gebruik van de taal; Lineair A is identiek, en bestaat ook uit lettergrepen, met een aantal gedeelde symbolen, maar dateert van vóór de komst der Myceners en is grotendeels onvertaald gebleven.

Twee andere plaatsen uit de bronstijd zijn genoemd: Athene en Troje. Op de Akropolis is een van de weinige bouwsels die nog uit de prehistorie dateren een uit de rotsen gehouwen tunnel die naar een onderaardse bron leidt; het was deze tunnel die inspireerde tot het idee dat er misschien nog verborgen vertrekken uit de klassieke oudheid te vinden moeten zijn. Bij Troje heeft paleogeografisch onderzoek tot het lokaliseren van vroegere stranden geleid en bestaat nog altijd de kans dat er aanwijzingen worden gevonden voor een beleg dat daar tijdens de bronstijd heeft plaatsgevonden.

De Zwarte Zee bevat beneden een diepte van tweehonderd meter inderdaad geen enkele vorm van leven, het resultaat van de enorme hoeveelheden waterstofsulfide die zich daar door het biochemische proces dat in het boek is beschreven hebben gevormd. In de diepe gleuven en ravijnen bevinden zich pekelafzettingen, die daar zijn ontstaan toen de zee van de Middellandse Zee werd afgesneden en het water begon te verdampen, waardoor het zout naar de bodem zakte.

De zuidkant van de zee valt samen met een van de actiefste geologische grensgebieden ter wereld, dat in 1999 opnieuw in het middelpunt van de belangstelling kwam te staan toen een aardbeving met een kracht van 7,4 op de schaal van Richter een groot deel van Noordwest-Turkije verwoestte. De Noord-Anatolische breuklijn tussen de Afrikaanse en de Euraziatische plaat loopt in oostelijke richting helemaal door tot de berg Ararat, eveneens een gedoofde vulkaan met twee toppen, en zou in verband kunnen worden gebracht met de denkbeeldige gebeurtenissen in dit boek, inclusief het vulkanische eiland, de tektonische slenk en de hydrothermische pijpen.

In de kustwateren van de Zwarte Zee zijn verschillende wrakken van antieke koopvaarders gevonden, waaronder een die in 2002 voor de Bulgaarse kust door een onderwatervaartuig is ontdekt. In 2000 vond het team dat in de buurt van Sinop de oude kustlijn heeft onderzocht op een diepte van 320 meter een scheepswrak uit de late oudheid, waarvan de verbazingwekkend goed bewaard gebleven romp een aanwijzing vormt van de archeologische wonderen die in de zuurstofarme diepten van deze zee wellicht nog op ons liggen te wachten.

Met uitzondering van de fictieve EH-4, het 'toverspecie' en sommige toepassingen van lasers, is het overgrote deel van de in dit boek beschreven technologie gebaseerd op huidige ontwikkelingen, inclusief de details die betrekking hebben op duiken, onderwatervaartuigen en archeologie. De *Kazbek* is een fictieve variant van de *Akula I*-klasse, een nucleaire aanvalsonderzeeër van de Sovjetrussische marine, en dus een denkbeeldige toevoeging aan de zes schepen van deze klasse waarvan bekend is dat ze tussen 1985 en 1990 in dienst zijn gesteld.

De citaten van Plato in hoofdstuk 3 zijn afkomstig uit *De dialogen* van Plato. De bijbelcitaten in hoofdstuk 3 komen uit Exodus 10: 21 en die in hoofdstuk 31 uit Exodus 20: 16-18, Exodus 37: 1-5 en Genesis 9: 17-19.

Dankzegging

Mijn oprechte dank aan mijn literair agent Luigi Bonomi, aan mijn redacteuren Harriet Evans en Bill Masey, en aan Jane Heller. Eveneens dank aan Amanda Preston, Amelia Cummins, Vanessa Forbes, Gaia Banks, Jenny Bateman en Catherine Cobain. Dank ook aan de vele vrienden, collega's en instituten die me geholpen hebben van mijn veldwerk in de loop der jaren zo'n avontuurlijke aangelegenheid te maken, waardoor echte archeologie minstens zo opwindend werd als fictie. Ook dank aan Ann Verrinder Gibbins, die me naar de Kaukasus en Centraal-Azië heeft meegenomen, om vervolgens voor de perfecte omgeving te zorgen waarin ik kon schrijven. Dank aan pa, aan Alan en Hugh, en aan Zebedee en Suzie. En natuurlijk aan Angie, en aan onze lieve dochter Molly, die ter wereld kwam toen dit boek nog maar een idee was en ervoor gezorgd heeft dat ik het tot een goed einde kon brengen.